Hedwig Courths-Mahler

Liebe ist der Liebe Preis

BASTEI LÜBBE

1

»Und in welchem Verhältnis steht die junge Dame da drüben, die so blaß und traurig aussieht und mit der Dienerschaft beschäftigt ist, zu der Familie des Gastgebers?« fragte ein hochgewachsener, bedeutend aussehender junger Mann seinen Freund, den Rechtsanwalt Doktor Heinz Warren.

Doktor Warren sah zu der jungen Dame hinüber, die in einer Ecke des Saals damit beschäftigt war, leere Gläser zu füllen und auf ein Tablett zu stellen. Sie trug ein schlichtes schwarzes Kleid, ohne jeden Schmuck, und wenn sie trotzdem vornehm und damenhaft aussah, war das nur ihrer Haltung und ihrer Persönlichkeit zuzuschreiben.

»Ah, du meinst Frau Henny Moran?«

»Frau? Dieses junge Geschöpf ist eine Frau? Sie sieht so unbedingt mädchenhaft aus.«

»Sie war auch nur einen einzigen Tag verheiratet, ihr Gatte verunglückte gleich am ersten Tag nach der Trauung. Übrigens spricht man hier in der Familie nicht gern über dieses Ereignis, und die Gesellschaft hat nicht viel davon erfahren, und das wenige nur in der von der Frau dieses Hauses verbreiteten Weise. Meiner Eigenschaft als Rechtsanwalt verdanke ich es, daß ich mehr über diese Angelegenheit weiß als andere Leute. Aber das ist eine lange Geschichte, über die ich mich hier nicht auslassen kann. Wenn sie dich interessiert, erzähle ich sie dir ein anderes Mal.«

Wieder sah Gert Darland forschend zu Henny Moran hinüber. Dann sagte er schnell:

»Ich wäre dir dankbar dafür. Ist diese Frau Moran verwandt mit den Gastgebern?«

»Ja, sie ist die Tochter einer Cousine des Herrn Rasmussen. Man nahm sie, nicht gerade gern, als zehnjähriges Mädchen hier im Haus auf, nachdem sie verwaist und völlig mittellos zurückgeblieben war. Unter uns, sie hat ein wahres Aschenbrödeldasein in diesem Haus erdulden müssen.«

»Das merkt man ihr an, sie hat etwas Scheues, Gedrücktes, das mit der natürlich-stolzen Haltung des feinen Kopfs im Widerspruch steht. Gerade dieser Widerspruch fiel mir auf und erregte mein Interesse. Haben sich ihre Verhältnisse durch ihre Heirat nicht gebessert?«

»Im Gegenteil, dadurch ist ihre Lage noch verschlimmert worden. Aber wie gesagt, um dir alles zu erklären, fehlt uns jetzt die Zeit. Da sehe ich auch schon Frau Helene Rasmussen, die Hausfrau, mitsamt ihrer schönen, ältesten Tochter Ditta auf uns zusteuern. Hüte dich, Gert, Fräulein Ditta ist eine sehr gefährliche Schönheit, und du scheinst Eindruck auf sie gemacht zu haben.«

Gert Darland reckte seine breiten Schultern und zog unwillig die Stirn kraus.

»Gegen diese Gefahr bin ich gefeit«, spottete er.

»Sei nicht so leichtsinnig«, scherzte Heinz Warren, »es sind schon Nachtwächter am Tag gestorben.«

Gert Darland lachte sorglos.

»Sehr schmeichelhaft, mich mit einem Nachtwächter zu vergleichen, Heinz. Und auf Tod und Leben wird es ja nicht gleich gehen. In solchen Fällen gilt es meistens meinem Geldbeutel, darin habe ich Erfahrung und bin vorsichtig. Im übrigen erscheint mir dies Fräulein Ditta Rasmussen bei weitem weniger interessant als die scheue blasse Frau da drüben in der Saalecke. Dieser mußt du mich unbedingt noch vorstellen.«

»Hm! Das sollten wir ein wenig diplomatisch anfangen. Frau Henny Moran darf, nach Wunsch ihrer Tante, gesellschaftlich gar nicht vorhanden sein, sie darf nur hinter den Kulissen wirken – da, wo es Arbeit und kein Vergnügen gibt. Laß jedenfalls weder Frau Rasmussen noch Fräulein Ditta merken, daß dir die arme Cousine interessanter erscheint als die Tochter des Hauses, sonst muß es die arme kleine Frau Moran büßen. Immerhin bist du jetzt die erstrebenswerteste Partie im weiten Umkreis und zu alledem noch die interessanteste Persönlichkeit. Ganz bestimmt gönnt Fräulein Ditta Rasmussen ihrer armen Cousine deine Beachtung und dein Interesse nicht.«

»Danke für diesen Wink, ich werde vorsichtig sein. Um keinen Preis möchte ich Frau Moran Unannehmlichkeiten machen.«

Inzwischen hatten sich Frau Helene Rasmussen und ihre älteste Tochter einen Weg durch die tanzenden Paare gebahnt und standen nun vor den beiden Herren.

»Das darf ich aber nicht gestatten, meine Herren, daß Sie dem Tanz nur zuschauen, wenn noch so viele junge Damen auf einen Partner warten«, sagte Frau Rasmussen, die Gattin des Besitzers des Gutes Altwiese, halb ernsthaft, halb scherzend.

»Verzeihung, gnädige Frau, ich war eben dabei, meinem Freund Darland Mut zu machen, sich bei Ihrem Fräulein Tochter den nächsten Tanz zu sichern. Und ich selbst habe mich schon vergeblich zu gleichem Zweck nach ihrem jüngsten Fräulein Tochter umgesehen, ohne sie zu entdecken.«

Frau Rasmussen hob abwehrend die Hände.

»Meine jüngste Tochter ist doch noch ein Kind und wird zu Gesellschaften nicht zugelassen, Herr Doktor.«

»Oh, ich glaubte doch, daß Fräulein Lisa schon vor Monaten ihren sechzehnten Geburtstag gefeiert hat, und da sie jetzt aus der Pension zurückgekehrt ist, glaubte ich sie unter den Tanzenden.«

»Nein, nein, das hat noch eine ganze Weile Zeit, Herr Doktor«, erwiderte die würdige Dame etwas verlegen und wandte sich mit einem huldvollen Lächeln an Gert Darland, den neuen Besitzer des Ritterguts Herrenberg. Er hatte dieses größte Gut der Umgegend vor einiger Zeit gekauft, und der Ruf großen Reichtums war ihm schon vorausgegangen. Bei dem Mangel an heiratsfähigen jungen Männern in annehmbarer Position hätte Gert Darland ohne weiteres Chancen gehabt, bei den jungen Damen sowohl als auch bei ihren Müttern, selbst wenn seine Persönlichkeit nicht so sympathisch und interessant gewesen wäre.

Man wußte von ihm freilich nur das, was sein Freund Doktor Warren, der schon seit einigen Jahren als vielbeschäftigter Rechtsanwalt in der nahen Stadt seßhaft und ebenfalls sehr beliebt und umschwärmt war, von ihm berichtet hatte.

Da Warren die ausgedehnte Praxis seines Onkels, des Justizrats Doktor Warren, mit übernahm und als dessen einziger Erbe galt, war auf alle Fälle auch er eine erstrebenswerte Partie, wenn er jetzt auch durch seinen Freund Darland etwas in den Schatten gestellt worden war. Also Doktor Warren hatte von seinem Freund Darland berichtet, daß er der einzige Sohn eines Gutsbesitzers sei, der in der Kriegszeit sein mit Hypotheken stark überlastetes Gut hatte verkaufen müssen. Gert war gleich nach Kriegsende nach Borneo gegangen, wo ein Bruder seiner Mutter, einer Holländerin von Geburt, große Besitzungen gehabt hatte. Der unverheiratete und kinderlose Onkel hatte in Gert seinen Erben gesehen. Gert, Landwirt von Beruf, hatte sich unter der Leitung seines Onkels schnell in die fremden Verhältnisse eingelebt. Als der Onkel nach einigen Jahren starb, hinterließ er Gert seine ganzen Reichtümer und Besitzungen, denn er hatte den tatkräftigen, fleißigen und tüchtigen jungen Mann liebgewonnen.

Gert hatte es aber nicht über sich gebracht, für immer auf Borneo zu bleiben. Er empfand große Sehnsucht nach der alten Heimat und noch mehr nach seinen Eltern, die er wohl seinen Verhältnissen entsprechend unterstützte, die sich aber nicht entschließen konnten, zu ihm nach Borneo überzusiedeln. So hatte Gert nach und nach seine Geschäfte auf Borneo abgewickelt, seine Besitzungen verkauft und war nun nach Deutschland als ein sehr reicher Mann zurückgekehrt, der sein enormes Vermögen auf holländischen Banken sicher angelegt hatte. Einige Jahre waren freilich dahingegangen bis zur Erledigung all seiner Geschäfte. Er blieb jedoch in regem Briefwechsel mit den Eltern, die sich sehr freuten, daß ihr Sohn zurückkehren würde. Am meisten hatte sich seine Mutter gefreut, aber gerade diese sollte seine Heimkehr nicht mehr erleben. Als Gert sich einschiffte, erhielt er ein Telegramm seines Vaters, das ihm den schnellen Tod der Mutter meldete. Fast unmittelbar nach seiner Rückkehr in die Heimat starb auch sein Vater, an dem es immer gezehrt hatte, daß er sein Gut hatte verkaufen müssen und der, aus seinem gewohnten Wirkungskreis gerissen, nicht wieder feste Wurzeln im Leben faßte.

So konnte Gert nicht, wie er gehofft hatte, dem Vater die Freude machen, das elterliche Gut wieder zurückzukaufen, wie er es plante.

Er stand nach seiner Rückkehr von Borneo allein und vereinsamt im Leben, war inzwischen fünfunddreißig Jahre alt geworden, stand in der Vollkraft seines Lebens und war reich genug, sich alle Wünsche erfüllen zu können. Da er aber die Eltern verloren hatte, wußte er vorläufig nicht recht, was er beginnen sollte. Nun verlangte er nicht mehr, das väterliche

Gut zurückzukaufen, er fürchtete die Erinnerungen. Zwar stattete er diesem Gut einen Besuch ab, fand aber alles so verändert, so fremd, daß ihn eine ganz trübselige Stimmung befiel und er schnell wieder abreiste. Er merkte, daß er über die früheren Verhältnisse weit hinausgewachsen war, sich in dieser Enge nicht mehr behaglich fühlen könne, und beschloß darum, sich später in einer ganz anderen Gegend anzukaufen. In Ruhe wollte er sich etwas suchen, das seinen Wünschen entsprach. Er brauchte sich ja keinerlei Beschränkung aufzuerlegen.

Erst hatte er aber einmal versuchen wollen, im Großstadttrubel Vergessen für den Verlust seiner Eltern zu finden. Das großzügige, gesellige Leben in Berlin nahm ihn eine Weile gefangen und machte ihm sogar Spaß, zumal er auf Borneo ziemlich von der Kultur abgeschnitten gewesen war. Er stürzte sich in die geselligen Freuden, huldigte schönen, eleganten Frauen und knüpfte mehr oder minder interessante Bekanntschaften an. Aber seine im Grunde ernsthafte und solide Anschauungsweise fand sich bald im Widerspruch mit diesem hohlen Treiben. Er merkte auch sehr wohl, was fast alle reichen Männer merken müssen, daß eine regelrechte Jagd auf ihn oder vielmehr auf seinen Reichtum gemacht wurde. Eine Frau, die in dieser Zeit in sein Leben getreten war und in die er sich verliebte, entpuppte sich nach kurzer Zeit als eine berechnende Kokette. Sie hatte, wie alle die anderen, nur nach seinem Reichtum getrachtet. Es schmerzte ihn ein wenig, aber noch mehr widerte ihn nun das ganze gesellige Leben an. Obwohl sich jene Frau an ihn klammerte und ihn mit erprobten Tricks festhalten wollte, riß er sich los und machte seinem Aufenthalt in Berlin ein Ende. Zunächst reiste er in ein Ostseebad, um sich gründlich zu erholen. Er zog sich hier von jedem Verkehr zurück, badete, segelte, ruderte und freute sich, daß seine eisenfeste Gesundheit keinerlei Schaden gelitten hatte. Wie neugeboren fühlte er sich, und nun stellte sich auch ein gesunder Arbeitshunger bei ihm ein. Seine energische, tatkräftige Natur fühlte sich nicht lange in süßem Nichtstun wohl. Der Aufenthalt an der See hatte ihm die alte Spannkraft zurückgegeben, und alle üblen Erfahrungen hatte die See gleichsam von ihm abgespült. Auch die Trauer um die Eltern hatte sich gemindert, und er war wieder der kraftvolle, elastische Mensch von früher. Ein gut Teil gereifter und ernster war er in all diesen Jahren geworden, und mit zäher Energie ging er nun daran, seinem Leben neuen Inhalt zu geben. Zuerst mußte er sich nach einem Gut umsehen, denn als Landwirt wollte er sich auch in Zukunft betätigen. Er war arbeitshungrig wie selten ein Mensch, ihm war Arbeit Lebensbedingung, und er hatte immer ein wohlgerütteltes Maß davon gebrauchen können.

Gerade in dieser Zeit, da er an neuen Lebensplänen baute, begegnete ihm eines Morgens auf dem Weg zum Bad sein Jugendfreund Heinz Warren, der gleichfalls gekommen war, um sich für vierzehn Tage in Sonne und Seeluft den Aktenstaub aus den Kleidern zu schütteln.

Die beiden Freunde sahen sich erst erstaunt und darauf hocherfreut an und begrüßten sich mit großer Herzlichkeit. Jeder berichtete in kurzen Worten von seinen Schicksalen. Heinz Warren war nach Beendigung seines Studiums und Kriegsdienstes in die Praxis seines kinderlosen Onkels eingetreten und lebte nun in der thüringischen Stadt, wo er sich sehr wohl fühlte.

Als er hörte, daß Gert ein großes Gut kaufen wollte, blitzte es in seinen Augen auf.

»Donnerwetter, Gert, wenn du Moneten hast, da hätte ich etwas für dich.«

»Du?«

»Ja, ja, mein Onkel und ich, wir sind beauftragt, für das Rittergut Herrenberg einen zahlungskräftigen Käufer zu suchen. Der jetzige Besitzer, durch den Krieg kinderlos geworden, will seine letzten Lebensjahre in Berlin verbringen, da er der Anstrengung, das große Gut selber zu verwalten, nicht mehr gewachsen ist und er mit seinen Verwaltern Pech gehabt hat. Er ist schon nach Berlin übergesiedelt, Herrenberg ist in den letzten Jahren ein wenig verwahrlost, ist aber ein herrlicher Besitz in schönster, landschaftlicher Lage. Das dazugehörige Schloß im reinsten Barock ist ein wunderschönes Gebäude, liegt mitten im Wald und ist in bester Verfassung. Ein Teil der Räume ist noch vollständig ausgestattet, da der Besitzer sich nur die Einrichtung für acht Zimmer mit nach Berlin genommen hat. Alles andere ist noch komplett, wundervolle echte Stilmöbel aus verschiedenen Epochen. Der große dazugehörige Wald ist im besten Stand, Felder und Wiesen fruchtbar. Die Stallungen müssen repariert werden, und den Viehbestand müßtest du vermehren, wenn du rationell wirtschaften willst. Bei einiger Energie hast du Herrenberg bald wieder auf der Höhe. Der Kaufpreis ist, nach Wert des Objektes, ziemlich hoch, aber doch verhältnismäßig niedrig. Bei sofortiger Zahlung kann er noch ein gut Teil reduziert werden. Ich könnte dir den Kauf mit gutem Gewissen empfehlen, ganz abgesehen davon, daß auch ich verdienen würde, wenn ich den Verkauf perfekt mache.«

Die Freunde waren in den nächsten vierzehn Tagen fast unzertrennlich, und der Kauf des Ritterguts Herrenberg wurde von allen Seiten beleuchtet. Das Resultat all dieser Verhandlungen war, daß Gert Darland seinen Freund nach Thüringen begleitete. Er hatte sich Schloß und Gut genau betrachtet, sich die Bücher vorlegen lassen und begann gleich Arbeitspläne zu machen. Die Besitzung gefiel ihm außerordentlich gut – und kurz entschlossen kaufte er Herrenberg. Sofort war er nach Herrenberg übergesiedelt und nahm sogleich alle nötigen Arbeiten in Angriff. Bis alles in Ordnung war, alle Reparaturen fertig, die leerstehenden Räume eingerichtet und der Betrieb im Gange war, hatte Gert sich um seine Nachbarschaft gar nicht gekümmert. Mit erfrischender Energie ging er an die Arbeit und sah nicht um noch auf. Wundervoll belebt fühlte er sich und wuchs schnell mit seinem neuen, schönen Besitz zusammen.

Heinz Warren besuchte ihn zuweilen, und mit diesem und seinem Onkel war er auch ab und zu in der Stadt zusammengetroffen, aber wenn ihn Heinz mahnte, in der Nachbarschaft und in der Stadt bei den maßgebenden Persönlichkeiten Besuch zu machen, sagte Gert lachend:

»Erst will ich Wurzeln schlagen und Herrenberg in Schuß haben, dann kommen auch die Leutchen ringsum zu ihrem Recht.«

Monatelang dauerte das, und man wurde immer neugieriger, immer gespannter auf die Bekanntschaft mit dem neuen Herrn von Herrenberg. Seit einigen Wochen war nun alles fertig. Die Gesellschaftsräume im Schloß hatten die alte gediegene und stilechte Einrichtung behalten. Sieben von den leeren Zimmern, die Gert zum Teil als Wohn- und Schlafräume für sich wählte, wurden neu ausgestattet, das achte, das größte unter ihnen, neben der reichhaltigen Bibliothek, stattete Gert mit seinen Erinnerungen an Borneo und seine Reisen nach Indien und Ceylon aus, wo er auf Jagdstreifen gewesen war. Dieses Zimmer war für niemand zugänglich als für ihn selbst und seinen malaiischen Diener, den er sich mitgebracht hatte. Was noch an Teppichen und Kunstgegenständen gefehlt, hatte sich Gert in Berlin und München gekauft. Schloß Herrenberg war nun wieder vollständig eingerichtet, und die Wirtschaftsräume und Ställe waren repariert und zum Teil vergrößert worden. Eine Garage war gebaut worden, und in dieser Garage stand ein schöner Tourenwagen und eine elegante Limousine. Prachtvolles Vieh stand in den Ställen, auch zwei Reitpferde für Gert gab es.

All diese Vorbereitungen hatten bei der gesamten Nachbarschaft das brennendste Interesse erregt. Herrenberg grenzte auf der einen Seite an Altwiese, auf der anderen an Zabern, auf welchem noch die alten Erbherren von Zabern bis zum heutigen Tag saßen. Altwiese gehörte Karl Rasmussen, und Zabern gehörte jetzt Herrn Kurt von Zabern. Im weiteren Umkreis befanden sich noch andere Güter.

Auch von der Stadt aus hatte man die Entwicklung von Herrenberg mit großem Interesse verfolgt, und die Geschäftsleute waren schon auf Gert Darlands Seite, weil er viel kaufte – und immer bar bezahlte, eine Seltenheit heutzutage.

Gert Darlands hohe, kraftvolle Erscheinung mit den elastischen Bewegungen und dem federnden Gang zog alle Augen auf sich, wenn er irgendwo einmal zu sehen war. Die jungen Damen auf den Nachbargütern und in der Stadt bekamen blanke Augen, wenn von ihm die Rede war, und Doktor Heinz Warren war die gesuchteste Persönlichkeit, weil nur er allein Auskunft über seinen Freund geben konnte. War er auch schon früher, als eine der besten Partien im Umkreis, sehr beachtet worden, so stieg er jetzt als Gerts Freund geradewegs zu ungeahnter Bedeutung, wenn er auch »als Ding an sich« hinter dem Freund zurückstehen mußte. Er wurde von allen Seiten so viel über seinen Freund ausgefragt, daß er Gert gegenüber behauptete, er wisse nun, wie einer ausgepreßten Zitrone zumute sei. Und immer wieder drang er in Gert, Besuche zu machen.

»Mir eilt es gar nicht damit«, erwiderte Gert.

»Aber mir!« rief Heinz lachend, »ich möchte endlich einmal etwas anderes gefragt werden, als wann man dich zu sehen bekommt. Du bist hier nicht mehr unter den Dyaks auf Borneo. Der Besitz von Herrenberg verpflichtet. Nächstens fragt man mir Löcher in den Leib.«

Gert sah ihn unbehaglich an.

»Ich weiß nun schon, auch hier wird dieselbe Hetze losgehen wie überall. Man darf, wie mir scheint, nicht ungestraft reich sein.«

»Nein, das darf man wirklich nicht! Wäre auch noch schöner. Es geschieht dir schon recht, daß die gesamten jungen Damen nebst ihren Mamas Jagd auf dich machen werden.«

»Ein beneidenswerter Zustand, das muß ich sagen.«

»Bist du denn nicht stolz darauf, daß man sich so darum reißt, deine Bekanntschaft zu machen?« neckte Heinz.

»Nein, wahrhaftig nicht! Ich finde es im Gegenteil sehr beschämend, daß man meinem Reichtum so viel mehr Wichtigkeit beimißt als mir selber. Nichts interessiert die Leute, als daß ich Geld habe.«

»Nun, die jungen Damen wenigstens finden noch allerhand Interessantes an dir, noch ehe sie dich kennengelernt haben. Schließlich kannst du dich doch auch als Ding an sich sehen lassen«, meinte Heinz, den Freund anerkennend betrachtend.

»Das kommt gar nicht in Frage, Heinz! Gerade das ist das Niederträchtige, daß ich auch ein Scheusal sein könnte mit einer roten Nase, einem Spitzbauch und krummen Beinen, daß ich einen widerlichen Charakter haben könnte, man würde mich doch ›interessant‹ finden, weil ich zufällig reich bin. Schauderhaft, das kann ich dir sagen, man verliert völlig seinen Wert als Mensch. Früher, als ich noch ein armer Schlucker war, wußte ich wenigstens, daß es mir selbst galt, wenn mal einer freundlich zu mir war.«

»Na, höre mal, du bist ja auf dem besten Weg, ein großer Pessimist und Menschenverächter zu werden.«

Nun mußte Gert lachen.

»Zum Glück gibt es doch ab und zu ein paar Ausnahmen, die mein Geld nicht in Ekstase versetzt, du zum Beispiel und dein famoser Onkel.«

»Stimmt, an meinem Onkel hast du einen begeisterten Verehrer gefunden. Seit du aufgetaucht bist, gelte ich nur noch halb so viel bei ihm wie früher.«

»Versündige dich nicht, der alte Herr hat dich lieb wie einen Sohn.«

»Weiß ich, Gert, ich scherze ja nur. Aber nun rück einmal heraus – wann wirst du beginnen, dich dem staunenden Volk zu zeigen?«

»Also nächste Woche werde ich anfangen, meine Karten abzuwerfen.«

»Schön, dann kann ich wenigstens Positives melden.«

Und dann hatte Gert wirklich Besuche gemacht, und es war der reine Siegeszug für ihn gewesen. Eine so interessante Persönlichkeit war in dieser mittelgroßen thüringischen Stadt noch nicht aufgetaucht, darüber waren sich alle einig. Und die ersten Familien, bei denen er vorsprach, wurden glühend beneidet. Die Damen bekamen alle Zustände, wenn sie in Erwägung zogen, daß er vielleicht versäumen würde, bei ihnen vorzusprechen. Aber Doktor Heinz Warren sorgte dafür, daß niemand vergessen wurde, der nur einigen Anspruch darauf machen konnte, zur Gesellschaft zu gehören; er hatte Gert eine genaue Liste über alle in Frage kommenden Häuser aufgestellt. Als dieser sie entsetzt überflog, meinte Heinz:

»Wenn du auch nur einen ausläßt, entfachst du einen Bürgerkrieg.«

Aber die Bewunderung, die man Gert überall entgegenbrachte, galt wirklich nicht nur seinem Reichtum, wenn der auch schwer in die Waagschale fiel.

Selbstverständlich war es Ehrensache, ihn nun mit Einladungen zu überschütten. Eine Festlichkeit jagte die andere, und niemanden durfte er durch eine Absage kränken. Vorwurfsvoll sah er seinen Freund Heinz an.

»Wenn du mir das vorausgesagt hättest, hätte ich Herrenberg nicht gekauft.«

Heinz lachte.

»Das wäre dir überall so ergangen. Also futtere dich mit Galgenhumor durch sämtliche Kalbsbraten, Rehrücken und Hühnerfrikassees durch. Ab und zu bekommst du auch mal etwas anderes. Nur die Eisbomben sind immer dieselben, denn sie sind alle bei demselben Konditor bestellt, und der darf keinen Kunden durch eine interessantere Note seiner Eisbomben bevorzugen, wenn er sich die Kundschaft aller erhalten will. Aber sie sind wenigstens gut. Nur auf Zabern wirst du eine individuelle Küche bekommen, wie Frau von Zabern auch ein Mensch mit einer persönlichen Note ist, der sich vom Durchschnitt abhebt. Außerdem ist sie wirklich große Dame und von einer bezaubernden Herzensgüte. Und wenn auch auf Zabern genau so gespart werden muß wie auf den übrigen Gütern der Umgebung, so versteht sie es doch, das nicht ins Auge springen zu lassen. Und in Altwiese herrscht im Haushalt und in den Küchenregionen ein Wesen höherer Art, das mit Verstand begabt ist und zauberisch aus dem Nichts etwas hervorbringen kann.«

Damit meinte Heinz Warren Henny Moran, aber das hatte Gert damals noch nicht gewußt.

Nun war Gert Darland auch in Altwiese eingeladen worden. Da man Frau Rasmussen in Zabern mit der ersten Einladung zuvorgekommen war, wollte sie die letzte sein, die Herrn Darland zu Ehren eine Festlichkeit gab. Das letzte ist immer das beste, meinte sie. Und sie hatte es fertiggebracht, ihrem Gatten eine hübsche Summe abzunötigen mit dem Hinweis darauf, daß man etwas tun müsse, um Ditta, die älteste Tochter, die schon zweiundzwanzig Jahre alt war, unter die Haube zu bringen.

Gert hatte sich seufzend auch diesmal in sein Schicksal

ergeben, froh, daß er nun alle Festlichkeiten absolviert hatte außer dieser einen. Er konnte dem allen keinen Geschmack abgewinnen, viel lieber saß er auf seinem Gaul und ritt über Wiesen und Felder oder durch seinen herrlichen Wald, oder er plauderte mit Heinz Warren behaglich bei einer Flasche Wein. Sehr gern saß er auch auf der Terrasse seines Schlosses, von der aus er einen wunderschönen Ausblick hatte auf die thüringischen Berge mit ihren dichten Wäldern.

Als er seinen Besuch in Altwiese gemacht hatte, war er vom Besitzer Karl Rasmussen und dessen Frau lediglich seiner ältesten Tochter Ditta und seinem sechsundzwanzigjährigen Sohn Herbert, einem hübschen, aber Gert nicht sehr angenehmen jungen Mann, vorgestellt worden. Man hatte weder von der anderen Tochter noch von der Nichte gesprochen. Aber von Heinz hatte er erfahren, daß noch eine jüngere, eben erst aus der Pension zurückgekehrte Tochter im Haus sei. Von Frau Henny Moran hörte und sah er heute zum ersten Mal etwas, und es fiel ihm dann auch ein, daß Heinz von einem Wesen höherer Art gesprochen habe, das in Altwiese zauberisch aus dem Nichts etwas zu schaffen pflegte. Dieses Wesen war also die junge Frau Moran.

Es erging Gert seltsam. Dieses blasse scheue Wesen, das anscheinend hinter den Kulissen in Altwiese schaffte und arbeitete und in der Gesellschaft absolut nicht gewertet wurde, fesselte ihn derart, daß er nun für alles mit Altwiese Zusammenhängende plötzlich ein erhöhtes Interesse empfand. Es fiel ihm wieder ein, daß Karl Rasmussen ihm einen ziemlich versorgten Eindruck gemacht hatte, daß er von schwierigen Zeiten gesprochen und ihn Frau Helene Rasmussen mit einem Lächeln, das ihm viel zu vertraulich erschienen war, als ihren lieben, nächsten Nachbarn begrüßt hatte, den man hoffentlich recht oft sehen dürfe. Und sie hatte mit einer neckischen Verschmitztheit verraten, daß ihre Tochter Ditta den neuen Nachbarn schon einige Male von weitem gesehen und geradezu von seiner Erscheinung geschwärmt habe. Fräulein Ditta hatte darauf die hübschen, aber etwas zudringlichen dunklen Augen gesenkt und dann mit einem schmachtenden Aufblick wieder gehoben.

»Aber Mama, wie kannst du so etwas ausplaudern!« hatte sie ausgerufen. Aber ihre ganze Art hatte Gert dabei verraten, daß diese schöne junge Dame in allen Künsten der Koketterie erfahren sei, und er hatte behutsam nur die nötigsten gesellschaftlichen Phrasen mit ihr getauscht. Auch der Sohn, Herbert Rasmussen, der ein schneidiges Wesen hervorzukehren versuchte, machte auf Gert keinen guten Eindruck. Er hatte ihm gleich vertraulich zugeflüstert: »Wenn Sie wissen wollen, wo man sich in unserem Städtchen amüsiert, will ich Ihnen gern als Führer dienen, wir haben da ein paar ganz nette Chosen, die über die Provinzstadt hinauswachsen. Man muß sich doch ein bißchen schadlos halten dafür, daß man sein junges Leben fern von Berlin vertrauern muß.«

Gert wußte sogleich, daß er sich der Führung dieses jungen Mannes ganz bestimmt nicht anvertrauen würde. Und so war er also mit wenig freudigen Gefühlen heute abend nach Altwiese gefahren und hatte dabei im stillen konstatiert, daß es sich, Zabern ausgenommen, kaum lohnte, einen intimeren Verkehr mit einem der Nachbarn zu pflegen.

Die flüchtige Erscheinung einer blassen, schlanken Frau mit traurigen Augen und scheuem Wesen hatte nun plötzlich sein ganz intensives Interesse geweckt.

Nach Heinz Warrens Worten konnte er nicht mehr anders, als Fräulein Ditta Rasmussen um den nächsten Tanz zu bitten, was ihm denn auch einen schmachtenden Blick und ein kokettes Lächeln eintrug. Mit beidem wußte er nichts anzufangen. Seine Augen schweiften über Dittas dunklen Kopf hinweg zu der Saalecke, wo Frau Henny Moran noch immer

Bowlengläser füllte und sie auf Tabletts stellte, die von der Dienerschaft herumgereicht wurden, gleich nachdem die Festtafel zu Ende war. Während des Tanzes kam er ziemlich nahe an der Saalecke vorüber, und seine Augen blickten wieder in das feine, stille Gesicht der jungen Frau, ohne daß es Ditta merken konnte.

Er tanzte dann noch mit einigen anderen Damen den obligaten Pflichttanz. Als er aber danach mit Heinz Warren zusammentraf, sagte er:

»Bitte, stelle mich jetzt Frau Moran vor. Da man es hier in der Familie nicht nötig findet, mich dieser Hausgenossin vorzustellen, die sich doch anscheinend um mein Wohl ebensosehr müht, wie um das der anderen Gäste, mußt du es tun, denn es ist mir unangenehm, sie unbeachtet zu lassen.«

Heinz Warren sah ihn forschend an, dann blickte er sich vorsichtig um und merkte, daß Frau Rasmussen soeben mit ihrer Tochter Ditta und einigen anderen Damen im Nebenraum verschwand. Diese hatten eine Tanzpiece einstudiert und wollten im Nebenraum einige Kostümänderungen treffen, die zur Charakterisierung dieser Vorführung notwendig waren. Frau Rasmussen wollte ihnen helfen. Heinz sah befriedigt, daß auch Herbert Rasmussen seine Aufmerksamkeit anderweitig konzentrierte, und Herr Karl Rasmussen war nicht zu fürchten.

»Also komm, Gert, momentan ist die Luft rein. Aber bitte, mach es kurz; ehe Frau Rasmussen wieder im Saal erscheint, müssen wir uns zurückziehen, sonst hat Frau Moran Unannehmlichkeiten.«

Sie gingen schnell zu Henny Moran hinüber, die jetzt Körbchen mit kleinen Kuchen füllte, die ebenfalls herumgereicht wurden.

»Guten Abend, Frau Moran, ich habe Sie noch gar nicht begrüßen können«, sagte Heinz Warren herzlich.

Mit blassem Lächeln und einem ängstlichen Blick legte Henny Moran ihre Hand in die seine.

»Guten Abend, Herr Doktor.«

»Wie geht es Ihnen?«

»Ich danke Ihnen, Herr Doktor.«

»Wie gewöhnlich, viel Arbeit, nicht wahr?«

»Gottlob!«

Das klang wie ein befreiter Seufzer. Aber dann fuhr sie schnell und ängstlich fort:

»Bitte, halten Sie sich nicht bei mir auf, Herr Doktor, Sie wissen –«

Mit einem Blick auf Gert Darland schloß sie die Lippen, als dürfe ihnen kein Wort mehr entschlüpfen.

»Ja, ja, ich weiß, aber mein Freund Darland möchte Ihnen gern vorgestellt werden, da er Sie bei seinem Besuch in Altwiese nicht antraf.«

Ein schneller Blick ihrer schönen grauen Augen traf in den Gert Darlands, und jäh huschte eine helle Röte über ihr blasses Gesicht. Es wurde durch das Erröten seltsam verschönt und belebt, so daß sich Gert Darland noch mehr gefesselt fühlte. Eigenartig reizvoll erschien ihm die junge Frau.

»Sie wissen, Herr Doktor, daß ich nicht gerufen werde, wenn Besuch da ist.«

»Ich weiß! Aber mein Freund Darland legt Wert darauf, Ihnen vorgestellt zu werden, und das sei hiermit geschehen. Frau Moran!«

Artig verneigte sich Gert und sah teilnahmsvoll, mit warmem Ausdruck, in ihre Augen. Dieser Blick trieb wieder eine jähe Farbwelle in Henny Morans Gesicht, und halb scheu, halb dankbar sah sie ihn an.

»Darf ich Sie um einen Tanz bitten, gnädige Frau?« fragte Gert.

Henny zuckte leise zusammen, und in ihre Augen kam ein

Leuchten, das ihn bis ins Herz traf. Jedoch dies Leuchten erlosch gleich wieder, und der Ausdruck von scheuer Angst erschien erneut auf dem nicht klassisch schönen, aber ungemein reizvollen und lieblichen Gesicht.

»Nein – oh, bitte, nein, das – das kann nicht sein.«

»Sie geben mir einen Korb?«

»Bitte, zürnen Sie mir nicht und fassen Sie das nicht so auf. Ich – ich tanze nie, und – mit Ihnen – nein, ganz gewiß nicht.«

»Warum gerade mit mir nicht?«

Sie sah sich ängstlich um und wich noch tiefer in die Saalecke zurück. Ihre Augen suchten Tante Helene, von der sie ganz bestimmt Schelte bekommen würde, wenn sie merkte, daß sie, wenn auch nur auf Minuten, den gefeierten Gast des Abends für sich in Anspruch nahm. Und doch glitt schnell ein flüchtiges Lächeln um ihren schön gezeichneten Mund.

»Bitte, erlassen Sie mir die Erklärung und seien Sie mir nicht böse. Herr Doktor Warren wird Ihnen alles erklären können. Bitte, verlassen Sie mich, Herr Doktor, Sie wissen doch Bescheid.«

Heinz schob seinen Arm unter den des Freundes.

»Komm, Gert, ich bitte dich, komm! Seien Sie ruhig, Frau Moran, ich mache meinem Freund schon klar, daß er den Korb nicht als Kränkung aufzufassen braucht.«

»Oh, nein, nein, ganz gewiß nicht, ich danke Ihnen, Herr Doktor.«

Gert warf noch einen langen Blick in Henny Morans ängstliches Gesicht, in ihre schönen, traurigen Augen, und ließ sich fortziehen.

»Es ist doch kein Staatsverbrechen, wenn man einige Worte mit dieser jungen Dame spricht und sie zum Tanz auffordert«, murrte er.

»Gewiß nicht, Gert, und dich wird es auch niemand entgelten lassen, aber die arme Frau Moran hat es hinterher auszubaden, wenn du ihr einige Aufmerksamkeit schenkst.«

»Sie ist aber die einzige Persönlichkeit in diesem Saal, um die es sich lohnt, hier zu sein.«

Wieder flog ein forschender Seitenblick aus Heinz Warrens Augen zu dem Freund hinüber.

»Das unterschreibe ich ohne weiteres, aber man räumt ihr nicht das Recht ein, sich zur Gesellschaft zu zählen.«

»Also wirklich Aschenbrödel?«

»Ganz unbedingt.«

»Aber auch die Schönste im Saal, genau wie in dem Märchen.«

»Nun, es sind einige sehr hübsche Damen hier, außer Fräulein Ditta Rasmussen, sieh dir doch an, was da hereinschwebt. Der reine Elfenchor.«

Die jungen Damen, die den Reigen aufführen wollten, tanzten gerade in den Saal und schwebten mit mehr oder minder graziösen Bewegungen umher, wobei sie fast alle nur nach Gert hinübersahen.

Dieser lachte leicht auf.

»Mein lieber Heinz, du hast doch auch Augen im Kopf, nicht eine dieser Elfen kann sich mit Frau Moran messen.«

»Findest du Henny Moran wirklich schön?«

»Mehr als das, reizend und bezaubernd.«

»Wirklich? Mir erscheint sie ein wenig farblos.«

»Denk sie dir nur in einem anderen Rahmen.«

»Daraufhin habe ich sie mir noch nicht angesehen.«

»Ihre Reize springen auch nicht gleich in die Augen, sie liegen verborgen unter dem grauen Schatten ihrer angstvollen Scheu. Löse diesen Schatten – und du wirst ein Wunder erleben. Das arme Ding! Du mußt mir bald ihre Geschichte erzählen.«

»Morgen, wenn ich nach Herrenberg komme, falls du sie dann noch hören willst.«

»Ganz gewiß!«

Sie sahen dem Elfenreigen zu, scheinbar mit Interesse, aber er erschien ihnen im Grunde ziemlich lächerlich. Ditta Rasmussen warf schmachtende Blicke und ein kokettes Lächeln zu Gert hinüber, was diesem einen leichten Schauder einflößte. Heinz mußte über sein Gesicht lachen.

2

Henny Moran hatte mit klopfendem Herzen hinter den beiden Herren hergesehen, als sie sich entfernten. Dann richtete sie sich schnell auf, als habe sie sich auf verbotenem Tun ertappt und wandte sich wieder ihrer Arbeit zu. Ein Diener brachte ein geleertes Tablett zurück, und sie füllte von neuem die Gläser aus der großen Bowle.

In diesem Augenblick kam Frau Helene Rasmussen in die Saalecke. Sie sah Henny mit strengen, kalten Augen an und sagte scharf und tadelnd: »Du sollst doch nicht in den Saal kommen! Die Gläser können ebenso gut draußen im Anrichtezimmer gefüllt werden.«

»Die Diener können so schwer mit den großen Tabletts durch die Windfangtür gehen, Tante Helene, es erleichtert ihnen die Arbeit, wenn ich die Tabletts hier zurechtmache. In dieser abgelegenen Saalecke achtet doch niemand auf mich.«

»So? Ich habe doch eben bemerkt, daß Doktor Warren und Herr Darland von dieser abgelegenen Ecke herüber durch den Saal kamen, sie müssen dich gesehen haben.«

Eine dunkle Röte stieg in Hennys Gesicht.

»Ja, sie haben mich gesehen, ich konnte mich nicht rasch genug entfernen, als sie hier in die Nähe kamen.«

Ärgerlich sah Frau Rasmussen ihr ins Gesicht.

»Sie haben wohl gar mit dir gesprochen?«

»Nur einige Worte im Vorübergehen«, sagte Henny ängstlich.

Um keinen Preis hätte sie verraten mögen, daß Herr Darland mit Doktor Warren extra herbeigekommen war, um sich ihr vorstellen zu lassen. Das hätte nur zu einer heftigen Szene Anlaß gegeben, das wußte sie. Es war auch so schlimm genug.

»Nun also, dachte ich es doch! Jetzt wird man wieder einem Menschen deine ganze Schmach zu berichten haben, damit man erklären kann, weshalb man dich von der Gesellschaft zurückhält. Herr Darland wird vermutlich Doktor Warren darüber ausfragen, wer du bist, und du hast es dir selbst zuzuschreiben, wenn wieder einmal deine ganze üble Vergangenheit ans Licht gezerrt wird. Man hat nichts als Ärger mit dir. Ich habe dir schon oft genug gesagt, daß es das beste für dich und uns ist, wenn niemand von dir Notiz nimmt. Geh schnell hinaus in den Anrichteraum und bewache die Dienerschaft sorgsam, damit nichts beiseitegebracht wird. Ist Bowle genug vorrätig?«

»Ja, Tante Helene«, erwiderte Henny mit müder, resignierter Haltung.

»Und wo bleiben die kleinen Kuchen, die du gestern gebacken hast. Sie sollten doch zur Bowle gereicht werden. Um jeden Pfifferling muß man sich selbst bekümmern, wenn alles klappen soll. Du bist, wie immer, sehr nachlässig.«

Henny unterdrückte einen Seufzer.

»Die Kuchen sind schon herumgereicht.«

»So? Ich habe davon noch nichts bemerkt. Also geh hinaus und komm nicht wieder in den Saal, ich mag nicht immer wieder nach dir gefragt werden, mag nicht immer wieder alle Schmach aufdecken, die du über unser Haus gebracht hast.«

Blaß und stumm ging Henny in den Vorraum hinaus. Hier blieb sie eine Minute stehen, die Augen geschlossen und die

Hände auf das Herz gepreßt. Es traf sie heute besonders hart, als die Tante von ihrer »Schmach« gesprochen. Warum nur? Sie war es doch gewöhnt, mußte es doch immer wieder in allen Tonarten hören, daß man sie für eine Verworfene hielt, die der Familie Schande gebracht hatte. Warum tat ihr das heute so besonders weh? Warum quälte es sie mehr denn je, daß wieder ein Mensch erfahren mußte, daß sie »eine schlimme Vergangenheit« hatte?

Sie gab sich keine Antwort auf diese Frage, aber sie sah vor sich ein Paar gütiger, teilnahmsvoller Männeraugen. Wie schnell würde diese Teilnahme erlöschen, wenn er hörte, wem er sie geschenkt hatte.

Daß die Tante sie schalt, daß sie ihr nie etwas zur Zufriedenheit machte, daran war sie gewöhnt. Sie wußte es nicht anders und tröstete sich mit dem Bewußtsein, daß sie alles tat, was in ihren Kräften stand, um nicht das Gnadenbrot in diesem Haus essen zu müssen. Oh, sie verdiente ihr Brot zehnfach. Auch Frau Helene Rasmussen wußte ganz genau, daß ohne Henny der ganze Haushalt ins Stocken kommen würde, wenn sie das auch um keinen Preis zugegeben hätte. Das hatte sie so recht deutlich gemerkt, als Henny damals den ersten und letzten Versuch machte, diesem Haus zu entfliehen, in dem es für sie nichts gab als Demütigungen und Schelte.

Denn gequält und gedemütigt hatte man sie damals schon, ehe sie sich durch eine heimliche Heirat und durch die Flucht all diesen Qualen hatte entziehen wollen. Schon vor diesem Schritt hatte man ihr immer wieder vorgehalten, daß sie Schmach und Schande nach Altwiese gebracht hätte. Freilich war Henny daran ganz schuldlos gewesen. Man hatte ihr zum Vorwurf gemacht, daß ihr Vater auf und davon gegangen und sie und ihre Mutter in Not und Elend zurückgelassen hatte und daß sich ihre Mutter deshalb das Leben nahm. Ins Wasser war sie gegangen, die arme Mutter, und Henny als zehnjährige Waise arm und schutzlos zurückgeblieben. Der einzige Verwandte, den sie noch besaß, ein Vetter ihrer Mutter, war Karl Rasmussen gewesen, und dieser hatte sie, weil es nun mal nicht anders ging, wollte man nicht vor aller Welt als hartherzig erscheinen, und weil vielleicht auch ein wenig Mitleid in seinem Herzen für das verwaiste Kind sprach, mit nach Altwiese genommen, als man ihn rief.

Einen schlimmen Empfang hatte Frau Helene ihrem Gatten und der armen Waise bereitet. Noch jetzt hörte Henny im Geist zuweilen die harten, grausamen Worte Tante Helenes, mit denen sie von ihr empfangen wurde. Eine Schmach und Schande wäre es für Altwiese, daß es das Kind eines davongelaufenen Lumpen und einer Selbstmörderin beherbergen sollte. Was konnte man von so einem »Früchtchen« erwarten, das von solchen Menschen stammte? Der Onkel sollte sich an seiner ganzen Familie versündigt haben, daß er ihr zumutete, mit einem solchen Geschöpf zusammenzuhausen.

Daß Onkel Karl es trotzdem durchgesetzt hatte, daß Henny bleiben durfte, erschien dieser heute noch als ein Wunder. Er hatte einen seiner seltenen Anfälle von Willenskraft seiner Frau gegenüber und machte ihr klar, daß sie noch viel mehr ins Gerede kommen würden, wenn sie die arme Waise ihrem Schicksal überließen.

»Bleibt sie bei uns, wird alles Gerede bald verstummen, stoßen wir sie aber hinaus, dann wird es vielleicht immer wieder neues Ärgernis geben«, hatte er gesagt.

Und er behauptete, daß, wo so viele Menschen satt würden, auch dieses Kind noch satt werden könne. So war die gänzlich verschüchterte Kleine geblieben, wurde als lästiges Anhängsel herumgestoßen und den Dienstboten überlassen, die zum Glück mehr Mitleid mit ihr hatten als die Tante. Nur von der Dienerschaft hörte Henny zuweilen ein gutes Wort. Und völlig auf die Dienerschaft angewiesen, war sie herangewachsen, hatte Tag für Tag von der Tante aufs Brot bekommen, daß sie Schmach und Schande nach Altwiese gebracht habe, daß man ihr große Opfer bringe und daß sie gut daran tue, sich vor aller Welt zu verkriechen.

Klaglos hatte Henny alles erduldet, obwohl diese Demütigungen das fein empfindende Kind unsagbar verletzten. Sie konnte dem allen nur eine herbe Resignation entgegensetzen. Und schon als Kind begann sie, sich in dem großen Haushalt nützlich zu machen. Mit einer wahren Gier suchte sie sich Arbeit, und ganz unmerklich wuchs sie so mit den Jahren zu einer erstklassigen Stütze heran. Mehr und mehr nahm sie der Tante alles Schwere ab, zeigte sich diensteifrig gegen den Onkel, ebenso gegen dessen Kinder und bekam nach und nach die Zügel des ganzen Haushalts in die Hände. Zehnfach verdiente sie ihren Unterhalt, und das war ihr gerade recht. Nie bekam sie einen Dank oder nur ein gutes Wort für diese unermüdliche Pflichterfüllung. Tat sie noch soviel, nie erschien es der Tante genug oder eines Lobes wert. Immer mehr wurde ihr aufgepackt, und sie murrte nie. Es war, als bekomme sie nie genug an Arbeit. Abends sank sie dann todmüde auf ihr Lager, aber dennoch widmete sie vor dem Einschlafen wenigstens jeden Tag eine Stunde ihrer geistigen Fortbildung. Zu diesem Zweck holte sie sich heimlich aus der Bibliothek ihres Onkels die Bücher, die sie brauchte. Noch heute bewohnte sie das schlichte Kämmerchen oben im Dachgeschoß, neben den Kammern der weiblichen Dienstboten, das ihr die Tante damals angewiesen hatte. Nur ein größeres Bett hatte man ihr später hineingestellt. Aber trotzdem war ihr diese Kammer wie eine Friedensinsel, wo sie wenigstens zuweilen allein sein, wo sie sich ihrem Jammer hingeben oder sich mit dem Stolz der Armut wappnen konnte.

Je älter sie wurde, desto klarer erkannte sie, wie ungerecht und mitleidslos sie von ihren Verwandten behandelt wurde.

Nur der Onkel enthielt sich jeder Feindseligkeit, und die kleine Lisa, das jüngste Töchterchen des Hauses, sah sie zuweilen mit mitleidigem Forschen an, als wolle sie ergründen, weshalb man so lieblos mit ihr verfuhr. Aber sie verstand es wohl nicht und streichelte nur manchmal scheu und mitleidig über ihren Arm, wenn sie von der Mutter wieder einmal besonders schlimm gescholten wurde. Dann war Lisa in die Pension gekommen, und Henny vermißte sie sehr als das einzige Wesen, das ihr zuweilen etwas wie heimliche Teilnahme geschenkt hatte.

Nun war Lisa aus der Pension heimgekehrt, und seither war ihre Teilnahme für Henny bewußter und positiver geworden. Sie suchte ihr allerlei Gutes zu tun, obwohl man ihr allerlei Schauderhaftes über Henny berichtet hatte. Denn inzwischen war Henny Riemann Frau Moran geworden. Und das kam so:

Es war ein neuer Verwalter nach Altwiese gekommen, ein stiller, pflichttreuer und verläßlicher Mensch, der mit klugen, offenen Augen in die Welt sah, Hans Moran. Er war weder schön noch elegant, verstand weder zierlich zu reden noch war er für etwas anderes zu haben als für seine Arbeit. Sein rundes, frisches Gesicht, das etwas gewöhnliche Züge hatte, wenn man sich nicht die Mühe nahm, gründlicher darin zu forschen, war grobzügig und uninteressant. Aber er hatte gute ehrliche Augen. Seine gedrungene Gestalt war etwas schwerfällig, es schien fast so, als wisse er mit seiner überschüssigen Kraft nichts anzufangen und fürchte, damit irgendwelchen Schaden anzurichten.

Hans Moran erkannte bald genug Hennys Martyrium. Ein tiefes Mitleid erfaßte ihn mit dem schlanken blassen Mädchen, das ihm viel zu fein und zu vornehm erschien für die untergeordnete Stellung, die es im Haus einnahm. Wieder und wieder wurde er Zeuge, wie man sie kränkte und demütigte, und dabei sah er doch mit seinen klugen Augen, was für eine hervorragende Kraft sie für Altwiese war.

Wie dann aus verehrungsvollem Mitleid eine tiefe, treue Liebe wurde, das wußte Hans Moran selbst nicht. Wo er Henny etwas zu Gefallen tun, wo er ihr eine Bürde abnehmen konnte, tat er es. Und als er erkannte, daß es Liebe war, was er für Henny empfand, sagte er sich resigniert, daß so ein feines, schönes Geschöpf niemals einem so ungeschlachten Mann wie er war, sein Herz schenken könne. Aber tiefer und tiefer nistete sich in seinem Kopf der Gedanke ein, daß er Henny retten müsse aus dieser demütigenden Stellung, die sie einnahm.

Henny war tief gerührt durch Hans Morans Verhalten ihr gegenüber. Sie fühlte, wie gut er es mit ihr meinte. Unendliche Dankbarkeit gegen ihn erfüllte ihr Herz, und sie fühlte zum erstenmal in ihrem jungen Leben die Wohltat, von jemandem beschützt zu werden. Er wußte es immer so einzurichten, daß sie zuweilen ein halbes Stündchen miteinander plaudern konnten. Dabei versuchte er sie aufzurichten, versuchte, sie zu überreden, daß sie sich nicht alle Demütigungen ruhig gefallen lassen solle, machte ihr klar, daß sie im Verhältnis zu ihren Verwandten die Gebende sei durch ihre unerhörten Leistungen und daß sie nichts empfinge, was sie nicht zehnfach verdiene.

Er erreichte nicht, daß sie aufbegehrte und sich zur Wehr setzte. Sie ertrug stumm und wehrlos alles, was man ihr zufügte, aber es tat ihr doch unsagbar wohl, daß es einen Menschen gab, der sich um sie kümmerte und sorgte, der gut zu ihr war.

Dann hatte Hans Moran eines Tages davon gesprochen, daß er in Amerika einen Onkel habe, der eine schöne Farm besäße, und daß er auch am liebsten nach Amerika gehen würde, um dort sein Glück zu suchen. Von seinen verstorbenen Eltern habe er zehntausend Mark geerbt, und dafür wolle er sich eine Farm kaufen und so vorwärtskommen.

Henny erschrak, weil sie nun ihren einzigen Freund verlieren sollte. Tränen rannen ihr über das blasse Gesicht. Dies stille Weinen schnitt ihm ins Herz. Er faßte ihre Hand:

»Ohne Sie gehe ich nicht, Fräulein Henny, darüber können Sie ganz ruhig sein, das heißt, wenn Sie mit mir kommen wollten. Verlassen Sie dies Haus, wo man Ihnen nur Böses zufügt, wo kein Mensch ein Herz für Sie hat. Kommen Sie mit mir – als meine Frau. Erschrecken Sie nicht, ich weiß schon, daß ein so feines schönes Mädchen so einen plumpen häßlichen Kerl wie ich es bin, nicht lieben kann. Sie sollen mir nur gestatten, daß ich Sie auf Händen trage, daß ich für Sie arbeite, daß ich Sie aus all dem Schlimmen und Häßlichen hier erlöse.«

Mit großen Augen hatte sie ihn angesehen. So unerfahren war sie noch trotz ihrer zwanzig Jahre, daß sie einen richtigen Begriff von der Ehe überhaupt nicht hatte. Sie liebte Moran nicht, wie die Frau den Mann lieben soll, dem sie sich zu eigen gibt, aber er war der einzige Mensch, der gut zu ihr war und der ihr mit seiner unbedingten Verläßlichkeit Zutrauen eingeflößt hatte. Trotzdem erschrak sie vor dem Gedanken, seine Frau werden zu sollen, und er las ihr das wohl vom Gesicht ab und biß die Zähne aufeinander.

»Meine Verwandten würden das wohl nie zugeben«, sagte sie unsicher.

Er hatte bitter aufgelacht.

»O nein, die werden Sie festhalten mit aller Macht, denn eine so tüchtige und billige Hilfe, eine so perfekte Haushälterin werden sie nie wieder bekommen. Und ganz gewiß keine, die sich alles so geduldig gefallen läßt, die nie einen freien Tag verlangt, nie einen Pfennig Lohn bekommt. Aber – wir würden sie nicht lange fragen, Fräulein Henny, Sie werden in wenigen Wochen einundzwanzig Jahre alt, die Vormundschaft Ihres Onkels erlischt dann, niemand kann Sie mehr halten. Ich würde Sie dann frei und offen von Ihrem Onkel fordern, aber ich weiß, Sie werden nicht den Mut haben, sich frei zu machen, man wird Sie einschüchtern, und Sie werden bleiben. Nein, so geht es nicht, heimlich muß ich Sie fortbringen von hier, heimlich müßten wir uns trauen lassen, noch ehe wir fortgehen, damit niemand etwas Böses über Sie sagen kann. Als meine Frau entführe ich Sie dann, damit Ihnen alle aufregenden Szenen erspart bleiben. Ich werde alles vorbereiten, alles in Ordnung bringen, ohne daß Sie irgendwie belästigt werden. Sagen Sie mir nur, daß Sie mit mir gehen wollen als meine Frau, daß Sie mir gestatten wollen, Ihnen ein besseres Leben zu schaffen, ich kann es nicht mehr länger mit ansehen, wie Sie drangsaliert werden, ohne alles zu Ihrer Befreiung zu wagen. Ich will schon alles so einrichten, daß es ganz leicht für Sie wird.«

Sie hatte nicht gleich eingewilligt, hatte ihm gesagt, daß sie ihm gut sei wie ihrem besten treuesten Freund, der er ja auch sei, daß sie ihn aber nicht lieben könne, wie er es verdiene. Er hatte erwidert, das wisse er wohl, und sie solle nicht bange sein, daß er das von ihr verlange. Sie solle nur gestatten, daß er sie frei machen und ihr alles an den Augen ablesen dürfe. Nur dulden solle sie ihn als ihren Mann, damit werde er zufrieden sein.

Sie war, wie gesagt, zu unerfahren, um zu übersehen, was sie mit einer solchen Ehe für Pflichten auf sich nahm. Aber die Freiheit lockte, die Hoffnung, allen Demütigungen zu entgehen, alles Böse und Schwere hinter sich zu lassen und sich von der opferfreudigen Liebe dieses guten treuen Menschen einhüllen zu lassen. Selbst eine Verbindung unter solchen Voraussetzungen erschien ihr als ein erstrebenswertes Glück. Denn hier in Altwiese war nichts für sie zu hoffen als ewige Dienstbarkeit und Erniedrigung.

Sie bat sich Bedenkzeit aus, und er wartete geduldig. Aber schließlich sagte sie ja zu allem, was er vorgeschlagen hatte.

Und so nahm Hans Moran für den ersten Oktober seine Entlassung. Er sagte Karl Rasmussen, daß er nach Amerika gehen würde, um sich in der Nähe seines Onkels anzukaufen.

Als er am ersten Oktober Altwiese verließ, um noch einige Tage in der Stadt in einem Gasthof zu wohnen, war alles Nötige von ihm vorbereitet und alles mit Henny besprochen worden. Henny sollte an dem Tag nach ihrem Geburtstag in die Stadt kommen, wo sie angeblich Einkäufe für den Haushalt machen wollte. An diesem Tag sollte in der Stadt die standesamtliche Trauung stattfinden.

So war auch alles geschehen. Gleich nach der Trauung fuhr Henny noch einmal nach Altwiese zurück. Ihre Sachen hatte Hans Moran schon vorher heimlich fortgeschafft, viel besaß Henny ja nicht.

Am nächsten Vormittag erwartete Hans Moran seine junge, ihm gestern angetraute Gattin mit seinem Motorrad am Waldrand. Es war ein beklemmendes Gefühl für Henny gewesen, als sie sich – für immer, wie sie meinte – aus dem Hause entfernte, in dem sie lange Jahre, wenn auch widerwillig geduldet, eine Heimat gefunden hatte. Das Herz hatte ihr bis in den Hals hinauf geklopft, als begehe sie ein schweres Unrecht. Auf ihrem Zimmer hatte sie einen Brief zurückgelassen, den man später finden sollte und in dem sie alles erklärte. Wie gejagt war sie hinüber zum Wald geeilt, als könne man sie jetzt noch zurückrufen. Von niemandem wurde ihr der Abschied schwer, denn Lisa befand sich zur Zeit in der Pension. Sonst stand sie im Herzen keinem Menschen in Altwiese nahe. Den Onkel hätte sie gern geliebt, wenn er es ihr gestattet hätte, aber aus Angst vor Szenen mit seiner Frau war er ihr immer aus dem Weg gegangen und hatte anscheinend keine Notiz von ihr genommen.

Zitternd und bebend vor Aufregung war sie bei Hans Moran angekommen, der neben seinem Motorrad lehnte und ihr liebevoll besorgt entgegensah. Die jungen Gatten hatten bisher noch nicht einmal einen Kuß getauscht, auch jetzt begrüßten sie sich nur mit einem Händedruck. Und Hennys Aufregung teilte sich nun auch Hans Moran mit. Sie bestiegen beide das Motorrad und fuhren in schnellstem Tempo davon, damit man sie nicht mehr einholen könnte. Henny war blaß wie eine Tote. Auch Hans Morans sonst so frisches Gesicht war blasser als sonst, und eine angespannte Energie leuchtete aus seinen Augen. So waren sie auf die Landstraße gekommen. Und hier kam ihnen ein dahersausendes Auto in voller Fahrt entgegen. War es die Erregung, die Hans Moran unsicher machte oder versagte der Motor – er geriet plötzlich mit dem Auto zusammen, prallte in voller Wucht gegen dasselbe. Henny wurde im weiten Bogen über die Straße auf den weichen Rasen geschleudert, was ihre Rettung war, während Hans Moran unter das Auto geriet und auf der Stelle tot war. Der Chauffeur des Autos wurde ebenfalls leicht verwundet, während die Insassen des Wagens mit dem Schrecken davonkamen. Das Auto hatte Schaden gelitten und konnte nicht weiterfahren. Zum Glück kam der Altwiesener Milchwagen gerade vorüber. Man räumte die leeren Milchkrüge beiseite und hob die drei verunglückten Menschen auf das Gefährt – den toten Hans Moran, den verwundeten Chauffeur und die bewußtlose Henny. Das Dorf war nicht weit. Hier lieferte der Milchkutscher im Gemeindehaus den toten Hans Moran und den Chauffeur ab, während er die noch immer bewußtlose Henny, als sei das selbstverständlich, mit nach Altwiese nahm.

Dort hatte man inzwischen Hennys Flucht entdeckt, denn eine so notwendige Hilfskraft konnte nicht für lange unbemerkt aus einem Haushalt dieser Art verschwinden. Frau

Helene Rasmussen hatte Henny wütend, daß man sie mit Haushaltfragen belästigte, in ihrer Kammer gesucht und dort den von ihr zurückgelassenen Brief entdeckt. Dieser enthüllte ihr alles, und nachdem sie ihn gelesen, stürmte sie in das Arbeitszimmer ihres Gatten, warf ihm den Brief auf den Schreibtisch und machte ihrer Empörung über das undankbare, leichtfertige Geschöpf, das sich in eine Liebschaft mit diesem scheinheiligen Moran eingelassen habe, Luft. Gewiß sei es die höchste Zeit gewesen, daß Moran Henny wieder ehrlich gemacht habe; das habe man nun von dieser hergelaufenen Person, gegen deren Aufnahme sie immer protestiert habe. Eine himmelschreiende Undankbarkeit sei es von ihr, einfach davonzulaufen.

Karl Rasmussen hatte den Brief gelesen. Irgend etwas in diesem Brief rührte an sein Herz, Henny hatte inständig um Verzeihung gebeten wegen ihres eigenmächtigen Handelns, aber sie hatte nicht gewagt, sich vertrauensvoll an den Onkel zu wenden. Sie danke ihm für das Obdach, das er ihr so lange gewährt habe, und mit ihrem Fortgehen erlöse sie ihn ja von einer Last. Er brauche nun nicht mehr die Vorwürfe seiner Frau anzuhören, daß er sie ins Haus gebracht habe.

Als seine Frau in ihrem Zorn gar kein Ende finden konnte, da sie wußte, nie wieder würde sie eine so tüchtige und willige Haushälterin finden, sagte er in rauhem Ton:

»Was willst du denn, sei doch zufrieden, daß du sie los bist.«

Aber plötzlich war Henny, die verachtete, überflüssige Henny bei Frau Helene im Wert gestiegen. Wer jetzt alle ihre Arbeit übernehmen, wer sie ersetzen solle. Man wisse sich ja einfach nicht zu helfen, da sie den ganzen Haushalt geleitet hatte. Diese undankbare Person habe wohl gar nicht daran gedacht, in welche Verlegenheit sie ihre »Wohltäter« bringe.

Und wieder ergoß sich die Schales ihres Zorns über ihren

Gatten, der immer wieder Hennys Brief durchlas und kaum auf die Worte seiner Frau hörte. Vielleicht wurde ihm in dieser Stunde doch klar, welches Martyrium Henny ertragen hatte. Aber auch er zweifelte keinen Augenblick, daß Hennys Verheiratung eine Liebschaft vorangegangen war und daß Hans Moran Henny durch diese Heirat rehabilitieren wollte. Doch gerechter und einsichtsvoller als seine Frau sagte er sich, daß, wenn es so war, Henny die geringste Schuld traf. Es war kein Wunder, daß sie sich nach einem Menschen gesehnt hatte, der sie liebte, denn niemand hatte sich um ihr Innenleben gekümmert.

In all diese Aufregungen hinein kam der Milchwagen mit der noch immer bewußtlosen Henny, die nun in das Haus zurückkehrte, aus dem sie vor kurzer Zeit entflohen war.

Am liebsten hätte ihr Frau Rasmussen, als sie hörte, was geschehen war, das Haus verschlossen, aber Karl Rasmussen gebot, daß man sie hinauf in ihr Zimmer tragen sollte. Und als Frau Helene hörte, daß Hans Moran tot sei, wehrte sie sich nicht dagegen. Wenn Henny keinen Mann mehr hatte, würde sie froh sein, wieder in Altwiese Unterkunft zu finden, und man war ihrer sicherer als zuvor.

So wurde Henny auf ihr Zimmerchen geschafft und von mitleidigen Dienstboten zu Bett gebracht. Der Arzt war bald darauf gekommen, der erst Morans Tod konstatiert und den Chauffeur verbunden hatte. Und Henny war unter seinen Bemühungen wieder zu sich gekommen und hatte mit großen verständnislosen Augen um sich geblickt.

Der Arzt hatte sie untersucht und einige Quetschungen, eine leichte Fleischwunde am Bein und einen Nervenschock festgestellt. Fast zwei Wochen mußte Henny das Bett hüten, mußte gepflegt werden – und konnte nicht arbeiten. Im Hause ging alles drunter und drüber, man merkte deutlich genug, daß Henny die Seele des ganzen Hauswesens gewesen war, und Frau Rasmussen zeterte ohne Unterlaß darüber, daß man nun neben aller Arbeit auch noch die Kranke pflegen müsse.

Sie stellte sich natürlich an, als jage sie Henny, die wiederum so viel »Schmach und Schande« ins Haus gebracht hatte, am liebsten davon, aber sie wartete doch ungeduldig darauf, daß diese wieder aufstehen und arbeiten und ihr die Last des Hauswesens abnehmen möge. Aber dabei nagte noch eine heimliche Sorge an ihr. Sie war fest davon überzeugt, daß Henny schon lange ein Liebesverhältnis mit dem Verwalter unterhalten habe und daß dies nicht ohne Folgen bleiben würde. Das hatte ihr noch gefehlt, daß nun auch noch ein Kind »dieser undankbaren und leichtfertigen Person« in Altwiese aufgefüttert werden müßte und daß diese Schmach noch zu allem andern hinzukäme. Im Grunde genoß sie aber schon im voraus die Genugtuung, die es ihr bereiten würde, Henny in ihrem Bekanntenkreis als eine völlig Verlorene verdammen zu können.

Sobald Henny nur halbwegs vernehmungsfähig war, wurde sie von der gestrengen Tante einem peinlichen Verhör unterzogen. Sie ging gleich auf den brennenden Punkt los und fragte, wann das Kind zur Welt kommen würde. Henny, die ziemlich schwach und apathisch war, öffnete die Augen weit und sah die Tante verständnislos an.

»Was meinst du, Tante Helene, welches Kind soll zur Welt kommen?« fragte sie, sich zur Aufmerksamkeit zwingend.

Wütend fuhr die Tante auf.

»Tu doch nicht so unschuldig, dein Kind meine ich natürlich, ich will wissen, wann du es erwartest?«

Da war Henny dunkelrot geworden, hatte die Augen geschlossen und die Lippen fest aufeinandergepreßt. Das hatte die Tante als Zugeständnis angesehen, und eine Flut von Schmähungen war auf Henny herniedergeprasselt. Endlich hatte sich Henny mühsam gefaßt und Kraft gesammelt, um diese Schmährede zu unterbrechen. Sie hatte sich aufgerichtet und, ihr blasses Gesicht der Tante zuwendend, gesagt:

»Du befindest dich in einem großen Irrtum, Tante Helene. Hans Moran ist wohl nach dem Gesetz mein Gatte geworden, aber nie ist er mir mit einem unreinen Wunsch zu nahe gekommen. Dazu war er viel zu ehrenhaft. Ich – ich habe ihm nicht einmal einen Kuß gegeben – nicht einmal, um ihm zu danken für seine Güte und Liebe –, denn – ich liebte ihn nicht.«

Die Tante hatte sie konsterniert angestarrt.

»Weshalb bist du denn dann mit ihm davongelaufen?«

Henny hatte sie mit einem Blick angesehen, der einem weniger hart veranlagten Menschen wie Tante Helene wohl das Herz umgewandt hätte. Henny hatte nicht ein Wort erwidert, aber dieser Blick hatte doch bewirkt, daß Frau Helene nicht weiter in sie drang. Diese war viel zu erleichtert, daß nun nichts mehr Henny hindern würde, ihre Pflichten im vollen Umfang wieder aufzunehmen, wenn es ihr auch einen Strich durch die Rechnung machte, daß sie keine Berechtigung hatte, Henny als moralisch gesunken zu betrachten. Ihr Haß gegen Henny war so tief eingewurzelt, daß es ihr eine gewisse Genugtuung gewesen wäre, hätte sie mit vollem Recht den Stab über sie brechen können. Ohne dieses Recht würde sie es freilich auch tun. Aber jetzt sagte sie mit einer großartigen Geste:

»Wir wollen versuchen, dir zu verzeihen, was du uns angetan hast, aber ich erwarte von dir, daß du künftig durch strengste Pflichterfüllung dein Unrecht gutzumachen versuchst. Bedenke immer, wieviel wir dir zu verzeihen haben, und sei dankbar, daß wir dich nicht hinausstoßen auf die Straße.«

Henny hätte am liebsten gesagt: »Laßt mich doch gehen, ich will mir draußen in der Welt mein Brot suchen, überall wird das Leben für mich leichter sein als hier.« Aber sie hatte es nicht gewagt. Und jetzt war kein Hans Moran mehr da, der sie beschützen konnte, der ihr Mut zusprach und ihr klarmachte, daß sie schamlos ausgenutzt würde und ein Recht habe auf sich selbst.

Sie war jetzt auch viel zu kraftlos; selbst wenn sie sich hätte wehren wollen, sie hätte es nicht gekonnt. Der Tod Hans Morans hatte sie noch viel mehr niedergedrückt als ihr eigener Zustand. Tiefe Trauer um den Mann, der sie hatte befreien wollen und der nun bereits beerdigt war, erfüllte ihr Herz. So tief hatte das Schicksal sie niedergebeugt, daß sie nicht die Kraft besaß, sich aufzurichten, viel weniger, um ihre Freiheit zu kämpfen.

So kam sie wieder in die alte Abhängigkeit, die einer Sklaverei glich.

Sobald sie dazu imstande war, erhob sie sich und ging wieder ihren Pflichten nach. Am nächsten Sonntag schleppte sie sich zum Friedhof, zu Hans Morans Grab und hier überfiel sie ein Weinkrampf, der ihr einige Befreiung brachte. Mit ihren Tränen löste sich der Schmerz, der sie bedrückt hatte, und machte einer stillen Resignation Platz. Sie war innerlich sehr gereift, so gereift, daß sie etwas wie eine Überlegenheit ihrer Tante und Ditta gegenüber empfand. Äußerlich blieb ihr Verhältnis zu ihnen dasselbe, aber innerlich verhalf ihr Stolz ihr dazu, sich freier zu fühlen. Und es lag eine stille Abgeklärtheit über ihrem Wesen. Tante Helenes Scheltworte, Dittas verächtliche Miene verletzten auch heute noch ihr Feingefühl. Aber wirklich demütigen konnte sie das Gebaren von Mutter und Tochter nicht mehr. Nur um Scheltworten zu entgehen, tat sie alles, was von ihr verlangt wurde – und um sich selbst zu genügen, das Bewußtsein zu haben, in diesem Haus niemandem etwas schuldig zu sein.

So vermochte sie dieses Leben weiter zu ertragen, ohne

zusammenzubrechen. Sie arbeitete wieder von früh bis spät, hielt die Wirtschaft zusammen, suchte in Onkel Karls Interesse zu sparen, wo sie nur konnte, weil sie wußte, daß ihn große Sorgen drückten, und ging ihren Pflichtenweg. Niemand hatte ein freundliches Wort für sie, auch Onkel Karl wich ihr wieder aus – wohl um des lieben Friedens willen. Die Tante packte ihr auf, was sie konnte, Ditta sah hochmütig verächtlich über sie hinweg und ließ sich, wenn es ihr darauf ankam, von ihr wie von einer Kammerzofe bedienen. Aber das Schlimmste sollte Henny jetzt erst noch erfahren. Seit sie Frau Moran hieß, begegnete ihr Herbert, der Sohn des Hauses, mit einer gewissen frivolen Vertraulichkeit, sobald er allein mir ihr zusammentraf. In Gegenwart der anderen sah auch er, wie sonst, hochmütig über sie hinweg, aber sobald er sie einmal allein antraf, fiel er ihr mit Worten lästig, die sie beschämten und bedrängten. Sie suchte ihm soviel wie möglich auszuweichen, aber immer ließ sich das nicht einrichten. So war ihr Los seit ihrer mißglückten Flucht eher noch schlimmer als besser geworden.

Aber sie war die Erbin ihres verstorbenen Gatten, man hatte ihr die zehntausend Mark und noch einiges darüber ausgezahlt, die Hans Moran zum Ankauf einer kleinen Farm hatte benützen wollen. Als ihr Onkel ihr das Geld aushändigen sollte, sagte er hastig:

»Ich werde das Geld für dich in Verwahrung nehmen, Henny. Du brauchst es ja nicht, und es wird dir mit vier Prozent verzinst werden.«

Ohne jeden Einwand war sie damit einverstanden. Sie ahnte nicht, daß der Onkel diese Summe dringend benötigte, um seine drückendsten Schulden zu bezahlen. Er hatte ihr eine Bescheinigung ausgestellt, daß er das Geld für sie in Verwahrung nehme, und zahlte ihr am ersten jeden Quartals die Zinsen in Höhe von hundert Mark aus. Frau Helene hatte daraufhin freilich sofort bestimmt, daß Henny von jetzt ab für dies Geld sich Wäsche und Kleider selbst anzuschaffen habe, aber für Henny war es doch ein Hochgefühl ohnegleichen, selber über einige Mittel zu verfügen. Bisher hatte sie ja nie einen Pfennig besessen, hatte um alles bitten müssen, wenn sie etwas brauchte, und zumeist hatte sie sich abgelegte Sachen von Ditta hergerichtet. Jetzt sollte sie sich selber ihre Kleidung kaufen dürfen. Wie sehr sie darüber froh war, läßt sich nicht beschreiben. Sie war von Herzen dankbar, daß Hans Morans Erbe ihr wenigstens diese kleine Freiheit verschaffte.

Das erste, was sie von dem Geld kaufte, war ein hübscher, schlichter Gedenkstein für Hans Morans Grab. Jeden Sonntag, wenn sie nur eine Stunde Zeit hatte, ging sie hinüber zu dem kleinen Dorfkirchhof, wo sein Grab lag, und schmückte es mit Blumen. Hatte sie Hans Moran auch nicht geliebt, wie er es verdiente, so wollte sie doch sein Andenken heilig halten als das eines Menschen, der ihr nur Güte und Liebe entgegengebracht hatte. Sorgfältig pflegte sie das Grab, und wenn sie dann ein Weilchen neben dem Hügel saß, dachte sie darüber nach, wie sich ihr Schicksal wohl gestaltet haben würde, wenn sie mit Hans Moran in die Welt hinausgegangen wäre, hinüber nach Amerika. Ob sie an seiner Seite ihr Glück gefunden hätte, wußte sie nicht, wußte nur, daß sie in treuer Hut gewesen wäre.

3

Und dann war die kleine Lisa Rasmussen aus der Pension nach Hause zurückgekehrt und hatte etwas wie wärmenden Sonnenschein in Hennys vereinsamtes, schattenhaftes Dasein gebracht. Lisa zählte jetzt über sechzehn Jahre und war ein lustiges, übermütiges Persönchen. Aber Henny merkte bald mit stiller Freude, daß diese kleine Cousine ein sehr warmes, weiches Herz hinter ihrem Übermut versteckte, das auch für sie schlug. Lisa war ein kluges Mädchen, sah mit offenen Augen in die Welt und merkte sehr wohl, daß man Henny in unverantwortlicher Weise ausnutzte, daß man sie demütigte und mit dem Hinweis auf irgendeine geheimnisvolle Vergangenheit unter ständigem Druck hielt. Was hatte es mit dieser Vergangenheit für eine Bewandtnis? Henny machte ihr so gar nicht den Eindruck, als habe sie je etwas Böses oder Unrechtes getan. Sie ärgerte sich ein wenig, daß man sie noch immer nicht als erwachsen behandelte und ihr Dinge vorenthielt, die Ditta in ihrem Alter zugänglich gewesen waren. In die Gesellschaft sollte sie zum Beispiel noch nicht eingeführt werden, obwohl sie schon sechzehneinhalb Jahre alt war. Ditta war mit sechzehn Jahren längst ausgegangen. Aber sie merkte sehr bald, daß sie nur aus dem einen Grund die Kinderschuhe anbehalten sollte, um ihrer Schwester keine Konkurrenz zu machen. Das mußte sie sich gefallen lassen. Aber daß man ihr Hennys »Vergangenheit« so geheimnisvoll verschwieg, paßte ihr nicht. Und eines Tages sagte sie resolut zu ihrer Schwester:

»Du, Ditta, was hat denn Henny eigentlich verbrochen, daß man sie immer so von oben herab behandelt?«

Ditta hatte die Achseln gezuckt.

»Ach, ich weiß nicht, ob ich mit dir darüber sprechen darf. Frag doch lieber Mama.«

Lisa hatte die Schwester groß angesehen.

»Mein Gott, hab' dich doch nicht so! Was du weißt, werde ich ja doch auch wissen dürfen, schließlich bin ich doch kein Wickelkind mehr, sondern eine erwachsene junge Dame.«

»Nein, das bist du eben nicht, das wirst du erst sein, wenn du in die Gesellschaft eingeführt bist.«

»Das wäre längst geschehen, wenn Mama nicht vermeiden wollte, zwei heiratsfähige Töchter auf den Markt zu werfen.«

»Aber Lisa, was du für Ausdrücke hast.«

»Ja, sie mögen ein wenig zu deutlich sein, aber sie treffen den Nagel auf den Kopf. Damit du erst unter die Haube gebracht werden kannst, muß ich noch das Baby spielen, am liebsten würdet ihr mich noch ins Steckkissen stecken, damit die Leute nur ja glauben sollen, daß ich noch nicht gesellschaftsfähig bin. Aber ich frage dich, wie alt warst du, als du zum erstenmal ausgeführt wurdest?«

»Ich weiß nicht mehr.«

»Aber ich! Es war drei Tage nach deinem sechzehnten Geburtstag. Und ich frage dich, ob du dir damals erwachsen vorgekommen bist oder nicht?«

Diese Frage klang sehr kriegerisch, und Ditta hatte lachend erwidert:

»Selbstverständlich fühlte ich mich erwachsen.«

»Na also, und das tue ich auch. Also kannst du mir ruhig anvertrauen, was du über Henny weißt, es ist besser, ich erfahre es durch dich als durch Mama. Ich verrate nicht, daß du es mir gesagt hast.«

Ditta zuckte die Achseln.

»Also meinetwegen. Aber erst versprich mir, daß du es für dich behalten wirst.«

»Großes Ehrenwort«, erwiderte Lisa wichtig.

»Nun, so höre. Henny ist die Tochter eines davongelaufenen Lumpen und einer Selbstmörderin. Ihre Mutter hat sich aus Gram ertränkt, weil Hennys Vater in die Welt hinausgelaufen ist und sie mit ihr in Not und Sorge zurückließ.«

Lisa war sehr blaß geworden.

»Mein Gott, das arme Ding! Sie kann aber doch nichts dafür.«

»Aber es ist nun mal eine Schande für sie, von solchen Eltern abzustammen.«

»Aber Ditta, das ist wohl ein großes Unglück, aber doch keine Schande.«

»Das verstehst du nicht!«

»Nein, das verstehe ich wirklich nicht, daß man die arme Henny dafür verantwortlich machen will. Man kann sie doch nur bemitleiden.«

»Das ist ja auch noch nicht alles, die Hauptsache kommt noch. Sie hat den Eltern mit schwarzem Undank gelohnt, daß sie in Altwiese barmherzig aufgenommen wurde. Vor fast einem Jahr ist sie mit dem Verwalter Moran durchgegangen, sie wollte mit ihm nach Amerika durchbrennen. Ganz heimlich ist sie auf und davon, nachdem sie sich am Tag vor ihrer Flucht heimlich mit ihm hat trauen lassen. Moran holte sie am nächsten Tag ab, auf seinem Motorrad wollten sie zum Bahnhof fahren und von dort nach Hamburg, wo sie mit einem Dampfer weiterreisen wollten. Aber unterwegs sind sie mit einem Auto zusammengestoßen, Moran war sofort tot, Henny aber ist mit einigen leichten Verletzungen und einem Nervenschock davongekommen. Der Milchkutscher brachte sie bewußtlos nach Altwiese zurück. Sie mußte vierzehn Tage im Bett liegen, konnte keine Arbeit verrichten und mußte obendrein noch gepflegt werden, es war eine gräßliche Zeit, alles ging drunter und drüber. Und nun heißt sie Frau Moran, hat aber keinen Mann, weil der im Dorf auf dem Kirchhof liegt.«

Lisa war sehr blaß geworden.

»Mein Gott, die Ärmste, das ist ja der reinste Roman.«

»Ein unerhörter Skandal ist es! Du siehst nunmehr wohl ein, daß sie auf ihre Vergangenheit nicht stolz sein kann. Ich an ihrer Stelle schämte mir die Augen aus dem Kopf und wagte keinem Menschen ins Gesicht zu sehen.«

Mit großen Augen sah Lisa die Schwester an.

»Aber Ditta, das ist doch alles nur Unglück! Da kann Henny einem doch nur leid tun. Es ist ja vielleicht nicht recht von ihr gewesen, daß sie heimlich geflohen ist und sich heimlich trauen ließ, aber vielleicht tat sie es nur aus Furcht vor Mama. Mama kann so furchtbar hart und streng sein, zumal zu Henny. Ich weiß, das war früher schon so, ehe ich in Pension kam, da hat mir Henny schon oft bitter leid getan. Das arme Ding hat wohl niemanden gehabt, der ihr hätte raten können, und sie hat wahrscheinlich ihren Mann furchtbar liebgehabt. Und schließlich ist es doch keine Schande, wenn sie mit ihrem Mann nach Amerika gehen wollte, eine Schande wäre es doch nur gewesen, wenn sie nicht mit ihm verheiratet gewesen wäre. Ich finde das alles sehr romantisch, aber als Schande kann ich es nicht betrachten.«

»Weil du es nicht verstehst. Es ist gerade genug darüber geklatscht und geredet worden. Aber nun genug davon, du weißt nun Bescheid und wirst nicht darüber schwatzen, damit diese Sache nicht noch einmal aufgerührt wird. Romantisch kann ich es absolut nicht finden, Moran war durchaus keine romantische Erscheinung – Gott behüte!«

Lisa hatte aber dringlich noch nach Einzelheiten dieser Begebenheit gefragt, bis Ditta endlich unwillig erklärt hatte, nun spreche sie kein Wort mehr über diese »schmutzige Geschichte«.

Lisa aber wälzte das alles in ihrem Köpfchen herum und spann doch so etwas wie einen Roman um Hennys Erscheinung. Sie war ihr interessant geworden und wurde für sie aus dem Rahmen des Alltagslebens herausgerückt, wurde ihr zu einer tragischen Figur, deren Schicksal sie lebhaft beschäftigte und ihr weiches Herz mit Mitleid erfüllte. Sie versuchte zuerst schüchtern und tastend, sich Henny zu nähern. Und dann war ein Sonntagnachmittag gekommen. Lisa hatte draußen auf der großen Wiese vor dem Haus unter den breitästigen Linden gesessen, wo eine Gruppe von Rohrmöbeln um einen runden Tisch herumstand. Hier hatte sie sich in ein Buch vertieft. Da war Henny in ihrem schlichten schwarzen Sonntagskleid vorübergegangen, das sie sich, wie alle ihre Kleider, selbst gearbeitet hatte. Und wie im schlichtesten Arbeitsanzug wirkte Henny auch in diesem einfachen Kleid, das in weichen Falten an ihrer schlanken, jugendschönen Gestalt niederfiel, sehr anziehend. Lisa meinte, so vornehm wie Henny sähen nicht einmal Mutter und Ditta aus, auch nicht, wenn sie ganz große Toilette gemacht hatten. Irgend etwas an Henny gab ihr etwas Apartes, Interessantes. Und ihr Gang war graziös, ihre Haltung stolz und frei, wenn sie sich nicht gerade unter den Scheltworten der Mutter duckte. Plötzlich sprang Lisa auf und trat vor Henny hin.

»Wohin gehst du, Henny?«

Henny errötete. Sie sprach nie von Hans Moran und wollte nicht verraten, daß sie zu seinem Grab ginge.

»Ich – ich wollte nur durch den Wald zum Dorfe gehen, Lisa.«

»Darf ich dich begleiten?«

Überrascht hatte Henny in Lisas mitleidige Augen gesehen, aus denen ihr so viel warme Teilnahme entgegenleuchtete. Das Herz hatte ihr bis zum Hals hinauf geklopft unter diesem teilnehmenden Blick.

»Ich weiß nicht, ob Tante Helene das gestatten würde.«

Lisa machte eine abwehrende Bewegung.

»Du sollst mir nur sagen, ob dir meine Begleitung lästig sein würde.«

»Nein, o nein!«

Da hatte Lisa einfach ihre Hand unter Hennys Arm geschoben.

»So begleite ich dich, Henny, ich möchte ein wenig mit dir plaudern. Du hast sonst immer so viel zu tun, daß man gar nicht dazu kommt, sich mit dir zu unterhalten.«

»Deine Mutter würde es auch nicht gestatten, daß du dich mit mir unterhältst. Bitte, laß mich lieber allein gehen, deine

Mutter will es sicher nicht, daß dich jemand in meiner Gesellschaft sieht.«

Mitleidig sah Lisa in ihr Gesicht.

»Ach du Armes, so große Angst hast du vor Mama? Nun ja, ich kann es mir denken, es wird ja ewig auf dir herumgehackt, das habe ich nun schon heraus, seit ich wieder zu Hause bin. Ein angenehmes Leben führst du nicht in Altwiese.«

Erschrocken sah Henny sie an.

»Oh, liebe Lisa, ich habe mich nicht beschwert!«

»Nein, das wagst du gar nicht! Alles läßt du dir gefallen, und alle nörgeln an dir herum. Aber das eine will ich dir jetzt in aller Ruhe und Bestimmtheit sagen, ich mache da nicht mit! Ich schäme mich, ja, ich schäme mich, daß man dich hier so schlecht behandelt. Ich habe geglaubt, daß du Gott weiß was für Schandtaten auf dem Gewissen hättest, und habe dich trotzdem bemitleiden müssen. Nun aber weiß ich, daß man dir ungerechterweise dein Unglück als Schmach anrechnet, und da tue ich, wie gesagt, nicht mit. Willst du mich zur Freundin annehmen, Henny, zur treuen Freundin, die durch dick und dünn zu dir hält?«

Da waren der armen Henny plötzlich die Tränen aus den Augen gestürzt. Härte hatte sie zu ertragen gelernt, konnte sie nicht aus der Fassung bringen, aber ein bißchen Güte und Teilnahme machten sie wehrlos, weil sie so gar nicht daran gewöhnt war.

»Oh, Lisa«, sagte sie weinend, »wenn du ahntest, wie deine Worte auf mich wirken. Aber ich darf deine Freundschaft nicht annehmen, Tante Helene würde es auf keinen Fall dulden.«

Energisch hatte Lisa den Kopf zurückgeworfen.

»Wer viel fragt, geht viel irre. Ich werde ganz gewiß Mama nicht erst fragen, ob ich einen Freundschaftsbund mit dir schließen darf. Wir werden auch nicht viel Aufhebens davon machen. Aber in aller Stille will ich dich unter meinen Schutz nehmen – jawohl – das tue ich. Und du sollst dir das nur gefallen lassen, sollst mir gestatten, daß ich dich ein wenig liebhaben darf, weil das sonst anscheinend keiner hier tut. Willst du?«

Sie reichte Henny dabei die Hand. Die legte scheu die ihre hinein, mit einem unbeschreiblich sehnsüchtigen Blick, der Lisa Herzklopfen verursachte.

»Ach, liebe Lisa, wenn du wüßtest, was das für mich heißt, daß du mich ein wenig liebhaben willst. Kein Mensch liebt mich, seit – nun ja, seit Hans Moran tot ist.«

»Du armes Ding, das soll anders werden. Weißt du, mit Liebe und Güte wird ja leider in Altwiese überhaupt keine Verschwendung getrieben, auch ich werde nicht gerade mit Liebesbeweisen verwöhnt, aber so hundearm an Liebe wie du ist doch kein Mensch hier. Wir wollen in treuer Freundschaft zusammenhalten, denn ich kann es auch brauchen. Ich fühle mich sehr einsam zu Hause. Sieh mal, in der Pension hatte ich eine Menge Freundinnen, die immer um mich waren, immer Zeit für mich hatten. Hier hat kein Mensch für mich Zeit. Vater kümmert sich nur um seine Arbeit und hat, glaube ich, viele Sorgen, und Mama, nun, die steckt ewig mit Ditta zusammen und spricht über nichts zu mir, als daß ich nicht vergessen soll, daß ich noch ein Kind bin. Die beiden sind immer irgendwo eingeladen oder fahren in die Stadt. Und mein Herr Bruder – bah, der hat doch kein Interesse für so ein ›kleines Mädchen‹ wie ich es bin, der hat andere Dinge im Kopf. Siehst du, auch heute saß ich wieder mutterseelenallein unter den Linden. Mutter und Ditta sind zu einer Teegesellschaft gefahren, Vater hält sein ausgiebiges sonntägliches Mittagsschläfchen, wozu er in der Woche keine Zeit hat, und Herbert ist mit den beiden jungen Herren von Zabern zur Hundeausstellung in der Stadt. So bin ich bis zum Abend auf mich selbst angewiesen. Warum soll ich da nicht mit dir gehen?«

Henny wurde das Herz warm und weit, als Lisa jetzt ihren Arm fest an sich drückte. Hier war ein Mensch, der ihr Liebe bot und – was ebensoviel wert war –, der auch Liebe von ihr verlangte. Sie sah noch ein wenig ungläubig in Lisas große, blaue Augen, die sie so warm und herzlich anstrahlten.

»Wie gern will ich dich liebhaben, Lisa – habe dich schon lieb. Und wenn du mit mir gehen willst – aber ich will es dir gleich sagen, ich gehe zum Friedhof, an Hans Morans Grab – dahin gehe ich jeden Sonntag, in der Woche habe ich keine Zeit, mir bleiben ja nur immer sonntags die paar Stunden zwischen Mittag und Abendessen. Und Hans Moran hat es verdient um mich, daß ich jeden Sonntag sein Grab schmücke.«

»Ach, dazu hast du die Blumen im Arm?«

»Ja, ich habe sie frisch gepflückt.«

»Dann willst du wohl lieber allein sein?«

»Bisher war ich immer allein dort, wer hätte mich denn begleiten sollen? Aber wenn du mitgehen willst – nur wird es dir sehr langweilig sein.«

»Gewiß nicht, wir können doch plaudern. Also du besuchst jeden Sonntag das Grab deines verstorbenen Gatten?«

»Ja, Lisa, erst lese ich zwei Stunden und suche mein bescheidenes Wissen zu bereichern, dann gehe ich zum Friedhof – und dann ist meine freie Zeit wieder um für eine Woche.«

»Das also ist deine einzige Erholung und Erbauung?«

»Nun ja, es gibt sonst so viel zu tun. Wenn ich abends um zehn Uhr zu Bett gehe, spare ich mir auch noch ein Stündchen für meine geistige Fortbildung ab. Aber ich bin dann meistens so müde, daß ich oft darüber einschlafe.«

»Und läßt dir geduldig Arbeit über Arbeit aufbürden, statt dir energisch einige Stunden freizuhalten?«

»Aber Lisa!« rief Henny erschrocken.

»Nun ja, Henny, ich habe es doch bemerkt, daß man dich

über Gebühr ausnutzt. Die Dienstboten würden sich bedanken, wenn sie täglich, wie du, sechzehn Stunden arbeiten müßten – sie bestehen auf ihren acht Stunden. Du läßt dich geduldig die doppelte Zeit hin- und herjagen. Ich besitze nämlich eine scharfe Beobachtungsgabe und Augen, die, wie unsere Pensionsvorsteherin sagte, durch neun eiserne Türen sehen. Seit ich aus der Pension zurück bin, habe ich mir über vieles Gedanken gemacht. Die alte Griebschen, die doch schon seit langen Jahren aus dem Dorf mittwochs und sonnabends zum Putzen kommt, sagte neulich zu mir: ›Ja, das Fräulein Henny, die arbeitet so viel wie eine Mamsell und zwei Dienstboten zusammen, es geht ihr alles so flink von der Hand, und alles hat seinen Schick.‹ Und sie hat recht, aber je flinker du arbeitest, desto mehr packt man dir auf. Und kein Mensch dankt es dir, daß du dich so für uns abmühst, im Gegenteil, alle verlangen noch Dank von dir.«

Etwas wie Stolz lag auf Hennys blassem Gesicht.

»Es soll mir auch niemand danken, mit meiner Arbeit erkaufe ich mir meine Daseinsberechtigung in Altwiese, verdiene mir mein Brot und das Dach über meinem Kopf. Ich will nicht das Gnadenbrot essen, will niemand etwas schuldig bleiben.«

Das kam in verhaltener Erregung über ihre Lippen, und ihre sonst so ruhigen Augen blitzten stolz und leidenschaftlich auf. Mit staunender Bewunderung sah Lisa zu ihr auf. Henny sah in diesem Augenblick so ganz anders aus als sonst, so überlegen, so stolz. Lisa drückte ihren Arm.

»Jetzt verstehe ich dich, Henny, du willst die Gebende sein. Und weiß Gott, das bist du auch. Und ich fühle, wieviel Größe dazu gehört, daß du klaglos alles Schwere auf dich nimmst, daß du dich schikanieren läßt.«

Hennys Stolz war schon wieder verschwunden wie etwas, das sich nicht oft ans Licht wagt.

»Sprich nicht so, Lisa, wenn das deine Mutter hörte!«

»Sei ruhig, sie wird es nicht hören, obwohl man es ihr nicht oft genug sagen könnte. Es soll unter uns bleiben, du sollst nur wissen, daß ich offene Augen habe in bezug auf alles, was in Altwiese geschieht. Mutter mit solchen Worten zu erzürnen – nein, dazu habe auch ich nicht den Mut, soviel Tapferkeit bringt ja nicht mal Vater auf. Aber weil ich weiß, daß man hart und ungerecht zu dir ist, will ich versuchen, das ein wenig gutzumachen. Du wirst von heute an eine Freundin an mir haben, und ich will dir helfen, wie und wo ich nur immer kann.«

Wieder feuchteten sich Hennys Augen.

»Liebe gute Lisa, wenn ich dir nur sagen könnte, wie dankbar ich dir bin für dein liebevolles Verständnis. Nun habe ich doch wieder einen Menschen, der lieb und gut zu mir ist. Seit Hans Morans Tod war ich so einsam im Herzen, so verlassen.«

Lisa schluckte ein wenig, um ihre Rührung zu verbergen. Sie zeigte sich nicht gern weich, versteckte ihr gutes Herz immer hinter einer etwas burschikosen, übermütigen Art. Mit rauher, verhaltener Stimme fragte sie, zu Henny aufsehend:

»Du hattest Hans Moran wohl sehr, sehr lieb, Henny?«

»Oh, nicht lieb genug, lange nicht lieb genug, Lisa. Ich liebte ihn ja nicht, wie eine Frau ihren Mann lieben soll.«

»Und doch wurdest du seine Frau?« fragte Lisa erstaunt.

»Weil *er* mich liebte, weil er gut zu mir war und mich befreien wollte. Ich – ich ertrug es manchmal kaum noch; aber nein – davon darf ich dir nicht sprechen, was mich in Altwiese so elend machte, daß ich sehnsüchtig nach Freiheit verlangte und mit ihm fliehen wollte.«

Lisa blieb stehen und fiel ihr um den Hals.

»Oh, du brauchst mir gar nicht mehr zu sagen, ich weiß es genau. An deiner Stelle wäre ich auch davongelaufen, schon viel früher. Aber nun hat man dich wieder fest gebunden, du

Armes! Siehst du, nun begreife ich, daß du Hans Morans Frau wurdest, der doch, wie mir Ditta sagte, so gar nichts Bestrickendes gehabt hat.«

»Er war unbeschreiblich gut, Lisa, viel zu gut. Und der einzige Mensch, der mich liebte. Wenn ich ihn auch nicht geliebt habe, wenn ich mich auch nicht einmal dazu entschließen konnte, ihm nur einen Kuß zu geben, so weiß ich doch, daß er der beste, edelste und großmütigste Mensch war.«

Mit großen Augen sah Lisa zu ihr auf, während sie auf dem wunderschönen Waldweg weitergingen.

»Du hast ihn niemals geküßt, Henny?«

»Nein, und er hat es auch nicht einmal von mir verlangt, obwohl er mich sehr liebhatte.«

»So bist du doch nicht richtig seine Frau gewesen.«

Henny sah traurig vor sich hin.

»Nein, Lisa, so wenig habe ich ihm seine Liebe und Treue gedankt, daß es mich zuweilen wie ein schwerer Vorwurf quält – ich bin ihm vieles schuldig geblieben.«

Stumm waren sie weitergegangen, in Gedanken versunken, und in diesem Schweigen wuchsen sie einander mehr ans Herz, als hätten sie viele Worte gewechselt.

Von diesem Tag an hatte Henny in Lisa eine treue Freundin. Trotz Lisas Jugend war sie Henny eine Art Beschützerin geworden, die ganz in der Stille manches Schwere von ihr abwehrte. Und wenn sie auch nicht viel für sie tun konnte, so konnte sie ihrem vereinsamten Herzen doch Liebe geben. Das war ein großes Geschenk für die arme Henny. Als diese nun an dem Festabend aus dem Saal in den Vorraum gekommen war und hier weiter für die Bewirtung der Gäste sorgte, war plötzlich Lisa neben ihr aufgetaucht.

»Soll ich dir helfen, Henny?«

»Nein, ich danke dir, Lisa, ich werde gut allein fertig, und Tante dürfte nicht sehen, daß du hier hilfst.«

»Sie wird kaum herauskommen. Aber du machst schon wieder deine ängstlichen Augen. So werde ich mich wieder auf mein Zimmer zurückziehen und mich elend weiter mopsen. Es ist wahrhaftig eine Tragik, die jüngste Tochter in einer Familie zu sein, in der man erst eine ältere unter die Haube bringen muß. Wenn man nur wüßte, ob der neue Herr von Herrenberg bei Ditta anbeißt.«

In Hennys blasses Gesicht schoß, sie wußte selbst nicht, warum, dunkle Glut.

»Aber Lisa!«

Diese lachte.

»Entsetz dich nur nicht, Henny. Du kannst dir doch denken, daß ich es mit Freuden begrüßen würde, wollte Ditta sich endlich verloben, damit ich auch endlich mit tanzen könnte, wo sich alles dreht. Ich habe schon oben in meinem Zimmer ganz allein herumgetanzt. Also – gib mir wenigstens einen Teller voll von den köstlichen kleinen Kuchen mit, die du gebacken hast. Was für Kunstwerke du schaffst! Es ist staunenswert. So, danke, nun noch ein Glas Bowle, ich werde mir in meiner Verzweiflung einen kleinen Schwips antrinken.«

Lächelnd reichte ihr Henny ein Glas Bowle. Lisa drückte ihr einen Kuß auf den Mund und ging davon.

»Wenn alles still im Haus ist, Henny, helfe ich dir mit wegräumen, bis dahin habe ich sicher schon ausgeschlafen«, sagte sie noch.

Henny nickte ihr liebevoll zu.

Dann waltete sie wieder eifrig und gewissenhaft ihres Amtes, ohne Ermüdung. Und zu ihrer Freude klappte alles tadellos. Aber während sie eifrig hantierte, mußte sie wieder an Gert Darland denken. Sie wußte, daß Tante Helene plante, ihn mit Ditta zusammenzubringen. Das Herz tat ihr weh dabei. Warum? Was konnte es sie kümmern, wenn er Dittas Gatte wurde? Sie hatte ihn schon gesehen, als er seinen ersten

Besuch in Altwiese machte, ohne daß er eine Ahnung davon gehabt hätte. Vom Fenster der im Souterrain befindlichen Vorratskammer hatte sie ihn anfahren und ins Haus gehen sehen und – seither hatte sie mehr, als ihr gut war, an ihn denken müssen. Daß er sich ihr heute durch Doktor Warren hatte vorstellen lassen, erschien ihr als ein märchenhaftes Erlebnis. Sie dachte an den teilsnahmsvollen Blick seiner stahlblauen Augen, die so hell aus seinem tiefgebräunten, energischen Gesicht herausleuchteten. Und ihr Herz klopfte schneller. Wenn Tante Helene etwas von ihrem Bekanntwerden mit ihm ahnte, würde es Schelte geben. War sie doch ängstlich darum bemüht, sein Interesse ganz allein auf Ditta zu konzentrieren. Sie setzte große Hoffnung auf diese heiß gewünschte Verbindung. Nichts sollte ihre Pläne stören. Wahrscheinlich hätte sie ihn am liebsten von jedem anderen weiblichen Wesen abgesondert. Seit er Herrenberg gekauft hatte, war immerfort von ihm gesprochen worden. Ditta bekam allerlei Verhaltungsmaßregeln, wie sie sich ihm gegenüber benehmen solle. Man hatte sich nicht gescheut, in Hennys Gegenwart davon zu sprechen, Henny zählte ja nicht. Auch Lisa hatte in ihrer offenherzigen Art schon wiederholt davon gesprochen, daß die Mutter wünschte, Darland möge bei Ditta anbeißen. Und einmal hatte sie gesagt:

»Dann wäre doch endlich mal was Nettes los, wo ich auch dabei sein dürfte, wenn Ditta Verlobung und Hochzeit feiern würde – und dann würde sie endlich aufhören, so schandbar mit Doktor Warren zu kokettieren.«

Das letzte war sehr heftig herausgekommen, und Henny hatte Lisa gefragt: »Möchtest du nicht lieber Doktor Warren zum Schwager haben, Lisa?«

Diese war dunkelrot geworden und hatte energisch mit dem Kopf geschüttelt.

»Um keinen Preis.«

»Ist dir Doktor Warren nicht sympathisch?«

Lisa hatte heftig den Kopf geschüttelt. »Ich kann ihn nicht ausstehen!«

»Oh, wie schade, Lisa. Ich glaube, Doktor Warren ist ein sehr guter und anständiger Mensch.«

Zornig hatte Lisa da hervorgestoßen: »Er behandelt mich wie ein Baby, fragt mich, wieviel Puppen ich habe und mokiert sich über meine Kinderschuhe. Das soll er endlich bleibenlassen.«

Forschend hatte Henny in Lisas zorniges Gesicht gesehen und dabei gemerkt, daß hinter dem Zorn ein ehrlicher Schmerz verborgen lag. Sie hatte kein Wort mehr über Doktor Warren gesprochen.

Jedenfalls wußte sie nunmehr ganz genau, daß man sich Hoffnung auf eine Verbindung Dittas mit Gert Darland machte, und Tante Helene würde sehr zornig werden, ahnte sie, daß sich Gert Darlands Interesse, wenn auch nur für wenige Augenblicke, auf Henny, statt auf Ditta konzentriert hatte. Aber sie würde es nicht erfahren, Doktor Warren würde dafür sorgen, daß es nicht geschah, er wußte ganz genau, wie die Verhältnisse in Altwiese lagen, denn er war Onkel Karls Rechtsbeistand und daher oft im Haus. Er hatte sich ihr in der Angelegenheit mit Hans Moran als freundlicher Helfer erwiesen, wovon die Tante auch nichts wissen durfte. Sie wußte, auf Doktor Warren konnte sie sich verlassen.

Aber es quälte sie, daß Gert Darland nun von ihrer Vergangenheit erfuhr, Tante würde sie ihm in ihrer Beleuchtung schildern, das wußte sie – und dann würde er wohl verächtlich über sie denken. Warum tat ihr das so viel weher als sonst?

Immer wieder sah sie Gert Darlands Gesicht vor ihrem geistigen Auge, jede Einzelheit darin hatte sie in sich aufgenommen.

Die hohe, geistvolle Stirn, die ihn so bedeutend erscheinen ließ, der schmallippige, festgeschlossene Mund, um den der Lebenskampf harte, feste Linien gegraben hatte, die zu den seltsam gütigen stahlblauen Augen einen scharfen Kontrast bildeten, die energischen Züge, die das Gepräge eines festen Willens, einer unbeugsamen Energie trugen. Dazu seine hohe, vornehme Gestalt mit den kraftvollen Bewegungen und der ungezwungenen Haltung. Es war kein Wunder, wenn sich auch Henny von all diesen Vorzügen bezaubern ließ. War sie doch jung und herzenswarm.

Noch nie in ihrem Leben war ihr ein Mann begegnet, der alle Vorzüge in solchem Maß in sich vereinigte. Es war für sie schon ein schönes Erlebnis, daß sie ihn hatte ansehen dürfen. Gern hätte sie es noch einmal getan, und jedesmal, wenn einer der Diener durch die Windfangtür in den Saal trat und sie diese Tür halten mußte, damit sie den Dienern nicht die Tabletts aus den Händen schlug, flog ihr Blick für einen Moment suchend durch den Saal. Aber sie sah ihn nicht mehr. Und das betrübte sie sehr, ohne daß sie es sich eingestanden hätte. Ob er wohl von Dittas Reizen gefangengenommen war? Ditta war eine schöne junge Dame, und sie hatte in der neuen eleganten Toilette sehr vorteilhaft ausgesehen. Henny hatte selber mitgeholfen, sie zu schmücken.

Sie seufzte leise auf, und die Klänge der Musik schmeichelten sich in ihr Ohr und lockten verführerisch. Sie machte selbstvergessen einige Tanzschritte. Aber erschrocken hielt sie inne, als sich in diesem Moment Herbert Rasmussen durch die Windfangtür hindurchschob. Seine Augen saugten sich seltsam begehrlich an ihr fest. Aber da fortwährend die Diener aus- und eingingen, sagte er kein Wort, lächelte sie nur heimlich-vertraulich an und blinzelte mit den Augen.

Sie wandte sich rasch von ihm ab, und es war ihr, als sei ihr etwas Häßliches über den Weg gelaufen.

Endlich war das Fest zu Ende, und als die letzten Gäste abgefahren waren, bekam Henny nicht etwa ein Wort der Anerkennung, daß sie alles so tadellos geordnet hatte, sondern allerlei Tadel, die jeder Berechtigung entbehrten. Da waren zwei Gläser zerbrochen, einer der Diener hatte einer Dame ein Glas Bowle über das Kleid geschüttet, und dieses und jenes war nicht nach Wunsch ausgefallen, alles Dinge, die Henny auch mit dem besten Willen nicht hatte ändern können, zumal sie sich ja nicht im Saal blicken lassen durfte.

Ruhig nahm Henny diese Tadel hin und atmete auf, daß Onkel Karl seine Gattin ungeduldig davonzog, um sie in die obere Etage zu den Schlafzimmern zu führen. Er tat das, um Henny weitere Vorwürfe zu ersparen, aber das ahnten weder Henny noch seine Frau. Diese rief von der Treppe her Henny noch zu:

»Sorge dafür, daß alles Übriggebliebene gleich verschlossen wird, und dann pack das Silber noch fort. Die Dienerschaft soll alles in Ordnung bringen, ehe sie zu Bett geht!«

Dieser Befehl wäre ganz unnötig gewesen, Henny hätte selbst dafür gesorgt, daß alles in Ordnung kam, aber so war es immer: selbstverständliche Sachen unterstrich Tante Helene mit einem Extrabefehl, damit es aussehen sollte, als habe sie die Oberleitung des Hauswesens in der Hand. In Wirklichkeit stand sie diesem völlig interesselos gegenüber und verzichtete gern auf jede Mühe. Sie wußte ganz genau, daß Henny alles in tadelloser Ordnung hielt, aber nie hätte sie das zugegeben oder nur offiziell Notiz davon genommen.

Henny war todmüde, aber pflichtgetreu tat sie alles, was nötig war, um die Ordnung im Haus wiederherzustellen. Wußte sie doch, daß am nächsten Morgen, wenn Tante und Ditta noch lange schliefen, schon wieder eine Menge neuer Arbeit ihrer wartete. Sie trat eine Minute an das offene Fenster und atmete die herbe Frühlingsluft tief ein. Der Wind strich leise durch die Bäume und wehte zum Fenster hinein, sie wie mit leichter Liebkosung streichelnd. Dann eilte sie in den Saal, wo die Dienerschaft schon bei der Arbeit war, das letzte Geschirr in die Küche hinauszuschaffen. Sie gab einige Anordnungen, schloß dann die übriggebliebenen Vorräte in die Speisekammer und nahm das bereits gesäuberte Silber mit ins Speisezimmer, um es hier in die dazu passenden Behälter, die in das große Büfett eingearbeitet waren, einzuräumen.

Ditta war schon vor ihren Eltern in ihr Schlafzimmer gegangen, aber Henny hatte Herbert noch herumlungern sehen, und plötzlich tauchte er im Speisezimmer, wo sie sich soeben allein befand, neben ihr auf.

»Nun, kleine Frau, noch so fleißig?« fragte er, sie mit glitzernden, etwas weinseligen Augen ansehend.

Henny hatte eine unbeschreibliche Angst vor Herbert, seit er sich allerlei unangebrachte Vertraulichkeiten ihr gegenüber erlaubt hatte. Er war ihr unheimlich, und sie hätte am liebsten eine der Dienerinnen herübergerufen. Hätte sie geahnt, daß er hier hereinkommen würde, wäre sie sicher nicht allein geblieben.

»Ich will das Silber noch einschließen«, sagte sie, so ruhig sie konnte, und soweit wie möglich von ihm fortrückend.

Er kam ihr näher, sie so in eine Ecke des Zimmers treibend.

»Schade! Ich wüßte eine andere, nettere Verwendung für deine Zeit, süße kleine Frau.«

Sie richtete sich stolz empor und fuhr, ohne zu antworten, mit ihrer Arbeit fort.

»Bist du nicht müde, Henny?« fragte er, seine Hand auf ihren Arm legend.

Sie wehrte diese Hand hastig von sich ab.

»Bitte, tritt zur Seite, ich kann nicht an die Etuis heran und werde in meiner Arbeit gehindert«, sagte sie schroff.

»Nun, nun, es wird ja nicht so sehr eilen, mach dich doch

nicht so rar, kleine Frau«, sagte er heiser vor Erregung und legte plötzlich, ohne zurückzutreten, den Arm um ihre Taille. »Bist doch ein verdammt hübsches Weib, Henny, wir zwei könnten auf einem viel netteren, vertraulicheren Fuß miteinander verkehren, wenn du nur wolltest. Die andern brauchen ja nichts davon zu wissen.«

Sie riß sich mit einem Ruck los, stieß ihn zurück und sagte hart und laut:

»Ich will nicht anders mit dir verkehren als in Gegenwart deiner Mutter, gib Raum und hindere mich nicht länger an meiner Arbeit.«

»Ei, ei, so spröde, kleine Frau, brauchst du denn gar keinen Tröster in deiner Witwenschaft?«

Damit wollte er wieder den Arm um sie legen, aber sie stieß ihn voll Abscheu zurück. Dabei sah sie ihn mit so entsetzten Augen an, daß ihre Angst vor ihm deutlich zu erkennen war. Das entmutigte ihn nicht, im Gegenteil, er hielt ihr Sträuben für Koketterie. Das unreine Feuer seiner Augen glühte über sie dahin, und sie versuchte vergeblich, aus der Ecke herauszukommen, in die er sie gedrängt hatte.

»Geh, laß mich in Ruhe!« rief sie heftig.

Er beugte sich nur näher zu ihr.

»Süße kleine Frau, du bist bezaubernd in deiner stolzen Abwehr. Sei doch vernünftig, bist doch gegen Moran auch nicht abweisend gewesen, und mit diesem Tölpel werde ich es doch noch aufnehmen können.«

Sie sah ihn mit einem flammenden Blick an.

»Geh, sage ich dir und nimm Hans Morans Namen nicht in den Mund, ich will nicht hören, daß du so über ihn sprichst.«

»Sieh, sieh, du entpuppst dich ja merkwürdig! Willst mir Vorschriften machen? Sei doch froh, daß ich mich herbeilasse, nett zu dir zu sein«, sagte er, brutal werdend.

»Ich mag gar nicht, daß du anders zu mir bist als sonst, du

bist der junge Herr des Hauses, ich bin eine Angestellte, weiter nichts – und ich lege Wert darauf, daß der Abstand zwischen uns gewahrt bleibt«, erwiderte sie fest und bestimmt, ihre Angst verbergend.

Er betrachtete sie mit einiger Verblüffung.

»Diese Sprache? Du drückst dich für eine ›Angestellte‹ merkwürdig gewählt aus. Man lernt dich ja von einer ganz neuen Seite kennen. Aber nun interessierst du mich erst recht, ich liebe solche Weiber nicht, die sich gleich beim ersten Angriff ergeben.«

Dunkle Röte schoß in ihr Gesicht.

»Wenn du mich jetzt nicht vorüber und an meine Arbeit gehen läßt, muß ich Hilfe herbeirufen. Deine Art, mit mir zu reden, beleidigt mich viel mehr als deine frühere Nichtachtung.«

»Ah, man ist also beleidigt, daß ich früher nicht genügend Notiz von dir genommen habe. Willst mich zur Revanche ein bißchen zappeln lassen. Nun wohl, sollst deinen Spaß haben, aber, einen Kuß mußt du mir geben, eher lasse ich dich nicht aus dieser Ecke heraus.«

Sie zuckte zusammen wie unter einem Schlag. Ihre Lippen preßten sich fest aufeinander, und die grauen Augen, die seltsam hell und perlmutterartig aus dem blassen Gesicht herausleuchteten, sprühten auf in flammender Entrüstung.

»Niemals!« stieß sie hervor.

»Das wollen wir sehen, mein Täubchen«, sagte er zynisch und wollte sie in seine Arme ziehen. Sie beugte sich entsetzt zurück, soweit sie konnte, und rief:

»Wenn du es wagst, mich anzurühren, rufe ich laut um Hilfe. Mögen es deine Eltern hören.«

Er wollte trotzdem auf sie eindringen, aber da stand plötzlich, wie aus dem Boden gewachsen, eine schlanke, weiße Gestalt zwischen ihm und Henny. Es war Lisa, die schon eine

Weile hinter der Portiere verborgen gewartet hatte, weil sie von Herbert nicht gesehen sein wollte. So wurde sie Zeugin der ganzen Szene zwischen Herbert und Henny, und als sie diese nun so ernstlich bedroht sah, sagte sie sich, daß sie eingreifen müsse. Eine Erklärung für ihr Auftauchen hatte sie sich inzwischen zurechtgelegt.

»Was geht denn hier vor?« fragte sie scheinbar erstaunt, den Bruder mit großen, festen Augen ansehend.

Er zuckte zusammen und wich von Henny zurück.

»Wo kommst denn du her? Du solltest doch schon längst zu Bett sein.«

Lisa nickte scheinbar unbekümmert.

»Hm, ich war auch sehr früh auf dem Diwan eingeschlafen – vor lauter Langeweile –, und meine Uhr war stehengeblieben, weil ich vergessen hatte, sie aufzuziehen. So wußte ich nicht, wie spät es war, und glaubte, es sei schon früh, weil ich hier unten noch Stimmen hörte. Wie spät ist es denn?« fragte sie scheinbar harmlos.

Etwas verlegen sah Herbert nach der Uhr.

»Es ist halb zwei Uhr, mach daß du wieder in die Federn kommst.«

Lachend warf sich Lisa in einen Sessel.

»Ausgeschlossen, ich habe schon ausgeschlafen und habe einen Mordshunger, Henny, du mußt mir noch etwas aus der Speisekammer geben. Gute Nacht, Herbert, schlaf gut, du siehst aus, als würdest du morgen einen gehörigen Katzenjammer haben. Hast wohl zuviel Bowle getrunken?«

Ärgerlich sah er auf sie herab.

»Das ist meine Sache, Jungfer Naseweis. Es weiß der Kuckuck, wie es zugeht, du bist immer da, wo du überflüssig bist.«

»Ja, ja, ich komme mir auch selber sehr überflüssig vor. Aber das tut nichts! Geh zu Bett, Herbert, du scheinst außerdem schlechter Laune zu sein und hast dich wohl nicht gut auf dem Fest amüsiert, denn mir schien, als hättest du auch Henny schon angeschnauzt, als ich hereinkam, aber ich lasse mir das nicht so ruhig gefallen, wie es Henny tun muß. Also, gute Nacht, Herbert! Henny, schaff mir was zu essen.«

Herbert sah ein, daß er Lisa jetzt nicht loswerden konnte. Es würde ihm kaum gelingen, Henny nochmals allein zu erwischen. Hennys Abwehr hatte sein Begehren aber nur noch mehr gereizt, und er war wütend auf Lisa, daß sie ihm dazwischengekommen war. Er verbiß sich in den Gedanken, Henny für sich zu gewinnen. Aber jetzt mußte er es aufgeben, wenn Lisa nicht mißtrauisch werden sollte. Das Krott war ohnedies schlau, und es war ein Glück, daß sie noch nichts gemerkt hatte und an eine Zankerei zwischen ihm und Henny glaubte.

Diese hatte sich still, mit bleichem Gesicht wieder an ihre Arbeit gemacht. Mit mißvergnügtem Gesicht entfernte sich Herbert in seiner gewollt nachlässigen Haltung. Lisa blieb ruhig sitzen, bis sie oben seine Tür zuschlagen hörte. Dann sprang sie auf, schloß ihre Arme um Henny und sah ihr in das blasse, zuckende Gesicht.

»Arme Henny, ich konnte nicht eher dazwischentreten, weil ich mich erst auf eine Ausrede besinnen mußte.«

Hennys Gesicht wurde dunkelrot.

»Was meinst du, Lisa?« fragte sie, sich zur Unbefangenheit zwingend.

»Brauchst dich nicht zu verstellen, Henny, ich habe alles gehört und gesehen. Gerade wollte ich eintreten, da kam Herbert zur anderen Tür herein, und ich wollte ihn erst fortlassen. Und so war ich Zeuge seiner ganzen Unverschämtheit. Wenn ich ihm nicht meine ganze Entrüstung ins Gesicht geschleudert habe, so tat ich es nur nicht, um dich zu schonen. Gottlob, daß ich zur Stelle war. Du Ärmste hast doch wahrhaftig schon ohnedies genug Demütigungen zu ertragen, nun sollst du dich auch noch gegen Herberts Flegeleien – schlimmer will ich es nicht bezeichnen – verteidigen. Es entschuldigt ihn keineswegs, daß er angetrunken war.«

Erschrocken sah Henny in ihr Gesicht.

»Kind, liebes gutes Kind, es tut mir sehr leid, daß du so etwas mit anhören mußtest – obwohl ich dem Schicksal dankbar bin, daß du mir zu Hilfe kamst, ich war in einer schlimmen Situation.«

»Das weiß Gott! Du brauchst dich meinetwegen nicht aufzuregen, Henny, so ein Baby bin ich ja nicht mehr, daß ich nicht wüßte, daß mein Herr Bruder in dem schlimmen Ruf eines Schürzenjägers steht. Die Mägde schwatzen ganz offen darüber. Aber dich soll er in Ruhe lassen – sonst sage ich es Vater.«

»Bitte, nicht, Lisa, nun weiß ich, was ich von ihm zu erwarten habe, werde ich schon auf der Hut sein. Herbert hatte wohl wirklich zu viel getrunken. Aber ich danke dir, daß du so mutig und besonnen dazwischentratest und einen Eklat vermieden hast. Man hätte doch nur die Schuld bei mir gesucht, wäre ich gezwungen gewesen, um Hilfe zu rufen.«

»Leider mußte ich das auch fürchten, sonst hätte ich ihm eine gründliche Blamage gegönnt. Ich spielte die Ahnungslose nur dir zuliebe. Aber nun komm, jetzt helfe ich dir das Silber wegräumen, damit du bald zu Bett kommst. Du mußt todmüde sein.«

»Wolltest du nicht etwas zu essen haben, Lisa?«

Diese schüttelte den Kopf.

»Ich wollte Herbert nur zeigen, daß ich nicht fortzugraulen bin. Nun laß uns nicht mehr von dieser häßlichen Sache sprechen, aber wenn dir Herbert noch einmal zu nahe kommt, dann mußt du es mir sagen. Ich werde auch schon selber achtgeben. Und läßt er dich nicht in Ruhe, dann sage ich es Vater, denn Mama ist dafür nicht die richtige Instanz, bei ihr würde immer nur Herbert recht bekommen.«

»Ich danke dir, kleine tapfere Lisa.«

Fleißig half Lisa bei der Arbeit, es gab noch eine ganze Menge zu ordnen. Aber endlich war alles fertig, die Dienerschaft bekam ihre wohlverdiente Ruhe, und auch Lisa und Henny gingen hinauf.

Mit einem herzlichen Kuß verabschiedete sich Lisa von Henny und wartete noch vor ihrer Zimmertür, bis Hennys Tür oben ins Schloß fiel. Dann suchte auch sie ihr Lager auf. Es wurde schon hell draußen. Der erste schwache Dämmerschein fiel durch die Vorhänge.

4

Es war am Tag nach dieser Festlichkeit in Altwiese. Doktor Heinz Warren kam am Spätnachmittag, wie er es mit Gert Darland verabredet hatte, nach Herrenberg. Er wurde in Gerts Arbeitszimmer geführt, wo ihn dieser erwartete. Sie begrüßten einander herzlich.

»Nun, Gert, das gestrige Fest gut bekommen?«

»Danke, ausgezeichnet.«

»War ein bißchen anstrengend für dich! Ist doch eine verflixt beschwerliche Sache, die beste Partie im weiten Umkreis zu sein. Die Damen liefen geradezu Sturm, um einen Blick und ein Wort von dir zu erhaschen, und wenn Frau Rasmussen mit ihrer Tochter Ditta sich nicht tapfer als Schutzwall vor dir aufgebaut hätten, wäre es dir noch schlimmer ergangen. Aber diese beiden Damen haben dich wacker verteidigt«, scherzte Heinz.

Gert machte ein verdrießliches Gesicht.

»Es war wenig erbaulich – die beiden Damen scheinen mich schon als ihr Eigentum zu betrachten. Man muß schon ziemlich rigoros sein, um die Ellenbogen freizubehalten. Im übrigen, mein Lieber, sind wir Leidensgefährten, denn ich sah auch dich kräftig umlagert.«

Heinz lachte.

»Oh, seit du hier bist, geht es mir viel besser. Ein wenig hast du doch das brennende Interesse von mir abgelenkt. Aber immerhin kehren schon einige der Damen, die wohl die Aussichtslosigkeit ihrer Bemühungen bei dir eingesehen haben, reuevoll zu mir zurück, denn ich bin schließlich ein Rechtsanwalt mit gutem Einkommen. Man weiß hier so ziemlich gegenseitig Bescheid, was man an Steuern zu zahlen hat – und dann weiß man auch, daß ich der einzige Erbe meines vermögenden Onkels bin. Also außer dir habe ich keinen Rivalen zu fürchten. Aber ich gönne dir neidlos deine Triumphe.«

»Ich dir deine auch und meine noch dazu. Aber nun Schluß von diesen unerfreulichen Dingen. Komm, setz dich zu mir, wir wollen gemütlich eine Flasche von deiner Lieblingsmarke trinken. Hier ist Rauchzeug, bediene dich.«

Gert klingelte und bestellte den Wein und einen Imbiß für den Freund.

»Bis zum Abendessen wirst du mir sonst vielleicht schwach, Heinz«, meinte er lachend.

Als der Diener das Verlangte gebracht und die Herren wieder allein waren, stieß Heinz Warren behaglich den Rauch einer Havanna aus und sagte anerkennend:

»Ich muß dir sagen, Gert, was du in diesen wenigen Monaten aus Herrenberg gemacht hast, ist staunenswert. Mit Vergnügen habe ich auf der Fahrt hierher wieder allerlei Neuerungen bemerkt.«

Gert reckte sich, und seine Augen strahlten.

»Es war ein Hochgefühl für mich, wieder einmal bis zum

Hals in frischfroher Arbeit zu stecken. Und Heimatboden zu bebauen ist doch das schönste. Es gibt auch gottlob noch viel zu tun, wenn ich aus Herrenberg ein Mustergut machen will.«

»Da es dir nicht am Nervus rerum fehlt, deine Ideen zu verwirklichen, wirst du das schon bald erreichen. Deine Nachbarn sind ja in dieser Beziehung leider sehr behindert, überall gibt es Schulden und schwere Hypothekenlasten. Am schlimmsten steht es in Altwiese. Weiß der Kuckuck, wie es zugeht, daß in einem so gesegneten Land wie Thüringen so viele verschuldete Gutsbesitzer hausen. Und dabei kann man ihnen nicht mal Verschwendungssucht vorwerfen, sie halten alles zusammen, so gut es geht. Aber es lastet von früher her viel auf den Gütern. Du kannst froh sein, daß du durch das Erbe deines Onkels so gut fundiert bist, da macht es Spaß, Landwirt zu sein.«

Gert nickte und sah versonnen in die Ferne.

»Gottlob! Ich habe es ja auch anders kennengelernt, meine Eltern hatten schwer zu würgen, gönnten sich nichts und mußten doch sehen, wie es immer mehr bergab ging. Ich habe meinen Vater nur immer mit umwölkter, versorgter Stirn gesehen – und schließlich mußte er doch seinen ererbten Besitz aufgeben. Der Eltern wegen freute es mich am meisten, daß ich Onkels Erbe wurde. Ich hoffte, ihnen noch ein paar sorgenlose Jahre schaffen zu können – aber das erlebten sie leider nicht mehr. Doch nichts mehr von diesen Dingen. Ich wollte dir sagen, daß ich nächstens wohl Revanche üben muß für die vielen Einladungen, die an mich ergangen sind. Ich habe gedacht, so eine Art Einweihungsfeier zu geben und dazu alle zu laden, die mich bewirtet haben und die überhaupt zur Gesellschaft gehören.«

»Damit wirst du stürmisches Entzücken bei allen Geladenen hervorrufen.«

»Da ich als Junggeselle hier hause, muß ich wohl eine der verheirateten Damen bitten, das Amt einer Lady Patronesse für dieses Fest zu übernehmen. Und ich werde mich darum vertrauensvoll an Frau von Zabern wenden.«

»Warum gerade an sie? Altwiese liegt doch näher als Zabern.«

Gert lachte.

»Es kann nur Frau von Zabern in Frage kommen, denn das ist die einzige ältere Dame aus meiner Nachbarschaft, die keine erwachsenen Töchter hat. Würde ich Frau Rasmussen bitten, dann würde man vielleicht allerlei Schlüsse daraus ziehen.«

»Ah, ich verstehe! Du hast recht, daraus könnte man bei einiger Phantasie schon irgendwelche Verpflichtungen für dich ableiten. Sehr klug von dir, die töchterlose Frau von Zabern als Lady Patronesse zu wählen, zumal sie auch wirklich dazu prädestiniert ist. Wann soll denn dieses Einweihungsfest steigen?«

»Ich denke nächste Woche. Den Tag mag Frau von Zabern bestimmen, weil es ihr doch passen muß.«

»Du, für dieses Fest habe ich eine besondere Bitte an dich.«

»Raus damit!«

»Bitte, lade doch ganz ausdrücklich Fräulein Lisa Rasmussen mit ein. Sie wird von ihrer Mutter noch immer im Hintergrund gehalten, weil sie wahrscheinlich erst die älteste Tochter verheiraten möchte, aber – ich weiß, daß die kleine Lisa sich sehr danach sehnt, endlich offiziell die Kinderschuhe abzulegen, und ich möchte ihr dazu verhelfen, daß ihr Sehnen gestillt wird.«

»Diesen Wunsch erfülle ich dir gern, Heinz, ich werde also mit allem Nachdruck betonen, daß auch Fräulein Lisa Rasmussen eingeladen ist.«

»Danke! Und wenn du die Absicht hast, eine Festtafel zu

geben, dann richte es doch bitte so ein, daß Fräulein Lisa meine Tischdame wird.«

Überrascht sah Gert ihn an.

»Hallo, Heinz? Interessierst du dich so besonders für Backfische?«

Heinz lachte.

»Du, wenn du bei ihr etwas gelten willst, dann laß sie bloß nicht merken, daß du sie als Backfisch bewertest. Ich Unglückswurm bin bei ihr sehr in die Nesseln getreten, weil ich mich nach ihren Puppen erkundigt habe. Mit einigen anderen, ähnlichen Neckereien habe ich mir ihren unauslöschlichen Haß zugezogen.«

»Aha, und das willst du damit gutmachen, daß du ihr diese Einladung verschaffst? Ich werde ihr also sagen, daß du mich besonders darum gebeten hast.«

»Um keinen Preis, Gert! Dann würde sie vielleicht zu zahm werden. Die süße kleine Kratzbürste amüsiert mich mit ihrem Zorn. Sie ist nämlich ein ganz reizendes Persönchen, und wenn sie zornig ist, besonders. Das heißt, anders als zornig habe ich sie überhaupt noch nicht gesehen, seit sie aus der Pension zurück ist. Früher waren wir ganz gute Freunde. Aber, nun mal ernst gesprochen – sie ist die einzige in der ganzen Familie Rasmussen, die das Herz auf dem rechten Fleck hat – oder besser, die überhaupt ein Herz hat. Sie versteckt es nur gern, weil niemand bei ihr zu Hause Verständnis dafür aufbringt.«

»Nun, mein lieber Heinz, mir scheint, daß diese junge Dame dir ein recht lebhaftes Interesse abnötigt.«

Mit strahlenden Augen nickte Heinz.

»Tut sie auch! Und kurz und gut, Lisa Rasmussen soll, wenn es nach mir geht, eines Tages Frau Doktor Warren werden. Aber das eilt noch nicht. Erst müssen wir noch ein wenig Krieg miteinander führen, und vorläufig findet sie mich ganz bestimmt noch unausstehlich. Das tut aber nichts. Wenn sie mir auch noch so energisch als Kratzbürste zu imponieren versucht, ihr Herz weiß nichts davon. Sie hat nämlich sehr sprechende Augen, und zuweilen ertappe ich sie auf einem Blick, der heimlich um Frieden fleht. Es macht mir nur noch zu viel Freude, den Petrucchio diesem wilden Käthchen gegenüber zu spielen.«

»Gut, ich bin im Bilde! Aber – nun könntest du mir eigentlich die Geschichte von Frau Henny Moran erzählen.«

»Ah, dein Interesse daran ist noch nicht abgeflaut?«

»Im Gegenteil!«

»Schön, also hör zu: Sie lebt schon seit ihrem zehnten Jahr in Altwiese. Ich habe in meiner Eigenschaft als Rechtsbeistand des Herrn Rasmussen Gelegenheit, viel in Altwiese aus- und einzugehen. Auch früher, als mein Onkel diese Geschäfte führte, war ich als sein Vertreter oft dort, und man lernt bei so etwas die Menschen ziemlich genau kennen. Wie gesagt, ein Überschuß an Herz und Gemüt ist in dieser Familie nicht zu finden, wenn man die kleine Lisa ausnimmt – und vielleicht noch ihren Vater, der aber durch seine mißlichen Vermögensverhältnisse so abgestumpft und versorgt ist, daß er für nichts anderes Interesse hat. Als ich Frau Moran kennenlernte, hieß sie Fräulein Henny Riemann. Ich hatte bald heraus, daß sie als Aschenbrödel im Haus ihrer Verwandten lebte. Es war fast das erste, was ich in Altwiese hörte, daß Fräulein Henny Schmach und Schande in das ›ehrliche Haus‹ gebracht habe. Das wurde mir mit einem unbeschreiblich wirkungsvollen Augenaufschlag berichtet.«

Gert fuhr auf.

»Schmach und Schande? Wie das?«

»Ja, das fragte ich mich auch und glaubte wunder, was das arme Ding verbrochen hätte. Frau Rasmussen scheint sehr gern von dieser Schmach und Schande zu sprechen und betont immer wieder, in ihrer Familie ›Gott bewahre!‹ komme so etwas nicht vor: Henny Riemann sei die Tochter einer Cousine ihres Gatten. Der Vater der jungen Frau, ein Erzlump, habe sein väterliches Erbe mit seiner viel zu schwachen und willenlosen Frau sehr bald durchgebracht, habe keinen Sinn für ehrliche Arbeit besessen, sondern nur für die Musik, für seine Geige. Da Musik eine brotlose Kunst und somit etwas Überflüssiges in Frau Rasmussens Augen ist, sah sie darin, daß Hennys Vater – ein sehr guter Violinspieler – zu seinem Vergnügen Geige gespielt hatte, ein Verbrechen. Er habe sich geweigert, als sein Vermögen, das er mit Künstlern verhuchheit haben soll, zu Ende gewesen, mit seiner Violine dadurch sein Brot zu verdienen, daß er zum Tanz aufspielte. Als seine Frau ihn bestürmte, Anstellung in einem Tanzorchester anzunehmen, sei er lieber auf und davongegangen – mit seiner Violine. Frau Rasmussen meint, er habe ein gesittetes Familienleben einfach nicht mehr ertragen und es vorgezogen, sich in der Welt umherzutreiben. Wie die Dinge in Wirklichkeit gewesen sind und was für Kämpfe vielleicht stattgefunden haben, vermag der Fernstehende nicht zu beurteilen. Kurzum, Thomas Riemann ging auf und davon und ließ Frau und Kind in sehr dürftigen Verhältnissen zurück. Er hatte nur einige Zeilen hinterlassen, daß er verkommen müsse in den engen, philiströsen Verhältnissen, es treibe ihn hinaus in die Welt, er wolle nur seiner Kunst leben. Mit einer kurzen Bitte um Verzeihung an seine Frau habe er ihr versprochen, sobald er Geld verdiene, ihr welches zu senden, sie möge sehen, bei ihrem Vetter auf Altwiese vorläufig Unterkunft zu finden.

Ich muß hier bemerken, daß ich das wenige Sympathische über Henny Riemanns Vater nur durch Karl Rasmussen erfuhr, von seiner Frau vernahm ich dagegen, er sei ein liederlicher Lump und Herumtreiber gewesen. Seine Frau, die ihren Mann schrankenlos geliebt hat, wenn sie vielleicht auch kein

Verständnis für ihn hatte, ist aus Verzweiflung über seine Flucht ins Wasser gegangen, hat sich ertränkt.«

»Und ließ ihr Kind allein in der Welt zurück?«

»Ja, sie bat in einem Brief ihren Vetter, Karl Rasmussen, sich ihres Kindes anzunehmen, sie könne das Leben nicht weiter ertragen. Karl Rasmussen mußte wohl oder übel die kleine Waise bei sich aufnehmen, wenn ihm auch seine Frau die bittersten Vorwürfe deswegen gemacht hat. Aber die arme Waise hat schnell gelernt, ihr Brot in Altwiese zu verdienen. Was man ihr nach und nach an Pflichten und Arbeiten aufgebürdet hat, könnten mehrere Dienstboten nicht leisten. Und mit jedem Bissen und jedem Atemzug gab man ihr zu kosten, daß sie Schmach und Schande in ein ehrliches Haus gebracht habe, weil sie das Kind eines davongelaufenen Lumpen und einer Selbstmörderin sei.«

»Empörend! Hast du da nie ein Veto einlegen können?«

Heinz zuckte die Achseln.

»Mein lieber Gert, mit welchem Recht hätte ich das tun sollen? Außerdem konnte ich, trotz meiner häufigen Besuche, doch nicht hinter die Kulissen sehen. Ich erfuhr nur das, was mir Frau Rasmussen berichtete, und danach das, was mir Karl Rasmussen erzählte, um die Übertreibungen seiner Frau zu mildern. Was für ein wahrhaft bejammernswertes Dasein die arme Waise führte, erfuhr ich erst später durch den Verwalter Moran, der mir voll Empörung berichtete, wie sehr Henny Riemann gedemütigt und ausgenutzt wurde.«

Gert beugte sich mit brennendem Interesse in den Augen vor.

»Ah, der Mann, dessen Frau sie wurde?«

»Ganz recht! Er kam eines Abends zu mir und fragte mich, ob er sich in einer für ihn sehr wichtigen Angelegenheit meinen Rat holen dürfe. Ich müsse ihm aber zuvor mein Ehrenwort geben, keinem Menschen etwas von dem, was er mir anvertraue, mitzuteilen, bevor er nicht abgereist sei. Ich versicherte ihm, daß ich nie etwas ausplaudere, was meine Klienten mir anvertrauten, gab ihm aber außerdem noch mein Ehrenwort, und nun wurde dieser Mann, den ich immer für schwerfällig und unbedeutend, wenn auch für streng rechtlich gehalten hatte, sehr beredt. Er schilderte mir mit bebender Stimme, was für ein Martyrium Fräulein Henny Riemann ertrage, ohne zu klagen und zu murren, wie erbarmungslos sie ausgenutzt werde, und wie man sie immer wieder durch den Hinweis auf ihre Eltern und auf die Dankbarkeit, die sie ›ihren Wohltätern‹ schuldig sei, quäle. Er fuhr dann fort, daß er Fräulein Riemann zunächst bemitleidet habe. Dann, als er gemerkt, wie tapfer sie alles ertrug und wie unverzagt sie von früh bis spät zehnfach mehr als ihre Pflicht getan, habe er sie bewundern müssen. Aus Mitleid und Bewunderung sei eine tiefe, starke Liebe geworden, und er vermöge nichts mehr zu sinnen und zu denken, als wie er ihr helfen könne. Nun habe er ihr gesagt, daß er sie liebe, daß er sie bitte, seine Frau zu werden und ihm zu gestatten, sie aus ihrer unwürdigen Lage zu befreien. Sie habe zuerst nein gesagt, und er meinte treuherzig, sie sei wohl sehr über seine Werbung erschrocken, denn wie könne so ein schönes und feines Geschöpf für einen so plumpen und schwerfälligen Mann wie er Liebe empfinden. Aber sie werde in Altwiese so unter Druck gehalten, so von allem Verkehr abgesperrt, daß sie unbedingt ihr Leben versauern und vertrauern müsse. Ganz gewiß würde sie keinen Mann kennenlernen, der ihr etwas Besseres zu bieten habe als er. Das habe ihm Mut gemacht. Er besitze zehntausend Mark und wolle mit ihr nach Amerika gehen, wo sein Onkel eine schöne Farm habe, und wo er sich auch anzukaufen gedenke. Alles wolle er tun, was in seinen Kräften stehe, um Fräulein Henny ein sorgloses und friedliches Leben zu bereiten. Er wolle sie auf den Händen tragen, und sie solle endlich erfahren, wie es tue, von Liebe und Güte umgeben zu sein. Sie komme ja sonst nicht fort von Altwiese, wenn er sie nicht befreie, denn wenn zwar ihre Verwandten immer nur in verächtlichem Ton mit ihr redeten und immer an ihr herummäkelten, wisse Frau Rasmussen doch ganz genau, was für eine tüchtige – und billige Kraft sie an ihr habe. Das ganze Hauswesen habe sie selbständig zu leiten, und alles laufe wie am Schnürchen. Keinen Pfennig Geld bekomme sie dafür, müsse sich noch bedanken, daß sie sich ein paar armselige abgelegte Fähnchen von Fräulein Ditta zusammenflicken dürfe. Sie könne nur loskommen mit fremder Hilfe, denn allein wage sie sich nie zu befreien, so sehr sie auch unter allen Demütigungen leide, denn sie sei im Grunde eine stolze Natur. Und da er sie nun nicht einfach losreißen könne, weil er kein Recht dazu habe, weil er sie auch nicht entführen könne, weil man sie deswegen noch mehr beschimpfen würde, so schuldlos sie auch sein möge, so wolle er sie heiraten. Er habe sie auch schon so weit, daß sie dazu entschlossen sei. Nächste Woche werde sie einundzwanzig Jahre alt, sei also mündig. So lange habe er warten müssen, weil Herr Rasmussen ihr Vormund sei und bestimmt niemals eingewilligt hätte, daß sie seine Frau würde. Um aber ganz sicherzugehen und seiner Braut ja keine Unannehmlichkeiten zu machen, sei er zu mir gekommen. Ich möge ihm sagen, ob irgend jemand seine eheliche Verbindung mit Henny Riemann hintertreiben könne, sobald sie mündig sei. Seine Braut sei am vierten Oktober einundzwanzig Jahre, am ersten Oktober verlasse er seine Stellung, am fünften Oktober wolle er sich mit Henny Riemann standesamtlich ganz im geheimen trauen lassen. Zwei Trauzeugen habe er zur Hand, die verschwiegen seien. Seine junge Frau solle dann am fünften Oktober noch einmal nach Altwiese zurückkehren, und erst am sechsten Oktober wolle er sie dann heimlich entführen, damit nicht erst noch quälende Auseinandersetzungen, vor denen sie sich sehr fürchte, nötig würden. Sie solle einfach einen Brief hinterlassen, in dem sie alles erkläre. Wenn er sie also dann als seine Frau entführe, könne ihr der strengste Sittenrichter keinen Schimpf deshalb antun, darum habe er das alles so vorbereitet. Aber er wolle ganz sicher gehen und mich darum fragen, ob alles nach Recht und Gesetz richtig sei und ob ihm niemand mehr dreinreden könne, wenn er seine Frau von Altwiese entferne. – Ich erwiderte ihm, daß er unbesorgt so handeln könne, wie er es sich vorgenommen habe. Und ich wünschte ihm und Fräulein Riemann von Herzen alles Glück zu ihrem Unternehmen. Befriedigt verließ er mich, und ich hörte in den nächsten Tagen nichts über diese Angelegenheit. Am fünften Oktober mußte ich daran denken, daß das junge Paar heute Hochzeit hielte, und ich war gespannt, was ihre Verwandten dazu sagen möchten. Daß es Sturm geben würde in Altwiese, wenn man die Entführung der tüchtigen, billigen Kraft erfuhr, erschien mir gewiß.

Schon glaubte ich das junge Paar über alle Berge, als ich am siebenten Oktober vormittags hörte, daß es auf der Landstraße nach Altwiese ein Autounglück gegeben habe. Zu meinem Schrecken erfuhr ich dann, daß bei diesem Autounglück Hans Moran ums Leben gekommen und seine junge Frau, mit der er auf der Flucht gewesen, verwundet nach Altwiese zurückgebracht worden sei. Voller Teilnahme ließ ich mich sofort telephonisch mit Karl Rasmussen verbinden, sagte ihm, was ich über den Unfall gehört hätte, und fragte, wie es seiner Nichte gehe. Ich verriet nicht, daß ich etwas von der Trauung wußte und daß ich in die Flucht eingeweiht gewesen war. Karl Rasmussen antwortete mir ziemlich bedrückt, seiner Nichte gehe es leidlich, sie habe nur leichte Quetschungen und einen Nervenschock davongetragen, werde aber immerhin einige Zeit fest liegen müssen. Ich möchte doch am nächsten Tag hinauskommen, da er allerlei geschäftliche Dinge mit mir zu bereden habe.

Was ich nun am nächsten Tag von Frau Rasmussen zu hören bekam, kannst du dir nur mit ganz starken Farben ausmalen. Sie zeterte über himmelschreienden Undank, über Schmach und Schande. In ihrer Familie sei so etwas nie vorgekommen, sagte sie mit einem vernichtenden Blick auf ihren Gatten, der sich unter diesem Sturzbad duckte wie ein begossener Pudel. Jedenfalls stand alles auf dem Kopf. Niemand wußte Ordnung zu schaffen, alles ging durcheinander, und man merkte eben, wie fest und sicher die vielgeschmähte Henny die Zügel des Hauswesens in der Hand gehabt hatte. Daß sie obendrein, nachdem sie sich ›so undankbar‹ gezeigt hatte, noch gepflegt werden müsse, wo ohnedies die viele Arbeit nicht bewältigt werden könne, erschien Frau Rasmussen unerhört. Und noch unerhörter dünkte es sie, daß die arme junge Frau halb von Sinnen und nicht ein Wort aus ihr herauszubringen sei. Man wisse noch immer nichts weiter, als was in ihrem zurückgelassenen Brief gestanden habe, und es werde wohl noch allerlei ›Schmachvolles‹ herauskommen.

Mich jammerte die arme junge Frau, und ich nahm an, daß sie meiner Hilfe vielleicht bedürfen könne. Das sagte ich aber nicht, ich erbot mich nur, Frau Moran einmal verhören zu wollen, vielleicht vertraue sie mir etwas an. Ich wurde dann auch in ein kleines, sehr schlicht eingerichtetes Dachstübchen geführt, in das Zimmer der jungen Frau. Es liegt zwischen den Dienstbotenzimmern und ist nicht besser eingerichtet als ein solches. Frau Moran lag mit geschlossenen Augen und bleich, wie das Linnen ihres Kissens, auf ihrem Lager. Sie blickte erst auf, als ich leise ihren neuen Namen nannte. Ein halb irrer, angstvoller Blick traf mich. Ich nahm ihre Hand und erzählte ihr leise von dem Besuch ihres Gatten bei mir und fragte sie, ob ich ihr irgendwie helfen könne. Ich hätte kein Wort von alledem verraten, und sie könne auch versichert sein, daß ich nicht über das sprechen würde, was sie mir sagen werde. Sie sah mich mit einem herzzerreißenden Blick an und erwiderte leise, sie habe dem, was Hans Moran mir anvertraut habe, nichts hinzuzufügen, als daß sie getraut worden seien und daß Hans Moran sie am anderen Tag am Waldrand mit seinem Motorrad erwartet habe. Auf diesem Rad seien sie zur Stadt gefahren, unterwegs, sie wisse nicht, wie, mit einem Auto zusammengestoßen, und dann sei sie erst in Altwiese wieder zur Besinnung gekommen und habe durch die furchtbaren Scheltworte der Tante erst erfahren, daß Hans Moran tot sei.

›Es schmerzt mich so sehr, daß ich alles andere darüber vergessen muß, Herr Doktor. Der einzige Mensch, der sich meiner voll Liebe und Güte annahm, ist mir genommen worden. Er war ein so guter, edler und uneigennütziger Mensch – wie wohl wäre mir, wenn ich an seiner Stelle tot wäre. Warum starben wir nicht wenigstens alle beide?‹

Der Blick, mit dem sie mich dabei ansah, erschütterte mich, es lag eine tiefe Verzweiflung darin, eine mutlose Verzagtheit. Ich suchte sie zu trösten, so gut ich konnte, und bat sie, sich an mich zu wenden, wenn sie Rat und Hilfe gebrauche. Da sagte sie resigniert: ›Ich will Sie nicht bemühen, Herr Doktor, sobald ich wieder bei Kräften bin, werde ich meine Arbeit hier im Haus wieder aufnehmen und nie wieder versuchen, mich zu befreien oder mich gegen mein Schicksal aufzulehnen. Bei meinem ersten Flug in die Freiheit sind mir die Schwingen zerbrochen – und ich werde ja nun Hans Morans Grab haben. Aber ich danke Ihnen – oh, ich danke Ihnen sehr.‹

Ich gab ihren Verwandten dann eine ausweichende Antwort, bat aber dringend, man möge der jungen Frau alle Vorwürfe ersparen und ihr Ruhe gönnen, bis sie sich gefaßt habe. Von Schmach und Schande könne gar keine Rede sein, sie sei doch in allen Ehren Hans Morans Frau geworden; und habe sie mit ihrem Manne nach Amerika auswandern wollen, so habe sie sich wahrscheinlich dem Willen ihres Gatten gefügt. Frau Rasmussen ereiferte sich, wie undankbar und hinterhältig sie sich benommen, ihre Heimlichkeit sei ein Beweis dafür, daß sie ein schlechtes Gewissen gehabt habe, und man werde ja sehen, was noch hinterher kommen werde. Ich konnte nicht gegen diesen Redestrom aufkommen und gab mit Karl Rasmussen zusammen Fersengeld. Er war anscheinend auch schon ganz zermürbt durch das Gezeter. Später ging ich ins Dorf, um mich nach Morans Leiche umzusehen. Er lag im Spritzenhaus und sollte am nächsten Morgen beerdigt werden. Der Gemeindevorsteher teilte mir auf Befragen mit, daß er die Brieftasche des Verstorbenen an sich genommen habe, in der sich seine und seiner Frau Papiere, der Trauschein und zwei Schiffskarten befänden und außerdem zehn Tausendmarkscheine, fünfzig Dollar und gegen hundert Mark Kleingeld. Ich sagte ihm, daß dies alles Frau Moran gehöre, da sie Hans Morans Witwe sei. Der Gemeindevorsteher hat, als Frau Morans Vertreter, alles dieses später Karl Rasmussen ausgehändigt. Dieser hat es, wie er mir sagte, in Verwahrung genommen, so jungen Dingern könne man das Geld nicht anvertrauen. Er werde sie in seinem Haus behalten und ihr die Zinsen auszahlen. Das Kapital wolle er später entsprechend anlegen, wenn er mit Frau Moran gesprochen habe. Zufällig hatte Herr Rasmussen in jener Zeit dringende Wechselschulden in Höhe von etwa zwölftausend Mark. Ich wußte, daß er keine Deckung hatte, aber – die Wechsel wurden eingelöst. Ich gehe darum in der Annahme nicht fehl, daß er dazu das Erbe Hans Morans verwandte. Später fragte ich Frau Moran einmal nach dem Geld, sie sagte mir, der Onkel habe es angelegt für sie und ihr eine Bescheinigung ausgestellt. Sie bekomme jedes Vierteljahr hundert Mark Zinsen, was ihr sehr lieb sei, da sie nun selber ihre Kleidung bezahlen könne und nicht mehr abgelegte Sachen von Ditta zu tragen brauche. Daß sie das als drückend empfunden hatte, mag dir zeigen, wie viel Stolz noch in diesem armen, gedemütigten Geschöpf lebt. Ihre ›edlen Wohltäter‹ haben nun in ihr für alle Zeit eine unerhört tüchtige Arbeitskraft, die sie nicht zu bezahlen brauchen, die sich ihre Kleidung selbst anschafft und die für alle ihre Mühen nichts erhält als Schelte, das Essen und die elende Dachkammer. So sieht die Wohltätigkeit oft aus, mein lieber Gert. Meines Erachtens ist in diesem Fall Henny Moran die Wohltäterin, sie gibt mit vollen Händen, ohne zu feilschen. Nun kennst du also ihre Geschichte.«

Mit atemlosem Interesse hatte Gert Darland zugehört. Sein erregtes Mienenspiel verriet, wie empört er war über die gewissenlose Versklavung der jungen Frau.

»Das arme, bedauernswerte junge Geschöpf! Nun verstehe ich den traurigen Ausdruck ihrer Augen, ihr unfreies, gedrücktes Wesen. Kann man denn gar nichts für sie tun? Soll man untätig zusehen, wie ein wertvoller Mensch geknechtet wird?«

Heinz Warren zuckte die Achseln.

»Was ein Mensch hätte für sie tun können, hat Hans Moran für sie getan. Niemand kann sonst etwas für sie tun, da sie ja nicht mehr den Mut finden wird, noch einmal etwas zu ihrer Befreiung zu unternehmen. Ich habe versucht, sie zu bestimmen, sie solle sich das Erbe ihres Gatten auszahlen lassen und sich damit irgendeine Existenz gründen. Aber sie schüttelte mit einem resignierten Lächeln den Kopf. »Vergessen Sie nicht, Herr Doktor, was ich Ihnen von meinen zerbrochenen Schwingen gesagt habe. Ich werde nie mehr den Mut und die Kraft haben, mich frei zu machen – auch hält mich Hans Morans Grab. Er hat so viel für mich getan, und ich konnte ihm das so wenig vergelten«, sagte sie. Ich spreche immer einmal einige Worte mit ihr, und vor einiger Zeit sagte sie einmal ganz glücklich zu mir: ›Jetzt ist es nicht mehr ganz so schlimm um mich bestellt, Herr Doktor; seit Lisa aus der Pension zurück ist, bin ich nicht mehr so einsam. Lisa hat mir ihr Freundschaft geschenkt und – sie hat mich lieb und tut alles, was sie für mich tun kann, wenn es die anderen auch nicht merken dürfen.‹ Ich lauschte ihren Worten sehr interessiert und fragte erstaunt: ›Wie, Fräulein Lisa, die kleine Kratzbürste?‹ Darauf erwiderte sie mir: ›Oh, Herr Doktor, so dürfen Sie Lisa nicht nennen. Sie müßten sie nur kennen, wie sie wirklich ist, sie zeigt nur nicht, was für ein gutes Herz und eine zartfühlende Seele sie hat. Denken Sie nur – aber bitte, nicht verraten –, sie steht heimlich ganz früh mit mir auf, wenn die anderen noch schlafen, und hilft mir bei der Arbeit, damit ich es nicht zu schwer haben soll. Und zuweilen geht sie sonntags mit mir zu Hans Morans Grab, und immer tröstet sie mich und macht mir Mut. So ein liebes, gutes Geschöpf ist sie. Und wenn Sie meinen, daß sie kratzbürstig ist, das scheint nur so, sie mag es nicht leiden, daß man sie wie ein unverständiges Kind behandelt. Und das ist sie auch nicht, sie ist klug und sieht mit offenen Augen ins Leben. Ich bin ihr sehr dankbar, weil sie mir über viel Schweres hinweghilft. Bitte, lassen Sie ihr Gerechtigkeit widerfahren.‹ Na, siehst du, Gert, das hörte ich gern, die kleine Lisa hatte es mir gleich angetan, als sie aus der Pension zurückkam, so jung sie auch noch ist. Ich habe gleich gemerkt, daß sich hinter ihrer Kratzbürstigkeit ein wertvoller kleiner Mensch verbirgt. Und ich freute mich, daß Frau Moran mir das bestätigte.«

»Du scheinst also allen Ernstes mit dem Gedanken umzugehen, Frau Helene Rasmussen zu deiner Schwiegermutter zu machen. Ich bewundere deinen Mut.«

Heinz lachte.

»Das schreckt mich nicht, ich will schon mit ihr fertig werden, wenn ich mir erst mein streitbares Jungfräulein gezähmt habe. Damit eilt es mir aber, wie gesagt, noch nicht, denn sie muß erst noch ein wenig älter werden. Und dieser Krieg mit ihr ist herzerfrischend und sehr amüsant.«

»Aber in absehbarer Zeit wirst du in den heiligen Ehestand treten?«

»Nun ja, einmal muß es doch sein. Und du?«

»Das liegt noch in weiter Ferne.«

»Dein Herz ist also noch ganz frei?«

Gert nickte.

»Und die kleine Frau Moran?«

Gert Darland strich sich über die Stirn.

»Das arme Ding, sie flößt mir großes Mitleid ein, und ich möchte ihr helfen.«

»Aus Mitlied wird zuweilen Liebe. Hans Moran ist es auch so ergangen.«

»Ja, ja, das kann ich verstehen, und als ich ihr gestern abend gegenüberstand, mußte ich denken, wie sie wohl aussehen würde, wenn man sie in die zu ihr passenden Toiletten stecken würde. Trotz aller Scheu hat sie etwas Stolzes in den Augen und – etwas Reines, Unberührtes. Sie wirkt absolut nicht wie eine Frau, sondern wie ein Mädchen. In dem rechten Rahmen würde sie eine sehr reizvolle Erscheinung sein. Und bei ihr hat man absolut nicht das Gefühl, daß sie nach dem Geldbeutel schielt. Aber ganz offen, ich würde nie darüber hinwegkommen, daß sie Witwe ist. Ich habe immer gewußt, daß ich nur eine Frau würde lieben können, die noch kein anderer Mann besessen hat.«

»Das ist eine Überheblichkeit, die wir Männer fast alle haben. Wir wollen immer die ersten sein. Aber wenn nun die Frauen auch so dächten? Wir nehmen das Recht in Anspruch, daß sich unsere Frauen mit unserer Vergangenheit abzufinden haben.«

»Gewiß, es ist Überheblichkeit, aber ich würde nicht darüber hinwegkommen. Ich gestehe dir ganz offen, diese Frau Moran hat mich, trotz ihrer schlichten Kleider, auf den ersten Blick interessiert. Die fast ärmliche Aufmachung ihrer Erscheinung hat mich absolut nicht irritiert. Eine glänzende Schönheit ist sie auch nicht einmal, aber wie ich dir schon gestern sagte, sie ist mehr als schön – lieblich, reizvoll und voll edler Grazie in ihren Bewegungen. Vielleicht hätte sie mir sehr gefährlich werden können, wenn sie eben nicht die Gattin eines anderen gewesen wäre.«

»Sie war aber doch nur einen Tag verheiratet.«

»Einen oder viele Tage, das gibt nicht den Ausschlag. Hans Moran hat sie besessen, folglich ist sie für mich tabu.«

»Ich verstehe dich, man hat eben seine Aversionen. Aber es tut mir leid für die arme Frau Moran. Ich hätte es ihr gegönnt, einen Mann zu bekommen, wie du einer bist. Sie ist außerdem durchaus nicht unbedeutend. So wenig Zeit man ihr auch für ihre geistige Fortbildung gelassen hat, mit eiserner Energie hat sie sich Geistesschätze zuzuführen vermocht, daß ich zuweilen gestaunt habe, wenn ich mich mal eine Weile mit ihr unterhielt. Und einen feinen Herzenstakt, ein vornehmes Empfinden besitzt sie außerdem.«

»Das merkt man ihr an, wenn man ihr in die Augen sieht. Jedenfalls, mein lieber Heinz, müssen wir alles tun, was in unserer Macht steht, ein wenig Licht in ihr schattenhaftes Dasein zu bringen. Das ist doch einfach Menschenpflicht.«

»Leider ist da nicht viel zu machen. Du hast doch gestern abend gemerkt, wie sie von allem Verkehr zurückgehalten wird.«

»Das muß man eben zu ändern versuchen, und ich werde gleich anläßlich meines Einweihungsfestes den Anfang damit machen – ich lade sie eben ausdrücklich mit ein.«

Heinz sah ihn kopfschüttelnd an.

»Wenn ich dir raten darf, laß das lieber, du würdest ihr

einen schlechten Dienst damit erweisen. Ich bin noch nicht einmal sicher, daß Frau Rasmussen gestattet, daß ihre Tochter Lisa die Einladung annimmt. Frau Moran würde aber bestimmt nicht die Erlaubnis erhalten, auf deinem Fest zu erscheinen. Auch besitzt sie wahrscheinlich keine passende Festtoilette. Und würde Frau Rasmussen merken, daß du Frau Moran irgendwelches Interesse entgegenbringst, dann erginge es ihr ganz schlimm. Unter uns, Gert, ich fürchte, daß Frau Rasmussen alle Minen springen lassen wird, um dich für ihre Tochter Ditta einzufangen, und Ditta wird sie dabei heftig unterstützen, obwohl sie vor deinem Auftauchen auf Hieb und Stich mit mir kokettiert hat, wenn auch völlig erfolglos. Zuweilen, wenn du nicht in der Nähe bist, tut sie es jetzt noch, wahrscheinlich, um sich nach einem etwaigen Mißerfolg bei dir immer noch eine Tür bei mir offenzuhalten. Sobald du aber auf der Bildfläche erscheinst, tauche ich in die Versenkung und bin nicht mehr für sie vorhanden.«

Gert lächelte verächtlich.

»Ja, ja, wer die meisten Batzen hat, ist Sieger. Aber meinethalben braucht sie sich keine Mühe zu geben. Diese junge Dame wäre die letzte, die mir gefährlich werden könnte.«

»Obwohl sie die anerkannte Schönheit unserer Kreise ist?«

»Eine Schönheit, die mir nie gefährlich werden könnte. Augen wie die ihren, die voll Feuer scheinen wollen und doch kalt sind, werden mich gewiß nicht bezaubern. Eine Frau, die ich lieben könnte, müßte vor allen Dingen eine reiche Seele haben, und Ditta Rasmussen weiß nicht einmal, was eine Seele ist.«

»Und es ist dir noch keine Frau begegnet, die dich hätte reizen können, deine Freiheit aufzugeben?«

Gert zog die Stirn fester zusammen.

»Ich war einmal so töricht zu glauben, solch eine Frau gefunden zu haben. Aber – es war eine Täuschung, die ich zum Glück noch zur rechten Zeit erkannte. Als du mich im vorigen Sommer im Seebad trafst, war ich gerade dabei, mir die letzten Reste dieser Neigung aus Kopf und Herzen zu spülen. Ich werde nun doppelt vorsichtig sein, und eine Ditta Rasmussen wird mich sicherlich nicht zur Strecke bringen, auch nicht wenn ihre Mutter mit den raffiniertesten Mitteln arbeitet.«

»Nun, das beruhigt mich einigermaßen. Also, du wirst Frau Moran nicht einladen?«

»Ich muß wohl darauf verzichten – aber – darauf verzichte ich nicht, mir etwas auszudenken, wie ich ihr Los etwas erleichtern kann. Und dabei rechne ich stark auf deine Hilfe.«

»Ich stehe dir immer zur Verfügung, aber bitte, besprich erst alles mit mir, ich kenne die Verhältnisse besser als du, und wir dürfen keinen falschen Schritt tun, sonst verbösern wir ihre Lage, statt sie zu verbessern.«

»Gut, das verspreche ich dir.«

Die beiden Herren plauderten noch über allerlei, bis der Diener meldete, daß das Abendessen aufgetragen werde. Da gingen sie hinüber in das vornehm ausgestattete Speisezimmer, wo ein kleiner runder Tisch sehr einladend gedeckt war.

5

Es war einige Tage später. Doktor Heinz Warren war wieder einmal nach Altwiese gefahren, um allerlei Geschäftliches mit Herrn Rasmussen zu besprechen. Dieser befand sich wieder in einer bösen Geldkalamität. Er wußte nicht, wo er die Beträge hernehmen sollte für allerlei notwendige Zahlungen, und Heinz Warren sollte eine Geldquelle ausfindig machen. Daß unter diesen Verhältnissen Frau Helene Rasmussen vor einigen Tagen ein so großes Fest gegeben hatte, das doch sicher bedeutende Kosten verursacht hatte, rechnete Heinz nicht einmal als Verschwendung an. Er wußte, daß eben um jeden Preis ein reicher Schwiegersohn eingefangen werden sollte, der mit einer hübschen runden Summe Altwiese wieder flottmachen könnte. Heinz wußte freilich, daß Gert Darland nicht der Mann war, der hier als Retter auftreten würde, aber das konnte er Rasmussen natürlich nicht sagen. Soweit er die Sache übersah, würde Altwiese in absehbarer Zeit unter den Hammer kommen, zumal Frau Rasmussen nicht sehr sparsam war und Herbert ein ziemlich lockeres Leben führte.

Trotzdem wollte Heinz alles tun, was in seiner Macht stand, Rasmussen so lange als möglich über Wasser zu halten. Daran lag ihm schon Lisas wegen.

Als er vor dem Herrenhaus vorfuhr, sah er Lisa und Henny Moran auf der Wiese unter den Linden sitzen. Vor Henny lag ein hoher Stoß schadhafter Handtücher, die sie stopfen sollte. Lisa half ihr fleißig dabei, denn es war niemand zu Hause. Als Lisa den Doktor vorfahren sah, bekam sie ein rotes Köpfchen, und es war, als wolle sie schnell aufspringen und hinüberlaufen, aber sie gab sich dann einen Ruck, setzte sich steif in Positur und tat so, als bemerke sie den soeben Ankommenden gar nicht. Henny sagte aber:

»Da kommt Doktor Warren, Lisa!«

»Ist mir höchst gleichgültig«, erwiderte Lisa prompt, ohne scheinbar von ihm Notiz zu nehmen.

»Wir müssen ihm aber doch sagen, daß niemand zu Hause ist.«

»So sage du es ihm, er wird es ja auch ohnedies von der Dienerschaft hören.«

Henny erhob sich und schritt zu dem Wagen hinüber.

»Sie wollen gewiß Onkel sprechen, Herr Doktor, aber er ist noch nicht von den Feldern zurück. Tante Helene aber ist mit Ditta nach Zabern hinüber, um sich mit Frau von Zabern wegen der Festlichkeit in Herrenberg zu besprechen.«

Heinz begrüßte sie artig.

»Ah, dann sind Sie also mit Fräulein Lisa allein zu Hause?«

»Ja, aber Onkel muß bald heimkommen, wenn Sie inzwischen mit unserer Gesellschaft fürliebnehmen wollen, kommen Sie bitte mit hinüber unter die Linden.«

Das sagte Henny mit einem etwas unsicheren Blick zu Lisa hinüber.

»Mit Vergnügen, Frau Moran – vorausgesetzt, daß mir Fräulein Lisa diesen Platz nicht streitig macht. Aber dann bleibe ich erst recht.«

Und er ging schnell zu den Linden hinüber. Es war einer der ersten schönen Frühlingstage, die Sonne schien besonders warm, und ein herber, frischer Erdduft entströmte dem Wiesenboden.

»Guten Tag, kleines Fräulein, ist es gestattet, hier Platz zu nehmen?« fragte er lächelnd.

Lisa sah über ihre Arbeit hinweg mit einem hoheitsvollen Blick zu ihm auf.

»Ich sehe hier kein kleines Fräulein, Herr Doktor, hier befindet sich außer mir nur Frau Moran.«

Es zuckte amüsiert um seinen Mund.

»Ganz recht, mit dem kleinen Fräulein meine ich Sie.«

Lisa erhob sich, reckte sich in den Schultern und sah ihn bitterböse an.

»Ich bin hundertundsiebzig Zentimeter groß, Herr Doktor. Viel größer sind Sie auch nicht.«

Wie vergleichend stellte er sich, ohne auf ihren scharfen Ton zu achten, neben sie.

»Bis zur Schulter reichen Sie mir gerade, Kindchen. Und mit klein meinte ich eigentlich sehr jung. Backfische pflegt man doch mit kleines Fräulein zu bezeichnen.« Sie sprühte ihn zornig an.

»Ich bin nicht Ihr Kindchen und bestehe auf der Anrede:

gnädiges Fräulein. Mit dem Backfisch ist es aus und vorbei, ein für allemal, und ich verlange, als Dame behandelt zu werden. Daß Sie es nur wissen, Herr Doktor, ich bin gesellschaftsfähig. Ausdrücklich, hören Sie wohl, ganz ausdrücklich hat mich Herr Darland zu seinem Einweihungsfest eingeladen. Er weiß eben, was er einer jungen Dame schuldig ist.«

Mit keinem Wort verriet er, daß er die Einladung Gerts für sie erbeten hatte.

»Ist es die Möglichkeit?« wunderte er sich behaglich. »Aber ich darf wohl Platz nehmen?«

Seine Ruhe empörte sie, hatte sie doch einen anderen Eindruck von ihrer Eröffnung erwartet.

»Sie können ebensogut in Vaters Arbeitszimmer warten. Es kann Ihnen doch kaum etwas an unserer Gesellschaft liegen.«

Belustigt sah er sie an, und seine lachenden Augen irritierten sie, so daß sie ihre Arbeit wieder aufnahm und sich darüberbeugte. »Warum denn nicht?«

»Nun, man fühlt sich doch so erhaben über das kleine Fräulein.«

Er stellte sich so, daß er ihr ins Gesicht sehen konnte.

»Aber ich plaudere doch gerade sehr gern mit so kleinen Fräuleins. Und im übrigen ist der Ausdruck: kleines Fräulein eine Schmeichelei, ein Kompliment.«

Etwas unsicher sah sie ihn an, und da sie sein fröhliches Gesicht sah, erwiderte sie schroff

»Solche Komplimente sind mir völlig schnurz.«

Er unterdrückte ein Lachen.

»Schnurz? Wollen Sie die Güte haben, mir zu erklären, welche Bedeutung dieses mir unbekannte Wort hat?«

»Schnurz? Nun, das ist eben schnurz – der Ausdruck für höchste Gleichgültigkeit.«

»Wohl aus der Pension mitgebracht?« erkundigte er sich wichtig.

»Jawohl, wir bezeichneten in der Pension alles mit schnurz, was uns absolut kein Interesse abnötigte.«

»Mir ist es aber gar nicht schnurz, daß Ihnen meine Komplimente schnurz sind. Und im übrigen – wenn Sie wirklich schon eine ganz fertige junge Dame wären, hätten Sie mir schon längst diesen hübschen Sessel angeboten, mit dem ich schon eine ganze Weile sehnsüchtig liebäugle, da ich doch gewissermaßen als Besucher hier bin.«

»Schön! Meinetwegen setzen Sie sich.«

»Sie übertreffen sich selbst an Liebenswürdigkeit«, sagte er, Platz nehmend, »auch die Erfrischung nehme ich sehr gern an, die Sie so liebenswürdig waren, mir anzubieten. Auf dem staubigen Weg wird man durstig.«

Verblüfft sah sie ihn an.

»Eine Erfrischung? Die habe ich Ihnen doch gar nicht angeboten.«

»Nein? Oh, verzeihen Sie, ich glaubte, weil das so üblich ist, wenn man auf dem Land als Gast kommt. Der Weg ist, wie gesagt, weit und staubig.«

Lisa bekam einen roten Kopf, aber Henny, die inzwischen herangekommen war und die letzten Worte gehört hatte, sagte schnell:

»Ich habe dem Diener bereits Weisung gegeben, daß er eine Erfrischung für Sie bringt, Herr Doktor, und das hat meine Cousine bemerkt und wußte, daß es nicht nötig war.«

Aber Lisa war ein viel zu ehrlicher Mensch, als daß sie sich von Henny über diese Beschämung hätte weghelfen lassen.

»Nein, ich sah es nicht, Henny, ich habe gar nicht daran gedacht, daß man Herrn Doktor Warren eine Erfrischung hätte anbieten müssen.«

Mit einem warmen Blick sah er sie an und sagte mit gänzlich veränderter, ernster und herzlicher Stimme:

»Bravo, Fräulein Lisa, es freut mich, daß Sie so ehrlich sind.«

Ihr Herz klopfte, aber sie verbarg ihre Verwirrung und sagte nun ihrerseits belehrend:

»Sie können ruhig gnädiges Fräulein zu mir sagen, wie Sie meine Schwester Ditta anzureden pflegen.«

»Auch, wenn Sie so ungnädig sind?« neckte er.

Sie fuhr auf.

»Ach, Ditta ist Ihnen wohl gnädiger gesinnt? Nun, ich will nicht mit ihr konkurrieren, und wie man in den Wald ruft, schallt es zurück.«

»Wollen Sie damit sagen, daß ich auch ungnädig gewesen bin?«

»Ungnädig ist der mildeste Ausdruck für Ihr Verhalten mir gegenüber. Wenn ich es nicht mit einem schrofferen Wort bezeichne, dann können Sie sehr zufrieden sein.«

Er tat erstaunt.

»Oh, dann bin ich vielleicht selbst daran schuld, daß Sie so unfreundlich zu mir sind?«

»Nur Sie!«

»Darf ich also auf liebenswürdigere Behandlung rechnen, wenn ich selbst sehr liebenswürdig zu Ihnen bin?«

Wieder stieg zu seinem Vergnügen dunkle Röte in ihr Gesicht, aber in ihren Augen lag ein seltsam schmerzlicher Ausdruck, als sie zu ihm aufsah.

»Sie sind noch nie liebenswürdig zu mir gewesen und werden es wahrscheinlich auch nie sein. Immer sind Sie nur zu Ditta liebenswürdig.« Der Ausdruck ihrer Augen rührte ihn und verriet ihm, daß sie unter dem Geplänkel mit ihm litt. Er beugte sich vor und sah sie mit einem ernsten Blick an.

»Wenn Sie mich nur ein wenig dazu ermuntern, dann möchte ich es sehr gern sein.«

Jäh flammte ein Rot auf ihre Wangen.

»Wenn ich Sie erst dazu ermutigen muß, dann danke ich

dafür, das überlasse ich Ditta«, sagte sie, um ihre Verlegenheit zu bemänteln, schroff.

»Also werde ich mich bemühen, auch ohne Ermutigung liebenswürdig zu sein. Ich sehe die Damen so fleißig, darf ich fragen, was Sie hier arbeiten?«

»Herrgott, sehen Sie das nicht? Handtücher stopfen wir!«

Er verbeugte sich.

»Danke ergebenst für die sehr liebenswürdige Auskunft, mein gnädiges Fräulein.«

Sie zuckte zusammen und stach sich in die Finger.

»Au!«

Und sie biß mit den weißen Zähnen auf den blutenden Finger.

»O weh, haben Sie sich verletzt, mein gnädiges Fräulein?«

Sie schlenkerte die Hand mit dem gestochenen Finger hin und her.

»Gestochen hab' ich mich!«

Er fing ihre Hand ein.

»Darf ich die Wunde sehen? Ich verstehe mich darauf«

Ihre Hand bebte leise in der seinen, und sie wollte sie schnell zurückziehen. Er hielt sie aber fest.

»Oh, wie es blutet! Aber ich habe ein wirksames Sympathiemittel, das stillt das Blut ganz schnell, bitte, halten Sie still, ganz still!«

Und er preßte seine Lippen fest auf den kleinen Blutstropfen und küßte ihn fort.

»So, nun blutet es sicherlich nicht mehr.«

Sie saß einen Moment wie gelähmt, sah fassungslos auf den Finger, den seine Lippen berührt hatten, und schluckte vor Aufregung einige Male, weil sie nicht sprechen konnte. Endlich sagte sie hastig:

»Wahrhaftig, es blutet nicht mehr.«

»Sehen Sie wohl, mein gnädiges Fräulein.«

»Hilft das immer?« fragte sie verlegen.

»Unbedingt, wenn ich es tue, mein gnädiges Fräulein.«

Und dabei sah er sie so zärtlich und liebevoll an, daß ein leiser Schauer über sie dahinflog.

»Wenn Sie nur nicht schon wieder Unsinn treiben, Herr Doktor«, stieß sie hervor.

»Aber, wie würde ich mir erlauben, mein gnädiges Fräulein.«

»Herrgott, nun hören Sie doch schon auf mit dem ewigen gnädigen Fräulein, jetzt haben Sie es mindestens ein halbes dutzendmal hintereinander gesagt.«

»Aber – ich sollte doch –«

»Aber nicht so prätentiös! Das muß ganz natürlich und selbstverständlich klingen.«

Er seufzte tief auf und sah sie wie um Erbarmen flehend an.

»Ich werde meine ganzen Mußestunden dazu benützen, um es richtig aussprechen zu lernen, da Sie so viel Wert darauf legen. Zu dem Fest in Herrenberg werde ich dann mein Examen ablegen. Sie werden doch bestimmt dort sein?«

»Ja, ich bin ausdrücklich geladen worden und habe es daher bei Mama durchgesetzt, sie wollte es durchaus nicht, und Ditta erst recht nicht, aber ich habe mich dann hinter meinen Vater gesteckt, und der hat ein Machtwort gesprochen, als ich ihm vorrechnete, daß Ditta drei Tage nach ihrem sechzehnten Geburtstag schon den ersten Ball mitgemacht hätte. Ich bin aber schon längst über sechzehneinhalb. Mama hat klein beigeben müssen, sie sagt zwar, dies müsse ein Ausnahmefall bleiben. Nach dem Einweihungsfest in Herrenberg soll ich wieder in die Versenkung rutschen, bis Ditta – ach so – also bis später. Aber damit hat Mama kein Glück. Ich lasse mich ganz bestimmt nicht wieder in die Kinderstube zurückschicken. Schrumm! Du, Henny, sieh mal, dies große Loch kann man doch nicht mehr stopfen?«

Sie hielt Henny ein ziemlich ramponiertes Handtuch vor die Augen.

»Nein, Lisa, gib her, da setze ich mit der Maschine einen Flecken auf. Und nun hör bitte auf, du hast mir schon so viel geholfen. Mit dem Rest werde ich heute noch allein fertig.«

»Gib nur her, bis Mama zurückkommt, helfe ich dir.«

Mit einem warmen Blick sah Heinz auf Lisas gesenktes Köpfchen, das sich wieder über die Arbeit beugte.

»Es ist sehr lieb von Ihnen, daß Sie der armen Frau Moran Arbeit abnehmen, Fräulein Lisa – pardon –, gnädiges Fräulein. Sie hat mir schon oft erzählt, wie lieb und gut Sie zu ihr sind.«

Lisa neigte den Kopf noch tiefer, um ihr Erröten zu verbergen.

»Das ist doch selbstverständlich, man kann doch gar nicht mehr mit ansehen, wie Henny sich abplagen muß. Ich weiß auch ohnedies nicht, was ich mit meiner Zeit anfangen soll. Den ganzen Tag in Modejournalen herumblättern wie Ditta, das wäre mir zu langweilig. Ich helfe Henny nur, um mir die Langeweile zu vertreiben. Es ist reiner Egoismus.«

»Nein, Herr Doktor, bitte glauben Sie das nicht! Lisa tut das alles nur, weil sie ein gutes Herz hat«, sagte Henny freundlich.

»Ich weiß es, Frau Moran, ich kenne Fräulein Lisa viel besser als sie es glaubt«, sagte er bewegt.

In ihrer Verlegenheit fuhr Lisa zornig auf.

»Mein Gott, Henny, mach doch nicht so viel Aufhebens von etwas Selbstverständlichem.«

»Das Gute ist guten Menschen immer selbstverständlich, Fräulein Lisa«, sagte er herzlich.

Schnell und forschend sah sie zu ihm hinüber, aber als ihr Blick in den seinen traf, senkte sie schnell wieder den Kopf auf ihre Arbeit.

Heinz unterhielt sich nun eine Weile ganz ernsthaft mit

Henny, um Lisa Zeit zu lassen, ihre Fassung wieder zu gewinnen. Denn daß diese ihr abhanden gekommen war, merkte er sehr wohl. Dann kam Herr Rasmussen zu Pferd von den Feldern heim. Doktor Warren erhob sich und verabschiedete sich von den beiden Damen. Vor Lisa machte er eine tiefe, ritterliche Verbeugung.

»Also auf Wiedersehen in Herrenberg beim Einweihungsfest, wenn ich Sie vorher nicht mehr sehen sollte, mein gnädiges Fräulein.«

Ganz damenhaft und hoheitsvoll verneigte sich Lisa, und er ging mit einem heimlichen Lächeln davon.

»Süßer kleiner Trotzkopf, wenn du wüßtest, wie sehr du dich verraten hast, trotz aller Kratzbürstigkeit«, dachte er gerührt.

Dann begrüßte er Karl Rasmussen und begab sich mit ihm in dessen Arbeitszimmer.

Als er verschwunden war, sagte Lisa mit einem scheinbar befreiten Aufatmen:

»Gott sei Dank, daß er weg ist.«

Henny sah heimlich forschend zu ihr hinüber. Sie glaubte schon längst nicht mehr daran, daß Lisa den Doktor so unausstehlich fände, wie sie immer wieder betonte.

»Er ist doch ein lieber, guter Mensch, Lisa.«

»Findest du? Ich mag ihn nun einmal nicht.«

»Das tut mir sehr leid.«

»Warum denn nur?«

»Weil er dich sicher sehr gern hat.«

Lisa erglühte, suchte aber ein gleichmütiges Gesicht zu machen.

»Er – mich gern haben? Aber Henny, er ärgert mich doch in einem fort.«

»Das ist alles nur Scherz.«

»Das ärgert mich doch gerade, ich will ernst genommen werden. Ditta gegenüber wird er sich diesen Ton nicht erlauben.«

»Nein, Lisa, mit Ditta tauscht er nur steife, konventionelle Redensarten. Mit dir neckt er sich gern ein wenig, aber das tut man doch nur mit Menschen, die einem sehr sympathisch sind. Solltest nur sehen, wie seine Augen glänzen, wenn ich Liebes und Gutes von dir erzähle.«

»Tust du das denn?«

»Nun ja, wenn ich von dir spreche, kann ich doch nur Liebes und Gutes berichten, und er bringt immer gleich das Gespräch auf dich, wenn ich mich einmal mit ihm unterhalte.«

Eine Weile blieb es still. Lisa sah versonnen vor sich nieder, und dann fragte sie aufatmend:

»Glaubst du wirklich, daß er mich nur necken will?«

»Ganz gewiß!«

»Und – du bist überzeugt davon, daß er mich ein wenig gern hat?«

»Ja doch!«

»Großes Ehrenwort?«

Henny lächelte.

»Gibt es verschiedene Arten von Ehrenwörtern?«

»Natürlich, das kleine gibt man nur bei scherzhaften Angelegenheiten, das große aber, wenn es ganz ernsthaft ist.«

»Nun also, ich gebe dir mein ganz ernsthaftes Ehrenwort, daß ich überzeugt bin, daß Doktor Warren dich nicht nur ein wenig, sondern sehr gern hat.«

Lisa sprang plötzlich auf.

»Ach, weißt du, jetzt habe ich das Stillsitzen satt, jetzt muß ich mich mal ein bißchen auslaufen.«

Und schnell, wie von innerer Unruhe getrieben, ging sie zum Wald hinüber. Henny blieb bei ihrer Arbeit und sah versonnen hinter ihr her. Ein tiefer Seufzer hob dann ihre Brust, und die Augen blickten wieder ernst und trübe, wie immer, wenn Lisa nicht bei ihr war. Schnell arbeitete sie weiter, als müsse sie das sekundenlange Versäumnis nachholen. So saß sie noch, als auch Herbert zu Pferd vom Feld heimkam, wo jetzt zur frühen Frühlingszeit viel zu tun war. Er sah Henny sitzen; noch ehe sie ihn erblickte, sprang er vom Pferd und kam schnell zu ihr herüber.

»Nun, reizende kleine Frau – noch immer böse?«

Sie hatten sich seit jenem Abend noch nicht wieder allein gesehen. Henny sah gar nicht auf, sie fürchtete seinen respektlosen, begehrlichen Blick, der sie mehr demütigte als die ärgsten Scheltworte seiner Mutter.

»Ich bitte dich dringend, mich nicht so zu nennen«, sagte sie mit bebender Stimme.

»Warum denn nicht? Du bist doch eine reizende kleine Frau.«

»Ich mag es aber nicht hören, du nennst mich doch auch nicht so im Beisein deiner Mutter.«

Er lachte zynisch.

»Bah, die braucht das auch nicht zu hören, das geht nur uns beide an. Sei doch nicht so zimperlich, kleine Frau, wir zwei könnten ganz im Verschwiegenen ein reizendes Leben führen. Weißt du nicht, daß du mich ganz toll gemacht hast mit deiner kühlen Abwehr? Du denkst wohl: Ein wenig Wehren spornt das Begehren?«

»Ich denke nur, daß deine Art, mir zu begegnen, viel demütigender und beleidigender ist als alles, was mir bisher zugefügt wurde«, sagte sie heftig.

»Was bist du für ein Närrchen, kleine Frau. Mir liegt nichts ferner, als dich zu demütigen und zu beleidigen. Dazu bist du zu reizend. Wenn du nur wolltest, könnten wir einander viel sein und uns gegenseitig die Langeweile von Altwiese erträglich machen.«

Sie warf mit einem stolzen Ruck den Kopf zurück.

»Ich verzichte auf jede Gemeinschaft mit dir und verbitte mir diesen Ton«, sagte sie zornig.

Er lachte.

»Ah, was du für ein süßes Sprühteufelchen sein kannst, das ahnt man gar nicht unter deiner Mater-dolorosa-Miene. Habe mir schon immer gedacht, daß die nicht echt ist. Seit der Sache mit Moran weiß ich es schon. Reizend siehst du aus, wenn dir der Zorn aus den Augen sprüht. Mir scheint, du bist in allen Künsten der Koketterie erfahren. Seit ich weiß, wie viel Temperament du unter deiner scheinbar kühlen Ruhe verbirgst, hast du mich ganz toll gemacht, wahrhaftig – ganz toll.«

Seine Augen glühten sie begehrlich an, aber sie sah es nicht. Tief senkte sie die Augen wieder auf ihre Arbeit und antwortete nicht mehr. Ein herber Schmerz erfüllte ihre Brust, daß sie sich das bieten lassen mußte. Nie kam ihr ihre Abhängigkeit mehr zum Bewußtsein als Herberts Belästigungen gegenüber.

Er redete weiter auf sie ein, hielt ihr Verstummen für ein günstiges Zeichen, daß sie ihren Widerstand aufzugeben beginne, und merkte nicht, wie sie mit Aufbietung aller Kraft die bitteren Tränen niederzwang, die bei seinen Worten in ihren Augen aufstiegen.

Aber endlich kam ihre Rettung. Lisa kam wieder zurück. Sie hatte ihre heimliche Erregung über Hennys Worte niedergezwungen und sah nun, aus dem Wald tretend, Herbert bei Henny stehen. Im Laufschritt näherte sie sich. Herbert sah sie kommen und sah wütend zu ihr hinüber.

»Da kommt das Krott wieder zur Unzeit. Also Henny, den Kuß, den du mir noch schuldig bist, hole ich mir bei Gelegenheit.«

Sie antwortete auch darauf nicht, und er sagte befriedigt:

»Keine Antwort ist in diesem Fall eine doppelte Bejahung. Jetzt Schluß, kleine Frau!«

Lisa war inzwischen herangekommen.

»Was rennst du denn so?« fragte er sie.

Sie sah ihn forschend an und blickte dann ebenso forschend zu Henny hinüber.

»Ich eilte, um dich zu begrüßen. Schon vom Feld zurück?«

»Wie du siehst. Schon ist übrigens gut – ich habe die Plackerei herzhaft satt, stundenlang in dieser Sonne unterwegs auf dem Gaul zu sein – kein Genuß. Ihr wißt gar nicht, wie gut ihr es habt hier unter den schattigen Linden.«

Lisa setzte sich.

»Wolltest du etwas von Henny, Herbert?«

»Neuerdings bist du noch neugieriger als sonst. Was sollte ich denn wollen – mal sehen, was sie hier tut.«

»Wäsche ausbessern, wie du siehst.«

Er warf sich in einen Sessel und räkelte sich.

»Ah, ist das hier angenehm kühl. Lisa, du könntest hinüberlaufen und mir eine Tasse Tee und einen Imbiß bestellen.«

Lisa wich nicht von der Stelle.

»Drüben vor dem Haus steht Fritz, du kannst ihm ja zurufen, daß er dir den Tee bringt.«

Herbert merkte, daß Lisa nicht willens war, ihn mit Henny allein zu lassen. Hatte sie vielleicht neulich nachts doch etwas gemerkt, das naseweise Krott? Sie wurde ihm langsam lästig, immer tauchte sie auf, wo Henny gerade war. Er erhob sich schließlich und sagte nachlässig:

»Du könntest ein wenig diensteifriger sein, wenn dein von der Arbeit ermüdeter Bruder vom Feld kommt und eine Tasse Tee haben möchte. Aber laß nur, ich ziehe es doch vor, den Tee in meinem Zimmer zu trinken.«

Weder Lisa noch Henny antworteten auf seine Worte, und er entfernte sich in der affektiert nachlässigen Haltung, die er einigen Modejünglingen abgesehen hatte, die Hände in den Taschen und leise vor sich hinpfeifend.

Als er im Haus verschwunden war, beugte Lisa sich über Henny und blickte ihr in das tief geneigte Gesicht. Sie sah Tränen an ihren Wimpern hängen.

»Henny, er ist wohl wieder frech geworden?«

Henny seufzte tief auf.

»Ich weiß nicht, wie ich das ertragen soll, Lisa«, stieß sie mit zitternder Stimme hervor. »Was er mir zu sagen wagt, ist unerhört.«

Lisa richtete sich kampfbereit auf.

»Er soll sich hüten! Ich werde es dem Vater mitteilen.«

»Bitte, tu das nicht, es würden doch nur Vorwürfe für mich herauskommen, dein Vater wird es deiner Mutter sagen, und sie wird es mich dann entgelten lassen.«

»Aber so geht es nicht weiter! Ich werde Vater bitten, Mutter nichts davon zu verraten. Und ich kann doch bezeugen, wie schuldlos du bist.«

Henny wischte hastig die Tränen fort.

»Ich bitte dich, Lisa, laß es gehen. Dein Vater würde auch noch böse auf mich werden, und ich bin froh, daß wenigstens er mich niemals schilt. Wenn ich ihm Verdruß bereite, wird er mit deiner Mutter davon sprechen. Und dann merken sie vielleicht, daß du auf meiner Seite stehst, und dann darfst du vielleicht gar nicht mehr mit mir reden. Das würde mich sehr traurig machen.«

Lisa umarmte sie impulsiv.

»Ob es wohl noch ein zweites so armes, bedauernswertes Menschenkind gibt, wie du es bist? Wenn ich dir doch richtig helfen könnte! Weißt du, so lieb ich dich gewonnen habe und so öde und leer mir Altwiese ohne dich vorkäme, ich wünschte doch, du könntest fort von hier. Ob es keine Möglichkeit gibt, daß du dir draußen in der Welt eine Existenz gründen könntest?«

Henny schüttelte den Kopf.

»Wie sollte ich denn fortkommen, Lisa? Die leiseste Andeutung meinerseits würde mir eine Flut von Vorwürfen über meine Undankbarkeit einbringen.«

»Ich möchte nur wissen, wofür du eigentlich dankbar sein sollst. Sag mal, Henny, du hast doch, wie du mir erzählt hast, Geld von Hans Moran geerbt?«

»Ja, zehntausend Mark oder noch etwas drüber.«

»Nun, wenn ich zehntausend Mark besäße, würde ich längst auf und davon sein. Damit kannst du doch etwas anfangen.«

Henny hob das blasse Gesicht und sah Lisa traurig an.

»Ja, du – du würdest den Mut dazu haben, vor deinen Vater hinzutreten und das Geld zu fordern. Er hat es doch in Verwahrung. Ich habe den Mut nicht. Und dann, du kannst gar nicht ermessen, wie stark trotz allem die Fesseln sind, die mich an Altwiese binden. Wie lange hat Hans Moran reden müssen, ehe ich mich entschloß, mit ihm zu gehen – und er war mir ein starker Beschützer. Jetzt müßte ich das allein wagen. Und die Gewohnheit ist so stark, immerhin ist Altwiese meine Heimat geworden, ich habe doch keine andere. Und dann – seit ich dich habe, Lisa – du bedeutest mir viel, sehr viel – ich habe dich so lieb, und du, ich weiß es, hast mich auch lieb, das mag ich doch nicht missen. Draußen in der Welt stände ich ganz allein, hätte nicht einen Menschen – hier hab' ich dich.«

Mit feuchten Augen umschlang Lisa Henny.

»Na, weißt du, wenn Herbert nicht nachläßt, dich zu belästigen, dann werde ich ihm mal die Leviten lesen und ihm drohen, daß ich es den Eltern sage.«

»Solange ich mich allein wehren kann, sollst du dich meinetwegen nicht mit deinem Bruder überwerfen. Er muß ja endlich merken, daß es mir ernst ist mit meiner Abwehr. Dann wird er mir natürlich noch feindlicher gesinnt sein als jetzt, aber das ist mir immer noch lieber als diese beleidigende Vertraulichkeit, zu der ich ihm, weiß Gott, keine Veranlassung gegeben habe.«

»Oh, ich kann bezeugen, wie schroff du ihn zurückgewiesen hast. Er muß ein sehr dickes Fell haben, wenn er nicht merkt, wie sehr du ihn verachtest. Und ich muß, so schmerzlich es mir ist, zugeben, daß er deine Verachtung verdient. Ach, Henny, wie schlimm ist es, daß man die Menschen, die einem die liebsten sein sollen, so verächtlich finden muß.«

Sie saßen lange stumm beieinander, jede ihren Gedanken nachhängend, bis der Wagen mit Frau Rasmussen und Ditta vorfuhr. Da sprang Lisa auf und lief zu ihnen hinüber, damit sie nicht merkten, wie vertraulich sie mit Henny zusammengesessen hatte.

6

Lisa hatte sich in großer Aufregung mit ihrer Festtoilette beschäftigt. Das von der Mutter für sie bestellte neue blaßrosa Stilkleid war pünktlich eingetroffen. Es lag nun weit ausgebreitet auf Lisas Bett und alles, was zu der Festtoilette gehörte, lag ringsum gruppiert. Henny hatte versprochen, Lisa beim Ankleiden zu helfen. Und pünktlich zur verabredeten Zeit trat sie bei ihr ein. Lisa merkte aber sofort, daß Henny noch bleicher und bedrückter erschien als sonst. Mitleidig fiel sie ihr um den Hals.

»Arme Henny, du würdest sicher auch gern mit nach Herrenberg gehen. Ich kann es dir vollkommen nachfühlen, ist es doch ein sehr aufregendes Ereignis, diese Einweihungsfeier. Ich hätte mir die Augen aus dem Kopf geweint, wenn ich nicht hätte mit hinüberfahren dürfen. Reizend ist es von Herrn Darland, daß er mich extra eingeladen hat, aber, noch mehr hätte ich mich gefreut, wenn er auch für dich eine Einladung geschickt hätte.«

Henny schüttelte den Kopf.

»Was denkst du, Lisa, was sollte ich unter all den vornehmen Leuten?«

»Nun, tanzen, dich amüsieren, auch einmal merken, daß du jung bist. Es ist doch ein Skandal, daß du nie ein Fest besuchen darfst. Mich hat man bisher zurückgehalten, weil ich angeblich zu jung war, aber das kann doch für dich nicht gelten.«

»Ich gehöre nicht zu der vornehmen Gesellschaft.«

»So? Und wo gehörst du hin? Zum Leutetanz in den Dorfgasthof erst recht nicht. Schließlich bist du doch unsere Verwandte, und wenn Mama nur gewollt hätte, hättest du überall dazugehört, wo wir hingehen. Ich finde es unerhört, daß man dich an keinem Fest teilnehmen läßt, nicht einmal hier im Haus.«

Henny seufzte leise auf.

»Das macht mir den geringsten Kummer, Lisa«, sagte sie.

Aber sie wollte nur nicht eingestehen, daß sie gern – oh, wie gern mit nach Herrenberg gefahren wäre, nur um wieder einmal in Gert Darlands Gesicht sehen zu dürfen, das sie nicht vergessen konnte. Um keinen Preis hätte sie jedoch diese Sehnsucht verraten. Und momentan quälte sie wirklich eine andere, viel schwerere Sorge. Mitleidig sah Lisa sie an.

»Du willst es nur nicht eingestehen, daß du traurig bist, weil du auch diesmal nicht mitgehen darfst. Du siehst so blaß und verzagt aus.«

Henny atmete gepreßt.

»Ach, Lisa, es ist etwas anderes, was mir Sorge macht.«

»Was denn, Henny, so sage es mir doch.«

Henny sah Lisa angstvoll an.

»Lisa, dein Bruder Herbert fährt nicht mit nach Herrenberg. Er hat abgesagt, angeblich, weil er sich nicht wohl fühlt.«

Lisa sah betroffen aus.

»Das wußte ich noch gar nicht.«

»Er hat es wohl auch erst jetzt deinen Eltern eröffnet, ich hörte zufällig, wie deine Mutter es deinem Vater sagte. Und nun muß ich dir gestehen, Lisa, was ich dir noch nicht zu sagen wagte. Ich kann es ja sonst keinem Menschen anvertrauen. Also – gestern nacht ist Herbert an meiner Zimmertür gewesen, als alles im Haus schon schlief. Ich war zufällig gerade wach, und da hörte ich einen schleichenden Schritt vor meiner Tür. Es war Herbert. Er rüttelte an meiner Türklinke. Zum Glück hatte ich die Tür von innen verriegelt, denn der Schlüssel zu der Tür fehlt schon seit einiger Zeit, ich weiß nicht, wo er geblieben ist. Mir stockte vor Schreck fast der Atem, ich rührte mich nicht. Da klopfte es, erst leise, dann etwas lauter, ohne daß ich in meiner Angst ein Lebenszeichen von mir gegeben hätte. Und endlich hörte ich Herberts Stimme, leise flüsterte er durch das Schlüsselloch, ich möge aufmachen, er habe mir etwas Wichtiges zu sagen. Ich habe nicht geantwortet, was soll er mir mitten in der Nacht zu sagen haben. Und ich war so in Sorge, daß die Mägde etwas hören könnten, was hätten sie von mir denken sollen, wenn sie Herbert vor meiner Tür entdeckt hätten.«

Lisa war außer sich vor Empörung.

»Das ist doch unerhört! So ein schlechter Mensch ist mein Bruder! Das geht doch nicht so weiter.«

»Das Schlimmste kommt erst noch, Lisa, als ich vorhin hörte, daß Herbert in Herrenberg abgesagt hat, überfiel mich eine namenlose Angst, daß er heute den Versuch von gestern wiederholen könne. Ich untersuchte meine Tür, ob ich sie nicht besser sichern könnte und versuchte einige Schlüssel, ob nicht einer passen würde. Und da machte ich – zum Glück –

die Entdeckung, daß auch der Riegel unbrauchbar gemacht worden ist. Er läßt sich zwar hin- und herschieben, so daß ich es ohne genaue Kontrolle gar nicht gemerkt hätte, aber er greift nicht in die Öffnung, schließt also die Tür gar nicht ab. Du wirst es mir nicht verargen, wenn ich annehme, daß Herbert den Riegel verdorben hat. Vielleicht hat er auch schon den Schlüssel verschwinden lassen.«

Lisa war blaß geworden und zog die Stirn zornig zusammen. Eine ganze Weile sprach sie nicht, sah nur nachdenklich vor sich hin.

»Das muß Vater unbedingt wissen! Ich werde es ihm schon so beibringen, daß du keine Unannehmlichkeiten hast. Ganz ernsthaft werde ich mit Vater reden. Er – er hat doch die Pflicht, für deine Sicherheit in seinem Haus zu sorgen. Nur heute abend geht das nicht mehr, die Eltern sind zusammen im Schlafzimmer und kleiden sich an, da kann ich Vater nicht allein sprechen. Hätte ich es nur schon eher getan. Was tue ich nur? Laß mich nachdenken.«

Henny half Lisa beim Ankleiden, und sie sprachen eine ganze Weile kein Wort zusammen. Aber plötzlich richtete sich Lisa auf und umfaßte Henny, sie mit sich herumdrehend.

»Ich weiß, ich weiß! Herbert wird als angeblich Kranker selbstverständlich in seinem Zimmer bleiben, bis wir fort sind und im Haus alles zur Ruhe gegangen ist, erst dann wird er den Versuch von gestern wiederholen, denn es ist ganz klar, daß er nur deshalb zu Hause bleibt. So schwerkrank wird er ja nicht gleich geworden sein, heute nachmittag war er doch noch völlig gesund. Also nun gib acht, sobald wir abgefahren sind, begibst du dich einfach hierher in mein Zimmer. Geh jetzt schnell erst einmal hinauf in das deine und hol dir eine Decke und ein Kissen, damit du dir hier auf meinem Diwan ein Lager bereiten kannst. Auch was du sonst für die Nacht brauchst, bringst du mit. Du bleibst einfach diese Nacht in meinem Zimmer. Die Tür nach Dittas Zimmer ist schon abgeriegelt, weil sie nicht herüberkommen sollte, während du mir beim Ankleiden hilfst. Sie bleibt verriegelt, damit Ditta heute nacht, wenn wir heimkommen, nicht hier eindringen kann und dich hier findet. Du schließt die Eingangstür nach dem Korridor ab, sobald du nachher mein Zimmer betrittst. Kommen wir nachts von Herrenberg heim, dann werde ich in der Halle und auf der Treppe schon den nötigen Krach machen, daß du darüber munter wirst. Dann schließt du mir heimlich die Tür auf, damit ich herein kann, ohne daß die anderen etwas merken. So bist du in Sicherheit! Herbert mag dann ruhig in dein Zimmer eindringen – er wird dich nicht finden. Und morgen sorge ich dafür, daß ein neues festes Schloß an deine Tür kommt, und werde Vater alles sagen. Jetzt wirst du es mir doch endlich erlauben?«

Henny stürzten die Tränen aus den Augen.

»Wie soll ich dir nur danken, Lisa. Gottlob, daß ich in deinem Zimmer eine Zuflucht finde, hier wird mich Herbert nicht vermuten, hier bin ich in Sicherheit.«

»Arme Henny, du hast schon Kummer genug, muß dir mein Bruder noch mit seinen Flegeleien lästig fallen. Gott sei Dank, daß ich dich nun geborgen weiß, ich hätte sonst keine Ruhe auf dem Fest gehabt. Wie gut, daß du noch entdecktest, daß der Riegel unbrauchbar war. Vater muß morgen alles erfahren, es geht nicht anders, und ich werde schon den rechten Ton finden, damit du keine Unannehmlichkeiten hast.«

Henny seufzte.

»Mag es ausgehen wie es will, Lisa, ich sehe jetzt ein, daß dein Vater es wissen muß. Alles ist leichter zu ertragen als diese Belästigungen Herberts.«

Lisa nickte energisch.

»Das ist auch meine Ansicht – und schließlich bin ich ja da, um für deine absolute Schuldlosigkeit zu zeugen. Herbert wird sich natürlich auf irgendeine Art herauszuschwindeln versuchen, und allein würdest du da einen schweren Stand haben, aber – ich helfe dir, sei ganz ruhig.«

Sie umarmte Henny und küßte sie herzlich. Dann zupfte diese noch verschönernd an Lisas Anzug herum und betrachtete sie bewundernd.

»Entzückend siehst du aus, Lisa, du wirst auf deinem ersten Fest einen großen Erfolg haben.«

Lisa betrachtete sich ein wenig verschämt im Spiegel.

»Meinst du, Henny, sehe ich wirklich gut aus – und auch erwachsen?«

»Wie eine richtige Dame, Lisa, du kannst ganz ruhig sein. Du siehst aus, als wärst du mindestens achtzehn Jahre.«

Kritisch betrachtete sich Lisa. Sie sah wirklich reizend aus in dem blaßrosa Stilkleid, das blonde Haar umgab das Köpfchen wie ein Strahlenkranz, und die tiefblauen Augen leuchteten erwartungsvoll und unruhig.

Henny begleitete sie in die Halle hinunter, wo Frau Helene und Ditta sich schon die Mäntel von Karl Rasmussen umlegen ließen. Henny hüllte Lisa in den hellen Flauschmantel und half den drei Damen beim Einsteigen. Frau Helene gab Henny in aller Eile noch verschiedene Aufträge, unter anderem, daß sie durch den Diener gleich noch heißen Tee mit Zitrone zu Herbert hinaufschicken solle, er sei unpäßlich und könne nicht mit nach Herrenberg fahren. Lisa drückte Henny noch einmal verstohlen die Hand. Dann stieg Karl Rasmussen ein, und der Wagen fuhr davon.

Henny begab sich sogleich in die Küche, wo die Dienerschaft beim Abendessen saß. Sie bestellte den Tee für Herbert, nahm sich selbst einen Imbiß mit hinauf und zog sich zurück. Niemand von der Dienerschaft ahnte, daß Henny nicht in ihr Zimmer ging.

Sie hatte sich alles, was sie für die Nacht brauchte, in Lisas Zimmer geholt und schloß die Tür hinter sich ab. Sie atmete auf, als sie in Sicherheit war. Müde fiel sie in einen Sessel und sah eine Weile mit starren Augen vor sich hin. Ihre Gedanken folgten dem Wagen nach Herrenberg, und sie malte sich aus, wie das Schloß im Lichterglanz erstrahlte und Gert Darland seine Gäste empfangen würde. Ein Seufzer hob ihre Brust, aber sie richtete sich schnell auf und wehrte diesen Gedanken.

Sie nahm den Imbiß zu sich und wollte dann, da es doch viel zeitiger war als sonst, bevor sie zur Ruhe ging, noch einige Stunden lesen. Sie hatte sich aus der Bibliothek des Onkels ein Werk über Weltkunde geholt, den Band, in dem von Borneo die Rede war. Über Borneo wollte sie sich informieren, es interessierte sie, weil Gert Darland dort gewesen war. Aber als sie das Buch aufschlug, dachte sie daran, daß das Licht in Lisas Zimmer sie verraten könne. Sie wußte, daß der Schein durch die Türritzen zu sehen war, wenn man über den dunklen Korridor ging, und wenn Herbert wirklich versuchen sollte, in ihr Zimmer einzudringen, würde er den dunklen Korridor passieren und den Lichtschein bemerken. Dann konnte er Verdacht schöpfen, sie befinde sich hier, und wenn sie auch hinter der gut verschlossenen Tür sicher war, so würde er doch vielleicht versuchen, sie zu rufen. Dann hörten ihn vielleicht die Dienstboten, und Henny fürchtete, dann ihren Ruf zu gefährden. Denn sie mußte doppelt darauf bedacht sein, ihn rein zu erhalten.

So löschte sie lieber das Licht, auf die lockende Lektüre verzichtend, und legte sich auf den Diwan, auf dem sie sich ein Lager bereitet hatte.

Sie hörte, wie der Diener nach Herberts Zimmer ging, um ihm den Tee zu bringen, hörte ihn nach einer Weile wieder zurückkommen und wie seine Schritte auf der Treppe verklangen. Dann gingen die Dienstboten zur Ruhe, und nachdem diese ihr Zimmer aufgesucht hatten, wurde es ganz still im Haus.

Aber diese Stille lastete auf Henny und scheuchte ihr den Schlaf von den Lidern. Sie suchte ihre Gedanken abzulenken, dachte an Herrenberg, an das Fest und an Lisa, die so reizend ausgesehen hatte, viel holder und lieblicher als ihre Schwester Ditta, wenn diese auch eine viel kostbarere Toilette gemacht hatte. Doktor Warren würde sich freuen, wenn er Lisa so sah – er hatte Lisa ganz gewiß sehr lieb. Wie schön das sein mußte, jemand so liebzuhaben – so geliebt zu werden. Freilich – Hans Moran hatte sie auch geliebt, aber sie hatte ihn nicht wiederlieben können, hatte nur immer Angst gehabt, daß er sie mit seinen großen, mit Sommersprossen bedeckten Händen anfassen könnte. Wie sehr hatte sie sich dieser Angst geschämt, er war doch so gut und edel, hatte eine so vornehme Gesinnung, und sie sagte sich immer wieder, es müsse ihr doch gelingen, ihn lieben zu lernen. Und nun war er tot, und sie war ihm alles, alles schuldig geblieben. Wie ganz anders hätte es sein müssen, wenn Hans Moran wie Gert Darland ausgesehen hätte! Sie warf sich unruhig von einer Seite zur anderen und wollte diese Gedanken von sich abwehren. Plötzlich zuckte sie zusammen. Ging da nicht leise eine Tür? Sie richtete sich empor und lauschte mit angehaltenem Atem. Ja – hinten am Ende des Korridors, da, wo Herberts Zimmer lag, bewegte sich etwas, leise Schritte kamen den Korridor entlang, die locker liegenden Dielen knarrten und verrieten die leisen, schleichenden Schritte. Sie kamen an Lisas Zimmer vorüber, und dann knackten die nach oben führenden Stufen. Henny schauerte furchtsam zusammen, obwohl sie in Sicherheit war. O Gott, wie froh war sie, in Lisas Zimmer eingeschlossen zu sein. Atemlos lauschte sie in das Dunkel der Nacht. Sie vernahm jetzt leise tastende Schritte über sich. Ihr Zimmer befand sich direkt über dem Lisas. Jetzt hörte sie, daß die Schritte durch ihr Zimmer schlichen. Wahrhaftig, Herbert war oben in ihrem Zimmer, triumphierte wohl, daß er so mühelos hineingelangt war – ja – da stieß er oben an einen Stuhl, der davonschnurrte. Wilde Empörung stieg in ihr auf, etwas wie Haß erfüllte ihre sonst so geduldige Seele. Wie konnte er es wagen, ihr Zimmer zu betreten, ihr seine Gesellschaft aufdrängen zu wollen? Wenn sie jetzt oben wäre, wie hätte sie sich helfen sollen? Nur Lärm hätte sie schlagen können, und dann wäre sie viel mehr kompromittiert gewesen als Herbert. Damit hatte er wohl gerechnet, daß sie es nicht wagen würde, um Hilfe zu rufen. Oh, daß sie solche Demütigungen in diesem Haus ertragen mußte. Ja, Onkel Karl sollte morgen alles erfahren – und wenn er ihr nicht half, dann mußte sie eben doch Altwiese verlassen, dann konnte sie nicht mehr bleiben, und dann würde sie auch den Mut finden, fortzugehen.

Atemlos lauschend saß sie aufrecht. Nach einer Weile vernahm sie abermals das leise Knacken der Treppenstufen. Herbert kam wieder herab. Wenn er ahnte, wo sie war? Zitternd und bebend lauschte sie hinaus, aber sie hörte ihn leise vorübergehen, wieder knackten die Korridordielen unter seinen Füßen. Gottlob, er war vorüber, gleich darauf hörte sie das leise Einschnappen eines Türschlosses. Wie erlöst atmete sie auf und faltete die Hände wie im Gebet. Erleichtert fiel sie in ihr Kissen zurück – und nun endlich fand sie den Schlaf.

7

Der strahlende Lichtschein, der aus den hohen Fenstern des Herrenberger Schlosses fiel, beleuchtete die ganze vor ihm liegende Terrasse. Vor dem Portal warfen zwei große elektrische Bogenlampen fast taghelles Licht über die Anfahrt. Wagen um Wagen fuhr vor, und die zahlreichen Gäste in festlichen Toiletten füllten nach und nach die Festräume. Im erleuchteten Vestibül schritt man über kostbare Teppiche. Dekorative Pflanzengruppen waren aufgestellt, und zahlreiche Diener in vornehm-schlichter Livree nahmen den Gästen in der Garderobe die Überkleider ab.

Im großen Empfangszimmer stand Gert Darland an der Seite von Frau von Zabern, der Lady Patronesse seines Festes, und empfing die Gäste. Seine hohe, vornehme Erscheinung paßte in diesen festlichen Raum. Staunend sahen sich die Angekommenen um. Viele kannten Schloß Herrenberg aus der Zeit, als der frühere Besitzer noch hier gewohnt hatte. Die Einrichtung der Festräume war im großen ganzen geblieben wie früher, aber alles hatte doch ein anderes Gesicht bekommen. Auserlesener Geschmack und solider Reichtum hatten sich vereinigt, um ein vollendetes Ganzes zu schaffen. Kostbare Teppiche, wundervolle Brokate, wertvolle Gemälde, Bronzen, Marmorstatuen und Porzellangruppen bildeten eine wirksame Ergänzung für die schönen, stilechten Möbel. Und alles strahlte in festlichem Glanz.

Die Herzen der heiratsfähigen jungen Damen und ihrer Mütter schlugen höher, viele Augen richteten sich sehnsüchtig auf den Besitzer all dieser Herrlichkeiten, der zum Überfluß eine so anziehende Erscheinung war. Sein tief gebräuntes, charakteristisches Gesicht wirkte so viel bedeutender als das all der anderen Herren; selbst die beiden jungen Herren von Zabern und Doktor Warren, die man doch mehr oder weniger angeschwärmt hatte, verblaßten ihm gegenüber.

Heinz Warren schien es mit gutem Humor zu ertragen, daß man ihn heute entschieden wenig beachtete. Er freute sich, von keinerlei Bewunderung belästigt zu werden und amüsierte sich, wie sein Freund Gert »angehimmelt« wurde. Hatte er doch für keine der jungen Damen irgendein Interesse, seine Augen folgten mit Entzücken einem kleinen, reizenden Persönchen im rosa Stilkleid, das staunend durch die Festräume trippelte mit wahren Elfenfüßchen, die in rosa seidenen Strümpfen und silbernen Schuhen steckten.

Vorläufig hielt er sich hinter einer dicken Säule vor ihr verborgen. Er wollte sie erst ungestört den Zauber des Ungewohnten genießen lassen. Ihre Gesellschaft war ihm ja sicher während der langen Festtafel.

Lisas reizende Erscheinung wurde allgemein bewundert, und als er sah, wie sich die jungen Herren um sie drängten und sie um einen Tanz baten, wurde er doch ein wenig nervös. Er merkte, da er sie unausgesetzt beobachtete, daß sie immer wieder unruhig nach der Saaltür blickte, als erwarte sie noch jemand, an dessen Gesellschaft ihr besonders viel gelegen war. Nun trat Gert in den Saal, und Lisa trippelte schnell auf ihn zu. Schnell pirschte sich Heinz an die beiden heran und hörte, hinter Lisa stehend, wie sie Gert fragte:

»Kommt denn Herr Doktor Warren nicht zu Ihrem Feste, Herr Darland?«

»Doch, mein gnädiges Fräulein, er ist schon längst hier, war der erste meiner Gäste«, hörte er Gert antworten.

Und er sah, wie Gerts Augen wohlgefällig auf Lisa ruhten. Das war zuviel für Heinz Warren – Gert war der einzige Kavalier, den er fürchtete. Schnell trat er heran.

»Mein gnädiges Fräulein, endlich gelingt es mir, Sie zu begrüßen, Sie waren von Bewunderern umlagert.«

Mit Genugtuung merkte er, daß sie zusammenzuckte. Sie fand aber schnell ihre Fassung wieder.

»Ah, Sie sind es?« sagte sie kühl und gleichgültig.

Er verbeugte sich. »Ja, mein gnädiges Fräulein – nur ich.«

»Fräulein Rasmussen erkundigte sich eben –«

Gert konnte nicht weitersprechen, hastig fiel ihm Lisa in die Rede:

»Ich muß Ihnen sagen, Herr Darland, daß ich Schloß Herrenberg schön, so schön wie ein Zauberschloß finde, und ich bin Ihnen sehr dankbar, daß Sie mich eingeladen haben.«

»Das war doch selbstverständlich, mein gnädiges Fräulein. Ich habe schon bedauert, daß ich neulich in Altwiese nicht das Vergnügen hatte, Sie kennenzulernen«, erwiderte Gert mit einem Seitenblick auf Heinz. Dieser gab ihm durch einen heimlichen Wink zu verstehen, daß es angebracht sei, wenn er sich um seine anderen Gäste bekümmere, und Gert entschuldigte sich gehorsam und ging lächelnd davon. So standen sich Lisa und Heinz allein gegenüber. Er verbeugte sich und reichte ihr den Arm.

»Darf ich Ihnen als Führer dienen, mein gnädiges Fräulein? Sie wollen sich doch gewiß ein wenig in Herrenberg umsehen. Und da mein Freund Darland vorläufig noch zu sehr von seinen anderen Gästen in Anspruch genommen wird, kann niemand so gut das Führeramt übernehmen wie ich. Ich weiß hier sehr gut Bescheid.«

Sie sah ihn unschlüssig an. »Wenn Sie mich führen wollen?«

»Sehr – sehr gern!«

»Sie sind ja heute so liebenswürdig, Herr Doktor?«

»Das werde ich jetzt immer sein, in der Hoffnung, daß es ebenso aus dem Wald zurückschallt.«

»Ach so, Sie denken an das, was ich Ihnen neulich gesagt habe.«

»Immer habe ich daran gedacht. Darf ich zunächst einmal sagen, daß Sie entzückend aussehen in diesem rosa Kleid? Ganz wie eine junge Dame.«

Mit einem strahlenden Blick sah sie zu ihm auf. »Gefällt Ihnen mein Kleid?«

»Auch das Kleid! Aber mehr noch, was darinnen steckt.«

»Herr Doktor, Sie machen mir ja richtige Komplimente.«

»Ich sage nur die Wahrheit.«

»Aber so etwas Nettes haben Sie mir noch nie gesagt.«

»Nein? Oh, das haben Sie wohl noch nicht beachtet. Eigentlich habe ich Ihnen bisher immer nur Nettes gesagt.«

»Na, ich danke!«

»Sie sind anderer Meinung?«

»Aber sehr!«

»Wie schade! Was kann ich nur tun, um Sie zu überzeugen, daß ich Ihnen immer nur Nettes sagen möchte – das Allernetteste.«

Sie wurde glühend rot, sagte aber tapfer: »So brauchen Sie mir eben nur Nettes zu sagen.«

»Wenn Sie mir das erlauben wollen?«

»So eine dumme Frage!« rief sie hastig.

»Oh – das war ein Rückfall! Sie wollen doch um Himmels willen nicht schon wieder den Fehdehandschuh aufnehmen? Lassen Sie uns wenigstens heute abend Waffenstillstand schließen. Ich mache Ihnen einen Vorschlag, wir wollen uns einmal Mühe geben, nur ganz friedfertig und liebenswürdig miteinander zu verkehren. Vielleicht finden wir Gefallen daran, so daß es uns dann gar nicht mehr gefällt, wenn es anders ist.«

Er sprach so warm und dringend, daß sie sehr verlegen wurde. Ein schneller Seitenblick in sein Gesicht verriet ihr obendrein, daß seine Augen mit ehrlicher Bewunderung auf ihr ruhten. Das verwirrte sie vollends, und um ihre Verlegenheit zu verbergen, stieß sie hastig hervor:

»Ach, eigentlich ist es mir ganz schnurz, in welchem Ton wir miteinander verkehren, aber – wir können es ja mal auf diese Weise versuchen.«

Es zuckte um seinen Mund wie verhaltenes Lachen.

»Schnurz ist wirklich ein erschöpfender Ausdruck! Gestatten Sie, daß ich im Bedarfsfall auch davon Gebrauch mache?«

Sie wurde sehr rot, lachte aber dann und sagte: »Meinetwegen.«

»Schön, aber nun wollen wir mit dem Austausch von Liebenswürdigkeiten beginnen. Am besten, wir machen aus, daß jeder, der sich eine Entgleisung zuschulden kommen läßt, Strafe zahlen muß.«

»Strafe? Wenn es Geld kostet, Herr Doktor – das besitze ich nicht.«

Er lachte. »Also sagen wir, wer sich einer Entgleisung schuldig macht, muß den anderen sofort sehr nett um Verzeihung bitten.«

Lisa strahlte, sie fand Doktor Warren heute einfach himmlisch.

»Gut, also fangen Sie an, mir etwas sehr Liebenswürdiges zu sagen.«

Er sah ihr tief in die Augen und sagte warm und herzlich: »Ich freue mich so sehr, daß Sie heute abend hier sind.«

Sie zuckte leise zusammen, sagte aber dann gefaßt:

»Ach so, das gehört zum Programm.«

»Nein, das kam mir aus dem Herzen. Aber nun müssen Sie mir etwas sehr Liebenswürdiges sagen.«

Sie schluckte erst ein wenig, sagte aber dann tapfer:

»Ich finde, daß Sie heute sehr – sehr liebenswürdig und nett sind.«

»Wenn ich Sie ansehe, kann ich gar nicht anders. Wie eine Blumenelfe sehen Sie aus, und ich glaube, daß Sie nie, niemals die Kinderschuhe austreten können, weil Sie so besonders kleine, zierliche Füße haben.«

»Und Sie sind hier entschieden die eleganteste und vornehmste Erscheinung, höchstens Herr Darland könnte Sie noch übertreffen.«

»Also mein Freund Darland gefällt Ihnen doch noch besser, auch wenn Sie mir gegenüber alle Liebenswürdigkeit aufbieten?« fragte er eifersüchtig.

Sie amüsierte sich köstlich und fand es reizend, in diesem Ton mit ihm zu verkehren.

»Um beim Programm zu bleiben – nein, Sie gefallen mir doch noch besser als er – er sieht ein wenig zu ernst und zu reserviert aus.«

»Oh, Sie geben mir das Leben wieder.«

Forschend sah sie ihn an.

»Liegt Ihnen so viel daran, daß Sie mir besser gefallen?«

»Unendlich viel!«

Sie gebrauchte ihren Fächer, als sei ihr zu heiß.

»Es ist wunderschön in diesem Schloß, wie in einem Märchen«, sagte sie ablenkend, sich umsehend.

»Ja, das finde ich auch, und Sie passen gut in eine solche Umgebung, weil Sie selbst wie ein verkörpertes Märchen wirken.«

Wieder wurde sie vor Verlegenheit ruppig. »Schwatzen Sie doch nicht solchen Unsinn!«

Er verbeugte sich. »Entgleisung Nummer eins! Mein gnädiges Fräulein, jetzt müssen Sie mich, laut Vertrag, sehr nett um Verzeihung bitten.«

Er blieb vor ihr stehen und sah sie erwartungsvoll an.

»Ich denke nicht dran!« rief sie, um ihre Verwirrung zu verbergen.

»Oh, oh! Ein Vertragsbruch? Das ist eine neue Kriegserklärung. Soll es jetzt wieder losgehen mit Bomben und Granaten? Soll ich hinter diesem entzückenden rosa Kleid wieder den ruppigen kleinen Backfisch suchen? Ich hoffte, daß Sie den heute endgültig verabschiedet hätten, und bin nun sehr traurig, daß Sie mich so aus allen Himmeln reißen.«

Sie sah ihn unsicher an. Er sah wirklich ganz traurig aus.

»Herr Doktor!«

Ganz zag kam das über ihre Lippen.

»Mein gnädiges Fräulein?«

»Herr Doktor – es war wirklich eine Entgleisung – bitte, bitte, verzeihen Sie mir.«

Er faßte ihre Hand und küßte sie.

»Ich danke Ihnen – oh, ich danke Ihnen sehr. Sie hat sehr lieb geklungen, Ihre Abbitte.«

Sie machte sich hastig frei.

»Wir müssen zurückgehen zu den andern, wir sind ja hier ganz allein«, sagte sie verwirrt.

»Ja, wahrhaftig, aber es ist doch so schön kühl hier.«

»Ich glaube aber, man geht zu Tisch.«

»Dann müssen wir wohl in den großen Saal zurück. Schade – wenn wir nun bei der Tafel getrennt werden, fürchte ich, daß Sie unsern Vertrag ganz vergessen.«

»Nein, nein, bestimmt nicht, ich möchte nicht noch einmal abbitten müssen.«

»Fällt es Ihnen so schwer?«

»Oh, Sie werden sehen, wie schwer das ist, wenn Sie mal an die Reihe kommen, abbitten zu müssen.«

»Das ist mir völlig schnurz!« sagte er übertrieben kaltblütig.

Sie jubelte auf.

»Herr Doktor, das war bei Ihnen Entgleisung Nummer eins. Jetzt müssen Sie abbitten.«

Wieder nahm er ihre Hand, preßte seine Lippen darauf und sagte leise und innig:

»Diese Entgleisung war Absicht, ich wollte Ihnen beweisen, wie leicht es ist, abbitten zu müssen. Bitte, bitte, verzeihen Sie mir, seien Sie mir nie mehr böse.«

Sie wurde dunkelrot.

»Ich verzeihe gern. Sie sind heute sehr liebenswürdig zu mir, Herr Doktor – wohl, weil ich nun eine Dame bin. Aber nun müssen wir schnell in den Saal zurück.«

Er verneigte sich, legte ihre Hand auf seinen Arm und führte sie davon. Im Saal gab er ihren Arm frei.

»Ich muß mich erst orientieren, welche Dame ich zu Tisch

führen darf. Und Sie werden hier Ihren Tischherrn erwarten müssen. Also bitte, unseren Vertrag nicht vergessen.«

»Nein, nein, gewiß nicht.«

Zu ihrem Bedauern verließ er sie, und sie wurde gleich von vielen Seiten in Anspruch genommen. Und dann wurden die Flügeltüren zum Speisesaal geöffnet. Man ging zu Tisch.

Lisa war sehr gespannt, was für einen Tischherrn man ihr bestimmt haben würde. Schade, daß es Doktor Warren nicht sein konnte. Aber der würde nun wohl froh sein, eine andere junge Dame zu Tisch führen zu dürfen; wenn er ihr auch viel Nettes gesagt hatte, so war sie ihm doch sicher sehr gleichgültig. So wie heute mit ihr, sprach er wohl überhaupt immer mit jungen Damen, mit ihr hatte er vorher nur anders gesprochen, weil sie bisher in seinen Augen noch keine junge Dame gewesen war. Sie wußte aber, daß es ihr gar nicht lieb war, wenn er mit andern auch so reizend plauderte. Und sie würde gewiß einen recht langweiligen Tischherrn bekommen. Wo er nur blieb?

»Mein gnädiges Fräulein, welch ein angenehmer Zufall, ich habe die Ehre, Sie zu Tisch zu führen«, sagte in diesem Moment Heinz Warren, neben sie tretend.

Sie konnte nicht anders, sie mußte ihn glückselig anstrahlen.

»Oh, wirklich – Sie?«

»Ich hoffe, es ist Ihnen nicht unangenehm.«

»Nein, im Gegenteil!«

»Laut Vertrag?«

Sie lachte.

»Nein, überhaupt!«

Stolz schritt sie an seiner Seite dahin, und stolz hob er das Haupt, im Bewußtsein, die reizendste Tischdame zu haben.

»Haben Sie noch einen Tanz für mich frei, mein gnädiges Fräulein?« fragte er.

»Zwei habe ich Ihnen aufgehoben«, entfuhr es unbedacht ihren Lippen.

»Herrlich, ich danke Ihnen.«

Lisa sah vergnügt die Tafel entlang und sah Ditta mit ziemlich langem Gesicht neben einem sehr wenig anziehenden Herrn sitzen, es war ein Gerichtsassessor, der eine Glatze und ein aufgeblasen wichtiges Gesicht hatte.

Zur Enttäuschung für alle jungen Damen hatte Gert Darland einfach Frau von Zabern, seine Lady Patronesse, zu Tisch geführt. Immerhin mußten sie sich damit trösten, daß keine von ihnen bevorzugt worden war.

Ditta unterhielt sich nicht sehr gut mit ihrem Tischherrn, und so hatte sie Zeit und Muße, ihre Beobachtungen zu machen. Immer wieder flog ihr Blick eroberungssüchtig zu Gert Darland hinüber. Dieser war aber so sehr in ein interessantes Gespräch mit Frau von Zabern, einer sehr sympathischen und vornehmen Frau, vertieft, daß er gar nicht auf Ditta achtete. Er sah nur zuweilen interessiert zu seinem Freund Warren und dessen reizender Tischdame hinüber.

Einen dieser Blicke fing Ditta auf und wurde nun auf ihre junge Schwester aufmerksam. Erstaunt beobachtete sie, daß diese sich anscheinend sehr angeregt mit Doktor Warren unterhielt. Dieser hatte anscheinend nur Augen für Lisa. Etwas wie Eifersucht stieg in ihr auf. Sie liebte ihn durchaus nicht, wie sie ja überhaupt nur sich selbst liebte, aber immerhin hatte sie sich Warren als Ersatz reservieren wollen, falls Gert Darland nicht von ihr zur Strecke gebracht werden konnte. War sie schon ärgerlich gewesen, daß Lisa mit eingeladen worden war, so war sie nun noch viel verstimmter, weil Lisa Warrens Interesse auf sich konzentrierte. So angeregt wie mit Lisa hatte sich Warren nie mit ihr unterhalten.

Sie suchte mit den Augen ihre Mutter und machte diese durch eine Art Freimaurerblick auf Lisa und ihren Tischherrn aufmerksam. Frau Rasmussen beobachtete daraufhin Lisa und staunte. Es war aber ganz anders, als Ditta es wünschte, ein erfreutes Staunen. Sogleich begann Frau Helene Luftschlösser zu bauen. Gert Darland und Ditta – Heinz Warren und Lisa. Das bedeutete die Erfüllung ihrer höchsten Wünsche. Wenn sie diese »beiden besten Partien« in der ganzen Umgegend zu ihren Schwiegersöhnen machen könnte, das wäre ein Triumph ohnegleichen – und Rettung aus aller Not.

Sie wurde immer aufgeregter. Wenn ihre Töchter nur beide klug waren und sich diese Männer sicherten. Vielleicht war es doch geraten, Lisa schon auszuführen. Um so eher hatte sie Chancen. Sie schien es ja ganz geschickt anzufangen, Warren hatte nur Augen für sie, und reizend sah sie auch aus. Wenn Ditta nur Darland gegenüber auch so klug wäre, die Männer wollten eben gefesselt sein. Und Ditta war doch entschieden noch hübscher als ihre Schwester. Sie sah auch in der neuen Toilette aus Goldbrokat sehr vorteilhaft aus. Wenn Darland Augen hatte, würde er Ditta den Vorzug geben. Heiraten mußte er doch, nun er seßhaft war – und Ditta war die nächste dazu. Es konnte sich keine in der ganzen Gesellschaft mit ihr messen.

Da sie nun einmal dabei war, im Geist ihre Kinder zu verheiraten, ließ sie, an Herbert denkend, ihre Augen die Tafel entlangschweifen. Nein, es lohnte sich nicht, Herbert hatte nichts versäumt, daß er heute nicht dabei war. Alle jungen Damen hier waren mehr oder minder auf eine gute Partie angewiesen, eine reiche Erbin gab es nicht darunter. Herbert hatte ja mit seinen sechsundzwanzig Jahren auch noch Zeit. Wenn erst einmal durch reiche Heiraten seiner Schwestern bessere Verhältnisse auf Altwiese herrschten, dann mußte

Herbert einmal hinaus in die Welt, nach Berlin oder Dresden, wo die reichen Erbinnen dick gesät waren. Da konnte er seine Auswahl treffen, es würde ihm nicht schwerfallen bei seiner hübschen Erscheinung.

So war Frau Helene Rasmussen eifrig mit allerlei Plänen beschäftigt und gab ihrem Tischherrn ziemlich zerstreute Antworten, wenn er sich einmal von den erlesenen Tafelgenüssen ab und ihr zuwandte.

Das Fest verlief glänzend. Frau von Zabern hörte viel Komplimente, da Gert diese alle an sie adressierte.

Gert ließ seine Augen über alle die jungen Damen an der Tafel hinschweifen und sagte sich, daß nicht eine darunter sei, die ihm nur das leiseste Interesse abnötigte. Er mußte immer wieder an Henny Moran denken und bedauerte sehr, daß sie nicht zugegen war. Er hätte sie so gern unter seinen Gästen gesehen.

Obwohl er Heinz Warren erklärt hatte, daß eine Witwe als zukünftige Frau für ihn gar nicht in Frage käme, mußte er sich doch immer wieder vorstellen, wie Henny sich wohl im Rahmen seiner Häuslichkeit ausnähme, und er kam zu dem Ergebnis, daß sie sich, durch die entsprechenden Toiletten unterstützt, durchaus harmonisch in den Rahmen des Ganzen einfügen würde. Keine andere paßte so gut zur Herrin von Herrenberg.

Schade!

Er war aber nicht der einzige Mensch an dieser Tafel, der an Henny Moran dachte. Auch Lisas Gedanken flogen zuweilen aus aller Glückseligkeit heraus zu ihr, und als sie wieder einmal an sie dachte, seufzte sie tief auf.

»Wo flog dieser Seufzer hin, mein gnädiges Fräulein?« fragte Heinz.

Sie sah ihn plötzlich mit schwerem Ernst an.

»Ich dachte an die arme Henny, Herr Doktor.«

»An Frau Moran? Ja, die Ärmste sitzt allein zu Hause.«

Sie nickte und, wie einem inneren Zwang gehorchend, sagte sie leise:

»Nicht nur, daß sie nicht hier sein kann, sie befindet sich auch noch in ernsthafter Gefahr, aus der ich sie nur schwer werde erretten können.«

Forschend sah Warren sie an. »Was bedrückt Sie? Darf ich es nicht wissen?«

Sie erschrak und wurde ein wenig blaß. »Ach, ich hätte es nicht aussprechen sollen, aber – es kam mir gegen meinen Willen über die Lippen.«

»Wollen Sie mir nicht anvertrauen, was Sie Frau Morans wegen beunruhigt? Sie wissen doch, wie groß meine Teilnahme für die Ärmste ist.«

Sie sah ihn unschlüssig an, faßte dann aber Mut und sagte leise:

»Ich muß meinen Bruder anklagen. Er – er stellt Henny nach, bedrängt sie mit unangebrachten Vertraulichkeiten, derer sie sich kaum erwehren kann.«

»Das hat der Ärmsten noch gefehlt«, sagte er ernst.

Sie nickte. »Es ist wie ein Verhängnis, alles Böse und Schwere trifft die arme Henny.«

»Kann man denn gar nichts für sie tun? Wollen wir nicht ein Schutz- und Trutzbündnis schließen zu ihrem Heil?«

Ihre Augen leuchteten auf. »Wenn Sie das wollten?«

»Mit tausend Freuden.«

Sie atmete schnell. »Henny hat mir bisher immer verwehrt, daß ich Vater etwas von Herberts Belästigungen sage. Sie fürchtet nicht mit Unrecht, Mama würde ihr selber die Schuld daran zuschieben. Aber ich weiß, wie schuldlos sie ist, und werde es bezeugen. Und nun ist es ganz dringend, heute ist etwas geschehen, was mich Hennys wegen schwer beunruhigt. Ich – ich habe sie für diese Nacht in meinem Zimmer versteckt. Wenn ich Vater noch hätte allein sprechen können, hätte ich es getan, aber es war nur in Mamas Gegenwart möglich, und das darf nicht sein. Gleich morgen früh werde ich mit Vater sprechen.«

»Das ist tapfer, mein gnädiges Fräulein. Ein Glück, daß Frau Moran an ihnen eine Stütze hat. Werde ich von ihnen hören dürfen, wie Ihr Herr Vater sich dazu stellt?«

Sie nickte.

»Da wir nun einmal ein Schutz- und Trutzbündnis zu Hennys Gunsten schließen, werde ich Sie immer auf dem laufenden halten. Sobald Sie wieder nach Altwiese kommen, will ich versuchen, einige Worte mit Ihnen allein zu sprechen. Ich berichte Ihnen dann.«

»Famos, ich werde es schon so einrichten können, daß wir uns sprechen. Ich habe das Gefühl, als müßten wir uns energischer als bisher für Frau Moran einsetzen.«

Sie nickte ihm eifrig zu.

»Das wollen wir tun, und Henny wird einfach gar nicht mehr gefragt. Mit ihrer Ängstlichkeit lähmt sie mir nur den Mut, aber wenn ich an Ihnen einen Helfer habe, werde ich schon etwas erreichen. So geht es ja nicht weiter. Henny ist ein wirklich wertvoller Mensch.«

»Bravo, Fräulein Lisa, man muß verhüten, daß sie zugrunde geht. Lassen Sie uns anstoßen – auf unser Schutz- und Trutzbündnis!«

Sie rührte mit ihrem Glas an das seine. Groß und ernst sahen sie sich an. Dann sagte er bittend:

»Aber nun lassen Sie sich die Festfreude nicht länger stören. Dieser Abend kommt nie wieder, und wir müssen ihn auskosten. Helfen können wir Frau Moran heute doch nicht mehr. Sagen Sie mir nur noch eines: Ist sie in unbedingter Sicherheit? Ich sehe Ihren Bruder nicht hier.«

Sie wurde rot, schämte sich für ihren Bruder, sagte aber fest:

»Ja, sie ist in Sicherheit, ist in meinem Zimmer eingeschlossen, wo sie niemand vermutet.«

Er wußte nun genug, viel mehr, als sie ihm hätte verraten können.

»Dann ist es gut, und wir können unbesorgt fröhlich sein.«

Er plauderte wieder angeregt mit ihr, lenkte sie von ihren Sorgen um Henny ab und freute sich, was für ein warmherziges, tapferes Kerlchen sie war. Herbert Rasmussens Ruf in bezug auf die Frauen war nicht der beste. Heinz hatte schon mancherlei Ungünstiges über ihn gehört, und er bedachte diesen jungen Herrn bei sich nicht gerade mit schmeichelhaften Ausdrücken. Daß er Henny Moran bedrängte und seine unschuldige, unerfahrene Schwester in die schlimme Lage brachte, sich seiner zu schämen, vertiefte seine ohnehin schon bestehende Abneigung gegen ihn. Aber er ließ sich jetzt nichts davon anmerken, um Lisa nicht zu betrüben; harmlos sollte sie ihr erstes Fest genießen.

Das gute Einvernehmen zwischen Lisa und Doktor Warren wurde an diesem Abend nicht mehr gestört. Es kamen zwar noch einige kleine Entgleisungen vor, aber die waren, wenigstens von Heinz Warrens Seite, nicht ohne Absicht herbeigeführt worden. Auch Lisa fand es gar nicht mehr so schwer, Abbitte leisten zu müssen. Heinz Warren verfiel ihrem Zauber vollends an diesem Abend.

Nach Tisch wurde getanzt, und nun flog Lisa aus einem Arm in den anderen, aber immer fanden sie und Heinz sich wieder auf kurze Zeit zusammen oder suchten sich wenigstens mit den Blicken. Auch mit Gert tanzte Lisa, und sie jubelte ihm zu, sein Fest sei himmlisch, und sie amüsiere sich wundervoll.

»Waren Sie denn mit Ihrem Tischherrn zufrieden, mein gnädiges Fräulein?« fragte er, lächelnd in ihr glühendes Gesichtchen blickend.

»Oh, er war entzückend, charmant!« stieß sie hervor, und erschrocken über sich selbst fügte sie etwas gesetzter hinzu: »Wir sind ja schon ganz alte Bekannte, Doktor Warren und ich, er ist sehr oft bei uns im Haus, und da unterhält man sich natürlich sehr gut.«

Gert unterdrückte ein Lächeln. Aber ernst werdend fuhr er dann fort: »Ich hätte auch sehr gern Ihre Frau Cousine, Frau Moran, eingeladen, aber mein Freund Warren sagte mir, sie sei nicht abkömmlich. Wollen Sie ihr bitte mitteilen, daß es mir sehr leid tut, sie nicht unter meinen Gästen begrüßen zu dürfen?«

Überrascht und erfreut sah Lisa zu ihm auf.

»Oh, das ist sehr lieb von Ihnen, daß Sie an die arme Henny gedacht haben. Ich werde Ihren Auftrag mit Vergnügen ausrichten, und es wird ihr ein kleiner Trost dafür sein, daß sie nicht hier sein konnte. Ich hätte es ihr von Herzen gegönnt.«

Er sah sie forschend an.

»Sie stehen sich gut mit Frau Moran?«

»Lieber Gott, ja, ein Mensch muß doch zu ihr halten. Sie ist ein so guter, wertvoller und vornehm denkender Mensch, glauben Sie mir das. Sie wird nur vom Unglück verfolgt. Bitte, bitte, glauben Sie niemandem, wenn man Ihnen etwas Böses oder Schlechtes von Henny sagt. Es ist nicht wahr, daß sie Schmach und Schande über unser Haus gebracht hat, sie ist ganz schuldlos an allem und ist nur immer von einem entsetzlichen Unglück nach dem andern verfolgt worden.«

Mit einem warmen Blick sah er in ihre Augen.

»Wie schön ist es von Ihnen, daß Sie so tapfer für sie eintreten. Ich weiß es schon von Doktor Warren, wie schuldlos Frau Moran an allem ist.«

»Ja, Doktor Warren ist auch gut zu Henny, darum mag ich ihn auch leiden!«

»Wirklich, tun Sie das? Ich meine doch, er hätte sich sehr darüber gegrämt, daß gerade Sie, mein gnädiges Fräulein, immer sehr schroff und abweisend zu ihm sind.«

Mit ihren klaren blauen Augen sah sie zu ihm hoch.

»Ja, ich war unausstehlich zu ihm, aber – ich habe es gar nicht so schlimm gemeint, und heute abend habe ich ihm gesagt, daß es von nun an anders werden soll. Ich habe nämlich geglaubt, er wollte mich nur verspotten und demütigen, weil er mich noch wie ein dummes Kind behandelte, aber er hat es nicht schlimm gemeint, und wir haben uns ausgesprochen und Frieden geschlossen. Von jetzt an wollen wir gute Freunde sein.«

»Das freut mich für ihn von ganzem Herzen.«

»Oh, eigentlich habe ich Ihnen auch ein wenig Unrecht getan, Herr Darland, ich habe nämlich geglaubt, daß Sie schrecklich reserviert und steifleinen sind.«

Er lachte: »Steifleinen?«

»Nun ja, so wie ein gesteifter Herrenkragen – komme mir keiner zu nahe.«

Er lachte wieder. »Da haben Sie mich verkannt, ich kann sehr, sehr ungesteift vergnügt sein, nur muß ich sympathische Menschen um mich haben.«

Sie nickte energisch. »Ganz mein Fall! Wenn ich jemand nicht leiden kann, dann gefriert mein Blut zu Eis, und ich werde auch stocksteif.«

Es zuckte amüsiert um seinen Mund. »Sie haben eine ungemein bildhafte Ausdrucksweise, mein gnädiges Fräulein, ich kann mir nun schon denken, daß sich Doktor Warren so gern mit Ihnen unterhält.«

»Hat er das gesagt?« fragte sie schnell.

»Das und noch viel mehr Schmeichelhaftes, aber weiter darf ich Ihnen nichts verraten, das wäre indiskret.«

Lisas Augen glänzten immer heller, und sie versicherte

Gert immer wieder, sein Fest sei himmlisch, und sie werde es nie vergessen.

Gert brachte dann das Gespräch noch einmal auf Henny Moran. Er lockte mancherlei aus Lisa heraus, was ihm sehr interessant erschien. Auch das berichtete sie ihm, daß sie mit Doktor Warren heute ein Schutz- und Trutzbündnis geschlossen habe zu Hennys Gunsten. Gert hätte sich am liebsten sofort diesem Bund angeschlossen, aber er wußte nicht, ob Heinz das angenehm sein würde. Er wollte mit ihm darüber sprechen. Auch er war der Meinung, daß man Henny Moran auf irgendeine Weise helfen, ihr eine bessere Position in Altwiese, oder wenn es da nicht ging, anderswo verschaffen müsse.

Da sich Gert sehr lange mit Lisa unterhielt, auch nachdem der Tanz zu Ende war, wurde Ditta darauf aufmerksam. Sie hatte zwar auch schon einen Tanz mit Gert getanzt, aber er hatte nur einige oberflächliche Phrasen mit ihr getauscht. Mit Lisa schien er sich sehr angeregt zu unterhalten. Was nur alle an Lisa hatten? Ditta neidete ihrer Schwester ihre ersten gesellschaftlichen Erfolge. Sie ging zu ihrer Mutter und machte sie darauf aufmerksam, daß Lisa nun auch Gert Darland »ewig« mit Beschlag belege.

Frau Rasmussen sah ihre älteste Tochter seltsam an.

»Du solltest dir an Lisa ein Beispiel nehmen, Ditta. Sie ist sehr klug und versteht es, die Aufmerksamkeit der Männer auf sich zu konzentrieren und sich angenehm zu machen. Sie hat schon Doktor Warren fast den ganzen Abend zu fesseln verstanden und bringt es fertig, den von allen Seiten in Anspruch genommenen Hausherrn zu isolieren und zu interessieren. Komm, wir wollen hinübergehen, jetzt ist eine gute Gelegenheit für dich, einzuspringen, ich werde Lisa entführen. Aber nütze die Zeit gut, mache dich ihm interessant und angenehm.«

Und eilig gab Frau Rasmussen Ditta noch allerlei Verhaltungsmaßregeln.

Mutter und Tochter unterbrachen Lisas Unterhaltung mit Gert Darland, die auch Heinz Warren schon zu lange gedauert hatte. Er hatte einige Pflichttänze absolvieren müssen, schoß nun aber ebenfalls heran, um sich Lisa wieder zu widmen. Als er sah, daß auch ihre Mutter und ihre Schwester herantraten, blieb er abseits abwartend stehen. Er sah, daß Frau Rasmussen lächelnd den Arm um Lisas Schulter legte und, nachdem sie einige Worte mit ihr und Gert Darland gesprochen hatte, sie davonführte, während Ditta an Gerts Seite zurückblieb. Aha, dachte Heinz, jetzt wird Fräulein Ditta ins Treffen geführt. Und kurz entschlossen trat er auf Frau Rasmussen und Lisa zu.

»Gestatten Sie, gnädige Frau, daß ich Ihnen Ihr Fräulein Tochter für ein Weilchen entführe, ich wollte ihr einige wertvolle Gemälde zeigen, die mein Freund Darland angekauft hat.«

Frau Rasmussen lächelte Honigseim.

»Gewiß, sehr gern, Herr Doktor, Lisa interessiert sich sehr für Gemälde. Nicht wahr, Kind?«

»Es kommt sehr darauf an, Mama, was es für Gemälde sind. Wenn ich mir etwas Hübsches dabei denken kann, interessieren sie mich natürlich. Wenn man sich aber beim Betrachten den Hals verrenken muß und doch nicht herausbekommt, was das Bild zu bedeuten hat, dann können sie mir gestohlen werden.«

»Aber Lisa!«

»Ihr Fräulein Tochter ist ganz meiner Meinung, gnädige Frau.«

Wieder lächelte Frau Rasmussen sehr süß.

»Nun also, dann kann ich Ihnen meinen kleinen Wildfang getrost überlassen«, sagte sie.

»Unbesorgt, gnädige Frau!«

Damit bot Heinz Warren Lisa den Arm und ging schnell mit ihr davon. Bei Anzeichen einer schwiegermütterlichen Huld wurde ihm etwas flau. Aber sobald er wieder mit Lisa allein war, wurde ihm das Herz wieder warm, und alle Schwiegermütter der Welt erschienen ihm »schnurz«, wie Lisa sich ausgedrückt haben würde.

Ditta bemühte sich indessen krampfhaft, Gert Darland zu fesseln und zu interessieren, sie schlug ein Thema nach dem anderen an, ließ ihr eingelerntes Wissen brillieren, zeigte sich in allem versiert, machte dabei von ihren Augen den ausgiebigsten Gebrauch und kokettierte mit wilder Entschlossenheit. Aber Gert Darland war mit allen derartigen Mätzchen nicht zu fangen. Er stand ihr artig und höflich Rede, beinah ein bißchen geistesabwesend, und wartete auf einen Moment, wo er sich von ihr lösen konnte, ohne unhöflich zu erscheinen. Ditta gedachte aber der Verhaltungsmaßregeln ihrer Mutter und hielt ihn immer wieder fest. Aber schließlich, als Gert schon ein Gewaltmittel anwenden wollte, um sich zu befreien, trat der eine junge Herr von Zabern heran und machte sein Recht auf den nächsten Tanz bei Ditta geltend. So wurde Gert erlöst. Ditta warf ihm noch einen Blick zu, als bedauere sie unendlich, daß sie gestört worden wären, und sobald der Tanz zu Ende war, suchte sie sich Gerts wieder zu bemächtigen. Der war aber vorsichtig geworden und ließ es nicht dazu kommen, sich noch einmal von Ditta isolieren zu lassen.

Für Gert war dies Fest lediglich eine Pflichterfüllung, nichts weiter. Er atmete auf, als die letzten Gäste Herrenberg verließen. Nur Heinz blieb noch zurück, er hatte seinen Onkel schon früher allein in die Stadt zurückfahren lassen, weil der alte Herr nicht so lange aufbleiben wollte. Er selbst hatte Gerts Einladung, die Nacht in Herrenberg zu bleiben, mit Vergnügen angenommen.

Die beiden Freunde saßen noch ein Stündchen bei einer Flasche Wein zusammen und plauderten zunächst über das Fest. Dann kam die Rede auf die Familie Rasmussen im allgemeinen und auf Lisa und Henny im besonderen. Und Heinz berichtete Gert, was er von Lisa bezüglich Herberts Belästigungen Hennys gehört hatte.

Gert zuckte zusammen, und eine Falte erschien auf seiner Stirn.

»Dem Burschen sollte man das Handwerk legen; weiß er denn keinen Unterschied zu machen zwischen leichtfertigen Weibern und ehrbaren Frauen?«

»Diesen Unterschied scheint er leider nicht zu kennen. Mir tut es auch um die kleine Lisa leid, die übrigens heute sehr lieb und goldig war und mir so entschieden noch besser gefällt. Daß sie ihren Bruder von dieser Seite kennenlernt, ist unerhört. Das ist nichts für ein so junges Geschöpf. Und doch gönne ich Frau Moran den Beistand von ihrer Seite. Lisa ist ein tapferer kleiner Kamerad, gottlob ganz anders veranlagt als die gesamte übrige Familie. Man kann sich auf sie verlassen. Aus ihren schüchternen Andeutungen kann ich mir schon ein Bild machen, in welch unverschämter Weise der Bursche vorgegangen ist, um Frau Moran zu ängstigen. Er sieht natürlich Freiwild in ihr, und das möchte ich ihm gern austreiben. Ich habe die kleine Lisa in ihrem Vorsatz bestärkt, ihrem Vater morgen alles zu sagen und ihm klarzumachen, daß er die Pflicht hat, Frau Moran vor seinem Sohn zu schützen. Fräulein Lisa wird mir berichten, wie diese Unterredung abgelaufen ist. Wir haben übrigens ein ernsthaftes Schutz- und Trutzbündnis geschlossen, um Frau Moran zu helfen, wo und wie wir können. Willst du diesem Bündnis nicht beitreten, Gert, du wolltest doch gern etwas für Frau Moran tun.«

Lebhaft sah Gert auf.

»Sehr gern, ich hörte schon von Fräulein Lisa von diesem

Bündnis und hätte mich gleich als Mitglied angemeldet, wenn ich gewußt hätte, ob es dir recht wäre.«

»Aber selbstverständlich, warum soll es mir nicht recht sein?«

Gert lachte.

»Ich glaubte, dies Bündnis zwischen euch beiden sei nur ein Vorwand, um ungestört ab und zu kleine Heimlichkeiten haben zu können.«

»Nein, nein, die Sache ist uns ernst. Hilfstruppen sind uns sehr erwünscht. Du wirst mit Freuden in unsern Bund aufgenommen.«

»Abgemacht! Und ich will dir gleich noch einen Vorschlag in dieser Sache machen. Ich werde Frau von Zabern anwerben als Bundesmitglied. Wir sprachen heute abend von Henny Moran, und Frau von Zabern, die eine bewundernswerte Frau ist und viel ehrliche Menschengüte besitzt, bedauerte Frau Moran, die bei ihren Verwandten nicht auf Rosen gebettet sei, und sprach sehr abfällig darüber, daß Frau Rasmussen stets in so harter und liebloser Weise über die junge Frau gesprochen habe. Sie bedauert Frau Moran sehr und wird auf meine Bitte gewiß gern unserm Bund beitreten. Ich halte es für sehr wichtig, eine Frau im Alter der Frau von Zabern und von ihrem Ansehen für die Sache zu interessieren. Du und ich sind zwei junge, unverheiratete Männer, und Fräulein Lisa ist noch ein halbes Kind – sie hört es ja jetzt nicht –, wenn sie auch noch so tapfer für ihre Cousine eintritt. Also, Frau von Zabern müssen wir als Schutzpatronin für Frau Moran werben. Das soll meine erste Tat als Bundesmitglied sein.«

»Famos, Gert, das wird meine kleine Lisa freuen.«

»Und nun wollen wir zu Bett gehen, Heinz, du hast morgen vormittag Termin, und ich muß früh auf die Felder, im Frühjahr ist der Landwirt überall nötig. Gute Nacht! Träum von deiner kleinen Heiderose. Sie ist wirklich ein entzückendes Persönchen!«

»Hm! Brauchst dich gar nicht so intensiv in ihre Reize zu vertiefen. Das besorge ich schon allein, und du wärst der einzige Rivale, den ich fürchten würde«, knurrte Heinz in scherzhafter Eifersucht.

»Unbesorgt, Heinz, dieses Genre liegt mir nicht, und ich könnte bei ihr nicht mit dir konkurrieren, sie findet mich ›steifleinen‹.«

Lachend schüttelten sich die Freunde die Hand und trennten sich, um zur Ruhe zu gehen.

8

Henny hörte sogleich den Wagen vorfahren, der ihre Verwandten von Herrenberg zurückbrachte. Dann hörte sie Lisas Stimme laut durch die Halle und das Treppenhaus schallen – das Zeichen für Henny, die Tür aufzuschließen. Schnell erhob sie sich und tat das. Gleich darauf trat Lisa ein und fiel Henny um den Hals.

»Ist alles gutgegangen, Henny?« flüsterte sie.

Leise berichtete Henny, was sie erlauscht und beobachtet hatte. Nach einer Weile rüttelte Ditta an der Verbindungstür, die verschlossen war. Henny erschrak, aber Lisa winkte ihr beruhigend zu.

»Willst du etwas, Ditta?«

»Ich wollte noch ein wenig mit dir plaudern, mach doch auf.«

»Bin schon zu Bett gegangen, bin so müde, gute Nacht, Ditta.«

Lisa hatte schnell ihr Kleid abgestreift, hatte sich in einen warmen Morgenrock gehüllt und setzte sich neben Henny auf den Diwan. Flüsternd berichtete sie von dem Fest, wie himmlisch schön es gewesen sei, wie lieb und goldig Doktor Warren zu ihr gewesen und was Gert Darland bezüglich der unterlassenen Einladung für Henny gesagt habe. Hennys Augen leuchteten auf, und das Herz klopfte ihr rebellisch. Nun hatte auch sie noch ein Fest. Für ihr bescheidenes Gemüt war es schon ein Glück, daß Gert Darland an sie gedacht hatte.

Und dann berichtete Lisa, daß sie mit Doktor Warren ein Schutz- und Trutzbündnis zu Hennys Wohl geschlossen und Doktor Warren ihr zugeredet habe, morgen früh gleich mit dem Vater zu sprechen.

»Wirst sehen, Henny, wir setzen es schon durch, daß dir irgendwie Hilfe kommt, es muß etwas geschehen. Und nun wollen wir schlafen, sonst hört Ditta doch noch, daß ich hier mit jemand spreche. Gute Nacht!«

Sie küßte Henny und huschte hinüber in ihr Bett.

Am anderen Morgen sehr früh, Ditta und Frau Rasmussen schliefen noch, begab sich Lisa in das Arbeitszimmer ihres Vaters. Er saß an seinem Schreibtisch und sah überrascht auf.

»Du, Lisa? So zeitig schon wach nach dem Ballabend?«

»Ja, Vater, ich habe etwas sehr Notwendiges mit dir zu besprechen und wollte gewiß sein, daß wir nicht durch Mama gestört werden. Hast du ein halbes Stündchen Zeit für mich?«

Zerstreut und sorgenvoll sah Karl Rasmussen von seinen Büchern auf.

»Eigentlich habe ich keine Zeit, ich muß auf die Felder. So sehr wichtig wird deine Angelegenheit wohl nicht sein, und wenn sie Geld kostet, dann schlage sie dir aus dem Sinn.«

Sie trat nahe an seinen Schreibtisch heran und sah ihn mit großen, ernsten Augen an.

»Es geht nicht um Geld, Vater – es geht um viel, viel mehr.«

Etwas betroffen sah er sie an.

»Um was denn?«

»Um die Ehre und Ruhe eines Menschen, dessen Wohl dir anvertraut worden ist, lieber Vater.«

Er sah den schweren Ernst in dem jungen Gesicht, das ihm plötzlich viel reifer erschien und vor unterdrückter Erregung zuckte.

»Nun also, heraus damit, was hast du auf dem Herzen?« fragte er, das große Rechnungsbuch etwas zurückschiebend. »Setz dich, Lisa.«

Sie nahm Platz in einem dem Schreibtisch gegenüberstehenden Sessel. Mit großen Augen sah sie ihn an und sagte fest und ruhig:

»Lieber Vater, du mußt nachher gleich zum Schlosser schicken, er soll das Schloß an Hennys Zimmertür erneuern und den durch Herbert ruinierten Riegel wieder in Ordnung bringen.«

Er stutzte und sah sie forschend an. »Was soll das heißen?«

»Das soll heißen, lieber Vater, daß Herbert Henny in ganz unerhörter Weise fortgesetzt belästigt und beleidigt, daß er vorgestern nacht in ihr Zimmer eindringen wollte – der Schlüssel zur Tür fehlt schon seit einiger Zeit, und Henny hatte sich nur einriegeln können. Damit nicht genug! Da es ihm auf diese Weise nicht gelang, in Hennys Zimmer einzudringen, ruinierte er auch noch den Riegel, um gestern nacht, als wir alle fort waren und er unter einem Vorwand zu Hause geblieben war, ganz bestimmt bei Henny eindringen zu können. Zum Glück bemerkte sie noch rechtzeitig, daß der Riegel entzwei war. Sie vertraute sich mir an in ihrer Angst – und – ich habe sie die Nacht über in meinem Zimmer beherbergt.«

Karl Rasmussen fuhr auf.

»Bist du toll? Was redest du da für einen Unsinn?«

»Es ist kein Unsinn, Vater, Herbert belästigt Henny schon seit langer Zeit. Sie hat es nicht gewagt, sich bei dir zu beschweren, weil die Erfahrung sie gelehrt hat, daß ihr immer an allem die Schuld zugeschoben wird. Aber ich war selbst einmal Zeuge, wie frech sich Herbert gegen sie benimmt. Es lag eine solche Gemeinheit in seinem Benehmen Henny gegenüber, daß ich mich meines Bruders geschämt habe. Und seither steht Henny unter meinem Schutz – jawohl, Vater, da du keine Zeit und – vielleicht auch keine Lust hattest, sie zu beschützen, wie es doch deine Pflicht gewesen wäre, habe ich es versucht. Aber jetzt mußt du es tun, Vater. Ich weiß, daß es dir im Grunde nicht recht ist, wie schauderhaft die arme Henny von allen behandelt wird, aber es reicht jetzt nicht mehr aus, daß du dich bloß passiv verhältst. Du mußt jetzt für Henny eintreten.«

Er hatte einen roten Kopf bekommen und sprang auf.

»Was erlaubst du dir für einen Ton mir gegenüber?«

Auch Lisa sprang auf und umfaßte seinen Hals.

»Sei nicht böse, lieber Vater! Laß jetzt nichts sprechen als dein gutes Herz und die Achtung vor einem dir anvertrauten schuldlosen Wesen. Höre nicht auf Mama, die immer nur Böses und Garstiges über Henny sagt. Du mußt doch selbst wissen, daß Henny nichts Böses getan hat. Nur sehr unglücklich ist sie, so elend und verlassen, daß es einem das Herz umdreht. Ich schäme mich, daß ich bisher ruhig mit angehört habe, wie man Henny schmäht und demütigt. Bedenke doch bitte, was für ein armseliges Aschenbrödeldasein sie in unserm Haus führt. Niemand hat ein gutes Wort für sie, niemals hat sie eine Erholung. Sie arbeitet für drei Dienstboten, aber man billigt ihr nicht einmal die Rechte zu, die Dienstboten für sich in Anspruch nehmen dürfen. Nicht einmal Lohn bekommt sie für ihre Arbeit, nur Schelte und harte Worte. Glaube nicht etwa, daß Henny sich irgendwie mir gegenüber beschwert hat, das wagt das arme Ding gar nicht. Sie wollte auch nicht, daß ich dir Herberts Verhalten mitteilte, aus Angst, daß man ihr selbst die Schuld gibt. Sie hat keine Freistunde, als sonntags nach Tisch zwei Stunden, wo sie das Grab ihres Mannes besucht. Ihre Kleider bezahlt sie von den Zinsen, die ihr Hans Morans Erbe einbringt und ist froh darüber, daß sie nicht mehr die abgelegten Kleider von Ditta tragen muß. Nie hat sie ein Vergnügen, nicht einmal bei den Festlichkeiten im Haus darf sie anwesend sein. War es ein Wunder, daß sie da mit Hans Moran auf und davongehen wollte? Sie hat ihn nicht einmal liebgehabt, nur weil er ein bißchen gut zu ihr war, wurde sie seine Frau. Dies und das Unglück mit ihren Eltern wird ihr von Mama und Ditta als Verbrechen, als Schande angerechnet, und Herbert glaubt daraus ein Recht ableiten zu dürfen, sie als Freiwild zu betrachten. Und du, lieber Vater – du guckst zuweilen ein wenig unbehaglich, wenn Mama mit harten Worten über Henny herfällt – aber du läßt alles gehen, um des lieben Friedens willen und weil du wohl andere schwere Sorgen hast. Doch du dürftest alles das nicht zulassen. Verzeihe mir, wenn ich es wage, dir das zu sagen. Um Hennys willen tue ich es, so wie bisher kann und darf es nicht weitergehen, weil Henny auf diese Weise seelisch zugrunde gehen muß. Vor allem aber, weil Herbert sie bedroht mit seinen unlauteren Wünschen, mit seinen Angriffen auf ihre Ehre. Sieh, Vater, ich bin ja noch ein junges, dummes Ding, und ich dürfte von dergleichen Dingen nichts verstehen, aber so viel weiß ich doch, daß Herbert schon von den Mägden beredet wird, weil er ihnen nachstellt. Man hört da so manches. Und ich habe immer scharfe Augen gehabt – und, ich habe die arme Henny liebgewonnen, weil ich weiß, daß sie unschuldig so viel leiden muß und weil sie wirklich ein so wertvoller Mensch ist, daß es jammerschade um sie wäre. Sie ist doch blutsverwandt mit uns, hauptsächlich mit dir, und du warst ihr Vormund, hast also die Pflicht, sie zu beschützen. Bitte, bitte, lieber Vater, trage mir nicht nach, was ich jetzt alles in meiner Angst und Sorge um Henny hervorbringe, ich muß es dir eindringlich klarmachen. Wenn du wüßtest, wie grenzenlos dankbar Henny ist, daß ich ein bißchen gut zu ihr bin, daß ich sie liebgewonnen habe. Ich darf das Mutter und Ditta nicht einmal merken lassen, aber dir will ich es sagen und dich inständig bitten, hilf Henny, sorge dafür, daß sie ein menschenwürdigeres Dasein und vor allen Dingen in Ruhe und Sicherheit leben kann. So kann es nicht weitergehen.«

Sie schwieg still, tief Atem holend, und blickte ihn flehend an. Ganz blaß war sie geworden und sah um Jahre gereift aus. Und was sie sagte und wie sie es sagte, griff dem Vater an das Herz. Es wurde ihm plötzlich klar, daß er sich an Henny versündigt hatte, da er es nicht verstanden, sie zu schützen und zu behüten, und daß er gleichgültig alles hatte gehen lassen, auch was er im Innern nicht zu billigen vermochte. Seine junge Tochter öffnete ihm die Augen; wie eine Anklage wirkten ihre Worte auf ihn. Er fühlte in dieser Stunde, daß sein passives Verhalten ein Unrecht an Henny war. Eine Weile blieb es still. Unsicher sah er in Lisas blasses Gesicht. Dann zog er sie plötzlich fest in seine Arme.

»Lisa, ich kann dir nicht zürnen, ich muß leider sogar zugeben, daß du recht hast. Und es freut mich – ja, bei Gott, es freut mich, daß du, mein Mädel, das Herz auf dem rechten Fleck hast. Ich habe vieles gehen lassen um des lieben Friedens willen und weil ich den Kopf voll Sorgen habe. Aber nun hast du mich aufgerüttelt, und nun erkenne ich erst, wie unrecht man Henny getan hat. Ich verspreche dir, das soll anders werden, laß mir nur etwas Zeit. Übers Knie läßt sich so etwas nicht brechen, die Mutter wird leicht heftig, und ich bin ihren Szenen nicht immer gewachsen. Du mußt mir ein bißchen helfen, hörst du? Sei nur weiter lieb und gut zu Henny, ich freue mich darüber. Und Herbert? Dem werde ich den Standpunkt klarmachen, verdammter Schlingel! Über diesen Punkt kann ich mit dir kleinem Mädchen nicht sprechen. Aber verlaß dich drauf, ich verschaffe Henny Ruhe. Und den Schlosser lasse ich gleich herbeirufen, das wird erledigt.«

Lisa drückte ihn fest in ihre Arme und küßte ihn.

»Dank, tausend Dank, lieber Vater, das ist das schönste Geschenk, das du mir je gemacht hast.«

Er seufzte. »Es wird auch auf lange hinaus das letzte sein, Lisa. Da du dich mir heute als ein so verständiges Mädchen gezeigt hast, will ich dir sagen, es steht schlimm um Altwiese. Ich weiß vor Sorgen kaum, wo mir der Kopf steht.«

Bekümmert sah sie ihn an. Ihre stete Hilfsbereitschaft flammte sofort auf, als sie sein müdes, sorgenvolles Gesicht sah.

»Kann ich dir nicht irgendwie helfen, Vater?«

»Nein, Kind, höchstens dadurch, daß du deine Bedürfnisse nach Möglichkeit einschränkst und mir Ausgaben ersparst. Vielleicht kannst du auch Ditta in diesem Punkt etwas beeinflussen, sie verbraucht sehr viel Geld für Toiletten. Es ist gut, wenn auch sie sich bescheiden lernt, je früher, desto besser.«

»Mein armer lieber Vater.«

Das tat dem von Sorgen bedrückten Mann doch wohl. Er strich Lisa sanft über das Haar und sagte, sich fassend:

»Nun laß mich allein, Lisa, und sage Henny, sie solle ruhig sein, solle mir aber sofort melden, wenn Herbert ihr noch einmal zu nahe käme.«

»Das wagt sie nicht, Vater, aber sie wird es mir sagen, und ich werde es dir melden.«

»Nun ja, ich kann mir denken, daß Henny nicht viel Vertrauen zu mir hat. Aber sie soll es wieder lernen. Alles soll besser für sie werden. Ich will tun, was ich kann. Geh, Lisa, ich will jetzt Herbert herunterrufen lassen, er hat sich ja noch nicht sehen lassen.«

Vater und Tochter küßten sich, wie es schon lange nicht mehr geschehen war, und Lisa ging hinaus.

Herbert kam sehr verdrießlich zum Frühstück hinunter. Als er das Frühstückszimmer betrat, war Henny gerade damit beschäftigt, den Frühstückstisch für die Tante und Ditta zurechtzumachen. Erschrocken zuckte sie zusammen, als Herbert eintrat, und wollte rasch an ihm vorbei zur Tür gehen, um das Zimmer zu verlassen. Er vertrat ihr den Weg und sah sie zornig an.

»Wo hast du dich diese Nacht herumgetrieben?« fragte er wütend.

»Laß mich hinaus!« rief sie angstvoll.

»Schön, aber du sollst erst noch hören, daß du mir mit deiner Prüderie nicht länger Sand in die Augen streuen kannst. Wo bist du diese Nacht gewesen, mit wem warst du zusammen? Gesteh es, oder ich sage es den Eltern.«

Sie hob mit einem stolzen Blick die Augen.

»Laß mich vorbei«, sagte sie noch einmal, es klang bestimmt und klar.

Er trat zur Seite.

»Gut, ganz wie du willst, entweder du zeigst dich mir von einer entgegenkommenderen Seite, oder ich plaudere aus, daß du diese Nacht nicht auf deinem Zimmer warst.«

Henny erwiderte nichts, blaß bis in die Lippen verließ sie das Zimmer. Als sie durch die Halle ging, kam Lisa gerade von ihrem Vater. Sie fiel Henny erregt um den Hals.

»Henny, ach Henny, Vater weiß alles – und er ist so gut. Du kannst ganz ruhig sein, er wird dich von jetzt an unter seinen besonderen Schutz nehmen. Es soll nach und nach alles besser für dich werden, du mußt nur noch ein wenig Geduld haben. Vater wird sich Herbert vornehmen, und der Schlosser kommt auch und bringt dein Türschloß in Ordnung. Sei ganz ruhig, es wird alles gut werden.«

Henny stürzten die Tränen aus den Augen.

»Oh, Lisa, wie soll ich dir danken. Denke dir, Herbert hat

mich eben attackiert«, sagte sie erregt und berichtete Lisa, was Herbert gesagt hatte.

Temperamentvoll ballte Lisa die Fäuste.

»Dieser infame Schlingel! Nun, Vater wird ihn schon zusammenschütteln. Ich habe dir so viel zu sagen. Wo gehst du jetzt hin?«

»In die Wäschekammer, ich muß die fertige Wäsche einräumen.«

»Dann komme ich mit, ich helfe dir dabei und kann dir alles berichten. Ich muß dir doch auch noch viel von dem gestrigen Fest erzählen.«

Sie gingen in die Wäschekammer, und hier fiel Lisa Henny noch einmal um den Hals.

»Wie froh bin ich, Henny, daß ich dir habe helfen können.«

Henny küßte sie innig.

»Meine liebe, liebe Lisa, wie soll ich dir nur für alles danken, was du für mich tust und getan hast?«

»Ach, Henny, mir geht es auch wie dir, ich mag niemandem etwas schuldig bleiben. Du hast dich so viel für uns alle gemüht, auch für mich. Und dafür habe ich mich revanchiert, du brauchst mir nicht zu danken.«

Und sie erzählte nun fast wortgetreu ihre Unterredung mit dem Vater. Und dann begann sie von dem Fest in Herrenberg zu erzählen und konnte kein Ende finden. Henny aber wurde nicht müde, ihr zuzuhören, und fast war es ihr, als sei sie selber dabeigewesen. –

Herbert hatte verdrießlich sein Frühstück eingenommen und wollte danach auf die Felder reiten. Aber ehe er das Haus verließ, wurde er zu seinem Vater gerufen. Mit seinem nachlässigen Gang schlenderte er nach dessen Arbeitszimmer.

»Guten Morgen, Vater, was wünschst du von mir?«

Karl Rasmussen sah seinen Sohn mit seltsam starren Augen an.

»Bist du wieder gesund?« fragte er mit leisem Hohn.

»Ja, Vater, es war ja nur ein leichtes Unwohlsein.«

»Und doch lehntest du ab, das Fest in Herrenberg mit uns zu besuchen?«

Herbert wurde ein wenig unsicher, er sah das zornige Aufflammen in des Vaters Augen.

»Es lag mir nicht viel daran.«

Der Vater erhob sich und trat dicht vor ihn hin.

»Weil du andere Pläne hattest diese Nacht.«

Herbert befiel eine leichte Beklemmung, aber seine Frechheit half ihm darüber hinweg.

»Ich wüßte nicht! Ich habe mich zeitig niedergelegt, du brauchst nicht zu denken, daß ich in der Stadt war und gebummelt habe.«

»Nein, du warst nicht in der Stadt, aber du bist doch wieder aufgestanden und hast dein Zimmer verlassen.«

»Wer sagt das? Ich – ich bin nicht aus meinem Zimmer gekommen.«

»Lassen wir diese Plänkelei, du kannst mir nichts vormachen. Ich weiß, daß du Henny in unflätiger Weise nachstellst, daß du sie selbst in ihrem Zimmer zu bedrängen versuchst. Schämst du dich nicht? Kannst du keinen Unterschied machen zwischen leichtfertigen Weibern und anständigen Frauen?«

Herbert lachte höhnisch auf.

»Mit den anständigen Frauen meinst du doch hoffentlich nicht Henny. Ganz abgesehen davon, daß sie mit Moran eine Liebschaft hatte, ehe sie mit ihm davonging, sie hat auch jetzt ihre Liebschaften. Heute nacht ist sie bestimmt auf Abenteuer ausgegangen, ihr Zimmer war leer.«

Die Zornesader auf Karl Rasmussens Stirn schwoll an.

»Herbert! Jetzt hast du dich verraten! Du warst also wirklich in Hennys Zimmer? Wolltest sie bedrängen und dazu unsere Abwesenheit ausnützen. Ohrfeigen müßte ich dir links und rechts geben, verdient hast du es. Nachdem du vorgestern nacht vor ihrer Tür warst und sie zum mindesten kompromittieren konntest, hast du gestern den Riegel an ihrer Tür ruiniert. Den Schlüssel hast du wohl auch schon vorher beiseitegebracht. Und nun wolltest du sie heute nacht überrumpeln. Wahrhaftig, ohrfeigen sollte ich dich trotz deiner sechsundzwanzig Jahre. Und damit du weißt, wen du in Henny vor dir hast, sie ist, obwohl sie Frau heißt, ein reines, unberührtes Mädchen. Nicht einmal einen Kuß hat Moran von ihr bekommen. Sie hat ihn auch nicht aus Liebe geheiratet, sondern weil wir ihr hier das Leben zur Hölle machten, weil sie es nicht mehr aushalten konnte und lieber mit einem ungeliebten Manne nach Amerika auswandern wollte, als noch länger unsere ›Wohltaten‹ zu genießen.«

Herbert starrte ihn fassungslos an.

»Vater, wie sprichst du nur?«

»Wie ich schon lange hätte sprechen sollen. Ja, wir haben Henny das Leben zur Hölle gemacht. Und du hast den Schlußpunkt unter alles, was ihr angetan worden ist, gesetzt. Sie hat fliehen müssen vor dir, diese Nacht – Lisa hat ihr in ihrem Zimmer Unterkunft und Schutz gewährt. Henny hatte zum Glück bemerkt, daß du den Riegel ramponiert hattest, und hat in ihrer Angst bei Lisa Zuflucht gesucht. Du kannst dir etwas drauf einbilden, Bürschchen, daß du wehrlose Frauen in die Flucht schlägst. Und das sage ich dir, höre ich noch einmal solche Klagen über dich, dann sollst du mich von einer andern Seite kennenlernen. Ich weiß, daß du ein Lüderjahn bist, die Mägde haben sich auch über dich beklagt. Ich habe, von Sorgen zermürbt, die Zügel nicht fest genug in der Hand gehalten, und deine Mutter hat dich immer wieder in Schutz genommen, wenn ich mal gegen dich loswettern wollte. Nun ist es aber genug, hüte dich, mein Sohn, mein

Haus soll rein bleiben. Bedenke, daß du es mit deiner Mutter und mit deinen Schwestern teilst. Laß dein leichtfertiges Leben draußen.«

Herbert war zunächst ziemlich konsterniert über des Vaters Worte, allein, er fand bald seine Frechheit wieder.

»Du hältst mich ja so knapp, Vater, ich kann mich draußen nicht amüsieren, so wie ich möchte und so wie es mir als deinem Sohn zukommt.«

Karl Rasmussen sah ihn mit einem seltsamen Blick an.

»So, so, statt daß du um Verzeihung bittest, wirst du noch frech. Das kommt mir gerade recht. Viel zu viel Geld hast du verbraucht, ich habe schon manchmal nicht gewußt, wo ich es hernehmen soll, und habe mich immer breitschlagen lassen, wenn du dich hinter deine Mutter gesteckt hattest. Aber nun ist es aus, damit du es weißt, ich stehe dicht vor dem Ruin und weiß nicht mehr, wie ich ihn hinhalten soll. Nicht einen Pfennig kann ich dir mehr geben; wenn dir das nicht paßt, such dir eine Stelle und versuche einmal selber Geld zu verdienen. Alt genug bist du ja, um für dich selber einstehen zu können. Hier in Altwiese kann ich zur Not deine Arbeit auch noch übernehmen, zuviel hast du mir ja nie abgenommen. Unser Ruin ist günstigen Falles vielleicht noch eine Weile zu vertuschen, aufzuhalten ist er nicht mehr. Wenn ich ihn noch hinzuhalten versuche, geschieht es nur, weil ich hoffe, deine Schwestern vorher noch an den Mann zu bringen, was verdammt schwer sein wird. Ob es mir so lange noch gelingt – ich bezweifle es sehr. Und – noch eines nimm dir zur Notiz. Henny hat etwas über zehntausend Mark von Moran geerbt, das Geld habe ich in Verwahrung genommen. Klar heraus – ich habe Schulden davon bezahlt, Wechsel, für die ich keine Deckung hatte. Sie ahnt es nicht. Wenn du sie aus dem Haus treibst, wird sie ihr Geld von mir verlangen, und ich werde es nicht zahlen können. So, nun finde dich damit ab, wie du kannst. Paßt es dir nicht, dich zu Hause aufs äußerste einzuschränken, dann versuch dein Glück woanders. Vielleicht führst du den Lieblingsplan deiner Mutter aus und suchst dir eine reiche Frau. Aber Väter reicher Erbinnen pflegen Qualitäten von ihren Schwiegersöhnen zu verlangen. Wenn du im Ruf eines Schürzenjägers stehst, wirst du schwerlich Glück haben. So – nun kannst du gehen, ich habe noch zu tun.«

Herbert war sichtlich betroffen durch diese Eröffnung seines Vaters. Ziemlich verstört verließ er ihn und vergaß sogar seinen manierierten Gang. Und während er dann auf die Felder hinausritt, stürmten allerlei unerfreuliche Gedanken auf ihn ein. Verdammt, daß der Alte so in der Klemme saß, er hatte dieser Tage verschiedene Schulden beichten wollen. Wie sollte er jetzt das Geld dafür beschaffen. Und Henny? Eine unberührte, reine Frau? Sie erschien ihm plötzlich noch viel begehrenswerter. Die Eifersucht auf einen etwaigen begünstigten Nebenbuhler hatte ihm in der vergangenen Nacht schlimme Stunden bereitet. Zum Teufel, was fiel nur dem Alten plötzlich ein, sich wie ein Schutzwall vor sie zu stellen. Er kümmerte sich doch sonst nicht um sie. Wer mochte es ihm gepetzt haben, daß er hinter ihr her war. Sie selbst? Vielleicht hatte er sie vorhin durch seine Verdächtigungen dazu getrieben, sich bei dem Vater zu beschweren. Damit hatte er sie in Harnisch gebracht. Nun ja, wenn sie wirklich unschuldig war! Aber sie war doch sonst nicht zum Vater gelaufen. Bei Lisa hatte sie die Nacht verbracht? Ah, sollte Lisa gepetzt haben? Das Krott war dazu imstande. Sie war ja auch immer wie aus der Pistole geschossen aufgetaucht, wenn er mal mit Henny gesprochen hatte. Zweifellos – die Kleine hatte gepetzt. Na warte, du Krott, der Adler ist dir nicht geschenkt, ich spiele dir auch mal einen Schabernack. Steck du doch die Nase in andere Sachen. Hm! Mit Henny mußte man jetzt also in einem anderen Ton verkehren. Na ja, man konnte sich ja ein bißchen niedlich machen, ein bißchen den Zerknirschten spielen, um Verzeihung bitten und so. Dabei schöne Augen machen – schließlich war er doch ein Kerl, den alle Weiberchen unwiderstehlich fanden, also würde er irgendwie der kleinen Henny beikommen können. Schade, wenn die eine reiche Erbin wäre, gleich würde er dann rangehen und um ihre Hand anhalten! War doch ein apartes Geschöpf – trotz allem Rasse. Mal sehen, wie man sich mit ihr stellen konnte. Wenn er Süßholz raspelte und die Augen verdrehte, flog sie doch vielleicht noch auf ihn, toll genug hatte sie ihn schon gemacht, ihm ordentlich eingeheizt. Na, wird sich schon historisch entwickeln. Wenn der Alte nur nicht so verdammt kurz angebunden gewesen wäre. Stellung suchen? Lächerlich, sich von andern schikanieren lassen. Das hatte man doch bisher selber besorgt. Und eine reiche Frau? Woher nehmen und nicht stehlen. Die Mutter hatte ja schon davon gesprochen, daß er mal für eine Zeit nach Berlin oder Dresden gehen sollte, um sich nach einer guten Partie umzusehen. Aber dazu brauchte man Moneten, und woher die nehmen, wenn der Alte nichts rausrückte? So schlimm, wie er es gemacht hatte, war es natürlich nicht. Das kannte man ja, gebarmt wurde immer. Aber rausrücken tat er jetzt bestimmt nichts, sein Ton war so energisch gewesen wie noch nie. Ob die Mutter noch Reserven hatte? Mit ihr konnte man über so was offen reden, sie respektierte einen als Kavalier, der Geld unter die Leute bringen mußte. Der Alte war ein Spießer, hatte keine Ahnung vom Leben. Ja, die Mutter mußte helfen, daß er wenigstens seine Schulden bezahlen und mal wieder einen flotten Abend verleben konnte. Wenn sich Ditta mit dem reichen Darland verheiraten würde – ja, das wäre eine Sache! Ein so reicher Schwager, den konnte man anpumpen. Der Glückspilz hatte Moneten wie Sand am Meer. Verrückt, daß er gestern auf das Fest verzichtet hatte, weil er auf ein Schäferstündchen mit Henny gehofft hatte. Sicherlich war es drüben sehr feudal zugegangen, allerhand Genüsse hatte er sich entgehen lassen, Hennys wegen. Wenn sie nur nicht so verflixt hübsch und apart wäre, würde man sich nicht mehr um sie kümmern. Aber er war wahrhaftig toll verliebt in diese kleine Frau – die noch ein Mädchen sein sollte.

So stürmten die Gedanken durch seinen Kopf, und das Verlangen nach Hennys Besitz flammte noch viel leidenschaftlicher in ihm auf. Gerade, weil nun der Vater als Engel mit dem feurigen Schwert vor dem Paradies stand. Er gab sie durchaus nicht auf, er wußte nur, daß er jetzt seine Taktik ändern würde.

9

Es war einige Tage später. Wieder einmal waren Henny und Lisa allein zu Hause. Karl Rasmussen und Herbert inspizierten die Leute auf den Feldern, und Frau Rasmussen und Ditta waren in die Stadt gefahren, um Einkäufe zu machen. Wieder saßen die beiden jungen Damen unter den Linden. Es war einer der ersten Maitage, und ringsum begann alles zu blühen. Auch heute beschäftigten sich beide mit Nähereien und plauderten lebhaft dabei, wenigstens Lisas Plappermäulchen stand kaum still. Und wieder fuhr ein Auto vor, diesmal ein sehr elegantes, nicht Doktor Warrens kleiner Wagen.

Lisa sprang jubelnd auf.

»Du, Henny, sieh doch, Herrn Darlands Auto, und er selbst mit Doktor Warren«, sagte sie freudig erregt.

Henny schlug helle Röte ins Gesicht. Sie sah, daß Lisa zu dem Auto hinübereilte und ließ ihre Näherei sinken, um sich ungestört an Gert Darlands Anblick zu erfreuen.

Lisa begrüßte die beiden Herren und sagte bewundernd:

»Oh, was für einen herrlichen Wagen Sie haben, Herr Darland. Sie wollen uns einen Besuch machen, das ist famos – aber Eltern und Geschwister sind nicht daheim. Henny und ich sind allein zu Hause, hoffentlich sind Sie nicht zu sehr enttäuscht.«

Heinz Warren sah sie lachend an.

»Ich für meinen Teil durchaus nicht, ich verplaudere sehr gern ein Stündchen mit Frau Moran und Ihnen. Und mein Freund Darland wird sich auch gern zufriedengeben.«

Gert hatte zu Henny hinübergeschaut und zog den Hut, um sie zu begrüßen.

»Ich betrachte es als eine besondere Gunst des Schicksals, mein gnädiges Fräulein, daß Sie uns empfangen und daß wir nicht unverrichtetersache wieder abfahren müssen.«

»Natürlich setze ich voraus, daß wir den Tee mit Ihnen trinken dürfen, es ist doch bald Teezeit in Altwiese?« fragte Heinz, Lisa bittend ansehend.

»Oh, famos! Natürlich trinken wir zusammen Tee. Kommen Sie mit hinüber unter die Linden, es ist heute ein wonniger Tag.«

»Finde ich auch«, sagte Heinz vergnügt.

Gert freute sich, endlich einmal ein ungestörtes Plauderstündchen mit Henny Moran haben zu können.

»Bitte, meine Herren, gehen Sie einstweilen zu Frau Moran hinüber, ich will sogleich Befehl geben, daß der Tee gebracht wird. Sie müssen freilich vorliebnehmen, Herr Darland, es gibt nur selbstgebackene Waffeln.«

»Darauf freue ich mich ganz besonders«, sagte Gert artig.

Lisa verschwand im Haus, und die Herren gingen hinüber zu den Linden.

»Dürfen wir stören, Frau Moran?« fragte Heinz.

Etwas unsicher sah Henny auf.

»Es tut mir leid, daß Sie niemand zu Hause antreffen, Herr Doktor.«

Er lachte. »Niemand? Oh, wir finden alles, was wir zu finden hofften. Ich habe mir allerlei mit Fräulein Lisa zu erzählen, und mein Freund Darland wünscht schon lange, einmal ungestört mit Ihnen plaudern zu dürfen. Sie waren leider nicht zu seinem Einweihungsfest in Herrenberg.«

»Sie wissen, Herr Doktor, daß ich Feste nicht besuche. Aber Lisa hat mir so viel davon vorgeschwärmt, daß mir ist, als sei ich dabeigewesen.«

»Ein so bescheidenes Gemüt wie Sie ist mir noch nicht begegnet«, sagte Gert, Henny begrüßend. »Fräulein Rasmussen hat uns in Aussicht gestellt, mit Ihnen den Tee einnehmen zu dürfen. Ich hoffe, Sie schließen sich dieser Erlaubnis an, gnädige Frau.«

Eine leichte Röte flog über Hennys Gesicht.

»Oh, bitte, Herr Darland, nennen Sie mich nicht gnädige Frau. Ich nehme hier im Haus eine Stellung ein, die eine solche Anrede nicht verträgt. Bitte, nennen Sie mich einfach Frau Moran, wie Doktor Warren es auch tut.«

»Wie Sie wünschen, aber ich bin doch unterrichtet, daß Sie eine Verwandte des Hauses sind, und so gebührt Ihnen diese Anrede ebenso wie den Damen des Hauses.«

Das letzte hatte Lisa gehört, die herbeigekommen war.

»Jawohl, Herr Darland, Henny ist unsere Verwandte, und von jetzt an wird überhaupt alles anders. Herr Doktor, wir haben doch ein Schutz- und Trutzbündnis zu Hennys Gunsten abgeschlossen. Und ich habe Ihnen darüber viel zu erzählen.«

»Darf ich mich als Dritter im Bunde bei Ihnen anmelden, gnädiges Fräulein? Doktor Warren hat mir freundliche Aufnahme in Aussicht gestellt. Ich hätte mich neulich schon gern dazu gemeldet, wagte es aber noch nicht.«

»Oh, seien Sie nur nicht so ängstlich, wir können viele Hilfstruppen brauchen. Ich war schon, wie gesagt, im Feuer und habe mit meinem Vater gesprochen. Eine großartige Rede habe ich gehalten und einen großen Sieg erfochten. Vater hat mir fest versprochen, er wolle Henny unter seinen Schutz nehmen und daß er nicht mehr dulden werde, daß man sie, wie bisher, unterjocht. Und Herbert – aber nein, davon kann ich jetzt nicht sprechen, Henny bekommt schon einen roten Kopf, also, Herbert hat von Vater eine gehörige Standpauke bekommen, hat Henny demütig um Verzeihung gebeten und befleißigt sich einer sehr respektvollen Haltung. Wie gesagt, ich habe auf der ganzen Linie gesiegt und bin sehr stolz darauf.«

»Das können Sie auch, mein gnädiges Fräulein, aber – für uns bleibt dann leider wenig zu tun«, sagte Gert, der seinen Blick nicht von Hennys vor Verlegenheit glühendem Gesicht lassen konnte.

»Doch, es gibt noch eine Menge zu tun, Herr Darland. Jeder, der zu unserem Bund gehören will, muß irgend etwas tun, ihr das Leben zu erleichtern und zu verschönern.«

»Aber Lisa – du fällst den Herren ja lästig. Ich bitte dringend, die Angelegenheit auf sich beruhen zu lassen«, sagte Henny verwirrt.

»Du bist ganz still, du hast nicht dreinzureden in unsere Bundesangelegenheiten, du bist nicht Bundesmitglied und wirst bestimmt nicht mehr gefragt, sonst kommen wir überhaupt nicht weiter, das weiß ich schon«, sagte Lisa energisch, drückte aber Henny einen herzlichen Kuß auf den Mund.

»Bravo, Fräulein Bundesgenossin, wir sind ganz Ihrer Meinung«, rief Heinz Warren lachend.

Lisa nickte ihm sehr friedfertig zu.

»Nicht wahr, Herr Doktor, wenn wir Henny dazwischenreden ließen, bliebe alles beim alten.«

»Das fürchte ich auch, aber jetzt, da Sie einen so herrlichen Anfang gemacht haben, muß unser Bund zur höchsten Blüte gedeihen.«

Der Diener erschien mit dem Teegerät und deckte den Tisch. Henny legte ihre Näharbeit zusammen und füllte die Tassen. In ihrer stillen, selbstverständlichen Art bediente sie die andern, als könne es nicht anders sein. Gert mußte sie unverwandt ansehen, er bewunderte die ruhige Anmut ihrer Bewegungen. Sie hatte ihre Scheu ein wenig überwunden und unterhielt sich ziemlich ungezwungen mit Lisa und den beiden Herren. Gert mußte wieder staunen, wie klug und geistvoll Henny zu plaudern verstand, wie gewandt ihre Ausdrucksweise war und wie selbstverständlich sie sich jedem Thema anzupassen vermochte. Er lauschte mit großem Wohlbehagen auf den dunklen, weichen Klang ihrer Stimme, die ebenso beseelt war wie der Ausdruck ihrer schönen grauen Augen. Dieses arme unterdrückte Geschöpf wirkte trotz aller Bescheidenheit so vornehm und damenhaft, als sei sie gewöhnt, sich in gewählter Gesellschaft zu bewegen. Das mußte ihr angeboren sein, denn sie hatte doch wenig oder gar keine Gelegenheit gehabt, ihre geselligen Talente zu betätigen. Zuweilen flog ein Lächeln über ihre ernsten Züge, und dies Lächeln erschien Gert so bezaubernd, daß er sich bemühte, es immer wieder hervorzurufen. Er hatte noch keine Frau so anmutig lächeln sehen, so beseelt und gütig. Daß eine leichte Schwermut auch jetzt dies Lächeln beschattete, machte es noch anziehender. Gert Darland, der den Frauen mit so viel Mißtrauen und Reserve gegenüberstand, fühlte, daß ihm das Herz bis zum Hals hinauf schlug, wenn Henny ihn lächelnd ansah.

Zuweilen fiel Henny beklemmend der Gedanke auf die Seele, was Tante Helene wohl sagen würde, könnte sie sehen, wie sie hier so selbstverständlich mit den beiden Herren zusammensaß. Dann zuckte es schmerzlich und angstvoll um ihren Mund, und ihre Augen sahen scheu zu dem Weg hinüber, auf dem Mutter und Tochter nach Hause kommen mußten. Aber sie wehrte diesen bedrückenden Gedanken immer wieder von sich ab. Es war so herrlich, hier mit Gert Darland zusammenzusitzen, in sein gebräuntes, charakteristisches Gesicht sehen und seiner sonoren Stimme lauschen zu dürfen. Was für wunderbar gute Augen er hatte, die so gar nicht zu den harten, festen Linien um den schmallippigen Mund passen wollten und doch dominierten, wenn er mit ihr sprach. Diese Augen leuchteten in ihr einsames bedrücktes Herz hinein wie eine Offenbarung.

Sie ahnte nicht, mit welcher Andacht Gert Darland sich in das Studium ihrer schönen Augen versenkte, wie er die wechselnden Lichter, den eigenartigen Perlmutterglanz darin studierte. Er fand diese helleuchtenden Grauaugen, die von dunklen Brauen und Wimpern so reizvoll umgeben waren, bewundernswert. Sie verrieten eine reiche Seele und große Intelligenz. Auch ihren blaßroten Mund mußte er immer wieder betrachten, er war so fein geschwungen, und wenn es zuweilen wie verhaltener Schmerz um diesen Mund zuckte, spürte er eine starke Sehnsucht, diesen Mund zu küssen. Auf ihrem kastanienbraunen Haar spielte das Sonnenlicht, das durch das zarte Grün der Linden schimmerte, es warf metallische Funken darüber. Und obwohl Henny, wie fast immer im Haus, ein schlichtes graues Kleid trug, wirkte sie vornehm. Der eigenartige Schnitt dieses von ihr selbst gefertigten Kleides, das sich um den Oberkörper schmiegte und von den Hüften an in glatten Falten herabfiel, brachte, ohne daß sie es ahnte oder gewollt hätte, die Formen ihrer jugendschönen Gestalt zur besten Geltung. Die raffinierteste Toilette hätte sich ihrer Erscheinung nicht so harmonisch anpassen können wie dieses schlichte Kleid aus einfachem Wollstoff.

Schade, schade, daß sie Witwe war. Das mußte er immer wieder denken, und dabei wurde er sich bewußt, daß sie etwas unbedingt Mädchenhaftes hatte, daß sie absolut nicht wie eine Frau wirkte.

Doktor Warren, der sich seinerseits fast mit derselben Inbrunst in das Studium von Lisas Reizen vertiefte, richtete es so geschickt ein, daß er eine Weile mit Lisa allein sein konnte. Er brachte das Gespräch auf Gerts Automobil und erbot sich, Lisa verschiedene Handgriffe daran zu zeigen. So ging Lisa mit ihm zu dem Auto hinüber, und dort hatten sie sich anscheinend sehr lange und eindringlich zu beschäftigen. Sie plauderten lebhaft dabei, und zuweilen klang Lisas Lachen hell herüber. Lisa ergriff selbstverständlich auch diese Gelegenheit, um Heinz Warren ausführlich von ihrer Unterredung mit dem Vater zu berichten und labte sich dabei an seiner offensichtlichen Bewunderung, die ihr sehr wohl tat.

»Mama ahnt noch nicht, wie völlig umgewandelt Vater gegenüber Henny ist, aber es wird ihr schon langsam klarwerden. Ich bestärke Vater immer mehr in seinem Vorhaben, Hennys Position im Haus umzuwandeln, und gebe ihm täglich neue Winke. Ich soll ihm doch behilflich sein. Er fürchtet sich wohl ein wenig vor Mamas Zorn, der ja sicher hervorbrechen wird, wenn sie merkt, was er vorhat, aber ich stärke seinen Mut. Jedenfalls ruhe ich nicht eher, bis Henny wirklich wie unsere Verwandte gehalten wird, und Sie und Herr Darland müssen helfen und mit einspringen, wenn Vater die Parole ausgibt, daß Henny an unserem geselligen Verkehr teilnehmen soll. Denn das wird Mama so schwer eingehen, daß wir gar nicht genug Hilfe haben können«, sagte sie schließlich.

Heinz berichtete ihr nun, daß Gert vorhatte, Frau von Zabern für Henny zu interessieren und sie gewissermaßen zu ihrer Schutzpatronin zu machen. Lisa klatschte in die Hände.

»Oh, das ist ein ausgezeichneter Gedanke, wenn Frau von Zabern darauf einginge, dann zerflössen Mamas und Dittas Redereien von der sogenannten von Henny über unser Haus gebrachten Schmach in nichts. Frau von Zabern ist die einflußreichste Dame unserer Kreise, und wenn sie Henny lieb aufnimmt, werden es die anderen bestimmt auch tun.«

»Davon bin ich ebenfalls überzeugt. Gert Darland wird also Frau Moran einen guten Dienst erweisen können. Nun bleibt mir nur übrig, auch etwas zu ihrem Nutz und Frommen auszudenken.«

»Oh, Sie haben schon viel für Henny getan, das weiß ich von ihr. Noch ehe ich etwas für sie tun konnte, sind Sie schon für sie eingetreten. Das war sehr lieb von Ihnen und – ich schäme mich nun eigentlich, daß ich immer so garstig zu Ihnen war.«

Er sah sie entzückt an. »Sie werden alles – alles wieder gutmachen, Fräulein Lisa – oder bestehen Sie auf die Anrede gnädiges Fräulein?«

Sie schüttelte errötend den Kopf. »Nein, das war eine Torheit von mir – wenn Sie Fräulein Lisa zu mir sagen, klingt das eigentlich viel netter als das unpersönliche gnädige Fräulein.«

»Da sind wir nun wieder einmal einer Meinung, Fräulein Lisa, ich danke Ihnen für diese Erlaubnis, die ich als Auszeichnung betrachte.«

Sie kamen nun wieder auf andere Themen, setzten gewissermaßen die friedliche Unterhaltung vom Festabend in Herrenberg fort. Daß diese Unterhaltung nicht langweilig wurde, dafür sorgten Lisas ursprüngliches Naturell und Heinz Warrens Humor. Sie konnten lange kein Ende finden, und als das Auto gründlich besichtigt war, mußten die beiden großen Blumenrabatten inmitten der Wiese vor dem Haus noch in der Nähe bewundert werden.

So waren Gert und Henny für längere Zeit aufeinander

angewiesen. Henny hatte erneut ihre Näharbeit aufgenommen, nachdem der Diener das Teegeschirr wieder abgetragen hatte.

»Sie sind so fleißig, Frau Moran, wollen Sie Ihre Hände nicht ein wenig ruhen lassen?« fragte Gert.

Sie sah zu ihm auf, mit dem raschen Aufblick, der ihm so reizvoll erschien.

»Verzeihen Sie, wenn ich die Arbeit nicht niederlege, wir können ja auch so plaudern. Ich bin nicht gern müßig, mir ist es Bedürfnis, so viel Arbeit wie möglich zu leisten – damit ich eine Daseinsberechtigung in Altwiese habe.«

»Haben Sie die nicht ohnedies als Nichte Ihres Onkels?«

»Nein! Meine Mutter war nur Onkels Cousine. Und – ich bleibe nicht gern etwas schuldig. Je mehr ich arbeite, desto freier fühle ich mich.«

»Sie sind bei aller Bescheidenheit sehr stolz.«

»Stolz? Nun ja, es ist der Stolz der Armut.«

»Wie ungerecht doch die Güter des Lebens verteilt sind. Sie müßten Ihrer ganzen Art nach auf den Höhen des Lebens wandeln und beugen sich doch in freiwilliger Dienstbarkeit.«

Es zuckte um ihren Mund wie verhaltener Schmerz.

»Freiwillige Dienstbarkeit? Nun ja, man kann auch so sagen. Im übrigen sagt Goethe: Dienen lerne das Weib. Und auf den Höhen des Lebens, wie Sie sagen, würde ich wohl sehr deplaciert wirken.«

»Das glaube ich nicht, jedenfalls nicht so deplaciert wie in einer so untergeordneten Stellung, wie Sie sie hier im Haus einnehmen müssen.«

Sie atmete tief auf.

»Ich weiß nicht, womit ich mir Ihre gütige Teilnahme verdiene.«

»Nun, ich habe von meinem Freund Warren genug über Sie und Ihr Schicksal gehört, was meine Teilnahme weckte.«

Sie sah auf, in seine Augen hinein, mit einem großen, ernsten Blick.

»Ich bin sehr froh, daß Sie durch Doktor Warren erfahren haben, was über mich zu sagen ist. Er ist mein Freund. Hätte Sie meine Tante informiert, würden Sie sich ein anderes Bild über mich gemacht haben.«

»Oh, Ihre Frau Tante hat mir ihre Meinung über Sie auch nicht vorenthalten.«

Dunkle Glut flog über ihr Gesicht.

»Dann wundere ich mich, daß Sie mir so freundlich und achtungsvoll begegnen«, sagte sie mit leiser Stimme und einem so traurigen Ausdruck ihres Gesichts, daß es ihn tief bewegte.

»Als erfahrener Mann bildet man sich ein eigenes Urteil. Auch ohne die Erklärungen, die ich durch Doktor Warren erhielt, hätte ich gewußt, daß man Sie verleumdet und daß Sie in diesem Haus ein bedauernswertes Dasein führen.«

Sie beugte ihren Kopf tief über ihre Arbeit, um zu verbergen, einen wie tiefen Eindruck seine Worte auf sie machten.

»Es geht mir um vieles besser, seit Lisa aus der Pension zurück ist. Vorher habe ich geglaubt, es könne für mich immer nur Unglück geben. Lisa aber hat manchen Lichtblick in mein Dasein gebracht.«

»Sie vergessen wohl, daß Sie jedenfalls in der Liebe Ihres Gatten sehr glücklich waren, wenn er Ihnen auch zu schnell wieder entrissen wurde«, sagte er leise, mit heimlichem Forschen.

Sie hob die leidvollen Augen zu ihm empor.

»Glücklich? O nein, glücklich war diese Zeit gewiß nicht für mich, es war eine Zeit schwerer Kämpfe. Ich kann nur mit heimlichen Selbstvorwürfen daran zurückdenken. Ich habe einem guten, edlen Menschen, der alles, was er war und besaß, für mich einsetzte, so viel schuldig bleiben müssen.

Hans Moran, der mich so treu und selbstlos geliebt hat, dem ich so gern aus Dankbarkeit etwas zuliebe getan hätte, mußte ich weh tun. Sonst habe ich mir, glaube ich, im Leben nichts vorzuwerfen, aber dieser Vorwurf lastet auf mir.«

Das kam mit einem schweren Ernst über ihre Lippen, und sie sah mit trüben Augen starr vor sich hin.

Etwas erregt und forschend sah er sie an.

»Das sind wohl nur Einbildungen? Sie sind ihm gewiß nichts schuldig geblieben.«

»Doch – doch!« sagte sie heftig, selbstvergessen.

Er schüttelte ungläubig den Kopf.

»Eine Frau wie Sie bleibt nichts schuldig, wenn sie liebt. So viel Hans Moran auch für Sie getan hat, wenn Sie ihm Ihre Liebe schenkten, blieb doch er Ihr Schuldner.«

Halb geistesabwesend sah sie vor sich hin.

»Ich hätte ihn nicht heiraten dürfen – dann wäre er vielleicht am Leben geblieben. Ich wußte ja erst, welchen falschen Schritt ich getan hatte, als ich auf dem Standesamt meinen Namen geschrieben hatte, meinen neuen Namen. Das können Sie nicht verstehen, kein Mensch kann das verstehen. Ich wußte, daß er mich liebte, wußte, daß er jedes Opfer für mich bringen wollte – obwohl er wußte – daß ich ihn nicht liebte.«

Er atmete schwer.

»Sie liebten ihn nicht?« fragte er heiser.

Sie ahnte nicht, was in ihm vorging, achtete jetzt kaum auf ihn. Und sie wußte nicht, welchem Zwang sie gehorchte, daß sie diesem Mann gegenüber dem Worte gab, was sie bisher nur im tiefsten Innern empfunden hatte.

»Nein, o nein, ich ging nur mit ihm, weil er gut zu mir war, weil ich frei sein wollte von unerträglichem Zwang. Ich sagte ihm, daß ich ihn nicht lieben könne, er meinte aber nur, in seiner großen Güte lächelnd, das verlange er auch gar nicht, wenn ich ihm nur erlauben wolle, mich auf Händen zu tragen und mich alles Leid vergessen zu machen, dann mache ich ihn schon glücklich. Aber – als wir dann vor dem Gesetz Mann und Frau waren, da – da wollte er mich in seine Arme ziehen und mir einen Kuß geben. Und – da schauerte ich vor ihm zurück, die Berührung seiner Hand, die sich auf meinen Arm legte, verursachte mir Abscheu, gräßlich fand ich diese große breite Hand mit den vielen Sommersprossen. Er – er hat es gemerkt – er trat zurück, mit blassem, enttäuschtem Gesicht, und der Blick, mit dem er mich ansah, dieser traurige entsagende Blick, verfolgt mich jetzt noch zuweilen bis in meine Träume. Und doch blieb er gut und liebevoll besorgt um mich. Er brachte mich vom Standesamt zu dem Wagen, mit dem ich von Altwiese in die Stadt gekommen war und der auf mich wartete, um mich zurückzubringen. Der Kutscher glaubte, daß ich nur Einkäufe gemacht hatte. Ich fuhr gleich hierher zurück, denn Moran wollte nicht, daß auch nur ein Schatten meinen Ruf trüben solle. Erst als seine Frau wollte er mich am nächsten Tag entführen. Und am nächsten Tag wartete er mit seinem Motorrad auf mich – und ich hatte die ganze Zeit nur mit Entsetzen daran denken können, daß ich nun seine Frau sei und wäre am liebsten zurückgeblieben in meiner Sklaverei. Dazu war es aber zu spät – ich ging zu ihm. Oh, lassen Sie mich davon schweigen, mit was für lieblosen Gedanken ich den Weg zu ihm zurücklegte. Mit Widerwillen legte ich zum Gruß meine Hand in die seine, die er mir bot – ich hätte sie am liebsten fortgestoßen, diese Hand, vor der mir grauste. Ich fürchte, er hat es gemerkt. Traurig sah er mich an, gab meine Hand schnell wieder frei und half mir auf das Rad. Noch einmal sah er mich an, wie ein treuer Hund, der nicht begreifen kann, daß seine Herrin ihn nicht mag. Und doch schier ergeben in sein Schicksal und nur besorgt, mir alles Schwere zu erleichtern. Es war der letzte Blick aus seinen Augen, der mich traf, wir fuhren davon. Er in den Tod hinein. Können Sie mir nachfühlen, was für Vorwürfe ich mir machte, als ich wieder zu mir kam und von seinem Tod hörte? Als mir klar wurde, daß ich dem besten, edelsten Menschen, der es so gut mit mir gemeint hatte, alles schuldig geblieben war? Die kleinste Liebkosung hätte ihn beglückt, nur seine Hand hätte ich zu streicheln brauchen – und ich tat es nicht. Das quält mich sehr, viel mehr, als was ich sonst zu tragen habe. Alles andere leide ich ja schuldlos, aber Hans Moran gegenüber fühle ich mich schuldig.«

Das alles war über ihre Lippen gekommen, als müsse sie sich endlich einmal Luft machen, als müsse sie alle Qual ausströmen, um sich endlich von ihr zu befreien. Sie hatte ganz vergessen, zu wem sie sprach, fühlte nur, daß ihr gegenüber ein Mensch saß, dem sie vertrauen konnte, der sie verstehen würde.

Sie ahnte nicht, welchen Sturm sie mit dieser Beichte in Gert Darlands Brust entfesselte. Er faßte und begriff nur eins bei diesem rührenden Schuldbekenntnis, daß Henny Moran nie das Eigentum Hans Morans gewesen war, daß er nicht einmal ihre Lippen hatte berühren dürfen. Und ihm war so seltsam feierlich zumute, als sei er begnadigt worden, als sei ihm plötzlich wieder so frei und leicht ums Herz wie in seiner Jugend, als ihn noch keine bitteren Erfahrungen bedrückt hatten. Henny Moran war keine Frau, war ein Mädchen geblieben, obwohl sie vor dem Gesetz den Frauennamen führte.

Er atmete tief auf. Ihre Worte rührten ihn, wie ihn noch nie etwas gerührt hatte. Gänzlich unerfahren, was eine Ehe bedeutet, war sie Morans Frau geworden, und als es ihr dämmerte, was sie damit auf sich genommen, hatte sie Entsetzen gepackt, und sie wäre lieber in ihrer Sklaverei zurückgeblieben, als mit ihm in die Freiheit zu fliehen. Was für eine reiche, reine Seele tat sich vor seinen staunenden Augen auf. Sie war bedrückt, daß sie Hans Moran etwas schuldig geblieben, und er hätte aufjubeln mögen, daß es geschehen war.

Ein langes Schweigen zwischen ihm und ihr. Henny stichelte emsig an ihrer Arbeit und sann vor sich hin. Endlich sagte Gert:

»Mit dem allen sollten Sie sich nicht quälen, Frau Moran. Hans Moran ist dennoch glücklich gewesen, weil er für die Frau, die er liebte, Opfer bringen durfte. Und er konnte doch noch hoffen, Ihre Gegenliebe zu erobern. Sie sind unschuldig daran, daß er sterben mußte, ehe ihm dieser Wunsch erfüllt wurde. Sie haben ihn doch nicht betrogen, haben ihm offen gesagt, Sie liebten ihn nicht. Zur Liebe kann man sich nicht zwingen, kein Mensch kann das. Ein Unrecht haben Sie nicht begangen. Befreien Sie sich von diesem imaginären Schuldbewußtsein – Hans Moran selbst würde Sie darum bitten, weil er Sie geliebt hat.«

Sie strich mit zitternder Hand das Haar aus der Stirn und sah ihn wie aus einem Traum erwachend an.

»Ich muß um Verzeihung bitten, ich – ich vergaß mich. Wie konnte ich Sie mit diesem Bekenntnis belästigen? Ich weiß nicht. Nie kam es bisher über meine Lippen – ich begreife mich nicht mehr. Verzeihen Sie mir und vergessen Sie, was ich Ihnen sagte.«

Ganz bekümmert sah sie aus.

Er beugte sich vor und sah ihr mit einem so strahlenden Blick in die Augen, daß sie erschrak.

»Vergessen soll ich, daß Sie mir so viel Vertrauen schenkten? O nein, ich bin sehr stolz darauf. Ich danke Ihnen«, sagte er tief bewegt.

Es befiel sie plötzlich eine tiefe Befangenheit. Sie erhob sich in großer Verwirrung und legte ihre Arbeit zusammen.

»Sie verzeihen, ich muß jetzt ins Haus, allerlei Arbeit wartet auf mich.«

Lisa kam eben mit Warren wieder herüber.

»Wo willst du hin, Henny?«

»Ich muß zum Abendessenherausgeben und habe auch sonst noch allerlei zu tun.«

Lisa sah auf ihre Armbanduhr. »Wahrhaftig, es ist fast sieben Uhr. Es ist besser, du gehst hinein, Henny, Mama und Ditta müssen bald zurückkommen.«

»Dann werden wir wohl auch fortgeschickt, Fräulein Lisa?« fragte Heinz Warren.

Mit drolliger Wichtigkeit sah sie ihn an.

»Es dürfte an der Zeit sein, wenn wir unsere Bundessitzung schließen, Herr Doktor.«

»Und wann werden wir die nächste Sitzung abhalten?« fragte Gert.

Sie legte den Finger an das Näschen und sagte nachdenklich:

»Ich weiß nicht, wann es Ihre Zeit erlaubt. Heute ist Freitag – nächste Woche ist Mama mit Ditta in Zabern zum Tee geladen –, also am Donnerstagnachmittag würden Sie vergeblich kommen, wenn Sie Mama und Ditta einen Besuch machen wollten.«

»Vergeblich? Oh, ich komme ganz gern vergeblich«, sagte Heinz Warren verschmitzt.

Sie wurde rot.

»Nun ja, unserer Sitzung halber wäre es ganz gut, wenn wir wenigstens für kurze Zeit besprechen könnten, was jeder von uns inzwischen erreicht hat.«

Henny hatte sich verabschiedet und war ins Haus gegangen. Sie hatte diese Verabredung nicht mehr gehört. Gert hatte ihr versonnen nachgesehen. Lisa ging mit den beiden Herren zum Auto hinüber. Plötzlich blieb sie lauschend stehen.

»Da hörte ich eben einen Wagen über die Holzbrücke fahren, jetzt werden Mama und Ditta zurückkommen. Sie haben Glück, meine Herren, nun wird Ihr Besuch doch nicht ganz vergeblich gewesen sein.«

Heinz Warren machte ein ganz ernsthaftes Gesicht, als er sagte:

»Ja, was für ein Glück – jetzt können wir noch verweilen, um die Damen zu begrüßen.«

Wie auf Verabredung blieb Lisa mit den Herren plaudernd neben dem Auto stehen, so, als seien sie gerade erst gekommen und nun wieder zum Aufbruch bereit. Und wirklich kam der Wagen jetzt in Sicht, der die beiden Damen nach Hause brachte.

Frau Helene stieg, die Herren erblickend, so hastig aus, daß sie fast gefallen wäre. Ihr Gesicht rötete sich, wie das Dittas, vor Aufregung.

»Oh, meine Herren, Sie haben uns einen Besuch machen wollen?«

»So ist es, gnädige Frau, wir wollten eben betrübt wieder davonfahren, da wir nicht das Glück hatten, Sie anzutreffen«, sagte Heinz, Frau Helenes Hand an die Lippen ziehend.

»Ich wollte mich erkundigen, wie den Damen das kleine Fest in meinem Haus bekommen ist. Ihr jüngstes Fräulein Tochter war so liebenswürdig zu erklären, daß sie sich alle wohl befänden.«

»So ist es, Herr Darland. Und was Sie ein kleines Fest nennen, das war für uns alle ein großes Ereignis. Überall spricht man von Ihrem Fest, das einstimmig als das schönste erklärt worden ist, das wir seit langen Jahren mitgefeiert haben. Aber nun dürfen Sie nicht gleich wieder fort, Sie müssen noch bleiben.«

Wie auf Verabredung wurde das Teestündchen Frau Rasmussen unterschlagen. Die Herren begrüßten nun auch Ditta, die erfreut herbeigekommen war, und Frau Helene forderte die Herren auf, zum Abendessen in Altwiese zu bleiben, sie lehnten aber ab, da sie sich nicht viel Gewinn davon versprachen. Sie schoben beide Geschäfte vor.

»Aber dann müssen Sie im Lauf der nächsten Woche auf einen Abend herüberkommen, ganz zwanglos, als gute Nachbarn. Welcher Tag paßt Ihnen?«

Gert hätte am liebsten abgesagt, er wußte ja, weshalb er eingeladen wurde, und nahm an, daß er Henny nicht zu Gesicht bekommen würde. Aber er wollte nicht ungezogen erscheinen, und so einigte man sich auf den Mittwoch. Dann verabschiedeten sich die Herren, und Lisa suchte eilig ihr Zimmer auf, um nicht ausgefragt zu werden. Lügen wollte sie nicht, und doch war es wichtig, daß Mama und Ditta nicht erfuhren, daß die Herren stundenlang in ihrer und Hennys Gesellschaft geweilt hatten. Daß die Dienerschaft etwas verraten würde, war nicht anzunehmen, die sprach nur, wenn sie gefragt wurde.

10

Als die Familie später beim Abendessen zusammensaß, teilte Frau Helene ihrem Gatten mit, daß sie für den Mittwochabend die beiden Herren zum Essen eingeladen hatte.

»Du mußt mir Geld geben, Karl, ich muß verschiedene Delikatessen kommen lassen«, sagte sie.

Für gewöhnlich ließ sie sich das Geld für solche Wirtschaftsausgaben von ihrem Mann geben, ließ aber die Lieferungen auf Rechnung schreiben und verbrauchte das so auf die Seite gebrachte Geld, um es für Ditta und sich für Toiletten auszugeben oder es Herbert zuzustecken. Auf diese Weise waren sehr ungesunde Verhältnisse in Altwiese eingerissen, und die Schulden hatten sich immer vergrößert.

Heute war aber Karl Rasmussen entschieden aufsässig. Seit seiner Unterredung mit Lisa kriselte es bei ihm. Das hatte seine Gattin schon längst bemerkt, aber sie ahnte nicht, daß Lisa dahintersteckte.

»Für Delikatessen habe ich kein Geld. Die Herren werden mit dem vorliebnehmen müssen, was im Haus ist.«

»Aber Karl, nach der großzügigen Gastfreundschaft, die wir in Herrenberg genossen haben!«

»Herr Darland wird sich denken können, daß unsereiner nicht mit ihm konkurrieren kann.«

»Man kann ihm doch nicht Schinken und Eier vorsetzen«, sagte Frau Helene empört.

»Warum denn nicht? Unser Schinken ist delikat, und die Eier sind frisch. Salat gibt es auch schon, Radieschen ebenfalls, und ein oder zwei Hähnchen kannst du auch schlachten lassen.«

Überlegen blickte seine Frau.

»Das verstehst du nicht, Karl, bedenke doch, was für Hoffnungen ich auf Darland setze.«

»Diese Hoffnungen wirst du nach meinem Dafürhalten begraben müssen. Herr Darland hat sich bisher Ditta gegenüber verdammt reserviert verhalten. Ich habe doch auch Augen im Kopf, und vielleicht sind sie in diesem Fall schärfer als die deinen. Stürze dich also nicht zwecklos in Unkosten.«

»Lieber Karl, das ist nun wirklich meine Angelegenheit«, sagte sie ziemlich geringschätzig.

Aber Karl war bei diesem Ton seiner Gattin, der das Nahen eines Sturmes verkündete, nicht still wie sonst. Ein Blick auf seine Jüngste, die mitleidig zu ihm herübersah, gab ihm Mut.

»Du scheinst schlechte Laune zu haben«, sagte sie leichthin, wie zu den Unarten eines Kindes.

Dieser Ton fuhr aber heute Karl Rasmussen in die Nase.

»Nein, aber Sorgen habe ich, und ich muß dringend darum bitten, daß du sie nicht willkürlich vergrößerst.«

»Ich? Aber Karl! In welchem Ton sprichst du denn mit mir?«

Er lachte bitter auf.

»Ja, der ist dir ein bißchen ungewohnt, ich bin dir bisher wenig genug mit meinen Sorgen lästig gefallen. Aber das können wir weiter besprechen, wenn wir allein sind – obwohl es den Kindern nicht schaden kann, wenn sie erfahren, daß höchste – allerhöchste Sparsamkeit geboten ist. Im übrigen –« er holte erst noch einmal tief Atem und stärkte sich durch einen Blick auf Lisa – »im übrigen wünsche ich, daß Henny am Mittwoch, wenn die Herren zu Gast sind, wie sonst mit an unserem Tisch sitzt. So soll es jetzt immer sein, wenn Gäste zugegen sind.«

Die Mutter und Ditta sahen sich konsterniert an und blickten dann zu Henny hinüber, die mit gesenkten Augen dasaß und sich nicht zu rühren wagte. Herbert aber unterdrückte nur mit Mühe ein schadenfrohes Lächeln, er wußte, wie unangenehm Ditta dies Arrangement war. Lisa aber strahlte den Vater dankbar an.

Frau Helene brauchte eine Weile, um sich zu fassen, dann aber richtete sie sich kampfbereit auf. »Was soll das heißen, Karl?«

Das klang wie eine Kriegsfanfare. Aber Karl war nicht mehr einzuschüchtern, der Damm war gebrochen, und nun flutete sein Mut im breiten Strom dahin und riß alles nieder, was sich dagegen auflehnen wollte.

»Das soll heißen, daß Hennys Trauerjahr um ihren verstorbenen Mann zu Ende ist und sie alt genug ist, auch an der Geselligkeit teilnehmen zu können. Einladungen werden jetzt auch für sie angenommen.«

Frau Helene starrte ihn an und stieß ein höhnisches Lachen aus.

»Einladungen für sie? Wer soll sie denn einladen, eine Frau mit einer so schmachvollen Vergangenheit.«

Die Zornesader schwoll auf seiner Stirn an. Er schlug mit der Faust auf den Tisch.

»Jetzt hört mir der Unfug auf. Henny hat keine schmachvolle Vergangenheit, sie ist nur ein armes, unglückliches Geschöpf, und leider hast du dein Teil dazu beigetragen, ihr eine schmachvolle Vergangenheit anzudichten. Möglich, daß sie nicht eingeladen wird, aber – dann ist es nur deine Schuld. In meinem Haus nimmt sie aber von jetzt ab an jeder Geselligkeit als vollberechtigtes Familienmitglied teil.«

Henny saß bebend, mit blassem Gesicht da und krampfte unter dem Tisch die Hände zusammen. Lisa, die neben ihr saß und ihren Vater anstrahlte, drückte verstohlen ihren Arm, als wolle sie ihr Mut machen. Frau Helene erstarrte aber nun gleichsam zu Eis, und Ditta sah empört und verächtlich zu Henny hinüber. Herbert amüsierte sich im stillen über den »Anfall« seines Vaters, dem er ein kurzes und unrühmliches Ende prophezeite.

Eisig und überlegen fragte nun Frau Helene:

»Was soll Henny anziehen? Du hast doch soeben höchste Sparsamkeit proklamiert. Wir haben wahrlich genug zu tun, um unsere Töchter leidlich standesgemäß zu kleiden.«

»Nun, zu irgendeinem Fähnchen ab und zu wird es ja für Henny auch noch reichen. Sie ist nicht so anspruchsvoll wie Ditta.«

»Aber, mein Gott, Karl, das kann doch nicht dein Ernst sein. Was sollen wir denn den Nachbarn für eine Erklärung geben, wenn Henny jetzt plötzlich als gesellschaftsfähig erklärt werden soll?«

»Sehr einfach – daß Hennys Trauerjahr um ihren Gatten vorüber ist und wir es als unsere Pflicht betrachten, sie nun endlich an den geselligen Freuden teilnehmen zu lassen, wozu sie bei ihrer Jugend gewiß berechtigt ist. Jedenfalls wünsche ich, daß meine Nichte in Zukunft nicht mehr die Rolle eines Aschenbrödels hier im Haus spielt. Von dem größten Teil ihrer Arbeit kann ich sie ja leider nicht entbinden, sie hat es verstanden, sich unentbehrlich zu machen, und es würde alles drunter und drüber gehen, wenn sie nicht weiter die Zügel des Hauswesens in den Händen behielte.«

»Bitte, dem Haushalt stehe ich doch vor und nicht Henny.«

»Ja, pro forma! Aber im ganzen bekümmerst du dich verdammt wenig darum. Ohne Henny sähe es noch viel schlimmer um uns aus, als es ohnedies der Fall ist. Wir sind ihr Dank schuldig, nicht umgekehrt. Und jedenfalls soll sie jetzt merken, daß sie zu unserer Familie gehört und daß sie jung ist und Anspruch hat auf die Freuden der Jugend.«

Henny wagte erst jetzt, den Onkel anzusehen.

»Onkel Karl, ich bitte dich, mache dir meinetwegen keine Unannehmlichkeiten.«

Mit einem seltsamen Blick sah er sie an.

»Wagst dich wohl nicht heraus aus deinem Aschenwinkel, armes Aschenbrödel! Eine gute Fee gibt es ja leider nicht, die dir goldene und silberne Kleider überwirft, aber ein hübsches, schlichtes Kleidchen wird auch tun und – das wird sofort beschafft, daß du es am Mittwoch anziehen kannst, wenn die beiden Herren zu Tisch kommen.«

»Dazu ist also Geld vorhanden«, höhnte Frau Helene außer sich.

»Bitte, Tante Helene, Onkel braucht kein Geld für mich auszugeben. Ich habe von meinen Zinsen noch genug übrig, um mir Stoff zu einem Abendkleid zu kaufen, und anfertigen kann ich es selbst.«

»Nun also«, sagte Karl Rasmussen befriedigt, »nun wirst du ja nichts mehr einzuwenden haben, Helene.«

Sie zog indigniert die Augenbrauen hoch.

»Darüber werden wir noch sprechen, wenn wir allein sind, Karl.«

»Schön, aber glaube nicht, daß ich umzustimmen bin. Lange genug habe ich tatenlos zugesehen, wie Henny ausgenützt und gedemütigt worden ist. Über meinen Sorgen habe ich vergessen, darauf zu achten. Das hört jetzt auf, punktum! Und nun wollen wir von etwas anderem sprechen.«

Aber die Stimmung blieb beklommen. Wenn Lisa nicht mit Feuereifer eine Unterhaltung mit ihrem Vater im Gange gehalten hätte, kein Mensch hätte noch ein Wort mit ihm gesprochen. Eisiges Schweigen bestrafte ihn für seine Unbotmäßigkeit.

Und später, als Frau Helene mit ihrem Gatten allein war, versuchte sie mit allen ihr zu Gebote stehenden Machtmitteln, gegen seine Bestimmung anzukämpfen. Aber sie sollte, vielleicht zum ersten Mal, erkennen, daß Karl Rasmussen auch starrköpfig sein konnte. Er beharrte unbeugsam auf seinem Beschluß.

Lisa hatte inzwischen alle Not, Henny davon abzubringen, auf die ihr vom Onkel zugebilligten Vergünstigungen Verzicht zu leisten. Schließlich mußte Lisa sehr böse und energisch werden, ehe sie sich fügte. Und dann suchte Lisa in den Modezeitungen herum, sie wollte ein Modell ausfindig machen, das sich für ein Abendkleid für Henny eignete.

»Gleich morgen fährst du in die Stadt und kaufst dir den Stoff. Morgen ist schon Sonnabend, und bis Mittwoch muß das Kleid unbedingt fertig sein, ich helfe dir, soviel ich kann.«

»Du brauchst nicht weiter zu suchen, Lisa, das beste ist, ich arbeite das Kleid nach demselben Schnitt, in dem ich auch meine anderen Kleider arbeite, da habe ich nicht viel Arbeit damit.«

Prüfend sah Lisa über Hennys graues Kleid. Dann nickte sie:

»Es kleidet dich allerdings vorzüglich – hast recht, den Schnitt behalte nur bei, er wird sehr eigenartig und apart wirken, wenn du das Kleid in einer weichen, farbigen Seide wählst.«

»Seide?« fragte Henny erschrocken.

»Natürlich, Abendkleider werden doch nur in Seide getragen.«

»Aber das ist sehr teuer – ich besitze nur noch fünfzig Mark.«

»Das wird reichen. Du bekommst schon eine hübsche Seide für acht bis zehn Mark, mehr als vier Meter brauchst du nicht.«

»Aber deine Mutter wird es unpassend finden, daß ich Seide trage.«

»Wenn du warten willst, daß Mutter etwas, was du tust oder trägst, passend finden soll, dann kannst du graue Haare bekommen inzwischen. Also du kaufst dir vier Meter Seidenstoff, ganz weiche Seide. Was wählen wir denn für eine Farbe für dich?«

»Ich denke Schwarz oder Grau.«

»Ausgeschlossen, diese Farben hast du schon zeitlebens geschleppt, jetzt kommt mal etwas anderes daran. Ich glaube, ein schönes stumpfes Königsblau wäre das rechte, das paßt zu deinem kastanienbraunen Haar und zu deinen Augen und dem Teint. Famos wirst du darin aussehen. Weißt du, Henny, ich will mir in Zukunft meine Kleider auch selbst arbeiten, du nimmst mich ein bißchen in die Schule, damit Vater für mich nicht so viel Geld auszugeben braucht. Ich glaube, der arme Vater hat schreckliche Sorgen. Wenn ich ihm nur helfen könnte.«

»Das wünschte ich auch«, sagte Henny seufzend.

Sprunghaft kam nun Lisa auf ein anderes Thema:

»Du, Henny, Doktor Warren und Gert Darland werden Augen machen, wenn du am Mittwoch mit an der Tafel sitzt. Ich bin furchtbar stolz auf den Erfolg meiner Mission.«

»Es freut mich, Lisa, daß du jetzt Doktor Warren nicht mehr so feindlich gegenüberstehst.«

Lisa bekam ein rotes Köpfchen und sagte dann ein wenig verschämt:

»Ach, weißt du, es war gar nicht so weit her mit meiner Feindschaft, ich hab' mich nur geärgert, daß er mich nicht ernstnehmen wollte. Nun er das tut, mag ich ihn sehr gern. Er wird sich freuen, daß du jetzt anders behandelt wirst. Freilich, von Mama wirst du noch mancherlei zu schlucken bekommen, aber darauf darfst du gar nicht hören. Hoffentlich bleibt Vater fest, wenn Mama ihn heute abend noch mal vornimmt. Er kriegt dann morgen früh einen Extrakuß – aber nur, wenn er festbleibt.« –

Karl Rasmussen bekam aber seinen Extrakuß, und er fragte lächelnd:

»Na, Lisa, zufrieden mit mir?«

Sie strahlte ihn an.

»Voll und ganz, lieber Vater, es war einfach wundervoll, wie du gestern abend losgelegt hast. Und ich werde mir jetzt meine Kleider auch selbst anfertigen, Henny wird es mich lehren. Dadurch erspare ich dir manche Ausgabe. Ich will doch versuchen, deine Sorgen leichter zu machen.«

Er strich ihr über das Köpfchen, seufzte aber tief auf und ritt dann mit sorgenvollem Gesicht davon.

In den nächsten Tagen begegneten Ditta und ihre Mutter Henny mit eisiger Zurückhaltung. Herbert aber befleißigte sich einer respektvollen Haltung ihr gegenüber und konnte sich nicht genugtun, ihr allerhand Aufmerksamkeiten zu erweisen. Seine Leidenschaft für Henny war durchaus nicht erloschen. Es zuckte ihm in allen Fingern, sie an sich zu reißen und den feinen, blaßroten Mund mit Küssen zu bedecken, aber er sagte sich, daß Henny anders umworben werden müßte. Er glaubte nicht daran, daß seine Bemühungen erfolglos bleiben würden. Nur mußte er es eben anders anfangen, sie zu erobern.

Henny war viel zu froh, daß er sie nicht mehr verletzte und demütigte. Sie hatte ihm auf seine Bitte verziehen und zeigte sich nicht mehr so schroff und abweisend ihm gegenüber. Das buchte er schon zu seinen Gunsten. Daß er Henny nach wie vor in tiefster Seele unsympathisch war, ahnte er nicht, bildete sich vielmehr ein, mit seinen Aufmerksamkeiten großen Eindruck auf sie gemacht zu haben.

Angesichts seines vollständig veränderten Benehmens ließ Lisa in ihrer Wachsamkeit nach, sie glaubte Henny jetzt vollständig sicher vor ihm.

Ditta hatte mit ihrer Mutter erregte Debatten über des Vaters Wunsch, Henny an der Geselligkeit teilnehmen zu lassen, wenn sie allein waren. Und sehr schmeichelhaft war es für Karl Rasmussen nicht, was die beiden Damen über ihn sprachen. Einmal sagte Ditta:

»Wenn nur Darland nicht in die Flucht geschlagen wird, wenn plötzlich noch ein heiratsfähiges weibliches Wesen hier auftaucht, Mama.«

Frau Helene zuckte die Achseln.

»Du wirst doch nicht annehmen, daß Henny mit dir einen Vergleich aushalten könnte. Du bist gottlob viel schöner als Henny, und ich werde schon dafür sorgen, daß nur du zur Geltung kommst. Außerdem habe ich Darland schon vor Henny durch Andeutungen über ihre schmachvolle Vergangenheit gewarnt, und ich werde ihm das bei Gelegenheit noch mal wiederholen. Es wird ihm höchst peinlich sein, mit einer solchen Person an einem Tisch sitzen zu müssen. Vater ist unklug, seinen Gästen so etwas zuzumuten. Aber ich werde Darland schon zu verstehen geben, daß wir daran schuldlos sind. Vater hat es sich selbst zuzuschreiben, wenn man sich jetzt wieder der Skandalaffäre mit Moran erinnert. Es hat damals Staub genug aufgewirbelt.«

Sie ignorierte, daß sie allein diesen Skandal verursacht hatte durch ihre verächtlichen Ausfälle gegen Henny.

Jedenfalls war Henny jetzt weniger denn je auf Rosen

gebettet. Wenn Lisa nicht gewesen wäre, hätte sie allen Mut verloren. Aber Lisa sorgte immer wieder dafür, daß Henny sich aufraffte.

Das Abendkleidchen aus weicher, königsblauer Seide war zur rechten Zeit fertig geworden. Freilich hatte Henny die Nachtstunden zu Hilfe nehmen müssen, und Lisa hatte fleißig mitgeholfen. Sonst hätte sie es nicht schaffen können, denn die Tante und Ditta ließen ihr jetzt noch weniger Zeit als sonst. Aber schließlich war Henny doch fertig. Sie zog das Kleid zur Probe in Lisas Gegenwart an, diese sollte ihr Urteil abgeben. Und sie war ehrlich davon entzückt.

»Wundervoll siehst du aus, Henny, das Kleid ist wirklich reizend geworden. Du hast sehr viel Geschick und Geschmack. Weißt du, mit diesem Talent könntest du, glaube ich, viel Geld verdienen. Wenn du mit deinen zehntausend Mark einen Modesalon in einer großen Stadt aufmachtest, würde es dir bestimmt nicht an Aufträgen fehlen. Das mußt du mich auch alles lehren.«

Henny schüttelte den Kopf.

»Das sagst du nur so, um mir eine Freude zu machen.«

»Nein, bestimmt nicht.«

»So findest du das Kleid wirklich hübsch?«

»Mein Wort darauf, es ist vornehm und elegant, trotz seiner Schlichtheit oder vielleicht gerade darum. Und dies Königsblau kleidet dich, wie ich voraussah, wundervoll. Ditta wird Augen machen. Ich freue mich, du wirst entzückend aussehen, ganz anders als sonst. Zum ersten Mal wirst du nicht als graues Aschenbrödel zurückstehen müssen.«

»Ich bin aber sehr bange. Deine Mutter und Ditta sehen mich noch viel feindlicher an als sonst.«

»Daraus mußt du dir nichts machen. Du hast Vater auf deiner Seite, und daß der festbleibt, dafür laß mich nur sorgen.« –

11

Nun war der Mittwochabend herangekommen. Tante Helene hatte kurz vor Ankunft der Gäste noch allerhand Aufträge für Henny, so daß diese, so sehr sie sich auch beeilte, kaum noch rechtzeitig fertig wurde. Lisa hatte sich wohlweislich früher fertiggemacht, um Henny noch helfen zu können, und so stand Henny doch fertig angekleidet da, als unten die beiden Herren vorfuhren. Lisa nahm die verschüchterte Henny resolut beim Arm.

»So, jetzt kommst du mit mir hinunter, ich lasse dich nicht los, bevor du nicht unsern Gästen gegenüberstehst, sonst findest du Hasenfuß doch nicht den Mut zu erscheinen.«

Henny hatte freilich die größte Lust, sich wieder zu verkriechen, so sehr sie sich auch danach sehnte, Gert Darland wiederzusehen. Aber Lisa zog sie einfach mit sich fort.

Gert Darland hatte kaum darauf gerechnet, Henny heute abend zu begegnen. Hätte er nicht die Hoffnung gehabt, sie wenigstens am nächsten Tag zu sehen, wäre er vielleicht sehr verdrießlich gewesen. Aber Heinz hatte ihm kategorisch erklärt, daß sie am Donnerstagnachmittag wieder nach Altwiese fahren würden – um, wie er verschmitzt hinzugefügt hatte, in Bundesangelegenheiten zu tagen. Gert sehnte die Zeit herbei, wo er Henny wiedersehen würde, denn seit er wußte, daß sie Hans Moran nie geliebt hatte, ihm niemals ein Besitzerrecht an sich eingeräumt hatte, war das bisher gewaltsam unterdrückte Gefühl mächtig in ihm emporgeflammt. Er wehrte sich nicht mehr gegen den von Henny ausgehenden Zauber. Obwohl sie nicht die geringste Koketterie anwandte, um ihn zu fesseln – oder vielleicht gerade deswegen, machte sie einen starken, nachhaltigen Eindruck auf ihn. Seit jener Plauderstunde unter den Linden hatte er fast unablässig an sie gedacht. Ihr stilles, schlichtes Wesen, ihre große Bescheidenheit, ihre Pflichttreue und die Art, wie sie von Hans Moran gesprochen hatte, alles das vereinte sich zu einem Ganzen, das ihn immer wieder zwang, sich im Geist mit ihr zu beschäftigen.

Auf dem Heimweg hatte ihm Heinz von der kleinen Lisa vorgeschwärmt, so richtig, wie ein Verliebter nur schwärmen kann. Er hatte sehr bedauert, daß Lisa noch zu jung sei und er noch lange warten müsse, bis er sie heimführen könne.

»Du kannst das wahrscheinlich nicht verstehen, Gert, daß ich mich so sehr sehne, Ehemann zu werden, aber das süße kleine Persönchen hat mich ganz bezaubert.«

Gert hatte sich gedacht, daß er das jetzt sehr wohl verstehen könne, aber er war eine viel zurückhaltendere Natur als Heinz und konnte nicht von dem sprechen, was Henny in ihm auslöste. So hatte er nur gefragt:

»Bist du ganz sicher, daß Lisa Rasmussen deine Frau werden will?«

Heinz hatte gelacht.

»Bombensicher! Ich habe meine kleine Widerspenstige gezähmt. Sie ist so sanft wie ein Lämmchen, und wenn die kleine Kratzbürste doch noch einmal zum Vorschein kommt, so gefällt mir das sehr gut. Jedenfalls habe ich ihr das Abbitten zum Vergnügen gemacht. In unserer Ehe wird es einmal keinen Zank und Streit geben, wir werden uns bei Meinungsverschiedenheiten beide dazu drängen, nachzugeben, und so wird alles in schönster Harmonie aufgelöst werden.«

»Ich glaube auch, daß du gut gewählt hast, Heinz, Fräulein Lisa ist ein prachtvolles Geschöpf, ich kann dir nur gratulieren.«

Und als Gert dann wieder allein war und durch die schönen Räume seines Schlosses ging, malte er sich aus, daß es doch sehr schön sein müsse, ein liebendes und geliebtes Wesen immer bei sich zu haben. Und er sah im Geist Henny

Moran durch diese Räume schreiten, Henny Moran, die dem Ideal entsprach, das er sich von der Frau gemacht und das er bisher nirgends gefunden hatte. Es schreckte ihn nun nicht mehr, daß sie Witwe war, sie war es ja nur nach dem Gesetz. Trotz dieser kurzen Ehe war sie ein unberührtes Mädchen geblieben.

Heißer Zorn gegen ihre Peiniger hatte ihn überfallen, zumal gegen Herbert Rasmussen. Heinz hatte ihm auf der Fahrt berichtet, was Lisa ihm noch an Einzelheiten erzählt hatte über dessen Benehmen Henny gegenüber. Es tat ihm leid, daß er kein Recht hatte, offiziell für sie einzutreten. Zu gern hätte er dem frechen Burschen Respekt vor ehrbaren Frauen eingebleut. –

Als er am Mittwochabend in Altwiese zusammen mit Heinz Warren eintraf, sah er zu seinem freudigen Erstaunen, daß Henny anwesend war in einem entzückenden königsblauen Kleid, das trotz aller Einfachheit ihre Reize in ein günstiges Licht setzte. Mit einem schüchternen Lächeln nahm sie seine Begrüßung bei der Vorstellung durch Onkel Karl entgegen. Weder Gert noch Henny verrieten mit einem Wort, daß sie sich schon kannten. Aber Lisa sah übermütig und siegesstolz zu den beiden Herren hinüber, und sie ahnten, daß es ihr Werk war, daß Henny plötzlich als gesellschaftsfähig galt. Gert hätte Lisa herzlich danken mögen, aber da ihn Henny angstvoll bittend ansah, unterdrückte er jede Bemerkung. Er sprach einige formelle Worte mit ihr, konnte ihr dann aber zuflüstern:

»Ich freue mich sehr, Sie zu sehen.«

Ach, wie war da der armen Henny so froh zumute. Ihre Augen strahlten ihn einen Moment so selbstvergessen an, daß es ihn wie ein elektrischer Schlag durchzuckte.

Aber schon wurde er von Frau Rasmussen mit Beschlag belegt, während ihr Gatte sich mit Doktor Warren unterhielt.

Sie brachte es fertig, noch ehe man zu Tisch ging, Gert leise zu berichten, daß sie ganz schuldlos daran sei, daß man ihm zumute, mit ihres Mannes Nichte an einem Tisch zu sitzen. Er wisse ja durch sie, was für eine Bewandtnis es mit Henny habe, und sie sei außer sich, daß sie ihm das nicht habe ersparen können.

»Aber mein Mann hat sich von ihr beschwatzen lassen, er will unbedingt, daß sie an unserm geselligen Leben teilnimmt. Ich halte es für meine Pflicht, Sie zu warnen, vermeiden Sie jede Berührung mit ihr.«

Gerts Stirn wurde immer röter bei diesen perfiden Worten, die ihm niedrig und gehässig erschienen. Er hätte Frau Rasmussen am liebsten heftig zur Rede gestellt und konnte sich nicht enthalten zu sagen:

»Sie gehen in Ihrem Pflichtgefühl vielleicht zu weit, gnädige Frau; wenn Ihr Herr Gemahl Frau Moran für würdig hält, in die Gesellschaft eingeführt zu werden, so werden Sie besser tun, es stillschweigend zu dulden, als viel darüber zu sprechen, wie unangenehm es Ihnen ist.«

Frau Helene war etwas pikiert über diese leise Zurückweisung, so milde sich Gert auch seiner Ansicht nach ausgedrückt hatte. Da sie aber den Besitzer von Herrenberg als Riesenfaktor in ihrem Rechenexempel gebucht hatte, beherrschte sie sich und sagte mit ihrem süßlichsten Lächeln:

»Ich werde Ihren Rat befolgen, Herr Darland, aber Sie mußte ich warnen. Es wird das beste sein, wenn Sie Frau Moran völlig ignorieren.«

Er verbeugte sich.

»Soweit es mir die Höflichkeit erlaubt, gnädige Frau. Ich kann eine Verwandte Ihres Hauses nicht einfach schneiden.«

Was es ihn kostete, so ruhig zu scheinen, wußte nur er allein. Und mächtiger denn zuvor stieg das Mitleid mit Henny in seinem Herzen empor.

Dann ging man zu Tisch. Frau Rasmussen wollte es geschickt so einrichten, daß Gert Ditta zu Tisch führen sollte, aber er verbeugte sich vor ihr selbst und bot ihr seinen Arm. Nun dirigierte sie ihn aber so, daß er seinen Platz zwischen ihr und Ditta bekam. Gert war das nicht angenehm, aber er tröstete sich damit, daß er Henny schräg gegenübersaß und sie wenigstens ansehen konnte. Er staunte, wie ganz anders sie heute aussah; er fand wie Lisa, daß Königsblau Henny entzückend kleidete.

Doktor Warren hatte sich Lisas Arm gesichert, und sie saßen nun beide sehr vergnügt nebeneinander und plauderten so angeregt, daß Frau Rasmussens Gesicht ein befriedigtes Lächeln umspielte.

Ditta belegte fast ausschließlich Gert mit Beschlag. Sie kokettierte mit ihm, daß, wie Heinz Warren bei sich bemerkte, fast die Bilder von der Wand fielen, und tat sehr vertraulich mit ihm, neckte ihn mit allerlei Kleinigkeiten, die er wenig amüsant fand, und bat ihn schließlich mit schmachtendem Augenaufschlag, er möge doch etwas von seinen Abenteuern auf Borneo erzählen. Sie interessierte sich zwar absolut nicht dafür, aber ihr Mutter hatte ihr gesagt, sie müsse ihn darauf zu sprechen bringen und ihm aufmerksam zuhören, das liebten Herren, die im Ausland gelebt hatten, sehr. Diesen Rat befolgte also Ditta gehorsam. Gert griff immerhin bereitwillig nach diesem unverfänglichen Thema und erzählte, was ihm gerade einfiel. Ohne daß er es beabsichtigt hatte, verstummte jede andere Unterhaltung bei Tisch. Alle lauschten seiner Erzählung. Seine Augen waren dabei zumeist auf Henny gerichtet, die mit atemlosem Interesse zuhörte und zuweilen ein Wort einwarf, wenn es zu Debatten kam, das Gert verriet, daß sie sich über Borneo irgendwie unterrichtet haben müsse. Sie errötete heftig, als er sie bei einer solchen Gelegenheit forschend ansah, und wagte nichts mehr darüber zu sagen. Aber es war, als spräche Gert nur für sie, und so kamen ihm die Worte leichter und leichter über die Lippen, er las zu seiner Freude Verständnis in ihren Augen. Immer bildhafter wurde sein Vortrag.

Selbst Heinz Warren und Lisa lauschten aufmerksam. Aber dann sagte Ditta in eine Gesprächspause hinein:

»Oh, wie interessant haben Sie erzählt, Herr Darland, ich bin Ihnen sehr dankbar, daß Sie meinen Wunsch erfüllten. Ich möchte Ihnen immerfort zuhören.«

Da gab Gert sich einen kleinen Ruck, seine Augen tauchten noch einmal in die klaren Sterne Hennys, als wolle er sagen: Nur für dich war dies alles bestimmt. Und dann erwiderte er rasch:

»Ich muß um Verzeihung bitten, daß ich bei dem Thema so lange verweilte, ich habe, ohne es zu wollen, das Wort an mich gerissen.«

»Oh, bitte, erzählen Sie weiter – es war so schön«, bat Ditta schwärmerisch und überfiel ihn mit einem Wortschwall, der ihm reichlich lästig fiel, zumal sie sich anstellte, als habe er nur ihren Wunsch erfüllt. Er lehnte ruhig und bestimmt ab, jetzt weiter zu erzählen, und Karl Rasmussen sagte verständig:

»Sie haben ganz recht, Herr Darland, von solchen Erlebnissen kann man nicht stundenlang erzählen. Allerdings haben wir Ihnen alle mit großem Interesse zugehört, und wenn Sie uns gelegentlich mehr über Ihr Leben auf Borneo berichten wollen, werden wir Ihnen sehr dankbar sein. Wenn man so jahraus, jahrein auf seiner Scholle sitzt, frischt einen so etwas auf.«

Die Unterhaltung wurde nun allgemein, und die beiden Gäste sprachen dem Mahl scheinbar mit sehr gutem Appetit zu. Frau Helene hatte zwar auf den ausdrücklichen Befehl ihres Mannes, der ihr endlich einmal ziemlich klaren Wein über den Stand seiner Finanzen eingeschenkt hatte, darauf verzichten müssen, Delikatessen aus der Stadt kommen zu lassen, aber Henny hatte am Nachmittag eine Mayonnaise gerührt und das Brustfleisch einiger gekochter Hühner daruntergemengt. Sie hatte diese Schüssel reizend garniert und ließ sie als Vorgericht servieren. Danach Hühnerbrühe in Tassen, und darauf eine Schüssel mit köstlichem Rührei, wozu Schinkenschnitten und zarter Blattsalat gereicht wurden. Den Schluß bildete eine Käseplatte mit frischen Radieschen.

Frau Rasmussen glaubte, sich entschuldigen zu müssen.

»Sie müssen vorliebnehmen, Herr Darland, ich kann Ihnen heute nur vorsetzen, was der Landwirt im Haus hat.«

Dabei traf ihren Gatten ein anklagender Blick, den dieser jedoch ignorierte, und Gert, der annahm, daß Henny für dieses Mahl verantwortlich zeichnete, sagte artig:

»Von einem Vorliebnehmen kann keine Rede sein, gnädige Frau, ich muß gestehen, daß ich selten mit so gutem Appetit gegessen habe wie heute. Sie haben uns ein köstliches Mahl servieren lassen.«

»Siehst du wohl, Helene, eine ländliche Küche findet auch Beifall, und ich muß sagen, Henny hat ihre Sache sehr gut gemacht«, bemerkte Karl Rasmussen, der unter den strahlenden Blicken seiner Jüngsten seinen Mut immer mehr wachsen fühlte.

Frau Helene quittierte nur mit einem indignierten Blick und sprach schnell von etwas anderem.

Herbert verhielt sich an diesem Abend ziemlich still, auch er sah immer wieder zu Henny hinüber, deren Erscheinung in dem neuen Kleid wie ein Wunder auf ihn gewirkt hatte. Die Leidenschaft, die sie in ihm geweckt hatte, loderte immer höher auf. Es war noch immer ein unreines Feuer, das in ihm brannte, aber er hielt sich doch im Zaum. Er erwies ihr auch an diesem Abend allerlei Aufmerksamkeiten und suchte ihren

Blick auf sich zu ziehen, aber sie sah über ihn hinweg, dankte ihm nur ruhig, wenn er ihr eine Artigkeit erwies, wich ihm aber immer wieder aus, wenn er sich mit ihr unterhalten wollte. Sie konnte die Angst nicht vergessen, die sie um seinetwillen ausgestanden hatte, und es war ihm gegenüber noch immer etwas wie Mißtrauen in ihrer Seele.

Als man sich vom Tisch erhob und Frau Helene ihrer Tochter Ditta im Nebenzimmer neue Instruktionen gab, wie sie sich Gert Darland gegenüber benehmen solle, konnte Gert einige Worte unbelauscht mit Henny sprechen, die auf einer Maschine den Mokka bereitete.

»Ich war erstaunt, Frau Moran, daß Sie einige sehr treffende Bemerkungen über die Verhältnisse auf Borneo machten. Sie scheinen ziemlich versiert zu sein.«

Henny bekam einen roten Kopf, aber sie suchte ganz unbefangen auszusehen.

»Onkel Karl besitzt ein Werk, in dem auch über Borneo sehr ausführlich berichtet wird, das habe ich gelesen. Aber bitte, sprechen Sie nicht darüber. Außer Lisa weiß niemand, daß ich Onkels Bibliothek fleißig benutzt habe.«

Er hatte ihr Erröten sehr wohl bemerkt, und es verriet ihm, daß sie seinetwegen sich für dies Werk über Borneo interessiert hatte. Das freute ihn sehr.

»Sie können unbesorgt sein, ich werde nichts verraten«, sagte er, und dann wurde er von Karl Rasmussen ins Gespräch gezogen. Er mußte aber im stillen Vergleiche ziehen: Ditta Rasmussen wäre ihm zweifelsohne mit der Versicherung ins Gesicht gesprungen, daß sie das Werk seinetwegen gelesen habe. Henny aber verschwieg das schamhaft.

Während Gert sich mit Karl Rasmussen über einige landwirtschaftliche Fragen unterhielt, trat Herbert an Henny heran.

»Du siehst ganz wundervoll aus in diesem neuen Kleid, Henny, diese Farbe kleidet dich vorzüglich.«

Sie sah ihn ruhig an.

»Es freut mich, daß es dir gefällt«, erwiderte sie höflich und kühl.

»Oh, es ist eine schöne Hülle für einen noch schöneren Körper«, sagte er leise.

Sie trat mit einem abweisenden Blick von ihm zurück. Gert Darland, der sie beobachtet hatte, bemerkte, wie sie mit instinktiver Abwehr von ihm zurückwich, und es erschien ihm ganz selbstverständlich, daß er das Gespräch mit Karl Rasmussen unterbrach und wie zu ihrem Schutz an ihre Seite trat.

»Wir dürfen nicht gestatten, daß sie sich noch weiter um uns mühen, gnädige Frau, gestatten Sie mir, daß ich Ihnen behilflich bin.«

Damit nahm er Henny ein Tablett mit gefüllten Mokkatassen ab und begleitete sie auf ihrem Rundgang, während sie die Tassen von dem Tablett nahm und sie herumreichte.

»Hat Sie Ihr Vetter etwa wieder belästigt?« fragte er leise.

»Nein, nein – ich mag nur nichts mit ihm zu tun haben. Aber ich flehe Sie an, nehmen Sie weiter keine Notiz von mir, widmen Sie sich lieber Ditta und meiner Tante.«

Sie hatte bemerkt, daß giftige Blicke Tante Helenes zu ihr herüberschossen und Ditta die Mutter anklagend ansah.

»Ihr Wunsch ist mir Befehl«, erwiderte Gert, stellte das leere Tablett auf ein Tischchen und trat mit einer Verbeugung zurück. Er schritt auf Ditta zu, an deren Seite er sich niederließ.

Ein dankbarer Blick Hennys belohnte ihn dafür. Ditta und ihre Mutter atmeten auf, daß sich Gert nicht mehr um Henny zu kümmern schien. Mutter und Tochter fanden, daß Henny viel zu gut aussah, und Frau Helene nahm sich vor, ihrem Gatten zu prophezeien, daß Henny eine Gefahr für seine Töchter in der Gesellschaft bedeute, und sie wollte dabei einfließen lassen, daß Henny eine Art habe, die Männer anzuziehen, die eben eine anständige Frau nicht haben dürfe.

Sie brachte später im ehelichen Schlafgemach alles das auch wirklich an den Mann, aber ihr Gatte erwiderte ruhig und bestimmt: »Henny benimmt sich tadellos, ich habe sie ebenfalls beobachtet. Aber wenn du klug bist, gib deine Pläne mit Ditta und Darland auf, er denkt nicht daran, sich um Ditta zu bewerben, und sie kommt ihm nach meinem Geschmack viel zuviel entgegen. Dergleichen zieht bei einem Mann, wie er ist, absolut nicht.«

»Das verstehst du nicht, Karl, die Männer wollen heute umworben sein, sonst beachten sie eine Frau gar nicht.«

»Also goutierst du bei Ditta, was du Henny als Vergehen anrechnen willst? Henny ist viel zurückhaltender im Verkehr mit Darland als Ditta.«

»Bitte, mein Lieber, verdrehe die Tatsachen nicht, Darland nimmt nur von Ditta mehr Notiz als von Henny, und das wird sich auch so gehören. Selbstverständlich unterstütze ich das, so viel ich kann, denn wenn man, wie du, die Hände in den Schoß legt, kann man seine Töchter nicht gut verheiraten.«

Diese Unterredung fand aber, wie gesagt, erst später im Schlafzimmer statt. Jetzt lächelte Frau Helene glückselig, weil Gert sich mit Ditta scheinbar angeregt unterhielt.

Lisa und Heinz Warren hatten für die anderen nicht viel Zeit, sie sprachen eifrig miteinander, und Frau Rasmussen lächelte Heinz holdselig an, so daß ihm ein wenig flau wurde und Lisas ganzer Liebreiz dazu gehörte, daß er nicht die Flucht ergriff. Im Lauf des Abends gelang es Lisa aber, einige Worte unbelauscht mit Gert Darland zu sprechen.

»Was sagen Sie zu Hennys Aufnahme in der Gesellschaft, Herr Darland? Heute abend ist der Anfang gemacht worden.«

»Ich nehme an, verehrte Bundesgenossin, daß auch das Ihr Werk ist«, erwiderte er lächelnd.

»Stimmt! Vater hat auf mich gehört, und Henny darf jetzt nicht nur an der Geselligkeit im Haus teilnehmen, sie darf auch Einladungen annehmen. Mama meint freilich, daß niemand sie einladen würde.«

Seine Augen glänzten auf.

»Oh, da kann ich ja endlich auch etwas für Frau Moran tun. Ich werde dafür sorgen, daß man sie einlädt. Das wird Frau von Zabern unauffällig ins Werk setzen, wenn ich sie darum bitte. Frau Moran muß selbstverständlich erst einmal mit Frau von Zabern zusammengebracht werden, aber das wird sich sehr einfach machen lassen. Wie denken Sie darüber, wenn ich mich nächste Woche für die heute genossene Gastfreundschaft revanchiere? Herr und Frau von Zabern könnten dann mit dabeisein.«

Lisa strahlte.

»Famos! Sie müssen aber Henny ganz besonders einladen.«

»Selbstverständlich!«

»Herrlich, Sie sind ein entzückender Mensch!«

»Also nicht mehr steifleinen?« neckte er.

»Keine Spur! Sie haben es in sich! Oh, wie wird Henny sich freuen! Es wird ihre erste Einladung sein.«

»Das darf ich mir nicht entgehen lassen. Helfen Sie mir ein wenig, wann soll ich zu diesem Abend einladen?«

»Sobald Sie wollen.«

»Einen kleinen oder großen Kreis?«

»Ich schlage vor, einen kleinen Kreis, damit Henny erst ein wenig Mut bekommt. Doktor Warren muß auf alle Fälle mit dabei sein, weil er doch zum Bund gehört«, sagte sie eifrig.

»Selbstverständlich«, meinte er, ein Lächeln unterdrückend.

»Sein Onkel kann auch eingeladen werden, das ist ein netter alter Herr. Und außer uns Zaberns, das ist vorläufig genug.«

»Abgemacht! Haben Sie sonst noch Wünsche?«

»Alles andere überlasse ich Ihnen, nur wenn Sie wieder die wundervolle Eiscreme servieren lassen wollen zum Nachtisch – ich rühmte sie Henny so sehr, sie war köstlich.«

»Es soll mir ein Vergnügen sein, diesen speziellen Wunsch zu erfüllen, mein gnädiges Fräulein.«

Jetzt trat Heinz Warren heran.

»Wird hier vielleicht in Bundesangelegenheiten getagt?« fragte er leise.

»Jawohl, Heinz, wir sind gerade bei Eiscreme.«

Heinz machte ein verblüfftes Gesicht.

»Bei Eiscreme?«

Gert und Lisa lachten.

»Jawohl, Heinz, das gnädige Fräulein hat mir soeben eine Eiscreme dringend ans Herz gelegt.«

»Daß sie da nur nicht zerschmilzt, mein lieber Gert.«

Sie lachten alle drei.

»Darf man mitlachen?« fragte Ditta, herantretend.

Lisa sah sie übermütig an.

»Gewiß, Ditta, wir lachten darüber, daß Herrn Darland eine Eiscreme ans Herz gelegt werden sollte.«

Ditta hatte nicht viel Humor und sah ein wenig begriffsstutzig aus. Da jetzt auch Frau Rasmussen herzutrat, sagte Gert, um abzulenken:

»Meine verehrte gnädige Frau, Sie müssen mir gestatten, daß ich mich bald für diesen entzückenden Abend revanchiere. Ich hoffe, daß Sie mich als guten Nachbarn akzeptieren, so daß zwischen Altwiese und Herrenberg ein freundnachbarlicher Verkehr entsteht.«

Frau Helene strahlte, das war, was sie sich sehnlich gewünscht hatte.

»Aber selbstverständlich, Herr Darland, wir wollen als getreue Nachbarn zusammenstehen.«

»Wollen Sie dann bitte für nächste Woche einen Abend für mich freihalten? Herr Rasmussen, Sie werden mir auch keinen Korb geben, und Ihre beiden Fräulein Töchter schließen sich gewiß an. Auch Sie, Frau Moran, hoffe ich dann in Herrenberg begrüßen zu dürfen, zu meinem Einweihungsfest habe ich es unterlassen müssen, auch Ihnen eine Einladung zu senden, da ich noch nicht die Ehre hatte, Sie zu kennen.«

Mit den letzten Worten wandte sich Gert an Henny, die etwas abseits stand.

Es war ein Wermutstropfen in Frau Helenes Glücksbecher, daß auch Henny eingeladen wurde. Allerdings konnte Darland nicht anders nach ihres Gatten Rede. Aber sie buchte in ihrer Muttereitelkeit trotz alledem diese Einladung zu Dittas Gunsten. Darland hatte sich doch so eifrig mit ihr unterhalten. Daß das auf Hennys Wunsch geschehen war, ahnte sie nicht.

Es wurde nun verabredet, daß Rasmussens am nächsten Mittwoch nach Herrenberg kommen sollten. Gert hatte, wenn auch sehr ungern, auch Herbert bitten müssen. Dieser hatte gern angenommen. Diesmal würde er nicht fernbleiben.

Lisa isolierte sich wieder mit Heinz Warren.

»Habe ich das nicht fein arrangiert, Herr Doktor? Jetzt wird Henny ausgeführt werden. Herr Darland gibt diese kleine Abendgesellschaft nur Henny zu Ehren, und zum Nachtisch gibt es Eiscreme.«

»Ah, nun löst sich mir das Rätsel der Eiscreme. Sie sind die reine Zauberin, Fräulein Lisa, oder die gute Fee, die Aschenbrödel aus allen Nöten hilft.«

Er sah sie dabei so warm und herzlich an, daß ihr junges Herz bis zum Hals hinauf schlug. Er flüsterte ihr noch zu:

»Morgen nachmittag bleibt es doch dabei, daß Ihre Frau Mutter und Fräulein Schwester ausfahren?«

Sie nickte hastig.

»Ganz gewiß.«

»Dann kann also der Bund eine geheime Sitzung abhalten?«

Sie nickte noch energischer.

»Wir haben sehr viel zu beraten und zu tun, um Frau Moran ganz flügge zu machen. Sie braucht noch sehr viel Aufmunterung. Außerdem habe ich mit Ihrem Herrn Vater geschäftliche Dinge zu besprechen. Wann wird er vom Feld heimkommen?«

»Gegen sechs Uhr.«

»Das paßt herrlich, wir kommen gegen fünf – und reflektieren wieder auf ein Teestündchen unter den Linden, wenn das Wetter schön ist.«

Sie lachte.

»Mal sehen, was sich tun läßt«, sagte sie schelmisch.

Danach hatten sich die Herren verabschiedet.

12

Am andern Nachmittag saß Lisa erwartungsvoll neben Henny unter den Linden. Sie hatte mit keinem Wort verraten, daß heute Gert Darland und Doktor Warren wiederkommen würden. Hennys Gewissen sollte nicht beschwert werden, und das wäre geschehen, hätte sie etwas von der Verabredung Lisas mit den beiden Herren geahnt.

»Übrigens gehört sie ja gar nicht zu unserm Bund, sie ist nur der Gegenstand, zu dessen Wohl der Bund gegründet wurde. Wir Bundesmitglieder werden ihr zwar gestatten zuzuhören, aber sie darf uns nicht dreinreden«, dachte Lisa übermütig.

Der klugen Lisa war durchaus nicht entgangen, daß Gert Darland Henny immer mit einem ganz besonderen Ausdruck angesehen hatte. Auf Gleichgültigkeit ließ dieser Ausdruck nicht schließen. Ebenso hegte sie keinen Zweifel, daß auch Henny dem Besitzer von Herrenberg keineswegs gleichgültig gegenüberstehe. Henny war nicht imstande, sich zu verstellen, und Lisa hatte wahrgenommen, daß Henny bei jeder Erwähnung Darlands rot wurde, daß ihre Augen dann regelmäßig einen seltsam sehnsüchtigen Glanz bekamen, während sie erblaßte und trübe Augen bekam, wenn Frau Helene allzu bestimmt darauf hinwies, daß Gert Darland sich für Ditta interessiere. Die gutherzige kleine Lisa hatte sich in den Kopf gesetzt, Hennys Lebensschiff in ein gutes, sicheres Fahrwasser zu bringen, und war davon überzeugt, daß es für dieses Lebensschiff keinen besseren Kapitän geben könnte als Gert Darland.

Aber das verschloß sie fest in ihrem Innern, darüber durfte man kein Wort verlieren.

Als heute Mutter und Schwester fortgefahren und Vater und Bruder auf die Felder hinausgeritten waren, hatte sie Henny geschickt nach den Linden hinüberdirigiert. Henny hatte zwar die eingemotteten Pelze nachsehen wollen, die ausgeklopft werden mußten, aber Lisa meinte, dazu sei morgen auch noch Zeit. Es sei so wonniges Wetter, und da niemand zu Hause sei, könne man ungestört unter den Linden sitzen.

»Du sollst doch Mamas Spitzengarnitur ausbessern, was übrigens eine schrecklich langweilige Arbeit ist. Das kannst du sehr gut unter den Linden tun. Ich bin freilich zu ungeschickt, dir dabei zu helfen, aber wir können dabei doch von gestern abend plaudern.«

Henny hatte nur zu gern eingewilligt, denn der gestrige Abend war ihr so ereignisreich erschienen, daß sie gern davon sprechen mochte. Die Pelze hatten wirklich Zeit.

So saßen sie denn zusammen und sprachen über den gestrigen Abend und konnten kein Ende finden. Je näher aber die verabredete Zeit kam, desto unruhiger lauschte Lisa, ob der Wagen mit den beiden Herren noch nicht käme.

Henny schwärmte davon, wie herrlich Herr Darland über Borneo gesprochen habe, wie interessant alles gewesen sei, was er berichtet habe. Lisa nickte zustimmend.

»Ja, er ist überhaupt ein entzückender Mensch, ich habe ihm viel abzubitten, denn ich habe ihn für einen steifleinenen Menschen gehalten und habe ihm das auch gesagt.«

»Oh, Lisa, wie konntest du nur?« fragte Henny erschrocken.

»Reg dich nur nicht auf, er hat das durchaus nicht übelgenommen, sondern darüber gelacht. Und das fand ich sehr nett von ihm. Gestern abend fand ich auch, daß er ungemein interessant erzählte. Aber – wie Ditta ihn anhimmelt, das ist schon nicht mehr schön. Dies Schmachten steht ihr übrigens gar nicht. Wie sie nur glauben kann, daß ein Mann wie er auf solche Mätzchen reagiert.«

Henny senkte betrübt den Kopf und sagte leise:

»Deine Mutter setzt große Hoffnungen darauf, daß er sich um Ditta bewirbt.«

»Ja, aber das ist eine ganz vergebliche Hoffnung, das kannst du mir glauben.«

Mit einem raschen Blick sah Henny zu Lisa hinüber.

»Wie willst du das wissen, Lisa? Ditta ist doch sehr schön.«

»Hm, aber dumm und ungeschickt. Sie müßte doch längst gemerkt haben, daß Darland sie immer glatt abfallen läßt. Der stellt ganz andere Ansprüche an seine zukünftige Frau.«

Hennys Lippen entfuhr ein leiser Seufzer, was Lisa mit Vergnügen konstatierte.

»Er ist auch berechtigt, die höchsten Ansprüche zu stellen, Lisa, ein Mann wie er –«

Sie schwieg ein wenig verlegen, was Lisa nicht entging, und diese erwiderte lächelnd:

»Nun, er wird schon die Richtige finden, das laß nur seine Sorge sein. Ditta wird jedenfalls nicht seine Frau, davon bin ich fest überzeugt. Ich freue mich schrecklich auf nächsten Mittwoch, wenn wir in Herrenberg sein werden. Du dich auch?«

»Ich bin sehr gespannt, Schloß Herrenberg auch von innen kennenzulernen. Du hast mir so viel davon erzählt, daß ich auf etwas ganz Wunderbares gefaßt bin. Ich halte es aber immer noch für einen Traum, daß ich mitkommen soll. Wenn nur nichts dazwischenkommt.«

»Es darf einfach nichts dazwischenkommen, du mußt auf alle Fälle dabei sein. Er hat doch diese Einladung nur deinetwegen vom Stapel gelassen.«

Betroffen zuckte Henny zusammen und sah erschrocken auf. »Meinetwegen? Aber Lisa.«

»Aber Henny! Natürlich geschah es nur deinetwegen, damit du endlich Fühlung mit der Gesellschaft bekommst. Frau von Zabern, die ja auch anwesend sein wird, soll dich unter ihrem Schutz gewissermaßen in die Gesellschaft einführen. Wenn sie für dich eintritt, wirst du überall offene Türen finden, da mag Mama reden, was sie will.«

Henny war ganz blaß geworden.

»Aber mein Gott, so viel Interesse wird er doch einem so armen, unbedeutenden Ding, wie ich es bin, nicht entgegenbringen.«

Lisa machte ein ernstes, wichtiges Gesicht.

»Du vergißt, daß er zu unserm Bund gehört. Mit Vergnügen hat er die Gelegenheit ergriffen, sich als Bundesmitglied zu betätigen. Sogar die Eiscreme, von der ich dir so viel vorgeschwärmt habe, wird er wieder servieren lassen, damit du sie auch kennenlernst.«

Mit bebender Hand strich sich Henny über die Stirn.

»Wenn das deine Mutter wüßte, Lisa! Du hast mit diesem Bund etwas Schönes angerichtet.«

»Jawohl, etwas Wunderschönes! Halt du nur fein still, Hennylein, wir werden dir schon eine Stellung in der Gesellschaft verschaffen. Keiner soll es wagen, dich auch nur schief anzusehen.«

»Das kann ich aber doch gar nicht annehmen. Von dir vielleicht, Lisa, aber doch nicht von den beiden fremden Herren«, sagte Henny bedrückt.

»Bitte, Doktor Warren ist kein fremder Herr, der ist schon lange dein Freund. Und Herr Darland ist Doktor Warrens Freund, also auch kein fremder Herr, zumal er unser Nachbar ist. Rede nicht solchen Unsinn, Henny, sonst machst du mich böse. Du wirst überhaupt gar nicht um deine Meinung gefragt, denn täte man das, würde alles beim alten bleiben. Ah – da kommt ja das Herrenberger Auto.«

Henny zuckte zusammen.

»Oh, Lisa – und deine Mutter und Ditta sind wieder nicht zu Hause.«

Gemütsruhig nickte Lisa.

»Gerade deshalb kommen sie ja, ich habe ihnen gesagt, daß Mama und Ditta heute nicht zu Hause sein würden.«

»Aber Lisa, das geht doch nicht«, sagte Henny ängstlich.

»Wundervoll wird das gehen, wir haben doch Bundessitzung, und dazu können wir weder Mama noch Ditta gebrauchen.«

Henny konnte nicht mehr antworten, denn die beiden Herren waren schon herbeigekommen und begrüßten die Damen. Henny war sehr befangen und verlegen und sah unsicher in Gerts Augen.

»Es ist nicht recht, daß wir Sie empfangen, Tante wird sehr böse sein, wenn sie es erfährt.«

Gert sah sie bittend an.

»Ich habe mich Doktor Warren angeschlossen, der mit Herrn Rasmussen Geschäfte zu besprechen hat, und außerdem haben wir manches Wichtige bezüglich unseres Bundes zu beraten.«

»Hören Sie nur gar nicht auf Henny, Herr Darland, sie hat hier weder ein Amt noch eine Meinung, sie ist nur Mittel zum Zweck. Wir gehen einfach zur Tagesordnung über. Tee habe ich schon bestellt, bitte, nehmen Sie Platz. Und nun muß ich Ihnen erst mal richtig dafür danken, Herr Darland, daß Sie uns zu Mittwoch eingeladen haben. Sie haben sich damit einen Gotteslohn verdient, denn Henny und ich könnten hier in Altwiese einfach verschimmeln, wenn sich unserer nicht ein edler Menschenfreund erbarmt hätte. Henny, mache doch bloß nicht solche Angstaugen. Wenn Mama wirklich früher nach Hause kommen würde, als wir sie erwarten, dann ist es doch auch nicht schlimm, dann schicken wir Doktor Warren ins Feuer, der sich doch auf eine geschäftliche Konferenz mit Vater berufen kann. Er brennt ohnedies darauf, etwas für dich tun zu dürfen, nicht wahr, Herr Doktor?«

»Selbstverständlich, Fräulein Lisa. Sie sollten wirklich nicht mehr so ängstlich sein, Frau Moran, wozu haben wir denn einen Schutz- und Trutzbund geschlossen? Wir werden Ihnen alle zur Seite stehen.«

»Es bedrückt mich aber, daß Sie so viel Aufhebens von mir machen, ich verdiene das gar nicht.«

»Das zu beurteilen, müssen Sie uns überlassen, Frau Moran«, sagte Gert warm und herzlich. Und seine Augen sahen sie beruhigend an.

»Richtig, wir wissen das viel besser, als Sie in Ihrer unerhörten Bescheidenheit, liebe verehrte Frau Moran. Also heißen Sie uns erst einmal willkommen. Dürfen wir Platz nehmen?« fragte Heinz verschmitzt.

Henny war besiegt, sie mußte ein wenig lachen.

»Ich muß mich schon fügen, denn wie Lisa mir soeben sagte, habe ich hier weder ein Amt noch eine Meinung. Lisa führt das Präsidium und muß die Verantwortung übernehmen.«

»Was ich mit Vergnügen tue«, sagte Lisa übermütig.

Es wurde ein reizendes Teestündchen. Eifrig berieten die Bundesmitglieder, und Henny durfte nur zuhören und nichts einwenden, was auch beschlossen wurde. Und dann hatten Heinz Warren und Lisa wieder Veranlassung, sich zu isolieren und eine Weile plaudernd miteinander auf und ab zu gehen. So geschah es ganz von selbst, daß Henny mit Gert Darland in eine angeregte Unterhaltung kam. Dieser staunte immer mehr, wie belesen Henny war, wie kluge Ansichten sie über das Leben hatte, die vollständig mit den seinen harmonierten. Er vertiefte sich immer intensiver in den Gedanken, daß Henny Moran die Frau sein könnte, die er an seine Seite stellen möchte.

Henny ihrerseits wehrte sich gegen die Erkenntnis, welches Gefühl sie Gert Darland entgegenbrachte. Aber noch energischer versuchte sie den Gedanken abzuweisen, Gert könne ihr ein wärmeres Interesse entgegenbringen. Mitleid empfand er für sie – ja, nichts als Mitleid. Und doch beglückte sie schon dieser Gedanke. Sie schwankte zwischen Furcht und Seligkeit hin und her. Furcht befiel sie, wenn sie an Tante Helene und Ditta dachte, und Seligkeit überkam sie, dachte sie daran, daß er, um ihr eine Freude zu machen, nächsten Mittwoch eine Abendgesellschaft geben wollte.

Dann kamen sie auf Borneo zu sprechen, und in ihrer stillen, bescheidenen Art sagte sie ihm, wie sehr sie seine Erzählung interessiert habe, da sie das Werk über Borneo mit großem Interesse gelesen habe. Er beugte sich vor und sah ihr tief in die Augen.

»Es ist meine Art nicht, von meinen Erlebnissen zu fremden, gleichgültigen Menschen zu sprechen – aber ich sprach für Sie.«

Eine dunkle Glut schoß in ihr Gesicht.

»Für mich?« fragte sie erschrocken.

»Ja, für Sie ganz allein. Ich empfand sogleich bei der ersten von Ihnen hingeworfenen Bemerkung, daß ich bei Ihnen das rechte Verständnis finden würde. Auch Ihre Augen verrieten mir das. Nicht wahr, ich habe mich nicht getäuscht?«

Sie wagte ihn nicht mehr anzusehen.

»Ich weiß nur, daß ich bei Ihren Schilderungen alles bildhaft und lebendig vor mir sah, was ich aus dem Werk schon herausgelesen hatte. Und daß ich Sie im Mittelpunkt dieser wechselvollen Bilder und Erlebnisse sah, erhöhte ganz von selbst mein Interesse. Wie herrlich muß es sein, die Wunder und Schönheiten einer fremden Welt kennenzulernen.«

»Ich wünschte, ich könnte Sie einen Blick in diese fremde Welt tun lassen. Sie leben so erbarmungswürdig abgeschlossen von allem, was draußen in der Welt vorgeht.«

Sie hatte sich gefaßt, und nun umspielte das reizende Lächeln ihren Mund, das ihn so entzückte.

»Oh, glauben Sie das nicht; meine Phantasie ist sehr rege. Mit wahrer Begier habe ich Onkel Karls Bibliothek durchstöbert, und was ich in ihr fand, was mir durch sie vermittelt wurde, hat mir über die schweren Stunden meines Daseins hinweggeholfen. Bei meiner vielfach eintönigen und mechanischen Arbeit brauchte ich immer etwas, was unterdessen meinen Geist anregte.«

»Wie gut, daß Sie eine rege Phantasie besitzen, die Ihnen half, sich über das ewige Einerlei Ihrer häuslichen Pflichten hinauszuheben. Dumpf und stumpf hätten Sie sonst werden müssen. Mir steigt das Blut zu Kopf, denke ich daran, daß man einen Menschen mit so vielen Interessen, mit so viel Klugheit und Intelligenz, wie Sie es sind, sozusagen zum geistigen Tod hat verdammen wollen.«

»Sie überschätzen mich wohl, Herr Darland. Aber gelitten

habe ich freilich oft unter der Unmöglichkeit, mich weiterbilden zu können. Ich konnte mir nicht anders helfen, als mir heimlich die Bücher aus Onkels Bibliothek zu holen. Viel Zeit hatte ich nicht, aber ich las oft noch bei einem Lichtstümpfchen, wenn alles im Haus schon zur Ruhe gegangen war. Tante durfte das nicht merken. Und zuweilen war ich so müde, daß mir bei der interessantesten Lektüre die Augen zufielen. Ich wollte mich dann zwingen wachzubleiben. Zehnmal las ich dann wohl einen Satz, bis ich den Sinn begriffen hatte. Man wird so müde von der Arbeit im Haushalt.«

Der heiße Wunsch, ihr helfen zu können, sprang ihm aus den Augen. Es mußte möglich sein, ihr andere Lebenswerte, andere Lebensmöglichkeiten zu erschließen. Bald und gründlich mußte das geschehen.

»Es muß meinen Bundesgenossen und mir gelingen, Ihnen auch die Möglichkeit einer entsprechenden geistigen Betätigung zu verschaffen, ohne daß Sie todmüde von der Arbeit die Kraft dazu verlieren.«

Sie atmete tief auf.

»Es ist ja schon vieles besser geworden in meinem Leben, ich wünsche mir, daß es mir nie schlechter gehen möge als jetzt. Lisa ist mir so viel geworden. Onkel Karl ist auch viel gütiger jetzt zu mir, dank Lisas Bemühungen. Und daß Sie und Doktor Warren sich so gütig für mich einsetzen, ist fast zuviel des Guten für mich. Ich bin so viel Freude nicht gewöhnt.«

Er faßte ihre Hand und hielt sie fest, so daß sie nicht weiternähen konnte und ihn ansehen mußte.

»Fühlen Sie denn nicht, wie gern ich – wir alle – für Sie wirken möchten? Machen Sie es uns nur nicht gar zu schwer durch Ihre unerhörte Bescheidenheit. Lassen Sie sich nicht so furchtbar unterdrücken durch Frau Rasmussen und ihre älteste Tochter. Und – Herbert Rasmussen mag sich hüten, Ihnen noch einmal lästig zu werden!«

Das stieß er heftig hervor. Sie sah ihn erschrocken an.

»Es ist mir sehr peinlich, daß Sie davon wissen.«

»Doktor Warren hat mir alles erzählt, was ihm Fräulein Lisa berichten konnte. Und was weder Sie noch Fräulein Lisa in ihrer Unerfahrenheit verstehen, das haben wir uns selber klargemacht. Ich schlage ihn nieder, wenn er Ihnen noch einmal zu nahe kommt!«

Erschrocken zog sie ihre Hand zurück und sah ihn ängstlich an.

»Um Gottes willen, sagen Sie so etwas nicht. Es tut mir leid, daß Sie das alles wissen, es ist mir sehr peinlich. Herbert hat von seinem Vater Schelte bekommen und mich seines flegelhaften Verhaltens wegen um Verzeihung gebeten. Seither hat er sich mir gegenüber sehr geändert, er erweist mir jetzt sehr viele Aufmerksamkeiten. Aber, offen gestanden, es wäre mir viel lieber, er beachtete mich gar nicht, und das habe ich ihm auch schon gesagt.«

»Ganz offen, Frau Moran, ich traue diesem Burschen auch jetzt noch nicht, er hat eine Art, Sie anzusehen, die ich ihm gern austreiben möchte. Sie müssen uns versprechen, uns sofort Mitteilung zu machen, wenn er sich Ihnen gegenüber auch nur das Geringste zuschulden kommen läßt. Unser Bund muß auch dafür sorgen, daß Sie von diesem Menschen unbelästigt bleiben.«

»Er wird es nicht wieder wagen, mir zu nahe zu treten, Onkel hat ihn gründlich vorgenommen. Bitte – um Gottes willen – bitte, lassen sie sich nicht anmerken, daß Sie etwas davon wissen. Tante Helene hat keine Ahnung davon, darf sie auch nicht haben, sie würde mir die Schuld an allem zuschieben. Ich habe ja, gottlob, Onkel jetzt auf meiner Seite und darf ihm sofort alles sagen, falls Herbert sich noch einmal ungebührlich benimmt. Onkel wünscht das selbst.«

Er atmete auf.

»Das ist gut, das verschafft mir Erleichterung.«

Scheu sah sie zu ihm auf.

»Ich weiß gar nicht, wie ich Ihnen danken soll, daß Sie sich meiner so gütig annehmen. Ich weiß gar nicht, wie ich dazu komme.«

»Sie müssen es doch verstehen können, daß ein rechter Mann nicht ruhig zusehen kann, wenn ein lümmelhafter Mensch eine ehrbare Frau belästigt.«

Mit einem dankbaren Blick sah sie ihn an.

»Es ist mir immer wie ein schöner Traum, daß es auf einmal so viele Menschen gibt, die gut zu mir sind und für mich einstehen. Im Grunde danke ich das alles Lisa, sie hat alle für mich geworben, auch Sie, das weiß ich. Und ich weiß auch, daß Sie alle nur so gut zu mir sind, um Lisa eine Freude zu machen.«

Mit einem seltsamen Blick sah er sie an.

»Meinen Sie, daß es nur darum geschieht, um Fräulein Lisa eine Freude zu machen?« fragte er mit verhaltener Stimme.

Sie vermochte nicht zu antworten, wollte sie es sich doch nicht einmal selbst zugestehen, daß sie zu fühlen begann, daß er sie um ihrer selbst willen zu schützen suchte.

Er bestand nicht auf eine Beantwortung seiner Frage, da er ihre Verwirrung bemerkte. Es blieb eine Weile still zwischen ihnen. Dann fragte er leise:

»Wie ist eigentlich Ihr Mädchenname? Bitte, nennen Sie ihn mir. Wenn ich an Sie denke, erscheint es mir beinahe unmöglich, daß Sie den Namen eines Mannes führen. Sie sind doch keine Frau, sind ein Mädchen in Ihrem ganzen Denken und Empfinden. Ich möchte Ihren Mädchennamen wissen, um Sie bei mir so nennen zu können.«

Unsicher sah sie zu ihm auf.

»Ich heiße Riemann.«

»Henny Riemann also! So will ich Sie in meinen Gedanken

jetzt immer nennen. Der Name Moran ist für Sie und bei Ihnen ein wesenloses Anhängsel.«

»Für mich aber die Erinnerung an einen guten, edlen Menschen, der alles für mich getan hat und noch tun wollte.«

»Ich beneide ihn darum, daß er Ihnen Opfer bringen durfte«, stieß er hervor.

Dunkle Glut stieg in ihr Gesicht. Fast ängstlich sah sie ihn an und senkte schnell den Blick vor dem seinen, der einen so seltsamen Ausdruck hatte.

Zu ihrer Erleichterung kam jetzt Lisa mit Warren wieder herbei. Sie nahmen am Tisch Platz, und die Unterhaltung wurde allgemein. Bald darauf kehrte Karl Rasmussen vom Feld heim. Er begrüßte die Herren und sagte:

»Meine Frau und meine älteste Tochter sind leider nicht daheim. Und Sie, mein lieber Herr Darland, müssen jetzt mit der Gesellschaft meiner Nichte und meiner jüngsten Tochter vorliebnehmen, denn ich habe eine wichtige geschäftliche Unterredung mit Doktor Warren.«

»Bitte, lassen Sie sich nicht stören. Ich hatte mich meinem Freund Warren angeschlossen, um mich nach dem Befinden Ihrer Damen zu erkundigen. Jedenfalls bin ich hier unter Ihren prächtigen Linden vorzüglich aufgehoben, falls ich warten darf, bis Doktor Warren mich auf dem Rückweg begleitet.«

»Aber selbstverständlich. Ich sehe Sie noch.«

Die beiden Herren gingen zum Haus hinüber in Karl Rasmussens Arbeitszimmer, wo er mit Doktor Warren über eine sehr drückende Hypothekenangelegenheit zu sprechen hatte, die ihm viel Sorge machte.

Aber auch Henny mußte sich nun bald zurückziehen, da sie im Haushalt zu tun hatte. Als sie sich von Darland verabschiedete, sah er sie mit seinen guten Augen an, daß ihr das Herz laut und stark zu klopfen begann.

»Vor Mittwoch werde ich leider nicht mehr das Vergnügen haben, Sie wiederzusehen, Frau Moran, aber ich freue mich sehr auf Ihren Besuch in Herrenberg.«

»Ich freue mich auch darauf, Herr Darland, und danke Ihnen für all ihre Güte.«

Er sah ihr nach, bis sie im Haus verschwunden war, dann setzte er sich zu Lisa.

Sie plauderten beide angeregt zusammen, bis Frau Rasmussen und Ditta heimkamen. Diese glaubten ihren Augen nicht zu trauen, als sie Lisa in regem Gespräch mit Gert Darland unter den Linden sitzen sahen. Eilig kamen sie herüber und begrüßten Gert. Dieser erklärte, daß er mit Doktor Warren gekommen sei, der mit Herrn Rasmussen Geschäfte habe. Ditta warf mißtrauische Blicke auf Lisa. Wollte ihr diese bei Darland etwa den Rang ablaufen?

An Henny dachte sie gar nicht, da sie zum Glück nicht sichtbar war. Als eine halbe Stunde später Gert mit Heinz Warren wieder davongefahren war, sagte Ditta ärgerlich zu ihrer Mutter:

»Immer haben wir Pech! Gerade wenn wir nicht zu Hause sind, kommt Darland zu Besuch. Lisa scheint sich übrigens zu einer richtigen Kokette auszuwachsen. Hast du nicht bemerkt, wie vertraulich sie zu Darland war?«

Frau Rasmussen zuckte die Schultern.

»Du bist töricht, Ditta, Lisas Interesse geht andere Wege. Merkst du denn nicht, daß Darland ihr nur etwas gilt, weil er Doktor Warrens Freund ist?«

»Nun, es war auch nicht nötig, daß sie mir Warren abspenstig machte – wenn es nun mit Darland nichts wird, Mama?«

»Es muß etwas werden, Ditta, du mußt klug sein. Darland denkt nicht an Lisa, das weiß ich, und daß er so oft herüberkommt und einen nachbarlichen Verkehr mit uns anstrebt, beweist mir, daß du einen tiefen Eindruck auf ihn gemacht hast.

Er ist nur sehr korrekt und zurückhaltend; solange er noch nicht offiziell um dich anhält, wird er sich nicht viel anmerken lassen. Jedenfalls besucht er, außer Zabern, Altwiese am meisten – und in Zabern sind nur Söhne. Begreifst du das nicht? Es ist unbedingt eine Auszeichnung für dich. Und am Mittwoch hat er auch nur Zaberns und uns eingeladen – Doktor Warren und sein Onkel zählen ja nicht. Das ist wieder ein gutes Zeichen. Also wegen Lisa mache dir keine Kopfschmerzen.«

»Es ist aber sehr unangenehm, daß er Henny mit eingeladen hat«, gab Ditta zu bedenken.

»Das ließ sich nicht vermeiden nach deines Vaters Art, sie in Szene zu setzen. Aber sei unbesorgt, ich habe dafür gesorgt, daß er Henny niemals sonderlich beachten wird. Eine Frau mit einer solchen Vergangenheit kommt für einen Mann, wie er es ist, überhaupt nicht in Frage.«

Und das war Frau Rasmussens feste Überzeugung. Sie beurteilte die Menschen nach sich selber.

Ditta seufzte tief auf. »Wenn es nur schon soweit wäre, Mama, daß er sich erklärte. Ganz abgesehen von seinem Reichtum ist er doch auch bezüglich seiner Erscheinung ein Mann, um den mich alle beneiden würden.«

Das erschien Ditta die Hauptsache. Gert Darland als Mensch galt ihr nicht mehr als jeder andere.

13

Bis zum nächsten Mittwoch verging Henny die Zeit wie im Flug. Tante Helene sorgte dafür, daß sie kaum zu Atem kam. Sie setzte schnell noch die große Wäsche an, wobei Henny noch mehr als sonst zu tun hatte. Tante Helene ließ es auch nicht an mehr oder minder deutlichen Anspielungen fehlen, daß Henny sich in jeder Beziehung zurückhalten müsse, sie dürfe nicht durch auffallendes Benehmen die Aufmerksamkeit auf sich ziehen, sonst müsse man die Erlaubnis, sie in Gesellschaft gehen zu lassen, zurückziehen.

Henny wurde sehr bleich bei solchen Anspielungen, doch sie war wehrlos dagegen. Lisa sagte sie nichts davon, sie wollte deren Mutter nicht anklagen. Daß sie sich keinen Vorwurf zu machen hatte bezüglich ihres Benehmens, wußte sie wohl, sie fühlte auch, daß Tante damit nur für Ditta freie Bahn schaffen wollte, aber es quälte sie doch.

Wenn Tante Helene geahnt hätte, daß Gert Darland sich so viel mit ihr beschäftigte, daß er in jeder Beziehung für sie eintreten wollte, hätte es sicher eine sehr böse Szene gegeben. Jedenfalls wagte Henny sich kaum auf den Mittwoch zu freuen, immer fürchtete sie, daß die Tante einen Grund finden würde, sie zu Hause zu lassen.

Dazu kam noch, daß ihr Herbert mit seinen Aufmerksamkeiten jetzt fast nicht weniger lästig fiel als zuvor mit seiner Zudringlichkeit. Jede Gelegenheit benutzte er, um ihr anscheinend seine Reue über sein früheres Verhalten zu beweisen. Wo er nur konnte, versuchte er, ihr Artigkeiten zu erweisen. Er sprang auf, um ihr die Tür zu öffnen, ließ sie respektvoll vor sich ins Zimmer treten, was er früher immer verabsäumt hatte, nahm ihr schwere Lasten ab, wenn er sah, daß sie solche zu tragen hatte, und eines Tages überreichte er ihr einen Strauß selbstgepflückter Feldblumen.

Sie nahm diese Blumen an und sagte ihm, sie betrachte sie als eine Art Abbitte für sein früheres Benehmen, bat ihn aber, ihr keine weiteren Blumen zu schenken, sie würde solche nie mehr von ihm annehmen. Dann brachte er ihr eines Tages aus der Stadt eine Bonbonniere mit. Er wollte sie ihr geben, als sie eine Weile mit ihm allein war. Sie wies sie aber energisch zurück, auf gar keinen Fall werde sie solche Geschenke von ihm annehmen. Da erklärte er ihr, daß sie ihn damit tief kränke und beleidige, und er wolle doch, daß ein gutes Einvernehmen zwischen ihnen herrsche. Da sagte sie ruhig und bestimmt: »So gib mir die Bonbonniere in Gegenwart deiner Mutter und deiner Schwestern, damit ich den Inhalt mit ihnen teile.«

Mit einem seltsamen Ausdruck im Gesicht hatte er da hervorgestoßen:

»Das kann ich doch nicht.«

»Dann behalte sie.«

»Was soll ich damit machen?«

»Schenke sie deinen Schwestern.«

»Du willst mich kränken«, sagte er vorwurfsvoll, »und ich habe dich doch so lieb.«

Es zuckte unwillig in ihrem Gesicht.

»Ich will dich nicht kränken, aber wenn du mir wirklich eine verwandtschaftliche Zuneigung entgegenbringst, dann bereite mir mit solchen Dingen keine Unannehmlichkeiten.«

Heiser hatte er aufgelacht.

»Verwandtschaftliche Zuneigung? Ach, Henny, ich liebe dich ganz anders als verwandtschaftlich – ich liebe dich – ich liebe dich, was kann ich dafür?«

Bleich bis in die Lippen war sie zurückgeschreckt.

»Kein Wort weiter – oder ich muß es deinem Vater sagen, ich will und darf solche Worte nicht anhören.«

»Du hast kein Herz, Henny, du bist grausam und kalt.«

Sie war einfach davongelaufen; hatte ihn stehenlassen. Bedrückt erkannte sie, daß Herbert noch immer von einer unreinen Leidenschaft für sie besessen war. Was sollte daraus werden? Sie wagte weder Lisa noch dem Onkel etwas davon zu sagen, allein sie wich Herbert aus, wo sie nur konnte, und vermied es bei Tisch sogar, ihn anzusehen.

So kam der Mittwoch heran, und zu Hennys Erschrecken

hatte Tante Helene am Nachmittag bestimmt, daß, da nur vier Personen in dem geschlossenen Wagen Platz haben, Henny am Abend mit Herbert in dem kleinen Jagdwagen nach Herrenberg fahren solle.

Henny und Lisa sahen sich mit großen Augen an, und Lisa zergrübelte sich den Kopf, wie das zu ändern sei. Wußte sie auch nichts von den neuerlichen Attacken Herberts auf Henny, so wußte sie doch bestimmt, wie unangenehm es ihr sein müsse, allein mit Herbert zu fahren. Als Henny späterhin mit Lisa allein war, sagte sie traurig:

»Da werde ich wohl ein Unwohlsein vortäuschen und zu Hause bleiben müssen, denn mit Herbert fahre ich auf keinen Fall.«

Lisas Augen sprühten.

»Du bist imstande und trittst zurück, wo du dich doch so sehr auf den Abend freust. Das dulde ich nicht. Aber selbstverständlich ist auch nicht daran zu denken, daß du mit Herbert im Jagdwagen fährst. Ich traue ihm nicht über den Weg, wenn er sich dir gegenüber auch jetzt auffallend gesittet benimmt. Lieber werde ich mit ihm im Jagdwagen fahren.«

»Das wird deine Mutter nicht dulden.«

Lisa sah grübelnd vor sich hin. Dann tippte sie sich plötzlich vergnügt an die Stirn.

»Ha! Ich hab's! Warte nur fünf Minuten, das werden wir gleich in Ordnung haben.«

Schnell huschte sie davon zu ihrem Vater in dessen Arbeitszimmer.

»Herzensvater, Mama hat eben bestimmt, daß Henny heute abend mit Herbert im Jagdwagen nach Herrenberg fahren soll, weil im Landauer nur Platz für vier Personen ist. Wir dürfen aber Herbert nicht allein mit Henny fahren lassen, das hieße, ihn wieder in Versuchung führen. Mama können wir aber auch nicht sagen, warum Henny nicht mit Herbert fahren soll, sonst würde ich mich erbieten, an Hennys Stelle mit ihm zu fahren.«

Forschend sah der Vater sie an.

»Ist Herbert vielleicht Henny wieder zu nahegetreten?«

»Nein, Vater, er befleißigt sich großer Artigkeit, aber ich müßte mich sehr täuschen, wenn er eine solche Gelegenheit nicht doch ausnutzen würde. Ganz gleichgültig steht er Henny bestimmt nicht gegenüber, und – wir dürfen ihn doch nicht in Gefahr bringen, sich wieder zu vergessen, meinst du nicht auch, Herzensvater?«

Er strich ihr über den blonden Kopf. Seine Jüngste war ihm in dieser Zeit ein wahrer Herzenstrost geworden.

»Hast recht, Küken, wir wollen ihn nicht in Versuchung führen, seine guten Vorsätze zu vergessen. Also laß mich nur machen, ich werde das heute abend mit dem Wagen schon zu deiner Zufriedenheit arrangieren. Ich selbst werde mit Herbert im Jagdwagen fahren, und ihr vier Damen fahrt im geschlossenen Wagen, so ist es überhaupt richtiger.«

Er bekam einen dicken Kuß.

»Tausend Dank, Herzensvater. Es ist doch wundervoll, daß man nur zu dir zu kommen braucht, um alle Sorgen loszuwerden.«

Es zuckte in seinem Gesicht.

»Ich wollte schon, ich hätte ein Mittel, um euch alle Sorgen fernzuhalten. Hast du sonst noch was auf dem Herzen, Lisa?«

»Nur fragen möchte ich dich, ob du noch immer so große Sorgen hast?«

Er seufzte tief auf.

»Doktor Warren hat mir auf ein paar Wochen Ruhe geschafft, aber lange wird das nicht vorhalten. Doch nun geh, halte mich nicht länger auf.«

Wieder bekam er einen Kuß, dann huschte sie hinaus. Aufgeregt und vor Freude strahlend berichtete sie Henny, was der

Vater beschlossen hatte, und dieser wurde das Herz wieder leichter.

Als am Abend alle zur Abfahrt bereit waren – Henny kam im letzten Moment noch herunter, da sie kaum eine Viertelstunde gehabt hatte, sich anzukleiden –, half Karl Rasmussen erst seiner Frau und seinen Töchtern in den Wagen, und dann schob er schnell Henny hinterdrein und schloß den Wagenschlag.

»Ihr Damen fahrt im geschlossenen Wagen, ich komme mit Herbert nach«, sagte er dabei und gebot dem Kutscher loszufahren.

Herbert, der der Mutter Anordnung, mit Henny zu fahren, mit Freuden begrüßt hatte, machte ein sehr betroffenes Gesicht, als der Vater Henny in den Landauer schob. Ziemlich beklommen stand er neben dem Vater, als nun der Jagdwagen vorfuhr.

»So, mein Sohn, nun wollen wir auch einsteigen, du kannst kutschieren.«

In dem von den vier Damen besetzten Wagen herrschte zunächst eisiges Schweigen. Frau Helene war vor Überraschung der Mund offengeblieben, aber ehe sie gegen Hennys Gegenwart protestieren konnte, zogen die Pferde schon an. Lisa faßte heimlich Hennys Hand und drückte sie, ihr Mut einflößend. Erst nach einer Weile fand Frau Helene die Sprache wieder, und nun prasselten allerlei Bosheiten auf Hennys schuldloses Haupt hernieder.

Es sei doch unerhört, daß der Vater bei der kühlen Abendluft im offenen Wagen fahren müsse, bisher sei immer alles gutgegangen, man sei eben mit einem Wagen ausgekommen, für vier war bequem im Wagen Platz, und Herbert sei immer auf dem Bock neben dem Kutscher gefahren. Um Hennys willen müsse nun noch ein Gespann Pferde aus dem Stall geholt werden, wo den Pferden die Ruhe so not tue. Sie würden sicherlich überanstrengt werden. Was für unerhörte Opfer man bringen müsse, nur weil Henny plötzlich in Gesellschaft gehen solle, wo sie doch im Grunde gar nicht hingehöre.

In dem Ton ging es weiter. Lisa preßte Hennys Hand immer stärker. Das sollte heißen: Mach dir nichts draus! Aber Henny stieg es heiß im Hals auf, sie würgte die Tränen hinunter. Am liebsten wäre sie ausgestiegen und zu Fuß wieder nach Hause zurückgegangen. Freilich, das ging nicht, sie mußte geduldig all die bösen Worte über sich ergehen lassen, denen auch Ditta mit verschiedenen Ausfällen auf Henny beipflichtete. Lisa funkelte die Schwester zornig an, sie durfte ja auch nichts zu Hennys Gunsten sagen. Aber sie schämte sich tief für ihre Mutter und für ihre Schwester.

So kam man in Herrenberg an, und sobald der Wagen hielt, war Frau Rasmussen wieder ganz Huld und Milde, wenn auch nicht Henny gegenüber.

Gert Darland kam seinen Gästen schon im Vestibül entgegen, und seine Augen suchten zuerst nach Henny, die wieder ihr königsblaues Kleid trug, aber sehr blaß aussah. Ihre Lippen zuckten noch wie in verhaltenem Weinen.

Während die Damen die Garderobe ablegten, trat Lisa, die am ersten fertig war, rasch an Gert heran.

»Wundern Sie sich nur nicht, wenn Henny nicht gleich in Feststimmung ist, Mama hat es ihr wieder sehr sauer gemacht. Sie hat sich so sehr auf das heutige Fest gefreut, aber man hat es ihr schon im voraus gründlich verleidet. Ich erzähle es Ihnen nachher«, flüsterte sie ihm zu.

Jetzt trafen auch Karl Rasmussen und Herbert ein, und Gert mußte sie begrüßen. Gleich darauf langte Herr von Zabern mit seiner Familie an. Doktor Warren mit seinem Onkel waren schon anwesend.

Im Trubel der allgemeinen Begrüßung konnte Gert einige Worte mit Henny wechseln.

»Bitte, sehen Sie nicht so traurig drein, in meinem Haus soll Ihnen nur Freude blühen. Vergessen Sie alles bisher als drückend Empfundene, denken Sie an nichts weiter, als daß ich Sie gern froh sehen möchte.«

Sie sah mit ihren schönen Augen zu ihm auf, und es war, als würfe sie eine Last von sich.

»Ja, ja, ich will alles andere vergessen, jede Minute dieses Abends will ich mit Inbrunst genießen und mich durch nichts darin stören lassen. Morgen mag dann der Alltag wieder sein Recht haben.«

»So ist es richtig!«

Henny wurde dem alten Justizrat Warren, Heinz Warrens Onkel, von Heinz vorgestellt, und dieser sprach einige liebenswürdige Worte mit ihr. Darauf machte Gert sie mit Frau von Zabern und ihrer Familie bekannt. Die gütige Frau von Zabern, von Gert als viertes Bundesmitglied geworben, behielt Hennys Hand eine Weile in der ihren. Sie zog die junge Frau neben sich nieder und plauderte eine Weile mit ihr, während ihre Blicke teilnahmsvoll auf Hennys blassem Gesicht ruhten. Henny war zumute, als streichelten liebevolle Mutterhände über sie hin, so herzlich und gütig sprach diese vornehme Dame mit ihr. Mit einem unbeschreiblichen Ausdruck im Gesicht sah Frau Helene zu den beiden hinüber, und Ditta warf der Mutter einen Blick zu, als wollte sie fragen: Wie findest du das, daß Frau von Zabern Henny überhaupt nur eines Wortes würdigt? Sie hat wohl ganz vergessen, was du ihr über sie berichtet hast?

Zum Erstaunen von Mutter und Tochter beschäftigte sich Frau von Zabern sehr lange mit Henny, bis sie von anderer Seite in Anspruch genommen wurde.

Henny hatte nun erst einmal Zeit, sich in dem schönen Barockzimmer umzusehen, das als Empfangssalon diente. Voll andächtiger Bewunderung flogen ihre Augen über die herrlichen Gobelins, von deren Kostbarkeit sie freilich keine Ahnung hatte. Die wundervollen Teppiche und die schweren Brokatvorhänge entzückten sie. Noch nie in ihrem Leben hatte sie sich in einer so vornehmen Häuslichkeit befunden. Und Gert Darlands hohe, schlanke Gestalt paßte sich diesem Raum harmonisch an. Das Herz wurde ihr schwer. Erst jetzt erkannte sie voll und ganz, eine wie tiefe Kluft zwischen ihm und ihr bestand. Weltenweit getrennt war sie von diesem Mann, den sie doch mit jeder Faser ihres Herzens liebte. Ja – sie wußte jetzt, daß sie ihn liebte, wußte, daß ihr Herz ihm mit jedem Schlag gehörte, wußte auch, daß diese Liebe eine hoffnungslose bleiben würde, daß sie eine Vermessenheit ihres Herzens war.

War es nicht wie ein Märchen, daß sie hier war, daß er ihretwegen dies Fest gegeben hatte? Wie gut und edel er war; Mitleid für sie, die schlichte, unbedeutende Frau, war die Triebfeder seines Handelns – oh, wie gut er war, wie bewundernswert gut.

Aber zum ersten Mal fragte sie sich, ob er sein Herz schon an eine Frau verschenkt habe, ob er schon wisse, welche Frau eines Tages die Herrin seines Hauses sein würde. Die Glückliche, der solch ein Los beschieden war, die beneidenswert Glückliche! Schön und gut mußte sie sein, schön wie eine Göttin und gut wie ein Engel. Daß Ditta ebensowenig seine Gattin werden würde wie sie selbst, schien ihr gewiß. Tante Helenes Hoffnung würde sich nicht erfüllen. Gert Darlands Herz war entweder noch frei, oder er hatte es schon verschenkt, ehe er nach Herrenberg kam.

Sie zuckte manchmal erschrocken zusammen, wenn ihr Blick dem seinen begegnete. Es lag etwas in seinem Blick, das sie beunruhigte. Aber sie wollte sich immer wieder einreden, dieser Blick irritiere sie nur darum, weil sie ihre Liebe verbergen mußte wie ein Unrecht.

Nach einer Weile wandte sich Frau von Zabern abermals zu Henny. Gert hatte ihr alles erzählt, was er über sie wußte, und dadurch ihr Interesse für das arme Aschenbrödel geweckt. Sie hatte ohnedies nicht viel auf das gegeben, was Frau Rasmussen über ihres Mannes Nichte ausgestreut hatte, denn Frau Rasmussen war nicht sehr beliebt.

»Ich freue mich sehr, endlich Ihre Bekanntschaft zu machen, Frau Moran. Herr Darland hat mir berichtet, daß Sie endlich Ihre Trauer abgelegt haben und in Gesellschaft gehen wollen. Das ist recht so, eine so junge Dame darf sich nicht schon von der Welt abschließen – und man soll die Lebenden nicht über den Toten vergessen«, sagte sie lächelnd.

»Wie gütig Sie zu mir sind, gnädige Frau, Sie können wohl kaum verstehen, wie dankbar ich Ihnen für Ihr freundliches Interesse bin.«

»Nun, wenn man Sie ansieht, sollte es einem schwerfallen, anders als gütig zu Ihnen zu sein. Wie gefällt es Ihnen in Herrenberg?«

»Es ist zauberhaft schön hier, man wagt kaum zu atmen, aus Furcht, all diese Schönheit könnte wie ein Traum verfliegen.«

»Nun, ich werde Herrn Darland bitten, daß er Sie in seinem Hause umherführt. Sie sind ja das erstemal hier, wir andern haben uns schon umgesehen.«

Erschrocken sah Henny zu ihr auf.

»Nein, bitte, ich will und darf Herrn Darland nicht bemühen.«

»Oh, er führt Sie gewiß sehr gern herum – und ich werde mich anschließen und mir noch einmal alles genau betrachten. Ich hatte letzthin nicht Muße genug, weil ich Pflichten übernommen hatte.«

In diesem Moment trat Gert zu den beiden Damen heran.

»Herr Darland, Sie kommen gerade recht. Ich rühmte Frau

Moran die Schönheiten Ihres Hauses und setzte als sicher voraus, daß Sie sich ein Vergnügen daraus machen würden, sie nach Tisch überall herumzuführen.«

»Ganz gewiß wird mir das ein Vergnügen sein«, sagte Gert, Henny mit so strahlenden Augen ansehend, daß sie erschrak.

»Frau Moran hat aber ängstlich protestiert, sie will Ihnen keine Mühe machen.«

Gert lächelte.

»Das kennen wir schon«, neckte er, »Frau Moran protestiert aus lauter Bescheidenheit gegen alles, was unser Bund beschließt, aber Fräulein Lisa Rasmussen hat die Parole ausgegeben, daß sie gar nicht erst gefragt wird. Wenn wir etwas zu ihrem Wohl beschließen, muß sie sich fügen.«

Ängstlich sah Henny zu ihm auf und blickte dann zu Frau Rasmussen hinüber, die sie mit giftigen Blicken betrachtete.

»Tante Helene«, sagte sie nur mit banger Stimme.

Frau von Zabern hatte Frau Rasmussens Blick gleichfalls gesehen. Sie war eine sehr kluge Frau und ahnte, was für Pläne diese in bezug auf Darland und ihre Tochter Ditta schmiedete.

»Nur keine Angst, Frau Moran, Ihre Tante Helene werde ich bei dem Rundgang durch Schloß Herrenberg vertreten. Unter meiner Führung sind Sie ebenso sicher. Das werde ich Frau Rasmussen schon klarmachen. Sie brauchen mithin nichts zu tun als mich zu begleiten. Ich werde nach Tisch schon die Initiative ergreifen.«

Beklommen und doch dankbar sah Henny die alte Dame an und führte impulsiv deren Hand an ihre Lippen.

»Ich weiß nicht, wie ich Ihnen danken soll, gnädige Frau.«

Gert neigte sich zu Henny herab.

»Nur Mut, Frau Moran, unter dem Schutz von Frau von Zabern sind Sie so sicher, daß Ihnen nicht einmal Tante Helene etwas anhaben kann.«

Die Söhne von Frau von Zabern, zwei hübsche, frische junge Herren, kamen jetzt heran und plauderten eine Weile mit Henny. Gert konnte sich nun wieder seinen anderen Gästen widmen, und um Henny einen Gefallen zu tun, setzte er sich eine Weile zu Ditta und plauderte mit ihr, so daß Frau Rasmussen aufatmete. Aber sie ärgerte sich sehr, daß Zaberns so viel Aufhebens von Henny machten, denn auch der alte Herr von Zabern widmete sich ihr einige Zeit.

Endlich wurden die Flügeltüren zum Speisezimmer geöffnet, und man ging zu Tisch.

Die Tafel war festlich gedeckt, Gert hatte, Henny zu Ehren, dies kleine Fest mit allen Finessen bedacht. Heute führte er Frau Rasmussen zu Tisch, während Justizrat Warren Frau von Zabern führte. Heinz Warren hatte sich wieder Lisa gesichert, und die beiden jungen Herren von Zabern führten Ditta und Henny. Herbert, sein Vater und der alte Herr von Zabern bildeten den Schluß.

Henny staunte mit großen Augen die kostbar gedeckte Tafel an. Vor dem Platz jeder Dame stand eine reizend mit Pralinen gefüllte Dose aus Meißner Porzellan. Auf jeder der Dosen war mit einer Schleife in der passenden Farbe ein Blumenbukett gebunden. Für jede Dame waren andere Blumen gewählt. Vor Hennys Platz standen duftende Veilchen, die die ganze Dose verdeckten. Für Lisa hatte Gert entzückende Moosröschen gewählt. Ditta hatte La-France-Rosen bekommen, vor Frau von Zaberns Platz hingen schwere Marschall-Niel-Rosen ihre gelben Köpfe zwischen dem dunklen Laub bergend, und für Frau Rasmussen hatte Gert Orchideen bestimmt.

Diese Tafelspenden, kostbar in ihrer Art, hatte Gert für alle Damen bestimmt, damit er Henny unverfänglich ein Präsent machen konnte. Er erntete von allen Damen begeisterte Danksagungen für diese Spenden. Sein Blick suchte erwartungsvoll Hennys Gesicht. Es hatte sich jäh gerötet, als sie begriff, daß dies ein Präsent war. Unruhig forschend sah sie ihn an, und seine Augen sprachen wieder: Für dich!

Sie konnte das nicht mißverstehen, und ihr Herzschlag setzte aus. Errötend barg sie das Gesicht in dem großen dicken Veilchenstrauß, dessen Duft sie umschmeichelte wie eine Liebkosung. Gert war zufrieden mit dem Eindruck, den sein Geschenk auf sie gemacht hatte, obwohl sie kein Wort hervorbrachte, um ihm ihren Dank auszudrücken.

Lisa jauchzte unbefangen auf vor Freude über das herrliche Geschenk.

»Oh, Herr Darland, heute ist doch nicht Weihnachten, Geburtstag habe ich ebensowenig wie die anderen Damen, und doch haben Sie uns eine richtige Bescherung aufgebaut«, sagte sie freudig erregt.

»Herr Darland ist Kavalier und weiß, womit er Frauenherzen beglücken kann«, sagte Frau von Zabern mit feinem Lächeln.

Und Frau Helene meinte, es sei eine reizende Idee von dem Hausherrn. Ditta warf ihm einen flammenden Blick zu, der aber wenig Eindruck auf ihn machte.

»Ich wollte mich nur bei den Damen aus meiner nächsten Nachbarschaft gut einführen«, erwiderte Gert lächelnd.

»Nun, mein lieber Herr Darland, das scheint Ihnen vortrefflich gelungen zu sein«, rief Karl Rasmussen und hob sein Glas gegen Gert.

»Mir scheint, daß man auf Borneo sehr aufmerksam Damen gegenüber ist, ich nehme an, Herr Darland, daß Sie es auf Borneo gelernt haben, auf so reizende Art den Damen Aufmerksamkeiten zu erweisen«, scherzte Herr von Zabern.

»Es war ein ganz spontaner Einfall, Herr von Zabern«, wehrte Gert ab und sah zu Henny hinüber, wieder mit dem Ausdruck, der sie so sehr verwirrte.

Lachend hob auch Herr von Zabern das Glas gegen Gert: »Sie haben auch uns Herren eine Blume vorgesetzt, die man nur mit Andacht genießen kann. Alle Wetter, ist das ein Weinchen!« sagte Herr von Zabern. Und zu Karl Rasmussen gewendet fuhr er fort: »Ist doch eine Gottesgabe, so ein Tröpfchen, mein lieber Rasmussen. Man merkt, daß Herr Darland seine Reichtümer auf Borneo gesammelt hat, denn wir armen Thüringer Agrarier können da nicht mit. Ich wundere mich, lieber Herr Darland, daß Sie so ohne Wimperzucken meinen sauren Mosel getrunken haben, da Sie so ein Tröpfchen in Ihrem Keller liegen haben.«

Gert lachte.

»Im Vertrauen, Herr von Zabern, ich bin kein großer Weinkenner, und ihr Mosel hat mir jedenfalls sehr gut geschmeckt. Wenn ihnen mein Wein mundet, freue ich mich, da habe ich doch etwas zu bieten, was Sie hoffentlich recht oft nach Herrenberg zieht.«

»Na, seien Sie vorsichtig, sonst werden Sie die Geister, die Sie rufen, nicht wieder los. Was, alter Freund Rasmussen, da lassen wir uns nicht lange nötigen, wenn uns mit so einem Tropfen gewinkt wird?«

»Ganz gewiß nicht!«

»Ich werde mich freuen, wenn ich Sie recht oft bei mir sehe«, erwiderte Gert und trank den beiden alten Herren zu.

Henny saß wie im Traum an der reichgedeckten Tafel. Immer wieder atmete sie den süßen Veilchenduft ein und bedauerte, daß sie diese Blumen nicht für immer frischhalten konnte.

Gert bemühte sich, Frau Rasmussen, so gut es gehen wollte, zu unterhalten. Sie versuchte aber im Lauf des Gesprächs immer wieder, abfällige Bemerkungen über Henny zu machen. Gert ignorierte diese Ausfälle, aber der Zorn gegen diese Frau stieg immer höher in seinem Inneren. Wie gern hätte er ihr unverblümt die Meinung gesagt.

Zum Schluß der Tafel gab es, nach diesem auserlesenen Mahl, die von Lisa bestellte Eiscreme, die das helle Entzücken aller Damen hervorrief. Auch Henny löffelte mit wahrer Andacht ihre Kristallschale leer, und als die Creme noch einmal herumgereicht wurde und alle Damen noch einmal zulangten, wagte auch Henny, sich noch einmal vorzulegen. Sie wehrte alle beängstigenden und trüben Gedanken von sich ab, alle Nöte und Ängste mußten heute abend vergessen sein. Mit einer wahren Inbrunst gab sie sich den Freuden dieses Festes hin. Ihr war, als habe sie heute den höchsten Gipfel allen Glücks erklommen, als müsse sie jede Sekunde wie ein Geschenk des Himmels auskosten und mit Inbrunst in sich aufnehmen, weil sie nie wieder etwas so Herrliches erleben würde.

Als die Tafel zu Ende war, begab man sich in einen der Nebenräume, der im Empirestil ausgestattet war. Ein lichtes Resedagrün herrschte hier vor, und mitten in diesem Raum stand ein herrlicher Flügel. Es wurde aber nicht musiziert, man unterhielt sich viel zu angeregt. Zwanglos gruppierte man sich, während die Diener den Mokka und kleine Kuchen darreichten.

In die Stille hinein klang Frau von Zaberns Stimme: »Mein lieber Herr Darland, da ich am Tag Ihres Einweihungsfestes nicht Muße genug hatte, mich in Ihrem Haus umzusehen, versprachen Sie mir doch, mich heute nach Tisch noch einmal umherzuführen.«

Gert sprang auf.

»Ich stehe zu Ihrer Verfügung, meine gnädige Frau.«

Frau von Zabern schob ihren Arm unter den Hennys.

»Sie müssen mitkommen, Frau Moran, Sie haben doch überhaupt noch nichts von diesem Märchenschloß gesehen. Entschuldigen Sie uns, Herrschaften, für ein kleines halbes Stündchen.«

Frau von Zabern war genug große Dame, daß sie es wagen konnte, in dieser Weise die Initiative zu ergreifen. Niemand wagte einen Einwand. Und Henny wagte es nicht, zu ihrer Tante und Ditta hinüberzusehen. Es war gut, daß sie es unterließ, denn sie hätte sonst wohl den Mut verloren mitzugehen. Frau Rasmussen schoß wahrhaft giftige Pfeile aus ihren Augen zu ihr hinüber. Es war, als wolle diese sie hypnotisieren. Und Ditta biß sich wütend auf die Lippen. Henny ging beinahe traumbefangen zwischen Frau von Zabern und Gert Darland durch das ganze Schloß. Es war erstaunlich, mit welchem sicheren Gefühl sie alles besonders Schöne und Wertvolle herausfand. Entzückt blieb sie hier vor einem Gemälde, dort vor einem Kunstgegenstand stehen. Und Gert war verblüfft, daß sie einige dieser Gemälde kannte und ihr die Namen großer Maler und Bildhauer sehr geläufig waren. Er gab schließlich seiner Verwunderung Ausdruck. Henny lächelte ein wenig.

»Sie haben wohl geglaubt, Herr Darland, daß mir dies alles fremde Begriffe sind, aber Sie dürfen nicht vergessen, daß es illustrierte Zeitungen und Museumskataloge gibt. Onkel Karl besitzt eine ganze Anzahl dieser Kataloge in seiner Bibliothek, ebenso ein illustriertes Kunstlexikon, ganz abgesehen von dem großen Lexikon von Meyer. Da kann man sich, wenn man so wissensdurstig ist wie ich, über alles informieren.«

»Das haben Sie anscheinend sehr gründlich getan, man merkt ihnen absolut nicht an, in welcher Weltabgeschiedenheit Sie aufgewachsen sind und wie wenig man getan hat, Ihr Wissen zu bereichern«, warf Frau von Zabern ein.

So kamen sie in die Bibliothek. Hennys Augen wurden groß und weit.

»Oh, mein Gott, die vielen, vielen Bücher! Wer sich doch dahinein vertiefen könnte«, sagte sie leise.

»Ich stelle Ihnen gern so viele Bücher, wie Sie wollen, zur Verfügung, Frau Moran«, sagte Gert schnell.

Ein wehes Lächeln umspielte ihren Mund.

»Ich würde jedes Buch über Gebühr lange in Anspruch nehmen, denn ich habe sehr wenig Zeit zum Lesen. Aber ich danke Ihnen sehr für Ihr liebenswürdiges Anerbieten.«

Frau von Zabern ließ sich, als wäre sie ermüdet, in einen hohen Prunksessel gleiten. Lächelnd sah sie zu den beiden jungen Menschen auf.

»So, mein lieber Herr Darland, jetzt ruhe ich mich hier in Ihrer Bibliothek ein wenig aus, ich besitze nicht mehr die Elastizität der Jugend, und so viel Schönes auf einmal kann ich nicht in mich aufnehmen. Sie müssen Frau Moran allein herumführen, auf dem Rückweg holen Sie mich wieder hier ab.«

Es lag eine leise Schelmerei in ihren Augen, als sie Gert die Hand zum Kuß reichte. Er preßte dankbar seine Lippen auf ihre Hand.

»Verzeihen Sie, wenn ich Ihnen zuviel zugemutet habe. Ruhen Sie ein wenig, wir kommen bald zurück.«

Und er ging mit Henny weiter und fragte sie:

»Wenn Sie auch müde werden, müssen Sie es mir gleich sagen, Henny Riemann.«

Sie errötete leicht, weil er sie bei ihrem Mädchennamen nannte.

»Wenn es Ihnen nicht zu viel Mühe macht, möchte ich mir gern alles ansehen. Wer weiß, ob ich jemals wieder das Schloß betreten darf.«

»Davon will ich gar nichts hören. Ich hoffe, daß Sie noch recht oft hier verweilen werden.«

Sie seufzte leise.

»Das kann man bei Tante Helene nie wissen. Fast wäre ich schon heute nicht mitgekommen.«

Erschrocken sah er sie an. »Wie das?«

»Tante wünschte, ich solle mit Herbert im Jagdwagen herfahren. Das hätte ich aber auf keinen Fall getan. Lisa ist wieder als rettender Engel eingesprungen, sie hat ihren Vater veranlaßt, mir seinen Platz im Wagen anzubieten, und er ist an meiner Stelle mit Herbert gefahren. Was ich aber während der Fahrt von Tante zu hören bekam, war so demütigend, daß ich am liebsten ausgestiegen und zu Fuß nach Altwiese zurückgekehrt wäre, nur um das nicht länger anhören zu müssen.«

»Das hätten Sie mir antun können?« fragte er vorwurfsvoll.

Ein schmerzliches Lächeln huschte um ihre Lippen.

»Ihnen? Oh, wieviel weher hätte ich mir damit getan. Aber ich will jetzt gar nicht mehr daran denken, heute nicht mehr, solange ich mich in diesem wundervollen Schloß befinde. Aschenbrödel ist zum Königsschloß gefahren – Punkt zwölf Uhr wird der Zauber zu Ende sein.«

Mit einem ernsten Blick sah er ihr in die Augen.

»Aber der Königssohn hat nie vergessen, daß Aschenbrödel an seiner Seite schritt«, sagte er mit verhaltener Stimme.

Sie senkte verwirrt die Augen.

»Nun müssen wir doch zurück zu Frau von Zabern gehen, mir scheint, in diesem Raum sind wir schon gewesen. Ich möchte auch Frau von Zabern nicht zu lange warten lassen, ihre Güte nicht mißbrauchen und mir ihre gute Meinung nicht verscherzen.«

Mit Entzücken hatte er ihre Verwirrung bemerkt. Heiß stieg in ihm empor, was er für sie empfand. Am liebsten hätte er sie gleich jetzt in seine Arme genommen und ihr gesagt: Der Königssohn läßt Aschenbrödel nicht wieder von sich, nie mehr im Leben. – Aber er wollte, durfte sie nicht erschrecken. Ihr sehr sensitives Empfinden mußte geschont werden, sie mußte erst lernen, ihm zu vertrauen und – sich klarzuwerden über die Gefühle, die sie ihm entgegenbrachte. Denn daß sie seine Gefühle erwiderte, glaubte er zu wissen. Sie war so gar nicht gewöhnt, sich kokett zu verstellen. Daß sie aber sich selbst kaum klar war über ihre Gefühle und daß er ihr Zeit geben mußte, diese Klarheit zu erlangen, das war ihm klar. Und so sagte er nur ruhig:

»Frau von Zabern wird immer nur Gutes von Ihnen denken, Henny Riemann, sie weiß ganz genau, wie ungut man Sie in Altwiese behandelt, und ist empört darüber. Sie hat mich gleich gebeten, unserm Bund beitreten zu dürfen, als ich ihr davon sprach. Frau Rasmussen ist gar nicht beliebt in der Gesellschaft, und man hat es ihr sehr verdacht, daß sie immer so ungünstig über Sie gesprochen hat. Niemand legt Wert auf ihre Äußerungen, und Sie sind schon längst von allen Seiten bedauert worden. Man hat nur nicht gewagt, offiziell Ihre Partei zu nehmen, weil eben niemand ein Recht dazu hatte. Frau von Zabern ist entzückt von Fräulein Lisas Idee, einen Schutzbund für Sie zu gründen. Sie dürfen davon überzeugt sein, daß Sie überall mit offenen Armen aufgenommen werden, zumal eben Frau von Zabern, die sehr viel in der Gesellschaft gilt, für Sie eintreten wird.«

Henny drückte die Hände aufs Herz.

»Wie gut von Ihnen, daß Sie bei Frau von Zabern für mich gesprochen haben, wenn ich nur wüßte, wie ich Ihnen das danken soll?«

Ein Lächeln flog über sein charakteristisches Gesicht.

»Nun, eines Tages werde ich meinen Dank schon einfordern. Vor allen Dingen vertrauen Sie auf unsern Bund, wir alle werden nicht eher ruhen, als bis es Ihnen so gutgeht, daß Ihnen das Leben Freude macht.«

Mit einem unbeschreiblichen Blick sah sie zu ihm auf.

»So viele gute Menschen treten für mich ein – ich muß das erst zu verdienen suchen, muß mir Mühe geben, mich so reicher Güte wert zu zeigen.«

Schnell ergriff er ihre Hand und führte sie an seine Lippen. Es war das erstemal, daß ein Mann Hennys Hand küßte, bei ihrer Sensibilität berührte sie das ganz seltsam. Ein Zittern flog über sie hin, und ihre Augen hoben sich mit einem bangen, fragenden Ausdruck zu ihm empor.

»Bitte, führen Sie mich zu Frau von Zabern zurück«, bat sie fast ängstlich.

Mit einer Verbeugung reichte er ihr den Arm. Sie legte nur ihre Fingerspitzen hinein, und er führte sie ohne ein weiteres Wort davon. Angst durfte sie nicht haben in seiner Gegenwart. Ihr Vertrauen wollt er um keinen Preis verscherzen. Sie sprachen beide nichts mehr, bis sie vor Frau von Zabern standen, die mit geschlossenen Augen in dem Sessel saß und nun lächelnd zu ihnen aufblickte.

»Ich wäre wahrhaftig bald eingeschlafen, so stillfriedlich ist es zwischen Ihren vielen Büchern, Herr Darland.«

»Jetzt müssen Sie und Frau Moran noch einen Blick in mein Allerheiligstes werfen, gnädige Frau«, sagte er lächelnd.

Er trat an die Holzvertäfelung der Bibliothek heran und berührte einen Holzknopf, der ein wenig hervorstand. Darauf öffnete sich ein Teil dieser Vertäfelung und legte sich wie eine Tür zurück. Durch diese Tür führte er die beiden Damen. Sie betraten ein ziemlich großes Gemach, das einen ganz fremdartigen Anblick bot. Die Damen stießen einen überraschten Ruf aus. Dies Gemach war wie ein großes Zelt ausgestattet, große Zeltplanen verdeckten die Wände und die Decke. In der Mitte stand ein sehr großer und breiter Diwan, der mit kostbaren Fellen bedeckt war. Mit Fellen waren auch die auf diesem Diwan aufgestapelten Kissen bezogen. Wertvolle Felle hingen an den Wänden über den Zeltplanen, und auf dem Fußboden lagen zwischen kostbaren Perserteppichen ebenfalls große Felle. Waffen aller Art, darunter seltsame Stücke, hingen an den Wänden. Fremdartige Geräte und Kunstgegenstände, von den primitivsten aus unkultivierten Ländern bis zu den herrlichsten Stücken feinsinniger Kunst, waren in

Vitrinen geordnet oder zwanglos verteilt. In den Glasschränken befanden sich auch Versteinerungen, ausgestopfte Vögel und wunderbare präparierte Schmetterlinge.

»Das alles habe ich von meinen Reisen mitgebracht. Von Borneo aus habe ich einen Jagdausflug in die indischen Dschungel gemacht, wo ich die meisten dieser Tiere erlegte. Die andern habe ich auf Borneo und auf Sumatra gejagt. Dies Zelt bewohnte ich auf Borneo, wenn ich Inspektionsreisen auf den Besitzungen meines Onkels machte. Der Pfeil, den Sie hier oberhalb dieses Schildes stecken sehen, war vergiftet und wurde auf mich abgeschossen, zum Glück, ohne mich zu treffen. Wir hatten eine Bande Dyaks verfolgt, die in unsern Distrikt eingebrochen war. Einer der Dyaks schoß diesen Pfeil auf mich ab, um Haaresbreite streifte er an meiner Wange vorbei und blieb in einem Baum stecken. Ich nahm ihn an mich und ließ die Spitze von dem Gift befreien. – Wenn ich mich in meine Erinnerungen an Borneo vertiefen will, ziehe ich mich in dies Zelt zurück. Niemand außer Doktor Warren und mein malaiischer Diener, den ich mir mitgebracht habe, weil er treu und anhänglich ist, kennen bisher diesen Raum. Ich möchte hier gleichgültige und verständnislose Blicke nicht eindringen lassen.«

Aufmerksam hatten ihm die beiden Damen zugehört.

»Wir fühlen uns sehr geehrt und ausgezeichnet, daß Sie uns würdigten, hier einzutreten, nicht wahr, Frau Moran?« sagte Frau von Zabern mit gütigem Lächeln.

Sie dachte dabei, daß sie dieses Zimmer wahrscheinlich auch nicht zu sehen bekommen hätte, wenn nicht Henny dabeigewesen wäre. Diese hatte in dem fremdartigen Raum kaum zu atmen gewagt. Ihr Blick flog immer wieder zu dem Pfeil hinüber, der Gert Darlands Leben bedroht hatte. Sie erschauerte leise und sagte mit unsicherer Stimme:

»Wie gut, daß dieser Pfeil nicht traf.«

»Oh, mein Leben ist nicht nur dieses eine Mal bedroht gewesen, das Schicksal scheint mich doch zu etwas Besonderem aufbewahrt zu haben. Vielleicht dafür, daß ich Mitglied des Bundes zu Ihrer Befreiung werden sollte.«

Das sagte Gert, als Frau von Zabern schon das Zimmer verlassen hatte.

»Ich glaube, das Schicksal wird Sie noch zu etwas Besserem aufbewahrt haben als dazu, für eine so unbedeutende Frau einzutreten, wie ich es bin.«

Seine Augen senkten sich tief in die ihren.

»Sie ahnen nicht, wie ernst ich es damit meine, für Sie einzutreten, und wie ungeheuer wichtig es mir ist.«

Befangen trat sie schnell zu Frau von Zabern hinaus, und er folgte ihr. Sie gingen zur Gesellschaft zurück, wo Henny von Tante Helene mit zornigem Blick empfangen wurde.

Aber Henny wappnete sich gegen diesen Blick und auch gegen Dittas verächtliche Miene. Sie wollte sich diesen Abend nicht trüben lassen. Die Erinnerung an ihn sollte ihr über manche schwere Stunde forthelfen, die ihr noch bevorstehen würde. Mochten morgen die Vorwürfe wieder auf sie herniederprasseln.

Lisa trat zu ihr heran an Doktor Warrens Seite.

»Ist Herrenberg nicht das reine Märchenschloß, Henny?«

Diese atmete auf, und ihre Augen glänzten.

»Ein wundervolles Märchenschloß, Lisa, ich bin noch ganz benommen von allem, was ich zu sehen bekam.«

Viel zu schnell verging Henny dieser Abend, sie hätte die Minuten festhalten mögen. Frau von Zabern brachte im Lauf des Abends eine Einladung vor. Die Familie Rasmussen sowie Doktor Warren mit seinem Onkel und Gert Darland sollten am Sonnabend abend nach Zabern kommen.

»Selbstverständlich hoffe ich auch Sie bei uns zu sehen, meine liebe Frau Moran, Sie werden noch verschiedene andere Herrschaften aus unserem Gesellschaftskreis bei mir treffen. Es wird höchste Zeit, daß Sie uns alle kennenlernen«, fügte sie hinzu.

Tante Helene hatte alle Kraft nötig, um ein Lächeln auf ihrem Gesicht festzuhalten. Ihre Hoffnung, daß Henny von der Gesellschaft abgelehnt werden würde, hatte sich mit dieser Einladung Hennys durch Frau von Zabern zerschlagen. Sie wußte sehr wohl, wenn Henny bei Zaberns gewesen war, dann standen ihr alle Türen offen.

Henny sah schüchtern ihren Onkel an, und dieser nickte ihr energisch zu.

»Selbstverständlich nimmst du diese liebenswürdige Einladung von Frau von Zabern an, Henny. Ich danke Ihnen, gnädige Frau, wir alle werden von Ihrer Güte gerne Gebrauch machen, und ich bin Ihnen vor allen Dingen zu großem Dank verpflichtet, daß Sie meiner Nichte Ihr Haus öffnen wollen. Sie darf das als große Ehre betrachten«, sagte er, ohne auf das verkniffene Gesicht seiner Gattin zu achten.

Als die Gäste aufbrachen, begleitete sie Gert hinaus. Zuerst fuhr die Familie von Zabern ab, dann Heinz Warren mit seinem Onkel, und nun warteten Rasmussens auf das Vorfahren ihrer Wagen. Frau Helene suchte ihren Gatten zu bestimmen, den Platz im geschlossenen Wagen einzunehmen, Henny könne doch mit Herbert fahren. Da trat Gert mit einem Lächeln und einer Verbeugung zu ihr heran.

»Meine verehrte gnädige Frau, ich habe Ihre beiden Wagen einfach nach Hause geschickt, weil ich die beiden Herren nicht der Nachtluft aussetzen wollte. Man ist nach einer Gesellschaft etwas erhitzt, und ich wäre untröstlich, wenn sich einer von Ihnen auf der Fahrt erkälten würde. Mein großes Auto steht bereit, darin haben Sie alle bequem Platz, und Sie sind viel schneller daheim.«

Ditta und Frau Helene buchten diese Aufmerksamkeit wieder zu Dittas Gunsten, sie ahnten nicht, daß das Auto nur Hennys wegen bereitstand. Henny fühlte mit überströmender Dankbarkeit, daß Gert Darland ihr hatte ersparen wollen, vielleicht doch noch mit Herbert fahren zu müssen. Auch Lisa ahnte die Wahrheit und drückte Gert, so fest sie konnte, die Hand.

So fuhren alle zusammen in dem Herrenberger Auto nach Altwiese, und Frau Helene war nicht in der Lage, Henny die Rückfahrt verbittern zu können, da ihr Gatte mit im Wagen saß und das sicher nicht gelitten haben würde. Henny vermochte lange nicht einzuschlafen. Jede Minute dieses herrlichen Festabends ließ sie noch einmal durch ihre Gedanken gleiten, und mit einem seligen Lächeln schlief sie ein. Den Duft der von Gert gespendeten Veilchen, die nebst der Meißner Porzellandose, in der sich, wie Lisa versicherte, »wonnige Pralinen« befanden, neben ihrem Lager standen, nahm sie mit in den Traum hinüber.

14

Einige Wochen waren vergangen. In der Gesellschaft war Henny dank Frau von Zaberns Beihilfe sehr gut aufgenommen worden, zu Frau Helenes und Dittas großem Ärger. Immer war jetzt eine besondere Einladung für Henny beigefügt, wenn Rasmussens eingeladen wurden. Und zu dem königsblauen Kleid war noch ein reizendes weißes Kleid gekommen, auch aus weicher Seide gefertigt. Den Stoff hatte sich Henny von ihrer letzten Zinszahlung gekauft. Das weiße Kleid trug sie nun bei ganz großen Gelegenheiten, denn sie war sogar zu einem Ball in der Stadt mit eingeladen worden und hatte den ganzen Abend getanzt, natürlich auch mit Gert und Heinz Warren. Das Königsblaue trug sie zu Tees und kleinen Abendgesellschaften. Und jede dieser Festlichkeiten wurde zu einem beglückenden Erlebnis für Henny, dafür sorgte schon der nimmermüde Bund.

Gert Darland und Heinz Warren hatten noch einige Male das »Pech« gehabt, gerade dann nach Altwiese zu kommen, wenn Frau Helene Rasmussen und ihre älteste Tochter nicht anwesend waren. Daß sich das so traf, dafür sorgten schon Lisa und Doktor Warren. Auch Lisa nahm an allen Unterhaltungen teil, sie hatte sich nicht wieder in die Kinderstube zurückschicken lassen, wie Ditta das gern getan hätte. Aber in diesem Punkt war Frau Helene nicht ganz einer Meinung mit ihrer Ältesten, denn sie merkte sehr wohl, daß Doktor Warren sich ernsthaft um Lisa bemühte.

Gert Darland kam mehr und mehr zu der Überzeugung, Henny sei die Frau, die ihn wirklich beglücken könne. Er fühlte mit inniger Freude, daß sie seine Gefühle erwiderte, obwohl sie sie ängstlich zu verbergen suchte. Es rührte ihn, wie sie mit ihrer Liebe zu ihm kämpfte und sie beinahe wie ein Unrecht verbarg. Er war bereits fest entschlossen, sie zu seiner Frau zu machen. Er wollte sie nicht mehr lange in ihrer drückenden Abhängigkeit lassen. Nur wollte er mit seiner Werbung um sie einen günstigen Zeitpunkt abpassen; ganz allein mußte er dazu mit ihr sein, damit er sich mit ihr aussprechen konnte.

Es war ein hellklarer Sonntag in den letzten Junitagen, als Henny sich nach Tisch wieder einmal aufmachte, um zum Friedhof zu gehen. In ihrer schwerblütigen, gewissenhaften Art machte sie sich Vorwürfe, daß sie jetzt viel zu wenig an Hans Moran denke und manchen Sonntag nicht sein Grab geschmückt hatte. Gert Darland nahm jetzt all ihr Sinnen und Denken in Anspruch, und das erschien ihr fast wie eine Schuld gegen Hans Moran.

Henny verabschiedete sich von Lisa, die über einem sehr spannenden Roman saß, von dem sie sich nicht losreißen konnte.

»Wenn du wieder heim kommst, Henny, bin ich fertig, und dann plaudern wir noch ein wenig. Dies Buch ist so herrlich, daß ich unbedingt erst noch den Schluß lesen möchte.«

»Laß dich nicht stören, Lisa, auf Wiedersehn!«

»Auf Wiedersehn, Henny, grüße Hans Moran von mir.«

Henny schritt, den Arm voll Blumen, dem Dorf entgegen. Sie hatte einen wunderschönen, schattigen Waldweg bis zum Dorf zu passieren. Eine halbe Stunde lang hatte sie zu gehen. Auf dem Kirchhof angekommen, begann sie sogleich das Grab zu ordnen und zu schmücken. Und sie sprach im Geist zu Hans Moran, als weile er noch unter den Lebenden.

»Du darfst mir nicht zürnen, daß ich so viel an einen andern denke. Ich kann nichts dafür, daß er meinem Herzen so teuer ist. Aber ich weiß jetzt, wie du unter der Hoffnungslosigkeit deiner Liebe gelitten hast. So leide ich jetzt um den Mann, den ich liebe. Auch meine Liebe wird hoffnungslos bleiben, wenn er mich auch zuweilen so lieb und gut ansieht – er steht doch hoch über mir. Eines Tages wird er eine Frau nach Herrenberg führen, und dann wird mir das Herz brechen. Aber es kann ja nicht anders sein, nie würde er eine so unbedeutende, armselige Frau, wie ich es bin, an seine Seite stellen. Nur Mitleid hat er mit mir, weil er so gut ist und mir helfen will. Sicher würde er sehr erschrecken, ahnte er, wie sehr ich ihn liebe. So wie ich auch erschrocken bin, als ich merkte, daß du mich liebtest, armer Hans Moran! Er darf es niemals erfahren, wie lieb ich ihn habe, sonst würde er wohl schnell kühl und abweisend zu mir sein. Nein, nein, er darf nie ahnen, was ich für ihn empfinde. Und glücklich bin ich doch, daß ich ihn lieben darf, daß er in mein Leben getreten ist. So kann ich doch nie mehr ganz einsam und arm sein. Die Erinnerung an alles Gute, was er für mich tut, wird immer wie eine helle, warme Sonne über meinem Leben stehen. Und du, Hans Moran, würdest alles verstehen und verzeihen, du guter, edler Mensch. Obwohl ich nun einen andern liebe, werde ich dich doch niemals vergessen, Hans Moran, all deine Güte nicht. Nie, niemals! Immer werde ich dir dankbar sein.«

Sie streichelte über das Grab hinweg, als wolle sie damit gutmachen, daß sie einst vor seiner Liebkosung zurückgeschreckt war. Das Herz wurde ihr nun ein wenig leichter, so, als hätte sie Absolution erhalten dafür, daß sie jetzt so selten zu ihm kam. Es war, als wirke die Kraft seiner Güte noch aus dem Grab heraus auf sie ein. Noch einmal ordnete sie die Blumen, entfernte jedes welke Blättchen und trat dann den Heimweg an.

Wieder schritt sie auf dem schattigen Waldweg dahin, in tiefe Gedanken versunken. Sie ahnte nicht, daß ein Paar leidenschaftlich funkelnde Augen sie verfolgte. Herbert war ihr schon vom Haus aus nachgeschlichen. Er hatte sie mit Blumen im Arm fortgehen sehen und hatte sich gedacht, daß sie zu dem Friedhof wollte. Heimlich kam er ihr nach und hatte sich im Wald versteckt. Als sie zurückkam, folgte er ihr lautlos, bis sie ein Stück vom Dorf entfernt war. Dann eilte er plötzlich mit großen Schritten an ihre Seite.

»Guten Tag, Henny!« rief er sie an.

Sie zuckte zusammen, sah in sein erregtes Gesicht und beschleunigte sofort ihre Schritte.

»Guten Tag, Herbert!«

»Warum läufst du denn plötzlich so schnell?«

»Weil ich nicht in deiner Gesellschaft weitergehen möchte, bitte, bleib zurück oder geh voran.«

»Du bist also noch immer grausam und ungerührt! Fühlst du denn nicht, Henny, wie elend du mich machst? Ich liebe dich doch so sehr, solche Liebe muß doch Gegenliebe erwecken, wenn du nicht ein Herz von Stein hast. Immer wieder weichst du mir aus. Kannst du denn noch immer nicht vergessen, daß ich einmal ungezogen zu dir war?«

»Ich möchte es vergessen, aber du zwingst mich immer wieder, daran zu denken. Ich bitte dich, verschone mich mit solchen Worten, wie du sie eben gesprochen hast. Es ist ja nicht wahr, daß du mich liebst, denn dann würdest du mich nicht immer wieder beunruhigen. Das ist keine Liebe, was du empfindest. Ich will davon nichts mehr hören, laß mich allein.«

»Wie kannst du sagen, daß das keine Liebe ist. Was weißt du von Liebe, Henny, da mußt erst einmal die Liebe kennenlernen, ehe du weißt, was sie ist. Und du darfst mir die Hoffnung nicht rauben, daß sich mir dein Herz zuwenden wird.«

Sie blieb stehen und sah ihn fest und bestimmt an.

»Niemals wird das sein! Was denkst du dir eigentlich, Herbert? Machst du dir nicht klar, daß auch diese Versicherung deiner Liebe eine Beleidigung für mich ist? Du würdest mir so etwas nicht in Gegenwart deiner Eltern zu sagen wagen. Was soll mir deine Liebe? Sie wird mich immer nur demütigen und verletzen. Und ich habe dir schon wiederholt gesagt, ich empfinde nichts für dich, nichts als grenzenlose Angst und Scheu, sobald du in meine Nähe kommst, und bange dann, daß du dich wieder zu irgendeiner Torheit verleiten läßt und ich deinem Vater darüber berichten müßte. Laß mich allein und verschone mich endlich mit diesen sogenannten Liebesgeständnissen, die doch nur Kränkungen für mich sind. Du liebst mich gar nicht, es ist nur eine Laune von dir. Du willst ertrotzen, daß ich mir deine Liebesbeteuerungen gefallen lasse oder gar erwidere. Das wird nie geschehen, glaub mir das endlich. Und nun geh!«

Da riß er sie plötzlich mit funkelnden Augen in seine Arme.

»Mach mich nicht toll, ich verschmachte nach deinen Küssen, und gibst du sie mir nicht freiwillig, nehme ich sie mir mit Gewalt!«

Sie schrie laut auf in höchster Not und beugte sich, so weit sie konnte, zurück, ihre Hände fest gegen seine Schultern stemmend.

»Laß mich los, wage es nicht, mich zu berühren – ich schlage dich ins Gesicht! Laß mich los!«

»Um keinen Preis, jetzt hab' ich dich, und jetzt sollst du mich küssen. Lieber zerbreche ich dich, als daß ich dich freigebe.«

»Und ich sterbe lieber, als daß ich dich küsse!« schrie Henny wie außer sich und starrte entsetzt in seine glühenden Augen. Ein lauter verzweifelter Hilferuf entfloh ihren Lippen. Sie kämpfte mit ihrer ganzen arbeitgestählten Kraft, wehrte ihn von sich ab und rief immer wieder um Hilfe.

Sie merkten beide nicht, daß während dieses wilden Kampfes ein Reiter unter den Bäumen hervorkam, der schnell vom Pferd sprang. Es war Gert Darland auf einem Spazierritt durch den Wald. Sobald er den Hilferuf einer Frau hörte, war er schnell in der Richtung weitergeritten. Der weiche Waldweg dämpfte den Hufschlag seines Pferdes. Als er endlich die Stelle erreicht hatte und die beiden Kämpfenden erblickte, erkannte er, daß es Henny war, die sich verzweifelt gegen einen Mann wehrte und um Hilfe schrie. Er hörte jetzt deutlich, wie sie aufschrie:

»Wage es nicht, mich zu küssen, ich schlage dich ins Gesicht! Lieber sterben, als deinen Kuß ertragen!«

Gert erkannte nun auch Herbert – und da war er schon mit einigen Sätzen bei den Kämpfenden. Wie vom Himmel gefallen, tauchte er neben ihnen auf und faßte mit einem Kunstgriff, den er schon manchmal geübt hatte, Herbert am Kragen und riß ihn von Henny zurück.

Dieser Angriff kam Herbert so unerwartet, daß er Henny

losließ. Diese taumelte zurück und brach in die Knie. Gert schleuderte Herbert zu Boden und sprang auf Henny zu, sie vor dem Fall bewahrend und emporreißend.

»Beruhigen Sie sich, Frau Moran, ich kam, gottlob, zur rechten Zeit, um Sie von diesem Schurken zu befreien, der anscheinend keine Ahnung hat, wie man sich Damen gegenüber zu verhalten hat.«

Bleich, mit umflortem Blick sah Henny zu ihm auf.

»Wie gut – oh, wie gut, daß Sie kamen! Ich danke Ihnen«, stieß sie mit versagender Stimme hervor.

Jetzt hatte sich auch Herbert erhoben und starrte Gert wütend an.

»Was fällt Ihnen ein? Wer gibt Ihnen ein Recht, sich in unsere Angelegenheiten zu mischen? Ich habe mit meiner Cousine ein wenig gescherzt, das geht niemand etwas an. Nicht wahr, Henny, es war nur ein Scherz?«

Gert schlug mit seiner Reitpeitsche durch die Luft, daß es einen zischenden Laut gab. Drohend trat er Herbert näher und hob wieder die Peitsche. Angstvoll fiel ihm Henny in den Arm.

»Bitte – schlagen Sie ihn nicht – es – ja, es war nur ein Scherz – bitte, lassen Sie ihn gehen.«

Gert wandte sich ihr zu.

»Das sah verteufelt wenig nach Scherz aus, Frau Moran, aber weil Sie wünschen, daß ich es dafür halten soll, mag es geschehen. Sie sollten aber nicht für einen Flegel bitten, der ehrbare Frauen in so brutaler Weise belästigt. Trollen Sie sich, junger Mann, und danken Sie es Frau Morans Fürbitte, daß ich Sie nicht mit der Reitpeitsche gezüchtigt habe.«

Herbert trat in verhaltener Wut zurück. Ein häßliches, zynisches Lachen kam über seine verzerrten Lippen.

»Ah, ich verstehe! Mir scheint, ich habe hier ein galantes Stelldichein gestört. Nun weiß ich doch, warum Frau Henny

Moran, die doch einst mit einem obskuren Verwalter durchbrannte, so spröde geworden ist. Freilich, mit dem reichen Herrn von Herrenberg kann unsereiner nicht konkurrieren.«

Nun traf doch Gerts Reitpeitsche mit scharfem Schlag in Herberts Gesicht. Er schrie auf und hielt sich die geschlagene Wange.

»Das werden Sie büßen, Sie werden mir Genugtuung geben!« schrie er auf.

Gert trat drohend auf ihn zu.

»Fort mit Ihnen, sonst schlage ich Sie nieder – das möchte ich Ihrem Vater nicht antun.«

Herbert war im Grunde eine feige Natur. Gerts zornige Augen schlugen ihn in die Flucht. Erst als er schon einige Schritte entfernt war, rief er zurück:

»Sie wollen mit Ihrem Liebchen allein sein! Viel Vergnügen! Ich werde mir gelegentlich Genugtuung holen.«

Gert wollte mit erhobener Reitpeitsche hinter ihm her, aber Henny umklammerte angstvoll seinen Arm.

»Ich bitte, ich beschwöre Sie, lassen Sie es genug sein, ich werde ohnedies einen schlimmen Empfang haben zu Hause.«

»Glauben Sie, daß dieser Lump zu Hause etwas berichten wird von seiner Heldentat?«

Mit zitternden Händen strich Henny sich das gelockerte Haar zurück.

»Oh – er wird nicht bei der Wahrheit bleiben, er wird seinen Bericht so färben, daß mir alle Schuld zufällt.«

Gert hatte Herbert, der nun davonlief, zornig nachgestarrt. Nun wandte er sich Henny wieder zu, sah, wie bleich sie war, wie sie zitterte und wie in ihren Augen Angst und Sorge lauerten. Besorgt faßte er ihre Hände.

»Er soll nicht wagen, Ihnen etwas zuleide zu tun, Henny – Henny, zittern Sie doch nicht so, fassen Sie sich. Sie sollen sich vor nichts und niemandem fürchten. Henny – ich hatte mir die Stunde anders ausgemalt, in der ich Ihnen sagen wollte, wie es in meinem Herzen aussieht. Aber jetzt darf ich keine Minute länger zögern, um mir das Recht zu sichern, in jeder Beziehung für Sie eintreten zu dürfen. Henny, ich liebe Sie – von ganzem Herzen. Wollen Sie meine Frau werden?«

Das kam so plötzlich, so unerwartet für Henny, daß sie zurücktaumelte und sich kraftlos gegen einen Baum lehnen mußte, um sich aufrechthalten zu können.

»Nein – o nein, das kann doch nicht sein!« stieß sie tonlos hervor.

Er zog sie an sich heran und sah ihr tief in die Augen.

»Was kann nicht sein, Henny? Lieben Sie mich nicht? Habe ich mich getäuscht, wenn ich in Ihren Augen zu lesen glaubte, daß Sie mich wiederlieben?«

Sie schloß die Augen.

»Ich? Ach ich! Aber Sie, Herr Darland, Sie lieben mich doch nicht, wie können Sie so ein armes unbedeutendes Geschöpf lieben, wie ich es bin? Es ist nur Mitleid, was Sie veranlaßt, so zu mir zu sprechen. Und das darf ich doch nicht annehmen. Was soll Ihnen eine Frau wie ich? Sie können doch die Schönste und Beste wählen. Ich darf Ihre Worte gar nicht gehört haben – will sie nicht gehört haben. Nur Ihr edles Herz gab sie Ihnen ein. Ich darf Ihr Opfer nicht annehmen, das wäre ein schlechter Dank für all Ihre Güte.«

Er lachte befreit auf. Es war ein gutes, warmes Lachen.

»Henny, glauben Sie, ein Mann wie ich, der immer gewußt hat, was er will, könnte sich aus Mitleid entschließen, sein ganzes Leben an eine ungeliebte Frau zu ketten? Nein, nein, diese törichten Gedanken schlagen Sie sich aus dem Sinn. Ich liebe Sie, Henny, lange schon, und lange schon steht es bei mir fest, daß Sie meine Frau werden sollen, wenn Sie mich wiederlieben. Tun Sie das nicht? Henny, nicht wahr, Sie lieben mich doch, es kann ja nicht anders sein?«

Ihr war, als wenn ihr alle Sinne schwänden.

»Mein Gott, mein Gott! Ich – ob ich Sie liebe – wie sehr, wie unsagbar – aber gerade deshalb darf ich nicht Ihre Frau werden. Bedenken Sie doch – Sie wissen ja alles über mich. Ein Mann wie Sie wählt sich doch eine Frau, die auf den Höhen des Lebens steht, nicht so ein armseliges, unglückliches Menschenkind, wie ich es bin«, sagte sie außer sich.

Er zog sie ohne weiteres in seine Arme, bettete ihren Kopf an seiner Schulter und streichelte sanft über ihr Haar.

»Mein armes, geliebtes Kind, wie haben sie dich geduckt und gemartert! So verzagt bist du und ahnst gar nicht, wie groß der Schatz ist, den du zu verschenken hast. Du stehst mir hoch über allen anderen Frauen, meine Henny. Ein armes, unglückliches Geschöpf warst du freilich, aber damit ist es nun vorbei für immer. Henny, sieh mich doch an.«

Sie schlug die Augen auf und blickte ihn unsicher, traumbefangen an.

»Ich kann es nicht fassen – so viel Glück gibt es doch nicht?« fragte sie leise.

Da preßte er seinen Mund fest und innig auf ihre Lippen, mit der ganzen Inbrunst seiner Liebe. Und dann faßte er ihren Kopf in beide Hände und sah ihr in die Augen.

»Spürst du es nun, süße Henny, daß es so viel Glück gibt? Noch viel mehr soll es für uns geben, für dich und mich. Ich will dich einhüllen in meine Liebe wie in einen warmen Mantel. Ich liebe dich, liebe dich, wie ich noch nie eine Frau geliebt habe. Keine andere als dich will ich an meine Seite stellen. Dich hat das Schicksal für mich aufbewahrt, damit ich das echte, wahre Glück kennenlernen sollte.«

Endlich fing Henny nun doch an zu begreifen, daß es Wahrheit sei, was sie erlebte. Wie eine Woge des Glücks schlug es über ihr zusammen. Selig erbebte sie unter seinen Küssen, und erst schüchtern, dann mit scheuer Inbrunst erwiderte sie seine Küsse – die ersten Küsse eines Mannes, die ihre Lippen berührten.

Die Welt versank für eine Weile um die beiden glücklichen Menschen. Aber dann riß sich Henny plötzlich aus seinen Armen.

»Mein Gott, ich muß nach Hause!« rief sie erschrocken.

Er zog sie wieder an sich.

»Am liebsten ließe ich dich gar nicht wieder nach Altwiese zurückkehren. Aber im Moment weiß ich nicht, wohin ich dich bringen soll. Einen Eklat möchte ich deinetwegen vermeiden. Es wird also sein müssen, daß du wieder nach Hause gehst. Aber ich werde dich begleiten und dich deinen Verwandten als meine Braut vorstellen.«

Sie erschrak.

»Oh, Gert, lieber Gert, das wird eine furchtbare Enttäuschung werden für Ditta und ihre Mutter.«

Finster zog er die Stirn zusammen.

»Willst du sie etwa schonen? Ich weiß, daß deine Tante auf mich als Schwiegersohn reflektiert, plump genug haben die beiden Damen mich das merken lassen. Ich gönne es ihnen, daß sie enttäuscht werden, das scheint mir eine sehr gelinde Strafe dafür, daß sie dich so grausam behandelt haben.«

Sie umfaßte seine Hand mit der ihren und sah bittend zu ihm empor.

»Gert, meine erste Bitte – gehe jetzt nicht mit mir nach Altwiese. Es wird eine sehr häßliche Szene geben, und die sollst du nicht miterleben.«

»Aber Henny, du kannst doch nicht von mir verlangen, daß ich dich jetzt allein heimgehen lasse – jetzt, wo dein sauberer Herr Cousin vielleicht seine hämischen Verdächtigungen über dich verbreitet hat?«

Sie atmete tief auf.

»Ich glaube doch, daß er es vorziehen wird, stillzuschweigen über das, was hier geschehen ist, denn er hat dabei eine häßliche Rolle gespielt. Er wird seinen Vater fürchten. Bitte, Gert, laß mich jetzt allein nach Hause gehen. Ich werde sogleich Onkel Karl aufsuchen und ihm sagen, – ach, Gert, darf ich denn wirklich sagen, daß wir verlobt sind, wird es dich nie gereuen?«

Gerührt lachte er und küßte sie wieder auf den Mund und auf die bangen Augen, in denen noch immer das leise Zagen lag, ob sie an ihr Glück glauben dürfe.

»Wir sind verlobt, Henny, und ich gebe dich nie mehr frei.«

Sie beugte sich plötzlich herab und küßte seine Hand. Erschrocken zog er sie zurück. »Aber Henny, was tust du?«

Sie sah ihn innig an. »Danken will ich dir, daß du mich so lieb hast.«

Er strich ihr über das Haar. »Dafür verdiene ich keinen Dank, ich kann ja nichts dafür, daß ich dich liebe – daran bist du nur ganz allein schuld, weil du bist, wie du bist.«

Sie mußten erst wieder einander küssen. Dann sagte Henny mit einem Aufleuchten ihrer Augen: »Also werde ich Onkel Karl sagen, daß ich deine Braut bin, daß ich dich gehindert habe, mit nach Altwiese zu kommen, damit er Tante und Ditta erst vorbereiten kann. Auch Lisa wird dabei helfen.«

Er zögerte eine Weile, dann sagte er:

»Nun wohl, ich darf deine erste Bitte nicht unerfüllt lassen. Aber wann darf ich kommen und deine Hand von deinem Onkel fordern?«

Sie überlegte.

»Heute und morgen nicht, Gert«, sagte sie dann, »aber wenn es dir recht ist, übermorgen.«

Er lachte ein wenig.

»Nein, recht ist mir das gar nicht, daß du mich zwei Tage von dir fernhalten willst, ganz abgesehen davon, daß ich nicht weiß, ob man dich nicht wieder mit irgend etwas quälen wird.

Und das alles nur, um ein paar eitle, hartherzige Frauen zu schonen, die dir nur immer Böses zugefügt haben.«

Bittend hob sie die Hände zu ihm empor.

»Sie sind Lisas Mutter und Schwester, Gert!«

»Oh, Lisa würde nicht so barmherzig mit ihnen umgehen.«

»Du kennst Lisa nicht so gut wie ich. Trotz ihrer resoluten Art hat sie ein weiches Herz. Ich weiß, daß Tante und Ditta sich eine Blöße geben werden, wenn sie von unserer Verlobung erfahren, und schließlich würde Lisa am meisten darunter leiden, wenn sie mit ansehen müßte, daß ihre Mutter sich würdelos benimmt.«

Er drückte ihren Kopf zärtlich an seine Brust.

»Du liebes, großes Herz, nein – du kannst nicht anders handeln, wie du nun einmal bist. Aber aller Zorn, aller Groll wird dich allein treffen, wenn ich dir nicht zur Seite stehe.«

Ein rührendes Lächeln umspielte ihren Mund.

»Ach, Gert, ich will es gern ertragen! Es wäre ja sonst gleich zuviel des Glücks für mich. Und wenn sie mich auch schelten und demütigen wollen, es wird mir nicht mehr wehtun, denn jetzt darf ich denken: es ist das letztemal. Gert ist ja da, er liebt dich – und nun wird alles so wunderwunderschön. Wie gern will ich noch ein wenig Schelte erdulden.«

Mit fast andächtiger Inbrunst küßte er sie wieder und wieder.

»Ich sehe schon, daß ich dir den Willen lassen muß. Komm, ich will dich bis zum Waldrand bringen. Dort bleibe ich noch einige Zeit, ehe ich nach Herrenberg zurückkehre. Fall du mich doch brauchen solltest, brauchst du mir nur mit einem Tuch zu winken. Ich werde eine Viertelstunde warten, vielleicht kannst du mir ein beruhigendes Zeichen geben.«

Sie überlegte und sagte dann rasch:

»Wenn ich innerhalb dieser Viertelstunde zu den Linden gehe, dann kannst du unbesorgt nach Hause zurückkehren.«

Er nickte zufrieden.

»Gut, das ist mir lieb, dann weiß ich dich wenigstens in Sicherheit. Sollte später noch etwas geschehen, dann ruf mich sofort, versprich es mir.«

»Ja, Gert, ich verspreche es dir, es gibt ja ein Telephon. Du mußt ganz ruhig sein und darfst dich nicht um mich sorgen.«

»Und Herbert?«

»Ich werde sehen, wie er sich mir gegenüber verhält. Ist es nötig, dann – aber mein Gott!«

Sie hielt erschrocken inne, drückte die Hand aufs Herz und sah ihn angstvoll an.

»Was ist dir, Henny?« fragte er besorgt.

Sie umklammerte seinen Arm.

»Gert – Herbert sprach davon, daß du ihm Genugtuung geben müßtest. Gert, du wirst dich doch nicht mit ihm schlagen müssen?«

Er lachte sorglos.

»Mein kleiner Angsthase, daran ist gar nicht zu denken. Mit so einem Lümmel schlage ich mich nicht. Wie ich seinen Vater kenne, wird er mir vollständig recht geben, daß ich ihm eines übergezogen habe. Er ist noch sehr glimpflich weggekommen. Wie ein Lump hat er sich benommen, und wie ein Lump ist er behandelt worden. Wenn sein Vater klug ist, soll er ihm noch eine gehörige Tracht Prügel verabfolgen. Das wäre für ihn gesund.«

»Willst du mich auch nicht nur beruhigen?«

»Mach nicht solche Angstaugen, Henny, ich gebe dir mein Wort, daß du in dieser Angelegenheit ganz ruhig sein kannst.«

»Gott sei Dank! Also, wenn es nötig wird, werde ich Onkel berichten, wie Herbert sich benommen hat, ohne ihn zu schonen. Kann ich es vermeiden, will ich es gern tun, um Onkel zu ersparen, daß er solche Erfahrungen an seinem Sohn machen muß.«

»Immerhin wäre es gut, wenn er wüßte, bis zu welchem Grad von Roheit sich sein Sprößling verstiegen hat. Er müßte ihn viel schärfer an die Kandare nehmen.«

»Es ist wohl Tantes Schuld, daß Herbert nicht besser erzogen wurde. Sie hat ihn immer in Schutz genommen, wenn der Onkel einmal hart gegen ihn sein wollte.«

»Nun, sie wird wahrscheinlich noch allerhand traurige Erfahrungen mit ihm machen, wenn er nicht energischer angefaßt wird. Aber davon wollen wir jetzt nicht mehr sprechen, die Zeit ist zu kostbar für uns, und wir haben Besseres zu tun.«

Er nahm sein Pferd am Zügel und führte es hinter sich her. Den anderen Arm legte er um Henny. So schritten sie beide in seliger Selbstvergessenheit durch den Wald, Altwiese zu.

Ehe sie aus dem Wald heraustraten, verabschiedeten sie sich, wie es Liebende tun, die sich zum erstenmal in ihrer jungen Glückseligkeit trennen müssen. Dieser Abschied nahm ziemlich lange Zeit in Anspruch. Endlich sagte Henny, sich losreißend:

»Auf Wiedersehn, Gert – mein geliebter Gert!«

Er hielt sie noch an der Hand fest. »Bist du glücklich, Henny?«

Ihre Augen strahlten ihn an. »Oh, Gert, ich kann die Größe meines Glücks noch nicht fassen.«

Noch ein Kuß, dann eilte sie über die Wiesen zu dem Haus hinüber.

Gert blieb hinter Bäumen und Gebüsch verborgen stehen und spähte ihr unruhig nach. Aber es blieb alles still da drüben. Nach einer Weile erblickte er Henny wieder, sie kam mit Lisa aus dem Haus und ging mit ihr zu den Stühlen unter den Linden. Ihre Augen flogen hinüber nach der Stelle, wo sie Gert noch wußte. Aber sie winkte nicht. Er atmete auf, und ein Lächeln flog über sein Gesicht. Jetzt würde Henny erst einmal

Lisa alles berichten, und Lisa würde ihr dann schon irgendwie beistehen, wenn es nötig war. Er konnte beruhigt nach Hause reiten.

So schwang er sich auf sein Pferd und ritt davon.

Als Henny die Halle betreten hatte, kam Lisa gerade die Treppe herunter. Sie eilte auf Henny zu, die sie unruhig forschend ansah.

»Weißt du, wo Herbert ist, Lisa?«

»Ja, Henny, er kam vor einer Weile heim, in einer ganz seltsamen Verfassung, er hatte die Mütze tief in die Stirn gezogen und hielt das Taschentuch an die Wange, als habe er Zahnweh. Ich fragte ihn, was ihm sei, da schnauzte er mich an, ich möge mich nicht um Dinge kümmern, die mich nichts angingen, er habe sich gestoßen. Weshalb fragtest du nach ihm?«

»Ich habe dir viel zu sagen, Lisa. Wo ist Onkel?«

Forschend sah Lisa in Hennys erregtes Gesicht. Es schoß ihr sogleich eine Ahnung auf, daß es etwas zwischen Henny und Herbert gegeben haben müsse. Sie vermutete, daß Herbert von Henny vielleicht eine Ohrfeige erhalten habe. Es war ihrer Meinung nach nicht ausgeschlossen, daß er sich eine solche verdient hatte.

»Vater hält sein Mittagsschläfchen, du weißt, daß er sich sonntags gern ein ausgedehntes Ruhestündchen gönnt, zu dem er in der Woche keine Zeit hat.«

»Und Tante Helene und Ditta?«

»Sie sehen die heute morgen mit der Post gekommenen Modejournale durch. Vorläufig sind sie nicht zu sprechen. Bis zum Tee wird sich niemand sehen lassen.«

»Dann bitte, komm mit mir unter die Linden, dort will ich dir alles sagen.«

»Du bist so erregt, Henny – ist dir Herbert etwa in den Weg gelaufen?«

»Ja, Lisa, aber frag jetzt nicht weiter, komm erst hinaus.«

Und so waren sie zu den Linden gegangen, und als sie dort Platz genommen hatten, berichtete Henny Lisa, was geschehen war.

Diese war zunächst außer sich, als sie hörte, daß Herbert Henny in so unerhörter Weise belästigt habe. Als sie dann hörte, daß Gert Darland Henny zu Hilfe gekommen sei und Herbert zurückgerissen und mit der Reitpeitsche geschlagen habe, rief sie in ihrer temperamentvollen Art:

»Recht ist ihm geschehen, tüchtige Prügel hätte er bekommen müssen.«

Henny berichtete nun weiter, ein wenig zaghaft erst, aber dann von ihrer Erregung fortgerissen immer lebhafter. Und als sie von ihrer Verlobung mit Gert erzählte, sprang Lisa auf, fiel Henny jubelnd um den Hals und rief lachend und weinend zugleich:

»Henny – o Henny, wie herrlich ist das! Solch ein Glück habe ich vom Himmel für dich herabgefleht. Ich freu mich, ich freu mich unsagbar! Das war dir das Schicksal schuldig für allen Kummer und Gram! Ich habe es doch geahnt, Gert Darland hat dich zuweilen angesehen, daß es mir heiß und kalt dabei geworden ist.«

»Ach, Lisa, nie hätte ich geglaubt, daß er mich lieben würde, ich hielt das alles, was er für mich tat, für Mitleid. Aber er hat mir gesagt, daß er mich schon liebt, seit er mich das erstemal gesehen hat. Nur hat er erst sich und mich prüfen wollen, ob es wirklich die echte, rechte Liebe sei. Wenn du eine Ahnung hättest, Lisa, wie mir zumute ist. Ein so großes, märchenhaftes Glück für mich armes dummes Ding! Ich – ich habe ihn freilich auch gleich liebgewonnen, aber kein Mensch sollte etwas davon ahnen, am wenigsten er selbst. Ist es nicht wie ein herrliches Wunder, Lisa, daß ich so glücklich werden soll?«

»Ich finde das ganz in Ordnung, Henny, du hast in deinem

Leben genug Elend und Herzeleid ertragen, nun muß es doch endlich auch einmal anders kommen. Oh, du – wie wird Doktor Warren staunen! Aber ich glaube, er hat auch schon eine Ahnung, er weiß vielleicht schon von Gert Darland, daß er dich liebt. Und – Mama – und Ditta?«

Dabei wurden Lisas Augen plötzlich ein wenig trübe.

Henny seufzte.

»Ja, Lisa, das ist das schlimme dabei – was werden deine Mutter und Ditta dazu sagen?«

»Lieber Gott«, seufzte Lisa, »die werden beide erst mal aus allen Himmeln stürzen.«

»Ich fürchte, es wird sehr schlimm werden, Lisa«, sagte Henny ebenso beklommen und berichtete, daß Gert hatte gleich mit ihr kommen wollen, aus Furcht, Herbert könne einen entstellten Bericht geliefert haben.

»Was das anbelangt, Henny, so glaube ich, kannst du ruhig sein. Herbert wird froh sein, wenn Vater über diese Angelegenheit nichts erfährt. Er schlich sich wie das personifizierte schlechte Gewissen in sein Zimmer.«

»Du mußt mir helfen, Lisa. Wenn möglich, möchte ich deinem Vater ersparen zu erfahren, daß Gert Herbert hat züchtigen müssen.«

»Nun, Vater würde vielleicht auch mal eine lockere Hand bekommen, und das könnte Herbert nur heilsam sein.«

»Das ist schon wahr, aber dein armer Vater hat ohnedies Sorgen genug. Wenn wir können, wollen wir es ihm verheimlichen. Aber Tante Helene und Ditta? Ich bat Gert, jetzt nicht mit hierherzukommen, weil ich fürchtete, sie beide könnten sich eine Blöße geben, wenn sie so unvorbereitet von unserer Verlobung hören. Und das möchte ich nicht.«

Lisa küßte sie.

»Ach, du lieber, goldener Mensch, ich möchte wissen, ob es noch einmal ein so großherziges Geschöpf gibt wie du es bist.

Da wäre nun einmal eine Gelegenheit, Mutter und Ditta heimzuzahlen, was sie dir angetan haben. Aber nein, du verzichtest auf diese große Genugtuung und trennst dich mutig und unverzagt von deinem Verlobten, um allein in die Löwengrube zurückzukehren. Ganz gewiß hätten sich Mama und Ditta unsterblich vor Herrn Darland blamiert. Daß du ihnen das ersparen willst, siehst du, Henny – das danke ich dir von Herzen. Es ist nicht schön, wenn man für seine Angehörigen erröten muß.«

Und aufschluchzend warf sich Lisa in Hennys Arme. Diese streichelte ihr Haar.

»Meine kleine Lisa, ich wußte doch, daß dich das schmerzen würde. Um deinetwillen hat Gert auch eingewilligt, mich allein gehen zu lassen. Aber nun rate mir, wie bringen wir Tante und Ditta alles am schonendsten bei?«

Lisa überlegte. Dann hob sie den Kopf.

»Vater muß wieder helfen! Er muß es Mama sagen. Weißt du, jetzt vor dem Tee ist es zu spät, ich möchte Vater auch nicht eine Minute früher wecken, weil er die Ruhe so nötig braucht. Aber gleich nach dem Tee gehen wir beide zu Vater, und da sagst du ihm, daß du dich mit Gert Darland verlobt hast und bittest ihn, es Mama und Ditta mitzuteilen. Vater wird gottlob nicht enttäuscht sein, er hat sich nie Hoffnung gemacht auf eine Verbindung Dittas mit Darland. Immer hat er Mama vorgehalten, daß daraus nie etwas werden würde. Sie wollte jedoch nicht hören, sondern es eben unbedingt durchsetzen, daß Ditta Herrin von Herrenberg würde. Weißt du, Henny, ich könnte schon jetzt vor Entsetzen graue Haare bekommen, denke ich daran, daß Mama mich auf eine solche Weise unter die Haube zu bringen versuchte.«

Lächelnd streichelte Henny Lisas Hände.

»Ich glaube, darum braucht sich deine Mutter nicht erst zu bemühen, Lisa.«

Diese bekam ein rotes Köpfchen, sagte aber leichthin:

»Bei mir hat das noch lange Zeit, ich bin ja noch nicht einmal siebzehn Jahre alt.«

Ein reizendes Schelmenlächeln, wie es Lisa noch nicht auf Hennys Gesicht gesehen hatte, umspielte Hennys Lippen.

»Aber bald bist du siebzehn Jahre alt, Lisa, und du wirst kaum viel über die Siebzehn hinwegkommen, bis du dich verlobst.«

Verwirrt sah Lisa vor sich hin.

»Ach, was du denkst! Also, es bleibt dabei, wir suchen nach dem Tee Vater in seinem Zimmer auf. Das wird das beste sein.«

»Ja, Lisa, das glaube ich auch. Und über Herbert sagen wir deinem Vater vorläufig nichts. Wenn er sich nicht selbst verrät, wollen wir deinen Vater damit verschonen.«

»Gut! Aber von mir soll Herbert etwas zu hören bekommen.«

Henny nahm Lisas Hand.

»Nein, Lisa, sprich nicht mit ihm davon. Das alles ist so häßlich, daß ich es gern vergessen möchte, und du sollst auch nicht mehr daran denken. Herbert hat seine Strafe weg, und wenn er erst hört, daß ich mit Gert Darland verlobt bin, wird er endlich aufhören, mich zu belästigen. Mir ist es am liebsten, wenn diese peinliche Angelegenheit ein für allemal erledigt ist. Schließlich ist Herbert doch nichts weiter als ein dummer Junge.«

»Ich fürchte, das wird er immer bleiben, er wird nie vernünftig werden.«

Eine halbe Stunde später saß man in Altwiese am Teetisch. Henny waltete ihres Amtes, sie füllte die Tassen, bediente Onkel und Tante und saß still und bescheiden an ihrem Platz wie sonst. Herbert hatte sich entschuldigen lassen, er habe sich so sehr an einer Tür gestoßen, daß er Kompressen auflegen müsse. Lisa und Henny sahen sich einen Moment an, und Henny atmete auf. Sie hoffte nun bestimmt, daß Herbert die Angelegenheit mit Stillschweigen übergehen würde. Frau Helene und Ditta sprachen noch immer über die neuesten Moden, so daß Karl Rasmussen verdrießlich sagte:

»Habt ihr denn gar nichts anderes im Kopf als euren Kleiderkram?«

Frau Helene sah ihn überlegen an.

»Mein lieber Karl, das verstehst du nicht. Kleider sind die Waffen der Frau, sie kann keine Siege erringen, wenn sie nicht die nötigen Waffen zur Verfügung hat.«

»Nun, jedenfalls laßt euch gesagt sein, daß ich für eine solche Art der Kriegsführung absolut kein Geld habe. Für Putz und Tand wird nie mehr etwas übrig sein, ihr müßt euch von jetzt an mit dem behelfen, was vorhanden ist. Es dürfte bald eine Zeit kommen, wo auch für nötigere Dinge kein Geld mehr da sein wird.«

Frau Helene zuckte die Achseln.

»Das ist seit langen Jahren immer das gleiche Lied. Immer behauptest du, kein Geld zu haben.«

Er lachte rauh und bitter auf.

»Und seit Jahren spreche ich damit die Wahrheit, nur, daß ihr sie mir nicht glauben wollt. Wir leben lange schon von fremdem Geld. Laßt es euch gesagt sein und glaubt es mir – es steht schlimmer als je um Altwiese, und ich bin am Ende mit meinem Latein. Wenn nicht ein Wunder geschieht, wird uns Altwiese genommen werden.«

Damit stand er auf und verließ mit sorgenvollem Gesicht das Zimmer.

»Um so nötiger ist es, daß Ditta Herrin von Herrenberg wird, dann ist uns allen geholfen!« rief ihm seine Gattin nach.

»So gewiß mir das Wasser schon bis an die Kehle reicht, so gewiß wird Darland nicht um Ditta anhalten.«

Er wandte sich in der Tür noch einmal um. Sein Blick glitt einen Moment über Hennys Gesicht hinweg. Dann sah er seine Frau groß an und sagte rauh: »Ich habe schärfere Augen als du.«

Noch einmal sah er nach Henny hinüber – dann schloß er die Tür hinter sich.

Henny war das Blut ins Gesicht geschossen. Wenn Tante wüßte, wie recht Onkel Karl hatte? Ein Zittern lief über sie hin, und das Herz klopfte ihr bis zum Hals, als habe sie ein schweres Unrecht begangen.

15

Henny und Lisa traten in Karl Rasmussens Zimmer. Er saß, den Kopf in die Hände gestützt, in dumpfem Brüten an seinem Schreibtisch. Als die beiden jungen Damen eintraten, hob er den Kopf und sah sie mit trüben Augen an.

»Was wollt ihr denn?«

Lisa flog auf ihn zu, umarmte ihn zärtlich und sagte mitleidig:

»Armer Vater, du hast so schwere Sorgen, wenn ich dir nur helfen könnte.«

Er streichelte ihr Haar.

»Ach, Küken, wenn ich lieber dir helfen könnte, euch allen, aber ich fürchte – ich fürchte, wir werden nicht lange mehr in Altwiese bleiben können.«

Lisa wurde sehr blaß und sah ihn mit bangen Augen an.

»Steht es wirklich so schlimm, Vater?«

»Es kann nicht schlimmer stehen, wir sind auf die Gnade meiner Gläubiger angewiesen. Aber nun sagt mir, was ihr wollt.«

»Henny hat dir etwas zu sagen, Vater.«

Er wandte sich Henny zu.

»Hat Herbert wieder etwas angerichtet, Henny?«

Sie trat zu ihm heran.

»Nicht von Herbert will ich mit dir sprechen, Onkel Karl, es ist etwas anderes, was ich dir anvertrauen möchte. Du wirst sehr erstaunt sein. Als ich heute von Hans Morans Grab kam und durch den Wald nach Hause ging, begegnete ich zufällig Herrn Darland. Und bei dieser Gelegenheit hat er mich gefragt, ob ich seine Frau werden wolle. Ich habe ihn sehr lieb, habe aber nie daran gedacht, daß er mich zur Frau begehren würde. Nun hat er es doch getan – und – wir haben uns verlobt.«

Mit einem langen Blick sah er zu ihr auf. Endlich sagte er aufatmend:

»Also haben mich meine Augen doch nicht betrogen. Ich fing einen Blick von Darland auf, mit dem er dir selbstvergessen nachsah. Da kam mir eine Ahnung, was du ihm bedeutest. Deshalb sagte ich Tante und Ditta immer wieder, sie möchten sich keine Hoffnung machen. Auch wenn du nicht gewesen wärest, hätte er sich nie um Ditta beworben, ein Mann wie er sucht etwas anderes bei einer Frau, als Ditta zu bieten hat. Also Henny, ich gönne dir dieses große Glück von Herzen. Abgesehen davon, daß Darland ein sehr reicher Mann ist, er ist auch ein ganzer Mann, ein vornehmer Charakter und eine zielbewußte Persönlichkeit. Du hast ein großes Glück gefunden, und damit wird dich das Schicksal für alles entschädigen, was das Leben dir bisher versagen mußte. Du wirst nun Herrin eines schönen Schlosses werden. Wie gesagt, ich gönne es dir von Herzen. Und – wenn es dir in Zukunft so gut gehen wird, vergiß meine kleine Lisa nicht – sie wird vielleicht sehr bald eine Stütze brauchen. Um sie sorge ich mich am meisten.«

Das klang sehr düster. Henny sah mitleidig und teilnahmsvoll zu ihm herab.

»Um Lisa sorge dich nicht, Onkel Karl. Ganz abgesehen davon, daß ich sie nie verlassen würde, wie sie mir immer eine Stütze gewesen ist, sie wird für immer gut aufgehoben sein, darüber sei ruhig.«

Er sah sie forschend an, sah dann zu Lisa hinüber, die ein rotes Köpfchen bekommen hatte, und sagte erleichtert:

»Um Lisa mache ich mir die meisten Sorgen. Wenn Gott mich von diesen befreit, will ich schon dankbar sein.«

»Und nun möchte ich dich bitten, Onkel, daß du Tante und Ditta schonend beibringst, daß ich mich verlobt habe. Ich habe meinen Verlobten gebeten, heute nicht mit nach Altwiese zu kommen, Tante und Ditta sollen es lieber erfahren, wenn du mit ihnen allein bist.«

Er fuhr sich durch das dichte graue Haar.

»Ja so, richtig, das wird eine schöne Szene geben.«

»Das fürchtete ich auch, und ich wollte nicht, daß Gert Darland Zeuge dieser Szene würde.«

Rasmussen erhob sich, sah sie wieder lange an und strich ihr plötzlich über das Haar. Es war wohl die erste kleine Liebkosung, die er für sie hatte. Ihre Augen wurden feucht.

»Auch daran hast du gedacht? Wolltest ihnen die Blamage ersparen? Nun, sie hätten wahrscheinlich im gleichen Fall anders gehandelt. Es ist sehr großherzig, sehr anständig von dir. Gert Darland wird schon wissen, weshalb er gerade dich zur Frau gewählt hat, mir scheint, er hat gut gewählt, obwohl du ein armes Ding bist.«

Lisa fiel dem Vater um den Hals.

»Nicht wahr, Vater, man muß Henny lieben, ob man will oder nicht. Und du bringst Mama und Ditta alles möglichst schonend bei?«

»So schonend es geht, Lisa, es wird ein schweres Stück

Arbeit werden. Ich will sie unverzüglich aufsuchen, und wenn ich nicht gleich wiederkomme, wundert euch nicht. Ihr werdet euch die Zeit schon vertreiben. Wann kommt dein Verlobter nach Altwiese, Henny?«

»Erst übermorgen, Onkel Karl, ich bat ihn, so lange zu warten, damit Tante und Ditta sich beruhigen können.«

Noch einmal strich er über ihr Haar.

»Ich danke dir für diese Rücksichtnahme, auch mir wäre es sehr unangenehm gewesen, wenn die beiden sich in seiner Gegenwart nicht hätten beherrschen können. Sie haben sich ja mit einer Zähigkeit an ihre Hoffnungen geklammert, daß sie nun sehr schmerzlich enttäuscht sein werden. Also ich gehe auf der Stelle zu ihnen hinüber.«

Damit ging er hinaus, mit zögernden, schweren Schritten. Wohl war ihm nicht bei seiner Mission.

Er fand seine Frau und seine Tochter im Wohnzimmer. Sie sahen etwas erstaunt auf, als er eintrat und vor ihnen stehenblieb.

»Wünschst du etwas, Karl?« fragte seine Frau ungeduldig, denn sie hatte gerade wieder einmal mit Ditta Luftschlösser gebaut.

Er sah mit sorgenvollen Augen auf sie herab. In dieser Stunde wurde ihm klarer als je zuvor, daß er an dieser Frau nie einen richtigen Lebenskameraden gehabt hatte. In jungen Jahren hatte ihn die gegenseitige Verliebtheit vor dieser Erkenntnis bewahrt, hatte Schroffheiten überbrückt und Meinungsverschiedenheiten ausgeglichen. Später trat an deren Stelle eine resignierte Duldung von seiner Seite, von ihrer Seite ein Aufgehen in Äußerlichkeiten. Man lebte sich langsam immer mehr auseinander, so langsam, daß man vergaß, darauf zu achten. Und es blieb schließlich nur noch ein schweigendes Ertragen seinerseits und eine fast feindliche Kampfstellung ihrerseits übrig. Sie murrte, daß er mehr und mehr ihre Ausgaben beschneiden mußte, statt ihn zu fragen, ob sie seine Sorgen tragen helfen könne. Ständig protestierte sie gegen alles, was er tat oder ließ, weil sie sich gegen seine angebliche Knauserigkeit wehren wollte. Und doch hatte er getan, was er konnte, um Frieden zu haben, viel mehr gegeben, als er zu verantworten vermochte. Und dabei war er immer tiefer in Sorgen gekommen. Nie hatte sie ein teilnehmendes Wort für ihn gehabt. Auf ihre Weise wollte sie diese Sorgen durch reiche Heiraten ihrer Kinder aus der Welt schaffen, nicht, um ihm zu helfen, sondern um ihm zu zeigen, daß sie die Klügere sei. Immer hatte sie sich als die Überlegene aufgespielt. Und nun mußte er ihr sagen, daß ihre Überlegenheit in die Brüche ging, daß sie sich bei dem größten Rechenexempel ihres Lebens verrechnet hatte. Sie und Ditta würden ihrer Veranlagung gemäß am meisten unter der Verarmung leiden, das wußte er, und wenn er ihnen jetzt sagte, daß der Herrenberger für Ditta ganz verloren sei, würde das eine bittere Enttäuschung für sie sein. Wie fremd er seiner Frau auch gegenüberstand – dieses eine hätte er ihr gern erspart. Aber nun mußte sie es erfahren und Ditta mit ihr.

»Ich wollte etwas mit euch besprechen. Du, liebe Helene, hast mich immer für unklug oder pessimistisch gehalten, wenn ich dir sagte, du möchtest keine Hoffnung darauf legen, daß Darland um Ditta freien könne. Ich muß dir nun sagen, daß Darland eure Hoffnung ganz bestimmt nicht erfüllen wird, ich weiß es ganz gewiß.«

Sein ernster, schwerer Ton machte die beiden Damen stutzig. Frau Helene wurde blaß, und Ditta riß die dunklen Augen weit auf.

»Du wüßtest es genau? Unsinn, wie kannst du das wissen, Karl?«

»Das eben will ich euch sagen, damit ihr endlich diesen Plan aufgebt. Also kurz und bündig, Gert Darland ist verlobt.«

Als hätte der Blitz eingeschlagen, so starrten die beiden Damen ihn zusammenzuckend an.

»Das ist doch nicht wahr!« schrie endlich Frau Helene auf.

»Nein, Vater, das muß ein Irrtum sein«, fügte nun auch Ditta hinzu.

»Doch, es ist wahr, ihr müßt euch damit abfinden.«

Fassungslos sahen sich die beiden Damen an, und erst nach langer Zeit rang es sich heiser von Frau Helenes Lippen:

»Mit wem – mit wem ist er verlobt?«

Karl Rasmussen atmete tief auf, er wußte, jetzt kam das Schlimmste, und auf sein Haupt würde sich der erste Zorn entladen.

»Nun, ihr werdet staunen – Henny ist seine Braut, sie haben sich heute nachmittag verlobt.«

Wie eine Bombe schlug diese Mitteilung ein. Nun brach das Unwetter los. Eine furchtbare Szene spielte sich ab. Frau Helene vergaß ganz, daß sie Dame war, schrie und tobte, stieß die schrecklichsten Verwünschungen gegen Henny aus, verfluchte sie, verfluchte den Tag, da sie in ihr Haus gekommen war und schmähte ihren Gatten mit unglaublichen Worten, weil er ihr »dies Frauenzimmer« ins Haus gebracht habe. Auch Ditta schrie und tobte wenig damenhaft, beschimpfte Henny und behauptete exaltiert, sie sei betrogen worden.

Stumm ließ Karl Rasmussen diesen Sturm über sich hinbrausen. Er wußte, er ließ sich nicht eindämmen, und er schaffte wenigstens Luft. Als Frau Helene schon ganz heiser war, stieß sie noch hervor:

»Nun siehst du, was dabei herausgekommen ist, daß du dieses undankbare Frauenzimmer unbedingt in die Gesellschaft eingeführt sehen wolltest. Ich habe es im voraus gefühlt, daß dabei nichts Gutes herauskommen würde. Hätte ich das doch nicht zugelassen.«

»Dann hätte Darland Ditta ebensowenig geheiratet«, erwiderte er endlich, »er hatte absolut nichts für sie übrig.«

»Das kannst du nicht wissen! Oh, hätte ich doch nie eingewilligt, daß du diese Person ins Haus nahmst. Dieses undankbare Geschöpf, ich werde sie mit Schimpf und Schande aus dem Haus jagen.«

»Das wirst du bleiben lassen, Helene. Undankbar schiltst du Henny? Wofür sollte sie uns denn dankbar sein, willst du mir das einmal sagen? Vielleicht dafür, daß sie uns drei Dienstboten ersetzt hat, ohne einen Pfennig Lohn zu bekommen? Wir sind ihre Schuldner, in jeder Beziehung.«

Frau Helene lachte höhnisch auf, während Ditta vor Wut und Ärger in ihr Taschentuch biß.

»Hat sie nicht ein sorgenloses Leben in Altwiese geführt? Hat sie nicht eine Heimat und völligen Unterhalt gehabt?«

»Ja, und von früh bis spät Schelte und Vorwürfe, und abgelegte Kleider als Entgelt, so lange sie nicht von ihrem eigenen Geld welche kaufen konnte. Und eine elende Dachkammer, keine Ruhestunde, kein Ausspannen, kein freundliches Wort, keine Erholung. Leider habe ich das so gehenlassen und schäme mich schon längst deswegen. Wir sind Hennys Schuldner, und nicht nur im idealen Sinn, nein, auch in ganz realer Bedeutung. Eine ganze Zeit haben wir von ihrem Geld gelebt – ja, von dem Geld, das sie von Hans Moran geerbt hatte.«

Frau Helene warf sich, völlig erschöpft, in einen Sessel und starrte ihn an.

»Von ihrem Geld? Was soll das heißen?«

»Das soll heißen, daß ich ihr ererbtes Geld an mich nahm und unsere drückendsten Schulden damit bezahlt habe, einige Wechsel, für die ich keine Deckung hatte. Den Rest habe ich verbraucht, um unseren Lebensunterhalt für einige Zeit zu bestreiten, weil ich absolut keine Mittel auftreiben konnte. Sie hat immer nur die sehr knapp bemessenen Zinsen bekommen. Ihr Geld ist aufgebraucht, wie alles andere aufgebraucht ist, und jetzt wird sie es zu ihrer Aussteuer benötigen, und ich werde es schaffen müssen. Woher ich es nehmen soll, das weiß Gott.«

Eine Weile blieb es ruhig, nur Dittas Weinen unterbrach die Stille. Karl Rasmussen hoffte, der Sturm habe jetzt ausgetobt, aber er brach nach einer Weile noch einmal los. Wieder ließ Karl Rasmussen die beiden Frauen gewähren. Ruhig wartete er, bis sie beide kraftlos in ihren Sesseln zusammenbrachen. Er riet ihnen, sich ein wenig niederzulegen, sich zu fassen, es lasse sich mit allem Toben nichts ungeschehen machen. Da er keine Antwort mehr bekam, verließ er das Zimmer.

Draußen standen Lisa und Henny innig umschlungen, als wolle die eine die andere trösten. Das Toben und Schreien der beiden Frauen scholl heraus, aber sie wichen und wankten nicht, damit die Dienstboten nicht lauschen konnten.

Als endlich Karl Rasmussen heraustrat, flog Lisa auf ihn zu und warf sich in seine Arme. Er umschlang sie fest und warm.

»Küken, gottlob, daß Darland das nicht angehört hat. Nun wollen wir sie ruhen lassen, sie werden wohl beide gleich zu Bett gehen, da sie sich ganz müde getobt haben. Morgen wird es dann schon etwas besser sein. Und du, Henny, mußt nicht drauf hören, wenn sie dir etwa morgen mit ungerechten Vorwürfen kommen. Laß sie ruhig reden, auch das wird vorübergehen.«

Henny umfaßte seine Hand.

»Ich danke dir, Onkel Karl, daß du mir das abgenommen hast.«

»Nein, danke mir nicht, für nichts hast du zu danken. Ich habe gerade genug Schuld auf mich geladen dir gegenüber. Ich hätte schon früher energischer für dich eintreten sollen. Und – das will ich dir nun auch gleich beichten: Ich habe das

Geld verbraucht, das du von Hans Moran geerbt hast und das du mir anvertrautest. Du wirst es jetzt fordern, wirst dir eine Aussteuer dafür anschaffen wollen. Du mußt mir eine Weile Zeit lassen, Henny, irgendwie beschaffe ich es dir, denn es muß sein. Ich telephoniere gleich nachher mit Doktor Warren, er möchte morgen herauskommen. Irgendwie muß er mir dieses Geld noch beschaffen, damit ich es dir zurückgeben kann. Diese Schuld muß ich von der Seele haben, dann mag kommen, was will.«

Mit feuchten Augen sah Henny ihn an.

»Armer Onkel Karl, wenn ich dir doch helfen könnte. Um das Geld für mich sollst du dich nicht sorgen, ich brauche nicht alles. Gert Darland weiß ja, daß ich arm bin. Ich richte mich schon so billig wie möglich ein, wenn ich zwei- bis dreitausend Mark habe, kann ich das Nötigste an Kleidern und Wäsche schon anschaffen.«

»Du bist ein gutes, liebes Kind, Henny, aber ich schaffe das Geld bestimmt irgendwie herbei, dir will ich nichts schuldig bleiben.«

Er nickte ihr noch einmal zu, strich Lisa über die Wange und ging in sein Arbeitszimmer zurück.

Sogleich telephonierte er mit Doktor Warren, erhielt aber den Bescheid, daß dieser nach Weimar gefahren sei, er werde erst am Abend zurückkommen. So hinterließ er die Botschaft für ihn, daß er im Lauf des nächsten Tages nach Altwiese kommen möge.

Lisa und Henny zogen sich leise in Hennys Zimmer zurück, bis sie hörten, daß Frau Helene und Ditta ihre Zimmer aufgesucht hatten. Dann huschten sie leise wieder hinaus und begaben sich wieder unter die Linden. Sie konnten hier am ungestörtesten sprechen, und sie hatten doch so viel zu beraten.

16

Heinz Warren saß am Montag früh in seinem Büro und sah die eingelaufene Post durch, worunter sich das Schreiben eines amerikanischen Rechtsanwaltes befand. Verwundert öffnete Heinz das große Kuvert und zog eine Anzahl Papiere heraus. Zuerst las er den einen offenen Brief durch, dann breitete er aufgeregt die verschiedenen Dokumente aus, die das Kuvert auch enthalten hatte, und dabei entfuhr ihm immer wieder ein leiser Ruf der Überraschung. Er sprang auf und lief aufgeregt hin und her. Dann las er die Papiere nochmals durch, und danach starrte er grübelnd vor sich hin. Und endlich schien er gefunden zu haben, was ihn so angestrengt nachsinnen ließ, er lief hinüber ins Wartezimmer für seine Klienten, das noch völlig leer war, weil die Sprechstunden noch nicht begonnen hatten. Dort waren auf einem Tisch eine ganze Anzahl illustrierter Zeitungen aufgestapelt, damit sich wartende Klienten mit ihnen die Zeit vertreiben konnten. In diesen Zeitungen, die Heinz Warren schon alle längst durchgesehen hatte, suchte er ziemlich aufgeregt, bis er die von ihm gesuchte Nummer gefunden hatte. Hastig blätterte er darin, bis er eine bestimmte Illustration entdeckte.

Forschend ließ er den Blick auf einem interessanten Männerkopf haften. Unter diesem stand:

Tom Majo, der berühmte Violinvirtuose, der in Amerika beispiellose Erfolge hatte und nächsten Winter endlich auch eine Konzerttournee durch Deutschland unternehmen wollte, ist am 11. Mai mit einem Flugzeug auf der Fahrt von Montreal nach New York tödlich verunglückt. Man konnte ihn noch lebend in ein Sanatorium bringen, wo er drei Tage später gestorben ist. Sein Tod ist ein großer Verlust für das musikliebende Publikum, das ihm so oft zugejubelt hat. Seine Gattin ist ihm vor Jahresfrist im Tode vorangegangen.

Heinz Warren starrte den prägnanten Künstlerkopf an, als suche er in diesen Zügen nach einer Ähnlichkeit. Aufatmend ging er dann, die aufgeschlagene Zeitung in der Hand behaltend, in sein Büro zurück, raffte die Dokumente und den Brief des amerikanischen Rechtsanwalts zusammen und begab sich in das Sprechzimmer seines Onkels, des Justizrats Warren.

»Verzeih, wenn ich dich störe, lieber Onkel, aber da habe ich eine Sache von eminenter Wichtigkeit. Bitte, lies diesen Brief zuerst und dann diese Dokumente.«

Forschend sah der alte Herr zu ihm auf.

»Du bist ja so aufgeregt, Heinz.«

»Lies nur, Onkel, und du wirst es auch gleich sein.«

Der alte Herr rückte die Brille zurecht, las erst den Brief, stieß gleichfalls einen Ruf der Überraschung aus, sah die Dokumente durch und blickte dann sprachlos zu seinem Neffen empor.

Dieser legte ihm nun einen versiegelten Brief vor, der ebenfalls in dem Kuvert gesteckt hatte, so daß er die Aufschrift lesen konnte. Der alte Herr las auch diese Aufschrift und nickte.

»Donnerwetter, Heinz, das ist wirklich eine Überraschung!«

Heinz legte nun auch noch die Illustration vor den Onkel hin. Auch der alte Herr sah forschend auf den Männerkopf mit den feurigen, temperamentvollen Augen und dem eigenwilligen Mund.

Während er ihn noch prüfend betrachtete, sagte Heinz erregt:

»Du begreifst, Onkel, daß ich nun sofort nach Altwiese hinaus muß.«

Der alte Herr lächelte.

»Du hast in der letzten Zeit eine so auffallende Vorliebe für Altwiese an den Tag gelegt, daß ich dir sagen mußte, der telephonische Anruf des Herrn Rasmussen würde wohl nicht so eilig erledigt werden müssen, daß du deinen Besuch dort nicht bis nach Büroschluß verschieben könntest. Aber das hier – nein, nein, ich sehe es ein, das muß sofort erledigt werden. Da hast du mal Glück.«

Heinz lachte.

»Na, Onkel, wenn du noch in meinem Alter wärest und – na, sagen wir gelinde – so verliebt wärst wie ich, dann würdest du auch eine auffallende Vorliebe für Altwiese an den Tag legen.«

Der alte Herr schmunzelte.

»Ich kann mich nicht mehr so genau besinnen, wie einem zumute ist, wenn man verliebt ist, aber vielleicht hätte ich mich in deiner Lage auch für Altwiese interessiert. Also laß ruhig alles stehen und liegen, das Nötigste erledige ich in deiner Abwesenheit. Eigentlich beneide ich dich um die Mission, die dich heute nach Altwiese führt. Deine sonstigen Geschäfte dort sind nicht so angenehm.«

»Leider nicht, lieber Onkel. Aber, willst du nicht mitkommen? So etwas erlebt man doch nicht alle Tage.«

Der alte Herr winkte lachend ab.

»Unsere Klienten müssen doch wenigstens einen von uns antreffen. Du wirst mir ja haarklein berichten, wie sich die Dinge entwickelt haben.«

»Das ist selbstverständlich. Also vielen Dank, daß du mich vertreten willst. Zum Glück habe ich heute keinen Termin. Auf Wiedersehn, lieber Onkel!«

»Auf Wiedersehn, Heinz, viele Grüße in Altwiese.«

Heinz ließ schnell das kleine Auto vorfahren, das er und der Onkel zu ihren Geschäftsfahrten zu benutzen pflegten. Sie hatten viel Landkundschaft und waren viel unterwegs.

Heinz packte Dokumente, Zeitung, den Brief des amerikanischen Rechtsanwalts und den versiegelten Brief zusammen in seine Aktenmappe und fuhr gleich davon. Heute nahm er nicht erst, wie oft, den Weg über Herrenberg, obwohl er Gert Darland gern berichtet hätte, was ihn schon so zeitig nach Altwiese führte, aber er geizte mit jeder Minute.

Als er in Altwiese ankam, stand Lisa auf der Veranda und sprang schnell die Treppe herab, um ihn zu begrüßen. Sie sah ein wenig blaß und viel ernster aus als sonst.

»Sie kommen zu Vater, Herr Doktor, er erwartet Sie schon.«

Ihre Hand mit einem festen, warmen Druck fassend, sagte er ein wenig erregt:

»Mit Ihrem Herrn Vater will ich erst später sprechen, Fräulein Lisa, erst habe ich eine Sache von höchster Wichtigkeit mit Frau Moran zu besprechen.«

»Mit Henny? Ah – Sie haben wohl gestern schon oder heute früh mit Herrn Darland gesprochen?«

»Kein Wort, ich war gestern in Weimar, und heute habe ich Herrenberg links liegen lassen, weil ich Eile hatte hierherzukommen.«

»Ah – dann will ich nicht vorgreifen. Sie werden staunen, Herr Doktor, was für Neuigkeiten Sie erfahren werden.«

»Ich wette, die Neuigkeit, die ich bringe, stellt die Ihre in den Schatten.«

»Sie sollten nicht so leichtsinnig wetten wollen, Herr Doktor, es ist ausgeschlossen, daß Ihre Neuigkeit die unsere übertrifft.«

»Abwarten, Fräulein Lisa!«

»Herr Doktor, Sie sind recht kurz angebunden!«

»Ich bitte tausendundeinmal um Verzeihung, aber jetzt ersuche ich inständig darum, verschaffen Sie mir sofort eine Unterredung unter vier Augen mit Frau Moran.«

»Oh, so geheimnisvoll?«

»Vielleicht gestattet Ihnen Frau Moran, daß Sie Zeuge unserer Unterredung sind.«

»Hm, ich bin schrecklich neugierig und brenne außerdem darauf, wie unsere Neuigkeit auf Sie wirken wird.«

»Dann sind wir in der gleichen Lage – ich brenne auch.«

»Also schnell, kommen Sie herein. Mutter und Ditta haben Migräne und sind heute noch gar nicht sichtbar geworden. Vater brütet über seinen Büchern und hat Sie schwerlich ankommen sehen, und Herbert hütet das Zimmer – weil er Kompressen auflegen muß. Jedenfalls ist also die Luft rein, und ich werde Henny gleich rufen. Wollen Sie im Wohnzimmer mit ihr sprechen oder draußen unter den Linden?«

»Wenn ich bitten darf, im Wohnzimmer. Es ist mir sehr lieb, daß niemand weiter zu sprechen ist.«

Sie führte ihn in die Halle, ließ ihn ablegen und öffnete ihm das Wohnzimmer. Dann eilte sie ins Souterrain hinab, wo sie Henny in der Vorratskammer wußte. Henny hatte ganz wie sonst ihre Pflichten aufgenommen und sah überrascht auf, als Lisa vor ihr auftauchte und hastig sagte:

»Schnell die Schürze ab, Henny, laß alles stehen und liegen. Doktor Warren ist gekommen und behauptet, daß er dir etwas von großer Wichtigkeit zu berichten habe. Er scheint eine wahrhaft sensationelle Neuigkeit für dich zu haben, aber du gestattest wohl, daß ich sie mir mit anhöre, sonst komme ich inzwischen einfach um vor Neugier.«

Verwundert schüttelte Henny den Kopf

»Was kann er mir zu sagen haben? Aber – vielleicht kommt er von Gert.«

»Nein, nein, das war auch mein erster Gedanke, aber er hat Gert weder gestern noch heute gesehen. Komm nur schnell, ich brenne vor Neugier, du erlaubst doch, daß ich dabeibleibe?«

»Selbstverständlich, Lisa.«

Schnell hatte Henny die Wirtschaftsschürze abgebunden, fuhr glättend über das Haar und schloß pflichtgetreu die Vorratskammer ab. Dann begab sie sich mit Lisa ins Wohnzimmer.

Heinz kam ihr entgegen und begrüßte sie.

»Herr Doktor, Henny erlaubt selbstverständlich, daß ich zuhöre.«

»Was haben Sie mir zu sagen, Herr Doktor?«

Heinz schob den beiden Damen Sessel hin.

»Bitte, nehmen Sie beide erst Platz, denn Sie müssen sich auf eine ganz große Überraschung gefaßt machen.«

Mit ängstlichen Augen sah Henny ihn an.

»Sie bringen mir hoffentlich nichts Schlimmes?«

»Dann hätte ich es nicht so eilig gehabt, ich denke im Gegenteil, daß ich Ihnen eine freudige Überraschung bringe, wenn auch – nun, ich will Sie nicht lange mit unklaren Worten quälen. Also, haben Sie jemals wieder etwas von Ihrem Vater gehört, seit er damals Sie und Ihre Mutter verlassen hat?«

Henny schrak zusammen und sah ihn mit großen Augen an.

»Nein, niemals! Ich – ich nehme an, daß er längst nicht mehr am Leben ist, sonst hätte er doch einmal etwas von sich hören lassen.«

»Nun, meine liebe Frau Moran, ich kann Ihnen sagen, daß Ihr Vater bis zum 14. Mai dieses Jahres noch am Leben war. Am 11. Mai ist er mit einem Flugzeug abgestürzt und verschied am 14. Mai in einem Sanatorium in der Nähe von New York.«

Henny war sehr blaß geworden.

»Mit dem Flugzeug?«

»Ja, er flog von Montreal nach New York, weil zu einem bestimmten Termin in New York sein mußte, wo er ein Konzert geben sollte. Sehen Sie sich das Bild an in dieser illustrierten Zeitung – das ist Ihr Vater!«

Er legte die aufgeschlagene Zeitung vor sie hin. Sie neigte das tieferblaßte Gesicht darüber, die Hände fest auf das klopfende Herz drückend und blickte in das Gesicht des Violinvirtuosen Tom Majo. Ein schattenhaftes Erinnern wachte in ihr auf. Sie strich sich über die Augen und las die Unterschrift. Und dann sagte sie tonlos:

»Aber – dieser Mann heißt doch Tom Majo? Mein Vater aber hieß Thomas Riemann.«

»Ganz recht, Thomas Riemann, der berühmte Violinvirtuose, der unter seinem Künstlernamen Tom Majo große Triumphe feierte. Er ist, wie ich schon sagte und wie Sie hier unter seinem Bild lesen können, am 14. Mai gestorben.«

Henny sank mit geschlossenen Augen in ihren Sessel zurück und preßte die zitternden Hände auf das wildklopfende Herz.

»Und – ich wußte nicht, daß er so lange lebte, kein Wort hörte ich von ihm«, klagte sie in einem erschütternden Ton.

Lisa umschlang sie mitleidig, selbst ganz blaß vor Erregung.

Doktor Warren aber sagte:

»Ich habe einen Brief Ihres Vaters für Sie, er hat ihn auf seinem letzten Lager diktiert und selbst unterschrieben – dieser Brief wurde mit wichtigen Dokumenten von einem amerikanischen Rechtsanwalt an mich eingesandt, auf Wunsch Ihres Vaters, der sich meine Adresse schon vorher verschafft hatte, weil er durch mich sich mit Ihnen in Verbindung setzen wollte. Er hatte geplant, Sie wiederzusehen, wenn er seine Konzerttournee durch Deutschland unternehmen würde.«

Henny strich sich mit zitternden Händen das Haar aus der Stirn.

»Mein Vater? Mein Vater ein berühmter Mann – kein Landstreicher, der hinter dem Zaun verendet ist, wie Tante Helene es mir so oft ins Gesicht geschrien hat. Mein Gott, ich danke dir«, sagte sie bis in ihr tiefstes Sein aufgewühlt.

Lisa streichelte sie. »Oh, Henny, wie sehr kann ich dir nachfühlen, daß diese Nachricht dich tief erschüttern muß.«

Henny klammerte sich an Lisas Arm und richtete sich auf. Mit brennenden Augen sah sie Doktor Warren an.

»Herr Doktor, wollen Sie mir bitte sagen, wie das alles zu erklären ist.«

Er setzte sich zu ihnen.

»Ich will Ihnen so kurz wie möglich mitteilen, was ich durch den amerikanischen Rechtsanwalt weiß. Heute früh traf sein Brief mit allen Anlagen ein. Sie können später alles selbst ausführlich durchlesen. Rechtsanwalt Brown ist der langjährige Rechtsanwalt und Vermögensverwalter Ihres Vaters gewesen. Ihr Vater ist, wie er mir schreibt, vor langen Jahren ziemlich mittellos nach New York gekommen, hat erst lange keine feste Existenz finden können und sich damit über Wasser gehalten, daß er in kleinen Kinos als Geiger spielte. Endlich erhielt er als Primgeiger Stellung in einem großen Kino, und bei der Vorführung eines Films, in dem ein großer Violinvirtuose die Hauptperson war, mußte ein Geigensolo gespielt werden. Dies war eigens für den betreffenden Film komponiert worden – und zwar von Ihrem Vater selbst. Es errang jeden Abend einen so durchschlagenden Erfolg, daß der Name Ihres Vaters, der sich schon damals Tom Majo nannte, plötzlich in aller Munde war. Jeder wollte den Film sehen und das Geigensolo von Ihrem Vater hören. Sein Glück war gemacht, zumal sich eine reiche amerikanische Witwe, übrigens eine sehr schöne Frau, in ihn verliebte. Er erwiderte ihre Neigung, und nach kurzer Zeit schloß Ihr Vater eine zweite Ehe. Er konnte sich jetzt, von Existenzsorgen unbeschwert, zunächst gründlich ausbilden. Seine Gattin, die ein feines Verständnis für ihn und seine Kunst besaß, förderte ihn auf jede Weise und – diese Ehe soll sehr glücklich gewesen sein, bis vor Jahresfrist die zweite Gattin Ihres Vaters starb. Sie konnte ihm allerdings nur einen Teil ihres Vermögens vermachen, das von ihrem ersten Gatten stammte und zum Teil nach ihrem Tod an dessen Verwandte zurückfiel. Aber immerhin war es ein ganz beträchtliches Vermögen. Außerdem hat Ihr Vater im Lauf der Jahre durch seine Konzertreisen und Kompositionen selbst ein beträchtliches Kapital erworben.

Sein Testament hat Ihr Vater gleich nach dem Tod seiner zweiten Gattin gemacht. Als er nun verunglückt im Sanatorium lag, ließ er seinen Rechtsbeistand kommen und diktierte ihm einen Brief an seine Tochter, den er noch selbst zu unterschreiben vermochte. Diesen Brief schickt Rechtsanwalt Brown mit ein. Ebenso eine Abschrift des Testamentes Ihres Vaters. Wie ich Ihnen schon sagte, wollte Ihr Vater Sie nächsten Winter, anläßlich einer Konzertreise durch Deutschland, endlich wiedersehen. Weshalb er nicht früher von sich hören ließ, werden Sie in seinem Brief lesen.«

Heinz Warren schwieg. Henny klammerte sich noch immer an Lisa, und beide sahen sehr blaß und erregt aus.

Endlich stieß Lisa hervor: »Gib acht, Henny, jetzt wirst du am Ende noch eine reiche Erbin. Ohne Zweifel hat doch dein Vater dich in seinem Testament bedacht.«

Henny schüttelte fassungslos den Kopf.

»Das ist mir jetzt nicht wichtig, Lisa, wichtig ist mir nur, daß mein Vater doch noch den immer von ihm erstrebten Weg zur Höhe gefunden hat. So ist doch nicht alles umsonst gewesen. Er ist als geachteter, sogar als berühmter Mann gestorben. Das ist mir eine große, reine Freude – du wirst es begreifen.«

»Ja doch, Henny, ich begreife das, aber ich hoffe doch für dich, daß dein Vater dir etwas von seinem Reichtum vermacht hat.«

»Das ist auch der Fall«, fuhr Heinz Warren in seinem Bericht fort, »Ihr Vater hat Sie sogar zu seiner Universalerbin eingesetzt. Seiner zweiten Ehe sind keine Kinder entsprossen, und da seine Frau nicht mehr am Leben war, standen Sie ihm am nächsten. Soviel ich aus den Aufzeichnungen Mr. Browns ersehen habe, beläuft sich die Erbschaft auf rund 800 000 Dollar, also nach unserem Geld auf über drei Millionen Goldmark.«

Henny und Lisa schrien auf, umfaßten sich wie im tiefsten Schreck und starrten sich in die Augen. Die erste, die sich faßte, war Lisa.

»Guter Gott, so viel Geld gibt es doch gar nicht«, sagte sie ganz benommen. Und dann rüttelte sie Henny, die fassungslos vor sich hinsah, an den Schultern. »Wach auf, Henny, hast du das begriffen? Ach, Henny, ich kann ja verstehen, daß dir ganz flau ist, komm doch zu dir! Doktor – um Gottes willen, ich glaube, sie wird ohnmächtig!«

Aber Henny rang mit aller Kraft die Aufregung nieder. Sie umklammerte Lisa wieder, als brauche sie einen Halt.

»Lisa, das ist doch alles nicht wahr, das kann doch nicht sein, ich werde gleich in meiner Dachkammer aufwachen und alles nur geträumt haben.«

Doktor Warren lachte, obwohl er selbst sehr bewegt war.

»Ja, ja, liebe Frau Moran, das ist ein bißchen viel auf einmal, ich kann mir schon denken, wie sehr Sie das alles überwältigt. War ich doch selbst ganz aus dem Häuschen, als ich alles gelesen hatte. Aber nun lesen Sie in Ruhe die Schriftstücke durch, die alle gerichtlich beglaubigt sind, es ist an nichts zu zweifeln. Danach will ich Ihnen auch den Brief Ihres Vaters geben.«

Er breitete alles vor Henny aus, und diese und Lisa beugten sich darüber mit glänzenden Augen, Zeile für Zeile verfolgend. Es war alles in deutscher Sprache abgefaßt, bis auf die notariellen Beglaubigungen. Allerdings tanzten die Buchstaben erst eine Weile einen wilden Reigen vor den Augen der beiden jungen Mädchen, aber endlich ordnete sich das Chaos. Dann fielen sie sich weinend in die Arme, und Henny rief außer sich:

»Ist denn wirklich alles wahr, Herr Doktor?«

»Ja doch, Frau Moran, glauben Sie nur endlich daran. Es ist alles in Ordnung.«

Henny drückte Lisa plötzlich, von einem Gedanken überwältigt, an ihr Herz.

»Lisa – mein Gott, Lisa, das ist ja dann auch Rettung für deinen Vater. Herr Doktor, bin ich so reich, daß ich Onkel Karl retten kann?«

Das war Hennys erster Gedanke, nachdem sie begreifen konnte, daß sie nicht mehr die arme Henny war. Der Wunsch, anderen Menschen helfen zu können, war so groß und mächtig in ihr, daß sie eher daran dachte als an sich selbst.

Lisa fiel ihr um den Hals.

»Henny – ach, Henny, das sieht dir wieder einmal ähnlich. Wie immer, denkst du zuerst an andere.«

»Aber Lisa, das ist doch selbstverständlich, ich habe mich so gebangt um euch, daß ihr von Altwiese fort müßtet. Das hat mir all mein Glück verdunkelt. Lieber Herr Doktor, was Sie mir da bringen, ist ja auch schön und herrlich, weil ich nun reich genug bin, um Onkel helfen zu können, und – weil ich nun nicht mit leeren Händen nach Herrenberg zu gehen brauche.«

Fragend sah er sie an. »Nach Herrenberg?«

Sie faßte seine Hand.

»Ihnen will ich es sagen, Herr Doktor, Sie wissen ja noch nicht, was für ein viel größeres Glück ich gestern gefunden habe: Ich habe mich gestern mit Gert Darland verlobt.«

Nun war die Reihe, erstaunt zu sein, an Heinz Warren. Er fiel in einen Sessel und sah Henny lachend an.

»Ah, so schnell ist das gekommen? Daß es einmal kommen

mußte, habe ich gewußt, aber so schnell habe ich es nicht erwartet.«

»Ja, Herr Doktor, unsere Neuigkeit ist, wie Sie sehen, auch nicht von Pappe«, sagte Lisa lachend, »bei uns hat sich gestern allerhand begeben, was wir Ihnen erzählen müssen, da Sie als Bundesmitglied ein Recht darauf haben.«

»Erst sagen Sie mir einmal, Herr Doktor, ob meine Erbschaft ausreicht, um meinem Onkel Altwiese zu erhalten. Sie sind ja in die Verhältnisse eingeweiht als Onkels Rechtsbeistand.«

Heinz Warren lachte herzlich.

»Das reicht mehrere Male, Frau Moran. Auf Altwiese lastet eine Schuld von 900 000 Mark. Ihr Herr Onkel hat mich beauftragt, einen Käufer zu suchen, der aber mindestens eine Million Mark zahlen soll, weil er einen Notgroschen für seine Familie zurückbehalten möchte. Aber offen gesagt, es ist so ziemlich ausgeschlossen, daß sich so ein Käufer finden wird, in jetziger Zeit sind so große Summen nicht leicht verfügbar. So würde Ihrem Onkel wohl nichts übrigbleiben, als Altwiese seinen Gläubigern zur Verfügung zu stellen – und dann bleibt ihm nichts als das nackte Leben.«

Henny sprang auf, mit leuchtenden Augen sah sie Lisa an.

»Ich kaufe Altwiese – ja, ich kaufe es. Ich will Lisa die Heimat erhalten. Dazu müssen Sie mir helfen, lieber Herr Doktor, ich verstehe nichts davon.«

Heinz Warren sah sie bewundernd an, und Lisa sprangen die hellen Tränen aus den Augen.

»Sie sind die personifizierte Großmut, Frau Moran. Aber Sie müssen sich das alles erst in Ruhe überlegen. Von Ihrer Erbschaft geht noch die Erbschaftssteuer und dergleichen ab, allerdings wird sich diese Steuer nicht so hoch belaufen, weil Sie direkt Ihren Vater beerben.«

»Oh, wenn nur genug bleibt für Altwiese und für eine hübsche Aussteuer für mich. Ach, Lisa, kleine Lisa, weine doch nicht, ich bin ja so froh, mir ist das Herz so leicht, weil ich auch euch nun in Sicherheit weiß. Ich hätte mich meines Glücks doch gar nicht von Herzen freuen können, wenn ihr ins Unglück geraten wäret. Aber lieber Herr Doktor, jetzt geben Sie mir erst einmal den Brief meines Vaters, Sie können sich denken, daß mich danach verlangt, etwas direkt von ihm zu hören nach so langen Jahren. Es ist für mich ein seltsames Gefühl, daß er all die Zeit noch gelebt hat, ohne mir ein Lebenszeichen zu geben.«

Heinz holte den Brief aus seiner Aktenmappe und überreichte ihn ihr. Während Henny den Brief las, saßen Lisa und Doktor Warren am Fenster und unterhielten sich leise. Der Brief lautete:

»Meine liebe Tochter!

Es ist mir leider nicht vergönnt, das letzte Lebenszeichen an Dich persönlich niederzuschreiben, ich bin schwer verletzt und erwarte den Tod in kurzer Zeit. So will ich diesen Brief meinem langjährigen Rechtsbeistand Brown diktieren. Oftmals habe ich mich danach gesehnt, Dich wiederzusehen oder wenigstens an Dich zu schreiben, aber die Verhältnisse waren stärker als ich.

Ich habe Dich und Deine Mutter einst verlassen, weil ich die Enge des Lebens, in dem ich nur vegetierte, nicht ertrug. Meine Sehnsucht nach der Kunst machte mich untauglich für ein stilles, ruhiges Leben. Ich wurde untüchtig, leichtsinnig und fahrlässig, weil ich nicht sein durfte, was ich mich mit ganzer Seele sehnte, zu sein – ein Künstler, ein Musiker. Es trieb mich fort von Deiner guten Mutter, die eben viel zu gut war, aber mich nicht verstehen konnte. Ich ging nach Amerika. Wie ich die Reise zurücklegte, davon laß mich schweigen, auch davon, wie ich mich die erste Zeit in einer mir vollkommen fremden Welt durchschlug. In einer deutschen Zeitung las ich dann, wie Deine Mutter gestorben war – und die Reue hatte mich fast dazu gebracht, auch mit mir ein Ende zu machen. Aber ich kam doch darüber hinweg und erfuhr durch dieselbe Zeitung, daß Du Aufnahme gefunden habest bei Karl Rasmussen, dem Cousin Deiner Mutter. So wußte ich wenigstens Dich in Sicherheit.

Es würde zu weit führen, davon zu sprechen, wie mich das Schicksal hin und her geworfen hat, ehe mein Aufstieg begann. Genug, ich erreichte mein Ziel, mein künstlerisches Sehnen wurde gestillt, meine Träume erfüllten sich. Und ich heiratete zum zweiten Mal eine Frau, die mich liebte und verstand. Und die ich auch liebte. Sie wußte, daß ich verwitwet sei – nicht mehr. Ich wagte nicht, ihr zu gestehen, daß ich meine erste Frau durch meine Flucht in den Tod getrieben und ein Kind verlassen hatte. Weil ich es nicht gleich gestanden hatte, wurde es schwerer von Tag zu Tag, und schließlich ließ ich es ganz. Nur ganz heimlich zog ich Erkundigungen nach Dir ein und hörte, daß Du in Altwiese eine Heimat gefunden und für immer dort geblieben seiest. Das beruhigte mich, das und der feste Vorsatz, Dir eines Tages alles das zu hinterlassen, was ich an Reichtümern sammeln konnte. Als meine zweite Frau gestorben war und ich einen Teil ihres Vermögens erbte, machte ich sofort ein Testament, das Dich zu meiner Universalerbin einsetzte. Da ich nun nicht mehr fürchten mußte, daß meine Frau erfuhr, was ich auf mich geladen hatte, erwachte die Sehnsucht nach meinem Kind besonders stark. Ich wollte Dich wiedersehen, wollte Dich um Verzeihung bitten. Zum ersten Mal schloß ich einen Vertrag ab zu einer Tournee durch Deutschland. Diesen Winter wollte ich kommen. Ich verschaffte mir schon vorher die Adresse eines Rechtsanwaltes, der in der Altwiese zunächst liegenden Stadt praktizierte. Ihn wollte ich damit beauftragen, erst einmal die Verbindung zwischen uns wieder herzustellen. Es sollte nicht dazu kommen – und vielleicht ist es besser so. Vielleicht hättest Du Dich voll Groll und Abscheu von mir gewandt. Und das hätte mich doch geschmerzt. Nun kann ich mir einbilden, daß Du mich vielleicht betrauern wirst. Ich sterbe jetzt, da ich den höchsten Aufstieg genommen – es hätte wohl nur noch ein Abwärts für mich gegeben. Gern hätte ich Dich freilich noch einmal gesehen. Daß mir das nicht vergönnt ist, soll wohl die Strafe dafür sein, daß ich Dich und Deine Mutter einst verließ. Verzeih mir, meine Tochter, bete ein Vaterunser für meine Seele. Dein Vater hat viel gesündigt im ungestümen Drang nach den Höhen der Kunst. Verzeih mir und nimm als Sühne alles, was ich besitze. Möge es Dich beglücken und froh machen. Und sage Karl Rasmussen und allen, die Dir Gutes getan haben, meinen Dank. Er hat die Pflicht auf sich genommen, Dir eine Heimat zu bieten, dafür segne ich ihn. Sei glücklich, mein Kind, und verzeih mir. Ich grüße Dich ein letztes Mal und meine Seele fliegt zu Dir. Bald wird sie von aller Erdenschwere befreit sein, alles wird zu Ende sein. Leb wohl, meine liebe Tochter!

Dein Vater, Thomas Riemann.«

17

Als Henny diesen Brief gelesen hatte, warf sie die Arme über den Tisch und barg aufschluchzend ihr Gesicht darin. Lisa wollte zu ihr eilen, aber Doktor Warren hielt sie fest.

»Das muß ausklingen, Fräulein Lisa, gönnen Sie ihr diese erleichternden Tränen.«

So warteten beide, bis Henny sich wieder gefaßt hatte. Sie erhob sich und warf sich Lisa in die Arme.

»Ach, Lisa, wüßtest du, wie mir zumute ist. Du wirst mich kaum verstehen können, nur das wirst du imstande sein, mir nachzufühlen, daß ich froh darüber bin, daß mein Vater zur Höhe emporstieg und nicht verkam. Bitte, lies diesen Brief, vor dir habe ich keine Geheimnisse. Macht auch das alles nicht ungeschehen, was mein Vater an meiner Mutter sündigte, so macht es doch vieles wieder gut. Aber warte mit der Lektüre dieses Briefes bis später, wir haben jetzt noch mancherlei zu besprechen. Herr Doktor, die geschäftliche Seite dieser Angelegenheiten lege ich vertrauensvoll in Ihre Hände. Ich verstehe ja nichts davon. Vielleicht ist es das richtigste, wenn Sie alles mit meinem Verlobten besprechen. Nur das eine möchte ich feststellen, daß ich Altwiese auf jeden Fall kaufe. Wie wir dann die Existenz meines Onkels und seiner Familie sichern können, muß noch besprochen werden. Jetzt bitte ich Sie, Onkel Karl aufzusuchen, er wartet mit großer Ungeduld auf Sie. Sie sollen ihm zehntausend Mark verschaffen, die mir Hans Moran hinterließ und die er ausgegeben hat. Er will mir das Geld auf irgendeine Weise unbedingt zur Anschaffung einer Aussteuer beschaffen. Gottlob, auch diese Sorge kann ich von ihm nehmen. Gert hätte mich gewiß auch ohne Aussteuer willkommen geheißen, aber« – es brach ein Leuchten aus ihren Augen – »es ist doch schön für mich, daß ich nicht mit leeren Händen zu ihm komme, nun darf er doch ganz gewiß sein, daß es nicht sein Reichtum war, der mich bestimmte, ihm mein Herz zu schenken.«

»Auf diesen Gedanken wäre Gert auch ohnedies nicht gekommen, Frau Moran; wenn er nur die geringste Befürchtung in dieser Hinsicht gehabt hätte, dann hätte er nicht um Sie geworben, dafür kenne ich ihn.«

Sie lächelte glückselig. »Nein, nein, Sie haben recht – aber Sie werden mich trotzdem verstehen. Oh, mein Gott, wie soll ich nur all das Glück fassen nach diesen Jahren voll Kummer.«

Und wieder stürzten ihr die Tränen aus den Augen. In all ihrem bitteren Leid hatte sie fast nie eine Träne gefunden, das Glück ließ die Tränen leichter rinnen.

Heinz Warren nickte Lisa zu. »Ich überlasse Frau Moran Ihrer Fürsorge, Fräulein Lisa. Jetzt will ich zu Ihrem Vater gehen und ihm das Herz leichtmachen. Es ist herrlich, daß ich heute nichts als erfreuliche Missionen zu erfüllen habe. Zum Schluß hoffe ich aber noch auf ein behagliches Plauderstündchen mit Ihnen.«

Lisa nickte ihm strahlend zu. »Gehen Sie, lieber Herr Doktor, ich gönne es Ihnen, daß Sie meinem Vater Erlösung bringen dürfen. Sie haben ihm ja in allen Nöten beistehen müssen. Und – so gern wir, Henny und ich, dabei sein würden, glaube ich doch, es ist für Vater besser, daß er mit Ihnen allein ist, wenn er das alles erfährt. Ich weiß, er wird sehr weich werden – und vor uns würde er sich seiner Weichheit schämen. Aber sagen Sie ihm, daß Henny zuerst an ihn und seine Sorgen gedacht hat.«

»Ich werde mich meines Auftrags zu Ihrer Zufriedenheit entledigen. Also auf Wiedersehn, es wird wohl eine ganze Weile dauern, bis ich mit Herrn Rasmussen im reinen bin.«

Heinz Warren ging hinaus, und Lisa und Henny hockten innig umschlungen zusammen und machten ihrer Erregung nun erst ordentlich Luft. Sie konnten kein Ende finden, und Henny vergaß zum ersten Mal ihre Pflichten.

Mitten in diese Ergüsse hinein wurde plötzlich die Tür geöffnet, und Frau Helene Rasmussen trat mit Ditta ins Zimmer. Frau Helene sah sehr fahl aus, und der verkniffene Zug um ihren Mund trat noch schärfer hervor. Ditta aber sah blaß und verweint aus und sah Henny mit einem haßerfüllten Blick an.

Auch aus Tante Helenes Augen schossen vernichtende Blicke auf Henny.

Hochmütig sagte sie: »Solange du in unserem Haus bist, wirst du auch deine Pflichten erfüllen müssen. Du scheinst die Arbeit bereits niedergelegt zu haben.«

Lisa wollte auffahren, aber Henny schloß ihr schnell den Mund.

»Kein Wort von dem, was geschehen ist, Lisa!«

Höhnisch sah die Tante sie an. »Was geschehen ist? Oh, man weiß, daß es dir gelungen ist, einen reichen Mann in deine Netze zu ziehen.«

»Mama!« rief Lisa außer sich.

»Halt den Mund! Was war das überhaupt für eine rührende Szene, als wir hier eintraten? Du innig umschlungen mit Henny, was soll das heißen?«

»Liebe Mama, ich flehe dich an, schlage Henny gegenüber einen anderen Ton an, es wird dir noch bitter leid tun, daß du ihr je ein hartes Wort gegeben hast.«

Frau Helene reckte sich hoch auf. »Leid wird mir nur tun, daß ich eine Natter an meinem Busen genährt habe«, sagte sie etwas theatralisch, »daß ich erlaubt habe, daß sie einen Schritt über unsere Schwelle tat.«

Lisa bebte vor Aufregung. »Mama, du wirst Gott noch danken, daß Henny zu uns gekommen ist. Bitte, sprich kein hartes Wort mehr zu ihr. Ich bitte dich, Henny, verzeih Mama.«

Ditta lachte höhnisch auf. »Sieh doch unsere Jüngste, Mama, wie klug sie ist, sie sichert sich die Freundschaft der künftigen Herrin von Herrenberg.«

Lisa trat dicht vor Ditta hin. »Schweig doch – du dummes Ding!«

In diesem Augenblick trat Herbert ins Zimmer. Seine Wange zeigte noch deutlich die Spur von Gerts Peitschenschlag. Er zuckte unwillkürlich zurück, als er Henny erblickte, und es brach etwas wie Haß aus seinen Augen. Die Klugheit ging ihm in diesem Moment verloren, er mußte diesem Haß Luft machen.

»Ah, sieh da, Frau Henny Moran! Nun, glücklich zurück von dem Schäferständchen im Wald?«

Henny wurde sehr bleich, ohne jedoch ein Wort zu erwidern. Aber Lisa fuhr zornig auf den Bruder los.

»Schäme dich – schäme dich! Wie kannst du wagen, so etwas zu sagen? Du hättest wirklich alle Ursache, nicht an diese Dinge zu rühren. Pfui, schäme dich!«

»Halte den Mund, du dummes Krott! Ich werde mir doch von dir nicht vorschreiben lassen, was ich zu sagen habe. Mama, gib es auf, Herrn Darland huldvoll zu begegnen, Ditta, du brauchst ihm keine schönen Augen mehr zu machen, Herr Darland zieht es vor, sich mit einem gefälligen Liebchen zu begnügen.«

Lisa ballte die Hände, und Tränen des Zorns stürzten ihr aus den Augen.

»Wahre deine Zunge, du! Rede dich nicht immer mehr hinein. Henny ist mit Herrn Darland verlobt, daß du es nur weißt. Gerade durch deinen unverschämten Angriff auf sie ist es zwischen Henny und Darland zur Aussprache gekommen. Hüte dich, noch ein beleidigendes Wort gegen Gert Darlands Braut zu sagen, er wird es dir nicht ungestraft hingehen lassen, das solltest du wissen.«

Herbert fuhr entgeistert zurück, er wurde sehr blaß und starrte Henny mit finsteren Augen an.

»So, so – verlobt? Nun, dann gratuliere ich, das ist freilich ein Fang! Donnerwetter, das hast du fein gemacht! So etwas hätte ich dir freilich nicht zu bieten vermocht. Ich verstehe, daß der reiche Freier den Vorrang hatte!«

Lisa stieß mit dem Fuß auf.

»Schweigt doch endlich, ihr alle, ihr wißt ja nicht, was ihr tut! Henny, ich bitte dich, laß mich ihnen alles sagen, ich schäme mich ja so sehr!«

Und sie warf sich aufweinend in Hennys Arme. Diese streichelte ihr Haar und sah blaß, aber ruhig auf die anderen.

»Nein, Lisa, jetzt nicht! Laß deine Mutter und deine Geschwister nur noch einmal die ganze Schale ihres Zornes über mich ausschütten, mir ist, als brauchte ich das sehr nötig – um auch das andere ertragen zu können, was sonst vielleicht zu viel für mich wäre.«

Lisa preßte den Kopf an Hennys Schulter.

»Verzeih ihnen, sie wissen nicht, was sie tun.«

»Schweig, Lisa, bitte nicht für uns um Verzeihung, wenn hier jemand um Verzeihung bitten muß, sind nicht wir es. Was soll das überhaupt, Herbert, wovon sprichst du?« fragte die Mutter.

Ehe aber Herbert antworten konnte, wurde die Tür aufgerissen, und auf der Schwelle erschien Karl Rasmussen mit vor Erregung dunkelrotem Gesicht. Seine Augen waren noch feucht und gerötet, als ob er geweint hätte. Eine Weile sah er verständnislos auf die Anwesenden, dann eilte er auf Henny zu, schloß sie mit einem dumpfen Aufschluchzen in seine Arme und sagte heiser, kaum seine Tränen bezwingend:

»Henny – ach, Henny, was mir soeben Doktor Warren berichtet hat – du siehst, ich kann kaum meine Fassung bewahren –, ich bin tief erschüttert von deiner Güte. Ist es denn wahr, Henny, du willst Altwiese kaufen und uns die Heimat erhalten? Willst alle schweren, quälenden Sorgen von mir nehmen, von uns allen? Mein gutes, großherziges Kind, wie soll ich dir danken? Wir haben es nicht um dich verdient.«

Mit feuchten Augen sah Henny auf den tief erschütterten Mann.

»Ich bin ja selbst unendlich glücklich, Onkel Karl, daß ich dir helfen kann.«

Frau Helene und ihre beiden ältesten Kinder hatten sprachlos auf diese Szene gestarrt. Jetzt trat Frau Helene hart an ihren Mann heran und fragte ärgerlich:

»Willst du mir vielleicht erklären, was hier für eine überaus rührende Szene aufgeführt wird?«

Langsam wandte sich Karl Rasmussen seiner Frau zu. Er sah sie lange mit einem ernsten Blick an, sah auch zu Ditta und Herbert hinüber und sagte langsam:

»Bedankt euch bei Henny, daß wir nicht heimatlos und existenzlos, daß wir nicht von Altwiese vertrieben werden. Ich hätte es keine vier Wochen mehr halten können und zergrübelte mir den Kopf, wie ich euch über das Schlimmste hinwegzubringen vermöchte. Henny in ihrer Großherzigkeit will uns alles Schlimme ersparen, will uns die Heimat erhalten und uns wieder festen Grund unter die Füße legen.«

Seine Gattin starrte ihn an, als traue sie ihren Ohren nicht. Aber der schwere Ernst in ihres Mannes Gesicht machte sie doch unsicher.

»Ich verstehe das nicht, was soll das heißen? Will Herr Darland vielleicht Hennys wegen in unser Schicksal eingreifen?«

»Nein, nein, Henny selbst wird uns helfen. Hört gut zu – Henny ist eine reiche Erbin geworden. Ihr Vater ist nicht, wie du so oft prophezeit hast, als Landstreicher hinter dem Zaun gestorben, sondern er ist ein großer, berühmter Künstler geworden, der Henny ein großes Vermögen hinterlassen hat – beiläufig drei Millionen Goldmark. Er ist unter einem anderen Namen aufgetreten, vielleicht habt ihr mal was in den Zeitungen von Tom Majo gelesen?«

In atemloser Spannung hatten die drei Menschen zugehört. Nun sagte Ditta ganz konsterniert:

»Tom Majo, der Violinvirtuose und Komponist, der diesen Winter Deutschland bereisen will?«

»Ja, Tom Majo! Aber er wird nicht nach Deutschland kommen, wie er geplant hatte, um endlich seine Tochter wiederzusehen, sondern er ist tot, verunglückt, und hat Henny zu seiner Universalerbin eingesetzt. Und das erste, was Henny denken konnte, als sie von dieser Erbschaft hörte, war, ob ihr Vermögen ausreichen würde, uns die Heimat erhalten zu können. So, nun werdet ihr wohl endlich aufhören, sie zu schmähen. So vergilt sie, was ihr – wir alle – an ihr gesündigt haben, ja, wir alle, außer Lisa, die heimlich die Wunden zu heilen versuchte, die wir ihr schlugen, und die auch endlich mich aufrüttelte aus meiner stumpfen Duldung all dieser Kränkungen, die ihr von euch zugefügt wurden. Sonst stünde ich heute noch viel beschämter vor ihr, als ich es ohnedies tue.«

Es ist nicht zu beschreiben, was in Frau Helene und ihren beiden ältesten Kindern bei dieser Nachricht vorging. Die Mutter wurde noch fahler und gelber und sah ganz verfallen aus. Kraftlos sank sie in einen Sessel und wischte sich wieder und wieder mit dem Taschentuch die Stirn, nach Worten ringend, die nicht über ihre Lippen wollten. Ditta stand regungslos, wie erstarrt da, und sah unsicher zu Henny hinüber. Ein fressender Neid erfüllte ihr Herz, Henny eine reiche Erbin! Henny die Braut Gert Darlands! Und sie selbst ging leer aus, sollte sich noch bei Henny bedanken, daß sie nicht aus Altwiese verbannt wurde. Sie haßte Henny mehr denn je, haßte sie um so mehr, da sie Wohltaten von ihr annehmen mußte.

Am tiefsten war aber wohl Herbert betroffen. Wütende Selbstanklagen erfüllten seine Seele. Wie dumm von ihm, wie furchtbar dumm, daß er Henny nicht von Anfang an anders begegnet war. Hätte er ehrlich um sie geworben, noch ehe Darland in diese Gegend kam, hätte sie sicher seine Bewerbung angenommen, und dann konnte er jetzt die reiche Erbin heimführen. Nun hatte er verspielt, vollständig verspielt, und der ohnedies so reiche Besitzer von Herrenberg schluckte nun auch noch diese reiche Beute. Zum Heulen war das, zum Verzweifeln! Er hätte sich selbst ohrfeigen können. Aber das würde alles nichts helfen. Es herrschte eine tiefe Stille im Zimmer, niemand fand ein Wort. Manch heißer Kampf wurde hier in aller Stille ausgefochten.

Frau Helene war dann die erste, die wieder sprechen konnte, vielleicht weil sie die Klügste war und einsah, daß man versuchen mußte zu retten, was noch zu retten war. Sie erhob sich nach schweren Kämpfen und trat auf Henny zu.

»Ich gratuliere dir zu dieser Erbschaft, Henny, und zu deiner Verlobung – wenn ich vorhin ein wenig erregt war, so mußt du das verzeihen.«

Henny war ein viel zu vornehmer Charakter, als daß sie Freude an der Niederlage ihrer Feinde gehabt hätte. Freilich konnte sie in ihrem Herzen nicht die leiseste Spur eines warmen Empfindens für diese Frau aufbringen, die sie jahrelang so namenlos gepeinigt und gedemütigt hatte, aber um Lisas willen reichte sie der Tante die Hand und sagte ruhig und beherrscht:

»Laß uns nie mehr davon reden, Tante Helene, es tut mir leid, daß ich euch Hoffnungen zerstören mußte. Aber ich hoffe, daß ich gutmachen kann, indem ich euch Altwiese als Heimat erhalte und euch ein sorgenloses Dasein verschaffe.«

»Dafür danke ich dir!« rang es sich über Frau Helenes Lippen. Dann wandte sie sich Ditta und Herbert zu und machte ihnen verstohlen ein energisches Zeichen, Henny ebenfalls gute Worte zu geben.

Ditta biß sich auf die Lippen, trat aber doch an Henny heran.

»Ich gratuliere dir und bitte um Verzeihung«, sagte sie tonlos, wie eingelernt. Herbert hatte sich schon wieder so weit in der Gewalt, daß er sich einen wirkungsvollen Spruch zurechtgelegt hatte. Mit einem traurig resignierten Blick sah er Henny an und sagte düster:

»Du wirst nicht von mir verlangen, daß ich dir zu deiner Verlobung gratuliere, du weißt, ich habe dich viel zu lieb, als daß ich einem anderen Mann deinen Besitz gönnen sollte.«

Frau Helene fuhr auf

»Was soll das heißen, Herbert?«

Karl Rasmussen antwortete für ihn.

»Das solltest du eigentlich gar nicht erfahren, Helene, Herbert hat Henny in ganz unverantwortlicher Weise nachgestellt und mit seinen beleidigenden Liebesanträgen verfolgt.«

Mein Gott, dachte Frau Helene, was haben nur die Männer alle an dieser Person. Aber auch sie mußte denken, wie gut es gewesen wäre, hätte Herbert Henny in eine Liebschaft verstrickt, dann hätte man sie eben jetzt verheiraten können, und der ganze Erbschaftssegen wäre nach Altwiese gefallen. Herbert suchte nach einem Notanker. Zu Henny gewendet sagte er: »Zu deiner Erbschaft gratuliere ich dir von Herzen, es ist ein großes Glück für dich. Und bitte, trage es mir nicht nach, daß meine Liebe zu dir sich in etwas zu leidenschaftlicher Weise geäußert hat. Ich habe eben junges warmes Blut in den Adern, Henny.«

Er wollte sich auf jeden Fall so gut wie möglich mit der reichen Erbin stellen, denn man konnte nicht wissen, wie man sie brauchen würde, und etwas von dem reichen Segen mußte doch auch für ihn abfallen.

Henny aber spürte das Unechte, Gemachte in seiner Art. Sie fühlte sich mehr denn je von ihm abgestoßen, aber Lisas wegen wollte sie keine Mißstimmung aufkommen lassen.

»Auch davon wollen wir nie mehr reden, es soll alles vergessen sein. Lisa hat mich für alles entschädigt, was ich habe erdulden müssen und – um Lisas willen sei euch allen verziehen. Dankt es Lisa, wenn ich euch Altwiese als Heimat erhalte, Lisa sollte nicht heimatlos werden. Und Onkel Karl will ich seine Sorgen abnehmen, er hat so viel unter ihnen gelitten, mehr als ihr alle geahnt habt. Und wenn er mir nicht so beistehen konnte, wie er es gewünscht hatte, so waren nur seine schweren Sorgen daran schuld. Immerhin hat er mir eine Heimat gegeben, als ich verwaist zurückblieb, und deshalb bin ich froh, ihm diese Heimat erhalten zu können.«

Und Henny zog Lisa in ihre Arme und küßte sie innig. Weinend hing Lisa an ihrem Hals.

Als sei er durch Lisas Tränen angelockt worden, erschien jetzt Doktor Warren auf der Schwelle, dem Karl Rasmussen in seiner Aufregung davongelaufen war. Er hatte geahnt, daß es allerlei Szenen geben würde, und sich wohlweislich einige Zeit zurückgehalten. Nun sah er besorgt und unruhig auf die weinende Lisa. Henny aber nickte ihm beruhigend zu.

»Es ist nur die Erregung, die sich bei Lisa Luft macht, Herr Doktor.«

Eine Weile ging es nun noch ziemlich kunterbunt im Haus her, aber schließlich, nachdem Henny lächelnd wieder ordnend in den Lauf der Dinge eingegriffen hatte, saßen alle scheinbar friedlich beim Frühstück. Es wurde auch jetzt noch viel gesprochen, aber es war doch ein gewisser Friede eingekehrt.

Gleich nach dem Frühstück brach Doktor Warren wieder auf. Henny begleitete ihn hinaus. Sie wußte, daß er nun nach Herrenberg fahren und Gert einen Bericht über alles Geschehene erstatten würde. Mit verschämtem Lächeln sagte sie:

»Bitte bestellen Sie Gert einen herzlichen Gruß und sagen sie ihm, daß ich mich freuen würde, wenn er schon heute nachmittag herüberkäme. Tante Helene und Ditta sind wohl jetzt imstande, ihn ruhig zu empfangen und – er wird ja nach den von Ihnen zu erwartenden Informationen verstehen, daß ich mich gern mit ihm über alles aussprechen möchte.«

»Ich werde ihm alles ausrichten, Frau Moran, und – da wir

jetzt allein sind, lassen Sie auch mich Ihnen danken für das, was Sie an Ihrem Onkel und den Seinen zu tun gedenken.«

Sie sah ihn fragend an.

»Weshalb danken *Sie* mir dafür?«

Ein Lächeln flog über seine Züge.

»Ihr klugen Augen haben doch längst durchschaut, was mich so oft nach Altwiese zieht. Wie schlimm wäre es für mich gewesen, wenn Herr Rasmussen mit seiner Familie Altwiese hätte verlassen müssen. Wer hätte wissen können, wohin sie verschlagen worden wären? Und – einen geliebten Menschen weit fort lassen zu müssen und ihn einem ungewissen Schicksal entgegengehen zu sehen, ist bitter. Ihn festhalten kann ich noch nicht, dieser geliebte Mensch ist ja noch so jung und muß sich erst klar werden, ob er sein Schicksal mir anvertrauen will und kann. Eine Weile muß ich mich schon noch gedulden, ehe ich mir mein Glück einfangen darf. Aber nun kann ich es doch in Ruhe erwarten – und dafür danke ich Ihnen.«

Mit einem frohen, hellen Blick sah sie ihn an. Ihr ganzes Gesicht strahlte vor Glück, und er mußte staunen, wie schön das Glück sie gemacht hatte. Erst jetzt erkannte er, welch bezaubernder Reiz über Hennys Erscheinung lag. Gert hatte das früher erkannt.

»Es macht mich froh, Herr Doktor, was Sie mir da anvertrauen. Ich, ich habe geahnt – gewußt, was Sie so oft nach Altwiese führt, und ich freue mich sehr, daß ich nun auch Ihnen einmal einen kleinen Dienst erweisen kann. So vermag ich doch ein klein wenig von meiner Dankesschuld abzutragen.«

Sie schieden mit einem warmen Händedruck, und Heinz Warren stieg in seinen Wagen. Gerade als Lisa heraustrat, die von ihrem Vater noch aufgehalten worden war, fuhr er davon. Er grüßte mit strahlenden Augen zu ihr hin, und sie winkte ihm lächelnd zu.

»Was hattest du noch so lange mit Doktor Warren zu sprechen, Henny?«

Henny zog sie fest in ihre Arme und küßte sie. Mit einem so sonnigen, strahlenden Lächeln, wie es Lisa noch nie auf ihrem Gesicht gesehen hatte, erwiderte sie:

»Wir haben ein wunderschönes Geheimnis miteinander, Doktor Warren und ich, aber das darf ich nicht verraten – noch lange nicht. Später vielleicht einmal!«

Forschend sah Lisa zu ihr auf und wurde plötzlich ohne jede Veranlassung sehr rot. Dann preßte sie enthusiastisch ihre Lippen auf die Hennys, fragte aber mit keinem Wort weiter nach diesem Geheimnis. Als beide in das Wohnzimmer zurückkamen, fanden sie dort nur noch Onkel Karl. Er zog Henny noch einmal in seine Arme.

»Ich weiß nicht, wie ich dir danken soll, Henny. Deine Großmut hat mich tief beschämt.«

Mit einer fast mütterlichen Gebärde streichelte sie sein graues Haar.

»Du sollst mir nicht danken für etwas, was mir selber so viel Freude macht. Und sollst nun all deinen Kummer fahren lassen, wir werden einen Modus finden, der dir alle weiteren Sorgen fernhält und dir volle Bewegungsfreiheit auf Altwiese gibt. Als freier Mann sollst du hier schalten und walten. Wir werden das alles mit Gert Darland besprechen, ihr beiden Männer werdet das alles besser verstehen als ich.«

Etwas unruhig sah er sie an.

»Wird dein Verlobter auch einverstanden sein mit deiner Großmut?«

Sie lächelte zuversichtlich.

»Wäre er es nicht, dann wäre er nicht der Mann, den ich liebe. Sei ganz unbesorgt, es wird in dieser Beziehung alles nach meinem Willen gehen. Doktor Warren besorgt dann alles Notarielle. Und nun habe ich noch eine Bitte an dich. Gert

Darland wird schon heute nachmittag kommen, ich habe ihn darum bitten lassen, du kannst dir wohl denken, daß ich viel mit ihm zu besprechen habe. Ich hoffe ja, daß Tante und Ditta leidlich ruhig sind.«

»Sei unbesorgt, sie sind beide sehr bedrückt und beschämt, sie haben eine schlimme Lehre bekommen, die ihnen hoffentlich heilsam ist. Vorläufig haben sie sich zurückgezogen, um den Sturm in ihrem Innern austoben zu lassen, aber bis heute nachmittag werden sie das nötige Gleichgewicht wiedergefunden haben. Und nun muß ich dich noch etwas fragen, Henny – was ist mit Herbert? Das Mal auf seiner Wange und einige Andeutungen meiner Frau haben mich stutzig werden lassen. Ist irgendeine Verbindung zwischen dir und dem Mal auf seiner Wange?«

Henny wurde verlegen und wollte es in Abrede stellen, aber Lisa sagte resolut:

»Nein, nein, Henny, es hat keinen Zweck, daß du Herbert zu decken suchst, er selbst hat sich Mama gegenüber verraten. Es ist besser, Vater übersieht das alles, ehe dein Verlobter kommt. Nicht wahr, ich darf Vater alles sagen?«

Unschlüssig sah Henny in des Onkels Gesicht. Er drang auf eine Erklärung, und so ließ sie Lisa alles sagen, was am Tag vorher im Wald geschehen war.

Vor Zorn bekam er einen roten Kopf.

»Der infame Schlingel, es hilft nichts, ich muß ihm eine Tracht Prügel geben«, stieß er hervor.

Henny faßte seinen Arm.

»Laß es genug sein, Onkel Karl, er hat seine Strafe weg, Gert hat ihm einen heftigen Streich versetzt. Du weißt nun, wie es kam, daß Gert Darland um mich warb – ohne Herberts Angriff auf mich wäre es wohl noch nicht so bald geschehen. Und wenn Gert erst später um mich geworben hätte, jetzt, wo ich eine reiche Erbin bin, wäre ich nicht so unsagbar beglückt gewesen wie in der Stunde, als er um mich warb, und ich noch die arme, unbedeutende Henny Moran war. Also hat Herbert doch, ohne es zu wollen, dazu beigetragen, daß ich ein so großes Glück gefunden habe. Laß es also genug sein. Er wird nie wieder wagen, mir zu nahe zu treten, da Gert für mich eintreten wird.«

»Nun, seine Lektion wird er noch erhalten, wenn auch nicht die, die er verdient hätte. Ich muß ihn jetzt überhaupt energischer vornehmen, irgend etwas Durchgreifendes muß geschehen, um ihn zurechtzurücken. Jetzt, da ich wieder einen freien Kopf und dank deiner Güte mehr Lebensmut bekommen habe, werde ich mich dieser Angelegenheit intensiver widmen können. Der Schlingel soll noch Ordre parieren lernen. Ach, Henny, wie leicht hast du mir das Herz gemacht! Nochmals tausend Dank! Und nun will ich dich mit Lisa allein lassen, ihr werdet euch noch viel zu sagen haben.«

Henny und Lisa saßen wirklich noch sehr lange beisammen und fanden kein Ende, das Glück zu besprechen, das über Henny gekommen und wovon nun auch ein Abglanz auf Altwiese gefallen war. Und schließlich jauchzte Lisa auf.

»O Gott, das viele, viele Geld, Henny, was tust du nur damit?«

Henny lachte. Es war ein befreites, junges Lachen, wie es noch nie über Hennys Lippen gekommen war.

»Eigentlich weiß ich das selber noch nicht. Weißt du, viel mehr als das Geld freut mich zunächst, daß mein Vater doch noch an mich gedacht hat. Aber das Herrlichste ist und bleibt, daß Gert mich liebt, alles andere verblaßt dagegen in meinem Herzen. Aber nun du mich fragst, was ich mit dem Gelde anfangen werde – ach, Lisa, weißt du, wenn ich es erst habe, dann nehmen wir beide uns eine ganze Tasche voll von diesem Geld und fahren einmal ganz allein davon – vielleicht nach Leipzig, das ist die nächste große Stadt, wo man märchenhafte Dinge in den Läden bekommt. Vielleicht leiht uns Gert sein Auto – und dann fahren wir von einem Geschäft zum anderen – und kaufen – kaufen, du, wundervoll muß das sein, wenn man alles kaufen kann, was einem wünschenswert erscheint. Wir streuen dann beide einmal das Geld mit vollen Händen aus, auch du mußt dir alle Wünsche erfüllen, und für jedes arme Kind, das wir treffen, kaufen wir etwas Schönes, einen ganzen Tag lang werden wir nur immer kaufen. Was meinst du dazu?«

Lisa jauchzte und fiel ihr um den Hals.

»Herrlich! Wundervoll! Oh, Henny, du sollst ganz vermessene Wünsche meinerseits zu befriedigen bekommen. Da gibt es jetzt zum Beispiel die entzückenden Handtaschen, im Katalog von Mädler waren sie abgebildet – Mädler ist doch in Leipzig. Reizend sind diese Taschen ausgestattet, weißt du, mit einer Menge entzückender Kleinigkeiten. So eine Tasche – wenn ich mir die kaufen könnte! Und zum Konditor gehen wir und lassen uns Berge von Leckereien und Eis auftragen, bis wir einfach nicht mehr können.«

Sie mußten beide lachen und malten sich weiter ihre Einkaufstour mit leuchtenden Farben aus. Auch davon sprach Henny, daß Lisa ihr helfen müsse, ihre Aussteuer einzukaufen, was bei Lisa stürmischen Jubel auslöste.

Aber dann sprang Henny plötzlich auf.

»Lisa, ich habe ganz vergessen, Weisung für das Mittagessen herauszugeben – es ist höchste Zeit.«

Auch Lisa sprang auf.

»Henny, willst du wirklich als dreifache Millionärin noch in die Küche gehen?« fragte sie lachend.

»Wenn wir heute mittag etwas essen wollen, muß es wohl sein.«

»Ich gehe mit dir und helfe. Ein Glück, Henny, daß ich dir schon so viel abgelauscht habe von dem, was im Haushalt nötig ist. Ich sehe schon, wenn du fort bist, muß ich die Zügel des Hauswesens in die Hände nehmen.«

»Wir werden eine tüchtige Mamsell engagieren, Lisa.«

»Keine wird dich ersetzen können. Und ich werde dann wohl ab und zu energisch eingreifen müssen, wenn nicht alles kunterbunt durcheinandergehen soll.«

»Sorge dich nur darum nicht, Lisa, das wird schon alles in die Reihe kommen. Vorläufig wollen wir nun mal für das Mittagessen sorgen.«

18

Heinz Warren war nach Herrenberg gefahren und hatte Gert alles berichtet. Dieser war mehr betroffen als erfreut, daß sich seine Henny in eine reiche Erbin verwandelt hatte. Fast hätte er es lieber gesehen, wäre diese Erbschaft ausgeblieben. Er wollte doch Henny gern alles schaffen, was ihr das Leben leicht und schön machen konnte. Heinz lachte ihn aus, und Gert kam dann schnell über diese kleine Enttäuschung hinweg.

Gert berichtete von Herberts Überfall auf Henny und von seiner darauffolgenden Verlobung. Heinz sah nachdenklich vor sich hin.

»Weißt du, Gert, ich würde dir raten, energisch darauf zu dringen, daß dieser infame Bengel für einige Zeit aus dem Haus käme. Er müßte unbedingt in eine harte Schule genommen werden, wenn noch etwas aus ihm werden soll. Sein Vater hat mir einmal geklagt, daß seine Mutter ihm mit allen Mitteln entgegenarbeitet, wenn er ihn einmal streng anfassen will. Seine Mutter hat ihn genau so auf eine reiche Partie gedrillt, wie sie es mit ihrer Tochter Ditta getan hat – mit Lisa hat sie gottlob noch keine derartigen Versuche angestellt, wobei sie auch wenig Erfolg haben würde. Ein hübscher Bursche ist Herbert, und die Weiber werden ihm allerlei Mucken in den Kopf gesetzt haben, so daß er sich für unwiderstehlich hält. Daß die reichen Erbinnen nicht wie reife Pflaumen von den Bäumen fallen, wird er ja bald genug einsehen, aber bis dahin ist er vielleicht schon vollends verdorben.

Aber nun erst mal zu den geschäftlichen Dingen. Deine Braut hat mich gebeten, alles mit dir zu besprechen, da sie von Geldangelegenheiten so gut wie nichts versteht. Sie wünscht nur unbedingt, Altwiese zu kaufen und es unter ihres Onkels Bewirtschaftung zu belassen. Sie vollbringt damit ein gutes Werk, und, rationell bewirtschaftet, wird Altwiese sich auch rentieren. Nur rate ich dir, vernünftig dafür zu sorgen, daß Frau Rasmussen und ihre Tochter Ditta mit der Kirche im Dorf bleiben und keine unsinnigen Ausgaben machen. Am besten ist es, wenn Karl Rasmussen eine prozentuale Beteiligung an dem erhält, was er herauswirtschaftet, das ist für alle Teile das beste, und dann weiß seine Frau, daß ihr Grenzen gesteckt sind. Ein tüchtiger Landwirt ist Rasmussen unbedingt, und fleißig und energisch ist er auch. Er wird schon aus Altwiese das mögliche herausholen, wenn er am Gewinn beteiligt ist. Doch das können wir ein andermal besprechen. Aber wenn ich dir raten darf, schaff Herbert aus dem Haus. Du hast das jetzt in der Hand, besprich dich mit deiner Braut, die wird die Notwendigkeit am ersten einsehen.«

Gert nickte.

»Darauf hätte ich auch ohne deinen Rat gedrungen. Wie jetzt die Dinge liegen, kann Henny Bedingungen stellen und verlangen, daß dieser Mensch, der ihr so lange schon lästig gefallen ist, aus dem Haus kommt, mindestens so lange sie noch in Altwiese bleibt. Was ich übrigens tun kann, den Burschen zusammenzurütteln, daß er nicht noch mehr verlottert, werde ich tun.«

»Ich könnte dir einen wertvollen Wink geben, und damit komme ich auf den Kernpunkt dieser Sache.«

»Nun?«

»Also ich war gestern in Weimar. Einer unserer Klienten hat in der Nähe von Weimar ein Gut, und ich habe ihn gestern in geschäftlicher Angelegenheit besucht. Der alte Herr Hartmut ist eine sehr interessante Persönlichkeit, er ist sozusagen der geborene Erzieher für verlotterte junge Leute. Gerade gestern hat er mir erzählt, wie er dazu gekommen ist. Er ist selbst mal ein großer Tunichtgut gewesen, hat aber dann einen Mentor gefunden, der ihn aus seiner Verlotterung herausgerissen und ihn zu einem tüchtigen Menschen gemacht hat. Was jener an ihm getan, das tut er nun heute an einer ganzen Anzahl junger Menschen, die durch falsche Erziehung auf Abwege geraten sind. Immer hat er vier bis sechs junge Leute als Eleven auf seinem Gut angestellt, die ihm von ihren Eltern übergeben werden, weil diese mit ihrem Latein am Ende sind. Hartmut versteht es in der Tat großartig, wie ich mich wiederholt überzeugen konnte, diese widerspenstigen Elemente zahm zu machen – ohne große Härte, nur durch die Macht seiner Persönlichkeit und sein Beispiel. Er versteht es, den jungen Leuten zu erschließen, daß Arbeit ein Segen ist für jeden, der sie freudig ausübt. Machen sie Dummheiten, dann überzeugt er sie, daß sie dadurch sich selbst am meisten schaden. Er hilft ihnen, sich auf das Gute zu besinnen, das schließlich jeder Mensch in sich trägt, und beweist ihnen, daß das Leben am leichtesten wird, wenn sie dieses Gute pflegen und es sich nutzbar machen. Ich kann dir das alles nicht so erklären, du müßtest den Mann selber sprechen hören und ihn mit seinen Eleven verkehren sehen. Seine Frau unterstützt ihn in wahrhaft idealer Weise, und so sind diesem Prachtmenschen schon eine ganze Reihe von Wunderkuren an jungen Leuten geglückt. Ich bin überzeugt, daß er auch Herbert Rasmussen zusammenrütteln würde. Ich hätte seinem Vater schon längst gern diesen Vorschlag gemacht, aber schließlich hatte ich kein Recht, mich in seine Erziehung zu mischen. Ich glaube aber, ein dahingehender Vorschlag deinerseits gerade jetzt, wo Herbert so manches auf dem Kerbholz hat, würde auf fruchtbaren Boden fallen. Ich konnte Hartmut soeben einen großen geschäftlichen Dienst leisten, und ich denke, auf meine Fürsprache hin wird er Herbert Rasmussen einstellen.«

Gert nickte.

»Famos, das wird das beste sein. Ich werde gleich heute nachmittag mit Karl Rasmussen darüber sprechen. Ich hoffe, die Sache in die Reihe zu bringen.«

Die Herren besprachen noch allerlei, was sich als nötig erwies. Heinz Warren blieb in Herrenberg zu Tisch und fuhr dann, von seiner Tätigkeit befriedigt, nach Hause.

Gert Darland aber fuhr am Nachmittag nach Altwiese hinüber. Er ließ sich zunächst bei Karl Rasmussen melden und brachte seine Werbung in aller Form vor. Dann ließ Karl Rasmussen Henny rufen, und danach war das Brautpaar dann endlich wieder für einige Zeit allein. Henny hatte zur Feier des Tages ihr königsblaues Kleid angelegt. Als sie Karl Rasmussen alleingelassen hatte, breitete Gert seine Arme aus, und Henny sank stumm an seine Brust. Tief und lange sahen sie sich in die Augen, und immer heller strahlte jedem das Glück des andern entgegen. Und dann fanden sich ihre Lippen, wieder und wieder, in stummer Glückseligkeit. Aber endlich fand Gert die Sprache wieder.

»Henny, wie gut, daß du mich heute schon gerufen hast, ich glaubte es vor Sehnsucht nach dir nicht mehr aushalten zu können. Hast du dich auch nach mir gesehnt?«

Sie sah ihn mit glücklichem Schelmenlächeln an.

»Ach, Gert, so unglaublich es ist, ich fand wahrhaftig immer noch so schrecklich viel Zeit, mich nach dir zu sehnen, obwohl heute so viel auf mich einstürmte und ich kaum wußte, wo mir der Kopf stand. Ich bin noch immer unsicher, ob ich nicht alles nur träume. So viel Glück ist mit einem Mal über mich gekommen. Aber das herrlichste Geschenk des Himmels ist doch deine Liebe. Was dann heute noch dazukam – das macht mich froh um der andern willen. Aber auch um deinetwillen, du brauchst nun nicht eine armselige Frau heimzuführen, die sich ihres Vaters zu schämen hatte.

Gestern abend, ehe ich einschlief, überfiel mich die Angst, ob du nie bereuen würdest, mich an deine Seite gestellt zu haben. Ich malte mir aus, daß eines Tages doch mein Vater wieder auftauchen könnte – vielleicht wirklich, wie Tante so oft behauptete, als ein armseliger Landstreicher, dessen du dich hättest schämen müssen. Ich zitterte vor Entsetzen und nahm mir fest vor, dir das noch zu bedenken zu geben. Nun kannst du dir denken, wie befreiend es auf mich wirkte, als ich hörte, daß mein Vater ein berühmter Mann geworden ist, der auf den Höhen des Lebens einherschritt, ehe er starb. Wie dankbar bin ich dem Geschick, Gert. Ich mußte schnell etwas Gutes tun, um mir mein Glück zu verdienen.«

Er streichelte ihr Haar.

»Du wärest mir nicht weniger lieb gewesen, Henny, wenn dein Vater wirklich als Unglücklicher zurückgekommen wäre. Da ich deine Geschichte kannte, habe ich auch damit gerechnet, und – wir hätten dann gemeinsam beraten, wie ihm zu helfen gewesen wäre. Um deinetwillen ist es mir allerdings lieber so, wie es gekommen ist.«

Sie hatten sich noch viel zu sagen, und wieder und wieder fanden sich ihre Lippen. Die Zeit verging wie im Flug, und sie schraken auf, als Lisa endlich eintrat.

»Ich möchte die erste sein, die dem Brautpaar Glück wünscht. Eigentlich braucht man nicht erst Glück zu wünschen – Sie, Herr Darland, bekommen die liebste, beste und herrlichste Frau, die es gibt, und Henny kann, glaube ich, auch sehr zufrieden sein.«

Gert strahlte sie an. »Ich weiß, daß ich einen Edelstein gefunden habe, Fräulein Lisa.«

Henny umschlang Lisa und sagte lächelnd: »Ihr beiden müßt aber von jetzt an du zueinander sagen, Lisa wird durch unsere Verheiratung deine Cousine, Gert.«

Gert nickte vergnügt.

»Richtig! Also liebe Lisa, willst du mir gestatten, daß ich dich als mein Bäschen betrachte?«

»Selbstverständlich, Gert, da wir doch ohnedies so gute Freunde sind.«

Gert zog sie lachend in seine Arme und küßte sie.

»So etwas muß besiegelt werden. Und nun laß dir auch noch herzlich dafür danken, kleine Lisa, daß du meiner Henny so treu beigestanden hast. Dir danke ich es auch, daß ich meine Henny so oft sehen konnte. Ohne deine Beihilfe hätte ich noch lange abseits stehen müssen.«

Lisa lachte ihn an.

»Ich bin nicht schüchtern, Gert, und bedinge mir gleich eine Belohnung dafür aus.«

»Das darfst du. Worin soll diese Belohnung bestehen?«

»Daß ich sehr oft nach Herrenberg kommen darf, wenn ihr erst verheiratet seid.«

»Selbstverständlich – so oft du willst.«

»Oh, Henny, was hast du für einen leichtsinnigen Bräutigam. So oft ich will? Dann würde ich die meiste Zeit in Herrenberg sein.«

Henny nahm ihre Hand. »Das mußt du auch, Lisa.«

»Nun ja, ich werde immer kommen, wenn ihr mich ruft, ungerufen soll man junge Eheleute überhaupt nicht besuchen.«

»Woher kommt dir solche Weisheit, kleine Lisa«, neckte Gert.

»Das habe ich mal irgendwo gelesen, und es wird schon stimmen.«

Jetzt kam Karl Rasmussen wieder herein, der inzwischen seiner Frau und Ditta gemeldet hatte, daß Darland angekommen sei, und geboten, sie möchten sich hinunterbemühen und Haltung zeigen.

Wirklich kamen die beiden Damen nach einer Weile und vermochten Gert anscheinend unbefangen ihre Glückwünsche auszusprechen. Frau Rasmussen brachte es fertig, Gert zu bitten, zum Tee zu bleiben. Man nahm dann auch zusammen den Tee ein, und die Unterhaltung wurde von allen Seiten flott im Gang gehalten. Herbert hatte es vorgezogen, auf die Felder hinauszureiten. Es vermißte ihn auch niemand. Ditta lächelte spöttisch, als sie hörte, daß Gert und Lisa sich du nannten. Sie vermochte es nicht ganz, sich zu beherrschen. Ihr mürrisches Gesicht verriet genug, wie unzufrieden sie mit dem Stand der Dinge war.

Es war überhaupt keine sehr behagliche Teestunde, und alle waren froh, als sie vorüber war.

Man ließ das Brautpaar nochmals auf kurze Zeit allein, und Gert besprach nun mit Henny, welchen Vorschlag ihm Heinz Warren bezüglich Herberts gemacht habe. Sie atmete wie erlöst auf.

»Das ist gut, Gert, ich bitte dich, das gleich noch mit Onkel Karl zu besprechen – es wäre mir, offengestanden, sehr lieb, wenn Herbert jetzt nicht in Altwiese bliebe, es ist ein sehr peinliches Gefühl für mich, ihm immer wieder begegnen zu müssen.«

Gert erfüllte ihren Wunsch und sprach mit Karl Rasmussen. Dieser war vernünftig genug einzusehen, daß dies die einzige Lösung dieser Angelegenheit war, und man diese Möglichkeit,

Herbert zu einem brauchbaren Menschen zu machen, nicht von der Hand weisen würde. Es wurde vereinbart, Herbert solle in kürzester Zeit zu Herrn Hartmut gehen, man wollte nur bei diesem anfragen, ob Herbert Aufnahme finden könnte.

»Ich rate Ihnen, Herr Rasmussen, daß Sie Ihrem Sohn gar nicht sagen, daß er gewissermaßen in eine Erziehungsanstalt kommen soll. Teilen Sie ihm einfach mit, Sie hielten es für gut, daß er jetzt aus dem Haus kommt, und daß er diese Gelegenheit ergreifen soll, sich einmal auf einem Mustergut, wie es das des Herrn Hartmut ist, umzutun, da ein Landwirt nie genug lernen kann.«

»Ich werde Ihrem Rat folgen, Herr Darland, zweifelsohne ist es so am besten. Er wird dann nicht erst aufsässig. Ich danke Ihnen jedenfalls für diesen guten Rat, hoffentlich treibt dieser Herr Hartmut dem Bengel seine Mucken aus.«

So war auch das geregelt. Gert kehrte noch einmal zu Henny zurück und war sehr erfreut, als sie ihm sagte, daß sie ihn mit Lisa ein Stück Wegs begleiten würde. So ließ er seinen Wagen langsam vorausfahren. Beim Verlassen des Hauses atmete er erleichtert auf.

»Oh, Henny, Altwiese ist kein angenehmer Aufenthalt für mich. Ich werde es schwer aushalten, dich im Kreis deiner Verwandten zu sehen. Lisa und dein Onkel – gut und schön, aber die andern, das ist eine harte Prüfung. Du mußt mir Gelegenheit geben, dich zuweilen ohne diese Beigaben zu sehen«, sagte er halb lachend, halb ernst.

»Es wird sich zuweilen schon einrichten lassen, lieber Gert, ich kann es dir nachfühlen, daß es dich beengt, Tantes und Dittas unfrohe Gesichter zu sehen. Ich werde mich jetzt etwas von der Arbeit freimachen, es muß schnell eine tüchtige Mamsell engagiert werden, die ich noch anlernen kann. Dann mache ich mich zuweilen frei, und wir können unter Lisas Begleitung im Freien zusammentreffen.«

Er lachte schon wieder.

»Schön, Lisa als Ehrendame ist akzeptiert, sie wird kein Unmensch sein. Und auf diese Weise kann ich den Verkehr in Altwiese auf das Nötigste beschränken. Unsere Verlobungsfeier müssen wir freilich auf Altwiese abhalten, aber innerhalb einer größeren Gesellschaft kann man einander leichter aus dem Weg gehen. Und dann müßt ihr auch zuweilen nach Herrenberg kommen, du sollst mir deine Wünsche mitteilen in bezug auf die Ausstattung deiner Zimmer.«

Henny lachte leise.

»Oh, Gert, wie schwer wirst du es haben, mich zufriedenzustellen. Ich bin in dieser Beziehung schrecklich verwöhnt«, neckte sie.

Er zog sie entzückt an sich und küßte sie.

»Dies Schelmenlächeln ist ein neuer Reiz an dir, meine süße Henny, ich fürchte, du bezauberst mich immer mehr. Und – das will ich dir nur gleich sagen – auf eine lange Wartezeit darfst du mich nicht setzen. Herrenberg wartet auf eine Hausfrau. Wann wirst du meine Frau?«

Sie sah ihn mit einem innigen Ausdruck an. »Bestimme du, Gert.«

»Gut – also spätestens in zwei Monaten halten wir Hochzeit.«

Sie lachte ein wenig. »Ach, Gert, ich weiß nicht, ob ich meine Erbschaft schon bis dahin ausgezahlt bekommen habe. Ich bin mit einem Mal sehr anspruchsvoll geworden und möchte mich gern so ausstatten, wie sich das für eine Herrin von Herrenberg gehört. Ist es sehr verwerflich, daß ich mich unbändig darauf freue, mit Lisa all diese Einkäufe und Bestellungen zu machen und alles ganz nach meinem Geschmack aussuchen zu dürfen?«

Wieder zog er sie entzückt an sich. »Es wäre nur verwerflich, wenn dadurch unsere Hochzeit hinausgeschoben wird.«

»Aber ich habe doch noch kein Geld, Gert, sonst könnte ich ja schon bald damit anfangen.«

Lachend sah er sie an. »Auf die Erbschaft hin leihe ich dir, soviel du willst.«

Sie schüttelte den Kopf. »Nein, von dir nehme ich kein Geld, aber – vielleicht kann es mir Doktor Warren verschaffen. Meinst du, daß er das tun wird?«

»Auf jeden Fall, ich kann ja Bürgschaft für dich übernehmen«, neckte er.

Sie sah ihn lachend an. »Würdest du mir dein Auto leihen, Gert? Ich möchte mit Lisa für einige Tage nach Leipzig fahren, um Einkäufe zu machen.«

»Selbstverständlich, mein Chauffeur kann euch fahren. Am liebsten würde ich ja selbst mitkommen. Ihr zwei weltfremden Mädels könnt doch nicht allein reisen, aber das ist leider nicht angängig.«

»Oh, Gert, sag nur um Gottes willen nicht, daß Tante Helene uns begleiten muß, dann ist unsere Freude gestört.«

»Nein, nein, das sehe ich ein. Und schließlich, warum sollt ihr nicht allein reisen können? Warte einmal – ja – so machen wir es: Ich fahre euch selbst im Auto hin, sorge dafür, daß ihr im Hotel gut untergebracht seid, und lasse euch mein Auto und meinen Chauffeur dort. Das ist ein vernünftiger Mensch, sehr zuverlässig. Ich fahre mit der Bahn wieder nach Hause und hole euch in einigen Tagen wieder ab. Das wird gehen.«

Henny jubelte. »Herrlich, Gert, dann sind wir doch auf der Fahrt zusammen.«

»Und es bleibt also dabei, in zwei Monaten ist Hochzeit?«

Sie nickte errötend.

»Ja, Gert, wie du willst, ich werde alles zur Zeit fertig haben.«

Sie mußten nun Abschied nehmen, Henny wollte nach Hause zurückkehren. Aber der Abschied dauerte doch ziemlich lange.

19

Lisa und Henny machten ihre Einkaufsreise nach Leipzig und schwelgten beide in dem unbekannten Genuß, das Geld mit vollen Händen ausgeben zu können. Heinz Warren hatte lachend jede Summe bewilligt, die Henny von ihm haben wollte, sie war ihm gut dafür, und er machte sie nur aus, man solle ihm auch etwas von Leipzig mitbringen. Das versprach Henny, und dieses Versprechen wurde gehalten.

Hennys Aussteuer versprach sehr schön zu werden. Sie entwickelte einen vornehmen, geläuterten Geschmack, obwohl sie ihn nie hatte besonders bilden können. Auch kaufte sie gleich einige hübsche Kleider, die sie jetzt schon tragen wollte. Für Lisa wurde ebenfalls eingekauft, was diese sich nur wünschte. Selbst für Ditta und Tante Helene suchte Henny schöne und wertvolle Geschenke aus. Natürlich wurde auch Onkel Karl bedacht, und ebenso Gert und Heinz Warren. Es war wie ein Rausch über die beiden jungen Damen gekommen, und wenn sie abends im Hotel im Speisesaal saßen und sich die herrlichsten Sachen auf der Speisekarte aussuchten, überlegten sie, was sie am nächsten Tag einzukaufen hatten. Unterwegs auf diesen Einkaufsfahrten wurde des öfteren in Konditoreien haltgemacht, und auch da wurde geschwelgt. Zum Schluß kaufte Henny für die Damen noch eine Menge der köstlichsten Pralinen und für den Onkel allerlei Delikatessen. Das alles wurde direkt nach Altwiese geschickt.

Nur Herbert ging leer aus. Er hatte inzwischen schon Altwiese verlassen müssen und war als Eleve auf das Gut des Herrn Hartmut gekommen. Sein Vater hatte ihm gar keine Wahl gelassen, er hatte sich einfach fügen müssen. Und schließlich war er jetzt ganz gern von Altwiese fortgegangen, denn er scheute sich, Gert wieder zu begegnen.

Karl Rasmussen entwickelte eine ungeahnte Energie. Er bestand zum Beispiel darauf, daß Ditta sich im Haushalt nützlich machen mußte.

»Wir sind jetzt alle dazu verpflichtet, unsere Kräfte tüchtig zu regen, um Henny zu beweisen, daß wir ihren Besitz nach bestem Gewissen verwalten. Wir sind nicht mehr die Herrschaft von Altwiese, sondern nur noch die Verwalter, danach habt ihr euch zu richten. Es wird dir sehr gut tun, Ditta, wenn du merkst, wozu du eigentlich auf der Welt bist. Wenn du Pflichten hast, wird das Leben mehr Wert für dich haben. Und daß man einen Mann auch bekommen kann, wenn man nicht immerwährend neue Kleider anzieht und wenn man tüchtig im Haushalt ist, das hast du an Henny gesehen. Vielleicht versuchst du es jetzt mal nach meinem Rezept.«

Seiner Gattin gegenüber enthielt er sich jedes Rates. Aber Frau Helene mußte wohl selber die Notwendigkeit einsehen, sich etwas mehr um den Haushalt zu kümmern. Zwar war eine Mamsell engagiert worden und auch noch ein Hausmädchen, aber diese beiden konnten Henny nicht ersetzen.

Diese mußte noch manchmal energisch eingreifen, auch Lisa stellte tapfer ihren Mann, und so richtete sich doch langsam alles ein.

Von ihrer Einkaufsreise schwärmten Lisa und Henny noch oft, und Henny versprach Lisa, daß sie jedes Jahr einmal mit ihr nach Berlin oder Leipzig fahren dürfe, um Einkäufe zu machen.

Die Gläubiger Karl Rasmussens waren hochbeglückt, als sie hörten, daß sie zu ihrem Geld kommen würden. Heinz Warren vermochte sie zu bewegen, ihre Forderungen etwas herabzuschrauben, und so verblieb Karl Rasmussen schließlich von dem Kaufpreis, den Henny zahlte, noch eine hübsche Summe, die er für seine Kinder fest anlegte. Dafür sollten seine Töchter eine Aussteuer bekommen und Herbert sich eine Existenz gründen, wenn er erst zur Vernunft gekommen war.

Die Millionenerbschaft Hennys war auf lange Zeit Tagesgespräch in der Stadt und auf den Nachbargütern. Heinz Warren wurde von allen Seiten ausgefragt und gab lachend Bescheid. Natürlich hatte er jetzt fast täglich in Altwiese zu tun, es mußte sehr viel besprochen und bedacht werden. Auch Gert nahm, als Hennys Vertreter, an solchen Verhandlungen teil. Zuweilen kam es auch zu kleinen behaglichen Plauderstündchen unter den Linden, an denen sich niemand beteiligte als Henny und die »Bundesmitglieder«, Lisa, Gert und Heinz Warren. Henny hatte für Hans Moran ein schönes, kunstvolles Grabmal anfertigen lassen, und außerdem plante sie die Errichtung eines Stiftes, in dem zehn Waisenmädchen Aufnahme, Verpflegung und liebevolle Behandlung finden sollten. Dies Stift sollte an der Stelle erbaut werden, an der Hans Moran verunglückt war. Es sollte zu seinem Gedächtnis Hans-Moran-Stift heißen, und das Erbe, das er Henny hinterlassen, sollte mit dazu verwandt werden.

Als die Linden vor dem Altwiesener Herrenhaus sich gelb zu färben begannen, führte Gert Darland seine junge Gattin heim.

Die Hochzeitsfeier wurde auf Karl Rasmussens dringenden Wunsch in Altwiese abgehalten. Alle Freunde und Nachbarn waren eingeladen, und unter den Gästen befand sich selbstverständlich auch Herr von Zabern mit seiner Familie. Frau von Zabern freute sich herzlich über diese Verbindung, die sie schon längst vorausgeahnt hatte.

Henny hatte Lisas siebzehnten Geburtstag zu ihrem Hochzeitstag gewählt. Das Geburtstagskind war die reizendste und strahlendste Brautjungfer Hennys, und Heinz Warren natürlich ihr Brautführer. Auch Ditta hatte man neben noch einigen anderen jungen Damen das Amt einer Brautjungfer übertragen. Sie hatte sich klugerweise mit Henny besser zu stellen versucht, wenn auch keine Wärme in ihrem gegenseitigen Verhältnis war. Außer Heinz Warren fungierten noch die beiden jungen Herren von Zabern und einige andere junge Herren als Brautführer. Es wurde eine sehr stimmungsvolle Hochzeitsfeier.

Als nach der Tafel der Saal für den Tanz hergerichtet werden sollte, war Lisa, weil ihr zu heiß war, ein wenig auf die Veranda gegangen, um sich abzukühlen – und da trat nach wenigen Minuten Heinz Warren zu ihr. Er hatte Mühe gehabt, seiner entzückenden Brautjungfer gegenüber seine Ruhe zu bewahren, Lisa sah zu reizend aus in einer duftigen zartblauen Toilette, die ihr Henny geschenkt hatte.

Heinz Warren stellte sich vor sie hin und sah sie mit zärtlichen Augen an.

»Fräulein Lisa, ich habe noch gar nicht recht Muße gehabt, Ihnen zu Ihrem siebzehnten Geburtstag zu gratulieren.«

Sie atmete schnell und sah mit einem seltsam gereiften Blick zu ihm auf.

»Sie haben mir doch heute in aller Frühe die wundervollen roten Rosen geschickt mit Ihrer Glückwunschkarte.«

»Nun ja, aber ich habe Ihnen noch nicht gesagt, was ich Ihnen besonders an diesem Tag wünschen möchte.«

Sie fühlte, daß er ein wenig erregt war, und diese Erregung teilte sich ihr mit.

»Was ist das für ein Wunsch?«

»Ich wünsche Ihnen, daß Ihr nächster Geburtstag auch ein Hochzeitstag werden möge.«

Sie wurde sehr rot, zwang sich aber, scheinbar unbefangen zu fragen

»Wer soll denn da Hochzeit halten?«

»Ich!«

Sie wurde noch verwirrter.

»Oh – Sie wollen sich verheiraten, Herr Doktor?«

»Ja, Lisa – dich will ich heiraten! Am liebsten würde ich nicht mehr ein Jahr warten, aber – du bist noch so jung, da muß es wohl sein. Aber zu deinem achtzehnten Geburtstag – da wird geheiratet – vorausgesetzt, daß du so einen alten Mann heiraten willst, der gerade doppelt so alt ist wie du.«

Sie senkte den Kopf und kämpfte mit den Tränen. Ein paar dieser Tränen hingen an ihren Lidern, als sie ihn endlich anzusehen wagte.

»Aber Liselchen, süßes kleines Liselchen – doch keine Tränen, wenn ich um dich werbe.«

Sie schluckte krampfhaft und stieß dann ein wenig heiser hervor:

»Ist das nun ein richtiger Heiratsantrag, Heinz? Willst du mich wirklich zur Frau haben – mich, die Kratzbürste – wie du mich mal genannt hast, als ich es zufällig hörte?«

Er zog sie in seine Arme.

»Ja, gerade dich, mein Liselchen, du darfst auch ruhig zuweilen kratzbürstig sein, wenn du es mir hinterher schön abbittest. Herrgott, Liselchen – am liebsten würde ich dich morgen heiraten, aber – wir haben es nicht so gut wie Henny und Gert, wir müssen noch warten. Halt dich nur dazu, daß du achtzehn Jahre alt wirst.«

Sie lachte unter Tränen zu ihm auf.

»Mal sehen, ob ich es nicht etwas beschleunigen kann, Heinz – lieber Heinz – ach, lieber Gott, es ist ja so schön, verlobt zu sein, die Brautzeit ist doch die schönste.«

Da preßte er seine Lippen auf die ihren, immer wieder, bis sie beide atemlos waren.

Und dann stand plötzlich Karl Rasmussen vor ihnen, der auch ein wenig frische Luft schöpfen wollte.

»Ja – was ist denn das?« stieß er verblüfft hervor.

Heinz wandte sich ihm zu, schob Lisa vor sich her dem Vater zu und sagte glückstrahlend.

»Ein neues Brautpaar, Herr Rasmussen! Sie wissen doch, das ist keine richtige Hochzeit, auf der nicht mindestens ein anderer Herzensbund geschlossen wird. Das haben wir eben besorgt, Lisa und ich.«

»Aber, lieber Doktor, sie ist doch noch so jung!«

»Ein Fehler, der uns sehr bekümmert, der aber mit jedem Tag besser wird. Wir haben deshalb auch unseren Hochzeitstag auf ein ganzes Jahr verschoben. Also heute in einem Jahr können Sie in Altwiese eine neue Hochzeit rüsten, Vater Rasmussen. Aber – nun mal ganz ernsthaft: Herr Rasmussen, ich gebe mir die Ehre, Sie um die Hand Ihres jüngsten Fräulein Tochter zu bitten.«

Karl Rasmussen faßte seine Hand.

»Mein lieber Doktor, in niemandes Hand lege ich das Schicksal meiner Tochter so gern und so vertrauensvoll wie in die ihrige. Lisa ist mein bestes Kind – glauben Sie es mir. Wenn ich es als Vater auch eigentlich nicht sagen dürfte, aber – Sie haben eine gute Wahl getroffen.«

»Das weiß ich, Vater Rasmussen! Und nun bitte ich Sie, daß Sie unsere Verlobung noch proklamieren, ehe Gert und Henny davonfahren. Wir möchten den Glückwunsch dieser beiden uns so lieben Menschen an diesem Tag nicht missen.«

Sie gingen in den Saal hinein, der inzwischen für den Tanz ausgeräumt worden war. Vater Rasmussen stellte sich mit dem neuen Brautpaar in der Mitte des Saales auf und verkündete die Verlobung seiner Tochter Lisa mit Doktor Heinz Warren.

Die Musik spielte einen Tusch, ein allgemeiner Jubel brach los. Nur Ditta stimmte nicht mit in diesen Jubel ein, sie neidete es der Schwester, daß sie vor ihr Braut wurde.

Henny fiel Lisa um den Hals.

»Lisa, meine Lisa, wie froh bin ich über deine Verlobung. Mögest du so glücklich werden wie ich es zu bleiben hoffe.«

»Ich danke dir, Henny! Bist du nicht ein bißchen überrascht?«

Henny lachte schelmisch.

»Nicht ein bißchen! Ich wußte doch längst, daß unser Freund Warren sich höchstens bis heute gedulden würde, sich sein Glück zu sichern.«

Und sie küßte sie innig.

Gert und Heinz drückten sich stumm die Hände und sahen sich ernst in die Augen.

Frau Helene war sehr froh, daß sie nun wenigstens eine Tochter gut untergebracht wußte, auch sie hätte lieber Ditta zuerst verlobt, aber dazu waren vorläufig keinerlei Aussichten. Ach, es kommt im Leben nicht immer alles so, wie man es sich wünscht. Als sie eine Weile danach mit Ditta allein war, sagte sie zu dieser:

»Gräme dich nicht, Ditta, Vater hat mir schon versprochen, daß ich im Januar einige Wochen mit dir nach Berlin reisen darf. Ich habe in Berlin eine Jugendfreundin, die uns in die beste Gesellschaft einführen wird, sei nur guten Mutes, du wirst schon noch dein Glück machen.«

Das erleichterte Ditta das Herz ein wenig, und sie brachte es nun über sich, ihrer Schwester zu gratulieren.

Während Lisa und Heinz noch von Gratulanten umgeben waren und die Paare sich im Tanz drehten, verließen Gert und Henny heimlich Altwiese. Es war Zeit für sie, zum Bahnhof zu fahren. Sie wollten ihre Hochzeitsreise nach Italien und dann nach der Schweiz machen. Gert war im Herbst und Winter abkömmlich, und Henny sollte nun endlich etwas von den Wundern der Welt kennenlernen. Gert freute sich darauf, Henny diese Wunder erschließen zu dürfen. Sie stand dem Leben noch so frisch und aufnahmefähig gegenüber, daß es ein Genuß sein würde, ihr all das Schöne und Neue zu zeigen.

Innig aneinandergeschmiegt saßen sie im Auto. Als sie den Bahnhof erreichten, kam der Zug gerade herangebraust, der sie in den Süden fahren sollte. Gert hob seine junge Frau hinein, und als sie dann allein waren in dem reservierten Abteil des Zuges, zog er sie fest in seine Arme und küßte sie innig und zärtlich.

»Mein – endlich ganz mein!« flüsterte er.

Sie sah mit den schönen, hell leuchtenden Augen zu ihm auf.

»Mein Gert – mein geliebter Gert, wie schön ist das Leben, wenn man glücklich sein darf!«

Tief sahen sie sich in die glückstrunkenen Augen, die Welt um sie her versank – sie wußten und fühlten nur eines, daß sie für alle Zeit zueinander gehörten.

Hedwig Courths-Mahler

Der Abschiedsbrief

1

Der Chauffeur stand stumm, unbeweglich wartend neben dem eleganten Auto. In seinem gebräunten, energischen Gesicht bewegte sich kein Muskel. Nur die Augen schienen Leben zu haben, tiefliegende, stahlblaue Augen, in denen sich die ganze Energie des kraftvollen, schlankgewachsenen Mannes zu konzentrieren schien. Sie blickten zuweilen in das hell erleuchtete Vestibül hinein, zu dem Marmorstufen, mit dicken roten Teppichen belegt, hinaufführten, flogen aber dann immer wieder in brennender Unruhe zu den erleuchteten Fenstern im ersten Stock der vornehmen Villa empor, vor deren Portal er hielt.

Sie gehörte dem bekannten Rechtsanwalt Doktor Friesen und lag inmitten eines großen Gartens, der bis zum See hinunterführte. Rechts hinter der Villa befand sich, von Bäumen und Sträuchern verborgen, die Garage, in der noch ein großer Tourenwagen stand, außer der jetzt am Portal haltenden Limousine, die Doktor Friesen nur zu seinen Fahrten in die Stadt benutzte.

Immer ungeduldiger sah der Chauffeur zu den Fenstern hoch, aber endlich kamen drinnen im Vestibül zwei Gestalten die Treppe herunter. Es ging wie ein Ruck durch seine sehnige Gestalt, die wie die eines trainierten Sportsmannes wirkte. Seine Augen flammten auf, und die Muskeln seines Gesichts zuckten in verhaltener Erregung.

Gleich darauf aber stand er in scheinbar gleichmütiger Haltung am Wagenschlag und wartete auf das Nähertreten der beiden Personen. Es waren Herr Doktor Friesen, der Besitzer der Villa, und neben ihm die schlanke junge Dame, in einfacher, aber trotzdem vornehm wirkender Kleidung, Fräulein Lonny Straßmann, die Sekretärin Doktor Friesens. Sie schienen beide in ein wichtiges geschäftliches Gespräch vertieft zu sein. Fräulein Straßmanns Gesicht zeigte gespannte Aufmerksamkeit. Immer noch miteinander redend, standen sie nun unter dem hell erleuteten Portal.

Die Zähne des Chauffeurs bissen sich fest aufeinander, als er den Wagenschlag öffnete. Schnell schaltete er das Licht im Wagen ein, und dann trat er zur Seite. Seine Augen hingen dabei an dem Antlitz der jungen Dame. Unruhig forschte er in ihren Zügen, und als er sah, daß sie sehr gleichmütig und förmlich, wenn auch aufmerksam wirkte, hob ein erleichterter Atemzug seine Brust.

Doktor Friesen machte eine einladende Handbewegung. »Steigen Sie ein, Fräulein Straßmann, Sie können gleich mit mir in die Stadt fahren.«

Es sah auf die Uhr. Dann fuhr er fort:

»Wahrhaftig, schon wieder zwanzig Uhr. Also bitte, steigen Sie ein. Hennersberg setzt mich am Klub ab, wo ich schon längst sein sollte; sonst würde ich erst Sie nach Hause fahren. Sie kommen heute wieder spät zum Feierabend. Hennersberg fährt Sie nach Hause und wartet dann am Klub auf mich. Hören Sie, Hennersberg?«

Der Chauffeur verneigte sich. Er ließ erst Fräulein Straßmann einsteigen, dann Doktor Friesen. Schnell schloß er den Wagen und nahm seinen Platz ein. Der Führersitz war von den beiden anderen Sitzen im Fond des Wagens nur durch eine verschiebbare Scheibe getrennt, die zum Teil offenstand. So konnte der Chauffeur einen Teil der Unterhaltung hören, die Doktor Friesen mit seiner Sekretärin führte.

»Also ich verlasse mich darauf, Fräulein Straßmann, wenn ich morgen früh nach dem Termin ins Büro komme, haben Sie die Protokolle fertig und auch den Vertragsentwurf«, hörte er Doktor Friesen sagen.

Die junge Dame antwortete ruhig und bestimmt:

»Sie können unbesorgt sein, Herr Doktor, ich werde alles bereit halten.«

»Gut, ich weiß, daß Sie sehr verläßlich sind. Wie ich ohne Sie fertig werden sollte, weiß ich nicht. Aber für Sie ist es gar nicht gut, daß man sich so fest auf Sie verlassen kann, dadurch verleiten Sie mich, Ihnen immer mehr aufzupacken. Ich glaube, das ist schon das zweite Mal in dieser Woche, daß ich Sie mit in meine Privatwohnung hinausschleppen mußte, damit Sie noch nach der Bürozeit Stenogramme aufnehmen konnten.«

»Das macht ja nichts, Herr Doktor, ich freue mich sehr darüber, daß ich Ihnen nützen kann. Es ist doch auch mein Vorteil, wenn ich Ihnen unentbehrlich bin. Und Sie haben ja auch jeden Tag Überstunden zu machen, wenn Sie alles schaffen wollen.«

Bei dem ruhigen, geschäftsmäßigen Ton, in dem die beiden miteinander sprachen, glättete sich langsam der gespannte Zug im Gesicht des Chauffeurs, der unwillkürlich gelauscht hatte. Aus den Augen wich die brennende Unruhe.

Die Limousine hielt nach kaum einer Viertelstunde vor dem Klub. Doktor Friesen stieg aus und sagte freundlich, aber etwas eilig und sehr nüchtern und sachlich: »Guten Abend, Fräulein Straßmann, und morgen früh alles pünktlich erledigen; erinnern Sie bitte auch meinen Bürovorsteher noch einmal an die Sache mit Klemm, er ist leider Gottes sehr vergeßlich. Also, Hennersberg, wenn Sie Fräulein Straßmann nach Hause gefahren haben, holen Sie mich hier wieder ab. Ich habe nur eine halbe Stunde im Klub zu tun.«

Wieder verneigte sich der Chauffeur, und während Doktor Friesen die Treppe zum Klubhaus emporstieg, nahm er den Führersitz ein und fuhr mit Lonny Straßmann davon. Aber er fuhr jetzt entschieden langsamer. Er wußte, wo die junge Dame wohnte, hatte sie schon öfter nach Hause gefahren, wenn sie, wie heute, Überstunden machte und Doktor Friesen den Wagen entbehren konnte.

Lonny Straßmann aber widmete dem vor ihr sitzenden Chauffeur ihre Aufmerksamkeit mit einer seltsamen Intensität. Sie konnte zuweilen sein scharf gezeichnetes Profil sehen. Und wie so oft mußte sie denken, was für einen eigenartig vornehmen Eindruck dieser Chauffeur Hennersberg machte.

Der herbe Duft, der seinem Lederanzug entströmte, drang durch die halb geöffnete Scheibe zu ihr herein. Sie atmete ihn ein wie ein Parfüm. Er gehörte zu Lutz Hennersberg, und wenn sie zuweilen an ihn dachte, wenn er nicht zugegen war, spürte sie in der Erinnerung immer diesen Duft. Und – sie dachte sehr oft an ihn, wenn sie sich das auch nicht eingestand.

Immer langsamer fuhr Lutz Hennersberg, als wollte er die Minuten verlängern, in denen ihm Lonny Straßmann anvertraut war. Die heimliche Eifersucht auf Doktor Friesen, die ihn immer überfiel, wenn er Lonny mit diesem allein wußte, hatte ihn wieder einmal verlassen. Hatte er doch sein Herz an dieses schöne, reizvolle Geschöpf verloren, seit er sie zum erstenmal gesehen. Und weil er wußte, daß er, der ›Chauffeur‹, sich nie um sie bewerben durfte – was hätte sie wohl zu solcher Vermessenheit gesagt –, war er auf jeden Mann eifersüchtig, der in ihre Nähe kommen durfte, und natürlich am meisten auf ihren Chef, mit dem sie, wie er wußte, oft stundenlang allein war.

Viel zu schnell für ihn – und auch für Lonny Straßmann – war nun das Haus erreicht, in dem sie wohnte. Schnell sprang der Chauffeur aus dem Wagen, um ihr die Tür zu öffnen und beim Aussteigen behilflich zu sein. Er stützte sie sorgsam, und das Licht aus dem Wagen fiel auf seine in verhaltener Erregung zuckenden Züge. Lonnys Blick traf in den seinen, und einen Augenblick hingen die beiden Augenpaare weltvergessen ineinander. Aber dann stand Lonny auf festem Boden, und er mußte sie loslassen. Mit einer knappen Verbeugung trat er zurück, die Lippen hart aufeinandertreffend. Aber da reichte sie ihm, einem plötzlichen Gefühl gehorchend, mit einem unsicheren Lächeln die Hand. »Es tut mir so leid, Herr Hennersberg, daß Sie sich so oft meinetwegen bemühen müssen, und doch bin ich froh, wenn Doktor Friesen mich heimfahren läßt, wenn es so spät geworden ist. Hier in dieser abgelegenen Straße ist es unbehaglich, wenn die Schaufenster ringsum ihr Licht verlöscht haben. Ich bin dann immer froh, wenn ich Ihren Schutz genießen kann, bis ich im Haus bin.«

Lutz Hennersberg hatte die kleine, warme Mädchenhand festgehalten. Ihre Worte beglückten ihn, und von seinen Empfindungen hingerissen, vergaß er einen Augenblick, daß er jetzt nur Chauffeur war. Er beugte sich über ihre Hand und zog sie impulsiv an seine Lippen.

»Es ist mir eine Ehre und ein Vergnügen, wenn ich Ihnen einen Dienst erweisen kann«, sagte er mit verhaltener Stimme, aber in einer so weltmännischen-ritterlichen Art, daß sie stutzte. Auch der Handkuß, der auf ihrer Hand brannte, da sie den Handschuh schon abgelegt hatte, brachte sie außer Fassung. Sie sah noch einmal in sein erregtes Gesicht, in seine stahlblauen, tiefliegenden Augen hinein, und eine helle Röte stieg ihr ins Gesicht.

»Gute Nacht«, hauchte sie verwirrt, schloß schnell das Tor auf und verschwand.

»Gute Nacht!«

Dieser Ruf, der mit einer seltsamen Wärme und Innigkeit über seine Lippen drang, klang noch zu ihr hinüber.

Wie auf der Flucht vor sich selber schloß sie hastig die Tür hinter sich zu und eilte die Treppe hinauf, nachdem sie den elektrischen Lichtknopf berührt hatte. Hennersberg stand wie ein Steinbild und schaute durch die Glasscheiben der Tür in den hellen Hausflur hinein. Er hatte Lonnys Verwirrung bemerkt und fragte sich nun unruhig, ob er sich darüber freuen durfte oder nicht. Galt diese Verwirrung dem Mann – oder der Überheblichkeit eines Chauffeurs, der es gewagt hatte, ihr die Hand zu küssen wie ein Gleichberechtigter?

Er wußte, daß Lonny die Tochter eines Majors war, der freilich nach dem Krieg, der Not gehorchend, Versicherungsagent geworden war und seiner Tochter gestatten mußte, ihr Brot zu verdienen, weil er es ihr nicht mehr schaffen konnte. Aber immerhin war Lonny Straßmann eine Dame im besten und edelsten Sinnes des Wortes.

Doch – hatte sie ihm nicht freundlich, wie einem Gleichberechtigten, die Hand gereicht? Hatte sie damit nicht betont, daß sie keinen Unterschied gelten lassen wollte? Das hatte ihn so sehr beglückt, daß er selbstvergessen aus seiner Rolle als Chauffeur fiel, die er zu spielen gezwungen war.

Galt ihre Verwirrung wirklich nur dem Mann?

Seufzend setzte er den Wagen wieder in Gang und fuhr davon. Und während der ganzen Fahrt bis zum Klub hielt er sich eine Vernunftpredigt. Er mußte ablassen von seinen Träumen, durfte sich nicht den Luxus erlauben, sich in dieses süße, entzückende Mädchen zu verlieben. Wozu sollte das führen? Doch nur zu Kummer und Herzeleid. Er mußte vernünftig sein! So redete er sich zu.

Eine Weile später hielt er vor dem Klub, mitten zwischen anderen Chauffeuren, die von seinem Herzenskummer keine Ahnung hatten.

2

Lonny war hastig die Treppe hinaufgestiegen bis zum dritten Stock. Dort öffnete sie mit einem Drücker die Korridortür zur Wohnung ihrer Eltern. Ihre Stiefmutter, eine noch sehr hübsche und stattliche Blondine, kam ihr auf dem Korridor entgegen. Mit einem forschenden und kritischen Blick sah sie in Lonnys noch immer etwas gerötetes und erregtes Gesicht.

»Guten Abend, Mama! Ihr habt hoffentlich nicht mit dem Essen auf mich gewartet?« fragte Lonny, Hut und Mantel ablegend.

»Nein, nein, was denkst du denn, das wäre doch viel zu spät für Papa. Du weißt doch, er schläft schlecht, wenn er spät ißt. Aber sag mal, Lonny, was war denn das für ein seltsam inniger Abschied, den du da von dem Chauffeur Doktor Friesens genommen hast? Ich stand am Fenster, hatte den Wagen anfahren hören und wollte sehen, ob du darin kamst. Und da sah ich, daß dir der Chauffeur sehr zärtlich aus dem Wagen half, daß ihr euch ansaht wie ein Liebespaar und daß du ihm die Hand reichtest, die er zum Überfluß auch noch wie ein Kavalier an die Lippen zog. Ich bitte dich, Lonny, du wirst doch nicht so unklug sein, dich in eine Liebelei mit dem Chauffeur einzulassen?«

Lonny war glühend rot geworden bei diesen wenig zartfühlenden Worten ihrer Stiefmutter. Diese zeichnete sich nie durch großen Takt aus, was sie aber jetzt gesagt hatte, das erschien Lonny taktloser als alles andere bisher. Und dabei fühlte sie in brennender Verlegenheit, daß ihr das Blut jäh ins Gesicht stieg. Nur mit Mühe konnte sie sich so weit fassen, daß sie entrüstet hervorstieß:

»Aber Mama, wie kannst du so etwas aussprechen oder auch nur denken?«

Und dabei fühlte sie doch innerlich einen tiefen Schmerz, daß sie diesen Gedanken so entrüstet zurückweisen mußte. Es tat ihr weh, daß eine solche Möglichkeit ihr ungeheuerlich erscheinen mußte. Frau Major Straßmann zuckte die Achseln:

»Was ich sah, ließ eben keine andere Deutung zu. Es ist doch nicht üblich, daß eine Dame dem Chauffeur die Hand reicht.«

»Ich wollte ihm danken, daß er mich hergefahren hat.«

»Das wird ja wohl Doktor Friesen so bestimmt haben.«

»Gewiß, aber er wartet immer, bis ich im Haus in Sicherheit bin, und das ist eine Gefälligkeit, die er mir erweist und wozu ihn Doktor Friesen nicht beauftragt hat.«

»Diese Gefälligkeit konntest du mit einem Trinkgeld bezahlen.«

Wieder schoß Lonny das Blut ins Gesicht.

»Er ist kein Chauffeur wie andere, er ist ein gebildeter Mann. Es wäre mir unmöglich, ihm ein Trinkgeld anzubieten. Wer mag wissen, welcher Schicksalsschlag ihn dazu brachte, Chauffeur zu werden.«

»Das sind Phantastereien! Weil er dir die Hand küßt, muß er nicht gleich aus einem anderen Kreis stammen. Ein Chauffeur bleibt ein Chauffeur, eine ganz untergeordnete Persönlichkeit. Und von einem Chauffeur läßt sich eine Dame nicht die Hand küssen. Ich bin ernstlich empört. Vergiß doch um Himmels willen nicht, daß du darauf angewiesen bist, eine gute Partie zu machen.«

Lonny richtete sich stolz auf. Gerade, weil sie fühlte, daß sie dem Chauffeur Hennersberg nicht ruhig und gleichgültig gegenüberstand, bäumte sie sich dagegen auf, das einzugestehen.

»Du kannst ganz unbesorgt sein, Mama, es liegt kein Grund vor, empört zu sein. Und du solltest Papa nicht mit solchen Besorgnissen aufregen, sie entbehren jeder Berechtigung. Was aber deine nun schon sehr oft geäußerte Ansicht anbelangt, daß ich auf eine reiche Partie angewiesen sein soll, muß ich dir doch einmal sagen, daß das durchaus nicht der Fall ist. Ich bin gottlob in der Lage, mir mein Brot selbst zu verdienen.«

Die Stiefmutter lachte heiter auf.

»Lieber Gott, du willst doch nicht ewig in abhängiger Stellung bleiben. Ein so schönes Mädchen wie du gehört in eine andere Lebensstellung. Bedenke doch, daß es Papas einzige Hoffnung ist, daß du eine reiche Heirat machst.«

»Liebe Mama, ich glaube, diese Hoffnung hast du Papa beigebracht. Er wäre von selbst nicht darauf gekommen.«

»Aber Lonny! Es ist doch geradezu deine Pflicht, uns alle aus diesem elenden Leben herauszuheben. Und wenn du klug bist – es liegt wirklich nur an dir. Doktor Friesen ist ein sehr reicher und eleganter Mann und mit seinen vierzig Jahren geradezu zur Heirat reif. Du hast so viel Gelegenheit, mit ihm allein zu sein. Nur klug mußt du sein und deine natürlichen Waffen brauchen, dann wird es dir nicht schwerfallen, ihn zu fesseln. Bei deinem Aussehen kann man jeden Mann gewinnen, wenn man nur ernstlich will.«

Lonny zog gequält die Stirn zusammen, sie konnte es kaum ertragen, solche Ermahnungen ihrer Stiefmutter anzuhören.

»Ich bitte dich, Mama, sprich nicht so zu mir, du weißt, daß mich das peinigt.«

»Mein Gott, du bist doch ein sonderbares Mädchen, Lonny. Ich möchte nur wissen, wie du bei deinen Ansichten zu einem Mann kommen willst.«

»Ich sorge mich nicht darum, mir eilt es nicht, ich bin noch jung.«

»Mit einundzwanzig Jahren ist ein Mädchen nicht mehr so jung, daß sie nicht daran denken müßte, wie sie zu einem Mann kommt. Und du solltest nicht nur an dich denken.

Wenn du deinen Vater wirklich liebhast, dann solltest du auch ein wenig überlegen, wie du seine Sorgen erleichtern könntest. Du weißt, daß er alles verloren hat in der Inflation, und was er jetzt verdient, ist erbärmlich wenig. Es wäre dir bestimmt ein leichtes, ihm – uns allen ein besseres Leben zu schaffen.«

Daß ihre Stiefmutter dabei viel mehr an sich selber dachte als an den Vater, wußte Lonny sehr genau. Aber Lonny glaubte auch, daß Doktor Friesen gar nicht daran dachte, sie mit anderen Augen anzusehen als mit denen eines Chefs, der außerordentlich zufrieden mit seinen Angestellten ist. Wohl erwies er ihr zuweilen kleine Aufmerksamkeiten, was ihre Stiefmutter immer mit großen Hoffnungen erfüllte, doch Lonny wußte, daß das nur geschah, weil sie oft mehr als ihre Pflicht tat und weil er sich ihr dafür dankbar erweisen wollte.

Wenn Lonny freilich darauf bedacht gewesen wäre, ihn zu erobern, dann hätte ihre Stiefmutter doch vielleicht recht behalten. Zuweilen sah Doktor Friesen das junge Mädchen mit einem ästhetischen Wohlgefallen an, wenn sie vor ihm saß und er ihr diktierte oder geschäftliche Dinge mit ihr besprach. Sie hätte dann sicher durch ein wenig Koketterie ihrem gegenseitigen Verhältnis mehr Wärme geben, hätte ihn doch vielleicht aus seiner trockenen Sachlichkeit herauslocken können. Aber Lonny dachte nicht daran. Ja, hätte Doktor Friesen um sie geworben, sie hätte ihn nur abweisen können!

So gern Lonny ihrem Vater alle Sorgen abgenommen hätte – um diesen Preis hätte sie es nicht gekonnt. Gern – o wie gern hätte sie ihm ein leichteres Leben schaffen mögen! Es quälte sie namenlos, wenn ihr die Stiefmutter wieder und wieder vorwarf, daß sie nur an sich selber dächte, daß sie nur ernstlich zu wollen brauchte, um dem Vater und sich selbst ein leichteres Leben zu schaffen. Sie tat ohnedies, was in ihren

Kräften stand, um dem Vater zu helfen. Aber sich selbst zum Opfer bringen – dazu wäre sie nicht fähig gewesen. Und so sagte sie auf den Vorwurf der Stiefmutter, sich mit einer müden Bewegung über die Stirn streichend:

»Du tust mir unrecht, Mama, ich denke sehr viel an Papa und möchte ihm gern alle Sorgen abnehmen, aber so, wie du denkst, kann ich das nicht. Doch ich bin sehr froh, daß ich vom nächsten Ersten an etwas mehr zur Führung unseres Haushaltes beisteuern kann. Doktor Friesen hat mir eine Gehaltsaufbesserung von fünfzig Mark zugesagt. Ich kann also Papa außer der Hälfte meines jetzigen Gehaltes, die ich ihm immer zur Verfügung stellte, noch diese fünfzig Mark geben. Ich brauche ja für mich nicht mehr, als ich bisher hatte.«

Frau Hermine Straßmann seufzte auf.

»Lieber Gott, diese fünfzig Mark mehr machen uns auch nicht glücklich«, sagte sie unzufrieden und verdrießlich.

Ehe Lonny etwas darauf erwidern konnte, wurde das Wohnzimmer geöffnet, und Major Straßmann, eine große, soldatische Erscheinung mit grauem Haar, stand auf der Schwelle.

»Was habt ihr denn hier draußen für lange Reden zu halten? Warum kommt ihr nicht herein, ich möchte auch was von eurer Unterhaltung haben.«

Lonny eilte auf den Vater zu und umarmte und küßte ihn.

»Guten Abend, Papa! Verzeih, daß ich so lange auf mich warten ließ. Mama und ich hatten in aller Eile noch einiges zu besprechen. Aber nun kommen wir hinein.«

»Nun ja, was ihr zu besprechen hattet, hättet ihr doch im Wohnzimmer abmachen können. Staatsgeheimnisse werden es doch nicht gewesen sein.«

Lonny hängte sich in seinen Arm und führte ihn ins Wohnzimmer zurück.

»Nein, nein, mit Staatsgeheimnissen geben wir uns nicht

ab. Komm schnell ins Zimmer, hier draußen ist es kalt, und du hast nur deinen leichten Hausrock an.«

»Bist wieder so spät heimgekommen, Lonny; mir scheint, Doktor Friesen kann sich gar nicht mehr von dir trennen.«

Es sollte scherzhaft klingen, aber Lonny hörte doch aus diesen Worten, daß die Stiefmutter wieder am Werk gewesen war. Ein leichter Schatten flog über ihr Gesicht, aber sie zwang sich zur Unbefangenheit.

»Ich mußte noch ein langes Stenogramm aufnehmen, und da Doktor Friesen bis zum Büroschluß noch nicht einmal Zeit gehabt hatte zu speisen, bat er mich, mit ihm hinauszufahren in seine Villa, wie es ja zuweilen vorkommt. Er hat wirklich riesig viel zu tun und hetzt den ganzen Tag hin und her. Während er speiste, hat er mir diktiert und verschiedene geschäftliche Sachen mit mir besprochen. Ich muß morgen früh, während er Termin hat, ein Protokoll ausarbeiten und einen Vertrag aufsetzen. Das alles haben wir erledigt, und dann hat er mich in seinem Wagen mitgenommen.«

»Nun wirst du hungrig und durstig sein, Lonny?« fragte der Major.

»Nein, Papa, Hunger habe ich nicht; Doktor Friesen ließ mir ein paar belegte Brote vorsetzen. Aber eine Tasse Tee trinke ich gern noch mit euch.«

Die Stiefmutter füllte ihr eine Tasse, und ihr und ihres Mannes Blick trafen sich über Lonnys Kopf. Es war ein verständnisinniger Blick, denn Frau Hermine hatte ihm vorher beigebracht, daß Doktor Friesen wohl nur immer geschäftliche Vorwände suchte, um Lonny möglichst viel um sich haben zu können.

Der Major wandte sich zu Lonny hin:

»Eigentlich müßte dir Doktor Friesen Überstunden bezahlen, Lonny.«

»Das hat er mir schon wiederholt angeboten, Papa, aber es

erscheint mir nicht richtig, dafür eine Extrabezahlung anzunehmen. Er zahlt mir ein sehr anständiges Gehalt, und wie ich eben Mama draußen berichtet habe, hat er mir vom Ersten an eine Zulage von fünfzig Mark zugebilligt. Das hat mich natürlich sehr gefreut, zumal ich daraus entnehme, daß er sehr mit mir zufrieden ist. Diese fünfzig Mark kann ich dir noch zur Verfügung stellen, Papa, und ich hoffe, daß du dir nun auch einige kleine Annehmlichkeiten leisten kannst. Zu einer Flasche Wein an den Sonntagen und einer guten Zigarre muß es mit reichen.«

Es zuckte wie Rührung über das Gesicht des alten Soldaten, und er legte seine Hand auf die Lonnys.

»Bist ein liebes, gutes Kind, Lonny – und leider bin ich nicht in der Lage, auf deine Beihilfe zu verzichten, da mein Verdienst immer mehr zurückgeht. Wirst du aber auch mit dem, was du zurückbehältst, für deine Kleidung und sonstigen kleinen Ausgaben ausreichen?«

Lonny umfaßte seine Hand und legte einen Augenblick ihre Wange darauf. »Unbesorgt, lieber Papa, ich richte mich schon ein. Es bleibt mir an den Sonntagen Zeit genug, mir meine Kleider selbst zu arbeiten, und ich kann mich daher sehr gut kleiden.«

»Ich wollte, ich hätte so viel Geld für Kleider wie Lonny, sie ist doch wahrhaftig sehr viel besser daran als ich«, bemerkte Frau Hermine verdrießlich. Sie war überhaupt immer schlechter Laune, wenn sich ihr Mann mehr mit Lonny beschäftigte als mit ihr.

Schnell wandte sich ihr der Major nun zu. Er faßte begütigend ihre Hand:

»Du hast recht, Hermine, leider muß ich dich viel knapper halten. Aber Lonny muß in ihrer Stellung auf gute Kleidung halten – und es läßt sich leider nicht ändern.«

»Laß nur, ich beklage mich ja auch nicht, ich weiß, daß ich

mich bescheiden muß; ich wollte ja auch nur feststellen, daß Lonny immer noch sehr gut daran ist im Vergleich zu mir.«

Die Aufmerksamkeit des Majors wandte sich nun fast ungeteilt seiner Gattin zu. Lonny fühlte, wie immer, daß der Vater ihr viel weniger Interesse entgegenbrachte als der Stiefmutter. Diese sorgte schon dafür, immer lenkte sie die Aufmerksamkeit des Gatten von Lonny ab und war bemüht, daß eine Annäherung zwischen Vater und Tochter nicht stattfand. Lonny nahm deshalb bald ein Buch und vertiefte sich noch ein Stündchen in das Lesen. Dann sagte sie den Eltern gute Nacht und zog sich in ihr kleines Zimmer zurück.

Sie sah die Papiere in ihrer Aktentasche noch einmal durch und dachte über die Arbeit nach, die Doktor Friesen ihr aufgetragen hatte. Dann verschloß sie die Papiere wieder und trat ans Fenster. Sie sah hinab zu der Stelle, wo sie vorhin vor Lutz Hennersberg gestanden und wo er ihr die Hand geküßt hatte. Die Straße war nur matt durch eine Laterne an der Straßenecke beleuchtet. Hier draußen sparte der Magistrat der Stadt Berlin mit der Straßenbeleuchtung. Solange in den wenigen Schaufenstern Licht brannte, mochte das angehen, aber wenn die Läden geschlossen wurden, war es sehr dunkel.

Lonny mußte an die Abschiedsszene mit Lutz Hennersberg denken, die ihre Mutter von hier oben mit angesehen hatte, und ihr Gesicht rötete sich wieder, wie auf einem Unrecht ertappt. Sie fühlte, wie ihr das Herz unruhig klopfte bei dem Gedanken an den ›Chauffeur‹. Ihr war, als brenne die Stelle auf ihrer Hand noch, die seine Lippen berührt hatten. Dieser Handkuß und die weltmännische Verbeugung des Chauffeurs hatten ihr verraten, daß ihre Vermutung, daß er einem anderen Gesellschaftskreis angehört hatte, richtig war. Was hatte ihn in diese Stellung gebracht?

Sie mußte an den Vater denken. Er war doch auch aus seiner Karriere herausgerissen worden und mußte sich bescheiden mit der Stellung eines Versicherungsagenten. Konnte es Hennersberg nicht auch so ergangen sein? Krieg und Inflation hatten doch so manchen Mann aus seiner Lebensstellung hinausgedrängt. Vielleicht hatte er auch Unterschlupf suchen müssen, ohne wählen zu dürfen, wie so viele.

Ganz sicher war er kein ungebildeter Mensch. Die durchgeistigte Gesichtsbildung, die sichere, elegante Haltung, die schmalen, wenn auch kraftvollen Hände, die immer sorgsam gepflegt waren und eher an einen Sportsmann erinnerten – überhaupt seine ganze Art verrieten ihr, daß er ein Mann von gesellschaftlicher Bildung war.

Und ihr Herz jubelte plötzlich: »Ich liebe ihn!«

Aber der Verstand fragte: »Was soll daraus werden?« An eine Verbindung war ja gar nicht zu denken – selbst dann nicht, wenn er sie wiederliebte. Er war arm, sonst hätte er nicht eine Stelle als Chauffeur angenommen, und sie war es auch. Sie mußte deshalb diese Liebe, die immer eine aussichtslose sein würde, fest in ihr Herz verschließen. Niemand durfte davon ahnen, am wenigsten er. Wenn er es wüßte, was würde er denken? Aber bei dieser Frage tat ihr Herz einen lauten Schlag – sie mußte an seinen Blick denken, mit dem er sie heute abend selbstvergessen angesehen hatte, an diesen sehnsüchtigen, flehenden Blick. Hatte dieser Blick nicht erst in ihrem Herzen die Liebe erweckt! Sieht ein Mann eine Frau so an, wenn sie ihm gleichgültig ist?

Erregt sprang sie auf, wie auf der Flucht vor diesem Gedanken. Nur nicht weiter denken, nur nichts hoffen, nichts erwarten. Niemand brauchte darum zu wissen als sie allein.

Und langsam kleidete sie sich aus und suchte ihr Lager auf. Schlaf fand sie nicht sogleich, aber es war schön, von einer Liebe zu träumen, die man still in sich verschloß, und – von einem Glück, das freilich unerreichbar war.

3

Am nächsten Morgen trat Lonny mit hellen, klaren Augen, wie sonst, ins Wohnzimmer, um mit dem Vater und der Stiefmutter zusammen das Frühstück einzunehmen.

Man hatte nicht viel Zeit, sich zu unterhalten. Lonny mußte zuerst fort, weil sie heute besonders pünktlich sein wollte, um mit ihrer Aufgabe zur rechten Zeit fertig zu werden. Der Vater ging erst eine Weile später seinem Beruf nach. Herzlich verabschiedete sich Lonny vom Vater, von der Stiefmutter etwas kühler. Trotz aller Mühe, die sie sich gab, konnte sie ihrer Stiefmutter keine Liebe entgegenbringen. Sie waren beide zu sehr verschieden in ihrer Wesensart.

Mit elastischen, schnellen Schritten ging Lonny zur Haltestelle der Elektrischen, um ins Büro zu fahren. Um diese Zeit waren meist nur Menschen unterwegs, die zu ihrer Arbeitsstelle wollten. Alle sahen ernst und geschäftig aus. Auch Lonny blickte heute wieder ruhig und zielbewußt aus den Augen. Sie war mit sich im klaren, daß es für sie keine Träume von Liebe und Glück geben konnte, daß ihr Dasein auch weiterhin mit strenger Pflichterfüllung ausgelastet sein mußte. Das, was gestern abend in ihr zur Klarheit gekommen war, daß sie Lutz Hennersberg liebte, das sollte stillverschwiegen in ihrem Herzen ruhen. Im Alltag durfte das keinen Platz einnehmen – nur in Feierstunden wollte sie sich heimlich daran freuen.

Im Büro angelangt, ging sie ohne Säumen an die Arbeit, nachdem sie den Bürovorsteher an die Sache mit Klemm erinnerte, wie es ihr Doktor Friesen aufgetragen hatte. Sie wurde auch pünktlich fertig mit ihrer Aufgabe, und als ihr Chef vom Termin ins Büro kam, händigte sie ihm die tadellosen Ausführungen aus. Er sah die Papiere durch und blickte dann mit einem Lächeln hoch.

»Auf Sie kann man sich doch immer verlassen, Fräulein Straßmann. Das haben Sie wieder großartig gemacht. Ich danke Ihnen!«

»Keine Ursache, Herr Doktor, ich tat nichts als meine Pflicht.«

Mit einem sinnenden Blick sah er sie etwas länger an als sonst.

»Nichts als Ihre Pflicht? Und dabei sehen Sie durchaus nicht aus wie ein trockener, starrer Pflichtenmensch. Eigentlich sind Sie viel zu jung und schön, als daß man Sie im Aktenstaub verkümmern lassen dürfte. Aber ich bin viel zu egoistisch, um mich nicht zu freuen, daß ich in Ihnen eine so außerordentlich tüchtige Sekretärin gefunden habe. Ich kann mir gar nicht denken, daß ich einmal ohne Sie auskommen müßte. Hoffentlich verlassen Sie mich nicht so bald.«

»Nicht, solange Sie mit mir zufrieden sind, Herr Doktor«, erwiderte Lonny ruhig.

Er lachte ein wenig.

»Na, versprechen Sie nicht zu viel! Ein so schönes Mädchen, wie Sie sind, wird nicht lange unbeachtet bleiben. Wenn es nicht ein Verbrechen an Ihrer Jugend wäre, würde ich Sie mit einem langjährigen Vertrag binden. Aber dann kommt eines Tages ein Mann und will Sie heimführen – dann könnte ich doch nicht auf meinem Vertrag bestehen, so ein Unmensch bin ich nicht.«

Sie sah ihn mit einem seltsam traurigen Blick an.

»Daraufhin können Sie ruhig einen Vertrag mit mir machen, Herr Doktor, ich heirate nicht.«

Das klang schwer und bestimmt.

Kopfschüttelnd sah er sie an.

»Das sagen alle jungen Damen so lange, bis der Rechte kommt. Wie gesagt, ich würde es für ein Unrecht halten, Sie zu binden. Ich könnte ja dabei nur gewinnen, wenn Sie nicht heiraten würden und immer bei mir blieben. Aber – um Sie wäre es schade, Sie sind so ganz dazu geschaffen, einen rechtschaffenen Mann glücklich zu machen.«

Während er das sagte, war es, als würde seine Stimme wärmer, als erwache plötzlich in seinem Innern ein Interesse für sie, das nichts mit seinen Geschäften zu tun hatte.

Lonny mochte das fühlen, sie wußte, das war so ein Fall, wo sie den Ermahnungen ihrer Stiefmutter hätte nachkommen sollen. Ganz sicher war das eine Gelegenheit, einen vertraulicheren Ton zwischen sich und Doktor Friesen anzubahnen. Wie gut, daß die Stiefmutter das nicht wußte.

Lonny richtete sich plötzlich wie in starrer Abwehr auf. Ihr Kopf hob sich stolz und ruhig.

»Was haben Sie sonst noch für Befehle, Herr Doktor?« fragte sie kurz und sachlich.

Er fühlte ihre Abwehr – und Doktor Friesen war nicht eitel, er konnte verstehen, daß dieses schöne Mädchen auf sich hielt und keine Vertraulichkeiten mit ihm aufkommen lassen wollte. Seine Hochachtung vor ihr war so groß, daß er ihrer Abwehr sogleich Folge leistete.

Ruhig und korrekt gab er ihr weitere Aufträge und kämpfte die leise Regung, die ihn bestimmt hatte, einen etwas vertraulicheren Ton anzuschlagen, in sich nieder.

Als alles Nötige besprochen war, entließ er Lonny. Aber ehe sie das Zimmer verließ, sagte er rasch: »Da fällt mir ein, ich habe meine Zeitung unten im Auto liegen lassen. Bitte, schicken Sie doch Zörner hinunter, mein Chauffeur soll ihm die Zeitung geben. Es ist ein ausführlicher Bericht des Naumann-Prozesses darin. Bitte, legen Sie diesen Bericht mit zu den Akten.«

»Es wird geschehen, Herr Doktor.«

Damit ging Lonny hinaus, froh, daß Doktor Friesen wieder zu seinem korrekten, sachlichen Ton zurückgefunden hatte.

Sie rief draußen den Bürodiener Zörner herbei und richtete den Auftrag aus. Als sie in ihrem kleinen Büro angelangt war, trat sie unwillkürlich ans Fenster, um einen kurzen Blick hinunterzuwerfen – auf den Chauffeur. Aber sie fuhr sofort erschrocken zurück, denn Lutz Hennersberg stand unten neben dem Auto und blickte gerade empor – in ihre Augen hinein – und machte eine Verbeugung. Er hatte schon die ganze Zeit zu dem Fenster emporgeblickt, hinter dem er Lonny Straßmanns Büro wußte. Als er sah, daß Lonny erschrocken zurückfuhr, zuckte er ein wenig zusammen und wurde blaß vor Erregung. Warum war sie so erschrocken zurückgewichen bei seinem Anblick?

Ganz vertieft war er in seine unruhigen Gedanken. Aber plötzlich wurde er angesprochen.

»Sie sollen mich die Zeitung jeben, Chauffeur, die der Herr Doktor in seiner Benzindroschke hat liegen lassen«, sagte der Bürodiener zu ihm, ihn mit seinen kleinen, vergnügten Augen anblinzelnd.

Lutz Hennersberg öffnete den Wagen, legte die auf dem Sitz ausgebreitete Zeitung zusammen und überreichte sie Zörner.

»Nich 'ne Zigarette, Chauffeur? Mir rochert so sehr, und ick habe keene mehr.«

Lutz zog sein Zigarettenetui und reichte es Zörner offen hin.

»Nehmen Sie, Zörner!«

Dieser starrte auf das elegante Etui.

»Mensch, wo haben Sie denn det jefunden? Det is doch mit 'ne Krone.«

Lutz wurde ein wenig verlegen, klappte das Etui schnell zu und sagte hastig:

»Ich habe es geschenkt bekommen.«

»O du dicke Luft? So'n Präsent möcht ick ooch mal haben.«

»Hat der Herr Doktor sonst noch Befehle für mich gehabt?« fragte Lutz ablenkend.

»Nee, nich det ick wüßt. Ick habe man jar nich mit ihm gesprochen, det Fräulein Sekretär hat mir runtergeschickt im allerhöchsten Auftrag.«

»So, so, Fräulein Straßmann?« sagte Lutz scheinbar gleichgültig.

»Jawoll, so is et.«

Zörner wollte die Unterhaltung noch weiterführen, er hätte den Chauffeur, der immer so nobel tat, gern noch ein bißchen ausgefragt, woher er das feine Zigarettenetui hatte. Aber dieser setzte seine undurchdringliche Miene auf und sagte ruhig:

»Der Herr Doktor wird auf seine Zeitung warten.«

Da trollte sich Zörner. Aber er dachte, während er die Treppe hinaufstieg: »Ob er det Ding geklaut hat?«

Und als er Lonny die Zeitung ablieferte, sagte er mit der unangebrachten Vertraulichkeit, die er ohne Ausnahme der Person für jeden Menschen hatte, selbst seinem Brotgeber gegenüber, der sich darüber amüsierte:

»Fräulein Sekretär, was der Chauffeur vom Herrn Doktor is, der is mir een schönet Rätsel.«

Lonny sah ihn scheinbar gleichmütig an.

»So?«

»Jawoll, ick habe so meine Betrachtungen über ihn. Er führt sich immer uff wie'n Jraf, und denn hat er noch een Zigarettenetui mit 'ne Krone drin. Ob er det woll geklaut hat?«

Lonny hatte alle Kraft nötig, um sich nicht zu verraten. Sie brachte es aber fertig, ruhig zu Zörner zu sagen:

»Sie haben doch immer einen losen Mund, Zörner, und werden noch mal in ernste Unannehmlichkeiten kommen. Wie können Sie so eine Anschuldigung aussprechen? Wenn das der Chauffeur wüßte, würde es Ihnen schlecht ergehen.«

»Na, Sie werden es schon nich petzen, und zu 'nem andern sag ick nischt darüber. Ich wollte man bloß sagen, det et mir wundert, wo er det feine Ding her hat. Er sagt, er hat det geschenkt gekriegt.«

»Dann wird es wohl auch stimmen. Schwatzen Sie also nicht solchen Unsinn. Und nun lassen Sie mich in Ruhe, ich habe keine Zeit.«

So trollte sich Zörner auch hier mit der ungelösten Frage auf dem Herzen. Lonny aber sah eine Weile, wie in tiefe Gedanken versunken, hinter Zörner her. Der Chauffeur hatte ein Zigarettenetui mit einer Krone drin? Das gab ihr ein neues Rätsel auf. Aber sie wehrte die Gedanken, die sie bestürmten, von sich. Vor ihr lag eine Arbeit, die all ihre Aufmerksamkeit forderte, da durften die Gedanken nicht abirren.

Unten aber neben dem Auto stand Lutz Hennersberg und schaute immer noch zu dem Fenster hoch, hinter dem er Lonny Straßmann wußte. Er hatte wohl eine Stunde zu warten, bis sein Herr herunterkam und sich von ihm hinaus zu einem großen Fabrikanwesen fahren ließ, wo er geschäftlich zu tun hatte. Vor der Fabrik mußte er längere Zeit warten. Hier aber sah er nicht nach den Fenstern, er saß auf seinem Führersitz und las in einem Buch – einem Buch in englischer Sprache.

Lonny hatte wieder einige Stunden mit Doktor Friesen gearbeitet, nachdem er aus der Fabrik zurückgekehrt war. Er hatte ihr einige Briefe diktiert, die sie in die englische Sprache übersetzen sollte. Lonny beherrschte diese Sprache ganz und gar.

Sie hatte dann bis zum Büroschluß damit zu tun, und als sie die Briefe Doktor Friesen hinüberbrachte, fragte sie, ob er noch etwas für sie zu tun habe.

»Nein, Fräulein Straßmann, heute sollen Sie nicht wieder Überstunden machen. Sie können nach Hause gehen. Ich erwarte nur noch einen telefonischen Anruf, dann mache ich für heute Feierabend.«

»Sie haben es auch sehr nötig, einmal auszuspannen, Herr Doktor.«

Er fuhr sich über die etwas gelichtete Stirn.

»Ich schlafe mich heute mal gründlich aus. Also bis morgen, Fräulein Straßmann.«

Lonny verabschiedete sich und machte sich langsam fertig zum Gehen. Sie wußte, unten vor dem Haus stand Hennersberg und wartete auf seinen Herrn, sie hatte das Auto anfahren hören. Und – sie mußte an ihm vorübergehen. Das Blut schoß ihr schon bei diesem Gedanken in die Stirn. Und es rötete das ganze Gesicht, als sie endlich aus der Haustür des Bürohauses hinaus auf die Straße trat.

Hennersberg gab sich einen Ruck, als er sie erblickte, und machte dann seine kurze Verbeugung. Sie neigte leicht das Haupt, aber er sah, wie tief sie errötet war. Seine Augen strahlten auf, und er sah ihr unverwandt nach, bis sie um die Straßenecke verschwunden war. Dann nahm er seinen Führersitz ein und zog sein Buch hervor, in dessen Inhalt er sich vertiefte. Das Fenster da oben hatte seine Anziehungskraft verloren.

Eine halbe Stunde später fuhr Doktor Friesen nach Hause. Als er seine schöne Villa in Wannsee erreicht hatte, sagte er beim Aussteigen lächelnd zu Hennersberg:

»Heute brauche ich Sie nicht mehr, Hennersberg, Sie können über diesen Abend frei verfügen. Guten Abend!«

»Guten Abend, Herr Doktor!«

Lutz Hennersberg fuhr das Auto in die Garage und übergab es dem Wagenwäscher, der das Amt hatte, die beiden Autos und die Garage sauberzuhalten und sich sonst in Haus und Garten nützlich zu machen.

Hennersberg hatte strengen Dienst von früh bis spät, und deshalb fand er keine Zeit, die Wagen in Ordnung zu halten.

Daher kam es, daß, wie Lonny bemerkt hatte, seine Hände so gut gepflegt aussahen. Beim Fahren trug er immer Handschuhe.

Er begab sich dann in seine Wohnung, die über der Garage lag. Sie bestand aus einem Wohn- und Schlafzimmer. Er suchte sein Schlafzimmer auf, zog eine Gummibadewanne aus der Ecke hervor und nahm ein kaltes, erfrischendes Bad. Hierauf rasierte er sich – frühmorgens blieb ihm meist keine Zeit dazu – und kleidete sich um. Dann ging er in das geräumige Wohnzimmer hinüber. Hier stand auf einem runden Tisch vor dem Sofa schon sein Abendessen. Er wurde aus der Küche Doktor Friesens beköstigt, und die Köchin, die trotz ihrer fünfzig Jahre für den schmucken Chauffeur eine kleine Schwärmerei empfand, dabei aber etwas Mütterliches hatte, sorgte immer gut für ihn. Alles war sehr appetitlich hergerichtet, und der kleine elektrische Teekessel wartete nur darauf, eingeschaltet zu werden. In wenigen Minuten kochte das Wasser, und er konnte sich mit dem bereitstehenden Extrakt seinen Tee bereiten.

Daß er nicht mit den anderen Bedienten zusammen drüben in der Villa im Dienerzimmer speisen mußte, hatte er auch der Köchin zu verdanken. Er hatte ihr diesen Wunsch ausgesprochen, und sie hatte denselben erfüllt. Die anderen Dienstboten wollten erst darüber maulen, daß der Chauffeur allein speiste. Er sei doch kein Graf und brauche keine ›Extrawurst‹. Die Köchin aber, die eine Machtstellung im Haus hatte, war für ihn eingetreten.

»Macht bloß keinen Lärm, mir ist das gerade recht, daß er drüben in seiner Wohnung ißt, denn da er nicht regelmäßig, wie ihr, zu Tisch kann, wäre es mir nur eine Plage mehr, wenn ich ihn jedesmal extra abfüttern müßte. So stelle ich ihm sein Essen hinüber und bin fertig damit.«

So hatte sie gesagt, und da hatten sich die Leute zufriedengegeben. In Wahrheit machte es jedoch der Köchin immerhin etwas mehr Umstände, für den Chauffeur extra anzurichten, aber das tat sie gern. Und Lutz wußte, daß er ihr mancherlei Vergünstigungen zu danken hatte, und hatte sich zuweilen mit kleinen Geschenken ihr gegenüber abgefunden, worüber sich das alte Mädchen um so mehr freute, da Lutz sich um die andern nicht kümmerte. Er war freundlich und höflich zu den Dienstboten, hielt sich aber immer etwas reserviert.

»Er ist sicher mal was Besseres gewesen«, hatte die Köchin einmal gesagt, als über den Chauffeur gesprochen wurde. Die andern glaubten das ohne weiteres und gewöhnten sich daran, daß er sich von ihnen fernhielt.

Lutz lag viel daran, allein zu speisen, nicht etwa, weil er sich über sie erhaben dünkte oder sich an ihren Manieren stieß, er fürchtete nur, daß er sich durch sein Auftreten irgendwie verraten könne, und das wollte er nicht. Wer ihn jetzt bei seiner einsamen Mahlzeit hätte beobachten können, würde sofort gemerkt haben, daß er aus einem anderen Kreis stammte.

Nachdem er gegessen hatte, stellte er das Geschirr samt dem Teekessel auf das große Tablett und trug es hinaus auf den kleinen Vorplatz, wo ein Tischchen stand. Darauf setzte er das Tablett nieder, und hier wurde das Geschirr bei Gelegenheit abgeholt.

Er zog sich wieder in sein Wohnzimmer zurück und ließ sich aufatmend auf das Sofa nieder. Das Tischtuch hatte er zusammengelegt, und nun prangte eine rote Plüschdecke auf dem Tisch. Einen Aschenbecher hatte er bereitgestellt, und er rauchte nun mit Behagen eine Zigarette. Er hielt sehr auf Ordnung in seiner Wohnung, alles mußte gleich auf den rechten Platz kommen, wenn es benutzt worden war.

Obwohl er selten einen freien Abend hatte, mochte er nicht ausgehen. Das kostete nur Geld und machte ihm kein Vergnügen. So vertiefte er sich wieder in sein englisches Buch. Aber nach einer Weile ließ er es sinken, lehnte den Kopf zurück und schloß die Augen. Er dachte an Lonny, und von ihr schweiften seine Gedanken in die Vergangenheit zurück – in eine Vergangenheit, die so ganz anders gewesen war als die Gegenwart. Ein harter, düsterer Zug grub sich um seinen Mund, und tief und schwer kam der Atem aus seiner Brust. So verharrte er lange Zeit, bis er sich aufraffte und wieder zu seinem Buch griff.

Was nützte alles Grübeln, was nützte es, wenn er sich in die Vergangenheit zurückversetzte? Man mußte mit der Gegenwart rechnen. Und er mußte sich den Gedanken an das liebe, süße Mädel aus dem Kopf schlagen. Wozu sollte es führen, wenn er sich mehr und mehr in diese aussichtslose Liebe verstrickte. Aussichtslos? Ja, sie war ganz aussichtslos. Die Tochter eines Majors – wenn er auch längst nicht mehr Major war – würde niemals die Frau eines schlichten Chauffeurs werden. Was hätte er ihr denn auch zu bieten gehabt? Sollte er ihr vielleicht zumuten, mit ihm in dieser Zweizimmerwohnung über der Garage zu hausen? Oder in einer vielleicht noch ärmlicheren Mietwohnung?

Wenn er doch etwas hätte vollbringen können, was ihn aus diesen engen Verhältnissen wieder heraushob. Aber hatte er nicht schon alles versucht, ehe er die Stellung als Chauffeur annahm? War es nicht das einzige gewesen, womit er sein Brot verdienen konnte? Alles andere war aussichtslos gewesen. Selbst wenn er in der Lage gewesen wäre, sein Studium als Ingenieur fortzusetzen, was stand ihm dann nach beendetem Studium bevor bei diesem erschreckenden Überangebot an Ingenieuren? Er hätte höchstens ins Ausland gehen können. Aber was nützten solche Erwägungen, er hatte eben das Geld nicht, um sein Studium zu vollenden. Was er ersparen konnte, war wenig, es würde sehr lange dauern, bis er genügend zusammen hatte. Und wenn er so eine Summe gespart hätte, dann wäre es sicher besser, er fing etwas anderes damit an, was ihn schneller vorwärtsbrachte. Doch wie sich sein Schicksal auch in Zukunft gestaltete – der Chauffeur Hennersberg war nicht imstande, sich Lonny Straßmann zu erringen.

Immer wieder irrten seine Gedanken über das Buch hinaus, immer wieder stand lockend vor seinen geistigen Augen ein liebes, holdes Mädchengesicht, mit leuchtenden grauen Augen, mit einem blütenfrischen Teint, dem die Büroarbeit nichts hatte anhaben können, und mit dem kastanienbraunen Haar, das immer aussah, als seien metallische Funken darübergestreut.

»Lonny, süße, kleine Lonny, ahnst du, wie sehnsuchtsvoll ich an dich denke, ich – der Chauffeur Hennersberg?«

Was sie wohl sagen würde, wenn er vermessen genug wäre, ihr seine Liebe zu gestehen? Würde sie ihn auslachen – oder kalt und stolz zurückweisen wie einen unverschämten Zudringlichen? O nein, nein – sie würde keins von beiden tun, würde nur erschrecken und ihn mit so fassungslos verwirrten Augen ansehen wie gestern abend, als er ihr die Hand geküßt hatte. Fliehen würde sie vor ihm und ihn vielleicht ein wenig bemitleiden, zumal wenn sie wüßte, wie er aus seiner Bahn geschleudert worden war.

»Lonny – süße Lonny, wär' ich doch reich, könnte ich dir eine gesicherte Zukunft bieten –, ich weiß, du würdest mein, ganz gewiß würdest du mein. Dein Erröten, deine Verwirrung zeugen nicht von Gleichgültigkeit. Du siehst mir nicht ruhig und kalt in die Augen wie anderen Männern. Nein, ich weiß, ein wenig bist du mir gut – obwohl ich nur ein armer Chauffeur bin.«

Wie er es auch immer anstellte, schließlich waren seine Gedanken auf irgendeinem Weg wieder zu Lonny geeilt.

4

Es war einige Wochen später an einem Sonntagnachmittag. Die Natur war schon ganz herbstlich geworden, aber die Sonne schien noch sehr warm herab, und der Himmel zeigte die intensive Bläue klarer Herbsttage.

Doktor Friesen hatte seinen Chauffeur an diesem Sonntag beurlaubt. Ein Freund hatte ihn in seinem Auto abgeholt, um mit ihm zum Landgut seiner Eltern zu fahren. Das geschah in letzter Zeit zuweilen, und so kam Lutz Hennersberg jetzt öfter einmal zu einem freien Sonntag. Er hatte sich schon Vormittag zu einem längeren Spaziergang aufgemacht, hatte draußen irgendwo einen Imbiß genommen und war nun auf dem Heimweg. Einsam wie immer schritt er am Ufer des Wannsees dahin. Auf dem Wasser wurde noch fleißig Sport getrieben, Ruder- und Segelboote glitten dahin, und auf manchem dieser Boote war lustige Gesellschaft, man hörte Lachen und Singen herüberschallen. Auch ein vollbesetzter Dampfer fuhr vorüber. Dies alles nahm Lutz mit offenen Augen wahr, und ein Lächeln huschte über sein ernstes Gesicht, als ein paar junge Leute, die dicht an ihm vorüberfuhren, ihm Scherzworte zuriefen.

Dies Lächeln war noch nicht ganz wieder verschwunden, als er, um eine Gebüschgruppe herum in einen Nebenweg einbiegend, plötzlich eine junge Dame herankommen sah, bei deren Anblick er heftig erschrak. Er erkannte sofort Lonny Straßmann.

Sie trug ein sehr hübsches und elegantes Herbstkomplet, dem man nicht anmerkte, daß es nicht in einem namhaften Modeatelier, sondern unter Lonnys eigenen, sehr geschickten Händen entstanden war. Sie sah sehr vornehm aus.

Lonny hatte mit ihren Eltern, durch das schöne Wetter verlockt, einen kleinen Sonntagsausflug zum Wannsee unternommen; ihre Eltern hatten sich in einem Lokal niedergelassen, um eine Tasse Kaffee zu trinken, und Lonny hatte um Erlaubnis gebeten, einen Spaziergang am Seeufer entlang machen zu dürfen. Sie wollte später wieder mit den Eltern zusammentreffen. Da es sonntags um den See sehr belebt war, hatte der Vater es gestattet.

In dem gutgekleideten, schlanken Mann, der ihr jetzt begegnete und einen grauen Zivilanzug, einen weiten Paletot und grauen Filzhut trug, erkannte sie nicht gleich den Chauffeur Hennersberg, den sie bisher immer nur in seinem ledernen Fahranzug gesehen hatte. Sie wäre fast an ihm vorübergegangen, ohne ihn zu erkennen, wenn er nicht nach dem Hut gegriffen hätte, um sie zu grüßen. Denn es war nicht ihre Art, fremden Herren forschend ins Gesicht zu sehen. Nun aber sah sie zu ihm auf und zuckte leicht zusammen. War dieser vornehm und elegant wirkende Mann wirklich der Chauffeur Hennersberg?

Unwillkürlich verhielt sie ihren Schritt und wußte nicht, was sie tun sollte. Ihr Gesicht war von einer jähen Röte bedeckt, und ihre Augen blickten unsicher und verwirrt zu ihm auf. Sollte sie schweigend an ihm vorübergehen oder ein paar Worte mit ihm sprechen? Sie entschloß sich zu letzterem, es hätte unfreundlich ausgesehen, wenn sie stumm an ihm vorübergegangen wäre.

Er hatte nicht gewagt, sie anzusprechen, aber als sie nun mit einem scheuen Lächeln zu ihm aufsah und ihn ansprach, leuchteten seine stahlblauen Augen auf.

»Sind Sie das wirklich, Herr Hennersberg?«

»Ja, mein gnädiges Fräulein.«

»Ich hätte Sie fast nicht erkannt.«

»Ich habe heute einen freien Tag; Herr Doktor Friesen ist von seinem Freund schon heute morgen im Auto abgeholt worden und mit ihm über Land gefahren.«

»Ach richtig, er sprach mit mir gestern davon, daß er wieder nach Bernau fährt.«

»So ist es, er fährt jetzt zuweilen dorthin, was mir immer einen freien Sonntag einbringt.«

»Der Ihnen sehr zu gönnen ist; ich weiß, daß Sie nicht viel freie Zeit haben.«

»Deshalb habe ich auch den schönen Tag zu einem ausgedehnten Spaziergang benützt.«

»Das ist recht! Auch mich lockte das schöne Wetter, ein Stück am Seeufer zu Fuß zu gehen. Meine Eltern sitzen bei ›Schultheiß‹ und trinken ihren Nachmittagskaffee. Sie warten dort, bis ich zurückkomme. Papa ist nicht fürs Laufen, er muß in seinem jetzigen Beruf so viel herumlaufen, daß er sonntags seine Ruhe haben will. Es ist auch sehr selten, daß wir solch einen Ausflug machen.«

»Sie sollten aber nicht so allein gehen, mein gnädiges Fräulein, ich sah heute schon verschiedene angetrunkene Menschen. Bedenken Sie, wenn Ihnen solch ein Mensch begegnen würde.«

Das klang so besorgt, daß sie gleich wieder zu ihrem Leidwesen sehr rot wurde.

»Daran habe ich gar nicht gedacht«, sagte sie erschrocken.

Er zögerte eine Weile, aber der Wunsch, sie ein Stück zu begleiten, wurde so mächtig in ihm, daß er entschlossen sagte:

»Wenn Sie mir gestatten, begleite ich Sie auf Ihrem Weg. Nur, damit Sie nicht schutzlos sind. Sie dürfen mir das nicht als Anmaßung auslegen. Ich möchte Sie nur vor etwaigen Belästigungen schützen.«

Das Herz klopfte Lonny bis zum Hals hinauf. In seiner Art lag eine so selbstverständliche Ritterlichkeit, daß sie nicht anders konnte, als seine Begleitung anzunehmen.

So wandte er sich um und ging mit ihr weiter, glückselig, ihre Nähe genießen zu können. Sie sprachen eine ganze Weile nichts, mußten sich beide erst ein wenig fassen. Endlich ergriff Lonny das Wort.

»Da uns ein Zufall hier zusammengeführt hat, Herr Hennersberg, möchte ich wohl einmal eine Frage an Sie richten. Wenn Sie dieselbe nicht beantworten wollen, brauchen Sie es nicht zu tun. Es ist nicht Neugier, die mich zu dieser Frage treibt.«

»Bitte, fragen Sie, mein gnädiges Fräulein, und ich werde Ihnen gern antworten.«

»Wie sind Sie eigentlich dazu gekommen, Chauffeur zu werden? Es ist ganz sicher nicht der Beruf, für den Sie erzogen wurden.«

Mit einem brennenden Blick sah er auf sie nieder. Es zuckte leise in seinem Gesicht.

»Die Not trieb mich dazu – und die Umwertung aller Dinge in Deutschland«, sagte er heiser vor unterdrückter Erregung.

Sie atmete schnell.

»Oh, ich dachte es mir. Und ich kann Ihnen so gut nachfühlen, wie quälend es für Sie sein muß, daß Sie aus angestammten Verhältnissen gedrängt wurden. Erlebe ich doch ähnliches täglich an meinem armen Vater. Nicht wahr – Sie waren auch Offizier?«

»Nur im Krieg, mein gnädiges Fräulein. Obwohl ich aus einer alten Soldatenfamilie stamme, hatte ich nicht Lust, Soldat zu werden. Mein Vater war Offizier – er fiel im Krieg als Oberst. Er hätte es gern gesehen, wenn ich auch Offizier geworden wäre, aber dieser Beruf lag mir nicht. So brachte mein Vater das Opfer, mir die Erlaubnis zu geben, daß ich nach dem Abitur die Hochschule besuchte. Ich wollte Maschinen bauen, das lockte mich. Aber ich hatte erst das dritte Semester angefangen, als ich an die Front mußte, und bis zum Ende des Krieges war ich Offizier. Im dritten Kriegsjahr fiel mein Vater bei einem Fliegerangriff, und meine Mutter erlag einem Herzschlag, als sie die Kunde von seinem Tod bekam.«

Erschrocken sah sie in sein blasses Gesicht.

»Oh, nun habe ich durch meine Fragen trübe Erinnerungen in Ihnen geweckt, verzeihen Sie mir.«

Ein schwaches Lächeln spielte um seinen Mund.

»Wenn Sie wüßten, was für eine Wohltat es mir ist, daß ich einmal darüber sprechen kann. Ich stehe ganz allein im Leben, habe keinen Verkehr, seit ich – Chauffeur wurde. Es mußte sein. Meines Vaters geringe Hinterlassenschaft reicht gerade dazu aus, mancherlei Schulden zu bezahlen, die er ebenfalls hinterlassen hatte, obwohl meine Eltern kein luxuriöses Leben führten. Was der Vater verdiente, wollte nie ausreichen zu einer standesgemäßen Lebensführung. Ich versuchte trotzdem, mit dem Rest meiner Habe nach dem Krieg das Studium wieder aufzunehmen, und quälte mich noch durch weitere zwei Semester.

Aber dann kam die Inflation. Ich mußte mein Studium aufgeben, tat es schließlich aus den vernünftigen Erwägungen heraus, daß ich auch als Ingenieur jahrelang noch für ein sehr geringes Gehalt würde arbeiten müssen, wenn ich überhaupt bei der Überfüllung eine Stellung bekommen hätte.

Ich versuchte alles mögliche, um mich über Wasser zu halten, aber überall war ein Überangebot von Arbeitskräften. Es mißglückte alles. Und – so wurde ich schließlich Chauffeur. Da ich den Führerschein hatte und mit Motoren umzugehen wußte, bekam ich schnell eine Stellung. Die erste Anstellung bei einem protzigen Neureichen war für mich mit tausend Qualen angefüllt – ich hielt es schließlich nicht mehr aus. Aber dann engagierte mich Doktor Friesen. Bei ihm habe ich eine gute Stellung gefunden. Wenn ich auch wenig freie Zeit habe, so werde ich doch gut bezahlt, habe eine anständige, wenn auch bescheidene Wohnung, in der ich mich leidlich wohl fühle und zuweilen wenigstens das Gefühl habe, ein freier Mann zu sein.

Zuweilen träume ich davon, in dieser Stellung zu bleiben, bis ich mir eine kleine Summe gespart habe, mit der ich mir eine bessere Existenz gründen kann. Ob ich dann mein Studium doch noch vollenden oder auf andere Weise versuchen werde, wieder emporzukommen, weiß ich noch nicht, das alles liegt ja noch in weiter Ferne. Aber – verzeihen Sie mir, daß ich so weitschweifig geworden bin, das alles kann Sie kaum interessieren.«

Sie sah mit einem unbeherrschten, warmen und mitleidigen Blick zu ihm auf.

»Weiß Doktor Friesen um Ihre Vergangenheit?«

»Nein, er weiß nur, daß ich Chauffeur bin. Ich bekam von dem Neureichen wenigstens ein sehr gutes Zeugnis, und auf dies Zeugnis hin nahm er mich an, ohne mich weiter auszufragen.«

Sie lächelte leise.

»Er ist ein guter Menschenkenner und wußte, daß er sich auf Sie würde verlassen können; ich höre sehr oft von ihm Lobsprüche über seinen überaus tüchtigen Chauffeur. Aber unser Bürodiener Zörner macht sich Kopfschmerzen über Sie. Er schwankt, ob er Sie für einen ›Jrafen‹ halten soll – oder …«

Sie brach lachend ab.

»… oder?« fragte er, entzückt in ihr lachendes Gesicht sehend.

»Nein, ich will Ihnen lieber nicht sagen, was für Vermutungen ein elegantes Zigarettenetui in Ihrem Besitz in ihm geweckt hat.«

»Ach so! Ich war unvorsichtig, als er mich um eine Zigarette bat, und reichte ihm mein Etui. Und da hat er die darin gravierte Freiherrnkrone gesehen. Ich heiße in Wahrheit Freiherr Lutz von Hennersberg, aber den ›Freiherr‹ und das ›von‹ habe ich seit Beendigung des Krieges gestrichen, das gehört nicht mehr in die neue Zeit und ist nur überflüssiger Ballast für mich. Ich möchte Sie auch bitten, nicht darüber zu sprechen.«

Sie sah tiefbewegt in seine Augen.

»Ich bewundere Sie, daß Sie mit alledem so ruhig fertig geworden sind!«

Es zuckte um seinen ausdrucksvollen, schmallippigen Mund.

»Ruhig? Nun, manchmal ging es sehr stürmisch zu in meinem Innern. Aber es gibt etwas, dem sich der stärkste Mann fügen muß – das ist die zwingende Notwendigkeit. Der Hunger zwingt uns schließlich doch, wenn man nicht feige ein Ende machen will. Und das wollte ich nie. Mancher an meiner Stelle hat es getan; ich bin nie soweit entmutigt gewesen. Bin es auch jetzt nicht. Irgendwie werde ich das Leben schon noch zwingen.«

Erschrocken hatte sie ihn angesehen, nun atmete sie auf und sah ihn an.

»Nein, so etwas konnten Sie nicht tun; ein Mann braucht nicht zu verzweifeln, solange er gesund ist und arbeiten kann.«

Ein Lächeln huschte um seinen Mund.

»Das sagte ich mir auch«, meinte er, und sein Gesicht wurde durch dies Lächeln seltsam verklärt.

Wieder gingen sie eine Weile schweigend nebeneinander her, jeder in seine Gedanken eingesponnen. Lonny mußte darüber nachdenken, daß neben ihr ein Freiherr Lutz von Hennersberg ging, der Sohn eines Oberst.

Sie bewunderte ihn, und ein heißer, brennender Wunsch stieg in ihr auf, ihm zu helfen. Ach, daß sie selbst so arm war! Aber wenn sie auch reich gewesen wäre, dieser Mann nahm keine Hilfe an von einer Frau. Der biß sich selber durch. Und aus diesem Gedanken heraus sagte sie warm und herzlich:

»Ich will Ihnen wünschen, daß Sie Ihr Ziel erreichen. Und ich glaube auch, daß es Ihnen auf irgendeine Weise gelingen wird.«

Seine Augen hingen an den ihren. Wenn sie geahnt hätte, wie glücklich ihn ihre Worte machten.

»Ich danke Ihnen, mein gnädiges Fräulein, daß Sie mir so viel Teilnahme erweisen. Vorläufig geht es mir ja nicht schlecht, ich verdiene mehr, als ich als Ingenieur jetzt verdienen würde, und genieße in Doktor Friesens Hause manche Vergünstigung. Alle Leute sind bei ihm gut gehalten.«

»Ja, er ist ein guter, edler Mensch«, sagte sie warm.

Da blitzte es wieder wie Eifersucht in ihm auf.

Aber er sagte nur:

»Ich kenne ihn zu wenig, sein Verkehr mit mir beschränkt sich auf seine Befehle, denen ich nachzukommen habe. Aber Sie sind oft und viel in seiner Gesellschaft und müssen ihn besser kennen als ich.«

Unbefangen sah sie ihn an.

»Ja, wir arbeiten oft stundenlang zusammen, und ich staune über seine Geistesschärfe, über seine schnelle Entschlußkraft und über seine Geistesgegenwart. Es ist unbedingt einer unserer tüchtigsten Rechtsanwälte. Wenn ich eine Klage zu führen hätte, nur ihn würde ich zu meinem Anwalt wählen. Und dabei ist er menschlich gut, ohne jede Einbildung, und von vornehmer Gesinnung.«

Er atmete schwer. Brennend neidete er seinem Herrn dieses Lob von ihrer Seite. Aber er war doch zu gerecht, um nicht hinzuzufügen:

»Alle seine Untergebenen halten viel von ihm. Ich bin sehr erstaunt, daß er noch unverheiratet ist. Sicher hat er doch die Auswahl unter den Frauen.«

Lonny lachte unbefangen.

»Ach, er hat ja gar keine Zeit, sich eine Frau zu suchen, und wenn ihm nicht einmal zufällig eine in den Weg läuft, wird er sicher als Junggeselle sterben.«

Ihre Unbefangenheit tat ihm wohl.

»Meinen Sie?«

»Ganz gewiß! Aber vielleicht findet er in Bernau eine Frau«, sagte sie mit einem Schelmenlächeln.

»Ist dazu Aussicht vorhanden?« fragte er hastig.

Sie hob abwehrend die Hand.

»Man darf nicht davon sprechen, sonst wird nichts draus. In letzter Zeit habe ich so meine kleinen Beobachtungen gemacht. Er hat freilich kein Glück bei Frauen nach meinem Dafürhalten – und ich könnte mir auch gar nicht denken, daß sich eine Frau in ihn verliebt.«

Ihm wurde ganz leicht ums Herz.

»Nein?«

»Gewiß nicht. Er hat so gar nichts, was eine Frau bestricken könnte, immer denkt er nur an seine Arbeit. Und ein Adonis ist er auch nicht!«

»Aber er ist sehr reich, er könnte einer Frau ein Leben in Glanz und Luxus bieten«, warf Hennersberg ein.

»Freilich, wenn sich eine Frau damit begnügt. Wenn ihn eine Frau übrigens näher kennenlernen würde, dann würde sie wohl auch Werte an ihm finden, die sie fesseln könnten. Jedenfalls verdient er eine gute Frau, und ich wünsche ihm, daß er sie findet.«

»Und – Sie glauben, daß er so eine Frau vielleicht in Bernau finden könnte?«

Sie lachte ein wenig.

»Vielleicht ist da bei mir nur der Wunsch der Vater des Gedankens. Aber sein Freund hat eine Schwester, eine nicht mehr ganz junge und auch nicht sehr schöne Dame, die sehr sympathisch ist. Und sie besuchte ihn kürzlich mit ihrem Bruder im Büro, und – aber nein, es wäre indiskret, wenn ich meine Beobachtungen preisgeben wollte. Jedenfalls freue ich mich, daß er in letzter Zeit so oft nach Bernau fährt.«

Er atmete wie erlöst auf.

»Sie wünschen also, daß er sich verheiraten möge?«

»Ja – aus verschiedenen Gründen.« Sie dachte an die Quälereien ihrer Stiefmutter, doch davon konnte sie natürlich nicht sprechen. So fuhr sie nach kurzem Zögern nur fort: »Es wäre mir sehr angenehm, wenn ich mit einem verheirateten Chef zu arbeiten hätte. Wenn Doktor Friesen auch äußerst korrekt und zurückhaltend zu mir ist, immerhin würde unser Zusammenarbeiten für mich leichter sein, wenn er eine Frau hätte.«

»Ich kann das verstehen, mein gnädiges Fräulein. Und so wollen wir beide Herrn Doktor Friesen wünschen, daß er bald ein Eheglück findet, wie er es verdient.«

Er konnte nun ganz unbefangen mit ihr über Doktor Friesen sprechen, denn er fühlte, daß er keinerlei Anlaß zur Eifersucht hatte. Daß Lonny Straßmann keine Frau war, die sich an einen ungeliebten Mann um Glanz und Luxus verkaufte, fühlte er auch.

Sie plauderten lebhaft weiter, tauschten ihre Ansichten vom Leben aus und empfanden beide mit inniger Befriedigung, wie sie miteinander harmonierten. Lonny vergaß ganz, daß sie neben dem Chauffeur Hennersberg ging, sie fühlte nur, daß ein untadeliger Ehrenmann an ihrer Seite ging, den ein widriges Schicksal aus seiner Bahn geschleudert hatte und der dennoch tapfer seinen Weg ging. Schließlich sah sie aber, sich an ihre Eltern erinnernd, auf ihre Armbanduhr und schrak leicht zusammen.

»Jetzt muß ich aber schnell zurückgehen, ich habe gar nicht auf die Zeit geachtet. Meine Eltern werden schon auf mich warten.«

Er kehrte mit ihr um, und sie schlugen nun eine schnellere Gangart ein. Aber sie plauderten dabei weiter. Und im Lauf des Gesprächs redete sie ihn einmal ›Herr von Hennersberg‹ an. Da sah er sie bittend an. »Nein, bitte, nennen Sie mich einfach Hennersberg. Ich weiß mit meinem Adelstitel nichts anzufangen und möchte nicht, daß Sie mich damit anreden, das könnte jemand hören.«

»Wie Sie wünschen, Herr Hennersberg. Aber Sie können unbesorgt sein, in Gegenwart von andern Menschen würde ich Sie nie so anreden.«

Sie waren nun schon wieder nahe der Stelle, wo sie sich vorhin getroffen hatten, und als sie in den anderen Weg einbiegen wollten, schreckte Lonny zusammen und wurde dunkelrot – sie sah ihre Eltern auf diesem Weg kommen.

»Meine Eltern!« stieß sie erschrocken hervor.

Er fühlte instinktiv, daß es ihr peinlich war, von ihren Eltern in seiner Begleitung getroffen zu werden, und wußte im Augenblick nicht, was er tun sollte. Sie wandte sich indessen schnell gefaßt zu ihm, reichte ihm die Hand und sagte, ihre Verwirrung verbergend, so gut es ging: »Ich danke Ihnen für Ihre Begleitung, Herr Hennersberg, aber nun habe ich genügend Schutz an meinen Eltern. Auf Wiedersehen!«

Er zog den Hut und verneigte sich.

»Wünschen Sie, daß ich mich entferne, ehe Ihre Eltern vollends herbeikommen?« fragte er leise.

»Ja – bitte, gehen Sie«, bat sie beklommen.

Da verneigte er sich nochmals und ging. Er fürchtete, sie würde Unannehmlichkeiten haben.

Das war ein etwas unbefriedigender Ausklang dieser für ihn so beglückenden Stunde. Langsam ging er davon.

Der Major und seine Gattin waren inzwischen nahe herbeigekommen und sahen mit erstaunten und etwas mißbilligenden Blicken hinter Lutz Hennersberg her.

»Wer war der Herr, der dich soeben verließ, Lonny?« fragte der Major streng.

Lonny nahm alle Selbstbeherrschung zusammen.

»Es war der Chauffeur Doktor Friesens, Papa, ich traf ihn zufällig, und wir gingen einige Schritte miteinander.«

»So, so – Doktor Friesens Chauffeur? Nun, für einen Chauffeur hätte ich diesen elegant gekleideten Herrn nicht gehalten. Doktor Friesen scheint seinen Chauffeur gut zu bezahlen«, erwiderte der Vater nun beruhigt und ganz harmlos.

Frau Hermine aber sah Lonny mit einem scharfen, forschenden Blick an, sagte aber vorläufig kein Wort des Tadels. Erst als man zu Hause angelangt war, sagte sie, als sie mit Lonny allein war:

»Mir scheint doch, Lonny, daß der Verkehr mit diesem Chauffeur nicht so harmlos ist, wie du es darstellst. Ich kann mich der Vermutung nicht erwehren, daß du dich mit ihm verabredet hattest.«

Lonny schoß das Blut ins Gesicht.

»Wenn du mich nur ein wenig besser kennen würdest, Mama, würdest du wissen, daß ich solcher Heimlichkeiten nicht fähig bin. Bitte, bedenke doch, daß ich mich durchaus nicht an diesem Ausflug beteiligen wollte. Papa mußte erst ein Machtwort sprechen. Du wirst dann einsehen, wie haltlos deine Anschuldigung ist. Ich traf ihn wirklich ganz zufällig und war sehr erstaunt, ihn so gut gekleidet zu sehen. Fast hätte ich ihn nicht erkannt, da ich ihn immer nur in seinem Chauffeuranzug gesehen habe.«

Frau Hermine war aber noch immer nicht überzeugt.

»Weshalb lief er dann so davon, als habe er ein schlechtes Gewissen?«

»Weil ich ihn verabschiedete, als ich euch kommen sah. Ich kenne ja deine Einstellung einem Chauffeur gegenüber und wollte ihn euch nicht vorstellen. Jedenfalls bist du selbst schuld, daß ich meine Unbefangenheit in dieser Hinsicht verloren habe.«

»Nun, mag sein, wie es will, du bist gewarnt, und das kann nicht schaden. Dieser Chauffeur macht ganz den Eindruck, als könne er einem jungen Mädchen gefährlich werden. Heute sah er durchaus nicht aus wie ein Chauffeur.«

»Das ist er auch nur aus Not geworden, Mama, er hat als Ingenieur auf der Hochschule studiert, mußte aber sein Studium abbrechen, weil er an die Front ging, und konnte es nicht beenden, weil sein Vater im Krieg fiel und ihm nicht genug Vermögen hinterließ. Du brauchst dich also wirklich nicht aufzuregen, wenn ich einige Worte mit ihm wechsle; er ist ein sehr gebildeter und artiger Mann. Sein Vater fiel übrigens als Oberst im Krieg.«

»Um so gefährlicher ist für dich der Umgang mit ihm. Ich muß dir ganz entschieden verbieten, dich nochmals irgendwie mit ihm einzulassen, sonst muß ich es doch Papa sagen. Wozu soll das führen? Er ist arm und du bist arm, und – du bist besorgniserregend interessiert an seinem Schicksal!«

Lonny zog die Stirn wie im Schmerz zusammen.

»Du kannst unbesorgt sein, Mama, ich weiß genau, was ich tun und lassen muß«, sagte sie mit verhaltener Stimme.

»Um so besser, wenn du das weißt. Vergiß nie , daß du nur einen vermögenden Mann heiraten kannst. Und wenn du auf eine gute Partie reflektierst, mußt du vor allen Dingen auf deinen guten Ruf achten.«

Lonny richtete sich stolz empor.

»Für meinen Ruf stehe ich selbst ein, Mama. Und auf eine ›gute Partie‹ rechne ich nie – das tust nur du für mich.«

»Weil du es eben leider nicht selber tust. Man muß dir immer wieder klarmachen, daß du darauf angewiesen bist. Wie gesagt, wenn ich noch einmal etwas Verdächtiges in dieser Angelegenheit bemerke, muß ich doch mit Papa sprechen.«

Müde und traurig sah Lonny ihre Stiefmutter an.

»Du brauchst Papa deswegen wirklich nicht zu beunruhigen, er hat ohnehin schon Sorgen genug.«

»Die du ihm erleichtern könntest, wenn du nur wolltest.«

»Es gibt eben Dinge, die man nicht wollen kann, Mama. Bitte, quäle mich nicht mehr.«

»Quälen! Immer redest du gleich von Quälen, wenn man dir einmal vernünftig zuredet. Es ist ein Kreuz mit dir!«

Lonny brach das Gespräch ab. Es war ihr unerträglich, weiter in diesem Ton mit der Stiefmutter zu sprechen. Sie suchte ihr Zimmerchen auf, saß dort lange am Fenster und starrte vor sich hin. Und sie dachte trotz aller Vernunft doch nur an Lutz Hennersberg.

5

Als Lonny am nächsten Tag wieder an dem Chauffeur vorüberging, der mit dem Wagen auf Doktor Friesen wartete, trat er schnell an ihre Seite.

»Mein gnädiges Fräulein, bitte, beruhigen Sie mich darüber, daß Sie keine Unannehmlichkeiten hatten, weil Ihre Eltern mich in Ihrer Gesellschaft sahen. Ich bin sehr schweren Herzens Ihrem Wunsch nachgekommen, Sie allein zu lassen«, sagte er erregt.

Sie war ein wenig blaß geworden, sah ihn aber ruhig an.

»Nein, nein, ich hatte durchaus keine Unannehmlichkeiten. Sie können ganz beruhigt sein. Und Sie müssen mir verzeihen, daß ich Sie so schnell fortschickte, aber ich wußte wirklich im Augenblick nicht, wie ich Sie meinen Eltern vorstellen sollte.«

Mit einem schmerzlichen Blick sah er sie an.

»Bleiben Sie doch wahr! Sie wollten Ihren Eltern ersparen,

ihnen einen Deklassierten in aller Form vorstellen zu müssen!« stieß er bitter hervor.

Teilnahmsvoll sah sie in sein erregtes Gesicht.

»Vergessen Sie doch nicht, daß mein Vater auch nichts anderes ist als ein Deklassierter, wie Sie es nennen. Ich wollte Sie nur nicht einfach als Doktor Friesens Chauffeur vorstellen und wußte nicht, ob ich meinen Eltern sagen durfte, wer Sie in Wirklichkeit sind. Wenn Sie es mir aber gestatten, werde ich bei Gelegenheit meinem Vater von Ihrem Schicksal berichten.«

»Gern gestatte ich Ihnen das; Ihre Eltern werden ja kaum mit Doktor Friesen zusammenkommen und mit ihm darüber sprechen.«

»Ich werde es ihnen nur unter Diskretion erzählen. Und wenn Sie dann wieder einmal zufällig mit meinen Eltern zusammentreffen, dann stelle ich Sie vor. Mein Vater wird Sie gern begrüßen, das weiß ich gewiß. Nur meine Stiefmutter – ganz offen: für meine Stiefmutter kann ich nicht garantieren; sie ist ein wenig engherzig.«

Er atmete erleichtert auf.

»Oh, Sie haben Ihre rechte Mutter verloren?«

»Ja, schon als ich kaum sechs Jahre alt war; meine Mutter verunglückte bei eine Bootsfahrt. Aber nun muß ich gehen, Herr Hennersberg, Doktor Friesen wird gleich herunterkommen.«

Mit einer artigen Verbeugung trat er zurück.

»Ich bitte um Verzeihung, daß ich Sie aufgehalten habe, ich war nur so in Unruhe.«

»Aber ganz ohne Ursache. Auf Wiedersehen, Herr Hennersberg!«

Mit aufleuchtenden Augen sah er ihr nach. Auf Wiedersehen hatte sie gesagt, und das klang ihm wie eine Verheißung in den Ohren.

Es erging ihm wie allen Liebenden: die Vernunftsgründe wollten nicht stichhalten. Er hoffte auf ein Wunder, das ihm doch ermöglichen könnte, Lonny Straßmann zu erringen.

So trafen die beiden noch oft für flüchtige Augenblicke zusammen, und auf diese Augenblicke konzentrierte sich für sie das ganze Leben. Auch Lonny vergaß die Ermahnungen ihrer Stiefmutter, wenn sie Lutz Hennersberg sah. Sie vergaß alles, wenn sie in seine Augen sah, außer daß sie ihn liebte. Und auch sie begann nun auf ein Wunder zu hoffen, das ihrer Liebe Erfüllung bringen könnte.

Eines Abends, als sie aus dem Büro nach Hause kam, traf sie ihren Vater allein an. Die Stiefmutter hatte von einer befreundeten Dame eine Theaterkarte bekommen, die sie nicht selbst benutzen konnte, und so war sie ins Theater gegangen. Lonny war also seit langer Zeit wieder einmal ein Alleinsein mit dem Vater beschieden.

In Abwesenheit seiner Frau gab sich der Major zugänglicher und liebevoller Lonny gegenüber als sonst, und so war dieser Abend für Lonny ein sehr angenehmer und behaglicher. Sie plauderte mit dem Vater von allerlei Dingen, die sie sonst nicht berührte, sprach sich über ihren Beruf aus, über dessen Annehmlichkeiten und Unannehmlichkeiten. Dann berichtete auch der Major, offenherziger als in Gegenwart seiner Frau, über alle Nöte und Demütigungen, die er in seinem Amt erlebte. Lonny tröstete ihn nach Kräften, und das Herz tat ihr weh, daß sie ihm nicht helfen konnte.

Schließlich benutzte Lonny die Gelegenheit, um dem Vater von Lutz Hennersberg zu erzählen, von seinem Schicksal, wie er Chauffeur geworden war und wie tapfer und unverzagt er es trug.

Aufmerksam hörte der Vater zu. Lonny hatte den Namen des Chauffeurs noch nicht genannt, hatte immer von dem Chauffeur Doktor Friesens gesprochen.

»Nun ist mir erklärlich, Lonny, daß er so gar nicht den Eindruck eines Chauffeurs machte, als ich ihn neulich am Wannsee mit dir kommen sah. Aber um so unverständlicher ist mir nun, daß er davonlief, als er uns erblickte.«

»Das werde ich dir gleich erklären. Er ist sehr empfindsam, was man ja bei seiner prekären Situation verstehen kann, und er wollte euch nicht in die Lage bringen, euch einen schlichten Chauffeur in aller Form vorstellen lassen zu müssen.«

»Ah, nun verstehe ich. Aber du hättest ihn überzeugen müssen, daß gerade ich volles Verständnis dafür haben würde. Wie heißt er denn eigentlich?«

»Lutz Hennersberg.«

Der alte Herr stutzte. »Lutz Hennersberg? Und du sagst, sein Vater ist als Oberst im Krieg gefallen?«

»Ja, im dritten Kriegsjahr.«

Lebhaft richtete sich der Major auf.

»Im dritten Kriegsjahr? Lonny, ich kannte einen Oberst Hennersberg, der auch im dritten Kriegsjahr gefallen ist und – der ein alter Freund und Kriegskamerad von mir war. Aber das war ein Freiherr Georg von Hennersberg«, stieß er erregt hervor.

Lonnys Augen glänzten.

»Ja, Vater, der Chauffeur Doktor Friesens ist ein Freiherr von Hennersberg. Er hat nur seinen Titel abgelegt, als er Chauffeur werden mußte.«

Der Major sprang auf wie ein ganz Junger.

»Das bewegt mich sehr, Lonny! Georg von Hennersberg war ein sehr guter Freund von mir. Ja, ich erinnere mich, Lutz hieß sein Sohn, den ich nur als kleines Kind kannte. Bald nach seiner Geburt verließ ich die Garnison, in der ich mit Georg von Hennersberg als Leutnant diente, ich wurde zu einem anderen Regiment versetzt, und er blieb zurück.

Georg von Hennersberg hatte sich zwei Jahre früher mit

einer Baroneß Brambach verheiratet. Sie war sehr schön, aber vermögenslos, und er besaß auch nichts. Die Kaution hatten die Verwandten der Baroneß zusammengelegt, das junge Paar war also nicht auf Rosen gebettet, aber glücklich war es über alle Maßen. Ich war zuweilen des Abends zu einem Butterbrot bei ihnen, und manchmal war es wirklich nur ein Butterbrot, das es zu einer Tasse Tee gab. Aber wie das gegeben wurde – ich glaube, ich bin trotzdem nie herrlicher bewirtet worden.

Also, ich verließ die Garnison, und einige Jahre blieben wir noch im Briefwechsel, dann schlief auch der ein. Wir hatten beiderseitig andere Sorgen und Kopfschmerzen. Erst draußen im Felde sahen wir uns dann plötzlich wieder, und es war gleich wieder, als seien wir nie vorher getrennt worden. Ein paar Wochen kampierten wir dicht nebeneinander.

Dann kam ein Fliegerangriff – und Georg Hennersberg wurde, wenige Schritte von mir entfernt, verwundet – schwer. Ich konnte nur einige Minuten an seinem Lager bleiben, wir mußten weiter, und der Arzt sagte mir, daß keine Hoffnung für ihn sei. Als ich zu ihm trat, war er bei Besinnung, und er sagte mir, matt die Hand nach mir ausstreckend: ›Leb wohl, alter Freund – es geht zu Ende mit mir, ich fühle es.‹ Ich mußte die Zähne zusammenbeißen, Lonny, so ein Scheiden tut weh, wenn man weiß, es ist auf Nimmerwiedersehen. Aber ich heuchelte frohe Zuversichtlichkeit: ›Unsinn, Georg, wir sehen uns wieder; sobald draußen Ruhe ist, komme ich wieder zu dir.‹

Nun – ich kam nicht wieder zurück, wir mußten weiter. Aber ich hörte, daß Georg von Hennersberg noch in derselben Nacht seinen Wunden erlegen war. Man mußte damals über so vieles hinwegkommen, ich kam auch darüber hinweg.

Aber jetzt, da du mir von seinem Sohn sprichst, wird das alles wieder lebendig in mir. Da draußen in dem Tohuwabohu löste ja immer ein Grauen das andere ab, und ich hatte anderes zu tun und zu denken, als mich in den Schmerz um den

Tod des alten Freundes zu versenken; er war ja nur einer von so vielen.

Und nun, mein Mädel, das geht mir nahe, daß der Sohn meines alten Freundes sich auch so schwer durchschlagen muß. Wäre sein Vater am Leben geblieben, ihm wäre wahrscheinlich nach dem großen Zusammenbruch auch nur ein Posten als Versicherungsagent oder Weinreisender offengeblieben. Schließlich hat ihn der Tod vor mancher Bitterkeit bewahrt. Aber den Lutz von Hennersberg, den mußt du mir mal schicken; frag ihn aber erst, ob seine Mutter eine geborene Baronesse Brambach war, damit wir sichergehen. Bejaht er das, dann soll er bald, sehr bald mal zu mir kommen.«

Lonnys Augen waren feucht vor Erregung.

»Ja, Vater, ich werde es ihm sagen. Aber – Mama wird es vielleicht nicht gern sehen, wenn uns ein Chauffeur Besuch macht.«

Hastig wehrte der alte Herr ab.

»Unsinn, ist er der Sohn meines alten Kameraden, dann soll er uns willkommen sein. So unvernünftig ist Mama doch nicht, mir zu verwehren, daß ich ihn zu mir bitte.«

Lonny schlang den Arm um seinen Hals.

»Wir werden es ihr vorher gar nicht erst sagen, Papa. Dann kann sie nicht erst Einwände machen. Wenn er kommt, soll er sich als Freiherr von Hennersberg melden lassen, dann wird sie ihn schon einlassen.«

Sie sahen sich beide an und lachten wie ein paar Kinder, die einen Streich vorhaben.

»Gut, Lonny, so machen wir das. Ich freue mich, wahrhaftig, ich freue mich, daß ich den Lutz von Hennersberg nun als Mann wiedersehe.«

6

Lonny freute sich auch, freute sich noch viel mehr als der Vater, weil sie Lutz Hennersberg eine Einladung vom Vater bringen durfte. Das würde alle Bitterkeit darüber auslöschen, daß sie ihn damals am Wannsee hatte fortschicken müssen, ohne ihn vorzustellen. Sie hatte Lutz noch nicht wieder gesprochen, nur ab und zu einen Gruß mit ihm getauscht. Aber schon am nächsten Tag, als er mit dem Auto wieder unten vor dem Büro hielt, trat sie zu ihm. Seine Augen leuchteten auf, und seine Stirn rötete sich ein wenig, als er in ihr strahlendes Gesicht sah.

»Herr Hennersberg, war Ihre Mutter eine geborene Baronesse Brambach?« fragte sie mit leise bebender Stimme.

Überrascht sah er sie an.

»Ja, mein gnädiges Fräulein.«

Ein frohes Lächeln flog über ihr Gesicht.

»Dann war mein Vater ein alter Freund und Regimentskamerad des Ihren. Mein Vater hat auch Sie gekannt in jener Zeit, als er in derselben Garnison mit Ihrem Vater diente. Aber Sie waren damals nur ein kleiner Junge. Und mein Vater und der Ihre sind nach langen Jahren erst an der Front wieder zusammengetroffen; mein Vater war dabei, als der Ihre durch einen Fliegerangriff verwundet wurde. Er hat auch noch einige Worte vor seinem Tod mit ihm wechseln können.«

Lutz Hennersbergs Gesicht war blaß und fahl geworden.

»Ich weiß so wenig über meines Vaters Tod – wie er starb. Sie werden verstehen, daß mich Ihre Nachricht sehr erregt.«

»Oh, wie gut kann ich das verstehen! Mein Vater läßt Ihnen sagen, daß er sich sehr freuen würde, wenn Sie ihn besuchten.«

Seine Augen wurden groß und weit.

»Wirklich – darf ich wirklich kommen?«

»Ja doch, und Papa bittet, daß Sie recht bald kommen mögen. Er freut sich so sehr auf Ihren Besuch.«

»Aber – Ihre Frau Mutter?«

Sie lachte ein wenig, obwohl sie nicht weniger erregt war als er.

»Ach, über Mama müssen Sie sich gar keine Gedanken machen. Papa und ich sind übereingekommen, ihr vorher gar nichts von Ihrem Besuch zu sagen. Man muß sie in solchen Dingen nicht ernst nehmen. Sie brauchen nur bei der Anmeldung von Ihrem Freiherrntitel Gebrauch zu machen, dann werden Sie sicher auch von Mama empfangen werden.«

»Und – wenn sie dann in mir den Chauffeur Hennersberg erkennt?«

Eine reizende Schelmerei prägte sich in ihren Zügen aus.

»Nun, dann müssen Sie sich schon darauf gefaßt machen, daß sie ein wenig steif und zurückhaltend ist, aber darum dürfen Sie sich nicht kümmern, das ist wirklich sehr unwichtig. Papa freut sich so sehr.«

Ihre Schelmerei machte auch ihm das Herz leicht.

»Und Sie?« fragte er leise.

Sie errötete.

»Ich? Oh, ich freue mich auch sehr, daran dürfen Sie nicht zweifeln. Der Sohn eines Freundes meines Vaters wird mir immer willkommen sein.«

»Auch, wenn er nur Chauffeur ist?«

Mit großen, ernsten Augen sah sie ihn an.

»Dieser Chauffeur ist zugleich ein ganzer Mann, der sich nicht durch Schicksalsschläge niederdrücken läßt. Und er ist zugleich ein Ehrenmann. Weiter antworte ich Ihnen nichts auf diese Frage«, erwiderte sie warm und herzlich.

Er sah sie mit einem Blick an, der sie bis ins Herz traf.

»Ich danke Ihnen – oh, ich danke Ihnen.«

»Keine Ursache! Für wann darf ich Papa Ihren Besuch ankündigen?«

Er überlegte.

»Am Tag habe ich leider so selten Zeit.«

»So kommen Sie abends.«

»Darf ich das?«

»Es ist sogar günstiger, da Papa am Tag auch selten zu Hause ist.«

»Ich habe übermorgen einen freien Abend – wenn ich da schon kommen dürfte?«

»Gewiß! Ich werde Papa sagen, daß er Sie übermorgen abend erwarten darf. Er wird sich sehr, sehr freuen. Auf Wiedersehen also, Herr Hennersberg!«

»Auf Wiedersehen, mein gnädiges Fräulein, und nochmals heißen Dank; ich weiß, daß ich Ihrer Güte diese Einladung verdanke.«

Sie schüttelte lächelnd den Kopf.

»Ich habe gar nichts dazu getan«, wehrte sie verlegen ab. »Ist es Ihnen recht, wenn ich Sie um sieben Uhr anmelde?«

»Sehr recht, ich bitte darum.«

Sie nickte ihm noch einmal zu und ging schnell davon.

Lutz Hennersberg sah ihr mit heißen Augen nach.

»Süßes, holdes Geschöpf – daß ich ein so armer Schlucker bin!« dachte er. Aber er freute sich sehr, daß er ihrem Vater einen Besuch machen durfte. Was er davon erhoffte, wußte er nicht, es erging ihm nur wie allen Liebenden: In jeder noch so unbedeutenden Begebenheit wartete er auf das Wunder, das kommen sollte, um seiner Liebe Erfüllung zu bringen. Vor allen Dingen aber konnte er doch hoffen, wieder einmal längere Zeit in Lonnys Gesellschaft zu sein, mit ihr sprechen zu dürfen. Daß ihr Vater der Freund des seinen gewesen war, betrachtete er als ein großes Glück, öffnete ihm dieser Umstand doch das Haus des Majors Straßmann.

Die Abneigung, die anscheinend Lonnys Stiefmutter gegen ihn hegte, wollte er mit gutem Humor in den Kauf nehmen. Sie war Lonny nicht wichtig, und wahrscheinlich auch ihrem Vater nicht, also sollte sie auch ihm nicht wichtig sein. Wenn er nur von Lonny und ihrem Vater willkommen geheißen wurde, das war die Hauptsache.

Er machte sich keine Gedanken darüber, was nach diesem Besuch werden würde. Es erschien ihm ja schon wie ein kleines Wunder, daß ihm ein glücklicher Zufall diese Einladung gebracht hatte. Er wollte ganz unverzagt sein.

Unablässig dachte er an diesen Besuch. Er freute sich auch sehr darauf, mit dem Major über seinen verstorbenen Vater sprechen und von ihm über die letzten Stunden seines Vaters hören zu können. Hatte er doch nie Näheres über dessen Tod erfahren. Nichts wußte er, als daß er einem Fliegerangriff erlegen war.

Voll sehnsüchtiger Ungeduld wartete er auf die Stunde, da er sich bei Major Straßmann melden lassen durfte.

Lonny hatte ihrem Vater gesagt, wann Hennersberg kommen würde, und er freute sich sehr darauf. Lonny war aber doch etwas ängstlich, wie die Stiefmutter diesen Besuch aufnehmen würde. Ihr Vater machte sich weniger Kopfschmerzen darüber, ahnte er doch nicht, daß seine Frau einen Verdacht hegte, daß etwas zwischen Lonny und Hennersberg spiele. Lonny hatte ihm kein Wort darüber verraten, aus Furcht, daß er dann Bedenken hegen würde, den Besuch zu empfangen.

So sah denn Lonny dem Tag einigermaßen aufgeregt entgegen und hatte alle Mühe, ihre Verfassung zu verbergen.

Als sie aus dem Büro nach Hause kam und den Vater schon vorfand, machte sie schnell noch einige kleine Verschönerungsversuche an ihrem Anzug, war jedoch darauf bedacht, daß sie nicht auffielen, damit die Mutter nicht etwa Bemerkungen darüber machte.

Sie ging dann zu den Eltern hinüber ins Wohnzimmer und begann eine Unterhaltung. Aber sie lauschte dabei immer wieder hinaus. Und pünktlich um sieben Uhr wurde die Flurklingel gezogen. Lonny zuckte leise zusammen, der Major warf, ahnungslos, wie aufgeregt Lonny war, dieser einen verstohlen-lächelnden Seitenblick zu, als die Mutter sagte:

»Wer will denn da noch etwas von uns?«

Meta, das junge Dienstmädchen, öffnete draußen die Tür und kam gleich darauf mit einer Visitenkarte herein, die sie dem Major überreichte.

Dieser sah darauf nieder und gebot Meta dann:

»Führen Sie den Herrn in das Besuchszimmer.«

Erstaunt blickte seine Gattin zu ihm auf, während Lonny die Hände krampfhaft zusammenpreßte.

»Jetzt noch Besuch?« fragte die Majorin.

Der Major reichte seiner Frau die Visitenkarte.

»Ach, richtig, Hermine, ich habe ja ganz vergessen, dir zu sagen, daß ich den Freiherrn von Hennersberg heute abend erwarte. Er ist der Sohn meines alten Regimentskameraden, und da er am Tag so wenig Zeit hat wie ich, habe ich ihn bitten lassen, heute abend um sieben Uhr hier zu sein.«

Keine Ahnung kam der erstaunten Frau, daß dieser Freiherr von Hennersberg identisch war mit dem Chauffeur Doktor Friesens. Wenn sie dessen Namen je gehört hatte, so hatte sie sich denselben sicher nicht gemerkt. Und ganz gewiß kam sie nicht auf den Gedanken, daß er der Besucher sei. Sie sah nur erstaunt zu ihrem Mann hin und fragte: »Aber Botho, davon habe ich doch keine Ahnung. Wo bist du denn mit dem Freiherr zusammengetroffen?«

Der Major hatte sich erhoben, und nun war ihm unter dem forschenden Blick seiner Gattin doch etwas unbehaglich.

»Das erzähle ich dir später, Hermine, jetzt will ich den jungen Mann nicht länger warten lassen. Sag mal – können wir ihn wohl an unserer Abendtafel bewirten?«

Frau Hermine hatte jetzt zu ihrem Leidwesen sehr selten Gäste, weil es die Verhältnisse eben nicht gestatteten. Sie dachte nicht daran, einen Gast, zumal einen Freiherrn, abweisen zu lassen, wenn er an ihrem Tische speisen wollte.

»Ja, wenn er mit einer bescheidenen Mahlzeit fürlieb nimmt, wie wir sie zu bieten haben?«

»Aber sicher, es ist ja eine ganz zwanglose, improvisierte Einladung. Umstände werden nicht gemacht. Ich möchte nur nicht, daß er gleich wieder fortgeht, denn wir haben uns viel zu erzählen. Also bitte, gib Meta Bescheid, daß sie ein Gedeck mehr auflegt. Ich werde ihn bitten, zum Abendessen zu bleiben. Jetzt will ich hinübergehen. Ihr könnt mir in einigen Minuten folgen.«

Damit war der Major schon draußen.

Lonny war zumute, als sei ihr die Kehle zugeschnürt. Sie sagte sich jetzt doch, daß es ein Wagnis sei, der Stiefmutter auf diese Weise den Besuch Lutz Hennersberg aufgenötigt zu haben. Wenn das nur gutging. Sie setzte an, die Mutter aufzuklären, wer drüben im Besuchszimmer war, aber sie brachte kein Wort über die Lippen. Unruhig sah sie zu der Stiefmutter hinüber.

Diese erhob sich jetzt.

»Ich will doch Meta sagen, daß sie etwas Rührei zurechtmacht und eine Büchse Ölsardinen öffnet, die ich zum Glück noch im Vorrat habe. Man ist jetzt leider Gottes nicht für unverhoffte Gäste eingerichtet.«

Lonny zwang sich zu einem ruhigen Aussehen und erwiderte:

»Ich habe doch gestern eine Zervelatwurst mitgebracht, Mama, und einige frische Tomaten sind auch noch da. Das genügt doch völlig.«

»Nun ja, armselig genug wird es freilich aussehen, aber ein Schelm gibt mehr, als er hat. Früher hatte man immer eine gefüllte Speisekammer, jetzt gerät man leicht in Verlegenheit, wenn ein Gast kommt. Ich will sehen, was ich tun kann. Du kannst inzwischen hinübergehen und es ein bißchen zu vertuschen suchen, wenn ich etwas länger ausbleibe.«

»Ja, Mama!«

Die Majorin ging hinaus, und Lonny sah ihr mit einem langen Blick nach, aber dann mußte sie vor sich hin lachen. Was Mama wohl für ein Gesicht machen würde, wenn sie in dem Besucher den Chauffeur Doktor Friesens erkannte? Sicher würde ihr jedes Ei leid tun, das sie geopfert hatte, um diesen Gast zu bewirten. Aber die Hauptsache war, daß Papa ihn empfangen und sicher schon seine Einladung vorgebracht hatte, am Abendessen teilzunehmen. Mama würde immerhin so viel Haltung bewahren, daß sie bei dem Anblick des Gastes nicht die Fassung verlieren würde. Solange Lutz Hennersberg dablieb, bewahrte sie sicher ihre äußerliche Ruhe, da nun doch nichts mehr zu ändern war. Und wenn er wieder fortgegangen sein würde, dann mochten ihre Vorwürfe niederprasseln, sie wollte sie geduldig über sich ergehen lassen.

Schnell ging sie hinüber in das kleine Besuchszimmer.

Dort hatte der Major inzwischen Lutz herzlich begrüßt.

»Mein lieber Herr von Hennersberg, Sie ahnen nicht, was für eine große, herzliche Freude es für mich ist, den Sohn meines alten Regimentskameraden bei mir zu sehen. Seien Sie mir herzlich willkommen!«

Lutz faßte seine Hand mit festem Druck.

»Ihre Freude kann keinesfalls so groß sein wie die meine, da Sie mir erlauben, Sie aufzusuchen.«

»Aber das war doch selbstverständlich, sobald ich von meiner Tochter erfuhr, daß Sie der Sohn meines unvergeßlichen Freundes Georg Hennersberg sind. Gleich, als ich Ihren

Namen hörte und einiges von Ihrem Schicksal, ahnte ich, daß Sie Georgs Sohn sein mußten.«

»Verzeihung, Herr Major, selbstverständlich war das nicht. Sie dürfen nicht vergessen, daß ich jetzt nichts bin als der Chauffeur Doktor Friesens.«

Der Major drückte seine Hand noch stärker.

»Um so selbstverständlicher! Wenn Sie in einer glänzenden Lebensstellung gewesen wären, hätte ich wahrscheinlich nicht gewagt, Sie in mein sehr bescheidenes Heim zu bitten. Aber so sind wir gewissermaßen Schicksalsgenossen. Ich habe es bis zum Versicherungsagenten gebracht, was auch keine reine Freude ist. Wahrhaftig, wenn ich ein Auto steuern könnte, wäre ich vielleicht auch lieber Chauffeur geworden. Aber davon wollen wir jetzt nicht reden, ich freue mich so sehr, daß Sie da sind, und Sie müssen uns bei unserem einfachen Abendessen Gesellschaft leisten, wenn Sie nichts Besseres vorhaben. Mit einem formellen Besuch lasse ich mich nicht abspeisen. Dieser Abend gehört mir, nicht wahr?«

Ernst sah der junge Mann zu ihm auf.

»Ich bleibe gern, Herr Major, wenn Sie es mir erlauben, und betrachte es als eine große Auszeichnung.«

»Gut, gut! Da bleibt uns wenigstens Zeit zu einer gründlichen Aussprache; ich habe Sie so viel zu fragen, nach all den Jahren, da ich von Ihrem Vater getrennt war. Draußen an der Front, als wir so überraschend wieder zusammentrafen, blieb uns wenig Zeit. Sie lagen noch im Kinderwagen, als ich mich damals von Ihrem Vater trennen mußte, und bei Ihrer Frau Mutter – was war sie für eine reizende und liebenswürdige Frau! – habe ich manch liebes Mal ebenso zwanglos ein Butterbrot gegessen, wenn mich die Sehnsucht nach einer behaglichen Häuslichkeit aus meiner Kommißbude zu den Freunden führte. Ja, Sie müssen mir viel erzählen!«

»Und ich werde Ihnen sehr dankbar sein, Herr Major, wenn

Sie mir so ausführlich wie möglich über die letzten Tage meines Vaters berichten – über seine letzten Stunden. Ich habe so wenig darüber in Erfahrung bringen können, stand ich doch damals selbst im Felde.«

»Ich weiß, darüber sprach Ihr Vater mit mir, und er hat mir viel Gutes von Ihnen erzählt. Was ich weiß, will ich Ihnen gern berichten; viel wird es nicht sein, denn wir hatten kaum Zeit, uns auf uns selbst zu besinnen, um uns her sprühten Tod und Verderben.«

In diesem Augenblick trat Lonny ein.

»Ach, da ist meine Tochter! Na, vorzustellen brauche ich nicht, Sie kennen einander.«

Lonny ging scheinbar ruhig und unbefangen auf Lutz zu und reichte ihm mit warmem Druck die Hand.

»Ich freue mich, Sie bei uns zu sehen, Herr Hennersberg!«

»Herr von Hennersberg, Lonny«, mahnte der Vater.

Sie lächelte schelmisch.

»Nein, Papa, ich habe strikte Weisung, den ›Freiherrn‹ und das ›von‹ zu ignorieren. Nicht wahr, Herr Hennersberg?«

»Ich bat das gnädige Fräulein darum. In meiner jetzigen Lebensstellung ist mir der ›Freiherr‹ mehr eine Last. Wer weiß, ob Doktor Friesen mich als Chauffeur engagiert hätte, wenn er gewußt hätte, daß ich Freiherr bin.«

Der Major nickte lachend.

»Kann ich verstehen; es würde mich auch genieren, einen Freiherrn zum Untergebenen zu haben. Aber jetzt sind wir doch unter uns, und da braucht Ihnen meine Tochter Ihren richtigen Namen nicht vorzuenthalten.«

»Wie Sie wünschen, Herr Major.«

»Wo bleibt denn Mama, Lonny«, fragte der Major.

Er wollte gern die Gegenüberstellung seiner Gattin mit dem Besucher hinter sich haben.

»Mama ist in die Küche gegangen, um unserem Gast zu

Ehren noch ein luxuriöses Rührei dem frugalen Abendessen hinzuzufügen«, scherzte sich Lonny die eigene Befangenheit fort und sah Lutz tapfer in die Augen.

Aber während die drei Menschen anscheinend ganz unbefangen miteinander plauderten, sahen sie doch dem Eintritt der Hausfrau mit einiger Unruhe entgegen. Eine beklommene Spannung lag in der Luft.

Als die Hausfrau endlich eintrat, erkannte sie bei der nicht sehr strahlenden Beleuchtung des Besuchszimmers in dem Gast nicht gleich den Chauffeur Doktor Friesens. So genau hatte sie ihn überhaupt noch nicht angesehen. Und jetzt trug er weder den Chauffeuranzug noch wie neulich sonntags Hut und Paletot. Beides hatte er draußen abgelegt. Der Major stellte Lutz seiner Frau vor, und diese reichte dem Gast mit liebenswürdigem Lächeln die Hand, die er an seine Lippen führte. Aber nun sie ihn besser sehen konnte, zuckte sie plötzlich leicht zusammen.

»Ich weiß nicht – Sie kommen mir so bekannt vor, Herr von Hennersberg –, sollten wir uns nicht schon begegnet sein?«

Lutz richtete sich auf und sah sie fest an.

»Sie haben mich vielleicht schon auf dem Führersitz von Doktor Friesens Auto gesehen, ich bin der Chauffeur Doktor Friesens.«

Frau Hermines Gesicht zog sich bedenklich in die Länge und büßte sehr an Freundlichkeit ein. Ihr Blick flog mit einem unbeschreiblichen Ausdruck zu Lonny hinüber. Wohl bewahrte sie ihre Fassung, aber ihre ganze Haltung verriet jetzt eine große Reserve.

»Ach – daher erschienen Sie mir so bekannt! Ich hatte freilich keine Ahnung, daß –«

Ehe sie zu Ende sprechen konnte, fiel der Major ein: »Herr von Hennersberg ist in der gleichen Lage wie ich und viele andere Männer, die der neuen Zeit Zugeständnisse machen müssen, liebe Hermine. Er ist ein Leidensgenosse von mir, und deshalb müssen wir ihn doppelt freundlich in unser Haus aufnehmen. Ich hoffe, er wird sehr oft unser Gast sein.«

Frau Hermine sah ihren Mann mit einem Blick an, als wollte sie sagen: »Was hast du da wieder angerichtet?« Aber sie sagte nur ein wenig vorwurfsvoll:

»Du hättest mich vorbereiten sollen, Botho.«

»Nun, für einen so zwanglosen Besuch bedarf es doch keiner Vorbereitungen; Herr von Hennersberg wird vorliebnehmen. Er wird ebensowenig verwöhnt sein wie wir. Aber nur Kopf hoch, mein lieber Herr von Hennersberg, Sie sind noch jung und werden sich wieder durchbeißen. Man darf sich nicht unterkriegen lassen.«

Damit war die gefährliche Klippe umschifft. Lutz atmete auf und Lonny auch.

Lutz antwortete dem alten Herrn:

»Unterkriegen lasse ich mich bestimmt nicht, Herr Major. Wenn es auch zuweilen nicht leicht ist, so sage ich mir doch immer, daß es noch schlimmer hätte kommen können und daß es jeden Tag wieder besser werden kann. Jedenfalls danke ich Ihnen und Ihren hochverehrten Damen, daß Sie es mich nicht entgelten lassen, daß ich, der Not gehorchend, eine untergeordnete Stellung einnehmen muß.«

»Aber mein lieber Herr von Hennersberg, für so kleinlich und engherzig werden Sie uns doch nicht halten?«

»Ich rechne es Ihnen jedenfalls hoch an, daß Sie mich in Ihrem Haus empfangen und an Ihrem Tisch dulden wollen.«

Abwehrend hob der Major die Hand.

»Ich weiß, man ist empfindlich, wenn man in gleicher Lage ist wie wir beide, aber so etwas dürfen Sie nicht sagen. Wir Leidensgenossen wollen nicht noch untereinander dazu beitragen, uns die Bitternisse unserer Lage zum Bewußtsein zu bringen. Ich sage Ihnen noch einmal, Sie werden uns jederzeit herzlich willkommen sein.«

Auf diese Worte ihres Gatten hin hätte Frau Hermine natürlich keinen Einspruch mehr einlegen können gegen Hennersbergs Besuch, aber sie dachte bei sich: »Wenn du nur wüßtest, mein guter Botho, was du mit dieser Einladung angerichtet hast. Du wirst es vielleicht noch bitter bereuen müssen.«

Aber sie sprach das nicht aus. Augenblicklich ließ sich doch nichts mehr ändern. Erst mußte sie wieder mit ihrem Gatten allein sein. Dann sollte er aber erfahren, welche Beobachtungen sie gemacht hatte und wie unklug es von ihm gewesen war, diesem jungen Mann Gelegenheit zu geben, mit seiner Tochter zusammenzukommen.

Lonny bekam jedenfalls schon jetzt einen Blick von ihrer Stiefmutter, der nichts Gutes verriet. Aber sie ließ sich durch diesen Blick nicht einschüchtern, war viel zu froh, daß der Vater Lutz Hennersberg sein Haus geöffnet hatte und ihn so freundlich aufnahm. Das konnte die Stiefmutter nicht mehr rückgängig machen, und das war die Hauptsache.

Daß die Mutter dem Vater, wenn Lutz Hennersberg sich wieder entfernt haben würde, natürlich in den Ohren liegen würde, erschien Lonny sicher. Aber der Vater würde doch nicht vergessen, daß Lutz Hennersberg der Sohn seines alten Freundes war. Und jedenfalls wollte sie sich die Freude nicht trüben lassen, daß er jetzt hier war und daß der Vater so warm und herzlich mit ihm sprach.

Man ging dann hinüber in das Wohnzimmer zu Tisch, das zugleich als Speisezimmer dienen mußte. Lonny und der Vater unterhielten sich sehr angeregt mit dem Gast. Frau Hermine zeigte sich freilich sehr zurückhaltend, doch Lonny suchte das geschickt zu vertuschen. Wußte sie doch, daß Lutz den Grund zu dieser Zurückhaltung nur darin suchen würde, daß er Chauffeur war. Um gar keinen Preis hätte er ahnen dürfen, daß sie vielmehr deshalb so reserviert war, weil sie in ihm ein Hindernis für ihre Pläne, Lonny mit einem reichen Manne zu verheiraten, sah.

Zum Glück fiel auch die Zurückhaltung Frau Hermines wenig auf, da der Major um so aufgeräumter war. Er ließ eine der wenigen, ängstlich behüteten Flaschen Wein auftragen, die er nur bei besonderen festlichen Gelegenheiten preisgab. Und die Gläser klangen hell gegeneinander.

Lutz mußte erzählen von den Jahren, als der Major von dem Freund getrennt leben mußte. Alles interessierte diesen, und er kam ein wenig ins Schwärmen, welch eine reizende und bezaubernde Frau Lutz' Mutter gewesen war. Darauf berichtete Lutz, was für ein inniges und harmonisches Familienleben daheim geherrscht habe, wie er und der Vater die Mutter um die Wette vergöttert hatten und wie tapfer und unverzagt die Mutter alles Schwere ertragen – außer dem Tod des Vaters, der ihr das Herz gebrochen hatte. Auch davon sprach er offen, wie knapp es zu Hause immer zugegangen war, weil es oft nicht einmal zum Nötigsten reichen wollte.

»Aber Vater wollte trotz allem mein Studium an der Hochschule ermöglichen, obwohl er am liebsten gesehen hätte, wenn auch ich Soldat geworden wäre, wie alle Hennersbergs – außer dem jüngeren Bruder meines Vaters«, sagte er.

Der Major blickte interessiert auf.

»Ach, richtig, ich erinnere mich, daß Ihr Vater darüber bekümmert war, daß sein Bruder nicht Offizier werden wollte. Was ist denn aus Henner von Hennersberg geworden?«

»Er ist ausgewandert, sobald er das kleine Erbteil ausgezahlt bekommen hatte, das Großvater seinen beiden Söhnen hinterließ. Er hat zu meinem Vater gesagt: ›Mit diesen paar tausend Mark kann ich in Deutschland nichts anfangen, Georg, ich werde mein Glück irgendwo draußen in der Welt versuchen. Die deutsche Heimat ist ohnedies zu eng für einen Menschen meines Schlages. Die Abenteuerlust steckt mir im Blut, ich muß hinaus, wenn ich nicht verkümmern oder Dummheiten machen soll.‹ Vater konnte freilich nicht verstehen, wie dieses Abenteurerblut in unsere Familie gekommen war, aber er liebte seinen Bruder sehr, und die Trennung von ihm hat ihm sehr weh getan. Ich habe immer ein bißchen für diesen Onkel Henner geschwärmt und mir ausgemalt, was für Abenteuer er wohl draußen in der Welt bestehen würde. Tatendurstig war er ausgezogen, als wolle er die Welt erobern – und mich gelüstete es in aller Stille manch liebes Mal, es ihm gleichzutun. Vielleicht steckt auch in mir ein Tropfen von diesem Abenteurerblut – aber das findet sich wohl in jedem jungen Mann, und meine Abenteuerlust war durch den Krieg vollständig abgekühlt.«

»Und wissen Sie nichts weiter von Ihrem Onkel Henner?«

»Er war zuerst nach Texas ausgewandert. Von dort hatte Vater einige Male Nachricht von ihm erhalten. Dann kam ein Brief, in dem er mitteilte, er gehe in das Innere des Landes und habe allerlei Unternehmungen vor, von denen er noch nicht sprechen wolle. Er hoffe aber, sein Glück zu machen, wenn seine Pläne sich verwirklichen lassen würden. Eine Stelle in diesem Brief, der, wie alle seine Schreiben, voll Lebensfrische und Übermut war, habe ich mir gemerkt, weil sie mir besonderen Eindruck machte. Sie lautete: ›Es geht dabei ein bißchen scharf um Leben und Tod, mein lieber Georg, aber das Leben ist dann nur schön und lebenswert, wenn man es täglich neu erobern muß.‹ Ich mußte damals viel über diese Stelle nachgrübeln und schwärmte noch viel mehr für meinen Onkel Henner. Aber das war die letzte Nachricht, die Vater von ihm erhielt. Nie haben wir wieder von ihm gehört, er blieb verschollen. Wahrscheinlich ist er bei jenem gefährlichen Unternehmen, das er vorhatte, ums Leben gekommen.«

»Das ist wohl anzunehmen, sonst hätte er sicher wieder von sich hören lassen. Schade um ihn, er war eine Vollnatur. Wenn er am Leben geblieben wäre, müßte er wohl jetzt auch an die sechzig Jahre alt sein.«

»Ja, er war drei Jahre jünger als mein Vater, und dieser wurde jetzt dreiundsechzig Jahre alt sein, wäre er noch am Leben.«

Lutz mußte dann auch von seinen Kriegsjahren erzählen, aber er faßte sich kurz. Wie alle, die draußen gewesen waren und das große Grauen miterlebt hatten, mied er die Erinnerungen. Er berichtete nur, wie schmerzlich es ihm gewesen war, weder seinem Vater noch seiner Mutter die Augen zudrücken zu können. Er hatte erst nach Wochen die Kunde vom Tod seiner Eltern erhalten.

Darauf blieb es eine Weile still. Alle saßen mit ernsten Gesichtern da, selbst Frau Hermine war nicht ungerührt geblieben. Lutz raffte sich zuerst wieder auf und bat nun den Major, ihm zu berichten, wie sein Vater verwundet worden war und was er von seinen letzten Stunden wußte.

Der Major berichtete, soviel er wußte, tat es so schonungsvoll wie möglich und schloß dann seinen Bericht mit den Worten:

»Ich hätte mich eigentlich, nachdem der Krieg zu Ende war, nach Ihnen umsehen sollen. Daß Ihre Mutter die Nachricht vom Tod ihres Vaters nicht überlebt hatte, war mir bekanntgeworden. Ich konnte mir auch so gut vorstellen, daß das Leben Ihrer Mutter mit dem des so innig geliebten Gatten verlöschen mußte. Ich weiß, wie sehr die beiden Menschen sich geliebt haben. Aber – die Jahre waren so verflucht schwer, für mich wie für so viele andere. Man hatte so viel mit sich selbst zu tun, mußte sich mit einem völlig aus den Fugen gegangenen Leben abfinden. Und das macht so selbstsüchtig! Daß Sie das Schicksal nun doch, freilich ohne mein Dazutun, in meinen Weg führt, das freut mich jetzt doppelt.«

So gab es viel zu berichten an diesem Abend. Lonny und Lutz Hennersberg sahen sich dabei immer wieder mit großen, glänzenden Augen an. Sie genossen beide dieses Zusammensein mit der ganzen Intensität ihrer Liebe.

»Was haben sie für Pläne für die Zukunft?« fragte der Major.

Lutz atmete tief auf.

»Ich spare jeden Groschen, den ich erübrigen kann. Gottlob werde ich gut bezahlt. Erst hatte ich vor, wenn ich das Nötige erspart haben würde, doch noch mein Studium zu vollenden und nachher ins Ausland zu gehen, weil man nur dort als Ingenieur ohne Vermögen hoffen kann, vorwärtszukommen. Aber« – ein Blick traf in Lonnys Augen – »diesen Plan habe ich aufgegeben, es würde lange Jahre dauern, ehe ich ein erstrebenswertes Ziel erreichen könnte. Jetzt habe ich einen anderen Plan, der mich vielleicht schneller vorwärtsbringen kann. Ich werde mir, sobald ich genug zusammen habe, ein Auto kaufen – es muß kein neues sein -, und dann fahre ich als Droschkenchauffeur auf eigene Rechnung. Ich muß dann alles dransetzen, bald ein zweites und drittes Auto anzuschaffen, zu deren Führung ich mir Chauffeure mieten werde. Bin ich auf diese Weise Droschkenautobesitzer geworden, dann werde ich sehen, ob ich mit eigenem Kapital in eine Autofabrik einspringen kann. Fachkenntnisse habe ich genug. Jedenfalls will ich vorwärtskommen und meine Tage nicht als Chauffeur beschließen, aber einige Jahre wird es doch noch dauern, ehe ich anfangen kann, diese Pläne in die Wege zu leiten.«

Und dabei traf ein schmerzlicher Blick in Lonnys Augen. Dieser stieg das Blut unter seinem Blick ins Gesicht, aber ihre Augen strahlten ihn doch zuversichtlich an.

Es wurde fast Mitternacht, als sich Lutz endlich verabschieden konnte.

Lonnys Hand wurde von der seinen fest und warm umschlossen, und sie gab den Druck in gleicher Wärme zurück. Auch der Major verabschiedete sich herzlich von ihm und bat ihn, bald wiederzukommen. Frau Hermine forderte ihn jedoch nicht zum Wiederkommen auf, sie verabschiedete sich sehr zurückhaltend von ihm. Aber das bedrückte ihn kaum.

Als er unten auf die Straße hinaustrat, hob ein tiefer Atemzug seine Brust. Seine Augen flogen an der Fassade des Hauses empor, als suche er etwas.

Lonny! Lonny!

Etwas anderes konnte er nicht denken in dieser Stunde, und sein ganzes Innere war durchpulst von einem heißen, drängenden Wollen. Er hätte die Welt aus den Angeln heben mögen, um sich Lonny Straßmann erringen zu können.

Leichteren Herzens trat er seinen Heimweg an.

Als Lutz die Wohnung des Majors verlassen hatte, sagte Lonny den Eltern schnell gute Nacht. Der Vater strich ihr über das Haar.

»Ja, ja, Lonny, heute ist es spät geworden, aber es war ein hübscher, behaglicher Abend. Hoffentlich besucht uns Lutz von Hennersberg recht oft«, sagte er noch ganz aufgeräumt.

»Das hoffe ich auch, Papa, da du dich so gut unterhalten hast. Es ist doch auch für dich ein wenig Abwechslung«, erwiderte Lonny tapfer, trotz des mißbilligenden Blickes ihrer Stiefmutter,

Sie küßte den Vater, reichte der Mutter die Hand und zog sich eilig zurück.

In ihrem Zimmerchen blieb sie stehen, die Hände fest auf das Herz gepreßt, und atmete tief auf. Jetzt würde die Stiefmutter mit allen Mittel versuchen, den Vater zu überzeugen, daß Lutz Hennersbergs Besuche in Zukunft unterbleiben mußten. Würde der sich beeinflussen lassen? Ach, sie wußte aus Erfahrung, daß die Macht der Stiefmutter über den Vater sehr groß war. Eine tiefe Entmutigung kam über sie. Viel härter als sonst empfand sie es heute, wie fremd ihr der Vater geworden war. Es war ja so natürlich, daß der Einfluß der Mutter weiter reichte als der ihre, sie war immer mit ihm zusammen, wenn er zu Hause war, sie war so oft mit ihm allein.

Mit einem tiefen Seufzer trat sie an das Fenster heran und sah hinaus in die Nacht. So ein lieber, schöner Abend lag hinter ihr. Ein heißes Sehnen, daß es immer so sein möge, erfüllte ihr Herz. Und ihre Gedanken flogen hinter Lutz Hennersberg her. Sie rief sich noch einmal jedes Wort, das er gesprochen hatte, ins Gedächtnis zurück. Was für ein guter, vornehmer Mensch er war – und ein ganzer Mann, ja – in allem Unglück ein ganzer Mann.

Sie ahnte, daß auch er sie liebte, daß er sich danach sehnte, es ihr zu sagen, daß er es aber nie, niemals tun würde, wenn er ihr nicht eine gesicherte Existenz bieten konnte. Schlaff ließ sie die Arme herabhängen. Wie bitter war es doch, arm zu sein.

Frau Hermine war mit ihrem Gatten allein im Wohnzimmer zurückgeblieben, als Lonny sich zurückgezogen hatte. Noch immer war der Major sehr angeregt und gut gelaunt. Aber dann sagte er lächelnd:

»Nun wollen wir auch zur Ruhe gehen, Hermine, ich muß ja auch zeitig wieder hinaus.«

Sie stellte sich dicht vor ihn hin und sah ihn mit großen Augen an. »Erst muß ich noch etwas mit dir besprechen, Botho, etwas von großer Wichtigkeit.«

Erstaunt sah er sie an.

»Was kann denn das sein, du siehst ja ganz feierlich aus.«

»Feierlich ist mir weniger zumute, Botho; ich muß dir leider sagen, daß es besser gewesen wäre, du hättest mich erst um Rat gefragt, ehe du den jungen Hennersberg ins Haus geladen hättest.«

Er sah sie etwas unbehaglich an.

»Ach, liebe Hermine, verdirb mir nicht den hübschen Abend noch zum Schluß. So etwas genießt man selten genug. Ich verstehe, du bist ein wenig verärgert, daß ich dir nicht vorher sagte, daß ich ihn aufgefordert habe, uns zu besuchen.«

»Weil du eine große Torheit begangen hast. Wie sollte ich da erfreut sein über sein Erscheinen? Und nett war es nicht von dir, daß du mich übergangen hast, aber das wirst du noch bitter zu bereuen haben. Wie bist du nur auf den Gedanken gekommen, den jungen Menschen ins Haus zu bitten? Das kann dir doch nur Lonny beigebracht haben.«

»Beigebracht? Wie meinst du das? Lonny hat mir von diesem Chauffeur Hennersberg gesprochen, und dabei stellte sich heraus, daß er der Sohn meines alten Freundes Georg Hennersberg ist. Darauf habe ich Lonny veranlaßt, ihn aufzufordern, uns zu besuchen. Das war doch ganz selbstverständlich.«

»Mein lieber Botho, ich nehme an, daß Lonny dich diplomatisch dahin gebracht hat, daß du ihn auffordern ließest. Denn – damit du endlich begreifst, was du angerichtet hast, muß ich dir jetzt mitteilen, daß ich den Verdacht hege, daß Lonny und Lutz Hennersberg ineinander verliebt sind.«

Aber der Major zeigte sich bei dieser Eröffnung nicht entsetzt, wie seine Frau gehofft hatte, im Gegenteil, es leuchtete fast freudig in seinen Augen auf.

»Wie kommst du denn darauf!« fragte er.

»Nun, ich halte meine Augen offen, wie es mir zukommt, da ich doch Mutterstelle an Lonny vertrete. Ich habe schon lange bemerkt, daß dieser Chauffeur ihr gefährlich zu werden droht. Hast du denn heute abend nicht bemerkt, wie sich die beiden in die Augen schauten?«

Er schüttelte den Kopf.

»Nein, ich habe nichts bemerkt. Täuschst du dich auch nicht?«

Sie ärgerte sich über seine Seelenruhe.

»Leider täusche ich mich nicht! Ich habe schärfere Augen als du und bin wachsamer. Dieser Chauffeur Hennersberg ist eine schwere Gefahr für Lonny.«

Der Major strich sich über das etwas gelichtete graue Haar.

»Mein Gott, Hermine, du bist ja ganz außer dir. Das ist doch keine Veranlassung, dich so aufzuregen. Diese beiden jungen Menschen sind doch schließlich nicht die einzigen, die sich ineinander verlieben könnten, und Lutz Hennersberg ist doch ein Ehrenmann.«

»Aber Botho, begreifst du denn noch immer nicht? Er ist doch ein Habenichts. Er kann doch in keiner Weise eine sichere Existenz bieten. Es ist doch deine Vaterpflicht, so ein Unglück zu verhüten! Bedenke doch nur, sie wird sich durch diese Neigung die glänzende Partie mit Doktor Friesen verderben, wenn wir nicht mit allen Mitteln gegen diese aufkeimende Neigung – für mehr will ich es nicht einmal halten – vorgehen.«

Der alte Herr sank ganz geknickt in einen Sessel.

»Ach, so meinst du das? Mein Gott – nun ja, sie sind freilich beide arm, das habe ich nicht gleich bedacht. Das arme Kind – nein, nein, an eine Verbindung zwischen den beiden ist natürlich nicht zu denken.«

»Na, Gott sei Dank, daß du das wenigstens begreifst.«

»Ja doch, ich sehe es ein, wenn es auch jammerschade ist, daß diese beiden Menschen nicht zusammenkommen können. Lutz Hennersberg ist ein so prächtiger Mensch, sein ganzer Vater. Er würde seine Frau auf den Händen tragen.«

»Das muß aber gerade hier verhindert werden«, fiel ihm

seine Frau ins Wort. »Wir dürfen es nicht dazu kommen lassen, daß sie sich ernstlich ineinander verlieben. Denn dann bringe ich Lonny überhaupt nicht dazu, die Aussichten mit Doktor Friesen zu nützen.«

Bekümmert fuhr sich der Major über die Stirn.

»Glaubst du denn wirklich, daß Lonny da eine Aussicht hat?«

Frau Hermine sah ihn überlegen an.

»Mein lieber Botho, ein Mädchen von Lonnys Aussehen, mit ihren Eigenschaften, die täglich stundenlang mit einem Junggesellen zu tun hat, die hat ganz gewiß Aussichten, und es kommt nur darauf an, sie zu nützen. Glaubst du, Doktor Friesen würde ihr so viel Aufmerksamkeit erweisen, wenn er sich nicht schon stark für sie interessierte?«

Der Major war nun schon überzeugt, daß seine Frau recht hatte. Er nickte seufzend.

»Ja, ja, Hermine, du hast recht, ich wäre ein schlechter Vater, würde ich das alles nicht einsehen. Mein armes Kind!«

»Ja, ja, so sage ich auch, das arme Kind; wir müssen es hindern, sich selbst unglücklich zu machen. Alle Hebel müssen wir in Bewegung setzen, es zur Vernunft zu bringen. Dazu mußt du aber helfen. Du mußt Hennersberg vor allen Dingen klarmachen, daß er ihm nichts zu bieten hat, daß er alles vermeiden muß, um mit ihm zusammenzukommen.«

»Aber – wie soll ich das tun? Das ist doch eine sehr heikle Sache.«

»Davor dürfen wir uns nicht fürchten, und ich weiß schon, was zu tun ist. Während ihr euch unterhalten habt, habe ich darüber nachgedacht, was zu tun ist. Du mußt ihn kommen lassen, wenn Lonny nicht zu Hause ist, er wird ja mal eine freie Stunde am Tag haben. Schreib ihm einige Worte, bitte ihn, Lonny nichts zu sagen von seinem Kommen. Und dann reden wir ganz offen mit ihm. Ich werde dir schon helfen, wir müssen das ganz diplomatisch machen. Er soll ja nicht gekränkt werden. An seine Ehre werden wir uns halten.«

Er seufzte auf.

»Muß das wirklich sein?«

»Ja, Botho, es muß sein, es ist deine Pflicht. Wenn du kein leichtsinniger Vater sein willst, mußt du dein Kind vor Not schützen.«

7

Als Lonny am nächsten Morgen etwas unsicher ins Wohnzimmer trat, um, wie jeden Morgen, mit den Eltern das Frühstück einzunehmen, fand sie diese scheinbar im besten Einvernehmen zusammen. Und zu ihrem Erstaunen gab sich die Stiefmutter so freundlich und liebenswürdig, als sei nichts geschehen. Der Vater zeigte sich sogar besonders zärtlich, nur schien es Lonny, als sähe er noch bedrückter und sorgenvoller aus als sonst.

Als sich Lonny dann verabschiedete, machte die Stiefmutter einen Scherz, und der Vater streichelte über ihr Haar. Was hatte das zu bedeuten? So fragte sich Lonny, kam aber zu keiner Antwort und wehrte endlich die unruhigen Gedanken von sich. Vielleicht hatte die Stiefmutter wirklich dem Vater nichts gesagt.

Heute bekam sie übrigens Lutz gar nicht zu Gesicht, da Doktor Friesen spät vom Termin kam und noch vor Büroschluß wieder fortfuhr. Am nächsten Tage konnte sie auch nur einen stummen Gruß mit ihm wechseln, aber die beiden jungen Augenpaare trafen aufleuchtend ineinander. Am Morgen des dritten Tages nach jenem Besuch bei Majors bekam Lutz einen Brief. Das geschah so selten, daß es ein Ereignis für ihn war. Er öffnete das Schreiben und sah nach der Unterschrift. Etwas befremdet sah er, daß der Brief von Major Straßmann war. Adressiert war das Schreiben an den Chauffeur Hennersberg. Es lautete:

»Mein lieber Herr von Hennersberg! Es liegt mir viel daran, mit Ihnen über eine Angelegenheit zu sprechen, die mir sehr am Herzen liegt. Doch soll meine Tochter nichts davon wissen. Wäre es Ihnen nicht möglich, mich während der nächsten Tage einmal auf eine Stunde aufzusuchen? Aber es müßte während der Bürozeit sein, wenn meine Tochter nicht zu Hause ist, Sie kennen ja diese Bürozeit. Sie brauchen mir nur die Zeit, in der es Ihnen paßt, anzugeben, ich werde dann bestimmt zu Hause sein für Sie.

Auf Ihre Antwort wartend, verbleibe ich mit herzlichem Gruß

Ihr Botho Straßmann«

Nachdenklich sah Lutz auf diesen Brief hinab. Was konnte Lonnys Vater ihm zu sagen haben, was seiner Tochter ein Geheimnis bleiben mußte? Eine seltsame Erregung überfiel ihn, hatte er doch verlernt, daran zu glauben, daß ihm das Schicksal etwas Gutes bringen könne.

Als er dann mit dem Auto vor dem Portal der Villa hielt und Doktor Friesen herunterkam, fragte er diesen, um welche Stunde er an einem der nächsten Tage einmal frei sein könnte, er habe eine wichtige Angelegenheit zu ordnen, die ihn nur eine Stunde fernhalten werde, aber er müsse diese Stunde im voraus wissen.

Doktor Friesen dachte nach. Sein Chauffeur hatte selten so ein Anliegen an ihn, und er wollte ihm daher seinen Wunsch gern erfüllen.

»Würde es Ihnen übermorgen vormittag passen, Hennersberg? Da habe ich wieder Termin und werde mindestens drei

Stunden festgehalten. Können Sie Ihre Angelegenheit zwischen neun und zwölf Uhr erledigen?«

»Gewiß, Herr Doktor!«

»Gut, also übermorgen von neun bis zwölf Uhr sind Sie frei.«

»Danke ergebenst!«

»Gut – und nun los!«

Sie fuhren in die Stadt, zum Büro, und als Doktor Friesen ausstieg, gebot er dem Chauffeur zu warten, da er gleich weiterfahren werde.

Lutz sah sehnsüchtig zu dem Fenster hinauf, hinter dem er Lonnys Büro wußte. Seine Eifersucht auf Doktor Friesen war erloschen, es beunruhigte ihn jetzt nicht mehr, Lonny in seiner Gesellschaft zu wissen, aber er hätte gar zu gern ihr liebes Gesicht da oben auftauchen sehen. Und sein Wunsch sollte heute in Erfüllung gehen, Lonnys kastanienbrauner Kopf tauchte auf, und sie nickte ihm freundlich zu, als er respektvoll hinaufgrüßte. Daß sie dabei errötete, konnte sie nicht hindern, und dieses Erröten beglückte Lutz sehr.

Er mußte aber an den Brief des Majors denken und fragte sich wieder, was dieser mit ihm zu sprechen haben könne. Schnell lief er ins Büro hinauf und ließ sich von dem Bürodiener Zörner einen einfachen Briefbogen mit Kuvert aushändigen, auch eine Freimarke dazu. Zörner blinzelte ihn verständnisinnig an.

»Aha, een Briefken an ihr, der Herrlichsten von allen, wat, Chauffeur? Mensch, det Sie nur nich die Laternenpfähle umfahren, wenn Sie so verliebt sind.«

»Schwatzen Sie keinen Unsinn, Zörner; machen Sie schnell, ich muß wieder hinunter zu meinem Wagen.«

»Na, na, man sachte mit die jungen Pferde, Chauffeur, ick kann mir ja ooch nich gleich Blutblasen loofen, weil Sie es so eilig haben, eenen Liebesbrief zu schreiben. Soll ick Ihnen diktieren? Ick habe was los in solche Sachen.«

Damit reichte Zörner Lutz das Gewünschte. Dieser gab ihm dafür einige Zigaretten, aber heute hatte er diese vorsichtigerweise schon aus dem Etui genommen. Zörner griente ihn an.

»Aha, det feine Etui, det darf ick mit keenem Ooge mehr ankieken. Jotte doch, Mensch, mir können Sie doch vertrauen, wo sie es herhaben. Ich bin verschwiegen wie een Massengrab.«

Lutz mußte lachen. Lonny hatte neulich abends über Zörner gesprochen, hatte dabei gesagt, er sei im Grunde ein gutmütiger Mensch, müsse nur über alles seine Witze machen. Und diese Fürsprache Lonnys hatte ihn milde gegen Zörner gestimmt. Er nahm das Etui nun doch aus der Tasche und reichte es Zörner lachend hin.

»Langen Sie noch mal zu, Zörner, und wenn Sie es nicht verraten wollen, werde ich Ihnen anvertrauen, woher ich das Etui habe.«

Zörner langte sich umständlich noch eine Zigarette aus dem Etui und sah Lutz erwartungsvoll an.

»Na, raus denn mit det süße Geheimnis, Chauffeur, ich verrate nischt.«

Lutz beugte sich mit einem humoristischen Zucken in den Mundwinkeln zu ihm hinab und flüsterte geheimnisvoll:

»Ich habe es von einer türkischen Prinzessin geschenkt bekommen, der ich zur Flucht aus dem Harem verholfen habe.«

Zörner quietschte auf.

»O du dicke Luft. So'ne Räubergeschichten müssen Sie Zörnern nich uffbinden, Chauffeur.«

Lachend ging Lutz davon. Zörner aber suchte sofort Lonny in ihrem Büro auf und stellte sich neben sie hin. Sie sah von der Schreibmaschine zu ihm auf.

»Wünschen Sie etwas, Zörner?«

»Ick wollte Ihnen man bloß sagen, det ick jetzt wissen tue, woher der Chauffeur det Etui mit det Wappen hat.«

Sie sah in forschend an.

»Wirklich?«

»Jawohl, er hat mich det anvertraut. Von eener türkischen Prinzessin hat er es, die er aus dem Harem geraubt hat.«

Lonny lachte.

»Das hat er Ihnen gesagt?«

»Jawohl! Sie glooben det woll nich, hm?«

»Nein!«

»Ick ooch nich! Irgend wat is nich richtig mit die Sache.«

»Sie werden sich noch den Kopf zerbrechen, Zörner. Geben Sie es nur auf.«

»Hm! Eins weiß ick aber nun.«

»Nun?«

»Det er keen schlechtet Gewissen dabei hat. Er hat so vajnügt jelacht dabei.«

»Sie sind doch ein großer Menschenkenner, Zörner; aber nun halten Sie mich nicht länger auf.«

Und Zörner trollte davon.

Lutz hatte das Briefpapier zu sich gesteckt und seinen Führersitz wieder eingenommen. Gleich darauf kam Doktor Friesen herunter. Lutz mußte ihn wieder zu der Fabrik vor der Stadt fahren, wo er geschäftlich zu tun hatte. Das würde lange genug dauern, daß Lutz inzwischen den Brief an den Major schreiben konnte. Er zog das Papier und seinen Füllfederhalter hervor und schrieb, ein Buch als Unterlage benutzend:

»Sehr geehrter Herr Major! Ihre geehrten Zeilen habe ich dankend erhalten und beehre mich, Ihnen mitzuteilen, daß ich übermorgen vormittag um zehn Uhr bei Ihnen sein werde.

Mit ergebenster Empfehlung an Ihre Frau Gemahlin begrüße ich Sie

Hochachtungsvoll
Ihr ganz ergebener Lutz Hennersberg«

Dann adressierte er und machte den Brief postfertig, damit er ihn später bei Gelegenheit in den Postkasten werfen konnte. Und am übernächsten Vormittag fuhr er vom Gerichtsgebäude, wo er seinen Herrn abgesetzt hatte, direkt zu der Wohnung des Majors.

In seinem Chauffeuranzug begab er sich, nachdem er seinen Wagen gesichert hatte, hinauf und wurde vom Major und seiner Gattin empfangen. Lutz entschuldigte sich seines Anzuges wegen, er habe aber nicht mehr Zeit gehabt, sich umzuziehen. Man empfing ihn trotzdem sehr liebenswürdig, aber Lutz hatte ein unbehagliches Gefühl, gerade, weil die Majorin diese Liebenswürdigkeit so sehr betonte, sie erschien ihm unecht. Und ohne Zaudern ging er auf den Kern der Sache los.

»Herr Major, Sie haben mich gerufen – ich stehe zur Verfügung!«

Rank und schlank stand er hochaufgerichtet vor dem Ehepaar. Der Major nahm seine Hand. Mit Wohlgefallen ruhte sein Blick auf Lutz. Und er seufzte tief auf; es erschien ihm so verständlich, daß sich ein junges Mädchen in diesen prachtvollen Menschen verlieben konnte.

»Mein lieber Herr von Hennersberg, es ist ein sehr seltsames Ansinnen, das ich an Sie stellen muß. Ich bitte Sie, mich verständnisvoll anzuhören. Und seien Sie im voraus gewiß, daß wir diese heikle Angelegenheit nur berühren, um ein Unglück zu verhüten.«

Lutz sah ihn beklommen an.

»Sie machen mich besorgt, Herr Major! Aber bitte, wollen Sie überzeugt sein, daß ich alles tun werde, was in meiner Kraft steht, um irgendein Unglück von Ihnen und Ihrer verehrten Familie fernzuhalten.«

»Und von Ihnen selbst, mein lieber junger Freund – ja, ja, auch von Ihnen selbst. Also ohne Umschweife: Ich bin ein alter Soldat und gewöhnt, gerade auf mein Ziel zuzugehen. Meine Frau ist von tiefer Sorge durchdrungen und hat mich damit angesteckt, daß zwischen Ihnen und meiner Tochter etwas aufkeimen könnte, was nicht aufkeimen darf. Meine Frau hat einige Beobachtungen gemacht; sie hat gesehen, daß Sie meiner Tochter, als diese von Ihnen nach Hause gefahren wurde, die Hand geküßt haben, wir beide haben gesehen, daß meine Tochter mit Ihnen am Wannsee zusammengetroffen ist und daß Sie sich beide entschieden etwas verlegen trennten, als wir unerwartet dazukamen –«

»Herr Major, verzeihen Sie, wenn ich Sie hier unterbreche; ich gebe Ihnen mein Ehrenwort, daß jenes Zusammentreffen mit Ihrem Fräulein Tochter ein ganz zufälliges war.«

»Ich glaube Ihnen, und wie ich meine Tochter kenne, habe ich das auch nicht bezweifelt; nur meine Frau war in Sorge. Sie hat außerdem zu bemerken geglaubt, daß Sie meine Tochter nicht mit gleichgültigen Augen angesehen haben. Verzeihen Sie, wenn ich an diese heiklen Dinge rühre; aber ich bin dazu gezwungen, um Klarheit zu schaffen.«

Lutz' Stirn hatte sich gerötet, aber seine Augen sahen fest und ruhig in die des Majors.

»Herr Major, Ihre Frau Gemahlin hat wohl mehr gesehen, als ich verraten wollte. Glauben Sie mir, ich habe mir alle Mühe gegeben, meine Gefühle vor Ihrem Fräulein Tochter zu verbergen, aber – ich kann und will in dieser Stunde nicht leugnen, daß ich eine tiefe Verehrung für sie empfinde. Ich weiß, daß ich meine Gefühle vor Ihrem Fräulein Tochter verbergen muß. Es lag also gewiß nicht in meiner Absicht, mir etwas anmerken zu lassen. Wenn Sie, verehrte gnädige Frau, es doch gemerkt haben, so bitte ich inständig um Verzeihung, daß ich mich trotz meines Vorsatzes nicht genug beherrscht habe.

Da ich sehr wohl weiß, daß ich in meiner jetzigen Lage ganz

außerstande bin, mich um eine Frau zu bewerben, die ich brennend gern an mich fesseln würde, wenn ich ihr ein sorgloses Dasein schaffen könnte, so dürfen Sie ganz überzeugt sein, daß ich in Zukunft noch vorsichtiger sein werde. Die Seelenruhe Ihres Fräulein Tochter liegt mir viel zu sehr am Herzen, als daß ich sie in Kämpfe und Unruhe verstricken möchte. Ich bitte Sie, mir das zu glauben.«

Aufatmend nahm der Major seine Hand.

»Sie machen es mir leicht, Ihnen zu sagen, was ich noch sagen muß als besorgter Vater. Ich danke Ihnen. Also ganz offen, nachdem sich die Befürchtungen meiner Frau als begründet erwiesen haben, muß ich Sie bitten, so schwer es mir fällt, uns nicht zu besuchen, wenn meine Tochter zu Hause ist, und mir Ihr Wort zu geben, daß Sie es so viel wie möglich vermeiden werden, mit ihr zusammenzutreffen.«

Jetzt mischte sich auch die Majorin ins Gespräch. Sie wollte mit noch wirkungsvolleren Waffen eingreifen.

»Ja, Herr von Hennersberg, darauf müssen Sie uns Ihr Wort geben. Wir wollen ganz offen zu Ihnen sein, damit Sie unsere Sorge verstehen. Wir hoffen, daß unsere Tochter bald einem Freier die Hand reicht, der imstande ist, ihr ein sorgloses Leben zu schaffen, der ihr alle Wünsche wird erfüllen können. Diese sehr glänzende Partie würde sich zerschlagen, wenn unsere Tochter vielleicht durch ein Interesse an Ihnen von diesem Ziel abgelenkt werden könnte.«

»Aber, Hermine, diese Sache ist doch durchaus noch nicht spruchreif«, warf der Major ungehalten ein.

Sie wandte sich ihm kampfbereit zu.

»Es schadet gar nichts, wenn Herr von Hennersberg den Dingen auf den Grund sieht. Gerade wenn er Lonnys Wohl will, muß er einsehen, daß sie in einer Ehe mit einem reichen Mann besser aufgehoben sein wird, als wenn sie etwa einer aussichtslosen Liebe nachtrauern würde. Sie ist ganz arm, wird nicht einmal eine bescheidene Aussteuer haben können, und deshalb ist sie auf eine gute Partie angewiesen. Wir bitten Sie herzlich, unseren Plänen nicht hindernd im Weg zu stehen. Wenn nur die geringste Möglichkeit bestünde, daß Ihre beiderseitigen Verhältnisse sich bessern könnten, würden wir nicht so energisch einschreiten. Gegen Sie persönlich haben wir durchaus nichts einzuwenden.«

»Nein, wahrhaftig nicht, mein lieber Herr von Hennersberg. Ich glaube, keinem andern Mann als Ihnen würde ich die Hand meiner Tochter so vertrauensvoll zusagen. Aber es geht leider nicht an, das werden Sie selbst einsehen. Vermeiden Sie also nach Möglichkeit jedes Gespräch mit ihr, und vor allen Dingen zeigen Sie ihr in keiner Weise, was Sie für sie empfinden. Wollen Sie mir das versprechen?«

Es zuckte in Lutz Hennersbergs Gesicht vor unterdrückter Erregung. Seine stahlblauen Augen erschienen fast schwarz. Er biß die Zähne aufeinander und rang um Fassung. Endlich sagte er mit verhaltener Stimme:

»Ich erkenne an, daß Ihre Vatersorgen Sie berechtigen, ein solches Versprechen von mir zu fordern, Herr Major, und – ich kann Sie verstehen. Was es mich kostet, so machtlos vor Ihnen zu stehen, so unfähig, mich um das höchste Glück zu bewerben, das mir das Leben bieten könnte, das können Sie kaum ermessen. Aber es ist mir ernst damit, Ihr Fräulein Tochter in Ihrer Herzensruhe nicht zu gefährden, soweit mir das möglich ist. Ich verspreche Ihnen, soviel in meiner Macht steht, zu vermeiden, mit Ihrem Fräulein Tochter zusammenzutreffen. Wo es sich nicht vermeiden läßt, werde ich mich der größten Zurückhaltung befleißigen. Und – nun bitte ich Sie, da wir uns wohl nichts mehr zu sagen haben, mich zurückziehen zu dürfen.«

Wieder faßte der Major seine Hand.

»Niemals ist mir eine Vaterpflicht schwerer geworden, das

glauben Sie mir. Ich danke Ihnen für Ihr Versprechen. Und, mein lieber Herr von Hennersberg, ich hoffe doch, daß wir Männer uns zuweilen an einem dritten Ort wiedersehen werden.«

Lutz fühlte, daß der alte Herr ehrlich betrübt war, und er erwiderte den Druck seiner Hand.

»Ich danke Ihnen, aber – lassen Sie mir Zeit, ich – ich – gnädige Frau, ich empfehle mich Ihnen.«

Mit einer Verbeugung verließ Lutz schnell das Zimmer; er konnte es nicht mehr ertragen, in das Gesicht der Majorin zu sehen, das ihm heute noch widerwärtiger war als bei seinem ersten Besuch. Es lag so wenig Ehrlichkeit und Aufrichtigkeit in diesem Gesicht.

Wie er aus der Wohnung hinaus und wieder hinunter in seinen Wagen kam, das wußte er nicht. Er fuhr davon, ziellos, nicht wissend, wohin, und fand sich nachher doch zur rechten Zeit vor dem Gerichtsgebäude ein, wo er seinen Herrn wieder erwarten sollte. Hier saß er dann stumm und starr auf seinem Führersitz und fragte sich, was das Leben jetzt noch für einen Wert für ihn hatte.

Am meisten bedrückten ihn die Worte der Majorin, daß Lonny einen anderen reichen Mann heiraten sollte. Wer war dieser Mann? Wen konnte diese kalte, herzlose Frau damit gemeint haben? Ihre Freundlichkeit hatte ihn nicht getäuscht; er fühlte, daß sie ihm feindlich gegenüberstand und daß ihre Sorge um Lonny nur einen egoistischen Grund hatte. Wen hatte sie gemeint?

Etwa Doktor Friesen? Lonny kam doch sonst mit keinem Menschen zusammen, das hatte sie ihm doch selbst gesagt. Also meinte die Mutter Doktor Friesen? Ja, er mußte es sein. Und da wurde ihm plötzlich das Herz leichter. Nein, Lonny heiratete nicht um Geld und Glanz, und ihre Augen logen nicht. Sie waren ihm holde Verräter gewesen, wie ihr Erröten und Erblassen, wenn er unerwartet vor ihr auftauchte. Lonny! Lonny! Sie wollen uns auseinanderreißen, und ich muß ihnen noch dazu helfen, weil ich dich nicht halten kann, nicht halten darf.

Das Herz war ihm so schwer.

8

Wenn Lonny in der nächsten Zeit wie bisher flüchtig mit Lutz zusammentraf, zeigte er ihr, so schwer es ihm fiel, ein sehr zurückhaltendes Gesicht. Er grüßte nur mit einer förmlichen Verbeugung und ohne das aufstrahlende Lächeln der letzten Zeit. Seine Augen blickten ausdruckslos, wie erloschen. Dagegen lag um den schmallippigen Mund, den er immer fest aufeinanderpreßte, jetzt ein Zug, der vordem nicht dagewesen war. Es war ein herber, schmerzlicher Zug, der Lonny nicht entging. Sie mußte bald merken, daß Lutz ihr gegenüber sehr verändert war. Sprach sie ihn einmal an, um ihm einige freundliche Worte zu sagen, dann antwortete er nur knapp und förmlich. Aber sie merkte, wie es dabei in seinem Gesicht zuckte, wie unterdrückte Erregung.

Voll Unruhe fragte sie sich, was das zu bedeuten habe.

Und noch etwas fiel ihr in der nächsten Zeit auf – daß der Vater mit keinem Wort mehr an den Besuch Lutz Hennersbergs rührte. Eines Tages fragte sie ihn:

»Wann wird Herr von Hennersberg wieder einmal zu dir kommen dürfen, Papa? Soll ich ihm nicht etwas sagen? Von selbst wird er nicht zu kommen wagen.«

Da hatte der Vater hastig erwidert:

»Es ist wohl besser so, daß er nicht wiederkommt, laß uns nicht mehr davon reden.«

Da wußte Lonny, daß die Stiefmutter doch ihre Hand im Spiel hatte. Eine unklare Angst befiel sie plötzlich.

Und eines Tages hielt sie diese Ungewißheit nicht mehr aus; sie blieb nach Tisch vor dem Vater stehen und fragte ihn geradezu:

»Ist irgend etwas zwischen Herrn von Hennersberg und die vorgefallen, Papa, verheimlichst du mir etwas?«

Der Major blickte unsicher auf seine Gattin, und diese kam ihm zu Hilfe. Sie erwiderte schnell:

»Ich habe Papa überzeugt, Lonny, daß es besser ist, wenn Herr von Hennersberg nicht wieder zu uns kommt.«

Mit großen Augen sah Lonny sie an.

»Du – also du hast ein Veto eingelegt. Ich hätte es mir denken können.«

»Ja, Lonny, er mußte sein, zu deinem eigenen Besten.«

Mit einem so schmerzlichen Blick sah Lonny den Vater an, daß er erschüttert war.

»Mußte das sein, Papa?«

Er faßte ihre Hand.

»Ja, mein Kind, es mußte sein.«

»Du hast ihn gekränkt, ich ahnte es. Es war nicht gut, Papa, daß das hinter meinem Rücken geschah.«

Mit diesen Worten verließ Lonny das Zimmer und zog sich in ihr eigenes Stübchen zurück. Sie mußte allein sein. Und sie grübelte darüber nach, was der Vater und die Stiefmutter unternommen hatten, um Lutz Hennersberg fernzuhalten und um ihn zu bewegen, so kalt und förmlich zu ihr zu sein.

Oh, sie hatte gewußt, gefühlt, daß es nicht aus ihm selbst herauskam; irgendwie hatte man ihn genötigt, ihr diese Zurückhaltung zu zeigen. Ein brennender Schmerz zerriß ihr Herz.

Dann aber warf sie entschlossen den Kopf zurück, ihre

Augen blitzten auf. Sie mußte wissen, was vorgegangen war, mußte es von Lutz selber hören.

Und der Zufall half ihr dabei.

Es war am nächsten Nachmittag. Doktor Friesen, der jetzt anscheinend immer oft private Abhaltung hatte, bat Lonny, ihm einige Schriftstücke, sobald sie fertig bearbeitet waren, in seine Wohnung hinauszubringen. Er hatte Gäste; mit einigen von ihnen mußte er geschäftlich verhandeln und konnte nicht noch einmal ins Büro kommen.

So fuhr Lonny kurz vor Büroschluß hinaus nach Wannsee. Sie benutzte die Elektrische. Als sie die Villa Doktor Friesens erreichte, empfing sie ein Diener und führte sie, wie es sein Herr ihm aufgetragen hatte, in Doktor Friesens Arbeitszimmer. Er bat sie zu warten, der Herr Doktor habe noch mit ihr zu sprechen und werde, sobald er abkommen könne, herüberkommen.

Lonny saß nun eine Weile allein in dem eleganten Arbeitszimmer. Sie hörte das lebhafte Stimmengewirr einer großen Gesellschaft herüberklingen und wußte, daß Doktor Friesen außer seinem Freund und dessen Eltern und Schwester auch mehrere amerikanische Herren unter seinen Gästen hatte. Mit diesen hatte es in den letzten Tagen allerlei Verhandlungen gegeben; es ging um die Vertretung einiger amerikanischer und deutscher Firmen. Lonny hatte verschiedenen dieser Verhandlungen beiwohnen müssen, um sie stenographisch aufzunehmen. Diese Stenogramme hatte sie in deutscher und englischer Sprache ausarbeiten und vervielfältigen müssen.

Der eine dieser amerikanischen Herren war ein bekannter Trustmagnat, Mister John Stanhope, der andere ein New Yorker Rechtsanwalt, Mister Dumpy. Lonny wußte, um was für ein großes Projekt es sich handelte, und hatte sich viel Mühe gegeben, noch präziser als sonst zu arbeiten. In Gedanken versunken, lauschte sie nun auf das Stimmengewirr von drüben. Sie saß am Fenster und schaute hinaus in den Garten, der die Villa umgab. Bis zum See hinüber konnte man jetzt, da die Bäume nicht belaubt waren, sehen. Und seitwärts zwischen den Bäumen sah sie auch die Garage liegen. Sie wußte, daß Lutz Hennersberg da drüben über der Garage wohnte. Für den Augenblick hatte er wohl keinen Dienst. Ob er da drüben in seiner Wohnung weilte oder ob er ausgegangen war? Sie konnte die Fenster seiner Wohnung blinken sehen, aber von ihm selbst keine Spur. Nur der Wagenwäscher hantierte in der offenstehenden Garage; er war dabei, die Autos zu reinigen.

Ein tiefer Seufzer hob ihre Brust. In demselben Augenblick wurde aber die Tür geöffnet. Sie schrak zusammen und wandte sich um. Doktor Friesen trat mit den beiden amerikanischen Herren ein. Sogleich erhob sie sich und trat den Herren entgegen.

»Verzeihen Sie, Fräulein Straßmann, daß ich Sie warten ließ. Sie werden heute wieder über Ihre Zeit aufgehalten werden. Aber wir saßen noch bei Tisch. Haben Sie die Verträge mitgebracht?«

Lonny nahm die Papiere aus ihrer Aktentasche und reichte sie Doktor Friesen.

»Hier sind sie, Herr Doktor, und, wie Sie befohlen haben, in deutscher und englischer Sprache, je drei Durchschläge.«

Er nahm ihr die Papiere ab. Die Herren nahmen Platz, und Doktor Friesen forderte auch Lonny auf, sich niederzulassen.

»Sie haben hoffentlich noch ein wenig Zeit, Fräulein Straßmann?«

»Bitte, verfügen Sie über meine Zeit, Herr Doktor, ich habe nichts anderes vor.«

»Das ist mir lieb. Ich möchte mit Mister Stanhope und Mister Dumpy die Verträge gleich noch durchsehen, falls noch etwas zu ändern ist. Die Herren wollen morgen abreisen.«

Lonny verneigte sich. Die Herren sahen die Verträge durch. Mister Stanhope, der Trustmagnat, sah einige Male mit seltsam forschendem Blick zu Lonny hinüber. Eine Weile blieb es still, nur klang immer wieder von drüben aus den Gesellschaftsräumen ein leises Stimmengewirr und Gläserklirren. Endlich waren die Herren fertig, und Mister Stanhope sah mit einem Lächeln zu Lonny hinüber.

»Phänomenal! Das haben Sie gemacht sehr ausgezeichnet, Miß Straßmann, ganz ausgezeichnet! Eine ganz klare Darstellung, korrekt bis in alle Einzelheiten. Sie sein eine tüchtige Kraft! Doktor Friesen, ich beneide Sie um Ihre Miß Sekretärin! Ah, wenn ich eine solche Persönlichkeit haben könnte zu meine spezielle Dienst. Habe bewundert schon all diese Tage, wir firm und exakt Miß Straßmann arbeitet. Und sie beherrscht die englische Sprache wie ihre deutsche Muttersprache. Ohne Miß Straßmann wären wir nicht gekommen so schnell zu eine Ziel und Verständigung. Sie sollten mir abtreten Ihre Sekretärin, Mister Friesen, ich würde sein sehr froh darum.«

So schloß der Trustmagnat seine Rede mit einem Lächeln und einer Verbeugung vor Lonny.

Sie wurde sehr rot unter diesem Lob des bedeutenden Mannes, und Doktor Friesen antwortete schnell:

»Ich weiß sehr wohl, daß ich einen Schatz an Fräulein Straßmann habe, Mister Stanhope, und deshalb bedaure ich, Ihren Wunsch nicht erfüllen zu können. Freiwillig verzichte ich nicht auf die Dienste Fräulein Straßmanns.«

»Kann ich mir denken, Doktor Friesen, ich an Ihrer Stelle würde auch Miß Straßmann um jeden Preis festhalten. Aber – man weiß nie, was kommen kann. Es gibt Dinge, die man nicht voraussieht. Und – Sie sollen sich merken, Miß Straßmann, für so tüchtige Kräfte hat John Stanhope immer Verwendung. Falls Sie das Schicksal mal nach New York führen sollte – ich engagiere Sie auf der Stelle als Privatsekretärin. Das ist mein Wort!«

Lonny sah den unbehaglichen Ausdruck auf Doktor Friesens Gesicht. So sehr sie sich über die Anerkennung ihrer Tüchtigkeit durch Mister Stanhope freute, sagte sie doch ruhig und bestimmt:

»Solange Doktor Friesen mit mir zufrieden ist und mich braucht, werde ich meine Stellung bei ihm nicht aufgeben. Ich bin zwar nicht vertraglich gebunden, habe aber Herrn Doktor Friesen mehr als einmal freigestellt, einen Vertrag mit mir zu machen. Er hat es abgelehnt, weil er mir keine Fesseln anlegen wollte; ich betrachte mich trotzdem an ihn gebunden, solange ich eine solche Stelle bekleiden kann und solange er mit mir zufrieden ist. Trotzdem freut es mich sehr, daß ein so bedeutender Mann wie Mister Stanhope so anerkennende Worte über meine Tätigkeit sagte. Ich danke Ihnen sehr dafür, Mister Stanhope.«

Dieser sah Lonny mit einem sinnenden Blick an. Aber ehe er etwas antworten konnte, sagte Doktor Friesen, durch Lonnys vornehme Gesinnung gerührt, um nicht hinter ihr zurückstehen zu müssen:

»Seien Sie nicht so großmütig, Fräulein Straßmann, Sie ahnen wahrscheinlich gar nicht, was Sie da ausschlagen. Eine Stellung, wie Mister Stanhope sie Ihnen bietet, gibt es so leicht nicht noch einmal. Sie würden sich riesig verbessern, das muß ich Ihnen sagen als anständiger Mensch.«

Sie sah ihn ruhig und klar an.

»Es gibt Dinge, die man tun kann, und solche, die man nicht tun kann, Herr Doktor, das ist individuell. Ich bleibe bei meiner Ansicht. Aber damit Sie sich nicht etwa bedrückt fühlen, sage ich Ihnen ganz offen, daß meine Eltern mich gar nicht nach Amerika gehen lassen würden.«

Mister Stanhope hatte staunend zugehört. Jetzt lächelte er.

»Ah, deutsche Sentiments! Wie sehr behindern sie die Persönlichkeit. Aber immerhin – nun ich möchte Sie noch viel lieber engagieren für meine Dienst. Oh yes! Aber – weil ich sage, man weiß nicht, was kommt, hier haben Sie meine Karte. Vielleicht Sie wollen eines Tages doch versuchen Ihr Glück drüben bei uns. Dann melden Sie sich bei John Stanhope – immer wird eine gute Anstellung für Sie bei ihm frei sein.«

Lächelnd nahm Lonny die Karte und steckte sie zu sich.

»Ich will es mir merken, Mister Stanhope«, sagte sie, als wolle sie einen Scherz beenden.

Die Herren besprachen noch einige Punkte des Vertrages. Lonny bekam von Doktor Friesen einen Auftrag für den nächsten Tag und wurde dann entlassen. Die Herren kehrten zur Gesellschaft zurück. Lonny packte ihre Aktenmappe ein, warf dann einen Blick zu der Garage hinüber und verließ das Zimmer.

Als sie unten durch das Portal in den Garten hinaustrat, sah sie im hellen Schein der Bogenlampe Lutz Hennersberg von der Garage herüber auf dem breiten Weg herankommen. Er strebte wie sie dem Gartentor zu, das ins Freie führte. Und dicht vor dem Tor trafen sie zusammen.

Lutz hatte Lonny auch gesehen, aber er konnte ihr nicht ausweichen, ohne es auffällig zu machen. Brüskieren konnte und wollte er sich nicht; so weit konnte ihn sein gegebenes Wort nicht verpflichten. Er war im Zivilanzug, scheinbar zum Ausgang bereit.

Artig, den Hut abnehmend, öffnete er ihr das Gartentor mit einer Verbeugung und ließ sie hinaustreten, fest entschlossen, zu warten, bis sie davongegangen war. Aber Lonny war nicht willens, diese Gelegenheit, sich Klarheit zu schaffen, ungenützt vorübergehen zu lassen. Tapfer zu ihm auflächelnd, sagte sie scheinbar unbefangen:

»Guten Abend, Herr Hennersberg – wie gut, daß ich Sie

treffe. Sicher sind Sie auch auf dem Weg zur Stadt. Ich hoffe, Sie haben so viel Zeit, mich bis zur Elektrischen zu begleiten; der Weg bis dorthin ist so einsam und unheimlich, weil er an den Baustellen vorüberführt.«

Ohne ungezogen zu sein, konnte er diese Bitte nicht abschlagen. Er verneigte sich höflich und erwiderte ruhig und korrekt:

»Sehr gern, mein gnädiges Fräulein.«

Sie gingen nebeneinander hin und waren beide stumm. Lonny sah verstohlen von der Seite in sein Gesicht. Plötzlich blieb sie stehen. »Herr von Hennersberg, was hat man Ihnen getan, daß Sie sich so sehr in Ihrem Wesen mir gegenüber verändert haben?«

Er wagte es nicht, sie anzusehen, blieb aber auch stehen und blickte an ihr vorbei, die einsame, schwach beleuchtete Straße entlang.

»Ich bitte, erlassen Sie mir die Antwort, mein gnädiges Fräulein; bitte, nehmen Sie keinerlei Notiz von mir.«

Ihre Augen hingen unverwandt an seinem Gesicht. Sie sah sehr wohl, wie er mit sich kämpfte, wie der herbe Schmerz in seinen Mienen sich vertiefte. Und das besiegte all ihre Schwachheit. Sie richtete sich straff empor.

»Also, Sie wollen mir nicht antworten – oder vielmehr –, Sie dürfen es nicht. Aber ich ahne, fühle, daß man Ihnen irgendwie weh getan hat. Ich habe zuweilen einen sechsten Sinn, und der sagt mir, daß meine Stiefmutter irgend etwas getan hat, um Ihre Besuche bei uns zu verhindern. Von meinem Vater geht das nicht aus, wenn er auch wahrscheinlich meine Stiefmutter hat decken müssen mit seiner Persönlichkeit. Sagen Sie mir nur eins: Sind Sie noch einmal nach jenem abendlichen Besuch in unserer Wohnung mit meinen Eltern zusammengetroffen? Das werden Sie mir doch wenigstens beantworten dürfen?«

Er hatte die Zähne fest aufeinandergebissen und sah jetzt in ihre großen, unruhigen Augen hinein.

»Ja, ich war noch einmal in der Wohnung Ihrer Eltern, ein Brief Ihres Vaters rief mich dorthin. Und nach einer Unterredung mit Ihren Eltern wußte ich, daß es meine Pflicht war, nicht wiederzukommen und – mich von Ihnen nach Möglichkeit zurückzuhalten.«

Trotz der schwachen Beleuchtung sah er, wie das Rot in ihre Wangen schoß und wie vor Erregung ihr Mund bebte.

»Ich habe es mir gedacht«, sagte sie leise, »man hat es Ihnen nahegelegt, daß es Ihre Pflicht ist.«

»Erlassen Sie es mir, mehr zu sagen«, bat er rauh.

Ein bitteres Lächeln huschte um ihren Mund.

»Es ist auch nicht nötig, daß Sie noch darüber sprechen, ich weiß nun alles, als sei ich dabei gewesen. Ich kenne doch meine Stiefmutter.«

Er wußte, daß er nun nichts mehr verschweigen konnte.

»Sie sollen nicht gehindert werden, Ihr Ziel zu erreichen«, stieß er heiser hervor, »Ihre Stiefmutter sah in mir ein Hindernis zu diesem Ziel.«

»Was für ein Ziel?« fragte sie mit blassen Lippen.

»Das Ziel, die Frau eines reichen Mannes zu werden – der sich um Sie bewirbt.«

Wie ein Schlag traf das Lonny. Das also hatte man ihm gesagt? Sie stand eine Weile wie versteinert und starrte ihn an. Ganz einsam war es um die beiden Menschen, niemand war weit und breit zu sehen.

Drüben lag die hellerleuchtete Villa Doktor Friesens, in der noch ein geselliges Treiben herrschte. Hier draußen waren die beiden jungen Menschen ganz allein wie auf einer einsamen Insel.

Und plötzlich stürzten die Tränen aus Lonnys Augen, die Spannung ihrer Nerven ließ nach.

»Das hat man Ihnen gesagt? Sie hat gewagt, so etwas zu Ihnen zu sagen? Wie demütigend für mich!«

In heißer Unruhe sah er sie an.

»Mein gnädiges Fräulein, beruhigen Sie sich doch, es ist nicht demütigend für Sie, wenn Sie die Absicht haben, einen reichen Mann zu heiraten.«

Sie sah ihn mit einem Blick an, der all seine Selbstbeherrschung ins Wanken brachte. Ihre Augen flammten auf und ihre Tränen versiegten.

»Oh, wie wenig kennen Sie mich, wenn Sie glauben, daß ich einem solchen Ziel nachstrebe, einem Ziel, das meine Stiefmutter mir aus selbstsüchtigen Gründen als erstrebenswert hinstellt. Es ist auch nicht wahr, daß sich ein reicher Mann um mich bewirbt, das ist nur ein Phantasiegebilde meiner Stiefmutter. Nie habe ich daran gedacht, mich um materieller Vorteile willen an einen Mann zu binden. Gottlob, ich bin gesund und arbeitsfähig, und ehe ich mich so weit erniedrige, daß ich meine Hand ohne mein Herz verschenke, will ich lieber bis an das Ende meiner Tage im Büro sitzen und mein Brot verdienen.«

Er atmete tief und befreit auf. Seine Augen begannen zu leuchten wie früher, wenn sie die ihren trafen.

»Ich habe es gewußt, trotz allem, was Ihre Stiefmutter und, von ihr beeinflußt, Ihr Vater zu mir sagten. Aber – es traf mich doch hart. Um so härter, mein gnädiges Fräulein, weil – aber nein, ich darf Ihnen nicht mehr sagen, ich gab mein Wort, alles zu tun, was in meinen Kräften liegt, um Ihre Herzensruhe nicht zu gefährden. Obwohl ich das selber wünsche, wurde mir dies Versprechen sehr schwer, das weiß Gott – aber ich armer Schlucker kann ja nichts tun, als stumm verzichten auf ein Glück, das mir unerreichbar ist.«

Eine dunkle Röte flog wieder über Lonnys Gesicht, aber ihre Augen strahlten jetzt aufleuchtend in die seinen. Und dann sagte sie leise, mit einem Ausdruck, der ihn tief erschütterte:

»Zwei arme Menschen wie wir, die können nur eins tun in unserem Falle, Herr von Hennersberg.«

Er faßte nun doch mit jähem Druck ihre Hand.

»Was können wir tun – Lonny – Lonny, was können wir tun?« fragte er, sie mit einem brennenden Blick ansehend.

Ihre Augen feuchteten sich wieder. Und in rührender Weichheit sagte sie leise:

»Einander liebhaben, Lutz Hennersberg, und – einander treu bleiben, was auch kommen mag.«

Da hielt er sich nicht mehr, er riß sie in seine Arme und preßte seine Lippen auf die ihren. Sie lag ganz still an seinem Herzen, gab zärtlich und innig seinen Kuß zurück und löste sich dann sanft aus seinen Armen.

»Jetzt müssen wir weitergehen, Lutz Hennersberg.«

Er hielt ihren Arm fest.

»Lonny – ach Lonny, ich hätte das nicht tun dürfen. Nun habe ich dich doch hineingerissen in diese Kämpfe und Nöte. Ich habe nur eine Entschuldigung, ich habe dich unsagbar lieb. Es war stärker als ich!«

Mit fast verklärten Augen sah sie zu ihm auf.

»Dank dir, Lutz, daß du mir deine Liebe zeigtest. Nun wird mein Leben doch nicht ganz ohne Sonne sein. Du hättest meine Herzensruhe viel mehr gefährdet, wenn du in deiner starren Zurückhaltung verharrt wärest. Ob wir uns je angehören können, weiß ich nicht. Ich habe keine Hoffnung, kaum Wünsche, weiß nur, daß es mich glücklich macht, daß wir einander sagen durften, wie lieb wir uns haben. Du sollst nie zweifeln, daß du mir der liebste Mensch auf Erden bist und daß ich nie, niemals einem anderen Mann angehören werde.«

Er zog sie wieder fest in seine Arme und küßte sie innig.

»Lonny, vielleicht ist es schlecht, egoistisch von mir, aber es macht mich sehr glücklich, daß du so zu mir sprichst. Ich hatte große Angst, daß du einem andern Mann angehören würdest, und suchte mit heißer Eifersucht nach dem vermeintlichen Nebenbuhler. Auf Doktor Friesen war ich ohnedies schon einmal eifersüchtig, ihn mußte ich für den Mann halten, von dem deine Stiefmutter sprach.«

Sie schüttelte den Kopf.

»Sie wollte es erzwingen, daß ich Doktor Friesen Hoffnung machen sollte. Aber dann müßte ich ein anderes Menschenkind sein. Doktor Friesen ist mein Chef, den ich sehr verehre und der gottlob sehr zufrieden mit mir ist. Ich hoffe, daß er bald eine andere Frau heimführt, damit mich meine Stiefmutter nicht mehr mit dieser Sache quält. Er sieht in mir gottlob nichts als seine Sekretärin.«

Und sie erzählte ihm von Mister Stanhopes Ansinnen, zu ihm zu kommen, und was Doktor Friesen darauf erwidert hatte.

Lutz wurde das Herz viel leichter, obwohl er auch jetzt noch wenig Hoffnung hatte, sich Lonny in absehbarer Zeit zu gewinnen. Lonnys Hand fassend, sagte er bewegt:

»So leicht hast du mir das Herz gemacht, Lonny, und doch ist es so schwer, weil ich dir vorläufig kein sorgloses Dasein schaffen kann.«

Zuversichtlich sah sie zu ihm auf.

»Wir werden arbeiten, Lutz, und sparen, so viel wir können. Und wer weiß, vielleicht geschieht ein Wunder, das uns doch zusammenbringt, eher, als wir jetzt annehmen können. Bis dahin müssen wir uns aber mit dem Bewußtsein trösten, daß wir einander lieben. Das muß unser Geheimnis bleiben, Lutz; aber werden wir nicht schon sehr glücklich sein im Besitz dieses wundervollen Geheimnisses?«

Er zog sie noch einmal in seine Arme und küßte sie.

Sie gingen weiter, Lutz schob seine Hand unter ihren Arm.

Es war so köstlich für sie beide, nebeneinander zu gehen, wie zusammengehörig. Und sie sagten sich viele liebe und zärtliche Worte, wie es alle Liebenden tun. Aber so langsam sie auch gingen, endlich langten sie doch an der Haltestelle der Elektrischen an und sahen sie auch schon von weitem herankommen.

»Und was wird nun, Lonny?« fragte Lutz seufzend. Mit ihrem lieben Lächeln sah sie ihn an.

»Es wird alles so weitergehen wie bisher, Lutz, nur daß wir nun um unsere Liebe wissen. Heimliche Zusammenkünfte ohne Wissen meines Vaters werden wir nicht herbeiführen, dazu sind wir beide zu ehrenhaft. Wir müssen uns damit begnügen, daß wir uns zuweilen, ohne unser Dazutun, sehen können, werden uns mit einem Blick oder einem Händedruck zufriedengeben müssen.«

Wieder seufzte er tief auf. So anspruchslos wie sie konnte er nicht sein.

»Das ist ja bejammernswert wenig, Lonny!«

»Aber viel, viel mehr, als wir bisher voneinander hatten. Wir müssen uns bescheiden, Lutz – bis das große Wunder kommt! Gute Nacht, Lutz!«

»Gute Nacht, Lonny – süße liebe Lonny!«

9

Wieder waren einige Wochen vergangen. Lutz und Lonny sahen sich nur flüchtig, wenn sie auch beide stillschweigend dem Zufall ein wenig nachhalfen, um ein solches Zusammentreffen etwas öfter herbeizuführen. Und wenn sie einander sahen, dann strahlten die beiden Augenpaare liebevoll ineinander, und wenn es ging, tauschten sie wenigstens einen Händedruck. Aber eines Tages bat Lutz Lonny dringend:

»Schreib mir doch wenigstens zuweilen einige Worte, Lonny, damit ich etwas habe, woran ich mich halten kann. Und – schenk mir ein Bild von dir.«

Sie nickte ihm zu. Am nächsten Tage brachte sie ihm ihr Bild.

Und in der Folge entwickelte sich ein reger Briefverkehr zwischen ihnen. Es fand sich immer eine Gelegenheit, daß sie einander ein Briefchen zustecken konnten. Lonny besaß nun auch eine Photographie von Lutz und trug sie immer bei sich, wie auch seine Briefe, denn sie war durchaus nicht sicher, ob ihre Stiefmutter nicht in ihren Sachen herumkramte, um nachzuspüren; und im Büro wollte sie auch nichts zurücklassen, wenn sie es verließ. Auch hätte sie sich nicht eine Minute davon trennen mögen.

Diese Briefe machten gegenseitig ihre ganze Glückseligkeit aus, denn nie trafen sie anders zusammen als bei den zufälligen Begegnungen. Lutz wollte Lonny zu einer Zusammenkunft nicht verleiten, denn ihr Ruf war ihm heilig. Und Lonny dachte nicht daran, ihm ein Rendezvous freiwillig zu gewähren. Sie wollte ihrem Vater offen in die Augen sehen können. Daß sie Lutz liebte und es ihm gestanden hatte, war kein Unrecht, aber es wäre in ihren Augen ein Unrecht gewesen, wenn sie sich heimlich und unerlaubt mit Lutz treffen würde.

Daheim hatte sich nichts geändert. Nach wie vor drängte die Stiefmutter, Lonny möge sich Doktor Friesen gegenüber klug benehmen und ihre Aussichten nützen. Deshalb sehnte sich Lonny geradezu danach, daß ihre Vermutung, Doktor Friesen würde sich mit der Schwester seines Freundes verloben, sich bewahrheiten möge. Dann mußte die Stiefmutter doch endlich mit diesen Quälereien aufhören.

Und eines Tages eröffnete ihr Doktor Friesen dann auch, daß er sich mit der Schwester seines Freundes verlobt hatte. Lonny sah ihn dabei mit so strahlenden Augen an, daß er ganz überrascht war.

»Sie scheinen sich ja sehr zu freuen, Fräulein Straßmann, daß ich mich verheiraten will?« fragte er.

Lonny lachte ihn an.

»Ja, Herr Doktor, ich freue mich wirklich sehr und habe schon eine ganze Weile darauf gehofft, daß Sie mir diese Eröffnung machen.«

Er schüttelte mit einem humoristischen Lächeln den Kopf.

»Daß ich Ihnen mit meiner Verlobung eine so große Freude machen würde, habe ich nicht geahnt. Darf ich fragen, weshalb Sie das so freut?«

»Weil – weil es für mich viel angenehmer ist, einem verheirateten Chef zu dienen als einem unverheirateten, und – weil ich mich für Sie sehr freue, daß Sie einen Menschen gefunden haben, der zu Ihnen gehört; Sie stehen doch ganz allein im Leben.«

»Das allerdings, bis auf einen weitläufigen Vetter habe ich wirklich keinen Menschen, der zu mir gehört. Aber bitte, sprechen Sie noch nicht darüber, meine Verlobung ist noch nicht öffentlich. Meine Braut und ich wollen erst die Rückkehr ihrer Eltern, die sich zur Kur in Karlsbad aufhalten, abwarten, ehe wir unsere Verlobung veröffentlichen. Ihnen wollte ich es nur nicht vorenthalten, weil Sie vielleicht einmal Zeuge eines Telefongespräches mit meiner Braut sein könnten. Sie wurden ja doch gleich merken, daß es sich dabei nicht um Geschäfte handelt.«

Lonny lachte. Ihr war ein großer Stein vom Herzen gefallen, und wenn sie ihren Eltern auch jetzt nicht gleich berichten durfte, daß Doktor Friesen sich verlobt hatte, so mußte das doch bald geschehen können.

»Ich werde dann immer schnell diskret verschwinden, Herr Doktor«, sagte sie schelmisch.

Er sah sie lächelnd an.

»Sehr nett von Ihnen. Aber – nun wollen wir an unsere Arbeit gehen.«

»Bitte sehr, Herr Doktor.«

»Ich habe übrigens heute ein Schreiben von Mister Stanhope erhalten; er ist mit Mister Dumpy wohlbehalten in New York eingetroffen, und – er schreibt mir sehr viel Schmeichelhaftes über Sie. Ihre Fähigkeiten scheinen ihm einen riesigen Eindruck gemacht zu haben, und er legt mir nochmals ans Herz, daß ich, wenn ich Sie eines Tages nicht mehr brauchen würde, Sie bestimmen soll, zu ihm zu kommen. Sie seien ihm außer Ihren Fähigkeiten auch noch ungemein sympathisch, und es gäbe wenig Menschen, die er so gern in seiner Nähe wüßte wie gerade Sie. Was sagen Sie dazu?«

»Daß ich mich natürlich sehr freue, wenn ein Mister Stanhope so viel Schmeichelhaftes über mich schreibt. Als arme kleine Sekretärin muß ich auch zugeben, daß Mister Stanhope mir sehr sympathisch war; er ist ein sehr bedeutender, kluger und zuverlässiger Mensch. Es muß ein Vergnügen sein, mit ihm zu arbeiten.«

Er sah sie nachdenklich an.

»Ja, ja, er ist ein hervorragender Mensch, und die Stellung, die er Ihnen anbot, war sicher eine ganz erstklassige. Ich mache mir immer noch ein wenig Vorwürfe, daß ich Sie nicht beredet habe, diese Stellung anzunehmen, aber – der Egoismus ist nun mal das stärkste Gefühl im Menschen, und ich wüßte ja kaum, wie ich ohne Sie auskommen sollte. Sie sind mir eine viel größere Hilfe als mein Bürovorsteher.«

»Es freut mich sehr, Herr Doktor, daß Sie mir so viel Anerkennendes sagen, und Sie brauchen sich gewiß keine Vorwürfe zu machen. Ich würde doch nicht nach Amerika gehen, wenigstens nicht, solange mein Vater lebt.«

Und – solange Lutz Hennersberg nicht mit mir gehen könnte, vervollständigte sie diesen Satz bei sich selbst.

Sie arbeiteten nun, wie alle Tage, fleißig miteinander. Als Doktor Friesen Lonny dann entließ, ging sie in ihr Büro zurück, wo sie noch zu tun hatte. Als sie durch das Vorzimmer gehen wollte, sah sie hier erstaunt die sämtlichen Angestellten Doktor Friesens in großer Aufregung beisammenstehen. Und zu ihrer Freude sah sie auch Lutz mitten unter den Leuten. Seine Augen leuchteten ihr noch strahlender als sonst entgegen, und er erschien ihr erregt wie die andern.

Zörner, der Bürodiener, kam Lonny entgegen und fuchtelte erregt mit den Händen vor ihrem Gesicht herum.

»Fräulein Straßmann! Haben Sie schon gehört? Wir haben gewonnen – wir haben gewonnen!« rief er außer sich.

Lonny sah ihn erstaunt an und blickte fragend zu Lutz hinüber.

»Was denn? Wer hat gewonnen? Weshalb sind Sie denn alle so aufgeregt?«

»Jotte doch, vastehn Sie mir denn nich, Fräulein Straßmann? Ick rede doch nich ausländisch! Unser Los is raus, mit 'nem Bombentreffer; det Los, det wir Angestellte von Doktor Friesen zusammen gespielt haben. Wissen Sie noch, wie ick Ihnen zugeredet habe wie'n krankem Kind, det Sie sich ooch beteiligen sollten? Sie wollten doch erst durchaus nich. Und wat der Chauffeur is, der wollte ooch nich, ick habe ihm lange noch gute Worte geben müssen, weil wir doch noch eenen Mitspieler brauchten. Und wat sagen Sie nu? Der Herr Bürovorsteher hat schon angeklingelt beim Kollekteur, ob et wahr is. Et stimmt. Und ausgerechnet hat er ooch schon, wat uff jeden von uns kommt. Zehntausenddreihundertfünfundzwanzig Märker kriegen wir jeder; ick werde nun Privatier un mache mir selbständig. Und wat Sie sind und der Chauffeur mit det jräfliche Etui, Sie können sich beide bei mich bedanken, det ick Ihnen zu Ihrem Glück gezwungen habe.«

Lonny war fassungslos, sie wurde mit hineingerissen in den allgemeinen Jubel, und es fiel gar nicht auf, daß Lutz und sie sich eine Weile fest bei den Händen hielten und einander wie im Traum ansahen.

»Da ist ja das Wunder, Lutz, das Wunder!« sagte Lonny leise.

Und sie und Lutz statteten Zörner gerührt ihren Dank ab. Zörner nahm ihn »huldvoll« entgegen; er stolzierte herum wie ein römischer Cäsar, die Arme untergeschlagen und das strohblonde Haupt stolz zurückgeworfen. Und wieder und wieder schmetterte er in das Stimmengewirr mit seinem etwas schrillen Organ einen neuen Plan, was er mit seinem gewonnenen Geld anfangen wolle. Er fühlte sich mindestens als ein Rothschild. Eine Bemerkung kam aber immer wieder: »Und Mutter kriegt 'ne neue Kluft – aber pickfein!«

Das stand fest bei ihm.

Mitten in diese Aufregung hinein öffnete Doktor Friesen plötzlich die Doppeltür zu seinem Sprechzimmer und schaute ärgerlich heraus.

»Was ist denn hier für ein Lärm, dabei kann man doch nicht arbeiten!«

Lonny trat schnell vor.

»Verzeihen Sie, Herr Doktor, wir sind ein wenig außer Rand und Band; aber ein Lotterielos, das wir alle zusammen gespielt haben, ist mit einem großen Treffer herausgekommen, wir haben jeder über zehntausend Mark gewonnen.«

Doktor Friesen lachte.

»Na, dann gratuliere ich! Aber bitte, freuen Sie sich etwas geräuschloser, ich habe noch zu arbeiten!«

Damit machte er die Tür wieder zu.

So ganz geräuschlos ging es auch jetzt noch nicht zu, aber man bemühte sich doch, die Freude zu dämpfen. Aber an Arbeit war noch nicht zu denken; jeder machte Pläne, was er mit dem »vielen Geld« anfangen wollte. Für all diese auf ein mehr oder minder schmales Gehalt angewiesenen Menschen waren zehntausend Mark ein Vermögen. Nur Lonny und Lutz sagten nichts darüber, was sie mit ihrem Anteil beginnen wollten. Sie sahen sich nur strahlend an. Und dann mußte Lutz, der von Zörner herangeholt worden war, als die Kunde von dem Lotteriegewinn eintraf, wieder hinunter zu seinem Wagen, und auch Lonny mußte an ihre Arbeit. Sie flüsterte Lutz nur noch zu: »Ich schreibe dir!« Und er erwiderte leise: »Ich dir auch!«

Niemand achtete auf diese beiden Menschen. Jeder hatte mit sich selber zu tun, und in dem sonst so nüchternen Büro wurden heute phantastische Luftschlösser gebaut.

Auch Lutz baute unten auf seinem Führersitz an seiner und Lonnys gemeinsamer Zukunft. Wenn auch diese gemeinsam gewonnenen zwanzigtausend Mark noch keine gesicherte Zukunft bedeuteten, so gaben sie doch eine Möglichkeit, an einen Aufbau dieser Zukunft zu denken. Mit zwanzigtausend Mark in den Händen konnte man schon etwas anfangen. Und er war Zörner wirklich von ganzem Herzen dankbar, daß er ihn und Lonny überredet hatte, sich an dem Los zu beteiligen.

Lonny schrieb an Lutz, nachdem sie ihre Arbeit erledigt hatte:

»Mein geliebter Lutz! Das große Wunder ist da! Nicht wahr, mit zwanzigtausend Mark kann ein Mann wie Du daran denken, das Schicksal zu zwingen. Jetzt wirst Du vor meinen Vater hintreten können, um mich von ihm zu fordern. Wir werden ihn schon überzeugen, daß zwei Menschen wie wir nicht mehr brauchen, um den Grundstein zu ihrem Glück zu legen. Sobald wir uns wieder einen Augenblick sprechen können, sage mir, wann ich Dich bei Papa anmelden soll. Ich bin so froh, daß alle Heimlichkeit zu Ende ist; denn es ist mir nicht leichtgeworden, meinem Vater zu verschweigen, was zwischen uns geschehen ist. Nun können wir uns offen zu unserer Liebe bekennen. Und meine Stiefmutter wird hoffentlich auch klein beigeben, zumal sie bald erfahren wird, daß Doktor Friesen – dies unter größter Diskretion – sich verlobt hat. Es soll erst in einiger Zeit bekanntwerden. Du weißt, ich ahnte schon so etwas, und er hat es mir heute zu meiner großen Freude bestätigt. Heute ist wirklich ein großer Glückstag für uns. Zörner hat uns Glück gebracht, wie sehr danke ich es ihm. Gute Nacht, Lutz!

Deine glückliche Lonny«

Und der Brief, den Lonny am nächsten Morgen von Lutz bekam, lautete:

»Meine Lonny! Kannst Du Dir meine Glückseligkeit ausdenken? Lonny, was kann ein Mann wie ich mit diesem Geld anfangen! Ob es freilich Deinem Vater und Deiner Stiefmutter genug sein wird, weiß ich nicht. Jedenfalls will ich nicht lange zögern, Deinen Vater in aller Form um Deine Hand zu bitten. Ich habe mir noch neunhundert Mark gespart, wir werden darüber sprechen, wie wir das Geld anlegen werden, um uns eine Existenz zu schaffen. Das kann am besten in Gegenwart Deines Vaters geschehen. Hoffentlich gibt er mir seine Einwilligung. Bitte, frage ihn, wann ich kommen darf, um ihm meine Werbung vorzutragen. Denn jetzt, Lonny, hält uns nichts mehr zurück. Wir beide werden das Schicksal schon meistern. Du bist ja so tapfer und unverzagt, meine süße Lonny; es muß nun alles gut werden. Gib mir bitte, sobald du kannst, Bescheid, wann ich zu Deinem Vater kommen darf.

Dein glücklicher, erlöster Lutz«

10

Lonny war am Abend mit strahlenden Augen nach Hause gekommen, war vor ihren Vater hingetreten und hatte gesagt:

»Lieber Papa, mir ist ein großes Glück widerfahren!«

Mit müden Augen sah er zu ihr auf.

»Ein großes Glück? Ach, Lonny, ich kann nicht mehr an das Glück glauben; heute hatte ich wieder so einen schweren Tag. Das wird ein schlechter Monat.«

Frau Hermine hatte gespannt in Lonnys leuchtendes Gesicht gesehen. Nun sagte sie hastig:

»Botho, so laß doch Lonny reden, du hörst ja, sie bringt ein großes Glück nach Hause – und ich ahne schon, hat sich Doktor Friesen endlich erklärt, Lonny?«

Diese war bei des Vaters Worten, die sich wie Mehltau auf ihre frohe Stimmung legten, ein wenig blaß geworden. Bei den Worten der Mutter aber schüttelte sie hastig den Kopf.

»Das wäre doch kein Glück für mich, Mama. Nein, nein. Es ist etwas anderes – ich habe in der Lotterie gewonnen, wir alle, die wir bei Doktor Friesen angestellt sind. Jeder von uns hat zehntausend Mark gewonnen. Ich habe euch gar nichts davon gesagt, daß ich mich an dem Los beteiligt habe, machte ich mir doch selbst Vorwürfe, daß ich das Geld dafür ausgegeben hatte; ich tat es nur, weil unser Bürodiener mich so quälte. Aber nun hat es mir doch Glück gebracht.«

Der Major faßte Lonnys Hand.

»Welch eine Freude für dich, mein Kind! Ich wünsche dir von Herzen Glück!«

Frau Hermines Züge hatten erst eine leise Enttäuschung gezeigt; sie hätte natürlich lieber gehört, daß Lonny sich mit Doktor Friesen verlobt hätte. Aber nun glomm doch eine Gier in ihren Augen auf. »Zehntausend Mark, Lonny? Nun, immerhin ist auch das ein Glücksfall! Das wird uns wenigstens ein bißchen aus unserem Elend herausreißen«, stieß sie hervor.

Lonny fiel es schwer aufs Herz, daß die Stiefmutter das gewonnene Geld gleichsam mit Beschlag belegte. Unsicher sah sie zu ihrem Vater hinüber. Der aber ermannte sich, obwohl auch er zuerst daran gedacht hatte, wie gut er das Geld brauchen könne. Er sagte jetzt fest und energisch:

»Dies Geld gehört Lonny, und wir werden keinen Pfennig davon anrühren, Hermine. Lonny soll es auf die Bank legen, es wird einmal für ihre Aussteuer reichen, da ich ihr doch keine schaffen kann.«

Lonny küßte ihm die Hand, aber Frau Hermines Gesicht rötete sich.

»Aber Botho, Lonny wird doch nicht nur egoistisch an sich selbst denken. Zu einer Aussteuer braucht sie kaum die Hälfte dieser Summe, zumal sie doch nur einen reichen Mann heiraten wird. Doktor Friesen wird keine große Aussteuer von seiner Braut erwarten. Lonny ist doch ein gutes Kind. Wir brauchen das Geld wirklich sehr nötig, es muß so mancherlei angeschafft werden, wozu es nie gereicht hat. Jetzt muß es endlich einmal sein. Nicht wahr, Lonny, du wirst uns teilnehmen lassen, sag Papa, daß das ganz selbstverständlich ist.«

Lonny wurde das Herz noch viel schwerer. Sie wußte nicht, was sie sagen sollte, aber der Vater, der ihre Unschlüssigkeit merkte und dem jetzt plötzlich zum Bewußtsein kam, was für Opfer seine Tochter ihm schon gebracht hatte, richtete sich entschlossen auf.

»Das verhüte Gott, daß wir auch nur einen Pfennig von diesem Geld anrühren, Hermine. Sie hat wirklich schon mehr für uns getan, als wir hätten annehmen dürfen, wenn uns die Not nicht dazu gezwungen hätte. Aber weitere Opfer sollen ihr erspart werden, es bleibt dabei: dieses Geld legt Lonny für sich an. Man weiß nicht, was kommt.«

Lonny sah ihn dankbar an. Was eigentlich ganz selbstverständlich war, rechnete sie dem Vater hoch an. Aber sie dachte jetzt auch beklommen daran, was aus den Eltern werden sollte, wenn sie nicht mehr monatlich die reichliche Hälfte ihres Einkommens zur Verfügung stellen konnte. Zum ersten Mal wollte sie nur an sich selbst denken, weil mit ihrem Glück das des geliebten Mannes in Frage stand. Sie nahm des Vaters Hand in die ihre.

Es tat ihr doch wohl, daß er so für sie eintrat. Frau Hermine aber war sehr erbittert und an diesem Abend noch viel weniger liebenswürdig als sonst. Und Lonny wagte den Vater wegen Lutz nicht zu fragen. Sie fühlte, daß die Stiefmutter dann sofort ahnen würde, was kommen sollte, und daß sie strikt dagegen wäre. Es war besser, Lutz kam unangemeldet.

Und am anderen Tage flüsterte sie Lutz im Vorübergehen zu:

»Sonntag nachmittag wird Doktor Friesen wieder von seinem Freund abgeholt, und du wirst frei sein. Bitte, komm also am Sonntag, sobald du frei bist, zu den Eltern.«

Daß Doktor Friesen sich mit seinem Freund für den Sonntag verabredete, hatte sie durch ein Telefongespräch erfahren, das Doktor Friesen mit seiner zukünftigen Frau führte. Bis zum Sonntag würden noch einige Tage vergehen, und Lonny wollte sehen, wie sie den Vater ein wenig auf den Besuch von Lutz vorbereiten konnte.

Erst am Samstagabend, als die Stiefmutter in der Küche war, um mit Meta den Küchenzettel für den Sonntag zu besprechen, und sich so ein kurzes Alleinsein zwischen Vater und Tochter ergab, sagte Lonny, ihres Vaters Hand fassend:

»Papa, Lutz von Hennersberg hat auch mitgespielt, er hat auch zehntausend Mark gewonnen.«

Der alte Herr horchte auf und sah Lonny forschend an. Dann sagte er unsicher:

»So, so! Das freut mich für ihn. Mit zehntausend Mark kann

er schon was anfangen. Ich denke, er wird dann seine Stellung als Chauffeur bei Doktor Friesen aufgeben.«

»Das denke ich auch; dafür kann er sich, wie er doch plante, schon ein sehr schönes Auto kaufen, vielleicht sogar zwei, wenn er gebrauchte kauft.«

»Hm! Kann ja sein, ich will's ihm wünschen. Aber – das geht uns im Grunde nichts an.«

Sie sah auf ihre Hände hinab.

»Nun, mich sollte es nicht wundern, wenn er dieser Tage zu dir kommen würde, um das mit dir zu besprechen.«

»Wie käme er denn dazu?«

»Du warst doch der beste Freund seines Vaters, und er hat niemand sonst auf der Welt.«

Es zuckte unbehaglich in seinem Gesicht. Es fiel ihm ein, daß Lonny ja nicht wissen konnte, daß er Lutz gewissermaßen das Haus verboten hatte. Aber freilich – wenn er jetzt damit rechnete, daß er zehntausend Mark besaß und Lonny auch – da konnte es sein, daß er daraufhin eine Werbung um Lonny wagte. War es denn nicht möglich, daß die beiden jungen Menschen daraufhin ihr Glück aufbauen konnten? Es riß an seinem Herzen, als er in Lonnys flehende Augen sah. Und er stieß hastig hervor:

»Hm! Nun ja, es könnte doch wohl sein. Aber sprich nicht davon, wenn Mama dabei ist, hörst du, sie darf nichts davon ahnen.«

Schnell drückte sie ihre Lippen auf seine Hand.

»Nein, nein, Papa!«

»Es ist ja auch nur eine bloße Vermutung, ich glaube nicht, daß er kommen wird.«

»Aber, du wirst ihn nicht abweisen lassen – bedenk doch, sein Vater war dein Freund.«

»Ich werde ihn nicht abweisen lassen, aber er wird nicht kommen«, sagte er unsicher.

Lonny entgegnete nichts mehr, sie wußte nun, daß der Vater auf Lutz' Besuch vorbereitet sein würde. Alles andere mußte sich fügen. Der Major sah an diesem Abend seine Tochter einige Male forschend an. Und es fiel ihm auf, daß ihr Gesicht etwas schmaler und blasser geworden war in letzter Zeit. Das Herz tat ihm weh. Sollte sein blühendes Kind verwelken an einer unglücklichen Liebe? War es nicht möglich, daß dieser Lotteriegewinn den beiden jungen Menschen den Weg zum Glück ebnen würde?

Er sprach nicht darüber, aber als er später mit seiner Gattin im Schlafzimmer allein war, brachte er wie zufällig die Rede darauf.

»Was meinst du, Hermine, ob man jetzt nicht doch in eine Verbindung zwischen Lonny und Lutz Hennersberg willigen könnte? Er hat auch zehntausend Mark gewonnen, und mir scheint doch, daß Lonny sehr an ihm hängt.«

Frau Hermine fuhr empört nach ihm herum.

»Bist du denn von Sinnen, Botho? Was denkst du dir, was sind denn zwanzigtausend Mark? Du mußt bedenken, daß Lonnys Gehalt fortfallen würde, wenn sie heiraten wollten. Und was soll dann aus uns werden? Wir können doch nicht von deiner kleinen Pension und dem Wenigen leben, was du verdienst, und die beiden hätten dann genug mit sich selber zu tun; es wäre ausgeschlossen, daß sie uns etwas abgeben könnten. Verrenne dich nicht wieder in diese Sache; wenn Lonny heiraten will, kann sie nur einen reichen Mann nehmen, sonst gehen wir alle zugrunde.«

Und sie redete so heftig und nervös auf ihren Mann ein, daß er ganz eingeschüchtert wurde und klein beigab. Die eigene Lebensnot ließ ihm die Herzensnot seiner Tochter wieder klein erscheinen. Seine Frau hatte ja recht, wenn Lonny einen armen Mann heiratete, war für ihn und seine Frau das Elend da.

Lonny hatte keine Ahnung, daß die Stiefmutter sich abermals vernichtend in ihr Glück eingemischt hatte. Sie verbrachte den Sonntag mit der Anfertigung eines neuen Kleides und verließ ihr Zimmer nur während der Mahlzeiten.

Gegen sechs Uhr war sie mit ihrer Arbeit fertig und legte das hübsche Kleid, das sie sich gearbeitet hatte, gleich an. Sie wollte festlich aussehen, wenn Lutz kam und um ihre Hand anhielt. Damit der Stiefmutter nicht auffiel, daß sie sich so geschmückt hatte, ging sie hinüber zu ihr, um ihr das neue Kleid zu zeigen.

»Wie gefällt es dir, Mama, ich bin eben fertig geworden.«

Frau Hermine prüfte das Kleid. Sie mochte es gern, wenn Lonny gut aussah, konnte sie doch nur dann auf einen Mann wie Doktor Friesen wirken.

»Reizend ist das Kleid geworden, Lonny, du hast wirklich viel Geschick und einen auserlesenen Geschmack. Vielleicht hättest du als Modistin noch mehr Geld verdienen können denn als Sekretärin bei Doktor Friesen; aber eine Modistin hat noch weniger Aussichten, in die gute Gesellschaft hineinzuheiraten. Du solltest das Kleid einmal ins Büro anziehen.«

»Aber Mama, dazu ist es doch zu unpraktisch.«

»Mein Gott, Lonny, du bist manchmal zu schwerfällig. Du müßtest natürlich sagen, daß du am Abend vom Büro aus gleich ins Theater gehen wolltest, das würde das festliche Kleid erklären, und die Hauptsache wäre doch, daß Doktor Friesen dich darin sehen würde. Mancher Mann ist schon mit einem hübschen Kleid erobert worden.«

Lonny wollte sich, wie gewöhnlich, gegen solche Ratschläge zur Wehr setzen, aber sie sagte sich, daß die Mutter ja ohnedies bald erfahren würde, daß ihr Traum mit Doktor Friesen ausgeträumt sein mußte. Sie erwiderte nichts, zumal in diesem Augenblick die Flurklingel anschlug. Und gleich darauf brachte Meta, wie beim ersten Mal, Lutz Hennersbergs Visitenkarte. Die Majorin griff hastig danach.

»Das ist ja unerhört, Botho – Hennersberg will uns einen Besuch machen; das ist doch wider die Abrede. Wir empfangen ihn natürlich nicht.«

Der Major sah unsicher von einer der Damen zur andern. Lonny hob bittend und beschwörend die Hände.

»Papa, Meta hat schon gesagt, daß wir zu Hause sind; es wäre eine Beleidigung, wolltest du Herrn von Hennersberg abweisen lassen. Sicher hat er doch eine wichtige Veranlassung zu diesem Besuch, sonst wäre er nicht gekommen. Meta, führen Sie Herrn von Hennersberg gleich hier herein ins Wohnzimmer.«

So nahm Lonny dem Vater die Entscheidung aus der Hand, und Meta war hinaus, ehe die Majorin einen Einspruch erheben konnte. Gleich darauf stand Lutz auf der Schwelle.

»Ich bitte um Verzeihung, meine verehrten Herrschaften, wenn ich störe, aber eine Sache von Wichtigkeit führt mich hierher, und Sie werden mir verzeihen, daß ich gegen Ihren Wunsch komme.«

Lonny hatte sich erhoben und kam ihm entgegen. Sie reichte ihm die Hand.

»Guten Abend, Herr von Hennersberg. Sie stören gewiß nicht, und wir freuen uns, Sie endlich einmal wiederzusehen«, sagte sie tapfer.

Er führte ihre Hand, die er mit warmem Druck umschlossen hatte, an seine Lippen. Dann begrüßte er den Major und seine Gattin. Der Major sah verlegen aus, und Frau Hermine zeigte eine eisige Kälte. Sie reichte dem Besucher nicht einmal die Hand. Lutz übersah das als unwichtig für ihn, er ließ sich auch nicht durch die Unsicherheit des Majors aus der Fassung bringen; seine Augen leuchteten nur in die Lonnys, und dann sagte er, sich vor dem Major verneigend:

»Ich will mich kurz fassen, Herr Major. Als ich das letztemal hier vor Ihnen stand, gab ich Ihnen ein Versprechen. Ich gab es unter anderen Verhältnissen, als sie heute eingetreten sind. Ein seltener Glücksfall hat meine Verhältnisse gebessert, und auch Ihr Fräulein Tochter ist von diesem Glücksfall betroffen worden. Wir haben beide in der Lotterie gewonnen und sind dadurch in die Lage versetzt worden, uns eine, wenn auch bescheidene Existenz gründen zu können. Ich werde meine Stellung als Chauffeur Doktor Friesens aufgeben und mich selbständig machen. Und so bitte ich Sie herzlich und inständig um die Hand Ihrer Tochter Lonny. Wir lieben uns beide von ganzem Herzen und sind gewillt, alles miteinander zu tragen, Freud und Leid, wie es das Schicksal will. Ich bitte Sie, zeigen Sie sich mir als der Freund meines Vaters und geben Sie uns Ihre Einwilligung zu unserem Bund.«

Der Major war so, wie es Lutz beabsichtigt hatte, völlig überrumpelt. Hätte seine Gattin ihn gestern abend nicht so gründlich bearbeitet, dann wäre er wohl nicht imstande gewesen, seine Einwilligung zu versagen. So aber wußte er nicht, was er erwidern sollte. Auch jetzt noch hätte er sehr gern das Schicksal seiner Tochter in Lutz Hennersbergs Hände gelegt, aber der drohende Blick seiner kampfbereiten Gattin schüchterte ihn ein. Er hatte noch nicht vergessen, was für Schrecknisse sie ihm gestern abend ausgemalt hatte, wenn eine solche Verbindung zustande kommen würde. Und unter der Nachwirkung dieser Predigt und unter dem Zwang, den der Blick seiner Frau auf ihn ausübte, sagte er, sich zur Festigkeit zwingend:

»Sie bringen mich in eine sehr schwierige Lage, Herr von Hennersberg, die Sie mir hätten ersparen sollen. Er tut mir leid, Ihnen die Hand meiner Tochter verweigern zu müssen. Sie sehen die Verhältnisse von einer sehr rosigen Seite an. Was hat sich viel daran geändert? Sie werden ein Kapital von zehntausend Mark besitzen, das gleiche wird allerdings meine Tochter ausbezahlt bekommen. Aber – Sie müßten Ihre immerhin gutbezahlte Stellung aufgeben, und meine Tochter die ihre auch. Ehe Sie sich mit dem Geld eine Existenz gründen können, wird der Teil, der auf meine Tochter fällt und der zur Hälfte doch sicher durch eine bescheidene Aussteuer aufgebraucht wird, schon kaum mehr existieren. Ich selbst bin durchaus nicht in der Lage, meiner Tochter eine Aussteuer zu schaffen – im Gegenteil, ich bin auf den Zuschuß angewiesen, den meine Tochter zum Haushalt beigetragen hat. Meine Geschäfte verschlechtern sich von Tag zu Tag. Wo also sind die Aussichten, die Sie berechtigen, an die Gründung einer Familie zu gehen?«

Lutz war sehr blaß geworden – vielleicht, weil er dem Major nicht ganz unrecht geben konnte. Aber er sagte, als Lonny jetzt unwillkürlich an seine Seite trat und ihn mutig und zuversichtlich anstrahlte:

»Sie vergessen, Herr Major, daß wir beide jung sind und daß wir jetzt immerhin eine Grundlage haben. Ich habe mich schon erkundigt, ich kann jetzt zwei schöne, guterhaltene Wagen durch Zufall sehr billig kaufen, für elftausend Mark. Außer den gewonnenen zehntausend Mark habe ich mir neunhundert Mark gespart, die fehlenden hundert Mark kann ich am Ersten von meinem Gehalt dazulegen. Ich werde den einen Wagen selber fahren, mein Verdienst fängt sofort an, wenn ich meine Stellung bei Doktor Friesen aufgebe. Für den anderen Wagen nehme ich einen Führer, und auch der wird mir, wenn auch nicht so viel wie bei eigener Führung, etwas einbringen. Das wird reichlich für unsere bescheidenen Ansprüche genügen; ich hoffe, mit der Zeit noch Ersparungen zu machen, um einen weiteren Wagen kaufen zu können. Wir werden schon vorwärtskommen. Die zehntausend Mark, die Ihr Fräulein Tochter gewonnen hat, kann sie zur Aussteuer benützen, und was übrig bleibt, als Notgroschen für sich zurücklegen. Und es wird mir dann auch vergönnt sein, Sie für den Ausfall zu entschädigen. Vertrauen Sie doch bitte meinem Mut, meiner Kraft; es wird schon alles gutgehen.«

»Oder auch nicht!« rief die Majorin mit greller Stimme dazwischen. »Malen sie meinem Mann doch nicht Potemkinsche Dörfer vor! Das sind ja alles Phantasiegebilde! In was für ein jammervolles Leben wollen Sie Lonny hineinreißen? Ist das Ihre vielgerühmte Liebe? Halten Sie so Ihr Versprechen, ihre Herzensruhe nicht zu stören? Wenn hier niemand weiter den Verstand behält, muß ich es tun. Was soll aus uns allen werden, wenn Ihre Pläne ins Wasser fallen, wenn Sie nicht genug Geld verdienen, um den Unterhalt für zwei Familien zu schaffen – jawohl, für zwei; denn was mein Mann verdienen kann, ist nicht das Salz auf das Brot. Ich sehe in Ihrer Werbung nichts als einen sträflichen Leichtsinn und hoffe, daß mein Mann Energie genug hat, diesen Leichtsinn nicht noch zu unterstützen. So, Botho, nun sprich du ein Machtwort!«

Aufatmend schwieg die erregte Frau und sah ihren Gatten mit strengen, beschwörenden Blicken an.

Der Major reckte sich in den Schultern, als müsse er sich Mut machen. Und dann sagte er, schroffer, als er selbst wollte:

»Ich kann mich den Ausführungen meiner Frau nur voll und ganz anschließen. So leid es mir tut, Sie geben mir keine genügenden Garantien für die Zukunft meiner Tochter, und deshalb muß ich Ihren Antrag abweisen.«

Lonny trat leichenblaß vor den Vater hin.

»Papa, es geht um mein Glück!« rief sie flehend.

Der Vater machte eine abweisende Handbewegung, sich an seinem Mut selber stärkend.

»Mein liebes Kind, du mußt mir schon glauben, wenn ich dir sage, daß ich kein Glück für dich in dieser Verbindung sehe. Not und Elend würde das Ende sein, wenn ich schwach werden wollte. Ich bedaure am meisten, daß ich dir deinen Herzenswunsch nicht erfüllen kann.«

Lutz stand bleich, mit brennenden Augen und zuckendem Gesicht.

»Ist das Ihr letztes Wort, Herr Major?«

»Ja, es ist mein letztes Wort. Nun machen Sie bitte dieser Szene ein Ende.«

Lonny faßte mit krampfhaftem Druck Lutz Hennersbergs Hand.

»Lutz, was auch kommen mag, ich warte auf dich und bleibe dir treu«, sagte sie.

Er zog ihre Hand an seine Lippen, sah sie mit großen, ernsten Augen an und sagte weich und zärtlich:

»Verzage nicht, Lonny, ich werde alles daransetzen, mir eine Lebensstellung zu gründen, die deinem Vater genügend Garantien für deine Zukunft geben wird. Gott mit dir, bis wir uns wiedersehen dürfen.«

Sie sahen sich fest und innig in die Augen, und ihre Hände umschlossen sich mit warmem Druck. Dann verbeugte sich Lutz vor dem Major und seiner Gattin – und ging davon.

Frau Hermine wollte mit einer Flut von Vorwürfen über Lonny herfallen, doch ihr Gatte hob gebietend die Hand.

»Kein Wort des Vorwurfs für Lonny. Es ist mir schwer genug geworden, Hennersberg abzuweisen. Lonny wird selbst einsehen lernen, daß ich nur ihr Bestes gewollt habe. Jede Kränkung ihrerseits wäre jetzt eine Grausamkeit. Sie wird sich ins Unabänderliche fügen müssen.«

Lonny hatte ihre Stiefmutter nur groß angesehen. Nun trat sie zu dem Vater und faßte seine Hand.

»Es kam dir nicht aus dem Herzen, Vater, und – vielleicht glaubtest du wirklich, nur deine Pflicht zu tun. Aber ich gebe dir mein Wort, nie werde ich einem andern Mann angehören als Lutz Hennersberg.«

»Du bist von Sinnen, Lonny! Ein Mädchen, das einen Freier haben kann wie Doktor Friesen und das sich verplempern will an so einen armseligen Habenichts, das muß von Sinnen sein. Von Verliebtheit wird man nicht satt!« zeterte Frau Hermine erregt und wütend, daß ihr Plan mit Doktor Friesen nicht glücken wollte.

Lonny wandte sich mit blassem Gesicht nach ihr um.

»Du kannst mich nach deiner Wesensart nicht verstehen, Mama, kannst dich nicht in meine Seele hineinversetzen. Ich würde lieber mit Lutz Hennersberg hungern, als mit einem andern Mann, wer es auch sei, in Glanz und Luxus zu leben. Gib die Hoffnung endgültig auf, daß ich jemals einen reichen Mann heiraten werde, wenn er nicht Lutz Hennersberg heißt. Und was Doktor Friesen anbelangt – ich sollte noch nicht darüber sprechen, aber ich muß dir endlich klarmachen, daß du dich da in eine ganz unsinnige Idee verrannt hast, Doktor Friesen ist bereits verlobt, wenn diese Verlobung auch erst in einiger Zeit bekannt wird. Bitte, behandle das aber diskret; es soll, wie gesagt, noch nicht bekanntwerden.«

Frau Hermine starrte fassungslos in Lonnys blasses Gesicht. Dann lachte sie grell und nervös auf.

»Ah, so lange hast du also meine Ratschläge in den Wind geschlagen, bis ihn dir eine andere vor der Nase weggeschnappt hat! Du bist ein törichtes, überspanntes Geschöpf. Nun sitzen wir ohne Aussicht auf Hilfe im Elend. Nie wieder wird dir so eine günstige Gelegenheit geboten, eine glänzende Partie zu machen. Wärest du meinen Ratschlägen gefolgt, dann wären wir jetzt aus aller Not, aber du hast nur an deine Verliebtheit mit dem Chauffeur gedacht, statt dir seinen Herrn zu erobern.«

»Sprich nicht von Verliebtheit, Mama; ich bin nicht verliebt, ich liebe Lutz Hennersberg.«

Wieder lachte Frau Hermine grell auf.

»Ein albernes dummes Ding bist du, das aller Vernunft Hohn spricht. Ich habe mein möglichstes getan, ich wasche meine Hände in Unschuld, wenn wir nun alle im Elend verkommen.«

Und mit diesem dramatischen Ausspruch verließ Frau Hermine das Zimmer und schlug die Türe recht unsanft in das Schloß.

Lonny blieb mit dem Vater allein. Sie schwiegen beide. Was hätten sie sich auch noch zu sagen gehabt? Der Major verschanzte sich freilich hinter dem Bewußtsein, daß er nur seine Pflicht getan hatte, aber ganz still in seinem Herzen sprach eine Stimme zu ihm: »Du hast mehr an dich gedacht als an dein Kind.« Nach einer Weile zog er sich zurück, und auch Lonny suchte ihr Zimmer auf.

Sie war so niedergeschlagen, daß sie müde in einen Sessel fiel und lange vor sich hinstarrte. Und ihr wollte nun auch scheinen, als sei der Glücksfall mit der Lotterie doch nicht groß genug gewesen, um ihr eine glückliche Vereinigung mit dem Geliebten zu ermöglichen. Zum ersten Mal fühlte sie die Verpflichtung, auch für den Vater mitsorgen zu müssen, als eine schwere Last. Denn, so sagte sie sich, daran war ja schließlich ihr Glück gescheitert. Für sie und Lutz hätte gereicht, was er verdienen würde; aber – konnte sie Lutz zumuten, auch noch für die Eltern zu sorgen? Würde sich diese Verpflichtung nicht wie eine Last an ihn hängen, die ihm den Aufstieg erschwerte oder vielleicht gar unmöglich machte? Sollte sie Lutz nicht lieber freigeben?

Und sie setzte sich nieder und schrieb ihm alles, was ihre Seele bedrückte, schrieb ihm, daß es besser sei, wenn er sie aufgebe.

»Ich sehe ein, Lutz, daß ich Dich freigeben muß, Du darfst nicht belastet werden mit der Sorge um eine ganze Familie. Ich habe das nicht bedacht, es ist mir erst klar geworden bei den Worten meines Vaters. Ich weiß, er hat selber darunter gelitten, daß er uns trennen mußte, und er hat doch wohl auch gefühlt, daß man Dir diese Last nicht aufbürden darf. Ich liebe Dich zu sehr, um zugeben zu können, daß Du Dich zermürbst mit solchen Sorgen. Allein wirst Du schnell vorwärtskommen. Das Herz tut mir weh, weil ich Dir das schreiben muß, aber ich bin in einer so elenden, verzagten Stimmung nach der Hoffnungsfreudigkeit der letzten Tage, daß ich ganz zerbrochen bin. Du bist frei, Lutz, ich will Dich nicht halten. Gott mit Dir, Lutz – alles Glück mit Dir.

Deine verzagte Lonny«

Diesen Brief machte sie gleich fertig und trug ihn noch hinunter in den Briefkasten. Sie fürchtete, daß sie am anderen Morgen nicht mehr den Mut haben würde, ihn fortzuschicken; es mußte gleich geschehen. Als der Brief in den Kasten fiel, klopfte ihr das Herz bis zum Hals. Ihr war, als müsse sie ihn wieder herausholen.

Langsam ging sie nach Hause zurück. Und als sie dann müde und zerschlagen in ihrem Bett lag, da dachte sie: »Lutz wird mich schelten, aber er wird nicht daran denken, die Freiheit anzunehmen, die ich ihm biete. Aber ich habe dann wenigstens meine Pflicht getan und ihn darauf aufmerksam gemacht, daß er eine Last auf sich nimmt, wenn er sich an mich bindet.«

Sie war jedenfalls so verzagt und von quälenden Gedanken hin und her gerissen, daß sie lange nicht einschlafen konnte.

11

Am nächsten Morgen aber geschah etwas sehr Seltsames. Frau Hermine war, noch sehr schlecht gelaunt, frühzeitig aufgestanden; sie hatte wenig Schlaf gefunden. Ihr Lieblingsplan, Lonny mit Doktor Friesen zu verheiraten, war gescheitert. Lonny würde kaum jemals wieder Gelegenheit haben, eine so glänzende Partie zu machen, ganz abgesehen davon, daß sie in ihrer »störrischen Verliebtheit« gar nicht dazu zu bewegen sein würde, sich einen anderen reichen Freier zu erobern. Es gab also keine Besserung der elenden Verhältnisse, und man mußte alles tun, um wenigstens diese verrückte Heirat zu hintertreiben. Verheiratete sich Lonny nicht so glänzend, daß sie den Eltern helfen konnte, dann mußte sie wenigstens in ihrer Stellung bleiben und nach wie vor den Zuschuß zum Haushalt leisten. Was sollte sonst werden?

Fröstelnd, in ihren warmen Morgenrock gehüllt, setzte sie sich im Wohnzimmer an den Ofen, in dem Meta schon ein Feuer angezündet hatte. Sie starrte vor sich hin und zergrübelte sich den Kopf, was nun werden sollte. Lonny würde jetzt natürlich nichts von den gewonnenen zehntausend Mark herausrücken, da es der Vater selbst nicht wollte. Man hätte das Geld so gut brauchen können. Aber nicht einmal dieser Lichtblick wurde ihr vom Schicksal vergönnt.

So saß sie noch, als Meta die Zeitung hereinbrachte.

Sie griff danach und blätterte mißmutig darin herum, hier und da eine Zeile überfliegend und immer mit ihren Gedanken halb abwesend. Aber plötzlich bohrte sich etwas, was sie gelesen hatte, in ihr Bewußtsein – es war der Name Freiherr Lutz von Hennersberg. Ganz groß und fett gedruckt stand dieser Name inmitten einer Anzeige. Sie riß sich zusammen, las die Anzeige jetzt mit wachem Bewußtsein, und ihre Augen sahen weit geöffnet darauf hin. Wieder und wieder las sie die

Anzeige. Ihr Gesicht wurde abwechselnd rot und blaß in höchster Erregung, und ein tiefer Atemzug hob ihre Brust.

Wieder versank sie dann in tiefe Grübelei, versank so völlig darin, daß sie nicht einmal Lonny eintreten hörte und erst aufschrak, als diese ihr guten Morgen bot. Erschrocken raffte sie die Zeitung zusammen, faltete sie ganz klein und eng zusammen und steckte sie in die große Tasche ihres Morgenrocks.

Lonny sah ihr etwas erstaunt zu. Aber noch mehr erstaunte sie, als die Stiefmutter plötzlich mit ausgebreiteten Armen auf sie zukam.

»Mein liebes Kind, verzeihe mir, daß ich gestern abend so heftig geworden bin. Ich habe mir so viel Sorgen gemacht, vielleicht mehr, als nötig war, und habe die ganze Nacht nicht geschlafen.«

Lonny war sehr blaß, und man sah ihr an, daß auch sie keine ruhige Nacht gehabt hatte. Um so mehr staunte sie jetzt über diese Worte ihrer Stiefmutter und über die liebevolle Umarmung.

»Es tut mir leid, daß du schlecht geschlafen hast, Mama«, erwiderte Lonny, ohne imstande zu sein, die Liebenswürdigkeit der Stiefmutter zu erwidern. Ihr Gesicht blieb ernst und bekümmert.

Aber die Stiefmutter fuhr zu ihrer Verwunderung sehr liebevoll und zärtlich fort: »Ich weiß, du bist ein gutes, liebes Kind, und deshalb quält es mich, daß du unglücklich werden sollst. Das hat mir keine Ruhe gelassen. Immer wieder habe ich diese Nacht darüber nachgegrübelt, ob ich euch, dir und Lutz Hennersberg, nicht doch irgendwie zu eurem Glück helfen könnte, wie eine Verbindung zwischen euch zu ermöglichen wäre. Noch habe ich keinen Ausweg, aber sei versichert, ich werde einen finden. Ich will mich bemühen, alles in Ordnung zu bringen. Du weißt, ich besitze noch meinen Schmuck aus guten Tagen, den ich ängstlich behütet habe für die allerschlimmsten Fälle. Und nun bin ich zu dem Entschluß gekommen, meinen Schmuck zu opfern, damit wir, Papa und ich, euch nicht noch mit unseren Sorgen kommen müssen. So lange, bis Lutz Hennersberg imstande sein wird, auch für uns etwas tun zu können, wird uns der Erlös des Schmuckes über Wasser halten. So wird es dann gehen. Laß mich nur erst noch einmal in Ruhe das alles überlegen; du sollst nicht unglücklich werden, mein liebes Kind, es würde mir das Herz brechen. Ich hatte freilich mit deiner Verbindung mit Doktor Friesen gerechnet – wollte aber damit gewiß nur dein Bestes. Da dieser schon verlobt ist, sehe ich ein, daß ich diesen Plan, dich glücklich zu machen, fallen lassen muß. Und so will ich versuchen, dir und Lutz von Hennersberg zum Glück zu verhelfen.«

Lonny war ganz betroffen. So hatte die Stiefmutter noch nie gesprochen. Und nun gar nach dem heftigen Ausfall von gestern abend? Was sollte sie daraus machen? Was hatte die Stiefmutter plötzlich so sehr verändert? Sie stand diesem Ton fassungslos gegenüber.

»Du siehst mich sehr überrascht, Mama; aber es ist sehr lieb von dir, daß du dich anders besonnen hast. Wenn du mir wirklich helfen wolltest, ich würde dir sehr dankbar sein«, sagte sie etwas beklommen und ungläubig.

Frau Hermine zog sie in überwallender Zärtlichkeit in ihre Arme. »Ach, Lonny, ich habe in dieser Nacht erst so richtig erkannt, wie lieb du mir bist. Ich kann dich nicht leiden sehen. Lange habe ich mich mit allen Mitteln gegen eine Verbindung zwischen euch gewehrt – immer nur in Angst um deine Zukunft. Nicht wahr, du bist mir nicht mehr böse, wir sind wieder ganz versöhnt?«

Lonny vermochte das alles noch nicht zu fassen. Daß die Stiefmutter ihren Schmuck sogar opfern wollte, den sie bisher so energisch gegen jeden möglichen Angriff verteidigt hatte, erschien ihr unglaublich. Sie kam sich sehr schlecht und nachtragend vor, daß sie diese plötzlich zutage getretene Liebe und Zärtlichkeit nicht erwidern konnte; doch war sie viel zu dankbar, daß dieser Meinungsumschwung stattgefunden hatte, als daß sie nicht alle Waffen gestreckt hätte.

Es fiel ihr nun doppelt schwer auf die Seele, daß sie gestern abend in ihrer tiefen Niedergeschlagenheit Lutz einen Abschiedsbrief geschrieben hatte. Wie gern hätte sie das ungeschehen gemacht. Aber sie wußte doch, wie sehr Lutz sie liebte. Der Brief würde ihn schmerzen, weil er sie darin als kleinmütig und verzagt erkennen mußte, aber er würde nicht daran denken, sie freizugeben. Gottlob, sie durfte nun doch noch glücklich werden.

Und sich schämend, daß sie nicht so herzlich und zärtlich sein konnte wie die Mutter, sagte sie, dieser die Hand drückend:

»Liebe Mama, ich bin so froh und so dankbar, daß du uns nun helfen willst, Lutz und mir. Ich gestehe, daß ich gestern abend sehr verzagt war und Lutz noch einen Abschiedsbrief geschrieben habe.«

Frau Hermine verfärbte sich und sah Lonny ganz entsetzt an. »Aber Lonny, bist du denn unklug geworden!« stieß sie außer sich hervor.

Das erschien Lonny noch viel rätselhafter.

»Ich war so verzagt, weil ich selbst einsah, daß man Lutz zu viele Sorgen aufbürden müsse, wenn er für zwei Familien sorgen sollte. Damit hattest du ja eigentlich recht.«

»Ganz unrecht hatte ich damit«, ereiferte sich Frau Hermine. »Wie konntest du dich nur durch meine übertriebene Sorge zu einem solchen Schritt hinreißen lassen! Das mußt du sofort rückgängig machen; ich würde mir ewig Vorwürfe machen, wenn ich schuld daran wäre, daß ihr, die ihr euch so herzlich liebt, nicht zusammenkommen könntet. Hörst du, Lonny, du mußt das sofort rückgängig machen.«

Lonny sah ihre Stiefmutter immer verständnisloser an. Aber nun mußte sie doch lächeln.

»Ach, Mama, Lutz wird diese Absage gar nicht gelten lassen, das weiß ich; er wird schelten, daß ich so verzagt war, und mir den Kopf zurechtsetzen.«

»Das verdienst du auch, du kleinmütige Lonny! Aber ich bin doch schuld daran und muß auch das wiedergutmachen. Vieles muß ich gutmachen, damit Lutz mich ein bißchen liebgewinnt und mir ein guter Sohn wird, wie du mir eine gute Tochter bist. O Lonny, wie leicht ist mir nun das Herz!«

Und wieder umarmte sie Lonny.

Meta brachte jetzt das Frühstück herein, und die beiden Damen ließen sich am Frühstückstisch nieder. Dabei schob sich die kleinzusammengefaltete Zeitung aus Frau Hermines Morgenrocktasche und fiel zu Boden. Lonny bückte sich danach, aber Frau Hermine tat das zu gleicher Zeit und so hastig, daß sie beide zusammenstießen. Lonny erfaßte jedoch die Zeitung, und weil sie noch immer ein wenig beklommen, fast verlegen war, faltete sie die Zeitung auseinander und wollte hineinsehen. Aber Frau Hermine nahm ihr hastig und lächelnd die Zeitung fort und sagte:

»Laß doch jetzt die dumme Zeitung, es steht ja doch alle Tage das gleiche drin. Laß uns lieber noch ein wenig plaudern. Du mußt ja doch bald fort. Wie gedenkst du Lutz zu benachrichtigen, daß dein törichter Abschiedsbrief nicht gilt?«

»Ich hoffe ihn im Büro zu treffen und werde gleich mit ihm sprechen.«

»Ja, das tu nur, Lonny. Und weißt du, wenn ich erst mit Papa gesprochen und ihn bestimmt habe, euch seine Einwilligung zu geben – er wird ja im Grunde nur sehr froh darüber sein, denn es hat auch ihn sehr bedrückt, daß er Lutz abweisen mußte –, dann werde ich einige liebenswürdige Zeilen an Lutz schreiben. Ich muß mich doch entschuldigen, denn schließlich will ich nicht als böse Schwiegermutter gelten.«

Sie hatte die Zeitung wieder fest in ihre Morgenrocktasche gesteckt. Lonny konnte noch immer nicht fassen, wie sehr sich die Mutter geändert hatte. Es fiel ihr besonders auf, daß die Mutter die Zeitung, die sonst immer auf dem Tisch lag, in die Tasche steckte und auch noch den Knopf der Tasche schloß. Aber sie glaubte, das sei eine unbewußte, zerstreute Handlung. Und außerdem wurde sie dann plötzlich durch ein anderes Ereignis abgelenkt, so daß sie jetzt nicht mehr an die so sonderbar zusammengefaltete und in der Tasche verschwundene Zeitung dachte. Trotzdem blieb diese Unwichtigkeit, wie sie glaubte, fest in ihrem Gedächtnis haften, wie man sich zuweilen später an nebensächliche Dinge ganz genau erinnert, während wichtige Dinge in Vergessenheit geraten können.

»Es wäre sehr lieb von dir, wenn du Lutz schreiben wolltest«, hatte Lonny gerade noch gesagt, als draußen die Flurklingel heftig gezogen wurde, als wenn das ein Mensch in höchster Eile getan hätte. Lonny und Frau Hermine lauschten hinaus. Zugleich mit dem Major trat Meta ein und sagte hastig:

»Gnädiges Fräulein, der Bürodiener von Herrn Doktor Friesen ist da; er muß Sie dringend sofort sprechen. Es ist ein Unglück geschehen, sagt er.«

Lonny fuhr leichenblaß empor. Ihr erster Gedanke galt Lutz. Sie stürzte hinaus und sah Zörner mit ganz entsetzten Augen an.

»Was ist geschehen, Zörner?«

Dieser sah so blaß und verstört aus, wie ihn Lonny noch nie gesehen hatte.

»Ach, Fräulein Straßmann, so'n Unglück! Unser Herr Doktor!«

Lonny taumelte ein wenig, aber eine ungeheure Last fiel ihr vom Herzen. Sie konnte nur denken, daß dies Unglück, das ihr gemeldet werden sollte, nicht Lutz betraf, und das machte sie gefaßt.

»Was ist mit dem Herrn Doktor, Zörner? So sprechen Sie doch!«

»Lieber Gott, Fräulein Straßmann, det werden Sie noch ville zu schnell erfahren – fassen Sie Ihnen man – unser Herr Doktor ist tot!«

Lonny wurde leichenblaß.

»Zörner – das kann doch nicht sein!« stieß sie heiser und entsetzt hervor.

Zörner nickte tragisch.

»Is aber leider so, Fräulein Straßmann, er ist diese Nacht so gegen zwei Uhr mit seinem Freund im Auto von Bernau nach Berlin gefahren, und da is mit dem Auto ein Unglück passiert. Herr Doktor is gleich tot gewesen, und was sein Freund is, der hat'n Arm und auch ein Bein gebrochen. Und er hat noch ein Stunde draußen im Freien gelegen, weil niemand vorbeigekommen is; erst gegen drei Uhr hat man sie gefunden. Der Freund vom Herrn Doktor hat selber gefahren, sein Chauffeur is nich mit dabei gewesen. Und in aller Herrgottsfrühe hat man den Herrn Bürovorsteher angerufen, und er hat allens zusammengetrommelt. Und nun soll ick Ihnen holen, ick habe gleich een Auto mitgebracht. Et is doch heute früh Termin angesetzt, und der Herr Bürovorsteher findet sich nich mang die Akten zurecht, weil er een bißken den Kopp verloren hat.«

Lonny zwang sich zur Ruhe, so sehr sie auch der Tod Doktor Friesens erschütterte.

»Es ist gut, Zörner, ich komme sofort; warten Sie unten auf mich, ich will nur meiner Mutter Bescheid sagen.«

Lonny ging mit blassem Gesicht ins Zimmer. Sie berichtete hastig, was geschehen war.

»Ich muß sofort ins Büro. Auf Wiedersehen, Mama – und nochmals Dank für alles Gute.«

Damit verabschiedete sie sich, nahm eilig draußen Hut und Mantel und eilte die Treppe hinunter.

Als der Major eintrat, berichtete Frau Hermine sogleich über den Unfall. Aber dann nahm sie Doktor Friesens Tod zum Vorwand, um auf ihr jetzt so sehr verändertes Ziel loszugehen.

»Lieber Botho, der plötzliche Tod Doktor Friesens zeigt mir wieder einmal, wie wenig wir Menschen das Schicksal aufhalten oder abwenden können. Dieser gesunde, kräftige Mann in den besten Mannesjahren ist so jäh aus einer regen, erfolgreichen Tätigkeit herausgerissen worden. Ich bin ganz erschüttert.«

Der Major krümelte matt und abgespannt an seinem Brötchen herum. Auch er hatte schlecht geschlafen. Ein tiefer Seufzer hob seine Brust.

»Da hat eine höhere Macht auch zugleich einen deiner Lieblingspläne zerstört, Hermine«, sagte er, und es klang fast wie eine heimliche, leise Befriedigung.

Sie faßte mit einem auffallend liebenswürdigen Lächeln nach seiner Hand.

»Erinnere mich nur gar nicht mehr an diese Torheit, Botho. Ich muß gestehen, daß ich in dieser Nacht, die ich schlaflos verbrachte, all diese Pläne aufgegeben habe. Ich habe mich schon vorhin mit Lonny ausgesprochen, weißt du, es ließ mich nicht zur Ruhe kommen, daß ich Lonnys Glück zerstören sollte. Ich habe das Kind lieb, viel lieber, als ich bisher selbst gewußt habe. Und Lutz Hennersberg ist ein so gediegener, vornehmer Charakter, es hat mir auch um ihn leid getan. Und ob er nun Chauffeur ist oder sonst etwas, schließlich bleibt er doch der Freiherr von Hennersberg. Kurzum, Botho, ich kann es doch nicht über das Herz bringen, diese beiden Menschen unglücklich zu machen. Mag kommen, was will, der liebe Gott wird schon helfen, wenn wir alle das Unsere dazu tun. Ich habe Lonny schon versprochen, daß ich dich bestimmen will, daß du ihnen doch dein Jawort gibst.«

Der Major sah seine Gattin fassungslos erstaunt an.

»Aber Hermine, wie kommt es, daß du heute so ganz anders sprichst als gestern abend?«

»Ich sage dir ja, Botho, ich kann es nicht über das Herz bringen, die beiden jungen Menschen zu trennen. Du mußt mir erlauben, Botho, daß ich Hennersberg ein paar liebenswürdige Zeilen schreibe und ihm mitteile, daß wir unsern Sinn geändert haben. Gleich heute vormittag soll das noch geschehen, eher habe ich nun doch keine Ruhe.«

Der Major staunte seine Gattin an, und die Hoffnung, daß sein Kind doch noch glücklich werden könne, wie er es sich trotz allem heimlich gewünscht hatte, wachte in ihm auf. Aber er sagte doch unsicher:

»Es ist ja sehr lieb von dir, Hermine, daß dir Lonnys Glück so sehr am Herzen liegt. Aber im Grunde hattest du ja leider nur zu recht mit deinem Widerstand. Diese Heirat ist und bleibt eine Unvernunft. Und – was soll aus uns werden?«

Sie lächelte ihm zu.

»Ich habe mir schon alles überlegt, Botho, und es auch schon mit Lonny besprochen. Ich werde meinen Schmuck opfern, sobald es nötig ist. Gern trenne ich mich nicht von diesen Zeugen einer einstigen besseren Zeit. Aber Lonnys Glück gilt mir mehr. Nicht wahr, Botho, du gibst deine Einwilligung?«

Der Major nahm ihre Hand und küßte sie.

»Liebe Hermine, ich muß dir sagen, daß du mir heute so liebenswert erscheinst wie seit langem nicht. Ganz offen, ich habe auch keine Ruhe finden können; immer sah ich Lonny vor mir stehen und hörte sie sagen: Papa, es geht um mein Glück! Es wurde mir sehr schwer, den hartherzigen Vater zu spielen. Und wenn du meinst, daß es so geht, wenn du wirklich deinen Schmuck opfern willst, dann gebe auch ich von Herzen gern meine Einwilligung.«

Sie lächelte ihm freundlich zu.

»Gottlob, mir ist eine Last vom Herzen! Gleich nachher werde ich an Lutz schreiben. Wie gut, daß er schon damit gerechnet hatte, seine Stellung bei Doktor Friesen aufzugeben; nun dieser so plötzlich verschieden ist, wird er ja doch entlassen werden, und auch Lonny wird wohl ihre Stellung verlieren. Nun, um so schneller können sich die Kinder heiraten. Es hat ja keinen Zweck, sie noch lange zu quälen.«

»Ja, richtig, Doktor Friesen, das hätte ich fast vergessen vor Überraschung über deine Sinnesänderung. Schade um den Mann! Soviel ich weiß, hat er nicht einmal direkte Erben, es soll nur noch ein Vetter von ihm da sein, der in Thüringen ein Landgut hat. Der wird wohl nun alles erben, denn – wenn er auch, wie Lonny sagte, heimlich verlobt ist, öffentlich ist die Sache doch nicht geworden, und an ein Testament wird er noch nicht gedacht haben.«

»Nun, dieser Vetter kann sich freuen, es wird ein fettes Erbe sein. Ein Glück nur, daß Doktor Friesen nicht mit Lutz als Chauffeur gefahren ist, sonst wäre Lutz am Ende mit verunglückt.«

«Oder – er hätte das Unglück abwenden können. Hätte der Freund Doktor Friesens seinen Chauffeur mitgenommen, dann wäre es vielleicht nicht zu dem Unglück gekommen. Aber nun muß ich doch aufbrechen, es ist die höchste Zeit für mich.«

Frau Hermine half ihrem Gatten liebenswürdiger als sonst, sich fertig zu machen, wickelte ihm sein Frühstück ein, das er immer mitnahm, weil er erst gegen Abend nach Hause zu kommen pflegte.

Als er fortgegangen war, schloß sich Frau Hermine im Schlafzimmer ein und entnahm ihrer Morgenrocktasche die zusammengelegte Zeitung, die sie hastig entfaltete. Sie suchte wieder die große Anzeige, in der Lutz von Hennersbergs Name fett gedruckt zu lesen war, und überflog sie wieder und wieder. Dann atmete sie tief auf. Welch ein Glück! Hoffentlich kam diese Zeitung vorläufig Lutz Hennersberg nicht zu Gesicht. Aber heute würde wohl kaum im Friesenschen Hause jemand zu einer ruhigen Zeitungslesestunde kommen. Es würde alles drüber und drunter gehen. Das war gut! Es war wichtig, daß er vorläufig nichts von dieser Anzeige erfuhr, bis sie alles in die Wege geleitet hatte. Jemand anderes würde ihn auch kaum auf diese Anzeige aufmerksam machen; es wußte ja niemand, daß er ein Freiherr von Hennersberg war. Sie mußte Zeit gewinnen, sich ihm erst in einem günstigeren Licht zu zeigen, mußte die Großmütige spielen, um dann um so sicherer auf seine Großmut rechnen zu können. Und er mußte auch erst mit Lonny verlobt sein, vielleicht sogar verheiratet – aber sicher verlobt, das war wichtig. Denn wußte man, ob er sonst noch daran denken wurde, sich mit der armen Majorstochter zu verbinden, wenn er erst die Anzeige gelesen hatte? Sie schätzte die Menschen nach sich selbst ein.

Wenn ihm die Zeitung nur nicht vor die Augen kam! Aber – Anzeigen würde er dann auch vielleicht noch nicht lesen. Ihr Blick war ja auch nur ganz zufällig an dem Namen hängengeblieben.

Auch Lonny und ihr Vater durften diese Zeitung nicht zu Gesicht bekommen, bevor sie es für gut fand. Klug mußte sie sein. Die Zeitung würde vorläufig verschwinden. Das würde einen kleinen Auftritt geben, ihr Gatte pflegte jeden Abend seine Zeitung zu lesen, und wehe, wenn sie einmal verschwunden war, dann gab es immer eine kleine Szene. Aber das nahm sie gern mit in Kauf. Erst mußte sie den nötigen Gewinn aus dieser Entdeckung ziehen, ehe sie diese Anzeige preisgab. Sie versteckte die Zeitung sorgfältig in ihrem Wäscheschrank, zu dem sie allein den Schlüssel hatte, dann kleidete sie sich um.

Als sie fertig war, ging sie ins Wohnzimmer hinüber und schrieb den Brief an Lutz. Er war ein diplomatisches Meisterstück. Und sie brachte ihn selber zur Post, als sie ausging, um die täglichen Wirtschaftseinkäufe zu machen. Befriedigt begab sie sich dann wieder nach Hause. Sie hatte das Möglichste getan, um sich ein gutes Ansehen bei ihrem künftigen Schwiegersohn zu schaffen. Und sie wollte die Fäden in der Hand behalten, um alles nach ihrem Sinn zu lenken.

12

Als Lonny ins Büro kam, fand sie ein Chaos vor. Die Angestellten waren noch viel aufgeregter als neulich bei der Kunde von dem Lotteriegewinn. Alles hastete durcheinander. Der Bürovorsteher, ein blasser, nervöser Mensch, war nicht fähig, Ordnung zu schaffen. Er hatte rote Flecken im Gesicht, schob die Brille einmal hinauf und dann wieder herunter und kam Lonny schon entgegen.

»Fräulein Straßmann, ich weiß nicht, wo mir der Kopf steht. Was wird aus dem Termin, der heute vormittag in Sachen Heller-Winkler angesetzt ist? Wo sind die Akten? Hat Doktor Friesen Ihnen die Akten übergeben? Ich kann sie nicht finden.«

Lonny dachte einen Augenblick nach.

»Nur Ruhe, Herr Bürovorsteher, sonst geht alles schief. Die Akten sind da, ich bringe sie gleich. Aber erst muß ich Doktor Tanner anrufen. Bringen Sie bloß die Leute zur Ruhe, alles andere überlassen Sie mir.«

Lonnys Erscheinen genügte schon, um etwas Ruhe zu schaffen. Sie setzte sich gleich mit Doktor Tanner telefonisch in Verbindung. Er war ein Freund Doktor Friesens und hatte ihn schon oft vertreten, wenn er auf Reisen war. Doktor Tanner war zum Glück zu sprechen.

»Hier ist das Büro Doktor Friesens, die Sekretärin, Herr Doktor. Haben Sie schon von dem Autounglück gehört, das Herrn Doktor Friesen betroffen hat?«

»Wie? Ein Autounglück? Kein Wort habe ich davon gehört. Doktor Friesen ist doch hoffentlich nicht davon betroffen?«

»Leider in erster Linie, Herr Doktor. Wir sind hier ganz erschüttert, Herr Doktor Friesen ist – leider tot«, sagte Lonny mit versagender Stimme. Sie hörte einen erschreckten Ausruf. Eine Weile war es still, dann fragte Doktor Tanner beklommen:

»Ist das wirklich wahr, Fräulein Straßmann?«

»Leider, Herr Doktor! Und bei uns ist, wie gesagt, alles aus den Fugen. Heute vormittag um zehn Uhr ist in einer wichtigen Sache für Herrn Doktor Friesen Termin angesetzt. Ich habe die Akten bearbeitet. Könnten Sie Herrn Doktor Friesen nicht vertreten, wenn ich Sie in die Sache einführe?«

»Herrgott! Ich bin noch ganz benommen. Wann ist denn das Unglück geschehen?«

Lonny gab Auskunft, so gut sie konnte. Dann sagte Doktor Tanner entschlossen:

»Was ich tun kann, tue ich natürlich, Fräulein Straßmann. Aber ich müßte Sie sprechen und kann jetzt hier nicht abkommen.«

»Dann komme ich zu Ihnen, Herr Doktor, und bringe die Akten mit.«

»Gut, Fräulein Straßmann. Liegt sonst noch was vor?«

»Dieser Termin ist vorläufig das wichtigste, alles andere hat Zeit. Ich komme gleich zu Ihnen, Herr Doktor.«

»Dann auf Wiedersehen!«

Lonny atmete auf. Welch ein Glück, daß sie Doktor Tanner gleich erreicht hatte. Sie gab dem Bürovorsteher Bescheid und schickte Zörner fort, daß er ein Auto für sie holte, sie wollte inzwischen die Akten zurechtlegen. Und zu den anderen Angestellten, die immer noch unruhig herumstanden, sagte sie energisch:

»Seien Sie bitte alle vernünftig, und gehen Sie an Ihre Arbeit. Wir wollen doch unsere Pflicht tun.«

»Erst möchten wir wissen, was aus uns wird«, sagte ein kleines Tippfräulein.

Und der Bürovorsteher jammerte:

»Ich habe doch Frau und Kinder, wenn ich jetzt meine Stelle verliere, bin ich erledigt. Wo soll ich jetzt gleich eine andere Stellung herbekommen?«

Lonny strich sich über die Stirn.

»Es gibt vorläufig keinen Grund zum Verzagen! Für eine Weile werden wir sicher unser Gehalt noch ausbezahlt bekommen, auch wenn die Praxis Doktor Friesens erlöschen sollte mit seinem Tod. Und dann, gottlob, haben wir doch alle für den schlimmsten Fall unseren Lotteriegewinn. Vielleicht übernimmt aber Doktor Tanner die Praxis, und da wird der eine oder andere sicher mit übernommen werden, Sie bestimmt, Herr Bürovorsteher; ohne Sie kann sich ein anderer doch gar nicht einarbeiten.«

Der Bürovorsteher sah sie trübe an, er war sich in diesem Augenblick seiner Untüchtigkeit sehr wohl bewußt.

»Sie sind ja in alles viel besser eingeweiht als ich, Fräulein Straßmann. Sie werden übernommen werden, aber ich nicht.«

»Beruhigen Sie sich, ich werde mich nicht weiterengagieren

lassen. Wie gesagt, es liegt kein Grund zum Verzagen vor. Jetzt ist die Hauptsache: die Ruhe bewahren und jeder auf seinem Posten sein.«

Der Bürovorsteher atmete auf. Wenn Fräulein Straßmann nicht blieb, dann war Hoffnung für ihn.

In diesem Augenblick wurde die Tür geöffnet; Zörner erschien und neben ihm – Lutz Hennersberg.

Lonny wurde sehr rot, und ihre Augen sahen beklommen zu Lutz hinüber. Hatte er ihren Brief schon erhalten? Aber Lutz sah sie ganz unbefangen an. Er trat vor sie hin, sah sie mit ernsten Augen an und fragte:

»Kann ich hier irgendwie von Nutzen sein, Fräulein Straßmann? Zörner sagte mir, Sie brauchen einen Wagen, da kann ich Sie doch fahren.«

Lonny schaltete jetzt ihre eigene Angelegenheit aus.

»Wie steht es draußen in Herrn Doktor Friesens Villa, Herr Hennersberg?« fragte sie.

»Langsam wird wieder Ruhe, Fräulein Straßmann. Ich bin seit dem frühesten Morgen unterwegs, um allerlei Leute herbeizuschaffen.«

»Hat man Doktor Friesen in seine Wohnung gebracht?«

»Ja, aber erst vor zwei Stunden. In der Nacht hat er auf der Samariterwache gelegen. Wir erfuhren erst gegen fünf Uhr von dem Unglück, und seither bin ich unterwegs. Nun bin ich draußen vorläufig abkömmlich, und ich wollte sehen, ob ich hier etwas nützen kann.«

»Ja, Herr Hennersberg, Sie können mich gleich zu Doktor Tanner fahren, ich muß ihm Akten bringen. Warten Sie eine Minute, ich mache mich gleich fertig.«

Im Büro war nun doch einige Ruhe eingetreten, dank Lonnys Eingreifen. Sie verließ mit Lutz das Büro. Draußen in dem leeren Vorraum blieb Lutz stehen.

»Bist du sehr erschrocken, meine Lonny?«

»Ach Lutz – es hat mich sehr erschüttert, daß Doktor Friesen ein solches Ende fand. Aber jetzt erst einmal zu unserer Sache – Lutz, hast du meinen Brief bekommen?«

»Ja, Lonny, aber ich hatte noch keine Minute Zeit, ihn zu lesen.«

Sie atmete tief auf.

»Gottlob, Lutz!«

Besorgt sah er sie an.

»Hattest du mir etwas Schlimmes mitzuteilen, hat man dich gestern abend noch gequält, mein armes Lieb?«

Sie sah ihn unruhig an.

»Nicht sehr, Lutz, aber ich war natürlich furchtbar verzagt und mutlos. Und in dieser Stimmung schrieb ich dir den Brief. Lies ihn nicht, Lutz, bitte, gib ihn mir wieder.«

Mit einem guten, warmen Lächeln faßte er ihre Hand.

»Es ist kein Wunder, daß du bedrückt warst nach der Hoffnungsfreude der vorhergegangenen Tage. Ich war auch sehr niedergeschlagen. Aber – warum soll ich deinen Brief nicht lesen? Ich will dich auch in einer verzagten Stimmung kennen lernen, kenne ich dich doch nur als mutig und tapfer.«

Sie seufzte tief auf.

»Nun wohl, Lutz, du magst ihn lesen, hast recht, wir wollen keine Geheimnisse voreinander haben. Aber versprich mir, nicht böse zu sein – und mich nicht zu schelten.«

»Das verspreche ich dir, Lonny, du hast ganz sicher nichts geschrieben, weshalb ich dir zürnen müßte.«

Er zog sie schnell an sich und küßte sie. Erschrocken sah sie sich um.

»Lutz, wenn uns jemand sieht!«

»Das mußte sein, Lonny; ich brauchte wahrhaftig eine Herzstärkung. Nun komm!«

Sie gingen die Treppe hinunter, und Lonny fragte:

»Hast du etwas von Doktor Friesens Braut gehört, Lutz?«

»Sie soll ganz von Sinnen sein, aber man glaubt, daß sie sich hauptsächlich ihres Bruders wegen so aufregt, es weiß ja noch niemand um die Verlobung. Ihr Bruder ist doch auch schwer verwundet. Ihre Eltern sind telegraphisch von Karlsbad zurückgerufen worden, sie kommen heute nacht zurück.«

Lonny setzte sich im Wagen neben Lutz, und nun berichtete sie ihm von der erstaunlichen Veränderung ihrer Stiefmutter. Erregt hörte er zu und stieß dann erlöst einen Seufzer aus.

»Gottlob, Lonny, ich hätte auch nicht gewußt, wie ich es hätte ertragen sollen, jetzt von dir getrennt zu sein. Mir geht so viel durch den Kopf. Zu kündigen brauche ich ja Doktor Friesen nun nicht, und wir werden sicher von den Erben einige Monate unser Gehalt ausbezahlt bekommen.«

Er sah sie zärtlich an.

»Laß uns an uns denken, Lonny. Gestern abend sah es freilich noch sehr schlimm um unser Glück aus, aber nun soll doch alles gut werden. Wenn sich deine Stiefmutter nur nicht wieder anders besinnt.«

»Oh, ich werde sie beim Wort nehmen. Mir erschien ihre Umwandlung freilich so seltsam, daß ich kaum daran zu glauben wagte. Ich hatte ihr noch gestern abend, als sie mir wieder mit dem Heiratsplan mit Doktor Friesen kam, gesagt, daß dieser schon verlobt sei. Das hat sie wohl auch mit umgestimmt.«

»Sie kam dir wieder mit diesem Plan, Lonny?«

»Wie so oft, Lutz; es war schon fast zur fixen Idee bei ihr geworden. Immer quälte sie mich damit und behauptete, ich brauche nur zu wollen, um ihn zu erobern.«

Sie waren vor dem Haus angekommen, in dem Doktor Tanner sein Büro hatte.

»Wartest du auf mich, Lutz?«

Er strahlte sie zärtlich an.

»Ich wüßte nicht, was mich veranlassen könnte, fortzufahren, ohne dich mitgenommen zu haben«, entgegnete er liebevoll.

Sie nahm ihre Aktenmappe.

»Ein Weilchen wird es dauern, Lutz!«

»Macht nichts, Lonny; ich habe ja deinen Brief, den werde ich jetzt endlich lesen.«

Beklommen sah sie ihn an und seufzte.

»Ach Lutz, der dumme Brief. Mußt denken, daß alles wieder vorbei ist, daß ich nun schon wieder ganz tapfer bin.«

Er nickte ihr zu, und als sie im Haus verschwunden war, öffnete er den Brief – Lonnys Abschiedsbrief an ihn – und las. Sein Gesicht wurde ein wenig blaß, er starrte vor sich hin und fragte sich, wie dieser Brief auf ihn gewirkt haben würde, wenn sie ihn nicht vorbereitet hätte und wenn er nicht gewußt hätte, daß diese mutlose Stimmung bei ihr schon wieder verflogen gewesen wäre. Es las den Brief mehrere Male durch, und eine tiefe Rührung bemächtigte sich seiner. Wie schwer mußte ihr das Herz gewesen sein, wie mußte man sie gequält haben, daß sie annehmen konnte, er würde sie freigeben, nur weil sie Sorgen in sein Leben brachte.

Als Lonny nach etwa einer Stunde wieder herunterkam, sah sie sehr blaß aus und sah ihn unruhig und angstvoll an.

»Lutz, hast du meinen Brief gelesen?«

Ernst sah er ihr in die Augen.

»Ja, Lonny – aber ich will schnell vergessen, was darin stand. Will vergessen, daß meine Lonny daran denken konnte, mir einen Abschiedsbrief zu schreiben. Sag mir eins, Lonny, hast du Angst vor den Sorgen, die vielleicht nicht ganz ausbleiben werden, wenn wir uns verheiraten, wenigstens in der ersten Zeit nicht, bis ich mich durchgebissen habe?«

Sie sah ihn bestürzt an.

»So wirst du das doch nicht aufgefaßt haben, Lutz! Um

mich habe ich doch keine Sorgen gehabt, nur um dich! Es wird dir viel Schweres aufgeladen werden.«

Er zog sie an den Händen neben sich in den Wagen.

»Gottlob, daß ich diesen Brief nicht heute morgen lesen konnte, ehe ich bei dir war. Und nun denken wir nicht mehr daran. Glaubst du, daß ich dich auf diesen Brief hin freigegeben hätte?«

Ihr blasses Gesicht rötete sich.

»Nein, Lutz, nein, ich hoffte, daß du mich nicht freigeben würdest. Es erschien mir aber als meine Pflicht, dir dies alles zu schreiben. Ich mußte dir doch klarmachen, was du auf dich nehmen würdest, wenn du auf mich warten wolltest. Aber nun ist alles wieder gut, Lutz, jetzt, da meine Stiefmutter ihren Schmuck opfern will, wird ja alles leichter, wenigstens die ersten Jahre.«

Er drückte ihre Hand mit liebevollem Druck.

»Ich fürchte mich vor nichts, Lonny, wenn du nur bei mir bist«, sagte er mit verhaltener Stimme.

Und dann setzte er den Wagen wieder in Bewegung, und Lonny berichtete ihm, daß Doktor Tanner den Termin übernommen hatte und daß er in die noch schwebenden Verfahren einspringen würde, soweit die Klienten nichts anderes beschließen wollten.

»Ich soll heute nachmittag das Material bereithalten, er wird kommen und alles mit dem Bürovorsteher und mir besprechen. Er ist nicht abgeneigt, die ganze Praxis Doktor Friesens zu kaufen, denn der einzige Erbe Doktor Friesens ist Landwirt und wird froh sein, wenn er etwas aus der Praxis löst.«

Lutz nickte verständnisvoll.

»Das wird für alle Teile gut sein. Weißt du, Lonny, was ich versuchen werde?«

»Nun?«

»Ich werde versuchen, die beiden Autos aus Doktor Friesens Nachlaß zu kaufen. Es sind hochwertige Wagen, und wenn sie überhaupt verkauft werden, wird man sie mir vielleicht billig ablassen.«

Lonny nickte nachdenklich.

»Du kannst das immerhin versuchen, Lutz; die Wagen sind ja beide sehr schön. Aber werden dir dann nicht inzwischen die beiden anderen Wagen, die du kaufen wolltest, entgehen?«

»Das ist nicht zu befürchten, die Nachfrage ist jetzt nicht groß.«

»Wenn du noch etwas von meinem Geld dazunehmen willst, Lutz, es steht dir zur Verfügung. Jetzt, da ich für die Eltern nicht zu sorgen brauche, da Mama mit ihrem Schmuck einspringen will, kann ich gut davon entbehren, ich brauche für meine Aussteuer nur die Hälfte.«

»Auf gar keinen Fall, Lonny! Was du nicht ausgibst, verwahre für dich. Und wenn alles so glückt, wie ich mir denke, werde ich bald deinen Vater dafür entschädigen können, daß du ihm nichts mehr von deinem Gehalt abgeben kannst.«

Sie streichelte seinen Arm.

»Lutz, lieber, guter Lutz – willst du diese Sorge wirklich auf dich nehmen?«

»Hast du das anders von mir erwartet, Lonny?«

»Nein, nein, deshalb war mir ja so bange um dich. Ich weiß, wie vornehm deine Gesinnung ist. Wenn du mit Vater sprichst, sage ihm, was du mir eben gesagt hast, es wird ihn freuen und ruhiger machen.«

»Wärest du nur erst mein, wären wirklich alle Hindernisse beseitigt, Lonny!«

So sprachen sie sich alles vom Herzen, was sie noch bedrückte, und Lutz machte einen sehr großen Umweg, ehe er Lonny wieder am Büro absetzte.

Es gab in den nächsten Tagen noch viele Aufregungen und viel Arbeit. Doktor Tanner war jeden Tag auf einige Stunden im Friesenschen Büro, um sich einzuarbeiten. Lutz kam auch jeden Tag einige Male und berichtete Lonny, was in der Villa Doktor Friesens geschah. Ein Testament hatte dieser nicht hinterlassen. Sein Vetter war angekommen mit seiner Gattin, und die beiden saßen schon ganz fest als Erben.

Lutz hatte Lonny noch an demselben Tage gesagt:

»Morgen werde ich wohl die beiden Herrschaften herumfahren müssen und viel in Anspruch genommen sein. Vielleicht sehen wir uns in den nächsten Tagen nicht. Aber du erhältst irgendwie Nachricht von mir.«

Als Lonny an diesem Abend nach Hause kam, ziemlich müde und abgespannt, berichtete sie ihren Eltern erst einmal alles Wichtige, was mit dem Tod Doktor Friesens zusammenhing. Aber dann fragte Frau Hermine gespannt und unruhig, ob Lonny ihren Abschiedsbrief an Lutz widerrufen habe.

Lonny bejahte das und sagte der Stiefmutter, daß sie Lutz von ihrer Sinnesänderung schon berichtet habe.

»Ich habe bereits an Lutz geschrieben, Lonny; Papa hat sich von mir bereden lassen, euch sein Jawort zu geben.«

Lonny sah den Vater an, der ihr liebevoll zunickte. Sie dankte ihrer Stiefmutter so herzlich, als es ihr möglich war, obwohl sie sich wieder fragen mußte, was diese vollständige Umstellung derselben veranlaßt haben könnte.

Sie berichtete aber dann den Eltern, daß Lutz es als seine Pflicht betrachte, für die Eltern zu sorgen, sobald er nur dazu in der Lage sei. Da sprühte es seltsam in Frau Hermines Augen auf.

»Nun, Lonny, eines Tages werden wir ihn ja beim Wort nehmen müssen, aber ich hoffe, daß er sich dann so weit emporgearbeitet haben wird, daß ihm das nicht schwer wird. Ich bin von seiner vornehmen Gesinnung überzeugt und weiß, daß er uns nicht darben lassen wird, wenn es ihm gutgeht. Und ich hoffe, wir werden ihn nun bald bei uns sehen.«

Wieder fühlte Lonny instinktiv, daß diese Worte ihrer Stiefmutter nicht echt klangen. Immer hatte sie das Gefühl, als müsse sie fragen: »Was hat dich so sehr verändert, warum gibst du dich so ganz anders als sonst, und warum gabst du so plötzlich deine Einwilligung zu unserer Verbindung, nachdem du erst so sehr dagegen warst?«

Sie fand keine Antwort darauf und schalt sich selbst, daß sie die liebevolle Zärtlichkeit der Mutter nicht erwidern konnte. Es war ihr unmöglich, zu glauben, daß eine lautere Liebe und Güte dieses neue Verhalten diktierten.

Als Lutz am nächsten Morgen sein Frühstück verzehrte, erhielt er mit der Post das Schreiben Frau Hermine Straßmanns. Schnell öffnete er den Umschlag, begierig, zu erfahren, was sie ihm geschrieben hatte, und las:

»Mein lieber Herr von Hennersberg!

Was gestern abend geschehen ist, müssen Sie vergessen. Wir waren alle ein wenig nervös und erregt. Ich vielleicht am meisten, in der Angst um Lonnys Schicksal. Ich liebe das Kind zu sehr, als daß ich leichten Herzens in eine Verbindung gewilligt hätte, die leider keine glänzende zu nennen ist. Ganz offen, ich habe immer davon geträumt, daß unsere schöne und liebenswerte Tochter einmal eine ganz große Partie machen würde, und in meinem Bestreben, ein so großes, glänzendes Glück für sie zu finden, bin ich vielleicht zu weit gegangen. Sie werden es mir nicht als Unrecht anrechnen, mein lieber Herr von Hennersberg, wenn ich eine zu zärtliche, zu besorgte Mutter war, denn wir lieben ja Lonny alle beide.

In der vergangenen Nacht sind mir aber nun schwere Bedenken gekommen, ob Lonnys Glück wirklich dort lag, wo ich es für sie suchte. Und die Erkenntnis wachte in mir auf, daß ich durch mein Verhalten eher ihr Glück zerstört, anstatt gefördert haben könne. Ich hatte ja erkennen müssen, daß zwischen Ihnen und Lonny eine echte, starke Liebe besteht, und nach langen Kämpfen bin ich nun zum Bewußtsein gekommen, daß ich es nicht ertragen kann, Lonny unglücklich werden zu sehen.

So habe ich einen Ausweg gefunden:

Ich werde meinen Schmuck opfern, und wir beiden alten Leute werden uns einschränken. Wir wollen auf alle Annehmlichkeiten verzichten und freudig jedes Opfer bringen, um euch eine baldige Verbindung zu ermöglichen. Und meinen Mann habe ich bestimmt, Ihnen sein Jawort zu geben. Auch er will alles tun, was in seinen Kräften steht, um das Glück seines Kindes nicht in Frage zu stellen.

So, mein lieber Herr von Hennersberg, das mußte ich Ihnen sagen, und ich bitte Sie, mir nicht nachzutragen, wenn ich gestern in meiner Nervosität etwas heftig war. Ich will Sie wie einen geliebten Sohn in mein mütterliches Herz aufnehmen. Wir erwarten Sie so bald wie möglich, und ich bitte Sie um Nachricht, wann Sie kommen können, damit ich ein stillfriedliches Verlobungsfest rüsten kann.

Leider mußte ich von Doktor Friesens plötzlichem, tragischem Ende hören, und vielleicht sind Sie nicht in der Lage, schon in den allernächsten Tagen zu uns zu kommen, deshalb bitte ich um Ihren schriftlichen Bescheid. Und schon jetzt begrüße ich Sie als unsern geliebten Sohn und freue mich, Ihnen eine Mutter sein zu dürfen. Mit herzlichem Gruß, zugleich von meinem Gatten, verbleibe ich

Ihre Ihnen herzlich ergebene
Hermine Straßmann«

Lutz erging es wie Lonny; er fragte sich, was Frau Hermine zu dieser plötzlichen Sinnesänderung und zu dieser überfließenden Liebenswürdigkeit veranlaßt haben könnte. Der Ton des

Briefes erschien ihm gekünstelt, nicht ehrlich und wahr. Selbst wenn er in Betracht zog, daß der plötzliche Tod Doktor Friesens und die dadurch zerstörten Heiratspläne, die sie mit Lonny hatte, sie günstig für ihn beeinflußt hatten, konnte er die übergroße Liebenswürdigkeit nicht verstehen. Aber – was auch ihre Sinnesänderung herbeigeführt hatte, sie sollte gesegnet sein, da sie seine Verbindung mit Lonny ermöglichte. Er schrieb einige Zeilen der Erwiderung.

Diesen Brief sandte er sofort ab und mußte sich dann beeilen, mit einem der beiden Autos am Portal der Villa vorzufahren, um die Erben Doktor Friesens zum Erbschaftsamt zu bringen.

Er blieb den ganzen Tag unterwegs und wurde auch noch am Abend in Anspruch genommen. Wenn er auch vielleicht dagegen hätte Einspruch erheben können, da er nicht in Lohn und Brot dieser Herrschaften stand, so wollte er sich ihnen doch gefällig zeigen. Er hatte nun schon gehört, daß die Erben nicht nur die Autos, sondern überhaupt die Villa verkaufen wollten. Da sie auf ihrem Landgut weiterleben würden, gab es für die Villa keine Verwendung. Sie hatten mehrere Kinder, und das Erbe, das ihnen so unerwartet in den Schoß gefallen war, sollte zusammengehalten und für die Kinder angelegt werden.

Lutz hoffte also, billig zu den beiden Autos zu kommen. Die Erben besaßen selbst ein Auto, das ihnen genügte. Er zeigte sich darum willig und gefällig und konnte den Herrschaften allerlei Dienste erweisen. Der Vetter Doktor Friesens merkte sehr wohl, daß Lutz ein gebildeter und sehr intelligenter Mensch war, und ließ sich ab und zu in eine längere Unterhaltung mit ihm ein.

Auch Lonny war in diesen Tagen angestrengt tätig. Es lastete gewissermaßen alle Verantwortung auf ihr für die schwebenden Prozesse. Der Bürovorsteher war außerstande, die Initiative zu ergreifen, wenn es nötig war, und Doktor Friesen hatte ja viel mehr mit Lonny als mit ihm gearbeitet.

Doktor Tanner war schon mit den Erben in Unterhandlung getreten wegen völliger Übernahme der Praxis Doktor Friesens. Er war sehr froh, daß ihm Lonny zur Seite stand, deren Tüchtigkeit er kannte.

13

Das Begräbnis Doktor Friesens war vorüber, und der Vetter war als unbestrittener Erbe eingesetzt worden. Diesem lag viel daran, möglichst schnell alles Nötige zu erledigen, denn es ging jetzt in den Frühling hinein, und als Landwirt war er zur Zeit fast unabkömmlich. So übertrug er Doktor Tanner den Verkauf der Villa mit allem Inventar. Einige Stücke desselben, die er zu behalten wünschte, sollten eingepackt und nach dem Gut geschickt werden.

Als Lutz sich jetzt als Liebhaber für die Autos meldete, wurde er mit dem Vetter schnell handelseinig. Lutz bekam die beiden Wagen für den außerordentlich billigen Preis von zehntausend Mark, den er sofort bar erlegte. Er wußte, die Wagen waren das Doppelte wert, und war sehr stolz und froh über diesen Kauf. Lutz hatte sich die Sympathie der glücklichen Erben erworben, und man wollte ihn ein wenig dafür schadlos halten, daß er so plötzlich seine Stellung verlor. Die andern Angestellten und Dienstboten bekamen auch eine Entschädigung. Lutz meldete den Glücksfall mit den billig erstandenen Autos Lonny mit strahlenden Augen und sagte ihr zugleich, daß er am nächsten Sonntag abend endlich wieder einmal frei sein werde. Die Herrschaften reisten am Sonntag nachmittag ab, er mußte sie noch zur Bahn bringen, dann gehörten die Wagen ihm. Und sie konnten, das war ein weiterer Vorteil für ihn, so lange in der Garage bleiben, bis die Villa verkauft werden würde. Auch seine Wohnung konnte Lutz solange behalten; er mußte sich nur verpflichten, die Herrschaften, die noch einige Male wegen der Erbschaftsangelegenheit in Berlin zu tun hatten, zu fahren.

Es war anzunehmen, daß sich für die Villa so schnell kein Käufer finden würde, und Lutz ging mit Freuden auf diese Bedingung ein. Er würde auf diese Weise eine ganze Weile die Garagenmiete sparen. Zudem war ihm auch noch ein beträchtlicher Vorrat an Benzin zugesprochen worden; die Erben waren in ihrem Glück großmütig gewesen. Lutz war sehr glücklich über das alles.

Doktor Tanner hatte die Praxis Doktor Friesens und den größten Teil der Angestellten mit übernommen, auch den Bürovorsteher. Nur einige junge Leute waren entlassen worden, die schnell eine andere Stellung fanden. Auch Zörner blieb bei Doktor Tanner.

Sehr gern hätte dieser auch Lonny für sich verpflichtet, er wußte ganz genau, was für eine hervorragende Stütze er an ihr hätte, aber Lonny sagte ihm, daß sie sich bald verheiraten würde, und da mußte er verzichten, so leid es ihm tat.

Dies alles wickelte sich ziemlich schnell ab.

Über die schlimmste Zeit wollte Lonny Doktor Tanner ihre Hilfe noch zur Verfügung stellen, und das nahm er nur zu gern an.

Nun war endlich der Sonntag herbeigekommen, an dem Lutz von Lonny und ihren Eltern erwartet wurde. Frau Hermine war eifrig beschäftigt, ein Festmahl zu bereiten. Sie konnte sich anscheinend nicht genug tun, um gutzumachen.

Lonny war immer wieder von ihr ausgefragt worden, ob sie wirklich die Angelegenheit mit dem Abschiedsbrief ohne

Trübung ihres Verhältnisses zu Lutz erledigt habe. Es war, als habe sie eine heimliche Angst, daß Lutz jetzt noch zurücktreten könne. Diese Angst, die Lonny herausfühlte, war ihr ebenso unerklärlich wie das ganze Verhalten der Stiefmutter.

An jenem Tag, als Frau Hermine die Zeitung so ängstlich vor den Augen ihrer Angehörigen verborgen hatte, gab es am Abend die übliche Aufregung, die immer eintrat, wenn einmal die Zeitung verlegt oder verschwunden war. Der Major hatte schlechte Laune gehabt und über Nachlässigkeit gewettert. Meta bekam einen Rüffel, konnte sich aber nicht entsinnen, wo die Zeitung geblieben war, und Frau Hermine erklärte schließlich beleidigt, es sei doch an so einem ereignisreichen Tag unwichtig, wo die Zeitung geblieben sei. Lonny, die dazukam, als dies Thema erörtert wurde, hörte gerade, wie die Stiefmutter sagte, auch sie habe keinen einzigen Blick in die Zeitung tun können, weil ihr so viel Wichtiges im Kopf herumgegangen sei. Das fiel Lonny auf, weil sie sich erinnerte, daß die Mutter am Morgen, als sie ins Wohnzimmer trat, so vertieft in das Blatt gewesen war, daß sie ihren Eintritt nicht bemerkt hatte. Die Szene mit der heruntergefallenen und dann wieder in der Morgenrocktasche verschwundenen Zeitung stand noch ganz deutlich vor ihr. Aber sie glaubte, daß die Mutter nur in Geistesabwesenheit oder Nervosität so gehandelt hatte und sich dessen wohl kaum bewußt gewesen war. Wenn sie jetzt sagen würde, daß die Zeitung möglicherweise noch im Morgenrock der Mutter steckte, ginge eine neue Hetzjagd nach dieser Zeitung los. So betrat Lonny, ohne ein Wort zu sagen, das Schlafzimmer der Eltern und faßte in die beiden Taschen des Morgenrocks ihrer Mutter. Darin fand sie aber die Zeitung nicht mehr. Die Stiefmutter hatte sie also irgendwohin gelegt, und es war klüger, nicht mehr davon zu reden, zumal der Vater sich zu beruhigen begann. Die Stiefmutter hatte dann allerlei wichtige Gesprächsstoffe aufgebracht, so daß die verlorengegangene Zeitung in Vergessenheit geriet.

Also Frau Hermine richtete ein Festmahl und war den ganzen Tag geschäftig, daß es auch die Anerkennung der Anwesenden finden möge. Der Major stellte sogar zwei Flaschen Wein in einen Eimer mit kaltem Wasser – Eis zu halten war zu kostspielig.

Lonny ging der Mutter zur Hand, und dabei besprachen die beiden Frauen die Anschaffung von Lonnys Aussteuer. Sie wollte sie sich zum größten Teil selbst anfertigen und damit beginnen, sobald sie von Doktor Tanner nicht mehr gebraucht wurde. Denn Lutz wollte, wie er Lonny gesagt hatte, spätestens Pfingsten heiraten.

Punkt sieben Uhr traf Lutz ein, und zwar mit einem Strauß roter Rosen für Lonny und mit einigen schönen Fliederzweigen für Frau Hermine.

Man ließ ihn gar nicht dazu kommen, seine Werbung noch einmal vorzubringen, der Major schloß ihn herzlich in die Arme und nannte ihn seinen lieben Sohn, und Frau Hermine folgte seinem Beispiel mit großer zur Schau getragener Herzlichkeit. Dann schob sie ihn mit einem schelmischen Lächeln Lonny in die Arme. Zum ersten Male durfte sich das Brautpaar mit Zustimmung der Eltern küssen.

Trotz aller Glückseligkeit, die Lonny und Lutz empfanden, wirkte es doch seltsam auf sie, daß Frau Hermine sich gar nicht genug tun konnte, ihrer Freude über die doch zustande gekommene Verlobung zu äußern. Immer wieder faßte sie Lutz' Hand und nannte ihn ihren lieben Sohn, dem ihr ganzes mütterliches Empfinden gehöre, soweit es nicht Lonny schon mit Beschlag belegt habe. Sie pries sich immer wieder glücklich, daß sie das Glück ihrer Kinder habe begründen können. Lutz konnte sich nicht versagen, bei sich zu denken, daß weniger mehr gewesen wäre.

Erst, als Frau Hermine wieder geschäftig in die Küche lief und der Major nach dem Wein sah, hatte das Brautpaar eine kleine Weile Zeit für sich. Und es sah sich glückselig an und küßte sich innig.

Als der Major wieder hereinkam, sagte er lächelnd:

»Es ist rührend, wie sehr Mama sich an eurem Glück freut. Ich habe wirklich nicht gewußt, wie sehr sie dich liebt, Lonny, und Lutz hat sie nun auch in ihr Herz geschlossen.«

Lonny sah zu dem Vater hinüber, ohne daß Lutz ihre Hand aus der seinen ließ.

»Ich habe es auch nicht gewußt, Papa, und ich komme mir sehr undankbar vor, weil ich zuweilen böse auf sie war.«

Lutz konnte aber so wenig wie Lonny das Gefühl nicht loswerden, daß die Majorin zu viel tat in ihren Liebesbeteuerungen. Wenn sie sich auch damit abgefunden hatte, daß Lonny eine nur sehr mäßige Partie machte, so konnte er ihr doch unmöglich den einst heißersehnten Freier für die Stieftochter ersetzen.

In diesem Sinn äußerte sich Lutz auch später Lonny gegenüber, als man das Brautpaar auf ein Weilchen allein gelassen hatte. Und Lonny erwiderte mit einem kleinen Lachen:

»Es geht mir wie dir, Lutz; auch ich bin noch immer ängstlich, daß diese Hochstimmung Mamas eines Tages ins Gegenteil umschlagen wird. Aber es soll uns nicht kümmern, wenn es plötzlich anders wird; wir haben Papas Segen und Einwilligung, und das ist die Hauptsache.«

»Und du wirst nie wieder kleinmütig und verzagt werden, meine Lonny?«

Sie schmiegte sich in seine Arme.

Sie lachten beide glücklich, und Lonny sagte dann seufzend: »Wenn wir nur eine Wohnung bekommen, Lutz; das ist jetzt die größte Sorge.«

Er sah sie zuversichtlich und ein wenig übermütig an.

»Schlimmstenfalls setze ich irgend jemand erbarmungslos auf die Straße, um dir ein Nest bauen zu können. Sei nur ruhig, wir sind ja nicht an eine bestimmte Gegend gebunden, können weit draußen wohnen. Morgen erledige ich auf dem Polizeiamt meine Anmeldung als Droschkenautobesitzer und Selbstfahrer. Einen netten Chauffeur für den zweiten Wagen habe ich in Aussicht; es ist auch einer, der froh ist, Anstellung zu finden. An die Autos muß ich Zähler anbringen lassen. Und du sollst sehen, Lonny, wie sich die Fahrgäste auf meine schmucken Wagen stürzen, wir werden das Geld scheffeln.«

Lachend sah sie in seine übermütig funkelnden Augen.

»Schließlich wirst du gar nicht wissen, wohin mit allem Geld.«

»Oh, das hat keine Not, ich werde ja eine schöne Frau haben, und die werde ich mit Diamanten und Perlen behängen, wenn ich das viele Geld nicht anderweitig unterbringen kann.«

Als sie dann wieder mit den Eltern zusammensaßen, besprachen sie mit diesen alles Nötige. Und dabei fiel Lonny wieder auf, wie seelenruhig ihre Stiefmutter sich den schwierigsten Fragen gegenüber zeigte. Sie sagte immer wieder begütigend:

»Nur keine Angst, es wird schon alles gutgehen; man muß sich nicht alles noch schwerer vorstellen, als es ist. Mit gutem Mut und gutem Willen werden wir alles überwinden.«

Der Major war begeistert von seiner Frau.

»Kinder, könnt ihr euch eine bessere Mutter wünschen? Du bist wirklich bewundernswert, Hermine. Dein Mut und deine Zuversicht beschämen uns alle«, sagte er, ihr die Hand küssend.

Sie wurde ein wenig rot, sagte dann aber lächelnd:

»Ich will doch gutmachen, Botho, und ich bin so fest davon überzeugt, seit ich meinen Widerstand aufgegeben habe, daß

Lutz sich schnell emporarbeiten wird, daß ich wirklich keine Sorge mehr haben kann, daß alles gutgeht.«

Da küßte ihr auch Lutz die Hand.

»Ich danke Ihnen tausendmal, Mama. Es freut mich, daß Sie so zuversichtlich sind.«

»Nun, Lutz, dann mußt du aber schleunigst das steife Sie aus deiner Anrede streichen, sonst bin ich beleidigt. Du sagst doch zu Papa auch du.«

Lutz verneigte sich ein wenig betreten. So leicht ihm das Du dem Major gegenüber über die Lippen gekommen war, so schwer fiel es ihm, Frau Hermine du zu nennen. Aber auf diesen Wunsch von ihr konnte er es nicht mehr vermeiden.

»Verzeih, Mama, ich wagte es nicht und danke dir, daß du es mir gestattest«, sagte er etwas unsicher.

Lonny drückte ihm unter dem Tisch verstohlen die Hand; sie konnte Lutz nachfühlen, daß er damit ein Opfer brachte. Aber so, wie sich die Stiefmutter gab, konnte er sich nicht weigern.

Man saß lange beieinander. Es gab noch viel zu besprechen. Und die beiden jungen Menschen zögerten die Trennung hinaus, solange es ging. Erst als der Major müde wurde, verabschiedete sich Lutz.

14

Wochen waren vergangen seit Doktor Friesens jähem Tod. Seine schöne, vornehme Villa stand leer, mit herabgelassenen Rolläden. Am Gartentor hing ein Schild: »Diese Villa ist mit allem Inventar zu verkaufen. Näheres bei dem Pförtner.«

Lonny saß jetzt daheim und nähte, von ihrer Stiefmutter fleißig unterstützt, an ihrer Aussteuer.

Der Frühling war mit aller Pracht ins Land gezogen, ein seliger Frühling für Lutz und Lonny. Sie sahen sich jeden Tag. Lutz war sehr zufrieden mit seinen Einkünften, es schien wirklich so, als wenn die Fahrgäste am liebsten immer seine Wagen benutzten.

Die Hauptsorge für das junge Paar war jetzt die um eine Wohnung. Damit sah es schlimmer aus, als man erwartet hatte. Große Wohnungen waren vielleicht noch zu bekommen, aber nicht so kleine, bescheidene, wie sie für das junge Paar in Frage kamen.

Frau Hermine brachte jeden Abend die Zeitungen an, damit man in den Anzeigen nach Wohnungen forschen konnte. Und eine Abends sagte sie, als wieder alle vier um den Tisch saßen und in den neuen Zeitungen blätterten:

»Ich werde doch mal den Stoß Zeitungen hereinholen, der sich angesammelt hat. Es sind da Zeitungen dabei, die wir nicht selber lesen; Meta sammelt sie, wenn sie Waren darin nach Hause bringt.«

»Aber Mama, das sind doch keine neuen Zeitungen, darin werden wir kaum etwas finden«, sagte Lutz.

Sie zuckte nervös die Achseln.

»Man muß alles versuchen, sonst kommt ihr überhaupt zu keiner Wohnung. In fünf Wochen wollt ihr heiraten, und wir wissen noch nicht, wo ihr wohnen könnt.«

Lutz und Lonny sahen sich verstohlen an. Sie waren schon fest entschlossen, in die Garagenwohnung zu ziehen, bis sich etwas anderes finden würde.

Frau Hermine brachte nun die Zeitungen herein und ließ den ganzen Stoß auf den Tisch fallen.

»So«, sagte sie unternehmungslustig, »jetzt stehen wir nicht eher auf, als bis wir etwas gefunden haben.«

Wer sie genau beobachtet hätte, dem wäre es aufgefallen, daß sie sehr blaß war. Sie machte sich sogleich daran, eine Zeitung zu entfalten. Die andern wollten ihr den Willen tun und nahmen auch eine Zeitung nach der andern von dem Stoß herunter, obwohl sie sich keinen Erfolg versprachen.

Lutz berichtete dabei, daß er am nächsten Morgen schon um fünf Uhr einen Fahrgast abholen müsse, den er nach Leipzig fahren solle. Er werde erst am Abend zurückkommen, da er den betreffenden Herrn auch noch in der Umgegend von Leipzig herumfahren müsse, wo dieser Geschäfte habe.

Und weiter wurde eine Zeitung nach der andern durchgesehen, ohne nennenswerten Erfolg. So bekam schließlich Lonny eine Zeitung in die Hand, an der ihr auffiel, daß sie seltsam viele Brüche hatte, so, als sei sie sehr eng zusammengefaltet worden. Sie achtete aber erst nicht darauf, sah auch nicht, daß Frau Hermines Blick in einer seltsam funkelnden Unrast zu ihr hinüberflog. Lonny sah nach dem Datum. Es war die Zeitung von jenem Morgen, an der ihr der Tod Doktor Friesens gemeldet worden war.

»Ach sieh, Lutz, diese Zeitung ist von Doktor Friesens Todestag datiert.«

Lutz beugte sich mit Lonny zusammen über diese Zeitung. Lonny schlug den Anzeigenteil auf und sah hinab. Und plötzlich stieß sie einen überraschten Ruf aus.

»Lutz – mein Gott – Lutz!«

Er sah in ihr jäh gerötetes Gesicht.

»Was hast du denn, Lonny?«

Sie sah ihn mit großen, erschreckten Augen an und deutete auf eine ziemlich große Anzeige.

»Lutz – lies doch – lies das doch!« stammelte sie fassungslos.

Lutz beugte sich herab auf die Stelle, die ihr Finger bezeichnete, und sah jetzt auch seinen fettgedruckten Namen. Und nun las er die ganze Anzeige:

»Millionenerbe gesucht!«

Der Freiherr Lutz von Hennersberg, Sohn des im Krieg gefallenen Oberst Freiherr Georg von Hennersberg und seiner Gattin, der Baronesse Brambach, wird gebeten, seine Adresse dem Rechtsanwalt Harry Fleed, San Francisco, Kalifornien, Golden Gate Street 24, möglichst umgehend mitzuteilen. Er ist von seinem Oheim, dem Freiherrn Henner von Hennersberg, verstorben am 24. Januar 1930, zum Universalerben seines etwa einundeinhalb Millionen Dollar betragenden Vermögens eingesetzt worden.«

Lutz starrte mit großen Augen auf die Anzeige, faßte endlich den Sinn derselben und sah wieder auf das Datum hinab. Und da begriff er, daß diese Anzeige am Morgen nach jenem Abend in der Zeitung erschienen war, an dem ihn der Major abgewiesen hatte und an dem Frau Hermine so ausfallend gegen ihn geworden war. Mit einem blitzähnlichen Verstehen hob er den Blick und sah Frau Hermine mit einem scharfen, forschenden Ausdruck an. Es sah, daß sie vor unterdrückter Erregung bebte und rot und blaß wurde, obwohl sie doch noch gar nicht hätte wissen können, was in dieser Anzeige stand. Es sah, wie sie sich krampfhaft bemühte, unbefangen auszusehen, was ihr jedoch nicht gelang.

Inzwischen war aber auch Lonny plötzlich ein Licht aufgegangen; sie sah die Erregung der Stiefmutter, starrte auf die Zeitung hinab und erkannte nun an den vielen Brüchen und Kanten, daß es dieselbe Zeitung war, in die die Stiefmutter an jenem Morgen so sehr vertieft war und die sie dann seltsamerweise so eng zusammengefaltet und in der Morgenrocktasche barg. Und sie erinnerte sich, daß diese Zeitung dann einfach verschwunden war und nicht mehr zum Vorschein kam. Plötzlich wurde ihr alles klar.

Jetzt wußte Lonny mit einem Mal, warum ihre Stiefmutter

von jenem Morgen an ein so völlig verändertes Wesen zur Schau getragen hatte, wußte, warum diese Zeitung erst verschwunden und nun mit so unverkennbarer Absichtlichkeit hier auf den Tisch gebracht worden war. Einer von ihnen mußte ja die Anzeige sehen, und wenn sie niemand anders gesehen haben würde, dann hätte sie die Stiefmutter eben selbst »entdeckt«.

Lonny sah zu Lutz empor, sah, wie er sein blasses Gesicht jetzt von der Majorin abwandte und sich ihr zuwendete. Und sie las in seinen Augen, daß auch er alles begriffen hatte, sah aber auch in seinen geliebten Augen einen Ausdruck brennenden Zweifels, der ihr selbst galt. Ja, Lutz zweifelte in diesem Augenblick an ihr selbst, das fühlte sie und wurde dunkelrot und verlegen, wie bei einer Sünde ertappt. Sie war wie gelähmt, konnte nur eins fassen, daß Lutz auch ihr mißtraute, nicht nur der Stiefmutter.

Und Lutz sah die tödliche Scham und Verlegenheit in Lonnys Augen und deutete sie falsch in diesem Augenblick, wo er selbst so ganz außer Fassung war. Er raffte die Zeitung mit einem harten Griff zusammen und wurde sehr blaß. Wieder bohrten sich seine Augen erst in das Gesicht der Majorin, die vergeblich ihre Verlegenheit bezwingen wollte, und dann in das Lonnys, das voll banger Unsicherheit war. Ein wahnsinniger Schmerz übermannte ihn und ließ ihn gar nicht zum Bewußtsein seiner reichen Erbschaft kommen. Mit heiserer, verhaltener Stimme sagte er: »Also deshalb! Deshalb wurde ich plötzlich in Gnaden aufgenommen, deshalb wolltest du deinen Abschiedsbrief zurückhaben, ehe ich ihn gelesen hatte. Nun verstehe ich alles.«

Es schien ihm ungeheuerlich, aber er konnte jetzt nichts anderes denken. Es sah Lonnys unbeschreibliche Verlegenheit, sah die Scham in ihrem Antlitz und sah die fassungslose Miene der Majorin. Nur der Major schien von nichts zu wissen, er starrte verblüfft die drei Menschen an. Das alles spielte sich in Sekunden ab. Und ohne noch ein Wort zu sprechen, ohne eine Erklärung zu geben oder entgegenzunehmen, stürmte Lutz plötzlich aus dem Zimmer, riß draußen seine Mütze vom Garderobenständer und verließ die Wohnung.

Wie von Sinnen lief er stundenlang im Freien umher. Nicht, daß er diese große Erbschaft machen sollte erregte ihn jetzt, sondern nur der Ekel und die Verachtung vor der Majorin und die dumpfe Angst, der bohrende Zweifel, daß Lonny von dieser Komödie gewußt haben könnte.

Er brauchte fast eine Stunde, um wieder klar denken zu können. Und da kam er wieder zu sich. Er blieb stehen und schlug sich an die Stirn. Nein, Lonny konnte nichts gewußt haben, Lonny war nicht fähig, so eine betrügerische Rolle zu spielen.

Wie hatte er bloß so etwas denken können? In den härtesten Ausdrücken schalt er sich wegen seines Mißtrauens, und plötzlich lief er wieder zum Haus des Majors zurück. Aber inzwischen war es sehr spät geworden, der Rückweg dauerte mindestens eine Stunde, und hier draußen war weder ein Wagen, noch eine Elektrische zu sehen. Als er vor dem Haus ankam, war alles dunkel, nur in Lonnys Zimmer brannte noch Licht. Er sah hinauf und streckte wie in heißer Sehnsucht die Hände empor.

»Lonny, süße Lonny, hier unten steht dein törichter Lutz und schämt sich seines Verdachtes. Und er kann es dir doch nicht mehr sagen.«

So sprach er im Herzen mit der Geliebten. Und er blieb lange Zeit stehen und sah hinauf, immer hoffend, sie würde an das Fenster treten und ihn sehen.

Es fiel ihm auf die Seele, daß er morgen nach Leipzig fahren mußte, erst übermorgen konnte er Lonny wiedersehen.

Aber inzwischen war er dann wenigstens wieder ganz ruhig geworden. Aber sie durfte doch nicht so lange in Unruhe bleiben. Er wollte ihr eine Zeile schreiben, die sie morgen im Lauf des Tages mit der Post bekommen würde. Und so trat er den Heimweg an. Er dachte nun erst wieder mit vollem Bewußtsein an seine Erbschaft.

»Millionenerbe gesucht!« So hatte über der Anzeige gestanden. Und jetzt mußte er plötzlich wie erlöst vor sich hinlachen. Wie herrlich, er würde reich sein, würde Lonny ein schönes, sonniges Leben schaffen können. Oh, seine arme Lonny hatte sich scheinbar gar nicht gefreut über dies Erbe, ganz fassungslos und erschrocken war sie gewesen. Was hatte er ihr nur Häßliches zugetraut? Sie sollte ihm all die kleinen Sorgen vorgespielt haben, dies ängstliche Rechnen um Groschen? Wo hatte er nur seinen Verstand gehabt?

Am liebsten wäre er wieder umgekehrt und hätte doch noch Einlaß verlangt, um Lonnys Verzeihung zu erhalten. Wenn sie aber sein Mißtrauen gemerkt hatte und deshalb an seiner Liebe zweifelte, was sollte er dann tun? Er beschloß, ihr wenigstens einige Zeilen zu schreiben.

Und zu Hause angekommen, schrieb er:

»Meine Lonny! Du darfst mir nicht zürnen, was Du auch von mir denken magst. Verzeihe mein törichtes Davonstürmen, es geschah in einer augenblicklichen Verwirrung. Ich bin sehr unglücklich, daß ich nach Leipzig fahren muß, aber ich gab mein Wort. Ich werde sehr unruhig sein, bis ich Dich wiedersehe. Behalte mich lieb, meine Lonny! Verzeihe mir. Übermorgen abend komme ich, sobald ich wieder zurück bin. Mit innigen Küssen

Dein Lutz«

So, mehr wollte und konnte er jetzt nicht schreiben. Daraus würde sie sehen, daß er seine Ruhe wiedergefunden hatte, und auch sie würde ruhiger sein. Müde warf er sich dann auf sein Bett, nachdem er seinen Wecker gestellt hatte. Sehnsüchtig an Lonny denkend, schlief er ein.

15

Der Major hatte Lutz ganz überrascht nachgesehen. Er merkte, daß irgend etwas nicht stimmte, ahnte aber nicht, was es war.

»Was ist denn zum Donnerwetter los? Weshalb stürmt denn Lutz mit solchen Orakelsprüchen davon?« fragte er ärgerlich.

Lonny schrak aus ihrer Betäubung empor. Sie sah mit toten, leeren Augen die Stiefmutter an, die etwas betreten stammelte:

»Ich weiß nicht, ich verstehe nicht!«

Lonny richtete sich mit einem Ruck empor, strich sich das Haar aus der Stirn und sagte tonlos:

»Doch, du weißt es, du weißt es besser als wir alle. Gottlob, daß Papa nicht von dir eingeweiht wurde in deinen feinen Plan, dir um jeden Preis einen reichen Schwiegersohn zu verschaffen. Ich erkannte sehr wohl die Zeitung, in die du an jenem Morgen so vertieft warst, daß du mich nicht eintreten hörtest. Ich sah, wie du die Zeitung eng zusammenfaltetest und in deine Morgenrocktasche stecktest. Die Brüche und Kanten waren ja noch so gut zu sehen. Oh, ich weiß alles! Heute spieltest du uns scheinbar ahnungslos die Zeitung in die Hand, einer von uns mußte ja die Anzeige sehen, die Lutz als Erben sucht. Ich sah dein blasses, erregtes Gesicht, und alles wurde mir klar. Und auch Lutz ist das alles klargeworden, wenn er auch nicht, wie ich, Beweise hatte. Er weiß, welche Komödie du uns vorgespielt hast, das ging aus seinen Worten hervor. Aber – das schlimmste ist, daß er mich mit dir im Bund glaubt, er zweifelt an mir – er –«

Sie brach ab, konnte vor Weh und Jammer nicht weitersprechen. Kein Wort brachte sie mehr heraus. Die Verzweiflung übermannte sie. Hastig lief sie aus dem Zimmer, begab sich in ihr Stübchen und schloß sich ein. Wie vernichtet sank sie in einen Sessel und starrte verzweifelt vor sich hin.

Der Major hatte sich erhoben, als die Tür hinter Lonny zufiel. Er sah streng auf seine Frau.

»Was soll das alles heißen, Hermine?«

Sie warf trotzig den Kopf zurück.

»Nun gut, du sollst Klarheit haben! Ich habe es nur gut gemeint. An jenem Morgen, als ich übernächtigt im Wohnzimmer saß und vor Sorgen nicht aus und ein wußte, fand ich in der Zeitung eine Anzeige, in der Lutz als Millionenerbe seines Onkels Henner von Hennersberg gesucht wurde. Natürlich regte mich das sehr auf, aber ich sagte mir sogleich, daß ich verhindern müsse, daß Lutz oder ihr diese Anzeige zu Gesicht bekommen würdet. Wir hatten ihn abgewiesen, und wenn wir nun klein beigeben würden, mußte er sicher glauben, daß dies nur der Erbschaft halber geschah.

Ich sah Lonnys Glück gefährdet, man konnte nicht wissen, ob Lutz, sobald er um diese Erbschaft wußte, zu Lonny zurückkehren würde. Es war doch möglich, daß er der Erbschaft wegen nach Kalifornien reisen und nicht wiederkommen würde. Ich wußte, daß ich es diplomatisch anfangen mußte, ihn zurückzuholen und mit Lonny fest zu verloben, ehe er von der Erbschaft erfuhr. So habe ich glücklich alles wieder eingerenkt und wartete nun auf eine harmlose Gelegenheit, um Lutz diese Zeitung in die Hand zu spielen. Daß er gleich die Sache durchschauen würde, hatte ich nicht erwartet. Ich habe jedenfalls mein Bestes getan, habe dir und Lonny freie Bahn geschaffen, Lonny ist seine Braut, und ich werde mich natürlich hüten, ihm einzugestehen, daß ich die Anzeige schon früher gesehen habe. Er hat ja keine Beweise wie Lonny, und sie darf sie ihm nicht ausliefern. Ich werde ihm Vorwürfe machen über sein Davonstürmen, und er wird schon wieder zur Vernunft kommen. Und Lonny auch. Daß er sehr erregt war, ist ja verständlich; es ist doch keine Kleinigkeit, wenn ein armer Schlucker plötzlich Millionen erbt.

So, das ist alles. Lonny soll mir nur dankbar sein; wer weiß, was geworden wäre, hätte ich nicht eingegriffen. Ihre entrüsteten Bemerkungen hätte sie besser nicht vom Stapel lassen sollen. Ich habe nur ihr Bestes gewollt.«

Fassungslos hatte der Major zugehört.

»Du hättest das alles lieber erst mit mir besprechen sollen«, sagte er bekümmert.

Sie lachte hart auf.

»Du hättest verlangt, daß ich die Zeitung an Lutz ausliefere. Ich kenne doch deine fast krankhaften Ehrbegriffe, mit denen man glatt verhungern kann.

Lonny wird sich schon beruhigen, wenn sie das alles beschlafen hat; ich werde Lutz auch klarmachen, daß sie nicht davon wußte. Es wird alles nicht so heiß gegessen, wie es gekocht wird. Natürlich wäre es mir auch lieber, wenn Lutz nichts gemerkt hätte; aber wenn ihr beide vernünftig seid, du und Lonny, wird sich schon alles wieder einrenken lassen.«

Der Major fuhr sich über die Stirn.

»Jedenfalls ist das eine sehr unangenehme Sache.«

»Ich denke, es ist eine sehr angenehme Sache, daß Lutz Millionen erbt. Lonny macht eine glänzende Partie, und wir sind auch aus aller Sorge heraus.«

Es gab noch ein langes Her und Hin zwischen den beiden

Gatten, aber schließlich sah der Major ein, daß er nichts ungeschehen machen konnte. Augenblicklich war wirklich nichts anderes zu tun, als Lutz' Rückkehr abzuwarten und sich dann, so gut es ging, aus der Sache zu ziehen.

Für Lonny aber lag die Sache viel tragischer. Sie war in einen schweren Herzenskonflikt geraten. Ihr war das schmerzlichste, daß Lutz an ihr zweifelte. Daß er das tat, hatten ihr seine Worte verraten.

»Deshalb wolltest du deinen Abschiedsbrief zurückhaben.« So hatte er gesagt. So glaubte er also, daß sie ihm die ganze Zeit eine abscheuliche Komödie vorgespielt hatte. Und mit dieser Erkenntnis war Lonnys Glück zerstört. Sie saß ganz kraftlos in ihrem Zimmer und fragte sich, was jetzt werden sollte. Nein, nein, sie konnte ihm nicht wieder in die Augen sehen, es würde sie töten, diese geliebten Augen kalt und verächtlich auf sich ruhen zu wissen.

Sie sprang auf, wie auf der Flucht vor diesen Gedanken.

Es wurde ihr klar, sie mußte fort, durfte Lutz nicht wiedersehen. Sie mußte ihn freigeben, und – das konnte sie nur, wenn sie von zu Hause fortging. Die Eltern würden nicht wollen, daß sie sich von ihm löste, würden sie quälen und bestürmen, seine Frau zu werden, würden sie einfach nicht verstehen. Deshalb mußte sie fort, weit fort, durfte nicht noch einmal mit Lutz zusammenkommen.

Aber, was würde es für eine Szene geben, wenn sie dem Vater und der Stiefmutter morgen erklärte, daß sie die Verlobung mit Lutz lösen wollte? Man würde sie für unsinnig, überspannt erklären und sie nicht verstehen. Es blieb ihr nur die Flucht – ja, schnelle Flucht. Sie mußte fort sein, ehe Lutz wiederkam.

Und plötzlich dachte sie an den Trustmagnaten John Stanhope. Es ging wie ein Ruck durch ihre Gestalt. John Stanhope?

Er hatte ihr gesagt, wenn sie je frei würde und drüben ihr Glück versuchen wolle, möge sie zu ihm kommen, jederzeit werde eine gute Stellung für sie frei sein. Wo hatte sie doch die Visitenkarte mit seiner Adresse hingetan? Sie kramte mit fliegenden Händen in ihrer Schreibmappe, und da fiel ihr die Karte in die Hände. Das erschien ihr wie ein Fingerzeig des Schicksals.

So faßte sie endlich den festen Entschluß, zu entfliehen. Mechanisch begann sie einen der Koffer zu packen, in dem sie schon einige fertige Leibwäsche für ihre Aussteuer verwahrt hatte. Und während sie packte, überlegte sie, was sie noch alles zu tun hatte. Dem Vater mußte sie einen Teil von ihrem Geld zurücklassen, er durfte nicht in Not geraten, solange sie es verhindern konnte. Bei Mister Stanhope würde sie ein sehr gutes Gehalt beziehen, davon konnte sie dann dem Vater regelmäßig abgeben.

An ihre Stiefmutter konnte sie nur mit Grauen und Abneigung denken. Ihr nicht mehr zu begegnen, würde für sie eine Wohltat sein. Aber wie kam sie fort, ohne daß jemand ihre Flucht bemerkte? Ganz heimlich mußte sie das Haus verlassen, am besten diese Nacht noch. Aber nein, das ging nicht, ohne Geräusch konnte sie den schweren Koffer nicht aus dem Haus schaffen. Und einen Paß mußte sie haben. Auf die Bank mußte sie auch noch gehen. Also, heute nacht konnte sie nicht fliehen, sie mußte warten, bis morgen früh der Vater fort war und die Stiefmutter ihre täglichen Besorgungen für den Haushalt machte. Da blieb sie immer eine ganze Weile aus. Indessen konnte sie sich schnell ein Auto holen, ihren Koffer hinunterschaffen lassen und davonfahren. Immer vertrauter wurde ihr der Gedanke an ihre Flucht. Sie ging nicht zu Bett in dieser Nacht, sie hätte ja doch keine Ruhe gefunden. Leise, jedes Geräusch vermeidend, setzte sie ihr Werk fort, und als sie alles, was sie brauchte, in den einen Koffer gepackt hatte, begann der Morgen zu grauen. Es war ein feuchter, herb duftender Frühlingsmorgen. Müde ließ sie sich an ihrem kleinen Schreibtisch nieder, um einen Brief an den Vater und einen an Lutz zu schreiben. Da fiel ihr ein, daß sie hier schon einmal einen Abschiedsbrief an Lutz geschrieben hatte, jenen unseligen Brief, den sie von Lutz hatte zurückfordern wollen. Auch damals war ihr das Herz schwer gewesen, als sie ihm geschrieben hatte, daß sie ihn freigeben wollte. Aber, wie viel schwerer wurde es ihr heute!

Zuletzt schrieb sie einen Zettel für ihre Stiefmutter, den diese nach ihrem Verschwinden finden sollte:

»Papa weiß, wohin ich gegangen bin; es wird gut sein, wenn Du kein Aufsehen über mein Verschwinden erregst.

Lonny«

Weiter vermochte sie kein Wort hinzuzufügen. Der Groll gegen diese Frau, die ihr Glück zerstört hatte, ließ es nicht zu. Sie steckte den Zettel in einen Umschlag und schrieb den Namen ihrer Stiefmutter darauf. Das wollte sie auf den Tisch legen, wenn sie sich entfernte. Nun war sie mit ihren Vorbereitungen fertig. Sie kleidete sich für die Reise an. Währenddessen wurde an ihre Tür geklopft, und die Stiefmutter rief ihr zu, sie möge zum Frühstück kommen.

Sie erwiderte, so ruhig sie konnte, daß sie nicht wohl sei und der Ruhe bedürfe.

»Aber Lonny, sei doch vernünftig!« rief die Stiefmutter.

»Ich bitte dich, laß mich in Ruhe, ich brauche kein Frühstück, ich habe Kopfweh.«

Da entfernte sich Frau Hermine. Sie mußte wohl den Vater beruhigt haben, denn er kam nicht an ihre Tür. Gern hätte sie noch einmal seine Stimme gehört, denn ihr war, als gehe sie für immer von ihm. Eine Weile später hörte sie ihn fortgehen. Sie trat an das Fenster und blickte ihm, von der Gardine geborgen, nach. Ihre Augen wurden trüb, als sie der hohen aufrechten Gestalt nachsah.

Unruhig lauschte Lonny nun hinaus. Endlich hörte sie, daß die Stiefmutter zu Meta sagte:

»In spätestens einer Stunde bin ich wieder zurück, Meta; den Frühstückstisch können Sie abräumen, meiner Tochter ist nicht ganz wohl und bleibt auf ihrem Zimmer.«

Dann fiel die Korridortür ins Schloß; Lonny lauschte atemlos. Sie trat an das Fenster und sah ihrer Stiefmutter nach, bis sie verschwunden war.

Da schlich sich Lonny hinaus, ohne Meta, die in der Küche arbeitete, etwas zu sagen. Unbemerkt verließ sie die Wohnung und eilte so schnell sie konnte zur Haltestelle der Elektrischen. Zum Glück kam gerade eine herbei. Mit dieser fuhr sie bis zur nächsten Droschkenstelle. Sie stieg aus, nahm ein geschlossenes Auto und fuhr nach Hause zurück. Der Chauffeur war bereit, ihr den Koffer herunterzuholen, und folgte ihr ins Haus.

Mit bebenden Händen, von der Angst gejagt, daß die Stiefmutter schon zurück sein könnte, schloß sie die Tür auf. Meta steckte neugierig ihren Kopf aus der Küchentür und starrte verblüfft auf Lonny.

So ruhig sie konnte, sagte Lonny zu Meta:

»Lassen Sie sich nicht in Ihrer Arbeit stören, Meta; ich will nur meinen Koffer fortbringen.«

Meta war nicht übermäßig mit Intelligenz belastet; sie wunderte sich nur, daß das gnädige Fräulein zur Korridortür hereinkam, da sie doch auf ihrem Zimmer sein sollte. Aber den Kopf zerbrach sie sich darüber nicht.

Der Chauffeur lud den Koffer auf seine Schulter. Lonny legte den Zettel im Umschlag auf den Tisch und folgte dem Chauffeur.

»Bitte, sagen Sie Mama, ich habe ihr aufgeschrieben, wohin ich den Koffer bringe, Meta.«

Diese nickte und trocknete sich die nassen Hände an ihrer Schürze ab. Lonny ging an ihr vorüber zur Korridortür, die der Chauffeur schon passiert hatte. Eine unsinnige Angst befiel sie plötzlich, daß jetzt, aller Berechnung zum Trotz, Lutz die Treppe heraufkommen und ihre Flucht verhindern oder daß die Stiefmutter zu früh zurückkommen könne.

Sie zitterte am ganzen Körper. Aber kein Mensch begegnete ihr, ungestört konnte sie das Auto besteigen. Sie warf noch einen letzten Blick am Haus empor, zu ihrem Fenster. Dann lehnte sie sich aufatmend, wie einer schweren Gefahr entronnen, zurück, und der Wagen fuhr davon.

Am Lehrter Bahnhof ließ sie das Auto halten und löste sich eine Karte zweiter Klasse nach Hamburg. Sie gab ihren Koffer gleich dorthin auf. Dann fuhr sie zum Paßamt. Schnell war dort ihr Anliegen erledigt. Nun begab sie sich zur Bank, hob fünftausenddreihundertfünfundzwanzig Mark ab und gab Anweisung, daß die andern fünftausend Mark für ihren Vater zur Verfügung blieben. Als auch das erledigt war, fuhr sie in ein Reisebüro, erkundigte sich nach dem nächsten Dampfer, der nach New York fuhr, und erhielt den Bescheid, daß dieser morgen von Hamburg abfuhr. Eine Kabine erster Klasse war noch frei, sie belegte dieselbe und reichte gerade mit ihrem Geld noch aus, ohne die fünftausend Mark angreifen zu müssen.

Wie im Fieber hatte sie das alles erledigt. Nun sie sicher war, fortzukommen, gab sie den Brief an ihren Vater durch die Rohrpost auf, und den an Lutz steckte sie in den Briefkasten.

Darauf fuhr sie wieder zum Lehrter Bahnhof zurück und hatte gerade noch Zeit, einen Imbiß zu nehmen.

Mit geschlossenen Augen saß sie dann im Zug. Sie blieb bis Hamburg allein im Abteil, und das war ihr eine Wohltat. Willenlos überließ sie sich ihrem Schmerz. Morgen, wenn Lutz von Leipzig zurückkam, fuhr sie schon auf dem Dampfer in die offene See hinaus. Und – sie würde Lutz nie wiedersehen. Nie mehr würde sein Blick zärtlich und liebevoll in dem ihren ruhen, nie mehr würde sie seine geliebte Stimme hören, die ihren Namen immer wie eine Liebkosung aussprach. Alles das war vorbei für immer. Er würde sie vergessen, würde vielleicht froh sein, daß sie ihn freigab. Lutz war nicht ein Mensch, der noch lieben konnte, wenn er verachten mußte. Alles war vorbei – und Lutz würde sich seiner Freiheit freuen. Dagegen empörte sich aber ihre Liebe. Nein, nein, freuen würde er sich nicht, zumal wenn sie ihm den Beweis brachte durch ihr Fortgehen, daß er ihr unrecht getan hatte. Es würde ihm weh tun, wie es ihm damals weh getan hatte, als sie ihm den Abschiedsbrief geschrieben hatte.

Bei diesen Gedanken rannen ihr endlich über die blassen Wangen erlösende Tränen, die sie ungehindert fließen lassen konnte, da sie allein war.

Und als am nächsten Morgen der Dampfer in See stach, stand Lonny mit übernächtigtem Gesicht an der Reling und sah auf die abschiedwinkenden Menschen zurück. Ihr galt keiner dieser Abschiedsgrüße. Sie war ein einsamer, verlassener Mensch, mit einem Herzen, das wie ein Stein in der Brust lag. Mit toten, leeren Augen sah sie zurück auf die entschwindende Heimat.

16

Der Major hatte am Morgen in sehr bedrückter Stimmung das Haus verlassen. Obwohl er seiner Gattin keine Vorwürfe mehr machte, fühlte er doch, daß sie ein unehrliches Spiel getrieben hatte. Und daß er trotzdem Lutz gegenüber für sie würde eintreten müssen, war ihm peinlich.

Er kam nicht über seine unfrohe Stimmung hinweg, irgend etwas quälte ihn, und freudloser noch als sonst ging er seinem schweren Tagwerk nach; immer treppauf und -ab, immer auf der Jagd nach einem Menschen, der eine Versicherung abschließen wollte. Der Erfolg war auch heute sehr unbefriedigend; müde und abgespannt begab er sich am Spätnachmittag in das Versicherungsbüro, um, wie jeden Tag, Rechenschaft über seine Tätigkeit abzulegen. Erstaunt sah er auf einen Brief hinab, der ihm dort ausgehändigt wurde. Er war mit der Rohrpost gekommen. Sofort erkannte er Lonnys Handschrift und schrak zusammen. Das war so ungewöhnlich, daß er ahnte, es müsse irgend etwas geschehen sein. Unruhig riß er den Umschlag auf und las:

»Mein lieber, lieber Papa! Du mußt verzeihen, wenn ich Dir weh tun muß. Glaube mir, ich kann nicht anders handeln. Wenn Du nach Hause kommst, wirst Du mich nicht mehr finden. Ich kann nicht bleiben, Papa, kann nicht mehr mit Mama unter einem Dach leben nach allem, was geschehen ist, und – kann Lutz Hennersbergs Frau nicht werden.

Du wirst mich wahrscheinlich nicht verstehen, wirst mir nicht nachfühlen können, wie furchtbar es mir ist, daß Lutz mir mißtraute, daß er annehmen konnte, ich hätte um Mamas Spiel gewußt und mich daran beteiligt. Wie ich geartet bin, würde eine Ehe, die nicht gegenseitig auf unerschütterlichem Vertrauen begründet ist, uns namenlos unglücklich machen. Und wo einmal das Vertrauen zwischen zwei Menschen erschüttert ist, kann es nicht wiederhergestellt werden, zumal ich leider nicht beweisen kann, daß ich völlig unschuldig bin. Es würde mich schon unsagbar quälen, müßte ich den Versuch machen, mich zu rechtfertigen. Ich habe Lutz das alles auch geschrieben, habe ihn freigegeben.

Daß ich heimlich gehe, darum bitte ich Dich um Verzeihung; aber Ihr hättet mich ganz sicher halten wollen, und ich konnte mich doch nicht halten lassen. Aber sorge Dich nicht, ich lasse Dir auf der Bank fünftausend Mark anweisen, damit Ihr nicht in Not kommt. Das reicht schon mit dem, was Du verdienst, mindestens für ein Jahr. Die andere Hälfte des Geldes nehme ich mit mir, damit ich nicht in Verlegenheit komme. Beunruhige Dich aber nicht, mir steht eine sehr gute Stellung in Aussicht, aber ich muß eine weite Reise machen, um sie antreten zu können. Verzeih mir, wenn ich Dir heute das Ziel meiner Reise noch nicht angebe, ich will erst an Ort und Stelle sein und ein festes Unterkommen angeben können. Du bekommst über alles Nähere in wenigen Wochen Bescheid.

Leb wohl, mein lieber Papa, zürne mir nicht, ich konnte nicht anders handeln. Heute kann ich Dir nicht mehr schreiben, es ist alles so wund und weh in mir. Das Losreißen von Lutz macht mir bittere Schmerzen. Behalte mich ein bißchen lieb, Papa, und verzeih mir.

Deine sehr verzagte Lonny«

Der Major hatte sich niedersetzen müssen, er sah blaß und fahl aus. Einer der Beamten trat zu ihm und sah ihn besorgt an.

»Herr Major, fühlen Sie sich nicht wohl?«

Es sah auf, riß sich zusammen und steckte den Brief ein. Seine Hand bebte dabei.

»Es geht vorüber, eine kleine Schwäche – ich habe mich etwas überanstrengt, und die Frühlingsluft macht schlapp«, stieß er heiser hervor. Und der alte Soldat gab sich Haltung und richtete sich straff empor. Er erledigte seine Geschäfte und trat dann den Heimweg an.

Aus Lonnys Flucht erfuhr er erst, wie schwer sie von alledem betroffen war. Und nun stieg doch wieder ein bitterer Groll gegen seine Frau in ihm auf. Kein Zweifel, sie hatte unehrenhaft gehandelt und dadurch Lonny aus dem Haus getrieben.

Natürlich beunruhigte er sich auch darüber, was Lonny vorhatte. Obwohl sie schon immer tapfer ihren Mann gestanden hatte im Lebenskampf, hatte sie doch im Schutz seiner Häuslichkeit leben können. Jetzt ging sie allein und schutzlos hinaus in die Welt, und er wußte nicht einmal wohin, ahnte nicht, welcher Art die Menschen waren, die ihr eine Stellung geboten hatten. Weit, weit fort wollte sie gehen? Das war für ihn ein so ungeheurer Begriff, wo lag dieses: Weit fort?

Was würde Lutz zu alldem sagen? Hatten ihn wirklich gestern Zweifel und Mißtrauen auch gegen Lonny so haltlos davonstürmen lassen, oder hatte seine Frau recht, daß ihn nur die Freude über die Erbschaft davongetrieben hatte? Und – war er nach Leipzig gefahren, oder hatte er das aufgegeben?

Etwas wie Sehnsucht nach Lutz war in ihm. Er war ihm lieb und teuer geworden wie ein Sohn; seine Frische, seine Energie hatten ihn aufgemuntert. Es verlangte ihn danach, sich mit Lutz über das alles aussprechen zu können.

Er änderte plötzlich die Richtung seines Weges, wollte zu Lutz hinausfahren und sehen, ob er nicht doch vielleicht die Fahrt nach Leipzig aufgegeben hatte. Jetzt war doch so eine Fahrt nicht mehr wichtig für ihn. Aber er kannte Lutz Hennersbergs stark ausgeprägtes Pflichtbewußtsein nicht. Lutz hatte sein Wort gegeben, seinen Fahrgast nach Leipzig und wieder zurückzufahren, und dies Wort zu halten, hinderte ihn auch die reiche Erbschaft nicht.

Der Major erhielt von dem Pförtner der Friesenschen Villa den Bescheid, daß Herr Hennersberg nach Leipzig gefahren sei und erst am nächsten Abend zurückkehren würde.

So trat der Major bekümmert den Heimweg an.

Seine Frau kam ihm aufgeregt entgegen.

»Endlich kommst du heim! Ausgerechnet heute läßt du so lange auf dich warten. Ich habe so viel Aufregung gehabt. Hat dir Lonny geschrieben? Denke dir, sie ist heute vormittag, als ich einkaufen gegangen war, mit einem großen Koffer davongefahren. Ich fand diesen Zettel in einem Umschlag auf ihrem Zimmer – ohne jede Anrede, es ist empörend. Ganz krank bin ich vor Aufregung und Unruhe. Sage mir doch endlich, ob du Nachricht von ihr hast.«

Mit diesem erregten Wortschwall fiel sie über ihn her.

Er las den Zettel und sagte, so ruhig er konnte:

»Du hast mich ja nicht zu Worte kommen lassen, Hermine. Ja, ich habe Nachricht von ihr – hier, lies diesen Brief.«

Er reichte seiner Gattin Lonnys Brief und fiel müde in einen Sessel. Wenn er noch Hoffnung gehabt hätte, daß Lonny doch vielleicht noch zu Hause sein könne, sah er sich darin getäuscht.

Als Frau Hermine Lonnys Brief gelesen hatte, fiel sie mit einem Schwall von Vorwürfen und Anklagen über ihren Mann her.

»Dieses undankbare Geschöpf! Einfach davonzulaufen wie irgendeine Beliebige. So eine glänzende Partie aufzugeben, als ob es gar nichts wäre! Nur in törichter Überspanntheit! Und ihre Eltern läßt sie in Not und Elend zurück. So gut hätten wir es haben können, und sie stürzt uns in Not und Sorgen. Überspannt ist sie von jeher gewesen, das hätte man ihr beizeiten austreiben müssen. Mit klaren Sinnen läuft doch ein Mädchen nicht vor einer so glänzenden Versorgung davon. Erst hat sie Himmel und Hölle in Bewegung gesetzt, um diese Verlobung zu ertrotzen, und nun man ihr den Willen getan hat, läuft sie einfach davon, hinaus in die Welt. So ein Skandal!«

Sie steigerte sich immer mehr in ihren Zorn hinein, daß es nun nichts werden sollte mit der glänzenden Versorgung durch den reichen Schwiegersohn. Immer wütender und ausfallender wurde sie, bis der Major sich schließlich jäh erhob und auf den Tisch schlug.

»Jetzt ist es genug, Hermine, du vergißt dich! Kein Wort mehr gegen Lonny – du kannst wahrscheinlich gar nicht verstehen, wie tief sie getroffen worden ist.«

Lutz Hennersberg war in einer sonderbaren Gemütsstimmung nach Leipzig gefahren. Wie in einem Chaos wirbelten seine Gedanken durcheinander. Noch heftiger als in der vergangenen Nacht machte er sich Vorwürfe, daß er auch nur einen Augenblick an Lonny hatte irrewerden können.

Und wütend und ärgerlich über sich selbst, vernichtete er jenen Abschiedsbrief Lonnys, während er in Leipzig eine Weile vor einem Lokal hielt, in dem sein Fahrgast abgestiegen war. Er zerriß ihn in winzige Stückchen und gab sie dem Wind preis. Von Leipzig gab er dann ein Telegramm auf an den Rechtsanwalt Harry Fleed:

»Anzeige gelesen. Bitte ausführliche Nachricht, das Nötigste per Kabel.«

Abends gegen sieben Uhr traf er in seiner Garage wieder ein und eilte auf sein Zimmer, um sich umzukleiden und Lonny dann aufzusuchen. Als er in sein Wohnzimmer trat, sah er auf der roten Wollplüschdecke auf dem Tisch einen Brief liegen. Dieser war schon gestern abend angekommen. Lutz nahm den Brief auf und erkannte sofort Lonnys Schrift, diese klare, schöne, vornehme Schrift, die ein Abbild ihres Charakters war. Erregt öffnete er den Umschlag und zog verschiedene, engbeschriebene Seiten heraus. Seine Hand bebte, als er las:

»Mein lieber Lutz! Du gingst gestern abend von mir mit einem häßlichen Mißtrauen. Ich stand diesem Mißtrauen hilflos gegenüber. Im selben Augenblick wie Du hatte ich erkannt, was für ein falsches Spiel meine Stiefmutter mit Dir, mit uns allen getrieben hatte. Die Schamröte stieg mir ins Gesicht und machte mich so verlegen, als sei ich selber eines

Betrugs schuldig. Laß mich darüber schweigen, wie ich unter Deinem Argwohn gelitten habe, wie ich noch leide. Ich gebe Dich frei! Du sollst begreifen, daß mir Dein Reichtum nichts, gar nichts gilt. Mit dem armen Lutz, der an mich glaubte und mir vertraute, hätte ich unsagbar glücklich werden können; mit dem reichen Lutz, der mir mißtraut, der mir etwas so Häßliches zutrauen konnte, kann ich meiner Wesensart nach nicht glücklich werden. Du bist frei; noch ehe Du vielleicht mit einer erzwungenen Entschuldigung zurückkehrst – oder Deine Freiheit zurückforderst, will ich aus Deinem Leben verschwunden sein. Sorge Dich nicht um mich; es steht mir eine gute Stellung offen, schon seit langer Zeit. Leb wohl, Lutz! Und alles Glück der Welt für Dich.

Noch ein letzter Gruß, Lutz Hennersberg, und noch ein letztes Mal

Deine Lonny«

Lutz war in einem Sessel zusammengebrochen und starrte auf den Brief hinab. Was mochte Lonny gelitten haben, was litt sie noch? Er haßte sich, daß er ihr das angetan hätte, und begriff erst nun ganz, wie sehr er sie mit seinem törichten Zweifel gekränkt und gedemütigt hatte.

Er raffte den Brief zusammen und steckte ihn zu sich, und so, wie er ging und stand, rannte er hinunter in die Garage, kurbelte seinen Wagen wieder an und fuhr davon. Als er vor dem Haus des Majors hielt, nahm er sich kaum Zeit, seinen Wagen zu sichern.

»Wo ist Lonny?« stieß er heiser hervor, als er dem Major gegenüberstand.

Der Major schluckte seine Erregung nieder.

»Ich weiß es nicht, Lutz, ich hoffte es von dir zu hören.«

Lutz fiel, wie aller Kraft beraubt, in einen Sessel.

»Ist sie wirklich fort, wirklich abgereist?«

Der Major reichte Lutz den Brief Lonnys, und dieser tauschte ihn mit dem seinen aus.

Die Herren lasen beide die Briefe durch, und die Majorin beobachtete Lutz mit heimlichem Forschen. Gottlob, er sah nicht so aus, als denke er daran, Lonny aufzugeben. So konnte doch noch alles gut werden. Das gab ihr den Mut, sich an Lutz zu wenden:

»Ich habe es gut gemeint, Lutz; ich wollte nicht, daß du von der Erbschaft erfuhrst, ehe du ganz zu uns gehörtest, und wollte ebensowenig, daß mein Mann oder Lonny etwas davon wußten, ehe du davon erfahren solltest. Ich fürchtete, du würdest anderen Sinnes werden, wenn du plötzlich reich wärest.«

Mit einem unbeschreiblichen Blick sah Lutz Frau Hermine an.

»Ich verstehe Lonny und begreife ihre Handlungsweise. Wenn ich nur eine Ahnung hätte, wohin sie sich gewendet hat. Mir ist, als hätte sie mir einmal von irgendeiner bedeutenden Persönlichkeit erzählt, die sie gern als Sekretärin engagieren wollte, aber – ich habe damals nicht so genau aufgepaßt. Jetzt müssen wir abwarten, und das wird eine grausame Strafe für mich sein. Gib mir dein Wort, lieber Vater, daß du mir sofort ihren Aufenthalt verrätst, sobald sie ihn dir mitteilt.«

Der Major reichte ihm die Hand. »Mein Wort darauf.«

Frau Hermine erhob sich und streckte Lutz bittend die Hand entgegen.

»Lutz, kannst du mir nicht verzeihen?

Er sah sie mit einem düsteren Blick an.

»Was Lonny leidet, das leidet sie durch dich und durch mich. Wenn ich Lonny mir zurückgewinnen kann, dann werde ich dir verzeihen können – sonst nicht, denn dann kann ich auch mir selbst nicht verzeihen.«

Er drückte dem Major die Hand, verbeugte sich kurz vor

Frau Hermine und ging davon, mit schwer bedrücktem Herzen. Der Major sah ihm seufzend nach. Die Majorin aber frohlockte innerlich. Es mußte doch noch alles gut werden, Lonny würde ja nicht aus der Welt sein, und Lutz würde sie schon wieder heimholen.

17

Lonny wurde inzwischen von dem Dampfer weiter und weiter über das Meer getragen. Es riß an ihrem Herzen, daß sie sich von Lutz hatte trennen müssen, und sie hatte Augenblicke, in denen sie am liebsten über Bord gesprungen wäre, weil ihr das Leben ohne Lutz unerträglich schien. Aber dann sank sie immer wieder matt und willenlos in sich zusammen.

Erst als der Dampfer sich New York näherte, riß sie sich aus ihrer Gleichgültigkeit.

Es war eine sehr frühe Vormittagsstunde, als sie den Dampfer verließ. Da sie der englischen Sprache vollständig mächtig war, hatte sich alles ganz glatt abgewickelt. Durch den Kapitän erfuhr sie von einem guten, nicht zu teuren Hotel. Dort fand sie beste Aufnahme, als sie sich auf den Kapitän des Dampfers berief. Man wies ihr ein Zimmer an, das so hoch lag, wie sie noch nie in ihrem Leben gewohnt hatte. Sie erfrischte sich, kleidete sich zweckmäßig um und beschloß, nun sofort das Geschäft Mister Stanhopes aufzusuchen.

Da sie nicht Bescheid wußte, nahm sie ein Auto. Dieser Luxus erschien ihr als eine Zeitersparnis, und der Wahlspruch »Time is money« schien hier in der Luft zu liegen.

Es war ein ziemlich weiter Weg und das Auto dementsprechend teuer. Aber nun lag das riesengroße, vielstöckige

Gebäude vor ihr, und sie betrat die Eingangshalle mit einem etwas beklommenen Gefühl. Unschlüssig sah sie sich um. Hier schien kein Mensch für den anderen Zeit zu haben, alles hastete aneinander vorbei, und sie kam sich vor wie ein überflüssiges Hindernis in der Erscheinungen Flucht.

Aber endlich faßte sie sich ein Herz und ging, ihre Befangenheit bezwingend, auf eine Art Pförtnerloge zu. Sie fragte den Beamten, der dort an einem Pult stand, wo sie Mister John Stanhope finden würde. Mit einem kalten, abwägenden Blick sah der Beamte sie an. Aber in Lonnys Augen lag etwas, was ihn ein wenig dienstbeflissen machte. Er sagte, sich aufrichtend:

»Mister Stanhope ist verreist und überhaupt nur nach schriftlicher Anmeldung zu sprechen.«

Lonny erschrak. Mister Stanhope verreist – das war eine sehr unerfreuliche Botschaft für sie.

»Auf wie lange ist Mister Stanhope verreist?«

»Unbestimmt!«

»Können Sie mir sagen, wer ihn in seiner Abwesenheit vertritt?«

»An welcher Angelegenheit?«

»Es handelt sich um eine Stelle, die mir Mister Stanhope zugesagt hat.«

»Wegen Stellung wollen Sie sich nach Zimmer einhundertzehn bemühen; da drüben sind die Fahrstühle.«

Nach kurzer Zeit stand sie vor dem Personalchef. Dieser sah Lonny erst einmal scharf und kritisch durch seine Hornbrille an.

»Was wünschen Sie?« fragte er. Lonny legte ihre Karte vor ihn hin.

»Ich suche eine Stellung, mein Herr«, sagte Lonny so ruhig, wie es ihr möglich war.

»Als was?«

»Mister John Stanhope stellte mir in Aussicht, daß ich den Posten seiner Privatsekretärin einnehmen könne.«

»Ooh!«

Der Personalchef rückte seinen Sessel herum und starrte Lonny an, als habe sie verlangt, den Posten als Prokurist einzunehmen. Lonny wurde sehr unbehaglich zumute. Sie nahm alle Kraft zusammen, um ihre Ruhe zu bewahren, und fuhr fort:

»Meine Worte scheinen Sie in Erstaunen zu setzen, deshalb will ich Ihnen erklären, daß Mister Stanhope vor einigen Monaten in Deutschland den Wunsch äußerte, mich zu seiner Privatsekretärin zu machen. Ich hatte in meiner Eigenschaft als Sekretärin des Rechtsanwaltes Doktor Friesen die Ehre, Mister Stanhope kennenzulernen, während ich die Verträge für die Vertrustung mehrerer amerikanischer und deutscher Firmen ausarbeitete. Dabei machte mir Mister John Stanhope das Anerbieten, seine Privatsekretärin zu werden, falls ich jemals meine Stellung bei Doktor Friesen aufgeben würde und nach New York kommen wolle. Doktor Friesen ist bei einem Autounfall ums Leben gekommen, ich bin frei und kam hierher, um mich Mister Stanhope zur Verfügung zu stellen.«

Sie sagte das alles so ruhig und bestimmt, daß sich der bebrillte Mister Yacht langsam von seinem Staunen erholte. Aber er zuckte die Achseln.

»Mister Stanhope ist auf vier Wochen in Florida, um Seebäder zu nehmen. Er hat keinerlei Anordnungen in bezug auf Sie hinterlassen.«

»Das ist verständlich, da er nicht annehmen konnte, daß ich so bald für ihn verfügbar sein würde. Es ist mir natürlich sehr unangenehm, daß Mister Stanhope abwesend ist. Aber er hat mir gesagt, daß für Leute meiner Art immer eine Stelle bei Mister Stanhope sicher sei. Er gab mir seine Karte; hier ist sie.

Und ich denke, das Wort eines Amerikaners ist so gut wie das eines Deutschen.«

Es zuckte ein wenig um den Mund des Mister Yacht. Er überlegte eine Weile. Lonny machte ihm nicht den Eindruck einer Schwindlerin. Möglich, daß Mister Stanhope wirklich etwas an dieser vornehm und sicher auftretenden Deutschen lag. Er hatte auch tatsächlich noch keine Privatsekretärin angestellt, weil er eben die passende Persönlichkeit noch nicht gefunden hatte. Mister Yacht wußte um die Vertrustungsangelegenheit und daß Mister Stanhope vor einigen Monaten in Deutschland gewesen war. Dieser pflegte solche Versprechungen, wie er sie dieser jungen Dame gegeben haben sollte, zu halten. Immerhin wußte aber Mister Yacht nicht, was er mit dieser jungen Deutschen anfangen sollte. Und so sagte er achselzuckend:

»Mister Stanhope wünscht in diesen vier Wochen mit keinerlei geschäftlichen Nachrichten behelligt zu werden. Ich muß Sie daher bitten, in vier Wochen wiederzukommen.«

Betroffen sah Lonny ihn an, aber ehe sie noch etwas erwidern konnte, sagte Mister Yacht:

»Leben Sie wohl, Miß Straßmann.«

Willenlos schritt Lonny hinaus. Niedergeschlagen kehrte sie in das Hotel zurück, diesmal sich bis zur Untergrundbahn durchfragend, denn den Luxus eines Autos wollte sie sich nicht noch einmal gönnen. Ganz verzagt saß sie in ihrem Hotelzimmer, dessen Einrichtung übrigens auch von einer fast bedrückenden Sachlichkeit zeugte. Und sie grübelte, was sie tun sollte. War es ratsam, auf Mister Stanhopes Rückkehr zu warten, oder sollte sie versuchen, eine andere Anstellung zu bekommen?

Und würde Mister Stanhope, wenn er zurückkam, auch Wort halten? Er hatte ihr jenes Versprechen allerdings vor Zeugen gegeben. Doktor Friesen war freilich tot, aber – da war doch noch der amerikanische Rechtsanwalt dabei gewesen, der auch aus New York war. Wie hieß er doch gleich? Richtig, Mister Dumby! Ja, wenn sie sich an diesen Mister Dumby wenden würde – ob er ihr nicht vielleicht einen Rat geben konnte?

Sie fuhr hinunter in den Teeraum des Hotels, nahm ihren Tee ein und einen Imbiß und sah dann im Adreßbuch nach, wo Rechtsanwalt Dumby sein Büro hatte.

Am nächsten Vormittag fuhr sie mit der Untergrundbahn in die Nähe der Straße, wo Mister Dumbys Praxis lag. Und heute hatte sie mehr Glück als gestern. Mister Dumby war anwesend und ließ sie auch gleich vor, als sie ihm eine Karte hineinschickte, auf die sie geschrieben hatte: »Ehemalige Sekretärin von Doktor Friesen, Berlin. Ich erinnere Sie an den Abschluß des Trustvertrags.«

Mister Dumby kam ihr in seinem Sprechzimmer entgegen. »Ah, Miß Straßmann! Wie geht es Ihnen?«

Sie lächelte.

»Augenblicklich geht es mir gerade nicht gut, Mister Dumby. Ich habe gestern hier eine große Enttäuschung erlebt.«

Und sie erzählte ihm von ihrem vergeblichen Besuch im Betrieb von Stanhope. Dann fuhr sie fort:

»Sie waren Zeuge, Mister Dumby, als Mister Stanhope mir die Anstellung versprach, und ich bin deshalb zu Ihnen gekommen, um Sie zu bitten, mir zu raten, was ich in dieser Angelegenheit tun soll. Ich möchte nicht gern vier Wochen lang das kostspielige Leben einer Arbeitslosen in New York führen. In meiner Not dachte ich an Sie. Vielleicht können Sie mir einen Rat geben.«

Mister Dumby dachte nach und sah dabei Lonny mit wohlgefälligen Augen an, während er sein Kinn zwischen Daumen und Zeigefinger der rechten Hand rieb. Das Kinn wurde ganz rot, bis er anscheinend einen Rat gefunden hatte und Lonny mit einem humoristischen Ausdruck ansah.

»Hm! Mister Stanhope legte viel Wert darauf, Sie als Privatsekretärin zu verpflichten, das weiß ich. Er hat mir auf unserer gemeinsamen Heimreise auf dem Dampfer noch verschiedentlich von Miß Straßmann vorgeschwärmt. Es hat ihm sehr leid getan, daß er Sie Doktor Friesen nicht abspenstig machen konnte, und doch hat ihm gerade das Eindruck gemacht. Er würde sehr ärgerlich sein, würden Sie, nun Sie ihn nicht angetroffen haben, eine andere Stellung annehmen. Hätte er nur eine Ahnung gehabt, daß Sie jetzt frei werden wurden, dann hätte er sicher Anordnungen hinterlassen für den Fall, daß Sie sich melden würden. Aber warten Sie, Miß Straßmann, ich werde mich mal telefonisch mit Mister Yacht verbinden lassen.«

Dieser meldete sich denn auch gleich, und es entspann sich nun folgendes Gespräch:

»Hallo, Mister Yacht?«

»Yes, wer dort?«

»Mister Dumby, Rechtsanwalt!«

»Ja, Mister Dumby. – Womit kann ich dienen?«

»Gestern war eine junge Dame bei Ihnen, Miß Straßmann.«

»Jawohl!«

»Sie haben die junge Dame fortgehen lassen, Mister Yacht. Ich will Ihnen folgendes zu bedenken geben: Als Mister Stanhope Miß Straßmann das Angebot machte, als seine Privatsekretärin zu ihm zu kommen, war ich Zeuge. Ich weiß, es liegt ihm unendlich viel daran, diese tüchtige Kraft zu gewinnen. Mister Stanhope wird sehr erzürnt sein, wenn Sie die Dame nicht festhalten, bis er zurückkommt.«

»Was soll ich aber tun, Mister Dumby? Ich habe doch keine Anhaltspunkte.«

»Miß Straßmann auf jeden Fall anstellen und sich so Mister

Stanhope zu Dank verpflichten. Sie werden ihr doch als Chef der Personalabteilung irgendeinen entsprechenden Posten anweisen können, den sie einnehmen kann, bis Mister Stanhope zurückkehrt. Ich übernehme die Verantwortung, Mister Yacht.«

»Wirklich?«

»Unbedingt!«

»Gut, dann ist ja alles in Ordnung! Ist Miß Straßmann für Sie erreichbar?«

»Sie ist bei mir, sitzt mir gegenüber.«

»Gut! Bitte, schicken Sie sie zu mir.«

Lachend hängte Mister Dumby an.

»Die Sache ist in Ordnung, Miß Straßmann. Mister Yacht wird Sie irgendwie beschäftigen, bis Mister Stanhope zurückkommt und weiter über Sie bestimmen wird.«

Lonny reichte ihm aufatmend die Hand.

»Ich danke Ihnen herzlich, Mister Dumby!«

Zehn Minuten später war sie, vorläufig für die juristische Abteilung, als Sekretärin angestellt mit einem Gehalt, das in Dollar so hoch war, wie sie es bei Doktor Friesen in Mark bezogen hatte. Vorsichtshalber sagte Doktor Yacht:

»Ich mache Sie darauf aufmerksam, Miß Straßmann, daß Ihre Einstellung provisorisch ist. Mister Stanhope wird nach seiner Rückkehr selber weiterentscheiden müssen.«

»Ich danke Ihnen, Mister Yacht, und hoffe bestimmt, daß Sie meinetwegen keine Unannehmlichkeiten haben werden.«

Mit einiger Erleichterung kehrte Lonny ins Hotel zurück. Sie hatte noch Zeit, sich in der Nähe ihres künftigen Wirkungskreises ein Unterkommen in einem freundlichen, kleinen Boardinghouse zu suchen, ehe sie ihre Stellung antrat. Und als sie ihre Übersiedlung bewerkstelligt hatte und den ersten Abend allein in ihrem sehr niedlichen Zimmerchen saß, atmete sie auf. Ihr war, als habe sie nun das Schwerste hinter sich. Freilich, an zu Hause durfte sie nicht denken, dann überfielen sie die Schmerzen wieder mit aller Macht. Und die Sehnsucht nach Lutz quälte sie namenlos.

18

Lutz hatte unruhevolle Tage hinter sich. Jeden Tag fragte er bei Lonnys Vater an, ob noch immer keine Nachricht von ihr eingetroffen sei. Er schlief schlecht, hatte keinen Appetit, und sein Gesicht wurde schmäler. Nach wie vor übte er sein Amt als Droschkenchauffeur aus, und da dieser Beruf in einer verkehrsreichen Stadt wie Berlin immerhin auch Nerven kostet, war sein Zustand jetzt nicht beneidenswert.

Eines Tages bekam er von dem Rechtsanwalt Harry Fleed in San Francisco zunächst einmal ein ausführliches Telegramm:

»Nachforschungen haben ergeben, daß Sie der gesuchte Erbe tatsächlich sind. Hinterlassenschaft Hennersberg steht zur Verfügung. Genaues Verzeichnis aller Werte brieflich unterwegs. Kommen baldigst erwünscht, aber nicht unbedingt erforderlich. Wert der Erbschaft einundeinhalb Millionen Dollar. Weise zehntausend Dollar auf Ihren Namen an Deutsche Bank, Berlin. Bitte weitere Wünsche. Harry Fleed.«

Lutz stieg nun doch die Röte der Aufregung ins Gesicht. Bisher hatte er immer noch Zweifel gehabt, ob es wirklich seine Richtigkeit mit der Erbschaft hatte. Und dieser einsichtsvolle Rechtsanwalt Fleed hatte den vernünftigen Gedanken gehabt, ihm erst einmal zehntausend Dollar anzuweisen.

Er grübelte darüber nach, wie wohl sein Onkel Henner zu so großem Reichtum gekommen war. Wie hatte er, der Abenteurer von Beruf, so viel Geld erwerben können? Und warum hatte er nie mehr von sich hören lassen? Sein Vater hatte ihn doch längst als tot betrauert.

Lutz überlegte, ob er nun noch immer als Chauffeur tätig sein sollte, und mußte sich sagen, daß das keinen Zweck mehr habe. Er wollte für das Auto, das er selber gefahren hatte, noch einen zweiten Chauffeur einstellen, dann hatte er auch Bewegungsfreiheit, wenn Kunde von Lonnys Aufenthalt kam. Denn daß er sich dann sofort auf die Reise machen würde, ganz gleich, wo sie sein mochte, war sicher.

Seine Wohnung über der Garage gab er aber noch nicht auf, hoffte er doch noch immer, daß Lonny ihm eines Tages selbst ein Lebenszeichen geben würde. Es konnte doch nicht sein, daß sie für immer von ihm gegangen war, daran durfte er nicht denken, wenn er nicht verzweifeln wollte. So waren Wochen vergangen seit Lonnys Verschwinden, als eines Morgens der Major in Lutz' Wohnzimmer auftauchte, in dem dieser tatenlos grübelnd saß. Lutz sprang auf und sah ihn erregt an.

»Vater, du? Hast du Nachricht von Lonny?« rief er heiser.

Der Major zog einen Brief hervor.

»Ja, Lutz, endlich. Ich habe dir mein Wort gegeben, daß du erfahren sollst, wo sie ist. Hier – ihr Brief.«

Lutz riß dem Major das Schreiben fast aus der Hand. Mit einem Aufatmen, das einem Stöhnen glich, vertiefte er sich in den Inhalt des Schreibens.

Da hieß es zum Schluß:

»Sei mir nicht böse, mein lieber Papa, daß ich fortging; ich konnte nicht anders. Schreib mir ein gutes Wort – ich brauche es so nötig, fühle ich mich doch grenzenlos einsam und verlassen hier im fremden Land, zwischen lauter fremden Menschen, die nicht einmal Zeit für sich haben, viel weniger für andere. Denke daran, daß ich mir selbst am wehesten habe tun müssen. Ich werde Dir schreiben, so oft ich kann, und Dich immer auf dem laufenden halten über mein Schicksal. Bitte, sende mir auch recht oft Nachricht. Behalte mich ein bißchen lieb, es tut so weh, allein zu sein. Meine Gedanken sind immer daheim bei Dir und bei Lutz. Ich bitte Dich inständig, teile mir mit, wie es ihm geht. Aber Du darfst ihm nicht sagen, wie sehr ich mich nach ihm sehne, darfst ihm um keinen Preis meine Adresse geben – ich muß mich zur Ruhe durchringen. Schreibe bald, mein lieber Papa – und bleib gesund.

Deine Lonny«

In Lutz Hennersbergs Augen schimmerte es feucht, als er den Brief zu Ende gelesen hatte; so viel hatte er noch zwischen den Zeilen gelesen, was ihm das Herz umdrehte.

Er sah zu dem Major auf.

»Ich danke dir, Vater, daß du mir den Brief gabst. Und ich reise mit dem nächsten Dampfer nach New York. Lonny darf um keinen Preis einen Vertrag mit Mister Stanhope abschließen, sie darf sich nicht binden. Ich hole sie heim, Vater, sie muß mit mir zurückkommen.«

Die beiden Männer hielten sich fest bei den Händen. Dann richtete sich Lutz straff empor, alle Schlaffheit war von ihm gewichen. Er wußte nun, in Tagen konnte er bei Lonny sein, konnte sein Glück zurückerobern. Nicht länger war er zur Tatenlosigkeit verdammt.

Die Herren besprachen noch allerlei, und dann fuhr Lutz mit dem Major in die Stadt. Er wollte sich im Reisebüro erkundigen, wann der nächste Dampfer abging, bei der Deutschen Bank sehen, ob das von Mister Fleed angekündigte Geld für ihn angewiesen war. Geld mußte er haben zu seiner Reise, und wenn die zehntausend Dollar noch nicht eingetroffen waren, mußte er einen seiner Wagen beleihen lassen.

Aber das Geld war da. Und nun hatte Lutz schon etwas

Greifbares von seiner Erbschaft. Den Major bat er, mit seinen Chauffeuren während seiner Abwesenheit abzurechnen.

»Wenn ich mit Lonny zurückkomme, Vater, dann werden wir auch über deine Zukunft reden; du gibst dann deine Stellung als Versicherungsbeamter auf, und vielleicht übernimmst du dann die Verwaltung der Autos; wir können noch einige dazukaufen, und du hast dann einen Wirkungskreis, der dich unabhängig macht und dich doch noch nicht ausschaltet«, sagte Lutz.

Der Major drückte ihm nur stumm die Hand, reden konnte er nicht. Lutz erfuhr, daß der nächste passende Dampfer am Montag abging. Bis dahin konnte er alles erledigt haben, und so bestellte er eine Kabine für sich.

Sein Herz war ihm nun schon viel leichter; bald würde er bei Lonny sein, bald sie wiederhaben. Er zweifelte gar nicht daran, daß er sie von seiner Liebe überzeugen konnte, wenn er nur erst bei ihr war. Sie mußte ihm glauben, daß er an jenem Abend halb von Sinnen war. Nur sie erst wiedersehen, sie in seinen Armen halten, dann würde alles wieder gut sein.

Von New York aus wollte Lutz dann gleich nach San Francisco, reisen, um seine Erbschaftsangelegenheit zu regeln; sicher war es gut, wenn er selber hinüberging.

Am nächsten Morgen, als Lutz sich von einem seiner Chauffeure zum Bahnhof bringen lassen wollte, kam gerade noch ein dicker, schwerer Brief von Mister Harry Fleed aus San Francisco. Er steckte ihn uneröffnet zu sich, weil es höchste Zeit war, zum Bahnhof zu kommen. Er wollte ihn erst lesen, wenn er im Zuge saß.

Lutz hatte sich in den letzten Tagen neu ausgestattet und sah in seinem eleganten Reiseanzug sehr vornehm und gediegen aus. Und sein Kabinenkoffer war eben nur zu neu, um ebenso vornehm zu wirken.

Sobald er sich in seiner Abteilecke am Fenster eingerichtet hatte, fuhr der Zug ab.

Und nun öffnete er den gewichtigen Brief. Der Umschlag enthielt außer einem Schreiben des Rechtsanwaltes eine Testamentsabschrift und allerlei andere Papiere.

In dem Testament hieß es unter anderem:

»Ich, Endesunterzeichneter, testiere also: Mein gesamtes Barvermögen sowie die weiter unten angeführten Liegenschaften und Wertgegenstände, also meine ganze bewegliche und unbewegliche Habe, hinterlasse ich meinem Neffen, dem Freiherrn Lutz von Hennersberg, einzigem Sohn meines im Krieg gefallenen Bruders, des Freiherrn Georg von Hennersberg, und seiner ebenfalls verstorbenen Gemahlin, der geborenen Baronesse von Brambach, den ich hiermit zu meinem Universalerben ohne jede Einschränkung einsetze. Ehe ich ausführlich angebe, was ich zu vererben habe, mochte ich meinem Neffen Lutz mitteilen, warum ich all die Jahre nichts von mir hören ließ. Ich habe immer Abenteurerblut in meinen Adern gehabt, konnte mich nicht in die engen Verhältnisse meines Vaterlandes fügen. Ich wanderte aus, zuerst nach Texas. Das Leben, das ich geführt habe, war ein abenteuerliches und wildes, weil ich die Gefahr liebte und mein Leben immer aufs Spiel setzen mußte, um es immer von neuem gewinnen zu können. Als mein kleines Erbe ziemlich aufgebraucht war, ich aber anders nicht verdienen konnte, was ich brauchte, wurde ich zuerst Zirkusreiter in einem Wanderzirkus. Das war mir auf die Dauer noch zu zahm; reiten konnte ich schon von Kind auf so gut, daß man mir den Spitznamen ›Der Zentaur‹ gegeben hatte. Ich mußte mehr einzusetzen haben, wenn mich das Leben reizen sollte. Und – so wurde ich Dompteur. Ich dressierte wilde Tiere und liebte meine Bestien mehr als die Menschen, weil sie mich besser verstanden als diese, mit ganz wenigen Ausnahmen.

Ich hatte meinen Namen schon abgelegt, als ich als Zirkusreiter auftrat; nannte mich nur Charles Henner, nach meinen beiden Vornamen, und schrieb auch meinem Bruder nicht mehr, weil ich nicht lügen mochte und weil ich meinem Bruder ersparen wollte, sich meiner schämen zu müssen. Wenn Dich, mein lieber Lutz, mein Leben und Treiben interessiert, so findest Du genaue Aufzeichnungen darüber in meinem Tagebuch, das ich für Dich hinterlasse. Du wirst daraus ersehen, daß der Freiherr Henner von Hennersberg auch als Tierbändiger ein ganz anständiger Kerl gewesen ist.

Und nun soll das Vermögen, das ich verdient habe, Dir, Lutz von Hennersberg, zugute kommen. Gründe mit meinem Geld ein neues, gesundes Geschlecht, und schäme dich nicht, daß Dein Onkel Henner ein Tierbändiger, aber noch mehr ein Tierfreund war.«

Es folgte nun eine genaue Aufstellung aller Vermögenswerte. Außer seinem großen Barvermögen hinterließ er Lutz ein Landhaus bei San Francisco, wo er seine Tage beschlossen und in dem er eine auf seinen weiten Reisen erworbene wertvolle Sammlung von allerlei Dingen aufgestellt hatte.

Lutz las die letzten Worte seines Onkels noch mehrere Male durch; es wurde ihm dabei warm ums Herz.

Eine tiefe Dankbarkeit erfüllte ihn für diesen seltsamen Mann, der ihm durch sein reiches Erbe aus aller Not und aus allen Schwierigkeiten half. Er wollte ihm ein dankbares Gedenken weihen.

In Hamburg blieb er noch eine Nacht im Hotel und begab sich am nächsten Morgen an Bord des Dampfers. Seiner Sehnsucht erschien die Seereise sehr lang, aber sie tat ihm doch gut nach all den Qualen und Aufregungen der letzten Wochen, so daß er in bester Verfassung in New York anlangte.

19

Lonny hatte sich inzwischen leidlich gut in New York eingelebt. Der Chef der juristischen Abteilung hatte von Mister Yacht Weisungen bekommen, und er staunte über Lonnys Kenntnisse und ihre präzise Arbeit. Man sah hier schon die künftige Privatsekretärin Mister Stanhopes in ihr, und das war ein sehr einflußreicher Posten. Lonny wurde also sehr liebenswürdig von allen Seiten aufgenommen, soweit der amerikanische Geschäftsmensch über Liebenswürdigkeit verfügt.

Als die vier Wochen um waren und man Mister Stanhope täglich erwarten konnte, kam erst mal wieder eine Nachricht von ihm, daß er noch eine Woche fernbleiben würde, weil er unterwegs gleich noch Geschäfte abwickeln wollte.

Lonny hatte mit starkem Herzklopfen seine Ankunft erwartet, und als sie hörte, daß dieselbe nun abermals um eine Woche verschoben war, wurde sie noch viel unruhiger.

Am meisten fürchtete sie die Sonntage. In der Woche hatte sie ihre Arbeit, wurde abgelenkt und mußte die Gedanken auf die Arbeit konzentrieren; aber die Sonntage waren ihr eine Qual. Sonnabend vormittags hörte sie Verabredungen ihrer Kollegen und Kolleginnen zum Wochenende, es wurden Ausflüge, Segelfahrten, Ruderpartien oder doch der Besuch eines Theaters oder Kinos geplant. Eine oder die andere der jungen Damen hatte sie schon aufgefordert, sich anzuschließen, aber Lonny hatte immer mit freundlichem Dank abgelehnt. Sie konnte es noch nicht ertragen, in lustiger Gesellschaft zu sein.

So beschränkte sie sich darauf, nachmittags ein wenig allein in der Stadt herumzustreifen, um sie kennenzulernen. Sie machte auch einmal einen einsamen Ausflug an den Badestrand, sah mit traurigen Augen dem lustigen Treiben zu und ließ die Augen sehnsuchtsvoll über das Meer schweifen.

Da drüben lag irgendwo die Heimat …

Und das Heimweh überfiel sie mit einer solchen Wucht, daß sie es nicht wieder wagte, ans Meer zu gehen.

Nun war wieder ein Sonntag herangekommen. Sie ahnte nicht, daß gestern abend Lutz Hennersberg in New York angekommen war. Sie hatte sich, wie jeden Sonntag, etwas später von ihrem Lager erhoben, langsam angekleidet und das Frühstück eingenommen in dem hübschen, mit Blumen geschmückten Frühstücksraum des Boardinghouses. Inzwischen war ihr Zimmer in Ordnung gebracht worden, und sie zog sich dahin zurück, um sich zum Ausgehen fertig zu machen. Die Sonne schien verlockend, und sie wollte einen Spaziergang machen. Kaum hatte sie jedoch ihr Zimmer wieder betreten, als angeklopft wurde und auf ihren Zuruf einer der Neger erschien, die im Haus die Bedienung übernommen hatten. Es war ein anstelliger, intelligenter Bursche, der mit ihr immer in deutscher Sprache redete, weil er diese Sprache gern lernen wollte.

»Oh, Miß Straßmann, es sein ein Herr gekommen, der Miß Straßmann sprechen will in eine sehr dringende Angelegenheit.«

Verwundert sah Lonny ihn an.

»Ich empfange keine Besuche, Tom, das wissen Sie«, erwiderte sie schroff und auf ihren Ruf bedacht.

Der schwarze Diener lachte sie an, daß alle seine weißen Zähne blitzten.

»Fremder Mister sehr wichtig zu sprechen hat mit Miß Straßmann, sein eine ganz alte Mister. Wartet im Sprechzimmer auf Miß Straßmann, sein ganz gewiß sehr wichtig; Miß Straßmann müssen zu ihm gehen und sprechen mit ihm.«

Tom hatte gelogen, aber es erschien ihm unverfänglicher, wenn er den Besucher als alten Herrn hinstellte. Er hatte ein sehr fürstliches Trinkgeld von dem fremden Herrn erhalten, und dafür hätte er zur Not Miß Straßmann auch mit Gewalt ins Sprechzimmer gebracht.

Lonny konnte sich nicht denken, was irgendein alter fremder Herr mit ihr zu sprechen haben könne, aber dann fiel ihr ein, daß vielleicht Mister Stanhope zurückgekommen sei und nach ihr geschickt haben könne.

»Gut, Tom, ich komme sogleich«, sagte sie.

Sie legte ihren Hut wieder ab, zog die Handschuhe aus und ging hinaus. Tom hielt ihr mit breitem Lächeln die Tür auf. Sie schritt durch die menschenleere Diele. Heute, am Sonntag, war alles ausgeflogen, sogar ein Teil der Dienerschaft. Mit einer tiefen Verbeugung öffnete Tom die Tür des Sprechzimmers, das fürstliche Trinkgeld des Besuchers hatte Miß Straßmann in seinen Augen mit einer Glorie umgeben. Das Sprechzimmer war mit hellem Sonnenlicht gefüllt, wodurch Lonny erst ein wenig geblendet wurde, als sie eintrat. Sie sah nur wie einen Schatten eine schlanke Männergestalt mitten im Zimmer stehen, konnte aber das Gesicht nicht gleich erkennen. Erst als der Besucher dicht vor sie hintrat, zuckte sie zusammen und stieß einen leisen Schrei aus.

»Lutz!«

Sie wurde totenbleich und wankte, wie aller Kraft beraubt. Aber schon hatte sie Lutz in seine Arme gerissen und hielt sie fest, als wollte er sie nie mehr loslassen. Im Übermaß des Glückes, sie endlich wiederzuhaben, stieß er immer wieder in jubelnder Inbrunst ihren Namen hervor.

»Lonny! Lonny! Lonny!«

Mit großen, erschreckten Augen sah sie zu ihm auf.

»Lutz! Mein Gott, Lutz, du?«

»Ja, Lonny, meine Lonny, ich, dein Lutz, den du so grausam verlassen hast! Ach Lonny, daß ich dich nur endlich wiederhabe. Wie furchtbar weh hast du mir getan!«

Sie erzitterte in seinen Armen und hatte nicht die Kraft, sich loszumachen; es war eine so namenlose Seligkeit, in seinen Armen zu ruhen, in seine heißgeliebten Augen sehen zu können. Und diese Augen senkten sich in die ihren mit einem Ausdruck unsagbarer Zärtlichkeit und Innigkeit. Sie schluchzte auf vor glücklicher Erregung.

»Lutz – ach Lutz, ich tat mir doch selbst am wehesten.«

Er preßte seine Lippen auf die ihren, lange und innig. Und dann sagte er weich und zärtlich:

»Wie konnte meine Lonny mir das antun?«

»Lutz, du hast doch an mir gezweifelt, hast mir mißtraut, hast von mir geglaubt, daß ich dir eine so abscheuliche Komödie vorgespielt hätte.«

Er sah sie mit brennenden Augen an, und sie merkte, wie schmal sein Gesicht geworden war. Das erschütterte sie.

»Lonny, was an jenem unseligen Abend in mir vorging, das weiß ich selber kaum noch. Es kam alles so unerwartet, meine Gedanken verwirrten sich, ich sah, daß deine Stiefmutter mich so seltsam anstarrte, und sah, wie du in tiefer Scham die Farbe wechseltest, und da, ja, Lonny, eine ganz kurze Weile glaubte ich, du hättest jenen Abschiedsbrief nicht wieder zurückgenommen, wenn du nicht erfahren hättest, daß ich ein reicher Erbe war. Du weißt ja nicht, wie sehr du mich mit jenem Abschiedsbrief gekränkt hattest, das hatte ich noch nicht verwunden. Aber dieser Zweifel, dieses Mißtrauen zerfiel schnell in nichts, als ich mir dann überlegte, daß du mir unmöglich eine solche Komödie hättest vorspielen können, wenn du die Anzeige gelesen hättest. Ich war wie sinnlos davongestürmt, aber ich machte mir schon bittere Vorwürfe. Meine einzige Hoffnung war, daß du meinen Zweifel gar nicht bemerkt hättest; ich wußte nicht einmal, was ich in meiner Aufregung zu dir gesagt hatte. Das las ich dann erst in deinem Brief. Lonny – wie weh hast du mir mit diesem Brief getan! Es war dein zweiter Abschiedsbrief an mich, aber er traf mich viel, viel härter noch als der erste. Wenn ich dir weh tat mit meinem Zweifel, so hast du mir mit deinem Brief viel weher getan. Du mußt mir meinen törichten, schnell vorübergehuschten Zweifel vergeben, Lonny, denn – siehst du, du hast auch an mir gezweifelt, an meiner Liebe. Liebtest du mich weniger, als du an mir und meiner Liebe zweifeltest?«

»Ach, Lutz, kann es denn sein? Zu verzeihen brauche ich dir nichts, ich habe dir nie gezürnt, war nur unsagbar traurig. Lutz, sind nun wirklich alle Zweifel fort, liebst du mich wirklich so, wie es sein muß, wenn wir glücklich werden wollen?«

»Wäre ich sonst hier, Lonny?« sagte er und küßte sie, bis sie beide atemlos waren. Und sie erwiderte seine Küsse in großer Glückseligkeit. Dann fragte Lutz plötzlich:

»Jetzt sorge ich mich nur noch um eins, Lonny – wie stehst du zu Mister Stanhope? Hast du schon einen Vertrag mit ihm gemacht? Bist du auf längere Zeit gebunden?«

Sie schüttelte lächelnd den Kopf.

»Es ist noch gar nicht zurück; seine Heimkehr hat sich noch um acht Tage verschoben, aber er muß in diesen Tagen ankommen.«

Zärtlich streichelte er ihre Wangen.

»Wir haben uns nun beide nichts mehr vorzuwerfen, Lonny, denn schließlich bist du genauso kopflos davongestürzt wie ich an jenem Abend. Das soll uns eine bittere Lehre sein, mein geliebtes Herz; so etwas soll nie mehr zwischen uns geschehen. Du und ich – Lonny, wir gehören doch zusammen. Was hätten wir ohne einander anfangen sollen?«

Sie atmete tief auf.

»Laß uns nie mehr daran denken, Lutz; es war eine schlimme Zeit.«

»Und das alles danken wir im Grunde deiner Stiefmutter.«

Ein Schatten flog über ihr Gesicht.

»An sie mag ich gar nicht denken, Lutz. Aber sage mir, wie hat sich Papa zu meiner Flucht gestellt?«

»Nun, er war beinahe so unglücklich wie ich. Ich soll dir seine Verzeihung bringen und tausend Grüße. Ich habe versprochen, dich wieder heimzuholen, Lonny.«

Etwas unsicher sah sie ihn an.

»Ich weiß nicht, Lutz, ob ich gleich loskommen kann von der Firma Stanhope. Sicher muß ich erst kündigen.«

Er lachte in glücklichem Übermut auf.

»Wenn die Firma Stanhope riskieren will, daß ich nicht von deiner Seite weiche, soll sie versuchen, dich festzuhalten. Aber wir müssen noch viel besprechen, Lonny, und das kann nicht in diesem zwar sehr netten, aber doch recht ungemütlichen Sprechzimmer geschehen. Mach dich fertig, Lonny, wir wollen erst mal ins Freie und dann sehen, wo wir ein behagliches Plätzchen finden, um uns alles vom Herzen reden zu können.«

Tom, der Neger, strahlte über das ganze Gesicht, als er eine Weile später Lonny und Lutz an das draußen haltende Auto, das Lutz hergebracht hatte, begleitete und den Wagenschlag mit Grandezza öffnete. Lutz gab ihm abermals ein Trinkgeld, aber Lonny sagte lachend:

»Er hat mir gesagt, du seist ein alter Mister, Lutz.«

Tom grinste.

»Miß Straßmann nicht gekommen wäre in das Sprechzimmer, wenn Tom gesagt, daß junger Mister sie erwarte. Tom schlau!«

Lutz griff lachend in seine Tasche und reichte Tom noch ein Trinkgeld.

»Tom ist sehr schlau gewesen«, sagte er anerkennend.

Das Auto fuhr davon, und Tom steckte lachend sein Trinkgeld ein.

Lutz hatte mit Lonny vereinbart, daß sie beide in sein Hotel fahren wollten, um dort gemeinsam zu speisen. Lonny machte freilich ein etwas besorgtes Gesicht; dies vornehme Hotel sah sehr teuer aus. Aber sie sagte noch nichts. Als sie aber dann im Speisesaal eine stille Ecke gefunden hatten und Lutz bei dem Kellner ein auserlesenes Essen bestellte, sah sie Lutz erschrocken an. Und als der Kellner davongegangen war; sagte sie leise:

»O Lutz, das wird furchtbar teuer sein; du hast wohl keine Ahnung, was man hier in New York für Preise zahlt?«

Er lachte sie übermütig an.

»Du hast wohl ganz vergessen, Lonny, daß ich inzwischen eine große Erbschaft gemacht habe.«

Beklommen sah sie in sein lachendes Gesicht.

»Daran muß ich mich erst gewöhnen, Lutz.«

»O Lonny, ich glaube fast, der arme Lutz war dir lieber als der reiche?«

Sie sah ihn zärtlich an.

»Lutz ist Lutz, ob arm oder reich, das ist mir gleichgültig.«

»Mir aber nicht, mein liebes Herz. Ich finde es sehr angenehm, nicht mehr so ängstlich mit dem Pfennig rechnen zu müssen.«

»Weißt du denn schon, ob wirklich alles mit der Erbschaft stimmt?«

Er lachte über ihre ängstlichen Augen.

»Vorläufig habe ich erst einmal zehntausend Dollar bekommen als Vorschuß auf die Erbschaft. Eine Million Dollar liegt noch auf der Bank in San Francisco; dann habe ich noch ein Landhaus geerbt, das ich aber verkaufen werde, da wir sicher nicht in San Francisco leben werden; außerdem noch eine kostbare Sammlung und verschiedene andere sehr nette Sachen. Alles in allem beläuft sich die Erbschaft auf anderthalb Millionen Dollar, also mehr als sechs Millionen Mark.«

Ganz entsetzt sah sie ihn an.

»Mein Gott, das ist ja furchtbar!« entfuhr es ihren Lippen.

Er lachte herzlich über diesen Ausruf, und schließlich mußte sie mitlachen und sagte dann mit reizender Schelmerei:

»Dann können wir uns also das teure Essen ohne Gewissensskrupel schmecken lassen, Lutz?«

»Ich hoffe, daß es dir munden wird, meine Lonny.«

Es waren wundervolle Stunden für die beiden jungen Menschen. Lutz strahlte, daß er Lonny verwöhnen konnte, und Lonny strahlte, weil er so glücklich war, sie so verwöhnen zu können, und weil sie nun wieder in seine Augen sehen und seine zärtliche Stimme hören konnte. Dabei sprachen sie sich alles vom Herzen, was sie einander noch zu sagen und was sie während der Trennung erlebt und erlitten hatten. Lutz berichtete dann Lonny, was er aus dem Testament seines Onkels erfahren hatte, und sagte ihr, daß er bald nach San Francisco reisen wolle.

»Ich halte es für besser, wenn ich selber dort nach dem Rechten sehen und alles regeln kann. Schade, Lonny, daß wir nicht schon verheiratet sind, sonst müßtest du mich begleiten.«

Lonny atmete tief auf.

»Es ist vielleicht gut, Lutz, daß deine Reise nach San Francisco mir Zeit läßt, meine Anstellung bei Stanhope ordnungsgemäß aufzugeben; ich möchte doch nicht davongehen wie die Katze vom Taubenschlag, da man sich meiner in der Not angenommen hat.«

»Nun gut, Lonny, mag es so sein. Aber erst bleibe ich noch einige Tage hier, um mir so viel wie möglich in deiner Gesellschaft New York anzusehen. Du wirst aber morgen gleich im Büro melden, daß du deine Stellung aufgeben wirst.«

»Wie lange brauchst du zu deiner Reise nach San Francisco, Lutz?«

»Genau kann ich das vorher nicht angeben, Lonny; aber

jedenfalls komme ich schnellstens zurück. Und dann treten wir gemeinsam die Heimreise an. Ich gebe nachher gleich ein Telegramm an deinen Vater auf, damit er weiß, daß zwischen uns alles gut ist. Ach Lonny, Lonny – wie bin ich froh, dich wiederzuhaben.«

Sie sah ihn mit feuchten Augen an.

»Ich hatte nicht geglaubt, daß ich je wieder so glücklich werden könne, mein Lutz.«

Sie drückten einander verstohlen die Hände und sahen sich strahlend an.

Nachdem sie gegessen hatten, fuhren sie zum Strandbad hinaus und saßen dort einige Stunden auf einer der Terrassen, das fröhliche Leben und Treiben beobachtend. Heute packte Lonny das Heimweh nicht wieder – Lutz war ja bei ihr, und er verkörperte ihr die Heimat.

Am Abend besuchten sie eins der Dachgartenrestaurants, und dann begleitete Lutz Lonny wieder bis an ihre Wohnung, wo Tom, der Neger, Lonny gravitätisch die Tür öffnete.

20

Am nächsten Morgen meldete Lonny im Büro, daß sie um ihre Entlassung bitten müsse. Man war um so mehr überrascht, als gestern Mister Stanhope eingetroffen war und schon seine Freude darüber geäußert hatte, daß Miß Straßmann seine Privatsekretärin werden wolle.

Man überließ es Lonny, Mister Stanhope zu eröffnen, daß nichts daraus werden würde. Sie war in sein Privatkontor bestellt worden, und sie begab sich dahin. Mister Stanhope begrüßte sie sehr freundlich und sprach ihr seine Freude aus, daß er nun endlich wieder eine Privatsekretärin gefunden habe, mit der zu arbeiten ein Gewinn sein würde, zumal sich während seines sehr nötigen Erholungsurlaubs bei ihm eine Menge Arbeit angehäuft habe.

Lonny sah ihn etwas verlegen an.

»Es tut mir leid, Mister Stanhope, daß ich Ihnen wieder eine Enttäuschung bereiten muß. Es hat sich inzwischen in meinem Leben eine große Änderung vollzogen. Ich – ich werde mich verheiraten.«

Betroffen sank der Trustmagnat in seinen Sessel zurück.

»Verheiraten? Miß Straßmann, Sie sind ein schönes Mädchen, aber daß Sie so schnell in New York einen Mann gefunden haben, wundert mich doch sehr.«

Mit einem fast schelmischen Lächeln sah Lonny zu dem allmächtigen Mann auf.

»Ich habe ihn auch nicht hier gefunden, Mister Stanhope; er – er ist mir von Deutschland hierher gefolgt, um mich zurückzuholen.«

Es sah sie eine Weile prüfend an. Dann sagte er trocken:

»Well, ich hätte es ihm wohl nachgetan, wenn ich ein junger Mann wäre. Aber ich bin wahrhaftig sehr betrübt, daß mir mein Wunsch nun nicht in Erfüllung gehen soll. Was hätten Sie getan, wenn ich zufällig zu Hause gewesen wäre und bereits einen mehrjährigen Vertrag mit Ihnen gemacht hätte, wie ich das heute nachholen wollte? Ich werde Mister Yacht sehr böse sein, daß er Sie nicht gleich auf Jahre hinaus für mich verpflichtet hat.«

Lonny preßte die Handflächen fest zusammen.

»Das wäre für mich sehr schlimm gewesen, Mister Stanhope, und für meinen Verlobten auch; aber Sie hätten mich schließlich doch freigeben müssen.«

Mit einem humoristischen Lächeln sah er sie an.

»Das wäre vielleicht sehr teuer geworden; billigen Kaufes hätte ich Sie nicht wieder hergegeben.«

Wieder flog ein Schelmenlächeln über Lonnys Gesicht.

»Mein Verlobter hätte doch wohl die Ablösungssumme aufgebracht.«

»Hm! Dann hätte er sehr reich sein müssen.«

»Ist er auch, Mister Stanhope.«

»Ah, Sie machen eine gute Partie?«

Sie machte eine hastig abwehrende Bewegung.

»Bitte, sagen Sie das nicht, das ist eine abscheuliche Bezeichnung. Ich liebe meinen Verlobten, und er war sehr arm, als ich ihn kennenlernte. Als er plötzlich durch eine große Erbschaft sehr reich wurde, bin ich davongelaufen – hierher, nach Amerika, weil ich nicht wollte, daß er glauben sollte, ich würde ihn seines Geldes wegen heiraten.«

Kopfschüttelnd und verständnislos, aber entschieden interessiert sah er sie an.

»Ich habe schon in Deutschland gemerkt, daß Sie viel Stolz haben, Miß Straßmann. Wie unklug von Ihnen, vor einem reichen Mann davonzulaufen, den Sie doch schon geliebt haben, als er ein armer Mann war.«

Sie nickte zustimmend.

»Ja, es war sehr töricht, das hat mir mein Verlobter gestern nach seiner Ankunft auch klargemacht.«

Wieder sah er sie eine Weile prüfend an, wie eine Kuriosität.

»Bitte, erzählen Sie mir das. Wie kam das alles? Es ist von Interesse für mich; ich muß sehr viel arbeiten mit Deutschen, und man kann lernen von allem.«

Lonny berichtete nun in kurzen Worten, was sie Mister Stanhope preisgeben konnte. Sie berichtete von Lutz' Schicksal, wie er kurzerhand Chauffeur geworden war, als es keine andere Existenzmöglichkeit mehr für ihn gab, obwohl er ein Freiherr von Hennersberg war, und wie sie beide trotz ihrer Armut hatten heiraten wollen. Sie sprach dann auch von Lutz'

Onkel, von seinem Abenteurerblut, seinen Tierdressuren und seinem Testament. Da richtete sich Mister Stanhope sehr interessiert auf.

»Wie heißt dieser Onkel Ihres Verlobten?«

»Freiherr Karl Henner von Hennersberg, aber er trat nur unter seinen beiden Vornamen Charles Henner auf.«

»Ah, Charles Henner! Ich habe ihn gekannt, habe seine großartigen Tierdressuren bewundert. Und ihn selbst. Ich hörte auch von seinem im Januar erfolgten Tod, den ich sehr bedauerte. Also das war der Onkel Ihres Verlobten! Sie müssen ihn mir vorstellen, Miß Straßmann, ich muß ihn kennenlernen. Warten Sie – Sie kommen morgen mit ihm zum Lunch in meine Wohnung; meine Frau wird sich freuen, so interessante Leute kennenzulernen – und eine so feinfühlige Deutsche, die vor ihrem Mann davonläuft, weil er Geld hat.«

»Ich nehme diese Einladung für meinen Verlobten und mich sehr gern an, Mister Stanhope, aber ich bitte Sie, mich Ihrer Frau Gemahlin nicht noch sentimentaler zu schildern, als ich in Wirklichkeit bin. Nicht vor seinem Geld lief ich davon, sondern weil ich fürchtete, er könnte glauben, daß mich sein ererbter Reichtum zu irgend etwas verlocken könne, was ich nicht für gut und recht halte«, sagte Lonny lachend.

»Gut, es genügt auch so. Sie sind und bleiben eine Deutsche in Reinkultur. Und tüchtig – wie es die Deutschen bei aller Sentimentalität sein können. Man kann doch von ihnen lernen. Ihre Anstellung ist natürlich beendigt, ich will Sie nicht gegen Ihren Willen halten.«

»Ich werde meine Stellung gern noch bis Ende dieses Monats ausfüllen, Mister Stanhope. Mein Verlobter reist erst noch nach San Francisco, und erst, wenn er zurückkommt, werde ich mit ihm die Heimreise antreten.«

»Deshalb brauchen Sie aber doch nicht mehr zu arbeiten, Sie können sich doch die Wartezeit angenehmer vertreiben.«

»Ich liebe meine Arbeit, und wenn ich arbeite, wird mir die Zeit schneller vergehen.«

Wieder sah er sie forschend und erstaunt an.

»Gut, dann arbeiten Sie in dieser Zeit mit mir! Ich habe sehr viel zu tun, gerade jetzt, wo sich so viel in meiner Abwesenheit aufgehäuft hat. Wenn Sie so arbeitshungrig sind, dann helfen Sie mir aus dieser Arbeitslast heraus, die meine Nerven gleich wieder sehr überanstrengen würde.«

»Mit Vergnügen, Mister Stanhope; ich habe mir immer gewünscht, mit einem so bedeutenden Mann, wie Sie sind, arbeiten zu können. So kann ich mir diesen Wunsch wenigstens einige Wochen erfüllen.«

»Gut, und ich werde wenigstens einige Wochen meinen Wunsch erfüllt sehen, Sie als meine Privatsekretärin zu beschäftigen.«

Sie sah ihn schelmisch an.

»Und vielleicht überzeugen Sie sich in dieser Zeit, daß ich gar nicht so gut für diesen Posten tauge, wie Sie annahmen.«

Er schüttelte den Kopf.

»Diese Überzeugung werde ich nicht bekommen. Schade! Also morgen um ein Uhr zum Lunch in meiner Wohnung, mit Ihrem Verlobten. Und – nun können wir gleich an die Arbeit gehen.«

Und Mister Stanhope und Lonny schafften schon heute gemeinsam einen guten Teil der Arbeit, die sich aufgehäuft hatte.

Am anderen Tag speiste Lonny mit Lutz im Hause des Trustmagnaten, und dieser und seine Frau genossen mit vielem Vergnügen die Gesellschaft der beiden glücklichen und tüchtigen Menschen.

Lutz reiste drei Tage später nach Kalifornien, brachte seine Erbschaftsangelegenheit in Ordnung, ließ die wertvolle Sammlung seines verstorbenen Onkels verpacken und nach

Deutschland verfrachten. Er konnte in diesen Tagen auch gleich das Landhaus verkaufen, für das der Rechtsanwalt Fleed schon einen ernsthaften Liebhaber gefunden hatte.

Harry Fleed übergab Lutz auch das versiegelte und an ihn adressierte Päckchen, das seines Onkels Tagebuch enthielt. Das nahm Lutz mit sich, las es mit brennendem Interesse auf der Rückreise nach New York durch und hielt es in Zukunft hoch in Ehren, wie auch die sehr kostbare und interessante Sammlung.

Das Vermögen seines Onkels ließ er vorläufig zum Teil auf amerikanischen Banken und nur einen Teil desselben auf deutsche Banken überweisen. Harry Fleed zeigte sich ihm bei dieser Gelegenheit als ein tüchtiger und zuverlässiger Berater. Als Lutz ihm dafür dankte, wehrte er diesen Dank ab.

»Charles Henner hat mir einst einen unschätzbaren Dienst erwiesen. Ich versprach ihm, Ihnen in der Erbschaftsangelegenheit jeden nötigen Dienst zu erweisen. Ich habe mein Wort gehalten. Das ist alles.«

So wickelte sich alles schneller ab, als Lutz geglaubt hatte, und nach reichlich drei Wochen konnte er wieder nach New York zurückkehren. Er bedauerte sehr, daß Lonny nicht mit ihm hatte die Schönheiten Kaliforniens genießen können, doch tröstete er sich damit, daß er später einmal mit ihr diese Reise machen würde; er konnte sich das jetzt leisten.

In New York angekommen, wurde Lutz mit Lonny nochmals zu Mister Stanhope eingeladen. Lutz mußte von San Francisco berichten und konnte Mister Stanhope erzählen, daß in seines Onkels Tagebuch wiederholt der Name John Stanhope vorkomme. Der Onkel hatte verschiedene Begegnungen mit dem Trustmagnaten geschildert. Das interessierte John Stanhope sehr, und er freute sich, daß Lutz ihm diese Stellen zeigte. Er war darin als ein sehr interessanter, gediegener und kluger Mann geschildert.

Mister Stanhope sagte dann freimütig zu Lutz:

»Ich wäre nicht böse gewesen, wenn Sie viel länger in San Francisco zu tun gehabt hätten, denn dann hätte ich meine außerordentlich tüchtige Sekretärin länger behalten können. Aber ich will nicht egoistisch sein; ich glaube, die deutsche Art hat von Miß Straßmann ein wenig auf mich abgefärbt. Ich bin so selbstlos, ihr zu gönnen, daß sie an Ihrer Seite glücklich wird. Sie hat in diesen Wochen Enormes geleistet, alle Rückstände sind restlos aufgearbeitet, und ich kann nun zur Not noch eine Weile ohne Sekretärin auskommen. Das werde ich wohl müssen, ich bin durch Miß Straßmanns Dienste noch anspruchsvoller geworden und werde so leicht keinen Ersatz für sie finden. Sie sind jedenfalls ein beneidenswerter Mensch, Herr von Hennersberg, daß Sie so eine Frau heimführen dürfen.«

»Das weiß ich, Mister Stanhope«, sagte Lutz, strahlend zu Lonny hinübersehend.

Einige Tage später traten Lutz und Lonny die Heimreise an. Es war eine wundervolle Fahrt für die beiden Liebenden. Zum ersten Mal hatten sie beide Zeit, ihr Glück auszukosten. Ungestört konnten sie ihre Gedanken austauschen und erkannten dabei immer mehr, wie sehr sie füreinander geschaffen waren. Die Trennung hatte ihre Liebe noch vertieft; sie wußten nun, daß sie einander zum vollen Lebensglück notwendig waren.

Pfingsten war freilich längst vorbei, der Sommer ging schon zu Ende, als sie endlich Hochzeit halten konnten. Und diesmal war es ihnen nicht schwer, eine passende Wohnung zu finden; nach eingehenden Beratungen mit Lonny hatte sich Lutz entschlossen, die Villa Doktor Friesens zu kaufen. Dort schlug das junge Paar seinen Wohnsitz auf, nachdem es von der Hochzeitsreise zurückgekehrt war.

Frau Hermine war glimpflich davongekommen; man ging

über ihre Verfehlungen hinweg, ohne nochmals mit einem Wort darauf zu sprechen zu kommen.

Lutz hatte für seinen Schwiegervater noch einige gebrauchte Autos gekauft, und dieser hatte sein Amt als Versicherungsagent niedergelegt und leitete die Geschäfte. Er rechnete mit den Chauffeuren ab, kontrollierte sie und tat alles, um das Geschäft zu fördern. Er lebte förmlich dabei auf und war seinem Schwiegersohn sehr dankbar, daß er ihm einen so befriedigenden und einträglichen Wirkungskreis erschlossen hatte. Sein Einkommen vergrößerte sich immer mehr, und er konnte immer wieder neue Wagen einstellen. So führte er nun als Autodroschkenbesitzer ein sorgloses und zufriedenes Leben. Was Lutz einst für sich erstrebt und geplant hatte, das ging jetzt für den Major in Erfüllung.

In der Garagenwohnung, die Lutz einst innegehabt, wohnte jetzt der erste Chauffeur, den Lutz damals eingestellt hatte. Er war von Lutz engagiert worden. Zwei schöne neue Wagen standen in der Garage für das junge Paar bereit.

Die Sammlung Henner von Hennersberg war in zwei Parterreräumen der Villa Friesen aufgestellt, und sie war eine Fundgrube für eifrige Wissenschaftler, denen Lutz gern gestattete, ihre Studien daran zu machen.

Als Lutz mit Lonny von der Hochzeitsreise zurückgekommen war, hatte er gesagt:

»So, Lonny. Du hast nun Arbeit in Hülle und Fülle, um deinen Hausfrauenpflichten nachzukommen, und ich werde mich nach einem Unternehmen umsehen, damit auch ich mein wohlgerütteltes Maß an Arbeit bekomme. Ohne Arbeit, ernste, ausfüllende Tätigkeit, ist das Leben nicht lebenswert für mich. Onkel Henners Erbe soll der Grundstock sein, auf den ich aufbaue. Sein Erbe soll auch noch vielen anderen Menschen, die ich in meinem neuen Unternehmen beschäftigen werde, Segen bringen.«

Lonny nickte ihm mit strahlenden Augen zu.

»Das wußte ich, Lutz; ich kenne dich doch. Hast du schon bestimmte Pläne?«

»Ja, Lonny, und diese Pläne will ich mit meiner tüchtigen Frau besprechen; ich weiß, daß sie deine Billigung finden werden.«

Sie sah ihn mit ihren klaren, leuchtenden Augen an.

»Zu einem Drohnendasein haben wir beide kein Talent, Lutz. Ich freue mich, daß du mich für wert hältst, alles mit dir zu besprechen.«

Er zog sie in seine Arme und sah ihr mit heißer Zärtlichkeit in die Augen.

»Meine süße Frau – mein guter Kamerad«, sagte er innig.

Und sie küßten sich beide in andachtsvoller Zärtlichkeit.

Hedwig Courths-Mahler

Seine indische Ehe

1

Ronald Rittner stand am Fenster seines Arbeitszimmers und starrte mit düsteren Blicken hinaus. Er sah nichts von den landschaftlichen Reizen, von der majestätischen Bergwelt, von den grünen Matten und Wäldern und dem klaren, in blauen und grünen Tönen schimmernden Bergsee drunten im Tal. Sein Blick war nicht nach außen gerichtet, er sah nur in seine bedrückte, gequälte Seele, die nicht Ruhe finden konnte seit jenen Tagen, als er in Indien weilte, im Land der Wunder, der großen Schönheiten und des entsetzlichen Schmutzes und Elends.

Fast zwei Jahre war er in Indien gewesen, wohin ihn damals Geschäfte führten, die er zur vollsten Zufriedenheit abwickelte. Zugleich hatte er aber, ohne es zu suchen, ein großes Glück und ein noch größeres Unglück in diesem rätselhaften Land gefunden. Das Glück war zerbrochen, durch eigne Schuld, und das Unglück verfolgte ihn. Das Bewußtsein seiner Schuld war ihm zum Verhängnis geworden und ließ ihn nicht Ruhe und Rast finden.

Bald nach Kriegsende verließ er die deutsche Heimat, um nach Holland zu gehen. Er hatte das väterliche Gut in der Obhut eines Verwalters lassen müssen, weil er in Holland ein großes Erbe antrat. Seine Mutter war eine Holländerin gewesen, die einzige Tochter eines Amsterdamer Großhandelsherrn, Mijnher van Gould. Als der Großvater starb, setzte er seinen Enkel Ronald zum Universalerben ein.

Die Leitung des großen Handelshauses war schon bei Lebzeiten Mijnher van Goulds, der kränkelte, in die Hände des langjährigen Prokuristen Mijnher Boons gelegt worden. Mijnher Boon war Junggeselle und hatte nur eine große Liebe – den Glanz des Hauses van Gould. Ihn zu hegen und zu mehren war seine Lebensaufgabe, deshalb konnte es keinen tüchtigeren und zuverlässigeren Beamten geben als ihn. Seine ganze Kraft stellte er in den Dienst der Firma, und wenn das Geschäft florierte, war er glücklicher als der Besitzer.

Deshalb hatte Mijnher van Gould auch in seinem Testament bestimmt, daß Mijnher Boon bis an sein Lebensende die Leitung der Firma in der Hand behalten sollte. Denn Ronald war, wie auch sein Vater, Landwirt. Dieser war nun sehr froh, den Beistand eines so tüchtigen Prokuristen zu finden. Er wußte, daß sein Großvater sehr große Stücke auf Mijnher Boon gehalten hatte und Boon auch seiner Mutter sehr ergeben gewesen war. So verstand er sich sehr gut mit dem Prokuristen und ordnete sich willig seiner älteren Erfahrung unter.

Zu der Hinterlassenschaft seines Großvaters gehörten auch große indische Plantagen. Deren Bewirtschaftung war von Jahr zu Jahr schwieriger geworden, und deshalb hatte van Gould mit seinem Prokuristen schon über den Verkauf der Plantagen beraten. Das teilte Mijnher Boon auch Ronald mit. Er betonte die Notwendigkeit, einen Vertrauensmann nach Indien zu schicken und ihm den Verkauf zu übergeben. Ronald hatte immer Sehnsucht gehabt, nach Indien zu reisen. Seine Mutter war als junges Mädchen mit ihrem Vater auf längere Zeit in Indien gewesen und hatte ihm viel von den Wundern und Schönheiten dieses Landes erzählt. Deshalb erklärte er dem Prokuristen, daß er selber nach Indien gehen werde, um die Plantagen zu verkaufen,

Mijnher Boon sah den jungen Mann eine Weile nachdenklich an, dann sagte er in seiner bedächtigen Weise:

»An sich wäre das kein übler Plan. Sie würden Ihr eignes Interesse am besten selbst vertreten. Aber bedenken Sie, daß Sie als Deutscher auf dieser Reise viele Schwierigkeiten haben werden.«

Aber Ronald ließ sich nicht abschrecken. Er war eine Kampfnatur, die nicht gern geruhsam hinter dem Ofen saß, und die Schwierigkeiten lockten ihn sehr. Mijnher Boon sah ein, daß sich Ronald nicht zurückhalten ließ, und daher bat er ihn, wenigstens seine Nationalität hinter der holländischen Firma Gould zu verstecken.

Ronald brauste auf. Es falle ihm nicht ein, jemandem zu verbergen, daß er Deutscher sei. Mijnher Boon beruhigte ihn und redete ihm verständig und besonnen zu.

Als Ronald eine Weile den Ausführungen des alten Herrn gefolgt war, mußte er einsehen, daß sein Berater es sehr gut gemeint hatte und daß er sich viel Schwierigkeiten und Widerwärtigkeiten ersparen konnte, wenn er als Bevollmächtigter der Firma van Gould nach Indien gehen würde. Einer holländischen Firma würde man keine Schwierigkeiten machen, wohl aber einem deutschen Privatmann.

Und so war Ronald Rittner gut ausgerüstet nach Indien gereist, und schon während der Reise hatte er unzählige Male die Erfahrung machen müssen, daß er gut daran getan hatte, Mijnher Boons Rat befolgt zu haben. Noch mehr wurde ihm das in Indien klar, und er war dem Prokuristen sehr dankbar. Seine Vollmacht als Vertreter der weltbekannten holländischen Firma ebnete ihm überall den Weg.

Er konnte ungestört seine Geschäfte einleiten und trat mit einem englischen Konsortium in Verbindung, das die Plantagen der Firma van Gould gern an sich gebracht hätte. Natürlich wollte man Ronald gern übers Ohr hauen und die Plantagen für einen Pappenstiel erwerben, aber da hatte man die Rechnung ohne Ronald Rittner gemacht. Es floß doch immerhin genug kaufmännisches Blut in seinen Adern, daß er sich nicht übervorteilen ließ.

Er ließ durchblicken, daß er Zeit habe, auf ein günstigeres Angebot zu warten, und so begann dann ein endloses Hin und Her, das geeignet war, jeden anderen mürbe zu machen. Ronald aber wartete ruhig ab und benutzte die Zeit, um Indien gründlich kennenzulernen. Nach allen Richtungen durchstreifte er das Wunderland, berauschte sich an den herrlichen Schönheiten und entsetzte sich vor dem unbeschreiblichen Schmutz und Elend, das in den Pariadörfern herrschte. Grauenhaft waren die Krankheiten, die Schmutz und Hunger hervorriefen.

Neben tiefstem Elend sah er die verschwenderischste Pracht, neben den wundervollsten Schönheiten Laster und Verwüstungen. Und neben der größten Bewunderung für das Land erfüllte ihn das tiefste Mitleid mit den Armen und Elenden. Er hätte helfen und retten mögen und fühlte doch die Ohnmacht, Not und Krankheit zu lindern.

Eine Anhäufung von Lastern fand er im Chinesenviertel von Kalkutta. Und fast ebenso schlimm ging es in manchen Gegenden von Bombay zu. Ein junger Engländer, mit dem er geschäftlich zu tun hatte, führte ihn zu Maja Ravi, der nach europäischen Begriffen schönsten indischen Tänzerin. Er warnte ihn vor ihrer Schönheit. Ronald hatte überlegen dazu gelächelt, denn sein Frauenideal waren die blonden stillen Schönheiten seines Landes. Eine andere Frau hatte bisher niemals einen Reiz auf ihn ausgeübt. Und doch sollte er in Indien nicht nur dem Zauber einer dunkeläugigen Schönheit verfallen, sondern sein Herz zweimal an eine Inderin verlieren.

Das erstemal bezauberte ihn die Tänzerin Maja Ravi, die er an jenem Abend in Bombay kennenlernte. Sie trat in einem Lokal auf, das von der internationalen Lebewelt besucht wurde. Ihre Schönheit war in der Tat überwältigend, und

Maja Ravi schien auf den ersten Blick an dem hochgewachsenen Deutschen Gefallen zu finden, dessen kraftvolle Gestalt und energisches Gesicht etwas Imponierendes hatten. Immer wieder sah sie mit ihren wunderbaren Augen in sein Gesicht mit dem willensstarken Zug um die Lippen, aus dem die grauen Augen fest und unbeirrbar, kühn und entschlossen und doch zuweilen in einer bezaubernden Güte blickten, wenn irgend etwas sein Mitleid erregte. Und die schöne Tänzerin erweckte sein Mitleid, weil sie ihre Schönheit und ihre bewundernswerte Tanzkunst vor einer Herde halbtrunkener Männer preisgeben mußte. Er ahnte nicht, daß sein gütiger Blick eine heiße Leidenschaft in Maja Ravi weckte.

Diese Leidenschaft übertrug sich schließlich auch auf ihn, denn er sah Maja Ravi von diesem Tag an immer wieder. Wenn er nicht in das Lokal kam, wo sie tanzte, wußte sie ihn am Tag, wenn sie nichts zu tun hatte, überall zu treffen. Und ihre Schönheit berauschte ihn wie ein süßes Gift. Er erlag ihrem Zauber, aber nur für kurze Zeit. Bald ernüchterte ihn die Erkenntnis, daß in dem schönen Körper eine häßliche Seele wohnte. Er blickte schaudernd in die Abgründe ihres Herzens und machte sich mit aller Energie von ihr frei. Offen sagte er ihr, daß er eine Frau, die so schlecht und verderbt sei, nicht lieben könne.

Maja Ravi war außer sich, daß er von ihr ging, und mit der wilden Leidenschaft ihres Naturells haßte sie ihn, als er sie verließ, wie sie ihn vordem geliebt hatte. Sie schwor ihm Rache.

Ronald hatte ihre moralische Verkommenheit bald durchschaut und sah ein, daß sie schon zu lange unter dem Einfluß der zügellosen Begier der Männer gelebt hatte, als daß sie noch zu retten gewesen wäre. Um völlig aus ihrem Gesichtskreis zu kommen, war er von Bombay abgereist, denn es konnte ihm natürlich nicht lieb sein, sich ihren haßerfüllten Drohungen auszusetzen.

Maja Ravi war aber nicht von der sanften, stillen Duldsamkeit der Hindufrauen, und Ronald hatte es später bitter büßen müssen, daß er ihren Haß heraufbeschwor und sie verschmähte.

Er durchstreifte alle indischen Distrikte, erledigte seine Geschäfte und war auch in eine indische Stadt gekommen, in der er durch Zufall in studentische Kreise eingeführt wurde. Es waren genußreiche und anregende Wochen, die er verlebte. Tiefer als bisher blickte er in die indischen Verhältnisse. Und zum zweiten Mal sollte er sein Herz an eine junge Inderin verlieren. Sie war sehr jung, die Schwester eines armen Studenten, der sich unter Entbehrungen durch sein Studium hungerte.

Von der Bedürfnislosigkeit indischer Studenten aus armen Familien kann man sich in unseren Ländern gar keinen Begriff machen. Der ärmste unserer armen Studenten ist noch ein Krösus gegen diese oft von einem wahrhaft fanatischen Fleiß vorwärtsgetriebenen Jünger der Wissenschaft. Sie leben den ganzen Tag von einer Handvoll Reis und einigen Früchten. Oft wohnen viele in engen Räumen zusammen und lernen unter den schwierigsten Umständen und mit einer Ausdauer und Hingabe, die bewundernswert sind. Und ihre Angehörigen warten auf den Tag, wo sie zu Amt und Würden kommen.

Ronald lernte Murphi Dana, einen der begabtesten und fleißigsten Studenten, und dessen enge Verhältnisse kennen. Eines Tages kam Murphi Dana in den hübschen Bungalow, den sich Ronald für einige Monate gemietet hatte, und bat ihn, seinen Eltern seine Schwester Djuna als Gattin auf Zeit abzukaufen. Ronald wußte schon, daß dieses Kaufen einer Gattin auf Zeit, das heißt, einer Gattin, die keinerlei Rechte hat und jederzeit wieder fortgeschickt werden kann, bei den europäischen Sahibs üblich war. Es galt durchaus als nicht anstößig oder entehrend, wenn eine junge Inderin auf diese Weise gekauft wurde. Aber Ronald starrte doch den jungen Studenten fassungslos an. Er fand das Anerbieten ungeheuerlich genug, um es rundweg abzulehnen.

Murphi Dana wurde sehr betrübt. »Wenn du meine Schwester nicht kaufst, Sahib, dann müssen sie meine Eltern einem häßlichen, abscheulichen Händler überlassen, der lüstern nach ihrer Schönheit ist«, sagte er.

»Und weshalb müssen deine Eltern ihre Tochter weggeben, Murphi Dana?« fragte Ronald.

»Weil sie sonst alle verhungern müssen, Sahib, die Eltern und die Schwester. Du weißt doch, wie groß die Hungersnot ist; der Monsun blieb lange aus, und es fiel kein Regen. Und es dauert noch so lange, bis ich mit meinem Studium fertig bin und den Eltern und der Schwester helfen kann. So muß die Schwester verkauft werden, um uns alle vor dem Hungertod zu retten. Aber Djuna fürchtet sich so sehr vor dem häßlichen reichen Sahib, und sie sehnt sich, dir anzugehören, weil du gut und schön bist.«

Ronald hatte fassungslos den Kopf geschüttelt.

»Ich kenne deine Schwester doch gar nicht.«

»Aber sie kennt dich, hat dich schon oft gesehen, wenn du den Armen Gaben austeiltest. Und sie bewundert dich so sehr, wie sie den Händler verachtet und fürchtet. Bitte, sieh dir Djuna einmal an, sie ist hold und lieblich wie eine Lotosblume, und in deinem Haus würde es ihr gutgehen. Sieh dir Djuna wenigstens einmal an – sie wird dir sicher gefallen.«

Ronald hatte ein seltsam beklommenes Gefühl gehabt, er hatte erst auf den Handel nicht eingehen wollen, der ihm so ungeheuerlich erschien, weil Murphi Dana ein Mensch von großer Bildung war. Er sollte seine junge Schwester besitzen, wie eine rechtlich angetraute Gattin und sie dann, wenn er Indien den Rücken kehrte, ihrem Schicksal überlassen – wie ein Stück Ware sollte er sie behandeln, das man kauft und beiseite wirft, wenn man seiner nicht mehr bedarf.

Aber Murphi hatte nicht nachgelassen mit seinen Bitten, daß Ronald doch die Schwester wenigstens einmal ansehen möchte, und er war ihm endlich gefolgt.

Er hatte Djuna Dana kennengelernt und war vom ersten Augenblick an bezaubert gewesen von so viel Schönheit und Reinheit. Diese holde junge Menschenblüte hatte einen tiefen Eindruck auf ihn gemacht. Zart und reizvoll, wie eine köstliche Blume, hatte sie in der ärmlichen Hütte ihrer Eltern vor ihm gestanden, hatte ihn mit den wunderbaren dunklen Augen flehend angesehen und die Hände zu ihm aufgehoben.

Ihre Eltern, bleiche, abgehärmte Gestalten, denen der Hunger tiefe Furchen in die Gesichter gezeichnet hatte, knieten neben ihr und hoben auch die Hände flehend zu ihm auf.

»Kaufe Djuna, Sahib, damit wir nicht alle verhungern müssen, wir sind so arm geworden, daß wir Erde essen müssen«, hatte der Vater gesagt.

Ronald hatte ihren Bitten und Djunas Schönheit nicht widerstehen können. Er hatte ihren Eltern eine namhafte Summe ausgezahlt, hatte Djuna mit in seinen Bungalow genommen und sie von seiner Dienerschaft pflegen und neu einkleiden lassen. Und noch viel schöner war ihm Djuna erschienen, als sie nach einem Bad, in einen seidenen Sari gekleidet, vor ihm stand. Ruhig und gütig sprach er zu ihr, und sie war jedes Winkes ihres Herrn gewärtig, bis er, von ihrer Hingabe und Demut überwältigt, sie an sein Herz genommen hatte. Aber nicht eine rechtlose Gattin auf Zeit sollte sie ihm sein, sondern er wollte sie zu seiner wirklichen Gattin erheben und sie nie mehr verlassen. Daß ihn das Mitleid mehr anspornte als wirkliche Liebe, wurde ihm damals nicht recht klar; er brachte es nicht übers Herz, das sanfte, edle Geschöpf zu erniedrigen.

Und er hatte sich einige Monate an Djunas Seite restlos glücklich gefühlt, ohne an die Zukunft zu denken und daran, wie sich Djuna wohl später in europäische Verhältnisse einleben würde. Da bemerkte er mit Erschrecken, daß Djuna zu kränkeln begann. Ihre Widerstandskraft, die sie im Elend aufrechterhalten hatte, schien im Glück und im Wohlleben zu versagen. Besorgt sah Ronald in ihre überirdisch glänzenden Augen, die mit so hingebungsvoller Liebe an ihm hingen. Und er konsultierte einen Arzt, der ihm die betrübte Eröffnung machte, daß Djuna an Tuberkulose leide.

Gerade in dieser Zeit tauchte plötzlich Maja Ravi in der Stadt auf, in der Ronald mit Djuna lebte. Sie trat in einem Lokal auf, das in nächster Nähe von Ronalds Wohnung lag. Sie feierte wieder Triumphe ihrer Schönheit und ihrer Tanzkunst. Daß sie aber nur gekommen war, weil sie zufällig in Erfahrung brachte, daß Ronald in der Stadt lebte und eine indische Frau genommen hatte, ahnte Ronald nicht. Es war ihm unangenehm, daß sie in seiner Nähe wieder auftauchte. Maja Ravis leidenschaftliche Rachsucht war um so mehr aufgeflammt, als sie erfuhr, daß Ronald sehr glücklich mit seiner jungen Gattin lebte. Eines Tages ging sie an seinem Bungalow vorüber und sah Ronald mit Djuna in zärtlicher Umarmung auf der Veranda sitzen. Ohne Zögern war sie da auf das Haus zugeschritten und hatte Ronald begrüßt, als seien sie die besten Freunde. Der rachsüchtige Wunsch, ihn für seinen Abfall zu strafen, gab ihr Kraft, sich sanft und freundlich zu stellen. Sie versicherte, Djuna und sie müßten gute Freundinnen werden, da sie und Ronald doch auch gute Freunde seien. Ronald wußte nicht, wie er sich Maja gegenüber verhalten sollte. Seinem ritterlichen Empfinden war es unmöglich,. Maja zu brüskieren, und er beschränkte sich auf eine formelle Höflichkeit. Djuna aber war ein Naturkind mit einem feinen Instinkt. Sie spürte wohl unter der überfließenden Freundlichkeit die feindliche Absicht und zog sich scheu in das Haus zurück.

Maja blieb mit Ronald allein und beherrschte sich auch jetzt vollkommen. Sie sprach sich bewundernd über Djuna aus und lachte über ihre einstigen Beziehungen zu Ronald, die sich ja nun zu einer ruhigen Freundschaft abgeklärt hätten. Und zum Schluß sagte sie, wie vom Mitleid überwältigt:

»Deine junge Gattin ist sehr krank, hat man mir gesagt, und ich habe an ihren Augen gesehen, daß sie bald sterben muß, wenn sie nicht gerettet wird.«

Ronald erschrak. Was er sich selbst noch nicht eingestehen wollte – davon sprach man also schon in der Stadt.

»Wer hat davon gesprochen, Maja?« fragte er.

Sie zuckte die Achseln.

»Alle sprechen davon, die euch kennen. Aber wenn man mir auch nichts gesagt hätte – Djunas dunkel umrandete Augen, die wie im Fieber blicken, sprechen deutlich. So sehen viele von uns aus, die jung sterben müssen. Hunger und Elend in früher Jugend knicken viele junge Menschenblüten und machen sie zu frühem Tod reif. Auch Djuna wird jung sterben müssen, wenn du ihr nicht ein Mittel verschaffst, das sie retten wird.«

Seine Sorge um Djuna ließ ihn alle Abneigung gegen Maja in diesem Augenblick vergessen.

»Was könnte das für ein Mittel sein?« fragte er.

»Ich will es dir verschaffen, Sahib Ronald. Ein alter Fakir, den ich kenne, besitzt es. Aus alter Freundschaft für dich will ich Djuna retten, obwohl sie sich ungastlich zurückgezogen hat, ehe ich gehe.«

Bei diesen Worten blitzte einen Moment die alte Wildheit aus ihren Augen, und Ronald mochte wohl wünschen, Maja nicht unnötig zu reizen. Deshalb sagte er: »Du weißt ja, daß sie leidend ist, du mußt sie entschuldigen.«

Maja hatte sich schon wieder in der Gewalt.

»Ich trage es ihr nicht nach. Das siehst du aus meinem guten Willen, ihr zu helfen. Soll ich dir das Mittel verschaffen?«

Er lächelte ein wenig.

»Also ein Zaubermittel?«

»Was tut es, wenn es nur hilft«, sagte sie.

Er wehrte aber ab aus einem instinktiven Widerwillen.

»Ich will lieber auf den Arzt vertrauen als auf solche Zaubermittel.«

»Du wirst es bereuen, Sahib Ronald. Der Arzt kann bei dieser Krankheit nicht helfen. Aber versuche es immerhin. Wenn du merkst, daß er Djuna nicht retten kann, dann komm zu mir, und ich schaffe dir das Heilmittel. «

Damit verabschiedete sich Maja Ravi von Ronald und versprach ganz unaufgefordert, wiederzukommen. Ronald konnte ihr nicht widersprechen, ohne sehr unhöflich zu sein, obwohl ihm an einem zweiten Besuch durchaus nicht gelegen war.

Die Wochen gingen hin, und Djuna wurde immer schwächer und hinfälliger. Der Arzt zuckte die Achseln und gestand seine Hilflosigkeit ein. Gegen diese Krankheit sei kein Kraut gewachsen.

In seiner Angst um Djuna hatte Ronald dann doch Maja Ravi um das Zaubermittel gebeten, weil er sehr viel von der Wirkung derartiger Medikamente gehört hatte. Sie brachte ihm ein weißes Pulver und sagte ihm, es werde bestimmt in zwei Monaten seine Wirkung zeigen, so lange müsse er warten. Ronald hatte Djuna das Mittel gereicht. Nützte es nicht, so schadete es auch nichts, wie er meinte. Und Djuna nahm mit einem vertrauensvollen Lächeln das Pulver, das ihr der geliebte Mann reichte. Was hätte sie nicht aus seiner Hand genommen. Daß das Mittel von Maja Ravi gebracht worden war, verriet ihr Ronald nicht, denn sie hatte eine instinktive Abneigung gegen Maja, die sich ihr immer wieder in übergroßer Freundlichkeit näherte.

Maja hatte draußen auf der Veranda auf Ronald gewartet. Als er wieder zu ihr heraustrat, fragte sie mit flimmernden Augen: »Hast du Djuna das Mittel gegeben, Sahib Ronald?«

Er hatte das Haupt geneigt.

»Ja, Maja, und wenn es Djuna wirklich hilft, dann wird mein Dank unauslöschlich sein.«

Da hatte sie ihn mit einem Blick angesehen, unter dem er fröstelnd zusammenschauerte.

»Unauslöschlich? Wie deine Liebe zu mir. Erinnerst du dich, Sahib Ronald, daß du mir einst gesagt hast, deine Liebe zu mir sei unauslöschlich?«

Er hatte die Stirn zusammengezogen.

»Ich kann dich nur in meinem Haus dulden, Maja Ravi, wenn du die Vergangenheit als ausgelöscht betrachtest. Du weißt, woran meine Liebe zu dir gestorben ist. Meine Liebe gehört jetzt nur meiner jungen Frau, und wenn du sie mir durch dies Zaubermittel rettest, dann will ich alles andere vergessen und dich nur noch als meine Wohltäterin preisen.«

«So sehr liebst du sie?« fragte sie mit einem unbeschreiblichen Blick.

»Sie ist mir über die Maßen teuer«, war seine Antwort.

Da hatte Maja schrill aufgelacht.

»Also in zwei Monaten, achte darauf, in zwei Monaten wird das Mittel wirken.«

Damit war sie davongegangen.

Etwas benommen hatte er ihr nachgesehen und war dann wieder zu seinem jungen Weib gegangen, das auf einem Ruhebett lag und ihm mit ihrem sanften, stillen Dulderlächeln entgegensah.

Unruhig forschend beobachtete er nun Djuna von Tag zu

Tag. Wohl war er viel zu klug, um an das Zaubermittel glauben zu können, aber ein liebendes Herz klammert sich noch an Wunder. Zu seinem Schmerz mußte er sehen, daß Djuna täglich matter und zarter wurde. Trotz der sorgsamsten Pflege welkte sie dahin wie eine Blume, die das Sonnenlicht nicht verträgt.

Fast täglich kam der Arzt, und eines Tages gestand ihm Ronald, daß er Djuna ein Zaubermittel gegeben habe, da nichts anderes helfen wolle. Der Arzt sah ihn lächelnd an.

»Daß auch die klügsten Menschen abergläubisch sein können, wenn sie um einen geliebten Menschen bangen, weiß ich. Aber so gern ich Ihnen auch diese Hoffnung lassen würde, halte ich es doch für ehrlicher, wenn ich Ihnen sage, daß diese Hoffnung ein Wahn ist. Lassen Sie sich durch Gauner, die Ihnen derartige Mittel natürlich für Ihr teures Geld aufschwatzen, nicht noch einmal hinters Licht führen. Sie bestehen nur aus Zucker und Mehl oder ähnlichen harmlosen Bestandteilen, und auch der geriebenste Fakir kann daraus kein Lebenselixier brauen.«

Als einige Tage später Maja wieder vorsprach, um sich, wie sie sagte, nach Djunas Befinden zu erkundigen, sagte er ihr, daß das Mittel durchaus nicht geholfen habe, im Gegenteil, es gehe Djuna schlechter als je zuvor.

Da hatten Majas Augen aufgesprüht, und sie hatte ihn mit einem seltsamen Lächeln angesehen und gesagt: »Warte nur noch kurze Zeit. Ich sage dir doch, nach zwei Monaten erst wirst du die Wirkung sehen.«

Ronald aber glaubte nicht daran, und wie gewöhnlich entschuldigte er sich schnell, er müsse zu Djuna zurück, sie warte auf ihn.

Wenn er Majas Blick gesehen hätte, den sie ihm nachsandte, dann wäre er sehr erschrocken.

Er setzte sich wieder an Djunas Lager und nahm ihre zarte

Hand in die seine. Das hatte sie so gern, und sie sah voll Liebe und Hingebung zu ihm auf. Wenn er sie fragte, wie sie sich fühle, dann sagte sie mit einem himmlischen Lächeln: »Es geht mir gut, denn du bist bei mir, mein geliebter Sahib.«

Obwohl er ihr oft sagte, sie möge ihn nicht Sahib nennen, tat sie es immer wieder. Er war und blieb ihr geliebter Herr, aus dessen Hand sie alles hinnahm wie ein Geschenk des Himmels.

Und Ronald konnte das geliebte Leben nicht aufhalten. Djuna starb; sie verlöschte wie ein Licht und schlief ein, während er ihre Hand in der seinen hielt.

Es war genau zwei Monate nach dem Tag, da er Djuna das Zaubermittel gegeben hatte, das er von Maja Ravi erhielt. Gerade an diesem Tag war noch einmal eine Hoffnung in ihm aufgeflackert, daß das Präparat trotz allem helfen könne. Es war vergebens gewesen.

Als Ronald an Djunas Leiche zusammengebrochen war, erschien plötzlich Maja Ravi. Sie stand hinter Ronald und rief ihn an. Er zuckte zusammen und sah zu ihr auf.

»Was willst du hier – laß mich mit meiner Toten allein«, sagte er heiser.

Ihre Augen flammten in rachsüchtiger Heftigkeit auf.

»Da siehst du die Wirkung des Mittels, das du Djuna gegeben hast, Sahib Ronald. Genau nach zwei Monaten hat es gewirkt«, sagte sie höhnisch.

Er starrte sie verständnislos an.

»Was willst du damit sagen? «

»Daß du deiner Djuna *Gift* gegeben hast. Nicht ein Heilmittel gab ich dir, sondern Gift – das Gift der Thug, die damit ihre Opfer langsam und sicher vom Leben zum Tod bringen, um sie der Göttin Kali zu weihen. Genau zwei Monate braucht das Gift, das aus Bambusfasern gewonnen wird, um zu wirken. Es bohrt sich mit seinen feinen Spitzen in die Eingeweide, so daß diese sich entzünden und vereitern. Kein Mensch vermag die Todesursache festzustellen, niemand vermag zu ergründen, wann das Gift dem Opfer beigebracht wurde, und niemand kann ein Opfer retten, wenn es dieses Gift genommen hat. Auch dein Arzt hat es nicht erkennen können, aber ich weiß, daß du ein Mörder bist, denn du gabst Djuna das Gift, das ich dir brachte. Das ist meine Rache dafür, daß du mich verschmäht hast. Hüte dich, noch einmal meinen Weg zu kreuzen – sonst opfere ich auch dich der Göttin Kali – *denn ich bin eine Thug*. Du weißt, daß diese Sekte in Indien allmächtig ist. Wehe dir, wenn du etwas gegen mich unternimmst. Du wirst es mit dem Tod büßen.«

Ronald war bei diesen Worten emporgetaumelt. Er befand sich seit einiger Zeit nicht wohl, und Djunas Tod hatte ihn tief bewegt. Was er jetzt von Maja hörte, machte ihn fassungslos. Außer sich vor Entsetzen wollte er sich auf sie stürzen, aber sie war schnell aus dem Zimmer gewichen. Und als er ihr nacheilen wollte, fiel er plötzlich bewußtlos zusammen.

Als er nach einer Weile wieder zu sich kam, spürte er ein starkes Unwohlsein, das ihm alle Entschlußfähigkeit raubte. Das Klima verlangte seinen Tribut von ihm. Ein schweres Fieber hatte ihn befallen. So konnte er sich nur mühsam aufrichten, und während er neben Djunas Leiche kniete und bis ins Innerste erschüttert in das stille, sanfte Antlitz sah, rief er sich ins Gedächtnis zurück, was Maja ihm gestanden hatte. Ein Grauen schüttelte ihn. Er reichte seinem jungen Weib selbst das tödliche Gift, das ihm Maja Ravi in ihrer Rachsucht übergab, damit er zum Mörder an Djuna wurde. Was half es ihm aber, wenn er Maja in die Gewalt der Gerichte brachte? Sie würde ganz bestimmt leugnen, und da sie eine Thug war, würden ihr überall Rächer erstehen, wenn er sie den Gerichten auslieferte. Denn die Opfer, die der Göttin Kali gebracht werden, sind nach dem Ritus dieser furchtbaren Sekte geheiligt. Ronald wußte genau, daß auch er in höchster Gefahr war. Außerdem hatte er nicht einmal einen Zeugen. Er war mit Maja allein gewesen, als sie ihm das Gift aushändigte. Und die Gerichtsbarkeit in Indien war sehr mangelhaft. Nicht immer wurde der Verbrecher bestraft, häufig genug aber der Kläger selbst. Was half es auch, wenn man Maja bestrafte; Djuna, seine holde, kleine Djuna, würde nicht wiederkommen.

Schmerzlich blickte er in das stille Gesicht der geliebten Toten. Sie war wie ein holder Traum durch sein Leben gehuscht, und nun war sie ausgelöscht, durch seine Hand hatte sie den Todestrank empfangen, den ihm das teuflische Weib gereicht hatte.

Sollte er dem Arzt sagen, woran Djuna gestorben war? Sollte er einen Skandal heraufbeschwören? Einen Prozeß anstrengen und sich selbst in höchste Gefahr begeben? Nein, das vermochte er nicht, dazu war er auch jetzt viel zu energielos, er fühlte, wie ihm das Fieber durch die Adern jagte.

Er lächelte bitter. Das Wissen des Arztes war auch nur Stückwerk, er war der festen Überzeugung, daß Djuna an Tuberkulose zugrunde gegangen war. Das teuflische Gift, das ihren armen Körper zerwühlte, hatte auch er nicht erkannt. Wohl war es wahrscheinlich, daß Djuna auch ohne die Wirkung des Giftes bald gestorben sein würde, aber sicher war, daß das Gift, das er ihr reichte, ihr Ende beschleunigt hatte. Wie er es auch betrachten mochte, er war schuld an Djunas Tod, denn er hatte es geduldet, daß Maja Ravi sein Haus betrat, er hatte in seiner Leichtgläubigkeit vergessen, daß Maja Rache geschworen hatte, er hatte sich von ihr betrügen lassen und war nicht wachsam genug gewesen; das war seine Schuld.

Wie gelähmt hatte er an Djunas Leiche gelegen, bis man kam, um Djuna zu bestatten. Nur mühsam konnte er sich aufrecht halten, bis die Trauerzeremonie zu Ende war, dann sank er Murphi Dana in die Arme. Er wurde schwer krank. Ein hitziges Fieber befiel ihn, und als er nach Wochen genesen war, riet ihm der Arzt, er möge sofort einen Klimawechsel vornehmen, damit er sich völlig erholen könne.

Inzwischen war der Verkauf seiner Plantagen rechtskräftig geworden. Die Kaufsumme wurde auf eine holländische Bank eingezahlt, und Ronald hielt nun nichts mehr in Indien fest. Er sorgte in großmütiger Weise für Djunas Angehörige, die ihn wie einen Gott anbeteten, da er sie aus aller Not errettet und Djuna viel Glück gegeben hatte. In ihrer naiv stoischen Weise empfanden die Eltern Djunas Tod kaum als ein Unglück, da sie durch ihre Verbindung mit dem weißen Sahib von allem Elend erlöst waren. Gerade in jener Zeit zog dann endlich auch der heißbegehrte Monsun herauf, der Regen brachte, und sowohl Djunas Eltern als auch ihr Bruder feierten im wilden Jubel den Anbruch der segensreichen Regenzeit. Angeekelt wandte sich Ronald von den wilden Bacchanalen ab, die das vom Hunger erlöste Volk feierte. Indien wurde ihm verleidet, und er sehnte sich, fortzukommen.

Von Maja Ravi hatte er nichts mehr gehört, als daß sie am Todestag Djunas die Stadt verließ. Er war froh, ihr nicht mehr begegnen zu müssen. Gern hätte er jede Erinnerung an sie aus seinem Gedächtnis gelöscht, aber das gelang ihm ebensowenig, wie er Djuna und ihren frühen Tod vergessen konnte, an dem er sich schuldig fühlte.

Während der Seereise besserte sich sein Befinden, und es gelang ihm, sich darüber etwas zu beruhigen, daß er, wenn auch unbewußt, Djunas Tod herbeiführte. Er war nur ein Werkzeug von Majas Rache gewesen, damit mußte er sich abzufinden suchen. Nur in seine Träume verfolgte ihn Maja Ravis rachsüchtige Erscheinung, oder er sah Djunas zarte, liebliche Gestalt vor sich, wie sie in rührendem Vertrauen den Todestrank aus seinen Händen nahm.

Diese Träume wurden aber seltener, je mehr er sich erholte und kräftigte. Und der Gedanke an Djuna quälte ihn nicht mehr so sehr, seit ihm eines Tages eine Erinnerung an ein Gespräch kam, das er mit Djuna wechselte. Sie hatte ihm gesagt:

»Wenn du mich nicht gekauft hättest, mein geliebter Sahib, wenn ich dem scheußlichen, widerlichen Händler ausgeliefert worden wäre, dann wäre ich bestimmt vor Entsetzen gestorben. Oh – er war häßlicher als der häßlichste Affe und ein böser Mensch, der die Armen schlug und mich mit seinen Blicken besudelte. Du warst mein Retter, mein geliebter Sahib, und das will ich dir durch schrankenlose Demut und Hingabe danken.«

Diese Erinnerung half ihm ein wenig über seine Selbstvorwürfe hinweg, denn er sagte sich, wenn er auch indirekt an Djunas Tod Schuld trug, so hatte er ihr doch noch Monate eines reinen Glückes geschenkt. Ob dieses Glück ein dauerndes gewesen wäre, darüber dachte er in diesen Wochen oft nach. Er hätte doch nach Europa zurückkehren müssen, und ob sich Djuna in europäische Verhältnisse eingewöhnt haben würde, war sehr fraglich. Vielleicht wäre seine Liebe auch nicht stark genug gewesen, und er hätte erkennen müssen, daß Djuna wohl einen kurzen, schönen Traum mit ihm teilte, aber doch nicht berufen war, ihm eine vollwertige Lebensgefährtin zu sein.

Nein, Djuna wäre ihm immer nur ein reizendes Spielzeug gewesen, und sie hätte kaum auf die Dauer ein ungetrübtes Glück an seiner Seite gefunden. Es war doch vielleicht gut so, daß sie in der höchsten Glückseligkeit ihres jungen Lebens dahingegangen war, ehe der graue Alltag ihren holden Blütentraum zerstörte und ihr gutes Herz zerquälte.

So suchte er sich selbst zu beruhigen, und seine kraftvolle Persönlichkeit wehrte sich gegen das Schuldbewußtsein, aber – die dunklen Gedanken ließen ihn nicht los.

Es war ein Glück für ihn, daß ihn viele Geschäfte stark in

Anspruch nahmen, als er in Holland wieder anlangte. Das lenkte ihn wohltätig ab. Aber als alles erledigt war, fühlte er sich in Amsterdam doch nicht recht wohl. Er sehnte sich nach der Heimat und glaubte, erst daheim wieder ruhig und zufrieden werden zu können.

Das Gut, das ihm sein Vater hinterlassen hatte, lag im bayrischen Hochgebirge. Und nun kam plötzlich die Sehnsucht nach den heimatlichen Bergen über ihn. Er dachte es sich sehr schön, in der Bergeinsamkeit seines Gutes zu leben. Auch war er von ganzem Herzen Landwirt, daß er sich sehnte, selbst wieder seine Scholle zu bebauen. Er hatte die Absicht, sein Gut zu vergrößern und Neuerungen einzuführen. Am nötigen Kapital fehlte es ihm nicht.

Seinen Besitz hatte er unter die Aufsicht eines Verwalters stellen müssen, als er Deutschland verließ. Nun wollte er selbst die Oberaufsicht wieder übernehmen.

Auf den Prokuristen der Firma van Gould konnte er sich verlassen. Er gab ihm absolute Vollmacht und wußte wohl, daß Mijnher Boon die Firma besser vertreten würde, als er selbst es gekonnt hätte.

Nach einer Abwesenheit von fast vier Jahren war er wieder in seine Heimat zurückgekehrt. Er fand auf seinem Gut vieles vernachlässigt. Sehr bald machte er die Entdeckung, daß sein Verwalter nur in seine Tasche gewirtschaftet hatte, und alle Tage traf er auf neue Unterschlagungen. Es blieb ihm nichts übrig, als dem ungetreuen Mann zu kündigen.

Ronald war sehr verstimmt. Die Widerwärtigkeiten trugen nicht dazu bei, ihn aufzuheitern und ihn seine indischen Erlebnisse vergessen zu lassen.

Während er mit düsteren Augen auf die herrliche Landschaft starrte, fiel ihm eine Begegnung ein, die er auf seiner Reise von Amsterdam nach seinem Gut Hattingen in München gehabt hatte.

2

Er war durch die Münchener Straßen geschlendert. Als er sich interessiert die Auslage eines Buchhändlers ansehen wollte, rannte er fast mit einem Herrn zusammen. Dieser stutzte, sah forschend in Ronalds braungebranntes Gesicht und rief dann lachend: »Bist du es, Ronald, oder ist es dein Geist?«

Ronald sah nun erst in das Gesicht des jungen Mannes, und ein freudiger Ausdruck flog über seine Züge.

»Du – Hans! Das freut mich aber, daß ich dich wiedersehe.«

Sie schüttelten sich die Hände.

Hans von Hellart war ein Studienfreund Ronalds. Auf der landwirtschaftlichen Hochschule hatten sie gute Kameradschaft gehalten. Aber später verloren sie einander aus den Augen. Ihre Freundschaft hatte manche Feuerprobe bestanden, deshalb war auf beiden Seiten die Freude des Wiedersehens groß.

Sie suchten zusammen ein Lokal auf und fragten sich gegenseitig nach ihrem Ergehen, nach dem Woher und Wohin. Ronald berichtete von seiner indischen Reise, und Hans von Hellwart erzählte, daß es ihm momentan nicht gerade glänzend gehe. Mit einem gewissen Galgenhumor vertraute er dem Freund seine Lage an. Sein Vater verkaufte in der Inflationszeit sein Gut. Die erzielte Summe wurde bald im Vermögensverfall der Inflationsjahre wertlos. Seine Mutter starb in dieser Zeit, und sein Vater überlebte ihren Verlust und den Verlust seines Vermögens nicht.

»Ich bin nun auch völlig aus meiner Bahn gerissen, Ronald. Vermögen habe ich absolut nicht mehr. Da mein Vater sein Gut verkaufte, kann ich auch meinen Beruf als Landwirt nicht mehr ausüben. Eine Stellung als Verwalter zu bekommen ist sehr schwierig, ich habe mich bisher umsonst bemüht.

Um mich über Wasser zu halten, bin ich in der letzten Zeit auf den Gedanken gekommen, mich als Filmkomparse anwerben zu lassen. Das ist aber wirklich kein beneidenswertes Dasein. Zum Filmstar habe ich nicht das Zeug, wenn ich auch mit den schönen Resten meiner einst sehr eleganten Garderobe als Filmkomparse noch immer verflucht schneidig aussehe. Zum brennenden Neid meiner Mitkomparsen rangiere ich durch Frack, Lack und Oberhemd sogar in der Klasse der Edelkomparsen und werde etwas besser bezahlt als die anderen.

Aber ich finde mich trotzdem etwas entgleist, lieber Kerl, und wenn ich nicht meinen nie versiegenden Humor als Schwimmgürtel auf den Wogen des Lebens hätte, würde mich wohl zuweilen das graue Elend packen. Aber nun nichts mehr von mir, ich bin ein unerfreuliches Thema. Nun erzähle mir mehr von dir, Ronald. Du siehst nicht gerade blühend aus. Warst du krank?«

»Ja, Hans, ich bekam in Indien das Fieber und mußte mich beeilen, um von dort fortzukommen. Und jetzt bin ich auf dem Weg nach Hattingen.«

»Du hast also dein väterliches Gut aus der großen Katastrophe gerettet?«

»Da ich das Glück hatte, einen Großvater zu besitzen, der holländischer Handelsherr war und mir ein großes Erbe hinterlassen hat, habe ich die Inflation ohne großen Schaden überstanden. «

»Dazu wünsche ich dir von Herzen Glück.«

Ronald hatte in die klaren blauen Augen Hans von Hellwarts gesehen. So froh und ruhig blickten sie, trotz der Not, in der er sich befand. Fast hätte er ihn beneiden können.

Er faßte die Hand des Freundes.

»Kann ich nichts für dich tun, Hans?«

Hans von Hellwart wurde ernst und schüttelte den Kopf.

»So weit bin ich noch nicht, daß ich einen guten alten Freund anpumpe, Ronald. Wenn ich auch sehr krumm liegen muß – von heute auf morgen hat es bisher noch immer gereicht. Aber wenn du einmal von einer Verwalterstelle auf einem Gut etwas hören solltest, dann denk bitte an mich. Daß ich ein anständiger Kerl bin, weißt du, und daß ich meine Sache verstehe, auch. Ich würde deiner Empfehlung keine Schande machen. «

»Das weiß ich, Hans, aber wenn ich vorläufig nichts für dich tun kann, dann besuch mich wenigstens auf ein paar Wochen im Sommer in Hattingen. Ich würde mich riesig freuen, dich wieder einmal längere Zeit um mich zu haben. «

Hans von Hellwart drückte dem Freund kräftig die Hand.

»Das freut mich, Ronald, daß du mir dies Anerbieten machst, aber du darfst nicht böse sein, wenn ich es nicht annehme. Ich darf es mir jetzt nicht leisten, mich von München zu entfernen, denn ich muß trachten, daß mir die bescheidene Position, die ich mir bei der Filmgesellschaft errungen habe, erhalten bleibt. Wenn ich da nicht immer in Bereitschaft bin, kommt mir ein anderer dazwischen. Und bis sich mir einmal eine bessere Stellung bietet, muß ich mir diese zu erhalten suchen. Du verstehst mich doch?«

Ronald reichte ihm die Hand.

»Ich verstehe dich, Hans, du bist ein ganzer Kerl. Aber wenn ich zuweilen nach München komme, dann müssen wir uns sehen. Gib mir bitte deine Adresse, damit ich dir auch mitteilen kann, wenn ich etwas von einer Stellung höre. «

Hans von Hellwarts Augen glänzten auf.

»Es freut mich, Ronald, daß du mir deine Freundschaft auch jetzt noch erhalten willst, wo ich sozusagen aus meiner Kaste gefallen bin.«

»Rede doch keinen Unsinn, Hans. Du bist heute derselbe Ehrenmann, der du früher gewesen bist, und wie du dir auch deinen Unterhalt verdienen wirst, du wirst es immer als anständiger Mensch tun. Nur darauf kommt es an.«

Sie hatten noch von mancherlei Erlebnissen gesprochen. Nur von seiner indischen Liebe erzählte Ronald Rittner nichts. Darüber vermochte er nicht zu sprechen.

Aber als er sich dann von dem Freund getrennt hatte, dachte er immer wieder darüber nach, wie ihm zu helfen sei, ohne daß er gedemütigt wurde.

Und als er nun vor die Notwendigkeit gestellt wurde, seinen Verwalter zu entlassen, durchzuckte ihn der Gedanke, daß er Hans von Hellwart diese Stellung anbieten konnte. Wenn der sie annahm, woran er nicht zweifelte, dann würde er nicht nur einen durchaus zuverlässigen Verwalter, sondern auch einen Gesellschafter für einsame Stunden haben, dessen frisches, frohes Wesen ihn aufheitern konnte. Er würde ihn von seinen düsteren schwermütigen Gedanken ablenken, die sich wieder seiner bemächtigten, als er am Morgen die Zeitung las. Eine Notiz kündigte an, daß in einem großen Berliner Varieté in nächster Zeit eine berühmte indische Tänzerin, Maja Ravi, auftreten werde.

Maja Ravi!

Dieser Name hatte alles, was er erlebt und erlitten hatte, wieder in ihm aufleben lassen. Wie kam Maja Ravi nach Deutschland? Was wollte sie hier? Wollte sie nur ihre Kunst zeigen, oder hatte sie noch Nebenabsichten? Wollte sie abermals in seinen Weg treten und ihn mit ihrer Rachsucht verfolgen?

Aber er wehrte den letzten Gedanken von sich. Sie konnte doch kaum wissen, daß er jetzt in Deutschland war. Es fiel ihm ein, daß sie früher schon mit dem Gedanken spielte, eine Tournee durch Europa zu machen. Sie versuchte, ihn zu überreden, ihr den Weg zu ebnen. Nun hatte sie sicherlich einen anderen Gönner oder Impresario gefunden. Ihre Schönheit und ihre Tanzkunst würden wohl einen großen Erfolg davontragen.

Ronald nahm sich vor, seine Heimat nicht zu verlassen, solange er die Tänzerin in Deutschland wußte. Aber schon der Gedanke, daß dieses teuflische Weib hierherkam, regte ihn namenlos auf.

Ein Gefühl ohnmächtigen Zornes erfüllte ihn wieder gegen diesen Dämon, der immer wieder seinen Weg kreuzte. Wenn er sie als Mörderin seiner jungen Frau hätte brandmarken und zur Verantwortung hätte ziehen können, wäre es ihm eine Erleichterung gewesen. Aber eine dumpfe Scheu hielt ihn ab, etwas gegen sie zu unternehmen. Er kam sich wie ihr Mitschuldiger vor und konnte sich nicht aus dem Bann lösen, den sie in ihrer maßlosen Rachsucht um ihn gezogen hatte. Aufseufzend setzte er sich an seinen Schreibtisch, um Hans von Hellwart die Verwalterstelle in Hattingen anzubieten.

Wie froh wollte er sein, wenn er seine Zusage erhielt, denn er wußte, daß ihn die Einsamkeit in Hattingen nervös machen würde. Hans von Hellwarts frischfrohes Wesen würde ihm eine Wohltat sein. Schnell machte er den Brief postfertig und sandte ihn mit einem Boten zur Station.

3

Hans von Hellwart war soeben von einer Filmaufnahme nach Hause gekommen. Er brauchte wirklich all seinen Galgenhumor, um bei seinem Leben aus der Hand in den Mund die gute Laune nicht zu verlieren. Nicht nur seinetwegen war ihm die ungewisse Zukunft bedrückend, sondern noch viel mehr deshalb, weil er der Geliebten keine Hoffnung auf eine Vereinigung machen konnte.

Hans von Hellwart war seit zwei Jahren mit der Tochter eines früheren Gutsnachbarn seines Vaters verlobt, der ebenfalls sein Gut verkauft hatte und den Kaufpreis durch die Inflation verlor. Als er sich verlobte, ließen die beiderseitigen Verhältnisse eine baldige Vereinigung möglich erscheinen, aber ehe sie noch heiraten konnten, änderte sich ihre Lage unerwartet zum Nachteil. Und doch liebte er Ilse von Tannern von ganzem Herzen und hätte willig jedes Opfer gebracht, wenn er ihr ein sorgloses, wenn auch bescheidenes Los hätte bieten können.

Müde vom langen, nutzlosen Herumstehen im Filmatelier ließ er sich in den Sessel vor dem Schreibtisch fallen. Diesen Sessel und den Schreibtisch brachte er selbst in die sonst sehr bescheidene Garçonwohnung mit. Die beiden Stücke waren das einzige, was er aus der Vergangenheit in sein neues Leben herübergerettet hatte. Beides benutzte sein Vater bis zu seinem Tod, und so schlecht es Hans auch schon gegangen war, er hatte es nicht fertiggebracht, auch diese beiden Möbel zu Geld zu machen. Ihm war dieser letzte Rest aus besseren Tagen gewissermaßen ein Symbol, daß es für ihn doch noch eine Brücke zu den altgewohnten Verhältnissen gab. Auf dem Schreibtisch stand die Photographie seiner Braut. Er sah sie mit großen, sehnsüchtigen Augen an, nahm sie auf und küßte sie.

»Ilselein, mein armes – zwei so arme Schlucker und das Herz so voll Liebe und Sehnsucht«, sagte er zu dem Bild.

Dann stellte er es aber mit einem Ruck wieder auf den Schreibtisch. Nur um Gottes willen nicht weich werden. Das durfte man sich nicht gestatten.

»Gelt, Ilselein, die Zähne fest zusammenbeißen und tapfer ausharren, wie deine Schwester Gonny immer sagt, wenn wir mal schachmatt von allem Warten sind. «

Und er lachte schon wieder, als er an seine künftige Schwägerin Gonny von Tannern dachte, deren frische unverzagte Art keinen Trübsinn aufkommen ließ. Kürzlich hatte sie zu ihm und Ilse gesagt.

»Kinder und Brautleute, seid doch nicht so verzagt! Ihr wißt wohl gar nicht, wie reich ihr seid, ihr beiden? Ihr habt euch doch lieb. Was meint ihr, wie ich jubilieren würde, wenn mich einer so unvernünftig lieb hätte, wie dich, mein Ilselein, dein Hans hat. Da könnte mir nichts fehlen. Seid vergnügt, daß ihr euch habt und euch so von Herzen liebhaben dürft, alles andere wird sich schon historisch entwickeln. Ich verliere die Hoffnung nicht, daß ich in nicht zu ferner Zeit auf eurer Hochzeit tanzen kann, und nehme mir fest vor, mich dann in meinen Brautführer bis über beide Ohren zu verlieben. Ich habe also ein Interesse daran, daß es nicht mehr lange dauert, damit ich nicht vorher eine alte Jungfer werde. Ich glaube fest, einmal kommt das Glück auch wieder zu uns. Es bemüht sich sogar in die vierte Etage.«

Ja, die Gonny – die hielt sie alle mit ihrem tapfren Mut und ihrem frohen Gottvertrauen aufrecht. Ein Prachtmädel war sie, und man durfte sich nicht von ihr beschämen lassen.

Ein leiser Seufzer kam aber doch über seine Lippen. Dabei flog sein Blick weiter über den Schreibtisch, und da stutzte er. Da lag ja ein Brief. Den hatte er noch gar nicht gesehen. Die Handschrift kannte er doch. Schnell riß er den Brief auf und sah nach der Unterschrift. Richtig – er war von Ronald Rittner. Was er ihm wohl zu sagen hatte?

›Mein lieber Hans! Bei unserm letzten Zusammensein in München batest Du mich, an Dich zu denken, wenn eine Stellung als Verwalter ausgeschrieben werden sollte. Die Stellung hat sich überraschend schnell geboten, und zwar in Hattingen selbst. Ich habe bei meiner Heimkehr nach jahrelanger Abwesenheit sehr mißliche Zustände gefunden. Mein Verwalter hat mich unerhört betrogen, so daß ich ihm gekündigt habe. Am liebsten hätte ich ihn sofort an die Luft gesetzt, aber er muß mir wenigstens erst helfen, Klarheit in seine Unterschlagungen zu bringen, damit ich wieder frisches Fahrwasser habe. Ich habe auch die Absicht, Hattingen noch zu vergrößern und rationeller zu bewirtschaften. An dem nötigen Kapital dazu fehlt es mir zum Glück nicht. Nun brauche ich einen tüchtigen Verwalter, und da dachte ich an Dich. Hast Du Lust, diese Stellung anzunehmen? Arbeit wirst Du genug finden, und mit Deiner Hilfe werde ich bald alles wieder im klaren haben. Außerdem würde ich mich sehr freuen, Dich in Hattingen zu haben, denn die Einsamkeit behagt mir doch nicht so recht. Der Strom der Sommerfrischler zieht zum Glück abseits von Hattingen vorüber. Aber einen so lieben Freund wie Dich hier zu haben, das wäre eine große Freude für mich. Hoffentlich willigst Du ein.

Über alle Bedingungen einigen wir uns, wenn Du erst hier bist, ich erkläre Dir feierlich, daß ich Dir alles bewillige, was Du forderst. Du brauchst also nur zu depeschieren, ob und wann Du kommen willst. Ein Wagen wird Dich von der Station abholen.

Mit herzlichem Freundesgruß
Dein Ronald Rittner‹

Hans von Hellwart sprang auf und warf die Arme in die Luft. Herrgott! Das war ja das Glück, das er so lange schon ersehnt und erhofft hatte. Hattingen war ein großes Gut, das wußte er von Ronald. Es mußte eine Lust sein, dort als Verwalter schalten und walten zu können. Und Ronald war ein famoser, vornehmer Mensch, der ihn auch pekuniär gut stellen würde.

»Ilselein! Ilselein!« flüsterte er vor sich hin. Und dann überwältigte ihn die Freude, und er stieß plötzlich einen markerschütternden Jauchzer aus, so daß seine Wirtin entsetzt herbeigelaufen kam.

»Aber, aber, um aller Heiligen willen, Herr von Hellwart, was machen S' da für ein Geschrei? Ich hab' schon gemeint, mir fallen draußen in der Küch' die Haferln auf den Kopf, so haben's bei Ihrem Geschrei gewackelt. «

»Lassen Sie sie wackeln, hochverehrte Frau Gundelfinger, lassen Sie sie ruhig wackeln. «

»Und wenn Sie herunterfallen?«

»Dann gibt es Scherben, und Scherben bedeuten Glück. Mir ist ohnedies so sehr nach Polterabend zumute.«

»Und wer zahlt sie nachher?«

»Ich, Frau Gundelfinger, ich zahle sie Ihnen. Juhu!«

Und wieder stieß er einen lauten Jauchzer aus.

Die Wirtin hielt sich lachend die Ohren zu.

»O mei! Sie haben wohl in der Lotterie gewonnen, daß Ihnen die Juchzer so locker sitzen?«

»Jawohl, ich habe das große Los gewonnen, und deshalb ist mir für die Zukunft dieser Palast zu eng. Unter einem Rittergut tu ich's nicht mehr. Ich muß Ihnen kündigen, Frau Gundelfinger.«

Diese sah beleidigt aus.

»Nachher, wenn es Ihnen nicht mehr noblicht genug ist, dann kann ich meine schöne Stub' allemal an einen anderen Mieter vermieten.«

»Richtig – und deshalb werden Sie mich ohne Schmerz scheiden sehen, teure Hüterin meiner heimischen Penaten.«

»Was das nun wieder für Spaßerl sind! Penaten? Damit meinen's wohl Ihren Schreibtisch und den Sessel?«

Hans lachte hell auf.

»Na, so ungefähr. Penaten sind Hausgötter. Und die Stelle der Hausgötter nehmen bei mir allerdings diese beiden lieben alten Möbel ein.«

Hans strich liebevoll über die Schreibtischplatte.

»Der Himmel hat ein Wunder an mir getan. Doch das verstehen Sie nicht, Verehrteste, und ich habe auch keine Zeit, Ihnen das zu erklären, denn ich muß mich jetzt schleunigst umkleiden und ausgehen. «

»Na, jedenfalls wünsche ich Ihnen Glück zum großen Los, wenn es wahr ist, daß Sie es gewonnen haben.«

»Nicht in der Lotterie, aber es gibt auch noch andere große Lose.«

»Am End' machen S' eine reiche Heirat?«

Er lachte.

»Das wird's wohl sein. Aber nun verschwinden Sie, sonst muß ich in Ihrer Gegenwart Toilette machen, und das schickt sich doch nicht.«

»Sie sind heute gut aufgezogen«, schalt sie lachend und verschwand.

Hans machte sich schnell zum Ausgehen fertig. Dazwischen nahm er aber immer wieder das Bild seiner Braut und küßte es.

»Ilselein! Ilselein! Jetzt wird am Ende doch bald gefreit. Wart nur, der Ronald Rittner, der wird schon sorgen, daß wir uns auf seinem großen Gut ein Nestchen bauen können. Irgendwo wird sich schon ein Unterschlupf finden für zwei so bescheidene Leute, wie wir es sind. «

Und er baute Luftschlösser, die sich vielleicht verwirklichen ließen. Gleich durfte er mit Ronald natürlich nicht von seinen Heiratsplänen sprechen. Erst mußte er festen Fuß gefaßt und sich nützlich gemacht haben. Aber eines Tages konnte er sich ihm doch anvertrauen, und dieser Tag würde nicht gar zu fern liegen. Endlich war ein Lichtblick in sein und Ilses Dasein gefallen, und die absolute Hoffnungslosigkeit der letzten Zeit war überwunden. Mit beschwingten Schritten verließ er seine Wohnung, um sich zu seiner Braut zu begeben und ihr zu sagen, was ihn so froh stimmte.

Mit großen Sprüngen ging es die vier Treppen zu der bescheidenen Vorstadtwohnung der Familie von Tannern hinauf, und etwas atemlos zog Hans die Klingel. Er wußte, daß er erwartet wurde und daß ihm nun gleich seine Schwägerin Goneril die Tür öffnen wurde.

Hans freute sich schon auf Gonerils Gesicht. Diese ließ sich übrigens nie bei ihrem Vornamen nennen, den sie von einer englischen Taufpatin bekommen hatte. Sie hatte diesen Vornamen abgelehnt und pflegte zu sagen, wenn man sie deshalb fragte:

»Ich habe viel mehr Anlage zur Cordelia und hoffe, daß mir das mein lieber Vater bestätigt. Weshalb soll ich also den Namen der bösen Tochter König Lears als abschreckendes Kennzeichen mit mir herumtragen. Zum Glück läßt er sich herrlich in das harmlose Gonny wandeln, wenn ich schon nicht Cordelia heißen darf.«

Ihre Schwester neckte sie dann:

»Gonny, zur Cordelia hast du nur eine einseitige Anlage. Du verstehst wohl zu lieben, aber nicht zu schweigen.«

»Nun gut, lassen wir es also bei Gonny«, hatte diese erwidert.

Es herrschte ein sehr inniges Familienleben zwischen den Schwestern und ihren Eltern. Sie trugen alle tapfer an dem Mißgeschick, das sie betroffen hatte, und wenn sich Herr von Tannern zuweilen Vorwürfe machte, daß er sein Gut zu voreilig verkauft und dadurch seine Verarmung verschuldet hatte, dann legte Gonny die Arme um seinen Hals und sagte:

»Wer weiß, wozu es gut ist, Väterchen. Alle Dinge sind zu irgend etwas gut. Man muß nur geduldig abwarten, bis es sich zeigt, was der liebe Gott damit im Sinn hatte.«

Als Gonny Hans heute willkommen hieß, sah sie ihn lachend an.

»Fünf Minuten zu spät! Ilselein war schon drauf und dran, sich die gräßlichsten Unfälle für dich auszumalen. Ich habe aber behauptet, daß dir höchstens dein letzter Kragenknopf unter das Bett gefallen war und du ihn so lange suchen mußtest. «

Damit reichte sie Hans kameradschaftlich die Hand.

»Womit du ebenfalls daneben geraten hast, teure Gonny. Laß mich bloß erst zu Atem kommen, dann werdet ihr eine herrliche Geschichte erfahren.«

Im behaglichen Wohnzimmer zog er erst einmal, ohne auf Frau von Tannern besorgt abwehrendes Gesicht zu achten, seine Braut in die Arme und küßte sie herzhaft ab. Dann wandte er sich aufatmend an die alte Dame.

»Nicht böse sein, liebste Mama, heute mußte ich mich erst einmal wieder satt küssen. Ich bin ja so glücklich, so glücklich – und heut in einem Jahr spätestens wird Ilselein meine Frau.«

»Hans, bist du etwa Filmstar geworden?« fragte Gonny lachend.

»Fehlgeschossen, Gonny, aber ich habe eine Anstellung als Verwalter, das ist mir mehr wert.«

Und er erzählte nun, was geschehen war, und zeigte Ronalds Brief. Das war eine Freude. Ilse hing lachend und weinend am Hals ihres Verlobten, die Eltern hielten sich mit feuchtschimmernden Augen bei den Händen, und Gonny tanzte um das Brautpaar herum.

»Hab' ich es euch nicht prophezeit? Eines Tages kommt das Glück wieder zu uns. Es wird noch viel besser kommen, dies ist nur der Anfang. Ich habe das so im Gefühl. Die Pechsträhne liegt hinter uns, und nun muß eine Glücksserie kommen. Auf Regen folgt Sonnenschein. «

Hans küßte in seiner Freude nun auch Gonny herzlich auf den Mund.

»Du Prachtmädel! Hast mir manchmal wieder Mut gemacht, wenn ich die Flinte ins Korn werfen wollte.«

Als dann die fünf glücklichen Menschen um den einfachen Abendbrottisch saßen und der kleine Teekessel dampfte, aus dem Gonny die Tassen füllte, sagte diese plötzlich tief aufatmend:

»Um eins beneide ich dich, Hans.«

»Um was denn, Gonny?«

»Daß du wieder auf dem Land leben kannst. Was gäb' ich darum, könnte ich wieder einmal Landluft genießen, so recht aus vollen Lungen. Weißt du was – du könntest mir vielleicht auch eine Anstellung auf Hattingen verschaffen. Mir ist ganz gleich, was für eine. Du weißt, ich bin eine tüchtige Landwirtin und habe den Eltern in der Wirtschaft geholfen, während Ilselein lieber sinnig und minnig bei einer Stickerei saß. Meinetwegen würde ich als Leuteköchin gehen oder als Mamsell – nur wieder aufs Land und Geld verdienen – Geld verdienen!«

»Du bist ja mit einem Mal schrecklich geldhungrig«, neckte Hans seine Schwägerin.

Sie seufzte.

»Ach Hans, ein wonniges Gefühl muß es sein, Geld zu verdienen. Ilselein ist mir jetzt über, die verdient doch ein hübsches Taschengeld mit ihren feinen Stickereien und muß Vater und Mutter nicht um jeden Pfennig bitten. Aber ich? Womit soll ich in der Großstadt Geld verdienen? Und hier im Haushalt habe ich nicht genug zu tun. Andere Talente habe ich leider nicht. Höchstens als Schulreiterin könnte ich noch brillieren. Aber der Zirkus ist nicht einmal mehr romantisch. Heutzutage werden die Romanheldinnen nur noch Filmstars.«

»Du, das ist aber nicht so einfach, das kenne ich aus Erfahrung«, sagte Hans.

»Hm! Deshalb habe ich diese Möglichkeit auch gar nicht ins Auge gefaßt, nicht einmal in meinen Träumen. Aber jede Stelle auf einem Gut kann ich ausfüllen, von der Gänsehirtin bis zur Haushälterin. Also denke an mich, wenn eine Vakanz auf Hattingen ist.«

Hans mußte lachen.

»Wer weiß, Gonny, was sich tun läßt. Ich halte jetzt alles für möglich. Vor wenig Tagen noch bat ich Ronald Rittner, er möge an mich denken, wenn er etwas von einer Vakanz hörte, und jetzt werde ich schon um Protektion ersucht. Ist es dein Ernst damit, Gonny?«

»Ganz gewiß, Hans«, erwiderte Gonny, ihn mit großen ernsten Augen ansehend. »Und ich scheue mich vor keiner Arbeit, das weißt du. «

»Ja, ich weiß – dich kann man mit gutem Gewissen empfehlen.. Aber, vorausgesetzt, es würde sich wirklich eine passende Stellung für dich finden – die Position als Gänsemagd wäre mir für dich doch zu romantisch, es müßte schon etwas anderes sein –, was würden deine Eltern dazu sagen?«

Dabei sah er seine Schwiegereltern fragend an.

Frau von Tannern senkte seufzend den Kopf, und Herr von Tannern faßte Gonnys Hand mit zärtlichem Druck und sagte:

»Gern lassen wir Gonny natürlich nicht aus dem Haus gehen, aber wie die Dinge liegen, können wir nicht nur das tun, was uns lieb und angenehm ist. Wenn sich Gonny eines Tages eine Stellung bietet, die ihr zusagt, müssen wir unsre Einwilligung geben. Denn ich bin ja leider nicht mehr in der Lage, für ihre Zukunft zu sorgen. Wenn ich einmal nicht mehr bin oder nur mein kleines Amt verliere, was uns jetzt das Nötigste schafft, was soll dann aus Gonny werden?«

Gonny fiel ihm lachend um den Hals.

»Nur nicht bange sein, Väterchen, noch sind wir alle Tage satt geworden und haben ein Dach über unsern Häuptern.

Und der Himmel wird schon weiter sorgen. Jetzt hat erst einmal Hans eine feine Anstellung, und eines Tages wird er sein Ilselein nach Hattingen holen. Und vielleicht findet sich auch für mich eine Vakanz in Hattingen, ich werde nicht wählerisch sein. Zur Not ziehe ich mit den Kühen auf die Alm als Sennerin.«

Nun lachten die andern, aber die Eltern sahen dabei mit feuchten Augen auf ihre beiden schönen, blühenden Töchter und sagten sich, daß der Himmel es doch gut mit ihnen gemeint habe, da er ihnen so liebe gute Kinder gab.

Nach dem Abendessen saß man noch einige Stunden zusammen. Hans berichtete, daß er bereits ein zusagendes Telegramm an Ronald Rittner aufgegeben habe. Er und Ilse bauten fleißig Luftschlösser, und Gonny half ihnen lachend dabei. Die Eltern beschränkten sich auf das Zuhören. Diese fünf Menschen waren lange nicht so froh und glücklich gewesen wie an diesem Abend.

4

Ronald Rittner hatte Hans von Hellwart selbst vom Bahnhof abgeholt, und sie trafen kurz vor dem Mittagessen in Hattingen ein.

Als sie dann zusammen bei Tisch saßen, besprachen sie alle Einzelheiten über Hans Hellwarts Engagement. Ronald bot dem Freund einen sehr günstigen Vertrag an, der ihm die Stellung auf Lebenszeit sicherte, ihm aber die Freiheit ließ, falls besondere Glücksumstände es ihm wünschenswert erscheinen ließen, nach einer vierteljährigen Kündigung vom Vertrag zurückzutreten.

Hans behauptete zwar, er werde ganz gewiß niemals von

diesem Kündigungsrecht Gebrauch machen, aber Ronald sagte ruhig: »Man weiß nicht, wie das Leben spielt. Vielleicht machst du eines Tages eine gute Partie und willst dich selbständig machen, und dann sollst du ungehindert sein.«

Hans wollte schnell etwas erwidern, aber dann hielt er doch das Bekenntnis seiner Verlobung mit einem ganz armen Mädchen zurück. Ronald sprach weiter:

»Du wohnst hier bei mir im Herrenhaus, ich habe Zimmer für dich bereitmachen lassen. Zwar gehört zu Hattingen ein sehr hübsches Verwalterhaus, mit fünf völlig eingerichteten Zimmern, aber erstens wohnt da jetzt dein Vorgänger noch, wenn auch nur noch für kurze Zeit, und zweitens ist es mir viel lieber, wenn ich dich hier bei mir habe. Dann bin ich doch nicht so allein. Ich freue mich sehr über dein Kommen. Wir wollen fleißig zusammenarbeiten, aber unsere Mußestunden recht behaglich genießen.«

Da wagte Hans vorläufig doch noch nichts von seiner Ilse zu berichten, aber das Herz hüpfte ihm vor Freude bei dem Gedanken, daß es in Hattingen ein Verwalterhaus mit fünf eingerichteten Zimmern gab. Herrgott – wenn das sein Ilselein hörte! Am liebsten hätte er freilich Ronald gebeten, ihm zu gestatten, nach dem Fortgang seines betrügerischen Vorgängers in das Verwalterhaus ziehen zu dürfen, damit er sein Ilselein heimholen könne. Aber er merkte doch, daß Ronald viel Wert auf seine Gesellschaft legte. Er merkte auch, daß der Freund sehr bedrückt und schwermütig war und anscheinend eine Aufmunterung nötig brauchte. So beschloß er, vorläufig nichts von seiner Verlobung zu sagen. Er wollte erst einmal festen Fuß in Hattingen fassen und etwas Tüchtiges leisten, dann war es immer noch Zeit, sich dem Freund anzuvertrauen.

Nach Tisch machten die beiden Freunde einen Rundgang durch die Wirtschaftsgebäude. Dabei zeigte Ronald Hans auch das Verwalterhaus, das mitten im Grünen am Bergabhang lag und sehr hübsch und freundlich aussah. Hans hätte am liebsten wieder laut aufgejubelt, wie an dem Tag, der ihm Ronalds Brief brachte. Aber er konnte sich beherrschen und sah nur mit leuchtenden Augen auf das reizende Häuschen.

»Ist mein Vorgänger verheiratet, Ronald?«

»Nein, aber er hat die Absicht, meine bisherige Wirtschafterin zu heiraten, die sich auch Unterschlagungen zuschulden kommen ließ. Jedenfalls sind die beiden einander wert, und sie haben sich ihr Schäfchen ins trockne gebracht und wollen sich ein eignes Anwesen kaufen. Das könnte ich natürlich verhindern, wenn ich beide zur Anzeige brächte, aber ich mag es nicht tun. Mögen sie sehen, ob ihnen ihr Raub Segen bringt. Ich kann es zum Glück verschmerzen, aber ich bin sehr froh, wenn mir die beiden erst aus dem Gesicht sind. Ihre Unterwürfigkeit, die sie jetzt aus Angst an den Tag legen, ist mir ebenso widerwärtig wie ihre Unehrlichkeit. Ich brauche nun natürlich auch eine neue Wirtschafterin, die mir die Haus- und Gutswirtschaft instand hält.«

Hans von Hellwart lauschte interessiert.

»Eine Wirtschafterin? Und du hast noch keine in Aussicht?«

»Leider nicht. Obwohl ich schon an ein Vermittlungsbüro geschrieben habe. Aber es hat sich noch niemand gemeldet.«

Hans gab sich einen Ruck. Er dachte an Gonny.

»Ronald, ich könnte dir eine außerordentlich tüchtige Persönlichkeit für diesen Posten empfehlen, nämlich die Tochter unseres früheren Gutsnachbarn, der wie mein Vater durch den vorzeitigen Verkauf seines Gutes verarmt ist, Fräulein von Tannern hat auf dem väterlichen Gut einige Jahre lang die Wirtschaft geführt, da ihre Mutter leidend war. Für ihre Tüchtigkeit stehe ich ein.«

Unschlüssig sah Ronald ihn an.

»Eine junge Dame von Familie? Du, Hans, ich weiß nicht, ob es geraten ist, ihr eine derartige Stellung anzubieten.«

»Warum denn nicht? Sie ist ein durchaus vernünftiger Mensch. Jetzt lebt sie mit ihren Eltern in einer kleinen, bescheidenen Mietswohnung, in der vierten Etage, und hat dabei ihre gute Laune noch nicht verloren. Aber sie ist von dem brennenden Wunsch beseelt, wieder Landluft zu atmen und zu wirtschaften. Sie hat mich gebeten, an sie zu denken, wenn in Hattingen eine Vakanz sei. Zur Not wollte sie als Sennerin auf die Alm ziehen oder Leuteköchin werden. Daraus kannst du sehen, daß sie durchaus nicht anspruchsvoll ist. Du würdest eine fabelhaft zuverlässige Wirtschafterin an ihr bekommen. Außerdem ist sie ein prachtvoller, tüchtiger Mensch, resolut und unverzagt. Ich garantiere dir, daß sie dir alles am Schnürchen hält und sich vor keiner Arbeit scheut.«

Mit großem Interesse hatte Ronald zugehört. Nun sagte er überlegend: »Schließlich wäre es sehr angenehm, eine gebildete Persönlichkeit im Haus zu haben.«

»Das meine ich auch. Fest zugreifen wird sie trotzdem.«

Ronald richtete sich entschlossen auf.

»Gut, deine Fürsprache ist mir maßgebend. Darf ich dich also bitten, Fräulein von Tannern von dieser Vakanz Mitteilung zu machen und sie zu fragen, ob sie die Stellung annehmen will.«

Hans lachte froh.

»Dafür kann ich garantieren. Sie wird deckenhoch springen, die Gonny.«

Ronald stutzte. Es hatte so etwas Warmes, Herzliches aus des Freundes Worten geklungen. Sollte diese Gonny von Tannern der Herzensruhe Hans von Hellwarts gefährlich geworden sein? Nun, ihm konnte es recht sein. Hans war ein Ehrenmann im schönsten Sinne des Wortes. Wenn er diese junge Dame liebte, dann würde er sie wohl auch eines Tages zur

Frau Verwalterin machen wollen, und wenn er helfen konnte, dem Freund ein sorgloses Leben zu bereiten, so war er mit Freuden dabei.

Aber er ließ sich nichts von seiner Vermutung anmerken und sagte nur ruhig: »Wie alt ist wohl Fräulein von Tannern?«

»Sie ist fast vierundzwanzig Jahre alt.«

»Hm! Noch ein wenig jung für diesen Posten.«

»Oh, die Gonny schafft sich schon Respekt, in aller Ruhe und Freundlichkeit und mit allem Nachdruck.«

»Das meinte ich nicht, Hans. Ich meine, ob man ihr zumuten kann, mit uns beiden Junggesellen unter einem Dach zu hausen?«

Hans lachte.

»Die Gonny? Du, an die wagt sich noch nicht einmal der Schatten eines Verdachtes, da kannst du sicher sein. Die setzt sich in Respekt, und wenn sie mit zehn Junggesellen zusammenhausen müßte.«

Ein Lächeln flog über Ronalds Gesicht. Wie ihn schon die Unterhaltung mit Hans erfrischte! Und diese Gonny von Tannern würde vielleicht auch dazu helfen, ihn von seinen trüben Gedanken abzubringen.

»Du hast eine sehr große Meinung von der jungen Dame.«

Hans nickte energisch, ganz ahnungslos, welcher Verdacht in Ronald über seine Beziehungen zu Gonny aufgestiegen war.

»Die allergrößte, Ronald. Und ich kenne die Gonny nun doch schon seit vielen Jahren.«

Ronald Rittner sah sinnend über die Berggipfel hinweg ins Himmelsblau.

»Man könnte ja noch ein übriges tun und die junge Dame einfach im Verwalterhaus einquartieren. Der Verwalter verläßt Hattingen doch in den nächsten Tagen. Dann ist auch nach außen alles vermieden, was dem Ruf der jungen Dame schaden könnte.«

Hans drückte seine Hand.

»Famos, Ronald. Das ist ein kluger Gedanke. Es wird Gonny natürlich sehr lieb sein, vor allen Dingen aber ihren Eltern.«

»Das eben meinte ich auch«, sagte Ronald.

Die beiden Herren besprachen nun andere Dinge. Sie hatten auch eine Konferenz mit dem betrügerischen Verwalter, der Hans mit mißgünstigen Blicken maß und dessen Benehmen zwischen Feigheit und Großsprecherei schwankte. Die Herren waren beide froh, als diese Konferenz zu Ende war. Am übernächsten Tag sollte der Verwalter Hattingen verlassen und seine Komplizin ihm folgen, sobald sie der neuen Wirtschafterin die Schlüssel übergeben hatte. Deshalb bat Ronald den Freund noch, er möge Fräulein von Tannern bitten, sobald als möglich anzutreten.

Später ritten die beiden Herren aus, damit Hans soviel wie möglich von dem schönen Berggut zu sehen bekam. Der Waldbestand war, trotz des Raubbaues des alten Verwalters, noch hervorragend schön und wertvoll, die Matten fett und von reichhaltigem Viehbestand bevölkert. In der Meierei herrschte reger Betrieb. Hans von Hellwarts Augen leuchteten auf. War er auch nicht mehr Herr auf eignem Grund und Boden, so erschien es ihm doch schon ein Gewinn, seine Kenntnisse wieder verwerten zu können.

»Wie glücklich kannst du sein, Ronald, daß du so einen herrlichen Besitz dein eigen nennen kannst.«

Ein Schatten flog über Ronalds Gesicht.

»Glücklich? Wenn wir es genau betrachten, bist du wahrscheinlich glücklicher als ich. Vom Besitz ist das Glück nicht abhängig.«

»Manchmal doch, Ronald. Aber – es fiel mir schon neulich in München auf – du bist seltsam ernst und schwerblütig geworden, ganz verändert gegen früher. Was lastet auf dir?«

Ronald atmete tief auf.

»Ja, du hast es richtig erfaßt, es lastet etwas auf mir. Ich habe Ernstes und Schweres im Wunderland Indien erlebt. Aber ich kann jetzt nicht davon sprechen, vielleicht nie – vielleicht ringe ich es mir aber doch eines Tages von der Seele. Frag mich nicht, wenn ich sprechen kann, tue ich es ungefragt. Nur eins will ich dir sagen – ganz Hattingen gäbe ich darum, wenn ich wieder so froh und unbeschwert durchs Leben gehen könnte, wie du es kannst, trotz deiner Armut.«

Hans von Hellwart faßte seine Hand mit festem Druck.

»Kann ich dir tragen helfen, so laß es mich wissen, Ronald. Du hast schon recht, ich bin trotz allem beneidenswert, da ich durch deine Güte wieder in ein gutes Fahrwasser gekommen bin. Was mich sonst noch kümmert, das schaffe ich schon mit der Zeit. Du aber scheinst etwas Schweres mit dir herumzuschleppen, das dich quält und unfroh macht. Aber warte nur, bis Gonny von Tannern kommt , die bringt Licht und Sonne in das düstere Herz, das glaube mir, und deinetwegen freut es mich sehr, daß sie kommt.«

Gonny von Tannern – Gonny? Ronald lauschte diesem Namen nach. Er hatte einen eigenen warmen Klang. Gonny, Gonny von Tannern? Irgend etwas war ihm an diesem Namen schon angenehm.

»Du schreibst ihr doch heute noch, Hans, damit ich bald Gewißheit habe, ob sie die Stelle annimmt.«

Hans nickte.

»Sobald ich eine ruhige Stunde habe. Aber du kannst ganz sicher darauf rechnen, daß sie annimmt.«

Hans kam erst am Abend dazu, an Gonny zu schreiben, und natürlich schrieb er zuerst an seine Braut. Ein strahlendes Lächeln lag dabei auf seinen Zügen.

»Ilselein – Ilselein!« flüsterte er dabei immer wieder vor sich hin.

5

Gonny kam mit geröteten Wangen von einem Ausgang zurück und schwang triumphierend einen Brief in der Hand, als sie in das trauliche, schlichte Wohnzimmer trat.

»Ilselein, was bringe ich da?«

Ilse blickte errötend von ihrer Stickerei auf.

»Einen Brief? Schon von Hans?«

»Jawohl, Ilselein, aber nicht hoffärtig werden, auch an mich hat er einen geschrieben. Gib acht – er hat schon ein Pöstchen für mich ausgekundschaftet.«

»Aber Gonny, das geht doch nicht mit Schnelldampf.«

»Ach, mir ahnt so etwas Gutes, ich bin auf vieles gefaßt«, scherzte sie in ihrer frischen Art. Sie reichte Ilse den für sie bestimmten Brief.

»Wo ist Mutti, Ilse?«

»Sie wollte noch schnell eine Besorgung machen, wird aber bald zurückkommen.«

»Nun also, dann können wir uns ungestört in unsere Lektüre vertiefen. Ich störe dich nicht, bis du dich zu Wort meldest.«

Damit sank Gonny in einen Sessel und öffnete das an sie gerichtete Schreiben. Aber sie hatte Ilse zuviel versprochen, denn kaum hatte sie den Brief von Hans überflogen, da sprang sie mit einem lauten Jubelruf empor. Ilse fuhr erschrocken zusammen.

»Was schreist du den so, Gonny?«

Diese atmete tief auf.

»Da soll der Mensch nicht schreien! Hurra, Ilse, ich habe sie, ich habe sie!«

»Was denn, Gonny?«

»Die ersehnte Stellung. Und was für eine! Sagte ich nicht, daß der Brief etwas Gutes enthält? Wirtschafterin soll ich werden auf Hattingen, – gleich Wirtschafterin. Du, das ist eine gewichtige Persönlichkeit. Weißt du noch, als wir noch Kinder waren und ich Mutter noch nicht helfen konnte, da hatten wir auf unserm Gut auch eine Wirtschafterin. Sie hatte die Speisekammerschlüssel in Verwahrung und wurde von uns umworben, weil wir immer Appetit auf Mandeln und Rosinen hatten. Und Hattingen ist sicher ein viel größeres Gut und hat demzufolge auch eine größere Speisekammer.«

»Aber Gonny, nun sei doch mal ernsthaft«, mahnte Ilse.

»Kann ich nicht, kann ich absolut nicht. Ich muß schnell noch meinen Übermut austoben, denn wenn ich jetzt in Amt und Würden komme, dann muß ich immerfort ernsthaft sein.«

Ilse ließ seufzend ihren Brief sinken, obwohl er interessant genug für sie war.

»Sag mal, Gonny, du spinnst wohl?«

Gonny umarmte sie jubelnd.

»Nein doch, nein! Hör zu, was mir dein Hans schreibt. Dir ist natürlich viel interessanter, was er dir schreibt, aber das hilft nichts, jetzt mußt du erst mir zuhören. Er schreibt:

›Liebste Gonny! Du hast wieder einmal eine feine Ahnung gehabt. Es ist in Hattingen wirklich eine Vakanz. Die Wirtschafterin wird entlassen, weil sie mit dem Verwalter zusammen Unterschlagungen gemacht hat. Als ich das von Ronald Rittner hörte, spitzte ich natürlich die Ohren und habe Dich gleich empfohlen. Resultat: Ich soll Dich fragen, ob Du die Stelle der Wirtschafterin annehmen willst. Zur Beruhigung der Eltern: Du wirst abseits vom Herrenhaus, in dem wir beiden Junggesellen logieren, im Verwalterhaus wohnen. Wie schön dies Verwalterhaus ist, laß Dir von Ilse erzählen, der ich es eingehend schildere. Also schnell, greif zu, Gonny, die Gelegenheit aufs Land zu kommen ist da, mit allen herrlichen Beigaben als da sind: gute Behandlung, hohes Gehalt, absolut selbständige Stellung – und eine herrliche Aussicht auf die Berge.

Für Deine Tüchtigkeit habe ich Garantie übernommen – und nun drahte sofort, ob und wann Du antreten kannst. Möglichst bald, Deine Vorgängerin ist uns äußerst unangenehm. Und bitte, wenn Du kommst, verrate vorläufig nichts, daß ich mit Ilselein verlobt bin. Ich muß meinen Freund erst langsam an den Gedanken gewöhnen, daß ich viel lieber im Verwalterhaus mit einer reizenden Frau Verwalter wohnen möchte als im Herrenhaus mit ihm. Alles Weitere hoffentlich recht bald mündlich. Einen herzhaften Bruderkuß

Dein getreuer Bruder und Schwager Hans‹

Die Schwestern fielen sich in die Arme, und Gonny jauchzte:

»Siehst du wohl. Ilselein, das Glück kommt auch vier Treppen hoch. Nun ist es da! Ich komme aufs Land – und du wirst bald folgen. Und Vater und Mutter wird ein Glücksfall schon auch noch aufs Land in unsere Nähe bringen. Ich halte jetzt alles für möglich. Horrido Juhu. Ich freue mich – ich freue mich!«

Und sie tanzte mit Ilse im Zimmer herum, bis diese sich lachend und atemlos frei machte.

»Nun laß mich endlich meinen Brief von Hans lesen.«

»Schön, das sei dir gewährt. Ich störe dich jetzt nicht mehr, sondern lese in Andacht und Dankbarkeit diesen Brief von Hans noch einmal durch.«

Und es wurde ganz ruhig in dem kleinen Zimmer. Ilse las:

›Mein innig geliebtes Ilselein! In aller Eile muß ich Dir gleich heut abend sagen, daß es in Hattingen ein entzückendes Verwalterhaus gibt, mit fünf völlig ausgestatteten Zimmern. Die Möbel haben früher mal im Herrenhaus gestanden, bis Ronald Rittners Mutter eine Anzahl Zimmer neu ausstatten ließ. Da stellte man die überflüssigen Möbel ins Verwalterhaus. Aber sie sind trotzdem ganz entzückend, im Stil zwischen Empire und Biedermeier. Das wird meiner Frau Verwalterin schon gefallen.

Ilselein, kannst Du Dir meine Sehnsucht vorstellen? Das Häuschen liegt am Bergabhang, und von den Fenstern aus hat man eine herrliche Aussicht. Wenn Du nur erst da hinausschauen kannst. Lange wird es nicht dauern, Liebste, denke doch, wir müssen nun nicht erst warten, bis wir eine Aussteuer zusammengespart haben. Ich bin überzeugt, Ronald Rittner wird nichts dagegen haben, wenn ich ihm sage, daß ich mich verheiraten will. Nur gleich möchte ich es ihm nicht sagen, er muß etwas sehr Schweres in Indien erlebt haben, und er ist so froh, mich hier zu haben; da will ich ihm doch nicht gleich sagen, daß ich viel lieber im Verwalterhaus wohnen möchte. Nicht wahr, das verstehst Du. Wir müssen ihm doch so dankbar sein. Wenn ich ihm erst gezeigt habe, daß er an mir einen tüchtigen Verwalter hat, dann sag' ich es ihm – und dann ist ja auch die Gonny da, die mir helfen kann, ihn aufzuheitern. Die schafft es schon, wenn es ein Mensch schaffen kann.

Ach, Ilselein, nun kann ich kaum die Zeit unserer baldigen Vereinigung erwarten. Solange wir ohne Hoffnung waren, schien das Warten fast erträglicher als jetzt, da wir hoffen dürfen. So eine heiße Sehnsucht habe ich nach meiner süßen kleinen Frau. Ach, Ilselein!

Von Gonny wirst Du hören, daß sie als Wirtschafterin nach Hattingen kommen soll. Könnt' ich Dich gleich mit ihr hierherkommen lassen. Aber still – still Liebe – Süße. Bald hole ich Dich mir nach Hattingen. Und dann soll es ein schönes Leben werden, ein Leben der Arbeit und des Glücks mit meiner liebsten Frau. Dem Ronald setze ich ein Denkmal in meinem Herzen, weil er es mir ermöglicht, feste Zukunftspläne zu bauen. Und sag der Gonny, daß sie auch dann noch Platz im Verwalterhaus haben wird, wenn ich Dich heimgeführt habe. Schön ist es hier, Ilselein, wunderschön. Hier wird es Dir gefallen. Die Berge grüßen Dich! Süße, ich küsse Dich tausendmal. Dein Hans.‹

Mit glühenden Wangen hatte Ilse ihren Brief zu Ende gelesen. Nun sah sie auf Gonnys erwartungsvolles Gesicht.

»Gonny, ein Verwalterhaus gibt es in Hattingen, mit fünf eingerichteten Zimmern. Was sagst du dazu?«

Gonny sprang auf und umhalste die Schwester wieder.

»Es ist einfach herrlich! Und nun mußt du mir helfen, die Bedenken der Eltern zu besiegen, denn ich ahne, daß Mutti allerlei Befürchtungen haben wird, weil ich in das Haus eines unverheirateten Mannes gehen will. Sie kann sich noch immer nicht an den Gedanken gewöhnen, daß arme Mädchen wie wir keine Ansprüche stellen dürfen. Ich werde schon selbst für mich einstehen, denn ich werde es immer tun müssen, wenn ich mir mein Brot selbst verdienen will. Und mir geht es noch viel besser als tausend anderen Frauen: Ich habe Hans zu meinem Schutz in Hattingen, und später wirst du da sein. Es wäre doch töricht, wenn ich mir diese Chance entgehen ließe. So eine Stelle wird mir so leicht nicht wieder geboten. Außerdem soll ich ja im Verwalterhaus wohnen, wenigstens solange es nicht anderweitig gebraucht wird.«

»Du wirst auch darin wohnen, wenn ich erst dort residiere, es ist genug Platz für uns alle. Und natürlich helfe ich dir, die Eltern umzustimmen. Dich können sie ruhig ziehen lassen, du stehst schon deinen Mann.«

Und die Schwestern bauten Zukunftspläne, mit strahlenden Augen und glühenden Wangen, bis Frau von Tannern heimkam und gleich nach ihr auch ihr Gatte.

Es gab natürlich ein langes Her und Hin, Bedenken und Einwände der Eltern und stürmische Dringlichkeit der Töchter. Aber die Eltern wurden besiegt, und Gonny durfte die Stellung annehmen. Sie setzte sogleich ein Telegramm auf:

›Mit Freuden angenommen. Eintreffe Montag mittag.

Gonny.‹

6

Hans erhielt die Depesche, als er mit Ronald einen Inspizierungsritt antreten wollte. Er öffnete sie, las und sagte lächelnd zu Ronald: »Fräulein von Tannern nimmt die Stellung mit Freuden an und wird Montag mittag eintreffen.«

Ronald neigte das Haupt.

»So bin ich auch diese Sorge los. Du bist wohl so freundlich und holst Fräulein von Tannern am Montag an der Station ab.«

»Sehr gern, Ronald.«

Dann wurde nicht mehr von Gonny gesprochen. Aber Ronald war fest überzeugt, daß zwischen Gonny von Tannern und Hans zarte Beziehungen bestanden. Er konnte ja nicht ahnen, daß diese Beziehungen nur brüderlicher Natur waren. Ein Gefühl der Diskretion hielt ihn ab, Hans zu fragen; er wußte, daß sein Freund darüber sprechen würde, wenn es an der Zeit war.

Am Montag mittag fuhr Hans zur Bahnstation und begrüßte Gonny mit einem brüderlichen Kuß. Sie sah ihn mit strahlenden Augen an.

»Hans, wenn Herr Rittner aber nicht wissen soll, daß du mit meiner Schwester verlobt bist, wie motivieren wir dann das vertrauliche Du zwischen uns? Denn wenn wir uns jetzt plötzlich formell mit Sie anreden, dann gibt es sicher manche Entgleisung.«

Hans schob lachend die Mütze aus der Stirn.

»Keine Sorge, Gonny, ich habe Ronald schon gesagt, daß wir Nachbarskinder sind und uns von Kind auf duzen.«

»Das ist gut, Hans. Von dieser Sorge bin ich also befreit; jetzt erwartet mich das neue Leben. Ich bin sehr tatendurstig.«

Sie fuhren im offenen Wagen durch die herrliche Gegend, und Gonny jauchzte immer wieder auf, wenn sich eine besonders schöne Gegend zeigte. Sie plauderte vergnügt mit Hans und erzählte von daheim.

»Wie war denn der Abschied, Gonny?« fragte Hans lächelnd.

»Ach Hans, es ist eine Schmach, wie wehleidig man sein kann. Es war ein großes Heulen und Zähneklappern, und ich habe noch Tränen vergossen, als ich schon im Zug saß. Ich hätte mich für tapferer gehalten. Aber wenn ich in Mutters nasse Augen sah, dann war es aus mit der Tapferkeit. Jetzt ist es überwunden, und ich bin wieder vergnügt. Und Ilselein läßt dich natürlich tausendmal grüßen; sie hatte rote Wangen und sehnsüchtige Augen.«

Hans lauschte voll Andacht, und Gonny bekam im Übermaß seiner Gefühle einen herzhaften Kuß.

»Als Ilses Stellvertreterin, nicht wahr, Hans«, sagte sie lachend.

Er lachte mit.

»Mußt schon stillhalten, Gonny, da ich doch die Ilse nicht habe.«

»Aber in Hattingen geht das natürlich nicht. Da muß ich schon bitten, daß du mich durch Vertraulichkeiten nicht in Mißkredit bringst. Meine Würde als Wirtschafterin muß respektiert werden. Das war der letzte Kuß, Herr Verwalter – von jetzt an verkehren wir im Hofton, verstanden?«

»Jawohl, Gonny, hast schon recht. Wir müssen der Leute wegen Abstand markieren. Also Haltung, teure Schwägerin.«

Sie saßen nun ganz formell nebeneinander und machten Konversation. Dabei lachte freilich aus beider Augen der helle Übermut.

Der Wagen fuhr die Bergstraße hinan, bis zu dem Herrenhaus von Hattingen. Es lag auf dem Plateau eines mäßig hohen Berges, hinter dem sich hohe Felskolosse mit schneebedeckten Gipfeln auftürmten. Seitwärts vom Herrenhaus lugte das Verwalterhaus zwischen den Bäumen hervor. Hans zeigte es Gonny, und sie sah mit großen Augen darauf hin. »Reizend, Hans, wie werdet ihr glücklich sein, du und Ilselein, wenn ihr erst dort zusammen wohnt.«

Und eine Weichheit lag in Blick und Ton, die Hans an Gonny gar nicht kannte.

Ehe er antworten konnte, hielt der Wagen vor der breiten Sandsteintreppe, die zum Herrenhaus hinaufführte. Ronald Rittner kam die Treppe herab und begrüßte Gonny in seiner ritterlichen Art, sie mit seinen grauen Augen groß und forschend ansehend, als müsse er gleich beim ersten Blick ihr Wesen ergründen. Ein helles Rot stieg bei seinem Blick in ihr Gesicht. Wie auf die meisten Frauen wirkte die gütige Wärme seines Blickes auch auf Gonny, so daß ihr junges Herz hart und laut in der Brust klopfte. Und als er nun ihre Hand in der seinen hielt, war sie seltsam still und beklommen und brachte nur mühsam einige Worte hervor. Hans sah sie erstaunt an. So kannte er Gonny noch gar nicht. Sie fand immer und überall gleich die rechten Worte.

Aber Gonny schüttelte schnell ihre Befangenheit ab und fand sich selbst wieder.

»Wenn es Ihnen recht ist, Fräulein von Tannern, so lasse ich Sie gleich hinüber in das Verwalterhaus fahren. Es ist dort alles zu Ihrer Aufnahme bereit. Es ist das beste, Sie richten sich gleich ein. Ihre Koffer nehmen Sie auch gleich mit hinüber. In einer Stunde erwarten wir Sie dann bei Tisch«, sagte Ronald.

Gonny neigte das Haupt, und ihre sonnige Heiterkeit leuchtete ihm aus ihren goldbraunen Augen ins Herz hinein, so daß ihm eigen wohl und warm zumute wurde.

»Ich danke Ihnen, Herr von Rittner, ich werde mich gleich wohnlich einrichten. In einer Stunde trete ich mein Amt an und hoffe, daß ich mich nützlich machen kann. Recht viel Arbeit möchte ich haben, ich bin sehr tatendurstig und freue mich auf meine Tätigkeit.«

Er sah in ihre Augen, in diese sonnenleuchtenden Augen, die ein seltsames Gefühl in ihm auslösten, wie noch nie zuvor ein Paar Frauenaugen. Und ein Lächeln huschte um seinen ernsten Mund.

»An Arbeit wird es nicht fehlen, und ich will nur hoffen, daß es Ihnen nicht zuviel wird.«

Sie reckte lachend die Arme.

»Oh, darum ist mir nicht bange. Ich bin jung, gesund und kräftig.«

»Es soll mich freuen, wenn Sie sich in Hattingen wohl fühlen. Also, Hans, du fährst Fräulein von Tannern hinüber, nicht wahr?«

Damit wandte er sich an den Freund. Dieser verneigte sich.

»Mit Vergnügen, Ronald. Auf Wiedersehen nachher.«

Der Wagen fuhr nun zu dem Verwalterhaus hinüber, das einige hundert Schritte entfernt lag. Ronald Rittner sah ihm nach. Und als er die beiden jungen Menschen so einträchtig nebeneinander sitzen sah, kam ein wehes Gefühl der Vereinsamung über ihn, wie er es noch nie empfunden hatte.

Lange würde es nicht dauern, so meinte er, dann würde Hans von Hellwart dies schöne, lebenssprühende Geschöpf als Gattin in das friedliche Häuschen hinüberführen. Und dann würde er mit hungrigen Augen ein sonniges Glück emporblühen sehen, ein Glück, um das er Hans beneiden würde.

Ja, beneiden – weil er schuldlos die Hände ausstrecken durfte nach einem vollwertigen Weggenossen, um Seite an Seite mit ihm alle Höhen und Tiefen seines Lebens zu durchschreiten.

»Gonny von Tannern …«

Er sprach den Namen leise vor sich hin. Gonny von Tannern! Dann schrak er empor und wandte sich mit einem Ruck, um in das Haus zurückzukehren. Was sollten ihm Träume und Erwägungen? Sein Leben war zerstört, einsam mußte er seine Straße ziehen – einsam und friedlos.

Vor seinen geistigen Augen erschien Djuna, wie sie mit vertrauendem Lächeln das Gift der Thug aus seinen Händen nahm. Die Erinnerung quälte ihn einmal wieder mehr denn je. In dumpfes Brüten versunken, saß er in dem großen, schönen Wohnzimmer. Und seltsamerweise wurde ihm heute klar, daß er für Djuna nicht die wahre tiefe Liebe gefühlt hatte. Es war mehr Mitleid gewesen, was ihn an sie gebunden hatte. Aber sie war doch nur eine Episode in seinem Leben. Nie hätte sie es ganz ausfüllen können.

Gonny war von Hans in die für sie bestimmten Zimmer geführt worden. In ein großes hübsches Arbeitszimmer mit einem Schreibtisch, auf dem schon die Wirtschaftsbücher aufgestapelt lagen. In einer Ecke stand ein Diwan, daneben ein Bücherschrank und in der Mitte des Zimmers ein großer runder Tisch, um den einige Sessel gruppiert waren. Eine bunte Plüschdecke war über den Tisch gebreitet und darüber in der Mitte eine kleine weiße Spitzendecke.

Neben diesem Zimmer lag ein helles, freundliches Schlafzimmer mit altväterlichen Birkenmöbeln.

Aufatmend sah sich Gonny um.

»Wie schön es hier ist, Hans! Und gleich zwei so reizende Zimmer soll ich für mich allein haben?«

»Es freut mich, daß es dir gefällt, Gonny.«

Sie lachte ein wenig.

»Daran hast du doch nicht gezweifelt, Hans. Aber wenn später Ilselein hier ihren Einzug hält, dann gebe ich euch ein Zimmer ab und begnüge mich mit dem einen. Vorläufig kann ich ja beide benützen.«

»Darüber wirst du dich später mit Ilselein auseinandersetzen, Gonny.«

Sie hatte etwas zerstreut vor sich hingesehen und wandte sich nun schnell nach ihm um.

»Hans, was für ein Kummer lastet denn auf deinem Freund?«

Er sah sie überrascht an.

»Hast du es gleich bemerkt, daß er einen Kummer zu tragen hat?«

Sie nickte.

»Auf den ersten Blick. In seinen Augen liegt ein tiefes Leid. Er ist sehr unglücklich – aber ein sehr guter Mensch. «

»Auch das hast du gleich herausgefunden?«

Gonny lächelte.

»Du weißt doch, Hans, Mutter sagt immer: Gonny hört das Gras wachsen und sieht durch neun eiserne Türen. Warum hast du mir nicht gesagt, daß dein Freund so unglücklich ist?«

»Nun, das ist wohl zuviel gesagt. Ein Mensch, der so mit Glücksgütern gesegnet ist, kann doch nicht ganz unglücklich sein.«

Sie machte eine abwehrende Bewegung.

»Als wenn das Glück durch äußere Güter zu erkaufen wäre, Hans. Sie können es mindern oder erhöhen, aber doch nicht schaffen.«

»Gonny, du wirst ja tiefsinnig.«

Sie strich sich das Haar aus der Stirn.

»Das wird nicht lange anhalten, Hans, ich muß mich nur erst eingewöhnen. Nun laß mich bitte allein, damit ich mich fertig machen kann, ich möchte nicht unpünktlich sein. «

»Dann also auf Wiedersehen.«

»Auf Wiedersehen, Hans«, sagte Gonny ein wenig verträumt. Als sie allein war, trat sie an das Fenster und sah auf die herrliche Landschaft hinaus. Aber in ihren Augen lag ein Ausdruck, den noch niemand in Gonny von Tannerns Augen gesehen hatte – es war wie eine bange Frage an das Schicksal. Sie war gar nicht sentimental, hatte immer dem Leben mit klaren Augen ins Gesicht gesehen und vom Schicksal unverzagt genommen, was es brachte. Aber jetzt war jäh in ihr ein Gefühl erwacht, als sei ihr heute ihr Schicksal in Person begegnet. Und dies Schicksal trug Ronald Rittners Züge. Leise Furcht erwachte in dem sonst so tapferen Geschöpf, und ihr war, als müsse sie diesem Schicksal aus dem Weg gehen, so weit sie ihre Füße trugen.

So stark hatte Ronald Rittners Persönlichkeit bei dieser ersten Begegnung auf sie gewirkt. Aber sie gab sich dem bangen Gefühl nicht lange hin. Resolut schüttelte sie den Kopf, als müsse sie die seltsame Beklommenheit von sich weisen.

»Ich werde mich nicht von einer ungewissen Furcht unterkriegen lassen«, sagte sie vor sich hin. Und resolut machte sie sich daran, sich in den beiden hübschen Zimmern wohnlich einzurichten. Es kam eine Magd, die ihr helfen wollte. Gonny dankte ihr freundlich, aber bestimmt.

»Ich werde schon allein fertig. Aber einen großen Krug frisches Wasser können Sie mir noch bringen und in mein Schlafzimmer stellen«, sagte sie.

Sie hatte gleich entdeckt, daß auf ihrem Waschtisch nur ein sehr bescheidener Wasserkrug stand. Sie hatte eine große Vorliebe für kaltes Wasser.

»Das hält Leib und Seele zusammen«, pflegte sie zu sagen, wenn Ilse über ihre Wasserverschwendung spottete.

Als sie ausgepackt und ihre Sachen eingeräumt hatte, erfrischte sie sich an dem gebrachten kalten Wasser. Dann ordnete sie ihre dicken Flechten in schlichter Weise um den feinen Kopf. Sie schimmerten im Sonnenschein wie flüssiges Gold. Schließlich warf sie ein schlichtes, mattblaues Leinenkleid über, das sie sich mit Ilses Hilfe selbst gearbeitet hatte. Es hatte nur an dem kleinen Halsausschnitt und an den halblangen Ärmeln schmale weiße Aufschläge. Darüber band sie als Zeichen ihrer neuen Würde eine weiße Schürze. Nach einem kritisch forschenden Blick in den Spiegel wandte sie sich zum Gehen. Mit schnellen elastischen Schritten erreichte sie das Herrenhaus.

Sie wurde in das Speisezimmer geführt, wo sie von den beiden Herren bereits erwartet wurde. Es war für Ronald gar kein Zweifel, daß Fräulein von Tannern mit an seinem Tisch essen würde, obgleich die Vorgängerin Gonnys dieses Recht nicht innehatte. Diese war eine ungebildete Person gewesen.

Als Gonny eintrat, bemerkte Ronald, wie blond sie war. Alles an ihr war licht und hell. Sie wirkte in ihrer jugendfrischen Schönheit auf ihn lebensbejahend, und das Herz wurde ihm freier und leichter.

Gonnys Herz schlug unter seinem Blick fast schmerzhaft, aber sie nahm ihre fröhliche Tapferkeit zu Hilfe und erwiderte seinen Blick ruhig.

»Da bin ich, Herr Rittner, und ich bitte Sie, mich in meinen Pflichtenkreis einzuführen.«

Er verneigte sich lächelnd.

»Erst wollen wir das Mittagessen einnehmen, Fräulein von Tannern, dann führe ich Sie zu Ihrer Vorgängerin, die noch bis morgen hier bleibt. Sie wird Ihnen die Schlüssel ausliefern und Ihnen alles, was nötig ist, erklären.«

Gonny nahm nun ohne Scheu mit den beiden Herren am Tisch Platz. Als der Diener die Suppe auftrug, erhob sie sich und füllte die Suppe in die Teller, als sei das selbstverständlich. Der Diener, der sonst dies Amt übernommen hatte, wagte gar nicht zu widersprechen, denn Gonnys Wesen hatte etwas ruhig Bestimmtes. Die beiden Herren ließen sich auch gern von ihren Händen bedienen. Es war sehr behaglich in dem großen schönen Speisezimmer, das, wie alle Räume des Hauses, mit einer vornehmen Gediegenheit ausgestattet war.

Gonny verstand es, eine muntere Unterhaltung in Gang zu bringen. Sie wirkte immer und überall belebend. Aber nur sie allein wußte, wie sehr ihr Herz dabei klopfte und wieviel Tapferkeit sie nötig hatte, um in Ronald Rittners Augen zu sehen. Niemand hätte ihr die geringste Befangenheit angemerkt. Hans tat natürlich auch das Seine, um die Unterhaltung zu beleben, und Ronald hatte ein seltsames Frohgefühl im Herzen. Er wußte, daß er sich nicht mehr so frisch und heiter gefühlt hatte, seit er Maja Ravi in Bombay begegnet war.

Nach Tisch wurde Gonny von ihrer Vorgängerin im Haus und in Küche und Keller herumgeführt. Sie händigte ihr die Schlüssel mit einer mürrischen Verdrossenheit ein, nachdem Gonny einen unangenehmen Redeschwall mit den Worten unterbrochen hatte: »Bitte beschränken Sie sich auf geschäftliche Dinge, für Privatgespräche haben wir wohl keine Zeit, wenn Sie mir alles Nötige erklären wollen.«

Man merkte Gonny sehr wohl an, daß sie gelernt hatte, zu befehlen, anzuordnen und Bestimmungen zu treffen. Die viel ältere Vorgängerin – sie war schon Mitte der Dreißig – hatte beim Anblick der jungen Dame verächtlich die Nase gerümpft und ihr nicht viel Kenntnisse im Haushalt und der Landwirtschaft zugetraut. Aber sie mußte ihre Ansicht schnell korrigieren und staunte, wie Gonny alle Dinge beim richtigen Namen nannte, wie ihr überall kleine Mißstände auffielen und sie ruhig und bestimmt anordnete, wie sie abzustellen seien.

Und auch die Dienerschaft merkte gleich, daß die ›Neue‹ etwas von der Sache verstand und daß man ihr nichts vormachen könne. Gonny verschaffte sich sofort den nötigen Respekt, und die Dienerschaft wurde sich darüber klar, daß jeder seine Pflicht tun mußte.

So vergingen Gonny die ersten Tage in angestrengter Tätigkeit. Die beiden Herren beobachteten still ihr Schalten und Walten, und eines Tages fragte Hans den Gutsherrn: »Glaubst du nun, Ronald, daß Fräulein von Tannern ihr Amt zu deiner Zufriedenheit ausfüllen wird?«

Ronald nickte.

»Darüber war ich mir schon nach dem ersten Tag ihres Hierseins klar, Hans. Sie ist eine außerordentlich tüchtige und wertvolle Persönlichkeit, was bei ihrer Jugend erstaunlich ist. Und dabei diese erfrischende Natürlichkeit! Sie ist ein seltenes Geschöpf.«

Mehr wollte Ronald nicht sagen. Er hätte ein viel enthusiastischeres Urteil über sie gefällt, wenn er nicht fest daran geglaubt hätte, daß zwischen Hans und Gonny ein heimlicher Herzensbund bestehe. Er wollte den Freund nicht eifersüchtig machen.

Aber das war Ronald Rittner nun schon längst klar – daß er freudig ganz Hattingen hingegeben hätte, wenn er sich frohen, freien Herzens eine Gonny von Tannern als Weggenossin an die Seite hätte stellen dürfen. Zwar wehrte er sich mit aller Energie gegen den Einfluß, den Gonnys lebensfrische Persönlichkeit auf ihn ausübte, aber er fühlte bald, daß dies Wehren gar keinen Zweck hatte.

Wieder sprach sein Herz für eine Frau – aber diesmal ganz anders als zuvor und mit einer viel stärkeren, tieferen Innerlichkeit und Kraft. Sie erst verkörperte sein Ideal. Nie zuvor hatte er so viel für eine Frau empfunden. Und es schmerzte ihn tief, daß er sie sich nicht erringen konnte. Selbst wenn sie Hans nicht geliebt hätte, wäre sie unerreichbar für ihn gewesen. Er durfte nie wieder eine Frau an sein verfehltes Leben ketten. Seine Schuld schloß ihn von allen Lebensfreuden aus. Das war seine feste Überzeugung. Er war zu tiefgründig und gewissenhaft, als daß er sich von jeder Schuld hätte freisprechen können. Und so suchte er sich damit zu begnügen und abzufinden, daß er wenigstens Gonnys erfrischende Gegenwart genießen durfte, schon das war ihm ein Labsal. Und Gonny ahnte nicht, daß Ronald Rittner sein Herz an sie verloren hatte. Sie hatte zu viel mit sich selbst zu tun, mußte zu sehr auf sich achten, um nicht ihre Neigung für Ronald Rittner zu verraten. Sie verstanden beide sehr gut, ihr Inneres zu verschließen und ihre Gefühle füreinander zu verbergen. Aber um so tiefer faßte die Liebe in ihrem Wesen Wurzeln. Da half alles Wehren nichts.

7

Wochen waren vergangen, Gonny hatte sich Hattingen erobert. Alles hielt zu ihrer Fahne, vom Gutsherrn bis zum letzten Geißbuben. Und sichtlich fühlte sich alles wohl unter ihrem freundlichen Zepter.

Auch Ronald Rittner war unter ihrem Einfluß aufgelebt. Es war unmöglich, sich in Gonnys Gegenwart trüben Gedanken hinzugeben. Sobald er in ihr sonnig heiteres Gesicht sah, war ihm zumute, als ob alle Schmerzen von ihm abfielen. Er freute sich auf die gemeinsamen Mahlzeiten, die behaglichen Plauderstunden nach dem Abendessen und suchte Gonny soviel wie möglich zu begegnen. Er redete sich ein, daß er seine Neigung für sie zu einer stillen Resignation gezwungen habe, aber dann loderte zuweilen wieder eine jähe Hoffnung in ihm auf, daß er sich irren möchte, wenn er annahm, Hans und Gonny liebten sich. Er fühlte, daß nur eine innige Gemeinschaft mit Gonny von Tannern ihm helfen könne, über alles Schwere und Trübe seines Lebens hinwegzukommen. Gern hätte er Hans gefragt, wie er im Herzen zu Gonny stehe, aber er wagte es nicht, weil er fühlte, daß ihn die Bestätigung seiner Annahme noch mehr niederdrücken würde. Solange er noch keine Gewißheit hatte, konnte er noch hoffen.

Eines Tages saß er an seinem Schreibtisch. Er war von einem Ausritt nach Hause gekommen und saß in Gedanken verloren. Da scholl plötzlich ein warmes, klares Mädchenlachen zu ihm herauf. Gonny! So lachte nur sie. Er erhob sich schnell und trat an das Fenster. Und da sah er Gonny unten auf der Terrasse stehen. Eine große Wirtschaftsschürze umhüllte ihre schlanke Gestalt. Sie trug einen Korb mit Eiern am Arm und beugte sich über die Terrassenbrüstung. Unterhalb derselben hielt Hans auf einem Pferd. Er war eben von einem Inspizierritt zurückgekehrt.

Hinter den Gardinen verborgen lauschte Ronald auf ihr Gespräch. Er wurde sich nicht bewußt, daß er indiskret war.

»Mir scheint, Gonny, daß selbst die Hühner fleißiger sind, seit sie unter deinem Regiment leben«, sagte Hans lachend.

»Warum sollen auch die Hühner eine Ausnahme machen, Hans? Hier in Hattingen ist doch alles fleißig. Und es bereitet so viel Freude, zu arbeiten. Ich begreife nicht, wie hier ein Wesen verdrießlich sein kann. So schön ist es hier! Sieh nur einmal, wie es oben über den Bergen blaut! Wunderbar ist der Blick ins Freie. Ich möchte den ganzen Tag singen und jubilieren, sofern sich das mit dem Ansehen einer Wirtschafterin vertrüge, wenn mich nicht eins immer wieder bedrückte.«

»Was denn, Gonny?«

Sie setzte den Eierkorb nieder, strich sich ein paar lose Löckchen hinter das rosige Ohr und sah forschend zu Ronalds Fenster empor, ohne ihn zu entdecken.

»Die Schwermut des Herrn Rittner. Weißt du, wo er jetzt ist?«

»Vermutlich bei den Holzfällern im Wald, zu denen er reiten wollte.«

»Wenn ich nur wüßte, wie ich ihn recht von Herzen froh und glücklich machen könnte. Bin ich ihm doch so dankbar, daß er mir eine Anstellung gegeben hat.«

»Ja, Gonny, das möchte ich auch wissen. Ich bin ihm nicht weniger dankbar als du. Aber noch dankbarer werde ich ihm sein, wenn er es mir erst gönnt, meine kleine Frau in das Verwalterhaus zu führen. «

»Hab nur noch ein wenig Geduld, Hans – er braucht dich recht nötig, weil er sonst gar zu einsam ist.«

»Ich gehe ja nicht fort, Gonny, kann ihm doch ebensoviel sein, wenn ich verheiratet bin.«

»Ja doch, aber er wird das nicht glauben. Er wird denken, daß du, wenn du verheiratet bist, keine Zeit mehr für ihn haben wirst. Warte wenigstens noch ein paar Wochen, ehe du mit ihm darüber sprichst, bis ich ihn erst noch ein bißchen froher gemacht habe. Zuweilen lacht er schon ein wenig. Das freut mich immer so sehr. Also warte noch. Ich richte im Verwalterhaus schon langsam alles zur Hochzeit. Sobald du mit Herrn Rittner gesprochen hast, kann dann die Hochzeit sein.«

Hans zog aufjubelnd Gonnys Kopf zu sich herab und küßte sie auf den Mund.

»Gonny, du bist ein Prachtmädel!«

Sie gab ihm einen kleinen Klaps auf die Wange.

»Respekt, Herr Verwalter! Ich muß darauf bestehen, daß du mir gegenüber die nötige Haltung bewahrst. Spare deine Küsse für deine Frau Verwalterin. Sonst werde ich ungemütlich. Was sollen die Leute zu der Wirtschafterin sagen, wenn sie sich vom Verwalter küssen läßt?«

Er lachte.

»Schimpfe nicht, Gonny, das steht dir nicht. Im übrigen ist ja niemand in der Nähe. Du kannst mir doch nachfühlen, daß ich meiner Sehnsucht einmal freien Lauf geben muß.«

»Es ist aber besser, wenn du tüchtig arbeitest und alles am Schnürchen hältst, damit Herr Rittner sieht, wie ernst es dir mit der Dankbarkeit ist.«

Hans wurde ernst.

»Du weißt doch, Gonny, daß ich meinen Mann stehe. Alles geht prächtig. Es kommt wieder Ordnung in den Betrieb. Mein Vorgänger hatte wahrhaftig wie ein Vandale gehaust. «

»Wie meine Vorgängerin auch. Aber auch ich habe alles am Schnürchen. Und nun Schluß, Herr Verwalter, mich ruft die Küche. «

»Laß dich nicht abhalten, Gonny. Bist doch ein famoser Kerl! Ronald hätte lange suchen können, bis er eine so tüchtige Leiterin seines Hauswesens gefunden hätte.«

»Und einen so tüchtigen Verwalter wie dich, Hans. Aber wir beide hätten lange suchen können, bis wir einen so guten Herrn gefunden hätten. «

»Hast recht, wie immer, Gonny! Also auf Wiedersehen bei Tisch.«

»Auf Wiedersehen, Hans!«

Damit nahm Gonny ihren Eierkorb wieder auf und ging in das Haus, während Hans zu den Ställen hinüberritt. Ronald Rittner aber, der alles gehört hatte, warf sich oben in seinem Zimmer in einen Sessel und stützte den Kopf in beide Hände. Nun hatte er ja die Gewißheit, daß Hans und Gonny heimlich miteinander verlobt waren, denn eine andere Deutung konnte er diesem Gespräch nicht geben. Der Kuß, den Hans Gonny gegeben hatte, nahm ihm vollends jeden Zweifel. Und die

Gewißheit, daß Gonny Hans liebte und in ihm ihren künftigen Mann sah, überfiel ihn wie ein wütender Schmerz. Nun gab es keine Hoffnung mehr für ihn – keine.

Und er wußte, daß er nun nie mehr im Leben eine Hoffnung auf eignes Glück haben würde. Was er für Gonny empfand, was in all den Wochen ihres Hierseins in ihm für sie groß und stark wurde, war eine echte, tiefe Mannesliebe, die auf unbedingter Hochachtung basierte und in der vollen Erkenntnis ihres hohen Menschenwertes.

Und diese Frau, die vielleicht stark und mutig und auch großherzig genug gewesen wäre, alles mit ihm zu tragen, auch seine Schuld, die hatte ihr Herz einem andern geschenkt.

Einsam würde er sein, einsam bis an das Ende seiner Tage. Das wußte er nun. Aber seine Liebe zu Gonny war so groß, daß er sich stark genug fühlte, ihrem Glück Opfer zu bringen. Er beschloß, ihren und Hans von Hellwarts Lebensweg so leicht zu machen, wie es in seiner Macht stand. Mit stiller Wehmut wollte er sich damit begnügen, daß zuweilen ein Abglanz ihres Glückes auf seinen Weg fiel. Er konnte doch wenigstens hoffen, daß sie immer in seiner Nähe blieb, daß er ihre Stimme hören, in ihre Augen sehen konnte. Schon das war ein Labsal für ihn.

Und so redete er sich tapfer in eine entsagende Stimmung hinein und ahnte heute noch nicht, wie schwer diese Entsagung sein würde.

So saß er in schmerzliche Resignation vergraben, bis der Gong zur Mittagstafel rief.

Mit keinem Wort oder Blick verriet er, was er erlauscht hatte. Aber trotz aller Anstrengung, sich nichts anmerken zu lassen, spürte Gonny sehr wohl, daß er in diesen Tagen wieder viel stiller und bedrückter erschien. Sie verstand in seinen Zügen zu lesen wie sonst kein Mensch, und der abermalige

Rückfall Ronalds in seine alte Schwermut beunruhigte sie sehr. Sie sprach mit Hans darüber, als sie wieder einmal mit ihm allein war. Es war weder ihr noch Hans aufgefallen, daß Ronald ihnen beiden jetzt oft Gelegenheit zu einem kurzen Alleinsein gab, so schwer ihm das auch fiel. Und so sagte Gonny in ihrer energischen Art:

»Das geht so nicht weiter, Hans, irgend etwas nagt an ihm. Man muß ihn zu einer Aussprache bringen. Vielleicht kann man ihm doch helfen. Willst du ihn nicht fragen, was seine Seele bedrückt? Er ist doch dein Freund, und es ist Freundespflicht, ihm zu helfen.«

Hans zuckte die Achseln.

»Ich habe schon einmal bei ihm angefragt, Gonny, und er hat mir damals gesagt, daß er schon sprechen würde, wenn er es vermöchte.«

Sie sah ihn dringend an.

»Damit darfst du dich aber nicht zufriedengeben. Du muß es ihm leichtmachen, sich auszusprechen. Wenn ich sein Freund wäre, mir sollte er nicht verheimlichen, was seine Seele bedrückt.«

Hans lächelte.

»Das glaube ich dir, Gonny. Wem du die Zunge lösen willst, der kann nicht widerstehen. Aber du hast recht, ich darf mich nicht abweisen lassen. Wenn ich ihm helfen will, muß ich ihn zum Sprechen bringen. Sobald sich eine Gelegenheit ergibt, werde ich es noch einmal versuchen. «

8

Eines Abends, wenige Tage nach diesem Gespräch zwischen Gonny und Hans, saßen die beiden Freunde noch gemeinsam bei einer Flasche Wein. Gonny hatte sich schon zurückgezogen. Und als Ronald eine Weile schweigend und düster in sein Glas blickte, sagte Hans, des Freundes Hand ergreifend:

»Ronald, du bist leider in der letzten Zeit wieder so viel stiller und schwermütiger geworden. Ich hatte gehofft, daß Gonny von Tannerns frischfrohes Wesen einen günstigen, heilsamen Einfluß auf dich ausüben würde, und im Anfang erschien es mir, als sei ihr das gelungen. Weiß ich doch aus eigner Erfahrung, wie erfrischend und ermutigend ihre unverzagte Art ist. Ganz Hattingen kommt mir unter ihrem Einfluß froher und vergnügter vor. Nur du sinkst immer wieder in deinen alten Trübsinn zurück. Kann dich denn nichts und niemand davon heilen?«

Ronald blies den Rauch seiner Zigarre von sich und starrte mit brennendem Blick ins Leere.

»Nein, Hans, nichts und niemand kann mir helfen, auch Fräulein von Tannerns frischfrohe Lebensbejahung nicht. Ich gestehe offen, im Anfang hatte sie mich aus meinem Tiefsinn ein wenig wachgerüttelt, aber nun ist alles wie zuvor – vielleicht schlimmer noch.«

»Und kann ich dir wirklich nicht helfen? Fräulein von Tannern, die deine Schwermut ebenso bekümmert wie mich, hat mir kürzlich gesagt, es sei meine Freundespflicht, mich nicht von dir abweisen zu lassen. Ich darf nicht aufhören, in dich zu dringen, bis du mir deine Schmerzen offenbarst, damit ich sie dir tragen helfen kann. Du weißt, daß nur innige Freundschaft mich zwingt, an deinem Leid teilzunehmen. Ich möchte dir so gern meine Dankbarkeit beweisen. Kann ich wirklich gar nicht helfen? Laß mich doch wenigstens deinen Kummer wissen. Wir trugen doch früher alles gemeinsam.«

Ronald sah den Freund mit großen, starren Augen an.

»Früher – ja, da war ich schuldlos, wie du.«

Tief bewegt sah Hans in sein blasses, zuckendes Gesicht.

»Welcher Mensch kann von sich behaupten, schuldlos zu sein? Du kannst nichts Böses getan haben. Ronald, ich kenne dich doch, wie ich mich kenne.«

Ein Seufzer hob Ronalds Brust.

»Wer kennt sich denn selbst – wie will man einen – andern kennen? Ob ich Böses getan habe? Ich gab einem Menschen, den ich liebte, den Tod.«

»Ronald!«

Ein tiefes Erschrecken sprach aus diesem Wort.

Ronald lächelte matt.

»Nein, nein, erschrick nur nicht – ich bin kein feiger, gemeiner Mörder. Aber ich reichte einer Frau, die mir teuer war, Gift, ohne es zu wissen.«

Das frische Gesicht Hans von Hellwarts hatte sich verfärbt.

»Das also! Du hattest dich geirrt, hast nicht geahnt, ihr Gift zu geben?«

»Nein, ich wußte es nicht.«

»Dann war es doch nur ein verhängnisvoller Irrtum und keine Schuld.«

»Schuld war es dennoch, Hans, weil ich durch mein Verhalten die Person, die mir in verbrecherischer Absicht das Gift in die Hände spielte, zur Rache gereizt hatte und nicht vorsichtig genug war. Aber laß uns jetzt nicht weiter davon sprechen, nicht heute abend mehr. Morgen – morgen will ich dir alles sagen, dir und Fräulein von Tannern, die ja doch, wie ich hoffe, lange Zeit in Hattingen bleiben wird.

Du und sie – ihr sollt wissen, was mir mein Leben verdüstert hat. Euch will ich nicht länger verhehlen, was mich drückt, denn ihr seid wertvolle Menschen, denen man vertrauen kann. Eure Teilnahme hat mir trotz allem wohlgetan. Unserer Freundschaft bin ich schuldig, daß ich dir aus dieser dunkelsten Zeit meines Lebens keinen Hehl mehr mache, und Fräulein von Tannerns Freundschaft möchte ich mir auch erwerben. Das kann ich aber nur, wenn ich offen zu ihr bin, damit sie dann selbst entscheiden kann, ob sie mich ihrer Freundschaft für würdig hält. Und nun laß uns zur Ruhe gehen, wir müssen morgen frühzeitig heraus. Morgen abend, wenn alle Geschäfte ruhen, will ich mich euch anvertrauen. Bitte, bereite Fräulein von Tannern vor, damit sie weiß, daß ich ihr etwas Besonderes zu sagen habe.«

Hans faßte wieder seine Hand.

»Das will ich tun, Ronald, und ich hoffe, daß wir etwas dazu beitragen können, deinen Kummer zu erleichtern. Was du mir angedeutet hast, läßt mich darauf schließen, daß du das Opfer einer rachsüchtigen Person geworden bist.«

»Ja, Hans. Es wird mir doch vielleicht eine Erleichterung sein, wenn ich mir einmal alles von der Seele sprechen kann. Und es steht mir niemand näher als du. Fräulein von Tannern aber hat es mit ihrer warmen Teilnahme um mich verdient, daß ich mich auch ihr offenbare.«

»Du wirst dein Vertrauen keiner Unwürdigen schenken, Ronald, ich kenne, wie du weißt, Gonny seit ihren Kindertagen und habe sie immer als einen zuverlässigen Menschen schätzen gelernt. Bei ihr ist jedes Geheimnis gut aufgehoben. Sie ist keine Plaudertasche.«

Ein müdes Lächeln spielte um Ronalds Mund.

»Das brauchst du mir nicht erst zu sagen – so viel Menschenkenntnis besitze ich schon, um sie richtig beurteilen zu können. Also morgen, Hans, sollt ihr beide die Geschichte meiner Schuld erfahren, und dann sollt ihr mir beide sagen, ob ihr mich auch weiterhin eurer Freundschaft noch für wert haltet.«

Hans preßte seine Hand fest zwischen die seine.

»Ich weiß, daß du nichts getan hast, was dich meiner Freundschaft unwert macht.«

»Gute Nacht denn für heute.«

»Gute Nacht, Ronald.«

Danach trennten sich die beiden Herren und suchten ihr Zimmer auf. Aber nur Hans fand, müde von einem anstrengenden Tagewerk, bald seine Ruhe.

Ronald saß noch lange am offnen Fenster und starrte in die Sommernacht hinaus. Auch der sternenbesetzte Himmel zauberte ihm keinen Frieden in die Brust. Seine Augen suchten das Verwalterhaus. Dort drüben lag Gonny von Tannern wohl längst im tiefen Schlaf und ruhte sich von ihrem schweren Tagewerk aus. Wie fleißig und tüchtig sie war und wie gütig und echt weiblich bei all ihrem munteren Frohsinn. Selbst um ihn sorgte sie sich. Sie sehnte sich, ihn aufzuheitern. Wenn sie ahnte, welche Gefühle sie in ihm geweckt hatte, wie sehr würde sie ihn dann bemitleiden.

Er seufzte tief auf. Für ihn gab es jetzt nur eine Möglichkeit, sich mit dem Leben abzufinden; er mußte sich wenigstens Gonnys Freundschaft zu erringen suchen, damit er sich an ihrem Glück erfreuen durfte. Und ein wehmütiges Glück würde es doch für ihn sein, ihr die ganze Qual zu enthüllen, die er all die Monate mit sich herumgetragen hatte. Sie würde ihn mit ihren wundervollen Sonnenaugen voll gütigem Mitempfinden ansehen, würde versuchen, ihm Ruhe und Frieden wiederzugeben und nicht ahnen, daß sie ihm den größten Schmerz bereitet hatte. Aber daran durfte er nicht mehr denken, nur daran, daß sie sich so freundlich um ihn sorgte. Wie dringend sie Hans zugeredet hatte, noch eine Weile mit der Hochzeit zu warten – bis sie ihn ein wenig froher gemacht haben würde.

Er schloß die Augen und rief sich ihre Worte und den Klang

ihrer Stimme in das Gedächtnis zurück. So warm und herzlich hatte ihre Stimme geklungen, mitten in den strahlenden Übermut ihres Glücks hinein. Aus ihrem vollen, jungen Liebesglück heraus hatte sie noch an ihn gedacht. Seinetwegen wollte sie auf die Erfüllung ihres Glückes warten, damit er nicht gar so einsam würde.

Zitternd atmete er auf. Ja, er wollte sich begnügen mit ihrer Teilnahme, mit ihrer Freundschaft. War es nicht schon eine Wohltat für ihn, wenn er ihr sein ganzes Inneres aufschließen durfte? Wenn er ehrlich sein wollte, so mußte er sich sagen, daß ihm im Grunde viel mehr daran lag, sich Gonny zu offenbaren als dem Freund. Ihm war, als müßten all die alten Schmerzen unter ihren Augen für immer zur Ruhe gehen, als müsse alles leichter zu tragen sein, wenn sie in das Dunkel seiner Seele geblickt hatte. Und er konnte nun den nächsten Abend kaum erwarten.

Immer wieder hatte er in diesen Wochen Maja Ravis Namen in den Zeitungen gelesen. Sie schien große Triumphe zu feiern und fast in allen großen Städten Deutschlands aufzutreten. Kürzlich hatte er auch ihr Bild in einer illustrierten Zeitung gesehen, und es war nun auch der Zweifel unmöglich, daß vielleicht eine andere Tänzerin sich Maja Ravi nennen könne. Sie war es wirklich. Der Anblick ihres schönen Gesichts hatte auf ihn gewirkt wie der eines giftigen Reptils. Voll Abscheu und Ekel hatte er die Zeitung von sich geworfen. Und er hatte sich gefragt, ob sie nicht von neuem versuchen würde, ihm zu schaden, wenn sie seinen Aufenthaltsort in Deutschland wüßte. Zum Glück hatte er ihr damals, als sie ihn bezaubert hatte, gesagt, daß er wahrscheinlich nie wieder nach Deutschland zurückkehren werde, weil ihm die Heimat durch den Ausgang des Krieges verleidet sei. So würde sie ihn in Deutschland nicht vermuten, und das war gut so. Er traute ihr zu, daß ihre Rachsucht sonst auf neue Ränke sinnen würde. Jeder Niedertracht, jeder Teufelei hielt er sie für fähig; aber er fühlte sich in Sicherheit, denn die Tänzerin konnte von seinem Aufenthaltsort in Hattingen nichts ahnen.

Erst als der Morgen dämmerte, ging er zur Ruhe. Er schlief auch ein, träumte aber von Djuna. Sie neigte sich in ihrer holden Lieblichkeit zu ihm, aber als er sie liebevoll umfassen wollte, da sah sie ihn mit Gonnys Augen an, und mit Gonnys Stimme sprach sie zu ihm: »Sei nicht traurig, du bist schuldlos.«

Eine unsagbare Wonne löste dieser Traum in ihm aus, und eine tiefe Ruhe kam über ihn.

Diese friedliche Ruhe erfüllte ihn noch, als er am andern Morgen erwachte. Und er sagte sich, daß er bestimmt ruhiger und friedlicher werden würde, wenn Gonny von Tannern alles wissen würde, was ihn bedrückte. Er hatte das Empfinden, daß sie ihm helfen würde, das Vergangene leichter zu tragen.

Hans hatte gleich nach dem Frühstück einige Worte mit Gonny über Ronald gesprochen. In Gonnys Antlitz war eine jähe Röte getreten, und Hans ahnte plötzlich Gonnys Neigung zu seinem Freund. Er war von dieser Entdeckung zunächst ein wenig benommen. Es hätte ihm leid getan, wenn Gonny ihre Herzensruhe durch eine unglückliche Liebe verlieren sollte. Aber – so fragte er sich – warum mußte es denn eine unglückliche Liebe sein? Warum konnte es nicht ebensogut eine glückliche Liebe werden? Was Ronald ihm von seiner Schuld angedeutet hatte, konnte doch nicht so schwerwiegend sein, daß eine vernünftige Frau nicht darüber hinwegkommen konnte. Und jedenfalls mochte Ronald Gonny sehr gern, er hielt große Stücke auf sie, und ihre Armut war für ihn gewiß kein Hindernis. Eine Frau wie Gonny aber war für jeden Mann ein Segen – und für Ronald vielleicht besonders.

Warum sollte schließlich aus diesen beiden prächtigen Menschen nicht ein Paar werden?

Hans war heute sichtlich etwas zerstreut bei seiner Arbeit, weil ihm dieser Gedanke immer wieder kam. Auch fragte er sich oft, was Ronald ihm und Gonny am Abend anvertrauen würde. Er mußte sich schließlich energisch wieder zusammenreißen, um keine unsinnigen Anweisungen zu geben.

Bei dem gemeinsamen Mittagessen waren die drei Menschen sehr still. Selbst Gonny konnte sich nur zu einigen harmlos klingenden Worten zwingen. Und als sie Ronald dabei ansah, schoß ihr die helle Röte in das Gesicht, und ihre Augen irrten scheu zur Seite.

Ronald glaubte, daß Gonny froh sein würde, wenn sie sich erst offen zu ihrer Liebe zu Hans bekennen durfte, denn nach seiner Meinung hatte sie einen Charakter, der an Heimlichkeiten wenig Gefallen fand.

Gleich nach Tisch ritt Hans wieder auf die Felder, und Gonny ging in den Garten, um Blumen für die Vasen im Zimmer abzuschneiden. Sie sorgte dafür, daß die Zimmer mit Blumen geschmückt waren, wie sie auch stets Schönheit und Behagen in die Räume zauberte. Alles in Hattingen hatte ein freundlicheres Gesicht bekommen. Das Haus war unter ihren sorgenden Händen verschönt worden. Ihre Vorgängerin hatte dafür keinen Sinn gehabt, die hatte nur zusammengerafft, was sie in ihre eigne Tasche sparen konnte. Seit sie mit dem betrügerischen Verwalter davongegangen war, hatte in Hattingen neben dem Behagen auch die Schönheit ein Recht bekommen, und Ronald staunte immer wieder über den Eifer Fräulein von Tannerns. Täglich standen frische Blumen auf der Tafel und auf seinem Schreibtisch. Und die Speisen waren immer zierlich und appetitlich angerichtet, die Vorhänge an den Fenstern fielen duftiger und zarter, und auch auf der Terrasse blühte jetzt ein Blumenflor.

Während sie jetzt Blumen zum Zimmerschmuck schnitt, beobachtete Ronald sie von dem Fenster seines Zimmers aus. Und wie immer zog es ihn in ihre Nähe. Er konnte nicht widerstehen, er mußte zu ihr hinausgehen. Mit einem Lächeln trat er zu ihr.

»Sie sorgen schon wieder für frischen Blumenschmuck im Hause, Fräulein von Tannern«, sagte er und sah ihren Händen zu.

Sie errötete unter seinen Blicken. Immer schlug ihr das Herz bis zum Hals hinauf, wenn er sie mit seinen gütigen, warmen Augen ansah. Er bemerkte ihr Erröten sehr wohl, ahnte aber nicht, welchen Grund es hatte. Aber sie sah trotzdem tapfer zu ihm auf.

»Es blühen so viele Blumen im Garten, daß es gar nicht zu merken ist, wenn ich für die Zimmer einige abschneide. Und es sieht doch freundlicher aus, wenn auch die Wohnung mit Blumen geschmückt ist.«

»Alles sieht freundlicher aus, was Sie berühren. Sie haben eine glückliche Hand.«

Sie lachte leise.

»Das sagen meine Angehörigen auch.«

»Ihre Eltern leben noch, das weiß ich. Haben Sie sonst noch Verwandte?«

»Noch eine Schwester, Herr Rittner.«

»Wurde Ihnen die Trennung von Ihren Lieben nicht sehr schwer?«

Gonny strich aufatmend ein paar lose Löckchen aus der klaren Stirn.

»Leicht war es nicht, wir hängen alle sehr aneinander. Aber es war doch so ein Glück für mich, wieder auf das Land zu kommen.«

Und in der Nähe Hans Hellwarts zu leben, dachte er neidvoll. Aber er sagte nur:

»Sie sind ein sehr tapferer, unverzagter Mensch, Fräulein von Tannern. Ist Ihre Schwester auch so mutig?«

Ein liebes, warmes Lächeln huschte um ihren Mund.

»Mein Ilselein? O nein, die ist nicht sehr mutig, sie hat ein wenig Angst vor allem Schweren, was sie tragen muß. Aber in letzter Zeit sieht sie auch zuversichtlicher in die Welt – weil das Glück sich doch auch einmal zu uns gefunden hat.«

»Das Glück?«

Sie erschrak. Fast hätte sie zuviel verraten. Und etwas verlegen sagte sie hastig:

»Nun ja, es war doch ein Glück für uns, daß ich die gute Stellung fand. Mein Ilselein wie meine Mutter fürchteten, uns wären nur noch Sorge und Unglück beschieden. Sie hatten beide kaum noch Hoffnung, daß es jemals wieder besser mit uns gehen könne. Aber ich habe immer fest daran geglaubt: Einmal kommt das Glück auch wieder zu uns.«

Er konnte seine Augen nicht von ihr losreißen.

»Vielleicht kommt es im Leben nur immer darauf an, was man als ein Glück ansieht.«

Ihre Augen leuchteten.

»Deshalb muß man immer alles von der besten Seite nehmen. Glück ist Illusion, und es liegt in jedes Menschen Macht, sich ein Glück zu schaffen. Je bescheidener man ist, desto eher hat man Aussicht auf Erfüllung.«

»Sie sind sehr bescheiden, da Sie es schon als ein Glück ansehen, in Hattingen eine Anstellung gefunden zu haben.«

Sie nickte energisch.

»Unbedingt! Ich habe mir einen Wirkungskreis geschaffen, der mich befriedigt, lebe in einer herrlichen Umgebung, verdiene meinen Unterhalt – und darf herrliche Blumen pflücken, so viel ich will. Das ist ein Glück für mich.«

»Das Beste haben Sie noch vergessen«, sagte er mit einem schmerzlichen Zucken um den Mund.

Erstaunt sah sie ihn an.

»Das Beste? Was meinen Sie damit?«

»Nun, daß Sie hier Hans von Hellwart vorgefunden haben. Das ist doch sicher eine große Annehmlichkeit für Sie.«

Frei und offen hielt sie seinen Blick aus. Keine Ahnung kam ihr, welche Beobachtungen er gemacht hatte und was für eine falsche Deutung er ihnen gab.

»Sie haben recht, das hätte ich nicht vergessen sollen, Hans von Hellwart ist ein so guter Kamerad.«

Es klang eine ehrliche Herzlichkeit aus ihren Worten, aber er wunderte sich, daß sie unter seiner Frage nicht verlegen und rot wurde.

»Ja, das ist er, das habe ich auch schon erfahren. Man kann sich in allen Dingen auf ihn verlassen. Wissen Sie, daß ich Ihnen beiden heute nach dem Abendessen etwas zu sagen habe?«

Ein tiefer Atemzug hob ihre Brust, und ihre Augen leuchteten so intensiv, daß er seltsam betroffen zusammenzuckte.

»Ja«, erwiderte Gonny schließlich. »Ich freue mich – so sehr –, daß Sie mich Ihrer Freundschaft für wert halten. Noch mehr aber freue ich mich, wenn Sie sich das Herz ein wenig erleichtern. Ich habe vom ersten Tag an gefühlt, daß Sie ein trauriges Erlebnis hüten, und hätte Ihnen so gern geholfen, es leichter zu ertragen.«

Er sah sie mit einem Blick an, der sie seltsam erschütterte.

»Vielleicht können Sie mir wirklich ein wenig helfen, aber vielleicht wollen Sie das gar nicht mehr, wenn Sie erst alles wissen – vielleicht wenden Sie sich dann mit Schaudern von mir.«

Sie schüttelte den Kopf, sah ihn mit einem vertrauenden Blick an und sagte ruhig: »Das glauben Sie nicht.«

»Ich fürchte es nur«, sagte er leise.

»Das dürfen Sie nicht fürchten. Welches Verhängnis auch über Ihnen lastet – mich wird es nicht erschrecken.«

»So groß ist Ihr Vertrauen zu mir?«

»Unerschütterlich«, sagte sie fest und ruhig.

Er biß die Zähne zusammen und rang mit der tiefen Bewegung, die ihn befiel.

»Hoffentlich ist es wirklich unerschütterlich – es wird eine starke Probe aushalten müssen.«

»Es wird nicht wanken.«

Ein tiefer Seufzer, ein Stöhnen kam aus seiner Brust. Er wandte sich zum Gehen und sagte: »Heute abend sollen Sie alles hören.«

Damit ging er schnell davon.

Sie sah ihm nach. Ihr Herz erzitterte vor Angst und Sorge um ihn. Eins wußte sie gewiß: Was er auch beichten würde – ihre Liebe gehörte ihm, und nichts würde diese Liebe töten können.

»Wenn ich ihm nur helfen könnte, nichts sollte mir zu schwer sein«, sagte sie vor sich hin.

9

Der Tag war Gonny sehr lang geworden, obwohl es Arbeit genug für ihre fleißigen Hände gab. Aber endlich saß sie mit Hans und Ronald beim Abendessen. Weder sie noch die beiden Herren sprachen der Mahlzeit wie sonst zu. Sie waren alle drei erregt und wollten es doch voreinander verbergen.

Endlich erhob man sich, und während Gonny noch nötige häusliche Anordnungen traf, rauchten die Herren draußen auf der Terrasse eine Zigarette. Als dann Gonny das Wohnzimmer wieder betrat und wie jeden Abend eine Schale mit Obst auf den Tisch stellte, von dem die Herren vor dem Schlafengehen noch etwas zu nehmen pflegten, traten auch diese in das Zimmer.

Ronald warf sich mit blassem, zuckenden Gesicht in einen Sessel.

»Bitte, nehmen Sie Platz, Fräulein von Tannern – auch du, Hans. Sie müssen beide entschuldigen, wenn ich mein Gesicht aus dem Bereich der Lampe rette, denn wenn man beichten muß, läßt man sich nicht gern in das Antlitz sehen.«

Schweigend nahmen die beiden Platz, nicht minder erregt als Ronald selbst. Gonny konnte Ronalds Kopf nur wie eine Silhouette sehen, nur das edle Profil und die feine Form des rassigen Kopfes. Daß sie selbst von der Lampe hell beleuchtet war und Ronald also jeden Zug ihres Gesichts genau studieren konnte, beachtete sie nicht. Sie wußte auch nicht, daß das Lampenlicht einen Glanz auf ihr goldenes Haar warf. Sie trug ein schlichtes schwarzes Seidenkleid, das sie meist des Abends, wenn die Arbeit des Tages getan war, anlegte. Es schmiegte sich leicht an die herrliche, jugendschöne Gestalt und ließ nur einen Streifen des wundervollen Nackens und die tadellos geformten Unterarme frei. Sie ahnte nicht, was sie für ein entzückendes Bild bot. Aber Ronald Rittner konnte seine Augen nicht von ihr lassen.

Er begann nun ohne Umschweife in kurzen Worten von seiner Reise nach Indien zu erzählen. Und ging flüchtig über die ersten Monate seines indischen Aufenthaltes hinweg.

Dann sprach er von Bombay, von seinem Besuch in dem Lokal, in dem Maja Ravi auftrat und ihre Künste zeigte. »Und dann lernte ich Maja Ravi kennen«, fuhr er fort.

Gonny zuckte leise zusammen. Ronald bemerkte das und vermochte nicht gleich weiterzusprechen. Gonny glaubte, er sei von Erinnerung an die schöne Tänzerin übermannt. Aber er sann nur darüber nach, weshalb Gonny zusammenzuckte, und ahnte nicht, daß ein heimliches Gefühl von Eifersucht in ihr wach geworden war. Endlich sprach er weiter.

Mit harter und vor unterdrückter Erregung fast heiserer Stimme erzählte er, wie Maja Ravi ihn durch ihre Tanzkunst und ihre Schönheit bezauberte und daß er glaubte, sie zu lieben. Daß Gonnys Antlitz unter seinen Worten die Farbe verlor und erbleichte, brachte ihn abermals aus dem Konzept. Er sah sie eine Weile forschend an. Warum war sie bei seinem Bekenntnis einer verirrten Leidenschaft bleich geworden? Er konnte auf diese Frage keine Antwort finden und berichtete nun, wie er sehr schnell von dieser flüchtigen Leidenschaft geheilt worden sei, als er in Maja Ravis Charakter Abgründe kennenlernte, die ihn von ihr für immer schieden, nachdem er ihr das offen gesagt hatte.

Dabei irritierte ihn wieder sehr, daß Gonny tief aufatmete, aber er war ärgerlich auf sich selbst. Er riß sich zusammen und berichtete seine Abreise von Bombay. Flüchtig schilderte er das Chinesenviertel in Kalkutta, wo er zunächst Aufenthalt nahm. Um seine Zuhörer mit dem Treiben in den indischen Hafenstädten vertraut zu machen, sprach er von einer Nacht, die er mit englischen Bekannten in Opiumkellern und Spielhöllen verbrachte. In den Spielhöllen nahmen die schlau berechnenden Chinesen den Eingeborenen und den Europäern im Spiel ihre Habe ab. Er hatte erlebt, daß ein Eingeborener, nachdem er alles Geld verloren hatte, noch sich, seine Frau und seine Kinder für monatelangen Frondienst verspielte.

Hans und Gonny hörten, wie seltsam und wunderlich das Leben und Treiben in dem Wunderland Indien war. Ronald erzählte von seiner Bekanntschaft mit Murphi Dana, von der zähen Energie und beispiellosen Bedürfnislosigkeit der indischen Studenten und von Murphi Danas Anerbieten, seine Schwester Djuna zu kaufen. Er schilderte seine Empfindungen, die das Anerbieten in ihm wachrief. Mit beredten Worten zeichnete er den Besuch in der elenden Hütte von Murphis Eltern. Diese alten, halbverhungerten Menschen baten ihn flehentlich, sie durch den Kauf Djunas vor dem Verhungern zu schützen. Und Ronald holte Atem, ehe er weitersprach:

»Dann sah ich Djuna. Sie trat in die ärmliche Hütte wie eine Lichtgestalt. Es war, als flute heller, warmer Sonnenschein mit ihr in die Stätte des Elends. Sie war nur in Lumpen gekleidet, wie Eltern und Bruder, und doch wirkte sie wie eine junge Königin. Ihre Schönheit zu beschreiben bin ich machtlos. Sie stand in zitternder Angst vor mir und hob die Hände flehentlich zu mir auf. Es war etwas Rührendes in dieser hilflosen Gebärde, und ich war nicht imstande, herzlos davonzugehen. Und ich sagte ihr: ›Liebes, armes Kind, ich will dich fortführen aus dieser Hölle des Elends, will dich zu mir nehmen, dich in bessere Verhältnisse bringen. Du sollst nicht mehr schutzlos und verlassen sein, sollst nicht mehr hungern. Auch deine Eltern und dein Bruder nicht, ich will auch ihnen helfen. Komm mit mir.‹ Und sie ging vertrauend mit mir.

Ich weiß heute nicht mehr, ob ich sie damals geliebt habe oder ob mich nur das Mitleid führte, ich weiß überhaupt nicht, ob ich je wirkliche Liebe für sie gefühlt habe, ich hatte nur den Wunsch, ihr Los zu bessern. Um keinen Preis der Welt hätte ich gestattet, daß sie in die Hände des abscheulichen Händlers fiel, der sie ihren Eltern so gern abgekauft hätte. Ich mußte die holde Blume bewahren, mußte verhindern, daß sie andere, unreine Hände in den Schmutz zogen.

Und Djuna war glückselig. Sie liebte mich, betete mich an wie einen Heiligen, den die Götter ihr zum Heil gesandt hatten. Diese hingebungsvolle, demütige Liebe bezauberte mich, und da es mir widerstrebte, die abscheuliche Sitte der Europäer in Indien nachzuahmen, die sich ein armes Geschöpf auf Zeit als Gattin kaufen, die nur Pflichten und keine Rechte hat und wie ein Stück Ware beiseite geworfen wird, wenn man ihrer nicht mehr bedarf, so nahm ich Djuna schließlich zur Frau. Sie wurde mir gesetzlich mit allen Rechten angetraut, obwohl meine Bekannten es mir sehr verdachten.

Wir lebten still und zurückgezogen, und Djunas rührende

Dankbarkeit und Liebe ließen mich alles andere vergessen. Wir waren wenige Monate restlos glücklich – bis ich merkte, daß Djuna zu kränkeln begann und in erschreckender Weise dahinwelkte, wie eine Blume, die zuviel Sonnenlicht nicht vertragen kann.«

Er schwieg eine Weile, von der Erinnerung überwältigt. Gonny sah voll Mitleid in sein blasses Gesicht, und zugleich überfiel sie ein so brennender Schmerz, daß ihre klaren Augen sich trübten.

Schnell ging Ronald über Maja Ravis Eindringen in seinen Bungalow hinweg und berichtete von ihrem Anerbieten, ihm ein Heilmittel für seine kranke Frau zu verschaffen. Gonny richtete sich jetzt straff empor und schien ihm jedes Wort von den Lippen zu lesen. Und als er dann erzählte, daß er, als der Arzt selbst ihm gesagt hatte, daß alle Hilfe vergeblich sei, doch das Zaubermittel von Maja Ravi angenommen und es seiner Frau gereicht hatte, da zuckte sie zusammen und krampfte die Hände ineinander.

»Djuna nahm den Trank aus meiner Hand mit dem süßen, vertrauenden Lächeln, das sie immer für mich hatte.«

Nach diesen Worten barg Ronald eine Weile sein Gesicht in den Händen und vermochte nicht weiterzusprechen. Gonny erbebte bis in das Herz hinein, denn sie ahnte, was er nun zu berichten haben würde. Endlich sprach er weiter:

»Djuna schwand unter meinen Händen dahin, wurde schwächer und elender von Tag zu Tag. Das Zaubermittel besserte ihren Zustand nicht, im Gegenteil, sie verfiel um so schneller. Ich beichtete dem Arzt, Djuna ein Zaubermittel gegeben zu haben. Er lächelte mitleidig und sagte mir, daß gegen Tuberkulose ein Pulver aus Zucker und Mehl nicht helfe, auch nicht, wenn ein Fakir seine Sprüche darüber gemurmelt habe. Djuna starb. Als ich tief erschüttert, selbst mit einem bösen Fieber kämpfend, an ihrer Leiche auf den

Knien lag, kam plötzlich Maja Ravi in das Zimmer und sagte mir hohnlachend, daß sie mir für mein junges Weib Gift gegeben habe.«

Gonny schrak bei seinen Worten zusammen.

»Entsetzlich«, kam es heiser über ihre blassen Lippen.

Ronald war fahl und bleich geworden. Nun strich er müde das Haar aus der Stirn und fuhr mit bebender Stimme fort:

»Sie enthüllte mir, daß sie eine Thug sei, ein Mitglied der greulichen Sekte, die der Göttin Kali Menschenopfer bringt. Sie hatte mir das furchtbare Gift der Thug ausgehändigt, um der Göttin ein Opfer zu bringen und sich zugleich zu rächen, da ich sie einst verschmähte und verließ.«

»Durch meine Krankheit verlor ich alle Energie, Maja Ravi zu verfolgen, und hielt es später auch für nutzlos und gefährlich und unterließ es. So habe ich mein Leben weitergeschleppt, aber ich konnte es nie verwinden, an Djunas Tod schuld zu sein«, sagte er mit heiserer Stimme.

Da erhob sich Gonny plötzlich mit einem Ruck und richtete sich hoch auf, als müsse sie den Kampf mit einer unsichtbaren Macht aufnehmen.

»Nein – nein, Sie sind nicht schuldig, das dürfen Sie nicht glauben. Sagten Sie nicht, daß Ihre junge Gattin schon vor der Ankunft Maja Ravis an Tuberkulose erkrankt war? Jeder Mensch weiß doch, daß diese Krankheit unheilbar ist.«

Ronald sah zu Gonny auf, mit einem Blick, der sie erschütterte.

»Wie ich Ihnen danke, daß Sie mich schuldlos sprechen wollen. Aber wenn ich auch annehmen darf, daß Djuna auch ohne den Gifttrank ein früher Tod beschieden war, so wären ihr doch vielleicht noch Jahre beschieden gewesen.«

»Jahre der Qual! Der Tod mußte ihr eine Erlösung sein. Lassen Sie sich doch nicht von so düsteren Gedanken einspinnen, quälen Sie sich nicht damit. Sie sind schuldlos! Sie haben an diesem armen Kind wie ein Wohltäter gehandelt, haben ihr ein Glück geschenkt, dessen sie sonst nie teilhaftig geworden wäre. Sie wurden das Werkzeug eines dämonischen Weibes. Sie dürfen sich nicht von nutzlosen Reuegefühlen verwirren lassen, müssen sich davon frei machen um jeden Preis.«

So sagte Gonny in ihrer leidenschaftlichen Heftigkeit. Ronalds Augen hatten einen feuchten Glanz. Er nahm Gonnys Hand und führte sie an seine Lippen.

»Ich danke Ihnen für die warmherzige Verteidigung.«

»Und ich unterschreibe jedes Wort, das Gonny gesagt hat. Du darfst dich nicht schuldig fühlen, Ronald«, warf hier Hans von Hellwart ein.

Gonny nickte energisch.

»Das ist das Richtige – Sie dürfen nicht. Sie haben Pflichten gegen sich selbst, gegen so viele Menschen, die von Ihnen abhängig sind. Wenn Sie sich immer tiefer in das eingebildete Schuldbewußtsein verstricken, dann werden Sie krank, aber Ihre Gesundheit ist für viele Menschen notwendig. Es ist nutzlos, sich in Reue zu verzehren und sich eine Schuld einzureden. Sie sind unschuldig – ganz gewiß.«

»Gonny hat recht, Ronald, mit jedem Wort. Du mußt das alles vergessen, was hinter dir liegt, und mit neuem Mut und Gottvertrauen in die Zukunft sehen.«

Damit faßte Hans Ronalds Hände und drückte sie warm und herzlich. Dieser hatte sich auch erhoben und sah mit leuchtenden Augen in Gonnys erregtes Gesicht. Und Hans bemerkte diesen Blick, in dem Ronalds ganzes Fühlen in diesem unbeherrschten Augenblick lag. Eine stille Freude stieg in ihm auf. Er sah zu Gonny hinüber, sah deren tiefe Erregung – und wußte genug. Aber keine Miene seines Gesichts verriet, welche Entdeckung er soeben gemacht hatte. Er hatte nur das frohe Gefühl, daß der Freund mit all seinen Schmerzen und Nöten bei der tapferen Gonny wohl aufgehoben sein würde und daß Gonny trotz allem keinen besseren Mann würde finden können, als es Ronald Rittner war.

Ruhig hielt er des Freundes Hände in den seinen und sprach warme, gute Worte zu ihm, wie sie ihm aus dem Herzen kamen. Gonny stand mit leuchtenden Augen dabei und schien jedes gute Wort, das Hans sprach, zu bekräftigen.

Ronald fühlte, wie ihm bei dem ehrlichen Bemühen dieser beiden Menschen eine schwere Last von der Seele fiel. Wenn er sich zuweilen in guten Stunden von jeder Schuld freigesprochen hatte, dann sagte er sich doch immer, daß er ein befangenes Urteil habe und zu milde mit sich umgehe. Aber nun sprachen ihn diese beiden wertvollen, ehrenhaften Menschen frei von jeder Schuld, das galt mehr. Ihm war, als könne er schon freier atmen. Vor allen Dingen beglückte ihn Gonnys leidenschaftliche Parteinahme, und er konnte den Blick nicht von ihrem erregten Gesicht reißen. Endlich sagte Hans zu ihm:

»Nun suche vor allen Dingen jede Erinnerung an jene Zeit zu verwinden. Deine junge Gattin ist tot, und wie mir scheint, wirst du dieser Maja Ravi nie im Leben wiederbegegnen, da du sicher nie wieder nach Indien reisen wirst.«

Da flog ein Schatten über Ronalds Gesicht.

»Du weißt nicht, daß Maja Ravi in Deutschland ist. Und niemand kann wissen, ob ich ihr nicht eines Tages wiederbegegne und ob sie dann nicht neue Rachepläne aussinnt.«

Gonny erschrak. Eine heimliche Angst lag in ihrem Blick.

»Was will denn dies Teufelsweib in Deutschland? Hier würde es ihr wohl etwas schwieriger werden, ihre Ränke zu spinnen. Du hättest sie damals unbedingt festnehmen lassen sollen. Woher weißt du, daß sie in Deutschland ist?« fragte Hans.

»Ich lese schon seit Wochen wiederholt ihren Namen in verschiedenen Zeitungen, zuerst sah ich ihn im Programm eines

Berliner Varietés. Und kürzlich fand ich auch ihr Bild und einen begeisterten Artikel über ihre wirklich hervorragende Tanzkunst in einer illustrierten Zeitung. Da – du kannst dich selbst überzeugen.« Damit legte Ronald eine aufgeschlagene Zeitung auf den Tisch.

Hans und Gonny beugten sich über das Bild Maja Ravis. Und wieder stieg in Gonny eine unbestimmte Angst um den geliebten Mann auf. Wenn diese Frau ahnte, wo Ronald Rittner sich aufhielt, würde sie dann nicht versuchen, abermals rachsüchtig in sein Schicksal einzugreifen?

Aber sie bezwang sich tapfer und sagte mit einem matten Lächeln: »Was kann Sie das kümmern? Hier dürfte diese Frau für ihr Verbrechen nicht straffrei ausgehen. Sie haben recht, wenn Sie es vermeiden wollten, sie den Gerichten im Ausland zu übergeben. In Deutschland würde sie ihre Strafe finden.«

Ronald schüttelte sich.

»Ich ertrüge es nicht, die Geschehnisse vor das Forum der Öffentlichkeit zu zerren, und der Himmel mag geben, daß ich ihr nie mehr begegne.«

»Nun, nach Hattingen wird sie ihr Weg schwerlich führen, und ewig wird sie ja nicht in Deutschland bleiben. Ich lese aus diesem Artikel, daß sie schon fast alle Großstädte Deutschlands besuchte. Sterne wie sie gehen auf und verschwinden wieder. Ich rate dir nochmals, suche sie zu vergessen. Und vor allen Dingen quäle dich nicht länger mit törichten Schuldgedanken. Gonny und ich werden diesen finsteren Gedanken jetzt kräftig zu Leibe gehen, nicht wahr, Gonny?«

Diese nickte Hans mit feuchten Augen zu und reichte Ronald dann impulsiv die Hand.

»Wenn Sie es mir erlauben wollen, will ich gern versuchen, Sie aufzuheitern und abzulenken. Freilich, die Trauer um Ihre junge Frau kann ich nicht bannen.«

Ein wehmütiges Lächeln flog um Ronalds Mund.

»Sie ist nur wie ein Traum durch mein Dasein gehuscht, und ich habe schon oft daran denken müssen, daß dieser Traum die rauhe Wirklichkeit hiesiger Verhältnisse nicht vertragen hätte. Er wäre wohl in einer tiefen Enttäuschung ausgeklungen. Ich kann ihr ein liebes Gedenken bewahren und beklage ihren frühen Tod um ihrer selbst willen – aber unersetzlich ist sie mir nicht.«

»So kann Djuna sich glücklich preisen, daß sie starb, ehe sie erkennen mußte, daß sie eines Tages Ihre Liebe verloren hätte«, sagte Gonny leise.

»Und du wirst eines Tages ein anderes, besseres Glück finden, Ronald«, bekräftigte Hans warm und herzlich.

Die drei Menschen saßen an diesem Abend noch lange zusammen, und was Freundesworte vermögen, wurde versucht, um Ronald aufzuheitern. Er zeigte sich sorgloser, aber seine Trauer um Gonny wurde stärker. Sie war und blieb ihm verloren, gehörte dem Freund, und er mußte resignieren.

Und je mehr er fühlte, daß Gonny sich nicht an seiner Schuld kehrte und er sie sich hätte erringen können, wenn sie freien Herzens gewesen wäre, um so tiefer schmerzte es ihn, daß sie für ihn unerreichbar war.

Als die drei spät abends auseinandergingen, waren sie sich freundschaftlich nahegekommen und fühlten sich durch eine herzliche Sympathie verbunden. Die beiden Herren begleiteten Gonny zu dem Verwalterhaus hinüber, weil es schon spät geworden war, obgleich Gonny lachend versicherte, sie kenne keine Furcht. Mit einem herzlichen Händedruck verabschiedete sie sich.

Als Gonny aber an diesem Abend zur Ruhe gegangen war, blieb ihr der Schlaf fern. Jedes Wort Ronalds zitterte noch in ihrer Seele nach. Sie sann über das Verhängnis, das seine Schatten über Ronalds Leben geworden hatte. Und plötzlich kam ihr ein Gedanke, der sie jäh im Bett emporfahren ließ. Sie saß plötzlich aufrecht und starrte mit großen Augen ins Dunkel.

Wie, wenn jene Maja Ravi Ronald Rittner doch nur ein harmloses Zaubermittel gegeben hatte, wie ja auch der Arzt behauptete? Konnte ein Arzt sich über die Symptome einer Krankheit täuschen, ein Arzt, der fast täglich die Patientin gesehen und wohl auch oft untersucht hatte? War es nicht möglich, daß Djuna wirklich an Tuberkulose gestorben war und daß Maja Ravi, um Ronald zu ängstigen und sich an ihm zu rächen, das Märchen ersonnen hatte, Ronald Gift gegeben zu haben? Sie mußte sich doch sagen, daß es auch für sie ein gefährliches Unternehmen war, Ronalds Frau zu vergiften. Sie konnte nicht wissen, daß Ronald gerade in jener Zeit infolge seiner Krankheit energielos zusammenbrechen würde. Wenn er sie aber hätte festnehmen lassen, wie er im ersten Impuls gewollt hatte, so wäre doch auch für sie die Lage gefährlich gewesen. Hätte sich eine Maja Ravi dieser Gefahr ausgesetzt?

Sie grübelte stundenlang über diese Frage nach. Durch eine Vergiftung hätten sich unbedingt andere Symptome bei Djuna gezeigt, die der Arzt hätte bemerken müssen.

Sie preßte die Hände zusammen. Ach, wenn sie doch die Richtigkeit ihrer Vermutung hätte ergründen können! Dann wäre Ronald Rittners Seele von einer Last befreit gewesen, die auch seine Beichte nicht ganz von ihm nehmen konnte. Nur dann würde er wieder ganz froh und sorglos werden.

Aber wie sollte sie es ergründen?

Nur ein Wesen gab es auf der Welt, das die Wahrheit wußte – Maja Ravi.

Bis draußen der Morgen graute, lag Gonny wach. Dann endlich schlief sie ein und träumte, daß sie der Göttin Kali geopfert werden sollte. Als man sie mit Stricken binden wollte, riß sie sich los und schrie auf. Darüber wachte sie auf und sah nach einem Blick auf die Uhr beschämt, daß sie zum erstenmal in Hattingen die Zeit verschlafen hatte. Eilig erhob sie sich und ging an ihre Arbeit.

10

Und wieder waren einige Wochen vergangen seit jenem Abend, da Ronald seine Beichte ablegte. Das Verhältnis zwischen den drei Menschen war ein noch viel herzlicheres geworden, aber Gonny merkte sehr wohl, daß Ronald Rittner durchaus nicht froher und freier gestimmt war.

Sie ahnte nicht, daß Ronald jetzt weniger durch seine vermeintliche Schuld als durch seine unglückliche Liebe bedrückt war. Seine Liebe zu Gonny war immer stärker geworden, es war die tiefe, starke Liebe des gereiften Mannes. Und er litt unsagbar unter der festen Überzeugung, daß Gonny Hans von Hellwart liebte und von ihm wiedergeliebt wurde. Diese Gewißheit ließ ihn in seine alte Schwermut zurücksinken, obwohl er sich durch die Aussprache über seine indischen Erlebnisse das Herz etwas erleichtert hatte. Gonny glaubte aber, daß ihn das eingebildete Schuldbewußtsein niederdrücke.

Und wieder grübelte sie darüber nach, wie sie ihm helfen könne, und immer mehr setzte sich der Gedanke in ihr fest, daß Ronald seiner Frau kein Gift gereicht hatte. Sie klammerte sich an diesen Gedanken und hätte Ronald so gern diese Überzeugung ebenfalls beigebracht. Aber sie wußte, daß ihr das ohne Beweise nicht gelingen würde. Wie sollte sie aber diese Beweise beschaffen?

Diese Frage beschäftigte sie ohne Unterlaß. Und da ihre

Liebe zu Ronald immer stärker und tiefer wurde, wuchs auch der Wunsch, ihm zu helfen, immer intensiver. Eines Tages las sie in einer Münchner Zeitung vom Auftreten Maja Ravis in einem Münchner Varieté. Der heiße Wunsch, diese gefährliche Frau kennenzulernen, verließ sie nun nicht mehr. Es war, als treibe sie eine unerklärliche Macht in ihre Nähe.

Ängstlich beobachtete sie Ronald. Ob er auch diese Ankündigung gelesen hatte? Er sprach nicht darüber, und sie wagte nicht, ihn zu fragen, um ihn nicht aufmerksam zu machen. Aber mit Hans tauschte sie eines Tages ihre Meinung aus, als sie mit ihm allein war.

»Hans, hast du gelesen, daß Maja Ravi in München ist?« fragte sie.

Er sah betroffen zu ihr auf. »Nein, Gonny, ich hatte keine Ahnung. Ob es Ronald weiß?«

»Hoffentlich nicht. Aber ich fürchte doch, daß ihm die Anzeige in der Zeitung nicht entgangen ist, in der ihr Name fett gedruckt war. Weißt du nicht, wie wir Ronald Rittner endgültig von der Last, die auf ihm ruht, befreien können?«

»Aber Gonny, er hat sich doch befreit. Er sprach sich mit uns aus, und wir haben ihn freigesprochen.«

Sie schüttelte bekümmert den Kopf.

»Nein, nein, da kennst du ihn schlecht, wenn du meinst, er habe den Glauben an seine Schuld überwunden. Und ich habe mir immer wieder den Kopf zerbrochen, wie man ihm helfen könnte.«

Hans sah Gonny mit einem forschenden Blick in das bekümmerte Gesicht. Er ahnte, weshalb es Gonny so sehr am Herzen lag, Ronald zu helfen. Ein leises Lächeln huschte um seinen Mund.

»Ich wüßte schon ein Mittel, ihn dauernd von aller Schwermut zu kurieren.«

»Nun – was ist das für ein Mittel?«

Er sah sie fest an.

»Ronald müßte heiraten, und zwar eine vernünftige, lustige Frau, die ihm alle Schwermut austreibt.«

Mit Vergnügen sah er, wie Gonny bei diesen Worten errötete. Aber sie bezwang sich tapfer, seinem forschenden Blick standzuhalten.

»Was du denkst, Hans! Er wird ganz bestimmt nicht wieder heiraten, ehe seine quälenden Gedanken nicht restlos besiegt sind. Und meines Erachtens gibt es nur ein Mittel, ihn wieder frei zu machen.«

Erstaunt sah er sie an. »Was meinst du, Gonny?«

Sie atmete tief auf.

»Man muß ihm die Überzeugung beibringen, die ich selbst habe, seit ich seine Beichte hörte.«

»Was für eine Überzeugung, Gonny?«

»Daß jenes Pulver, das ihm Maja Ravi gab, gar kein Gift war.«

Hans zuckte zusammen. »Gonny! Wie kommst du auf diese Idee?«

Sie faßte erregt seinen Arm.

»Bedenke doch, Hans, der Arzt konstatierte, daß Djuna an Tuberkulose starb. Er hatte sie täglich in Behandlung und hätte abweichende Symptome unbedingt erkennen müssen, wenn er auch das Gift nicht fand. Meinst du nicht, daß dieses gefährliche Gift der Thug sich bemerkbar gemacht hätte? Der Arzt wäre doch stutzig geworden, hätte sich Djunas Krankheitsbild plötzlich geändert.«

Hans machte ein nachdenkliches Gesicht.

»Gonny, ihr Frauen seid doch scharfsichtiger in solchen Dingen, und besonders du. Hörst wieder einmal das Gras wachsen.«

»Hans, mir ist sehr ernsthaft zumute«, wehrte sie ab.

»Ich meine es auch ganz ernsthaft, Gonny. Von selbst wäre

ich nicht auf diesen Gedanken gekommen, und Ronald natürlich auch nicht. Aber mir will das einleuchten. Du nimmst also an, daß dies Teufelsweib Ronald gar kein Gift gegeben hat, sondern ihn nur, um sich zu rächen, ängstigte?«

Sie nickte energisch.

»Ja, Hans! Es kam mir in jener Nacht nach Ronald Rittners Beichte wie eine Eingebung. Bedenke doch, welcher Gefahr sich die Tänzerin ausgeliefert hätte, wenn sie Herrn Rittner wirklich Gift zusteckte. Sie wagte das Spiel, da sie sicher war, daß niemand bei Djuna Gift finden würde, denn sie mußte damit rechnen, auf Ronalds Veranlassung hin verhaftet zu werden. Sie gab ihm die Überzeugung eines indirekten Mordes ein und hatte sich gerächt.«

Hans war ihren Ausführungen aufmerksam gefolgt. Nun sagte er nachdenklich: »Aber wie ist Ronald diese Überzeugung beizubringen?«

Gonnys Augen glänzten. Sie richtete sich entschlossen auf.

»Hans, wir müssen versuchen, die Wahrheit zu ergründen.«

Sie faßte seine Hand und sah ihn beschwörend an. »Wir werden Maja Ravi zwingen, die Wahrheit zu sagen.«

Er schüttelte verständnislos den Kopf.

»Aber Gonny, wie denkst du dir das?«

Ihre Augen flammten auf. »Ich werde zu ihr gehen.«

Betroffen fuhr er zurück. »Gonny, was hast du für abenteuerliche Pläne?«

»Sie sind gar nicht so abenteuerlich, wie es dir auf den ersten Blick erscheinen mag. Ich habe mir alles reiflich überlegt. Du mußt mir nur helfen.«

»Ich?«

»Ja, Hans. Du bist doch Ronald Rittners Freund. Willst du nicht alles, was in deiner Macht steht, tun, um ihn von seiner Gewissenslast zu befreien?«

Er sah in ihren Augen ein starkes, heißes Wollen, wie es nur die Liebe einzugeben vermag. Er streichelte ihre Hand.

»Gonny, ich bin bereit, alles für Ronald zu tun, was in meiner Macht steht. Aber wie sollen wir Maja Ravi zwingen, uns die Wahrheit zu gestehen?«

»Ich habe ja gelesen, daß sie in München auftritt. Und darauf baut sich mein Plan auf. Wenn ich ihn allein ausführen könnte, würde ich dir vorher gar nichts davon gesagt haben. Aber ich brauche einen Mann, der fest und sicher wirkt. Und dieser Mann sollst du sein.«

Er sah besorgt in ihr erregt zuckendes Gesicht.

»Also sage mir, was du vorhast«, bat er.

Sie preßte die Hand aufs Herz.

»Du sollst mit mir zu Maja Ravi gehen. Ich werde ihr sagen, daß sie Ronald Rittner statt eines Heilmittels Gift in die Hände gespielt hat, um seine junge Gattin dem Tod auszuliefern. Und dann stelle ich dich ihr als Kriminalkommissar vor, der mich begleitet hat, um sie zu verhaften. Sie als Inderin wird mit unserer Rechtspflege nicht so gut Bescheid wissen, um sofort zu merken, daß wir ihr eine Komödie vorspielen. Die Hauptsache ist, daß wir sie verblüffen. Sie wird erschrecken und eingeschüchtert werden, wenn du nur energisch auftrittst. Und um sich vor einer Verhaftung zu retten, wird sie lieber die Wahrheit gestehen, wenn meine Vermutung zutrifft.«

»Das ist ein sehr abenteuerlicher Plan, Gonny, und ich würde Ronald zuliebe mittun. Wie aber willst du ihr erklären, wie du Ronalds Geheimnis erfahren hast und in welcher Beziehung du zu ihm stehst? Sie wird vielleicht in dir seine Braut oder seine Geliebte vermuten, und wer kann wissen, ob sie nicht noch immer eifersüchtig ist? Du setzt dich einer großen Gefahr aus. Dieses Teufelsweib ist zu allem fähig.«

Gonny war dunkelrot geworden, aber nun sagte sie ruhig: »Auch das habe ich bedacht, und deshalb werde ich ihr sagen, daß ich Ronald Rittners Schwester bin. Das ist eine Lüge. Aber auf geradem Weg erreichen wir bei dieser Frau nichts. Wenn sie mich jedoch für seine Schwester hält, wird ihr meine Handlungsweise verständlich erscheinen, und was sie vielleicht seiner Braut oder seiner Geliebten um jeden Preis verschweigen würde, wird sie vielleicht doch seiner Schwester gestehen, wenn ich mit dem nötigen Nachdruck auftrete. Und das will ich schon tun. Du mußt natürlich mit derselben Energie deine Rolle als Kriminalbeamter spielen.«

Er sah sie mit einem nachdenklichen Blick an. Dann flog ein Lächeln über seine Züge.

»Gonny – du bist wirklich ein Prachtkerl! So viel Mut hätte ich dir nicht zugetraut. Und ich darf mich nicht von dir beschämen lassen. Ronald hat es verdient, daß wir alles versuchen, um ihm seinen Frieden wiederzugeben. Also – ich spiele die Komödie mit. Wozu bin ich schließlich Filmkomparse gewesen. So ein Röllchen werde ich wohl hinlegen können. Auf nach München! Aber wie kommen wir hier beide weg, ohne daß es Ronald auffällt? Denn er darf keine Ahnung haben, sonst würde er unser Vorhaben vereiteln.«

Sie drückte seine Hand fest in der ihren.

»Irgendein Vorwand wird sich schon finden. Und lange zögern dürfen wir nicht. Ich denke, der Sonntag paßt am besten. Wir können uns dann unbedenklich Urlaub nehmen. Ich gebe vor, daß ich meine Eltern besuchen will und du – nun, du wirst auch einen Vorwand finden. Wir dürfen nicht länger als bis zum Sonntag zögern, denn Maja Ravi bleibt nur bis nächste Woche in München, wie ich in der Zeitung gelesen habe.«

Hans nickte lächelnd.

»Nun gut, Gonny, ich bin dabei, und wenn es ein dummer

Streich wird, teilen wir uns in die Folgen. Gelingt es aber, lasse ich dir die Ehre allein.«

»Ausgeschlossen, Hans, wir teilen alles.«

»Ich werde mich nicht mit dir streiten. Aber ich hoffe, daß ich wenigstens bei dieser Gelegenheit mein Ilselein wiedersehe.«

»Vorausgesetzt, daß wir Zeit finden, Hans. Aber wenn wir Erfolg haben, ach Hans – dann wirst du von Herrn Rittner verlangen können, was du willst; dann kannst du ihm sagen, daß du verlobt bist und mit Ilselein im Verwalterhaus wohnen möchtest. Er wird dann mit Freuden ja und amen sagen.«

Seine Augen strahlten auf.

»Also gut, Gonny, am Sonntag versuchen wir unser Heil.«

»Ja, Hans. Ich werde gleich heute um Urlaub bitten.«

»Und ich finde dann schon Gelegenheit, mein Anliegen ebenfalls anzubringen. Meinst du nicht, daß wir Ilselein auf den Bahnhof bestellen sollten, damit ich sie wenigstens auf alle Fälle wiedersehe.«

Gonny schüttelte energisch den Kopf.

»Nein, Hans, auf keinen Fall. Wir müßten Ilse in unsern Plan einweihen. Du mußt schon das Opfer bringen, schlimmstenfalls München wieder zu verlassen, ohne Ilse gesehen zu haben.«

Hans seufzte ein wenig, richtete sich dann aber entschlossen auf.

»Recht hast du, Gonny, erst muß Ronalds Angelegenheit erledigt werden. Aber die Hoffnung, daß ich doch noch ein halbes Stündchen für mein Ilselein erübrigen kann, wird mich zu ungeahnten Heldentaten anspornen. Du wirst staunen, was ich für einen schnittigen Kriminalisten hinlege.«

Gonny lachte. Aber dann sagte sie seufzend:

»Hoffentlich täuscht mich meine Ahnung nicht, und hoffentlich entwinden wir ihr das Geständnis. Dann werden wir doch Herrn Rittner wenigstens unsere Dankbarkeit beweisen können.«

Hans sah sie mit einem Blick an, der ihr dunkle Glut in das Gesicht trieb. Aber dann sagte er leicht, um sie nicht noch verlegener zu machen:

»Hoffen wir das Beste!«

Sie reichten sich die Hände. In diesem Augenblick trat Ronald, der von einem Ausritt heimkehrte, in das Zimmer. Er sah die beiden jungen Menschen Hand in Hand stehen. Sein Blick umflorte sich.

Am Abend, als die drei beim Abendessen saßen, sagte Gonny – so ruhig, wie es ihr möglich war:

»Wenn Sie erlauben, Herr Rittner, möchte ich am Sonntag nach München fahren, um meine Eltern zu besuchen.«

Ronald sah mit einem resignierten Lächeln zu ihr hinüber.

»Gern erlaube ich das. Sie haben wahrhaftig Anrecht auf einen freien Tag, denn Sie haben noch keinen freien Sonntag gehabt, seit sie in Hattingen sind.«

»Du willst nach München, Gonny?« fragte Hans anscheinend ganz harmlos,

»Ja, Hans, ich möchte die Eltern einmal wiedersehen.«

»Du, dann fahre ich gleich mit. Ich habe Sehnsucht nach dem Hofbräuhaus, und deinen Eltern würde ich auch gern guten Tag sagen.«

Es zuckte schmerzhaft um Ronalds Mund. Er zweifelte keinen Moment daran, daß dieser Ausflug nach München von Hans und Gonny gemeinsam beschlossen worden war. Nur ahnte er natürlich den Grund nicht. Er glaubte, das junge Paar wolle einmal ungestört sein. Vielleicht wollte auch Hans bei Gonnys Eltern um ihre Hand anhalten. Jetzt konnte er doch an eine Heirat denken, da er eine sichere Lebensstellung auf Hattingen hatte.

Es kostete ihn viel Mühe, ruhig zu scheinen und nicht ein energisches Veto gegen diese gemeinsame Fahrt nach München einzulegen. Und das Herz tat ihm weh, wie nie zuvor. Seine Augen hingen mit schmerzlicher Resignation an Gonnys lebensprühendem Gesicht. Wie beneidenswert doch Hans um diese wertvolle Lebensgefährtin war! Jahre seines Lebens hätte er willig für Gonnys Liebe gegeben.

Seine Erlebnisse in Indien waren jetzt schattenhaft verblaßt, seit er den Freunden gebeichtet hatte. Ihm war, als liege das alles weit, weit hinter ihm, daß es kaum noch Einfluß auf ihn haben konnte.

Gonny irrte sich, wenn sie meinte, daß ihn noch immer das Gefühl der Schuld zu Boden drückte. Seit sie ihn freigesprochen hatte, fühlte er sich auch frei. Um so tiefer schmerzte es ihn, daß Gonny für ihn unerreichbar war. Nie – niemals hatte er eine Frau so schrankenlos geliebt wie sie, und nie mehr würde er eine Frau so lieben können. Sie allein wäre die passende Lebensgefährtin für ihn gewesen. Mit ihr hätte er es gewagt, den Schatten der Vergangenheit zu trotzen. Sie war stark, zuverlässig, lebensfroh. Aber sie gehörte Hans.

Und er fürchtete sich von Tag zu Tag mehr vor der Stunde, da sie beide mit der Bitte vor ihn hintreten würden, heiraten und in das Verwalterhaus hinüberziehen zu dürfen. Es erschien ihm sicher, daß dieser gefürchtete Augenblick spätestens nach der Rückkehr von München eintreten würde. Es hatte ja keinen Sinn mehr, daß sie ihre Liebe versteckten.

Diese Gewißheit überfiel ihn mit einer solchen Qual, daß er sich gleich nach Tisch mit einer Entschuldigung zurückzog und auf sein Zimmer ging. Gonny sah ihm mit bangen Augen nach.

»Wie er leidet, Hans, wir müssen ihm helfen«, stieß sie erregt hervor.

Hans sah in ihr zuckendes Gesicht, aber er verriet mit keinem Wort, mit keinem Blick, daß er ihre Gefühle für Ronald erraten hatte, so wenig er davon sprach, daß er in Ronalds Augen oft genug ein Leuchten sah, das sich nicht mit einer ruhigen Wertschätzung für seine junge Wirtschafterin erklären ließ.

»Wir werden unser Bestes tun, Gonny, um ihm zu helfen«, sagte er nur.

Ronald Rittner ging ruhelos in seinem Zimmer hin und her und lauschte immer wieder hinaus. Er atmete auf, als er unten auf der Terrasse nach kurzer Zeit Gonnys Stimme sagen hörte: »Gute Nacht, Hans.«

»Gute Nacht, Gonny, schlaf gut«, hörte er Hans antworten. Er trat an das Fenster und starrte hinaus. Er sah Gonny im hellen Mondschein zum Verwalterhaus gehen. Mit heißen Augen sah er der schlanken Gestalt nach. Wie sicher und elastisch sie in ihrer stolzen Anmut dahinschritt!

»Gonny – Gonny!«

In qualvoller Sehnsucht flüsterte er ihren Namen. Was sollte aus ihm werden, wenn sie erst als Hans von Hellwarts Gattin da drüben wohnte, wenn er einsam und allein in dem großen leeren Hause blieb und mit neiderfülltem Herzen an das Glück im Verwalterhaus denken mußte? War es seine Bestimmung, daß er immer im Schatten wandeln mußte, daß er nie das höchste Glück des Lebens erreichen würde?

Unruhig ging er wieder hin und her und blieb dann am Fenster stehen. Gonny war im Verwalterhaus verschwunden. Nun sah er Licht hinter ihrem Fenster. Er sah ihren Schatten vorüberhuschen. Und dann erlosch das Licht. Still und dunkel lag das Verwalterhaus.

Er setzte sich an das Fenster und starrte mit trüben Augen zu den mondbeschienenen Berggipfeln. Es war ein zauberhaft schöner Anblick, so recht geschaffen, einer armen Seele Ruhe und Frieden zu geben. Doch er blieb unstet. Eine heiße Eifersucht auf den Freund packte ihn wie mit Geierkrallen. Er schämte sich dieses Gefühls und konnte es doch nicht bannen. Seine Liebe zu Gonny war zu groß und zu stark geworden, um neidlos verzichten zu können. Alles hätte er dem Freund freudig hingegeben, seinen Reichtum – nur Gonny von Tannern gönnte er ihm nicht. Es half nichts, daß er sich selbst Vorwürfe machte und sich einer niedrigen Gesinnung zieh. Die Eifersucht war da und fraß an seinem Herzen. Es wurde ihm in dieser Stunde klar, daß er es nicht ertragen würde, Zeuge eines Glücks zu sein, nach dem er sich selbst mit der ganzen Inbrunst seines vereinsamten Herzens sehnte.

Und er faßte einen festen Entschluß: Wenn Hans und Gonny verheiratet waren, dann wollte er Hattingen verlassen. Hans mochte es verwalten, er würde ein redlicher Hüter seines Besitzes sein, auf den er sich unbedingt verlassen konnte. Er würde nach Holland gehen und versuchen, sich in der Firma van Gould einen Wirkungskreis zu schaffen. Wenn er das nicht aushielt, dann konnte er reisen – und Vergessenheit suchen. Nur nicht Zeuge werden, wie Gonny einen andern glücklich machte; das ging über seine Kraft.

Etwas Ruhe kam über ihn, nachdem er diesen Entschluß gefaßt hatte. Er meinte, daß er nun den Ereignissen mit einiger Festigkeit entgegensehen könne. Es mußte ja sein.

Und nun suchte er endlich sein Lager auf und versuchte zu schlafen.

11

Am Sonntag morgen fuhren Hans und Gonny zusammen mit dem Wagen zur Station, um nach München zu reisen. Ronald stand auf der Terrasse, als sie den Wagen bestiegen. Gonny hatte ihm mit blassem Gesicht und erregt funkelnden Augen die Hand zum Abschied gegeben. Er fühlte, wie ihre Hand leise in der seinen bebte, und er hätte diese kleine, feste Mädchenhand, die so fleißig zufassen konnte, ohne ihre Schönheit einzubüßen, so gern an seine Lippen gezogen. Aber er wagte es nicht, aus Furcht, sich zu verraten. Gonny war sehr erregt, er merkte es wohl und glaubte, daß diese Erregung dem Umstand galt, daß heute ihre Eltern von ihrer Verlobung erfahren würden. Auch Hans erschien ihm etwas erregt, als er einen Händedruck mit ihm tauschte.

Lange sah er dem davonfahrenden Wagen nach und fürchtete sich vor dem einsamen Sonntag. Wußte er doch, daß jeder seiner Gedanken den beiden Menschen folgen würde.

Hans und Gonny sprachen kaum ein Wort zusammen, ehe sie die Station erreichten, der Kutscher störte sie. Hans befahl ihn für den Abend wieder an den Bahnhof, um den letzten Zug aus München abzuwarten.

Während der Fahrt kamen die beiden Menschen auch nicht mehr zu einer ungestörten Aussprache, denn die Sonntagsausflügler füllten die Abteile bis zum letzten Platz. Mit Mühe hatte Hans für Gonny und sich noch zwei Sitzplätze in einem Abteil zweiter Klasse gefunden. Die Fahrt nach München dauerte fast drei Stunden, und sie atmeten auf, als sie das überfüllte Abteil verlassen konnten.

»Was tun wir nun, Gonny?« fragte Hans, einen Blick auf die Uhr werfend.

Sie sah ihn fest an.

»Es ist fast zwölf Uhr, Hans, ich schlage vor, wir fahren

gleich zu dem Varieté, in dem Maja Ravi auftritt, und erkundigen uns nach ihrer Wohnung. Erfahren wir sie nicht, dann warten wir bis zum Abend, bis sie zu ihrem Auftritt kommt. Lieber ist es mir natürlich, wenn wir sie früher erreichen.«

»Werden wir uns denn mit ihr verständigen können?« fragte Hans ein wenig betreten.

Gonny nickte energisch.

»Daß sie der englischen Sprache mächtig ist, habe ich Herrn Rittner abgefragt, und da wir beide diese Sprache vollständig beherrschen, werden wir keine Schwierigkeiten haben.«

»Richtig! Du denkst doch an alles, Gonny. Also laß uns schnell noch einmal wiederholen, was wir vorhaben. Wenn wir die Wohnung der Tänzerin ausgekundschaftet haben, lassen wir uns bei ihr in dringender Angelegenheit melden.«

»So ist es.«

»Und wenn sie uns nicht empfängt?«

Gonny zog eine Visitenkarte aus ihrer Handtasche und hielt sie ihm vor die Augen. Es war eine Karte von Ronald Rittner.

»Wenn sie uns nicht empfangen will, dann schicke ich ihr diese Karte in ihr Zimmer – ich denke, dann wird sie uns vorlassen.«

»Donnerwetter! Du bist ein Genie, Gonny. Freilich wird sie dann sehr erstaunt sein, wenn statt Ronald Rittner ein anderer Mann in Begleitung einer Dame vor ihr steht.«

»Ihr Erstaunen kann uns nur helfen, sie wird die Sachlage nicht so klar übersehen. Mein Plan ist hauptsächlich darauf aufgebaut, daß wir sie verblüffen.«

Und sie besprachen noch alle Einzelheiten, zogen alle Möglichkeiten in Betracht.

Dann langten sie vor dem Varieté an, und Hans begab sich an die Kasse. Er fragte die Kassiererin nach der Wohnung

Maja Ravis. Sie gab dem hübschen jungen Herrn bereitwillig Auskunft und nannte ihm das Hotel, in dem Maja Ravi abgestiegen war. Hans bedankte sich freundlich, und die Kassiererin sah ihm wohlgefällig nach. Dabei machte sie die Entdeckung, daß er zu einer jungen Dame in einen Wagen stieg, nachdem er dem Chauffeur den Namen des Hotels zugerufen hatte. Das erstaunte sie, es kam wohl oft vor, daß sich Herren bei ihr nach schönen Varietékünstlerinnen erkundigten, aber dann waren sie immer allein, keinesfalls in Gesellschaft von Damen.

Am Ziel lohnte Hans den Chauffeur ab und betrat mit Gonny das vornehme Vestibül des Hotels. Er wandte sich an einen Boy und verlangte mit ruhiger Entschiedenheit, Miß Ravi zu sprechen. Der Boy fuhr hinauf in die erste Etage und kam nach einer Weile mit der Auskunft zurück, daß Miß Ravi momentan im Bad sei und vor Ablauf einer Stunde keine Besuche empfangen könne.

Hans und Gonny sahen sich an.

»Eine ganze Stunde, Gonny – da könnten wir doch inzwischen deine Eltern und Ilse begrüßen«, bettelte Hans.

Aber Gonny schüttelte energisch den Kopf.

»Nein, Hans, ich gehe nicht von der Stelle, bis ich Maja Ravi gesprochen habe. Es scheint nicht schwer zu sein, zu ihr vorzudringen, da sie in einer Stunde zu sprechen ist. Ich will nicht Gefahr laufen, daß sie etwa in meiner Abwesenheit das Hotel verläßt.«

»So willst du eine ganze Stunde hier im Vestibül auf sie warten?«

»Das ist nicht nötig. Wir nehmen in dem hübschen eleganten Frühstücksraum da drüben am Fenster Platz und lassen uns in aller Ruhe einen Imbiß servieren. Dem Boy geben wir Weisung, daß er uns sofort meldet, wenn Maja Ravi empfangsfähig ist.«

Hans fügte sich, wenn auch nicht leichten Herzens. Er hätte so gern die freie Stunde bei seinem Ilselein verbracht.

Sie nahmen nun an dem von Gonny bezeichneten Tisch Platz, von dem aus man das ganze Vestibül übersehen konnte. Um den Tisch standen tiefe Klubsessel, die zum bequemen Ausruhen einluden. Und das war gut so, denn aus der einen Stunde, die sie warten sollten, wurden fast zwei, bis der Boy endlich erschien und ihnen meldete, daß Miß Ravi zu sprechen sei.

Sofort erhoben sie sich und ließen sich im Fahrstuhl in die erste Etage hinauffahren, wo Maja Ravi ein Appartement bewohnte. Der Boy meldete sie an, und darauf wurden sie von einer eleganten Zofe in einem kleinen Vorzimmer empfangen.

Verabredungsgemäß gab Hans der Zofe zuerst seine Karte. Die Ronalds sollte erst in Aktion treten, wenn es unbedingt nötig war. Die Zofe verschwand mit einem freundlichen Knix. Daß die Herrschaften Englisch mit ihr sprachen, gefiel ihr sichtlich. Sie trat in das Nebenzimmer. Hier stand Maja Ravi vor einem großen Spiegel und erfreute sich anscheinend an ihrem eignen, allerdings sehr schönen und bezaubernden Spiegelbild. Sie trug eine wundervolle, raffinierte Toilette, ein Gemisch von einer Seidenmatinee und einem Teekleid.

»Nun, Jou, wer wünscht mich zu sprechen?« fragte sie, lässig ihr Haar ordnend und ohne den Blick von ihrem Bild zu lassen.

Die Zofe reichte ihr die Karte. Maja Ravi war gewohnt, viele Besucher zu empfangen, die ihrer Kunst und noch mehr ihrer Schönheit huldigten. Es machte ihr auch sehr viel Vergnügen, sich anschwärmen zu lassen. So fand sie vorläufig nichts Besonderes an diesem Besuch. Flüchtig sah sie auf die Karte herab.

»Ah, ein deutscher Freiherr! Hans von Hellwart? Wie drollig das klingt, nicht wahr, Jou? Wie sieht er denn aus?« Die Zofe machte ein verzücktes Gesicht.

» Oh – ein schöner junger Mann.«

Maja Ravi lächelte.

»Ah, jung und schön – das liebe ich. Sehen wir ihn uns an.«

»Er ist aber nicht allein.«

»Nicht allein?«

»Nein, eine Dame ist mit ihm.«

Erstaunt horchte Maja auf.

»Eine Dame?«

Damen pflegten die schöne Tänzerin nur sehr selten aufzusuchen, höchstens zuweilen ein überspannter Backfisch, der sich zur Tänzerin ausbilden lassen wollte.

»Ja, eine sehr schöne junge Dame. Und der Herr sowohl als auch die Dame sprechen fließend Englisch.«

Maja schüttelte verständnislos den Kopf. Sie konnte nicht begreifen, was eine junge schöne Dame in Begleitung eines jungen deutschen Freiherrn von ihr wollte. Aber jedenfalls war sie nun neugierig geworden.

»Also laß sie eintreten, Jou, dann werde ich ja hören, was sie von mir wollen.«

Die Zofe verschwand und ließ Hans und Gonny eintreten. Mit einem ihrer schmachtenden Feuerblicke sah Maja in Hans von Hellwarts Augen, so daß diesem ein wenig beklommen zumute war. Er rief im stillen alle Heiligen, vor allem aber sein Ilselein als Schutzpatronin zu Hilfe, damit er dem Zauber dieses Blickes nicht erlag. Gonny aber heftete ihre Augen fest und unbeirrt auf das schöne Gesicht dieser gefährlichen Frau, die ihnen nun mit einem geschmeidig wiegenden Gang, wie ein schönes Raubtier, entgegenkam und sie anlächelte.

»Sprechen Sie Englisch?« fragte sie mit einer süßen, melodischen Stimme und mit einem abermaligen Feuerblick auf

Hans, während sie Gonny anscheinend nicht viel Interesse entgegenbrachte.

Hans atmete tief und schwer unter diesem koketten Manöver, während Gonny sofort das bezaubernde Gebaren der schönen Tänzerin als unecht und gemacht empfand. Und ehe Hans noch antworten konnte, erwiderte Gonny ruhig und bestimmt:

»Wir sprechen beide Englisch, Miß Ravi.«

Die Tänzerin sah nun Gonny mit ihren großen dunklen Augen an, die so sanft schienen und doch ein unheimliches Feuer ausstrahlten.

»Wann haben Sie mich tanzen sehen?« fragte Maja Ravi, fest überzeugt, daß man nur gekommen war, um ihr Lobworte zu spenden.

Wieder war es Gonny, die antwortete:

»Wir haben Sie noch niemals tanzen sehen, Miß Ravi.«

Erstaunt sah die Tänzerin auf die beiden Menschen. Was wünschten sie von ihr, wenn sie ihr nicht Komplimente sagen wollten? Wie Bittsteller sahen sie auch nicht aus. Sie war etwas gelangweilt. Für Besucher, die ihr nicht huldigen wollten, hatte sie nicht viel übrig.

»Was also wünschen Sie von mir?« fragte sie etwas weniger liebenswürdig.

Gonny richtete sich entschlossen auf und sah sie mit großen, strengen Augen an.

»Wir kommen in einer ganz bestimmten Absicht zu Ihnen, Miß Ravi. Dieser Herr, der mich begleitet, ist ein Kriminalbeamter. Sie werden gleich verstehen, weshalb ich ihn mitgebracht habe, wenn Sie den Namen lesen, der auf dieser Karte steht, und wenn ich Ihnen sage, daß ich in der Angelegenheit dieses Herrn zu Ihnen gekommen bin.«

Damit hielt Gonny der Tänzerin Ronald Rittners Karte vor die Augen. Diese sah darauf nieder und zuckte zusammen. Aber sie faßte sich sofort wieder und sagte:

»Diesen Namen kenne ich nicht.«

Gonny hatte aber ihr Zusammenzucken sehr wohl bemerkt und sah nun auch, daß die Tänzerin einen scheuen Seitenblick auf den vermeintlichen Kriminalbeamten warf, der nun eine unerschütterliche Amtsmiene aufgesetzt hatte und mit einem Zurückschlagen seines Überrocks auf eine kleine runde Blechmarke deutete. Diese kleine Marke war ihm vor seiner Abfahrt von Hattingen zufällig in die Hände gefallen, und er erinnerte sich, daß er sie einmal in einem Film benutzt hatte, um sich als Kriminalbeamter auszuweisen. Wohlweislich hatte er dies Requisit zu sich gesteckt, um Maja Ravi zu blüffen. Es gelang ihm auch vollständig, denn die Tänzerin verfärbte sich. Das entging Gonny natürlich nicht, und sie wurde noch bestimmter und sicherer.

»Sie irren, Miß Ravi, besinnen Sie sich nur, Sie kennen den Namen ganz genau. Ronald Rittner hat mir Ihr Bild gezeigt und mir ausführlich berichtet, was zwischen Ihnen in Indien vorgefallen ist. Ich ersuche Sie, sich dieser Bekanntschaft zu erinnern.«

Hans bewunderte im stillen Gonnys festes, bestimmtes Auftreten, und er sagte sich sehr richtig, daß nur die Liebe zu Ronald ihr Kraft und Mut zu dieser Komödie geben konnte, die ihrem sonst so streng wahrhaften Wesen fremd war. Er erstarkte selbst und machte ein drohendes Gesicht, das die Tänzerin sehr einschüchterte. Sie besann sich, daß es besser sei, nicht weiter zu leugnen.

»Ah, richtig – jetzt fällt mir ein, ich lernte in Bombay den jungen Deutschen kennen. Aber, darf ich fragen, in welcher Beziehung Sie zu diesem Herrn stehen?«

Bei dieser Frage sah sie Gonny mit einem unheimlich flimmernden Blick in die Augen.

Gonny hielt ihren Blick ruhig aus, denn sie sagte sich, daß ihre Sache verloren sei, wenn sie nur einen Moment die Herrschaft über ihre Nerven verlor. Sie antwortete ohne Wimpernzucken:

»Ronald Rittner ist mein Bruder.«

Maja Ravi warf sich wie gelangweilt in einen Sessel. Anscheinend bezweifelte sie Gonnys Aussage nicht. Sie machte eine Geste, als fordere sie ihre Besucher auf, ebenfalls Platz zu nehmen. Doch sie blieben stehen. Es war unverkennbar, daß die Tänzerin sich mühte, eine heimliche Erregung zu unterdrücken.

»Ah«, sagte sie schmeichlerisch, »Mister Rittner hat mir nie verraten, daß er eine Schwester hat – und eine so schöne Schwester.«

»Er wird dazu seine Gründe gehabt haben«, sagte Gonny unbeirrt.

»Und was verschafft mir nun die Ehre Ihres Besuches, und weshalb hat Ronald Rittner Sie nicht begleitet?«

Die Tänzerin fragte sehr nervös.

»Mein Bruder befindet sich momentan nicht in Deutschland, aber er hat mir seine indischen Erlebnisse gebeichtet und mir Vollmacht gegeben, seine Sache zu führen, da er in Erfahrung gebracht hat, daß Sie in Deutschland auftreten. Ich weiß, daß Sie unter dem Vorwand, ihm ein Heilmittel für seine junge Frau zu geben, ihm Gift in die Hände spielten und ihn veranlaßten, es seiner Gattin Djuna zu reichen. Als dann nach der von Ihnen angegebenen Zeit das Mittel tödlich wirkte, enthüllten Sie ihm, daß Sie ihm das Gift der Thug aushändigten, um der Göttin Kali ein Opfer zu bringen. Sie verübten den Racheakt, da Sie mein Bruder verschmähte, und bedrohten ihn mit der Rache der Thug, wenn er Sie verfolgen würde. An dieser Drohung hätte er sich nicht gekehrt, aber er brach schwer krank zusammen und konnte nichts gegen Sie unternehmen. Aber Sie sind jetzt in Deutschland, leben unter deutschen Gesetzen, und mein Bruder hat mich bevollmächtigt, Sie verhaften zu lassen und den Gerichten zu übergeben. Er wird Zeugnis gegen Sie ablegen, und da Djuna die Gattin eines Deutschen war, werden Sie hier des Mordes an Djuna Rittner angeklagt und verurteilt werden. Dieser Herr ist mit mir gekommen, um Sie festnehmen zu lassen.«

Jedes dieser Worte kam klar und scharf über Gonnys Lippen. Ihre Liebe gab ihr Kraft, obwohl ihr Herz zitterte. Und sie beobachtete Maja Ravi mit strengen, prüfenden Blicken.

Sie hatte sich zusammengeduckt wie eine Wildkatze, die einen Ausweg zur Flucht sucht, und als Gonny geendet hatte, ging sie in die Falle, die ihr gestellt wurde. Sie war sichtlich geängstigt durch die Drohung, vor ein deutsches Gericht gestellt zu werden. Nach kurzem Besinnen lachte sie plötzlich nervös auf und sagte, sich zu einem leichten Ton zwingend:

»Das ist doch natürlich nur alles ein Spiel gewesen! Wie konnte Ronald Rittner nur glauben, daß ich ihm wirklich Gift gegeben hätte. Ich wollte ihn ängstigen, wollte mich rächen, da er mich verschmähte und eine andere geheiratet hatte – ich liebte ihn doch. Es ist auch nicht wahr, daß ich eine Thug bin. Er war so leichtgläubig, weil er selbst nie eine Lüge aussprach und immer entsetzt war, wenn ich einmal ein wenig flunkerte. Nun, so habe ich auch damals geflunkert, um mich zu rächen. Ich gab ihm nur ein harmloses Pulver aus Kreide und Zucker.«

Gonny hätte am liebsten laut aufgejubelt, und auch Hans hatte alle Selbstbeherrschung nötig, um seine unbewegte Amtsmiene festzuhalten. Sie wagten beide nicht, einen Blick zu wechseln. Gonny fuhr unentwegt in ihrem Verhör fort:

»Sie sagten aber doch meinem Bruder, daß das Mittel genau in zwei Monaten wirken würde. Und genau nach zwei Monaten starb Djuna Rittner.«

Wieder lachte die Tänzerin nervös.

»Ich wußte doch, daß Djuna höchstens noch zwei Monate zu leben hatte.«

»Woher wußten Sie das?«

»Ich war zu Djunas Arzt gegangen und hatte ihm gesagt, ich sei Djunas Freundin und er möge mir doch sagen, wie lange Djuna wohl noch zu leben habe. Er sagte mir, daß es in spätestens zwei Monaten mit ihr zu Ende gehe. Und deshalb versicherte ich Ronald Rittner, damit er später an die tödliche Wirkung des Präparates glauben sollte, daß das Mittel in zwei Monaten wirken würde. Djuna starb auch fast genau nach zwei Monaten. Ich ging zu Ronald Rittner, um mich zu rächen, und erklärte, ihm Gift gegeben zu haben. Wie töricht von ihm, daß er noch heute daran glaubt. Djuna starb an Tuberkulose, das konnte der Arzt bezeugen.«

»Sie behaupten also, daß Sie Herrn Rittner damals kein Gift gegeben haben, sondern nur ein harmloses Pulver aus Zucker und Kreide?« fragte Hans nun im strengsten Amtston.

»Ganz gewiß.«

»Können Sie das beschwören?«

»Bei allen Göttern meiner Heimat.«

Hans hatte einen glühenden Zorn auf das Weib, das seinem armen Freund das Leben zur Qual gemacht hatte. Gottlob, daß Gonny klug und energisch war, sonst hätte sich Ronald bis an sein Lebensende mit einem Schuldbewußtsein herumgeschleppt! Ja, die Gonny! Mit welchem Geschick sie die Fäden entwirrt hatte! Wenn Frauen lieben, dann werden sie eben zu Heldinnen, Hellseherinnen, Göttinnen.

Er sagte streng:

»Sind Sie bereit, Ihr Geständnis schriftlich zu formulieren und zu unterschreiben?«

Die Tänzerin nickte hastig.

»Gewiß, wenn ich dann vor allen weiteren polizeilichen Belästigungen bewahrt bleibe.«

»So schreiben Sie!« gebot Hans. »Ich werde diktieren.«

Und er zog einen großen Notizblock, den er vorsichtigerweise mitgebracht hatte, hervor und legte ihn vor die Tänzerin hin, ihr großmütig auch seine Füllfeder reichend.

Es lag ihm viel daran, das für den Freund so wertvolle Schriftstück zu erhalten.

Und die Tänzerin schrieb gehorsam nach seinem Diktat:

›Ich bescheinige der Wahrheit gemäß, daß ich Herrn Ronald Rittner in Indien ein harmloses Pulver aus Zucker und Kreide unter der Vorspiegelung aushändigte, ihm ein Heilmittel für seine Gattin Djuna zu geben, und daß ich nach dem durch Tuberkulose erfolgten Tod Djuna Rittners ihrem Gatten aus Rachsucht erzählte, ihm Gift zugesteckt zu haben. Ich hatte durch den Arzt erfahren, daß Djuna Rittner in zwei Monaten sterben würde, und habe Ronald Rittner, um ihn später von der tödlichen Wirkung des Mittels zu überzeugen, einen Erfolg des Medikaments nach Verlauf von zwei Monaten verbürgt. Ich bin keine Thug und habe niemals das Gift der Thug besessen. Ich habe Ronald Rittner nur getäuscht, um mich an ihm zu rächen, da er mich verschmähte.

München, d. 8. 8. 24

Maja Ravi.‹

Die Tänzerin warf die Feder hin.

Hans las das Schriftstück durch, gab es Gonny und fragte diese:

»Sind Sie damit zufrieden – Fräulein Rittner?«

Auch Gonny las das Schriftstück klopfenden Herzens und barg es mit zitternden Händen in ihrer Handtasche. Dann sagte sie mit bebender Stimme:

»Wenn Miß Ravi die Wahrheit ihrer Aussage beschwört und nie wieder meines Bruders Wege kreuzt, soll sie unbehelligt bleiben. Aber jeder neue Versuch der Rachsucht würde die sofortige Verhaftung zur Folge haben.«

Maja Ravi sprang auf.

»Nein, nein, ich werde ihm nichts mehr zufügen! Meine Rache ist gestillt. Sie können ihm sagen, daß ich ihn längst vergessen hatte«, erwiderte sie sichtlich erleichtert.

Gonny trat einen Schritt auf sie zu.

»Und er litt unter Ihrer Lüge und hat seitdem keine frohe Stunde mehr gehabt. Sie sind schlecht, Miß Ravi.«

»Ich lasse mich nicht unbestraft beleidigen, Miß Rittner«, sagte sie drohend.

Hans griff ein.

»Wir wollen gehen, Fräulein Rittner, mein Auftrag ist erledigt, und ich habe noch anderweitig zu tun.«

Dabei sah er Gonny mahnend an. Es war nicht nötig, daß sie die wilden Instinkte dieser ungezügelten Frau wachrief. Gonny sah auch ein, daß sie zufrieden sein konnte. Mit einem kurzen Neigen ihres Hauptes verließ sie das Hotelzimmer. Hans verneigte sich vor Maja Ravi und folgte ihr.

Draußen auf dem leeren Hotelkorridor lehnte sich Gonny, wie aller Kraft beraubt, an die Wand. Jetzt, da ihr Unternehmen gut gelungen war, streikten ihre Nerven. Sie hatte alle Kräfte aufgebraucht, um Maja Ravi gegenüber nicht schwach zu werden. Hans legte seinen Arm um sie.

»Tapfer, Gonny, wirst doch jetzt nicht noch schwach werden.«

Sie zwang sich zur Ruhe, aber große Tränen stürzten ihr aus den Augen und lösten die Spannung ihrer Nerven.

»Ach Hans, wenn du wüßtest, wie ich gebangt habe, daß wir unser Ziel nicht erreichen können!«

»Aber wir haben es erreicht – und schneidig hast du dich gehalten. Donnerwetter, was bist du für ein famoser Kerl!«

Gonny trocknete ihre Tränen. Hans konnte ihr sehr wohl

nachfühlen, was in ihr vorging. Aber er suchte ihr jetzt mit einigen munteren Scherzworten über die Situation hinwegzuhelfen und führte sie die Treppe hinunter und aus dem Hotel hinaus ins Freie. Sie blieben eine Weile stehen, und dann sagte Hans aufatmend:

»Jetzt geht es aber zu Ilselein, Gonny, eher als mit dem letzten Zug fahren wir nicht von München ab, und die paar Stunden bis dahin will ich noch auskosten.«

Gonny wäre zwar am liebsten sofort nach Hattingen zurückgekehrt, um Ronald so bald wie möglich von seiner Pein zu erlösen; aber sie sagte sich, daß Hans sich das Wiedersehen mit Ilse redlich verdient hatte. Auch sie sehnte sich nach den Eltern und der Schwester. Und so sagte sie:

»Ja, laß uns heimgehen, Hans.«

Er lachte.

»Ich spendiere ein Auto, Gonny, dann kannst du dich ungestört ausweinen.«

Sie trocknete noch einmal energisch ihre Tränen.

»So dumm von mir, zu weinen, wo ich doch so froh bin, daß mein Plan geglückt ist. Es waren nur die Nerven. Und die ausgestandene Angst, daß mein Plan mißglücken könne, hat mich schwach gemacht.«

»Warst aber so unerhört tapfer, tapferer als ich, denn ich hätte am Anfang beinahe die Fassung verloren. Maja Ravi ist ein Dämon, aber ein unerhört schöner. Ich mußte alle Heiligen und mein Ilselein zu Hilfe rufen, um nicht schwach zu werden. Das bleibt aber unter uns, das braucht Ilselein nicht zu wissen.«

Gonny mußte lachen.

»Ich werde es ihr ganz gewiß nicht verraten.«

»Nun, ganz ernsthaft, Gonny, der Ronald hat es nicht leicht gehabt, sich aus diesen Zauberbanden zu lösen.«

»Ja, schön ist sie – aber in ihren Augen liegen Abgründe.

Gott sei Dank, daß sie sich in ihrer Angst vor der Verhaftung verraten hat!«

Hans hatte ein Auto angerufen und half Gonny hinein.

»Wir Großkapitalisten, Gonny, jetzt können wir schon wieder ohne Gewissensbisse im Auto fahren. Vor einem halben Jahr hätten wir uns das nicht leisten können.«

»Und wem danken wir das?« fragte Gonny mit leuchtenden Augen.

»Natürlich nur Ronald. Aber heute haben wir ihm ein kleines Teilchen unserer Dankesschuld abgetragen.«

»Gottlob, daß es uns möglich war, Hans. Mir ist so feierlich zumute. Ich bin von Herzen froh.«

Er sah gerührt in ihr schönes Gesicht, faßte aber nur stumm ihre Hand.

12

Ilse von Tannern saß im Wohnzimmer am Fenster. Heute am Sonntag ruhten ihre fleißigen Hände. Vater und Mutter saßen hinter ihr am runden Sofatisch und hielten eine kleine Siesta nach dem bescheidenen Mittagsmahl. Ilse hatte den Kopf auf die Hand gestützt und sah auf die sonntäglich geputzten Menschen hinab. Und dann sah sie ein Auto kommen. In die Vorstadtstraße verirrte sich selten ein Wagen. Plötzlich schrie Ilse überrascht auf, so daß Vater und Mutter aus ihrem Nickerchen emporfuhren.

»Was ist denn, Ilse?« fragte der Vater ein wenig unwillig.

Ilse war aufgesprungen und eilte zur Tür.

»Hans und Gonny kommen, im Auto sind sie vorgefahren!« rief sie und eilte hinaus.

Vater und Mutter erhoben sich auch rasch. Gleich darauf

traten die Schwestern mit Hans über die Schwelle, und die drei Menschen sahen so glücklich aus, daß Frau von Tannern die angstvolle Frage: »Was ist denn geschehen?« im Mund steckenblieb. Gonny flog auf die Mutter zu und umhalste sie.

»Grüß Gott, Mutti! Ist das nicht eine Überraschung? Grüß Gott, Väterchen, haben wir euch in eurem sonntäglichen Mittagsschläfchen gestört?«

Die Eltern behaupteten natürlich, daß sie gar nicht geschlafen hätten. Sie waren so glücklich, ihre Gonny einmal wieder zu haben, und Ilse hing strahlend am Hals ihres Hans.

Gonny und Hans waren übereingekommen, zu Hause nichts von dem eigentlichen Zweck ihrer Reise zu verraten. Diese Angelegenheit war Ronalds Geheimnis, und sie waren nicht berechtigt, es preiszugeben. So ließen sie ihre Angehörigen in dem Glauben, daß sie mit einem späteren Zug gekommen waren, um ihre Lieben einmal wiederzusehen.

Und nun ging es an ein Fragen und Berichten. Frau von Tannern kochte einen erstklassigen Sonntagskaffee, und Gonny mußte sich wie ein lieber Besuch bedienen lassen. Herr von Tannern war selbst gegangen, um Kuchen zu kaufen. Eine glückliche Familie saß um den bescheidenen Kaffeetisch. Gonnys Gedanken flogen freilich immer wieder zu dem einsamen Herrn von Hattingen, aber sie war trotzdem wieder der belebende Sonnenschein für alle. Sie berichtete mit ihrem goldenen Übermut von ihrer Tätigkeit in Hattingen, schilderte das Verwalterhaus mit allen Einzelheiten, neckte Ilse mit geheimnisvollen Prophezeiungen und küßte zwischendurch die Eltern stürmisch ab. Dabei versicherte sie immer wieder, daß sie sehr glücklich sei.

Hans hatte für nichts weiter Interesse als für sein Ilselein und setzte es durch, daß er mit ihr allein auf ein Stündchen spazierengehen konnte. Die Eltern sahen ein, daß sie sich dies Alleinsein durch die lange Trennung redlich verdient hatten.

Gonny blieb bei den Eltern, ließ sich mit Wonne von ihnen nach tausend Kleinigkeiten ausfragen. Alles konnte sie befriedigend beantworten, und Ronald Rittners Ohren mußten an diesem Sonntag fast ohne Unterlaß klingeln, denn Gonny konnte nicht genug des Guten und Lieben von ihm berichten. Die Eltern ahnten natürlich nicht, daß ihr Herz mitsprach, aber sie waren sehr froh, daß es Gonny so gut getroffen hatte.

Als nach einer Stunde das Brautpaar zurückkam, wurde gemeinsam ein frühes Abendessen eingenommen. Und dann war es Zeit, daß Hans und Gonny aufbrachen. Ilse durfte mit zum Bahnhof gehen, um jede Minute des Beisammenseins mit Hans auszunutzen. Als sie dann mit feuchtschimmernden Augen vor dem Abteil stand und zu Hans und Gonny aufsah, sagte Gonny, ihr noch einmal die Hand reichend:

»Sei getrost, Ilselein, ich wette, daß du spätestens in zwei Monaten als Frau Verwalterin in Hattingen einziehst.«

Ilse sah aufatmend zu ihr auf.

»Möchtest du recht haben, Gonny.«

»Du kannst ganz fest daran glauben, Ilselein. Aber du mußt jetzt tapfer sein und nicht das kleinste Tränchen vergießen, sonst zerschlägt es sich. Nur tapferen Menschen hilft der Himmel.«

Ilse schluckte die aufsteigenden Tränen hinunter und sah nur sehnsüchtig in die Augen ihres Hans. Dann setzte sich der Zug in Bewegung, und Ilse blieb allein zurück.

Hans und Gonny waren auf der Heimfahrt in einem Abteil allein und konnten nach Herzenslust plaudern. So wurde ihnen die Fahrt viel kürzer als am Morgen.

Als sie an der Station ankamen, hielt der Wagen, der sie abholen sollte, am Stationsgebäude. Sie fuhren nun nach Hattingen und waren beide erregt wie Kinder vor dem Weihnachtsfest. Wußten sie doch, daß sie Ronald Rittner etwas

Herrliches zu bringen hatten. Noch heute abend sollte er erfahren, was ihn von seiner Last befreien würde.

Als sie aber in Hattingen eintrafen, hörten sie, daß sich der Gutsherr schon in sein Schlafzimmer begeben habe. Er hatte Befehl gegeben, ihn auf keinen Fall zu stören. Da sahen sich die beiden enttäuscht an, sie hatten sich so sehr darauf gefreut, ihm das Schriftstück Maja Ravis zu überreichen. Sie ahnten nicht, daß sich Ronald nur so zeitig zurückgezogen hatte, um sie nicht mehr sprechen zu müssen. Er hatte einen qualvollen Tag hinter sich, einen Tag, an dem er sich so einsam und verlassen fühlte wie nie zuvor in seinem Leben. Und er wollte wenigstens diese eine Nacht noch vor sich haben, ehe er von Hans und Gonny hörte, daß sie sich heiraten wollten.

Morgen mußte es sein, morgen wollte er es anhören, nur heute nicht mehr, nachdem ihn die Qual der Einsamkeit so nervös gemacht hatte, daß er nicht dafür einstehen konnte, seine Fassung zu behalten. Er war durchaus noch nicht zur Ruhe gegangen. Im Dunkeln saß er an seinem Fenster und starrte hinaus, dem Wagen entgegen, der Gonny und Hans von der Station bringen sollte. Und als er endlich kam und er die beiden aussteigen sah, suchte er ihre Gesichter zu erkennen. Er wollte in ihnen lesen, was ihm bevorstand.

Er sah in zwei strahlende Gesichter.

Da sank er in sich zusammen und kämpfte mit dem wütenden Schmerz in seiner Brust.

Eine halbe Stunde später sah er Gonny zum Verwalterhaus hinübergehen. Ihm war, als schreite sie heute noch beschwingter und elastischer als sonst. Das Glück beflügelte ihre Schritte – ihn aber drückte das Unglück zu Boden. Nie – nie mehr würde ihm die Sonne leuchten.

Müde erhob er sich und entkleidete sich. Wie schwer ihm die Glieder waren – als sei er krank. War denn das Leben, das er nun führen mußte, überhaupt noch des Lebens wert? War es nicht vernünftiger, er machte Schluß, damit er Ruhe bekam, Ruhe vor den eignen Selbstvorwürfen, vor dem Bewußtsein seiner Schuld und vor der brennenden Sehnsucht nach der Frau, die einem anderen gehörte. Sein Blick flog verlangend zu seinem Schreibtisch hinüber, in dem er seine Waffen aufbewahrte. Aber dann schämte er sich dieses völligen Zusammenbruchs. Noch nie in seinem Leben war er so völlig niedergebrochen gewesen wie in dieser Stunde. Er fühlte, das Schwerste, was ihn in seinem Leben getroffen hatte, war der Verlust Gonnys gewesen.

Am nächsten Morgen erhob sich Ronald sehr zeitig, noch zeitiger als Hans, der doch frühmorgens der erste war. Er ließ sich, ohne zu frühstücken, sein Pferd satteln und ritt davon, planlos, ohne zu wissen, wohin. Er fürchtete sich vor dem Wiedersehn mit Gonny und vor dem Bekenntnis ihrer Verlobung mit Hans. Er schalt sich feige und haltlos. Ein stundenlanger Ritt ins Freie sollte ihm die nötige Spannkraft geben, um mit Haltung Gonnys Eröffnung über sich ergehen lassen zu können.

Als Hans von Hellwart eine Stunde später zum Frühstück kam, erfuhr er, daß Ronald schon ausgeritten war. Er wolle zum zweiten Frühstück zurück sein, hatte er hinterlassen.

Gonny kam vom Verwalterhaus herüber und nahm mit Hans das erste Frühstück ein. Sie hatte gar nicht damit gerechnet, Ronald jetzt schon zu sehen, denn er pflegte meist erst am zweiten Frühstück teilzunehmen. Entweder schlief er länger als sie und Hans, oder er war, wie heute, schon ausgeritten. So war es keine große Enttäuschung für sie, daß sie Ronald noch nicht sprechen konnte.

Hans und Gonny frühstückten eilig, denn es drängte sie beide, an die Arbeit zu kommen. Hans ritt auf die Felder, und

Gonny wirtschaftete in Küche und Keller. Sie wollte alle nötige Arbeit fertig haben, ehe Ronald heim kam, damit sie dann eine freie Stunde für ihren Bericht hatte. Hans lehnte entschieden ab, Ronald die Beweise zu bringen, die ihn von aller Trübsal erlösen sollten.

»Du hast dies Werk herrlich vollbracht, nun ernte du auch den Erfolg. Ich werde mich darauf beschränken, deine Tat in das hellste Licht zu rücken, falls du zu bescheiden bist«, hatte er lachend gesagt.

So war es begreiflich, daß Gonny in fieberhafter Ungeduld auf Ronalds Rückkehr wartete. Sie hatte heute, wie fast immer montags, viel Ärger im Haushalt. Die Knechte und Mägde gingen sonntags zum Tanz und kamen spät heim. Dann fanden sie sich am Morgen schwer aus dem Bett, und die Arbeit schmeckte nicht. Aber Gonny hatte die Säumigen bald zur Vernunft gebracht.

Zur Zeit des zweiten Frühstücks tauchte erst Hans wieder auf, und einige Minuten später kam Ronald.

Mit klopfendem Herzen sah Gonny in sein blasses, müdes Gesicht. Sie trat auf die Terrasse hinaus. Er blickte zu ihr auf und grüßte sie mit einem matten Lächeln.

Wie hold und schön sie in ihrem schlichten weißen Kleid aussah! Es fiel ihm auf, daß ihr Gewand heute etwas Festliches hatte. In einem weißen Kleid hatte er sie noch nicht gesehen. Und so schlicht es auch war – von ihrer Erscheinung ging ein froher Glanz aus. Wie eine junge Königin stand sie an der Terrassenbrüstung. Jetzt trat Hans neben sie.

»Endlich sieht man dich, Ronald. Wir haben sehr bedauert, dich gestern abend nicht mehr sprechen zu können«, sagte er, Ronald die Hand über die Brüstung reichend.

Dieser stieg vom Pferd und übergab es einem Reitknecht.

»Es hat auch mir leid getan, daß ich dich und Fräulein von Tannern nicht erwarten konnte, aber ich hatte Kopfweh, das auch in der Nacht nicht besser geworden ist. Zuweilen spukt doch das indische Fieber noch in meinen Knochen. Aber nun habe ich mich durch einen langen Ritt in der frischen Luft erholt und habe tüchtigen Frühstückshunger. Fräulein von Tannern, Sie können sich auf alles mögliche gefaßt machen«, suchte er zu scherzen.

Sie gingen hinein in das Speisezimmer. Hans sah Gonny fragend an, aber sie sagte mit leisem Kopfschütteln:

»Erst wollen wir frühstücken, Herr Rittner hat noch nichts gegessen.«

Sie legte den Herren vor, und Ronald quälte sich gehorsam alles hinunter, was sie ihm auf den Teller legte. Er merkte jedoch sehr wohl, daß Hans und Gonny zuweilen verstohlene Blicke wechselten und etwas Verhaltenes, Erwartungsvolles an sich hatten. So lange wie möglich zögerte er das Frühstück hinaus – in einer feigen Furcht vor der Entscheidung, wie er sich selbst tadelnd sagte. Aber endlich erhob er sich mit einem Ruck, schob den Teller von sich und sagte mit gewollter Lustigkeit:

»Nun haltet aber eure Neuigkeit nicht länger zurück, ich merke euch doch an, daß ihr etwas Überraschendes für mich habt.«

Gonny wurde erst dunkelrot und dann sehr blaß vor Erregung, während Hans erstaunt sagte:

»Hast du aber eine feine Nase, Ronald! Aber ich kann mir schon denken, daß du uns etwas angemerkt hast. Brennen wir doch seit gestern abend darauf, dir eine frohe Botschaft zu bringen.«

Eine frohe Botschaft? Sie werden mir damit ein Messer in das Herz stoßen, dachte Ronald. Aber er vermochte zu lächeln.

»Ich bin sehr begierig. Also heraus mit der Botschaft, Hans!«

Dieser sah Gonny an.

»Gonny soll es dir sagen, Ronald.«

Ein weher, müder Blick aus Ronalds Augen flog zu Gonny hinüber, in ihr schönes, erregtes Gesicht.

»Nun also, Fräulein von Tannern, spannen Sie mich nicht länger auf die Folter. Was haben Sie mir zu sagen?« fragte er heiser.

Gonny preßte die Handflächen zusammen und sah ihn mit einem so leuchtenden Blick an, daß er erschrak.

»Herr Rittner, ich freue mich so sehr, Ihnen mitteilen zu können, daß Sie ganz unschuldig am Tod Ihrer Frau sind. Es war kein Gift, was Sie ihr gereicht haben, sondern ein harmloses Pulver aus Kreide und Zucker.«

Ronald hatte etwas ganz anderes zu hören erwartet. Erstaunt und betroffen richtete er sich auf.

»Wie kommen Sie darauf?« fragte er.

Gonny atmete tief auf.

»Verzeihen Sie mir, wenn ich mich unberufen in Ihre Angelegenheiten gemischt habe, aber seit Sie uns gebeichtet haben, habe ich immerfort darüber grübeln müssen, wie Ihnen zu helfen sei. Und in der ersten Nacht, nachdem ich Ihr Schicksal kennenlernte, kam mir die Überzeugung, daß Maja Ravi Ihnen kein Gift gegeben haben konnte. Sie hätte sich doch damit selbst in eine schwere Gefahr gebracht. Ich kam nicht los von diesem Gedanken, und der heiße Wunsch, Ihnen Gewißheit zu schaffen und Ihnen Ihre Ruhe und Ihren Frieden wiederzugeben, wurde in mir wach. Ich sprach mit Hans darüber und bat ihn, mit mir nach München zu fahren. Dort tritt jetzt Maja Ravi auf. Ich wollte versuchen, sie zu sprechen und ihr das Geheimnis zu entreißen.«

Ronald stand wie erstarrt und sah sie ungläubig an.

»Und das wagten Sie? Sie waren bei ihr?« stieß er heiser hervor.

»Ja«, erwiderte sie leise.

Er sank, wie aller Kraft beraubt, in einen Sessel.

»Sie wissen nicht, was Sie gewagt haben. Maja Ravi ist ein Teufel.«

Gonny atmete zitternd auf.

»Den wir aber überlistet haben, Herr Rittner. Bitte, lesen Sie dies Schriftstück, und dann will ich Ihnen berichten, wie wir in seinen Besitz kamen.«

Mit strahlenden Augen legte sie ihm Maja Ravis Bekenntnis vor. Er sah erst lange wie träumend in ihre Augen. Und er hätte vor ihr niederknien und den Kopf in ihren Schoß bergen mögen. Sich aufraffend, nahm er das Schriftstück und las es durch. Und dann ließ er es auf den Tisch fallen und barg das Gesicht in den Händen.

Lange saß er so, ohne sich zu rühren, eine schwere Last war nun doch von ihm genommen, aber noch viel tiefer bewegte ihn, was Gonny für ihn gewagt hatte. Denn daß Maja Ravi sich ihr Geständnis nicht ohne weiteres hatte entreißen lassen, konnte er sich sagen. Gonny hatte ein Wagnis unternommen, für ihn unternommen, um ihn von einer Gewissensqual zu befreien. Er fühlte es feucht in seinen brennenden Augen aufsteigen.

Erst nach langer Zeit hatte er sich so weit gefaßt, daß er in ihr blasses, erregtes Gesicht aufblicken konnte. Ihre Hände fassend, drückte er seine Lippen darauf.

»Das haben Sie für mich getan! Für mich gewagt? Wie soll ich Ihnen danken?«

Gonny erzählte schlicht und sachlich, wie sie Hans zu ihrer abenteuerlichen Idee verleitete und wie sie beide bis zu der Tänzerin vordrangen und sie einschüchterten, so daß sie in der Angst vor einer Verhaftung der Wahrheit die Ehre gegeben hatte. Hans beschränkte sich darauf, hie und da einige ergänzende Lichter aufzusetzen, die Gonnys Verdienst genügend beleuchteten.

Auch das verschwieg Gonny nicht, daß sie sich als Ronalds Schwester ausgegeben hatte.

»Und das war gut so«, warf Hans ein, »sonst wäre Gonny dem eifersüchtigen Zorn der Tänzerin verfallen, und sie hätte am Ende doch nicht gebeichtet. Diese Maja Ravi ist ein sündhaft schönes Weib, und da sie zum Überfluß eine raffinierte Toilette gemacht hatte, wären mir armen Sterblichen beinahe die Sinne geschwunden.«

»Ein Blick in ihre schwarze Seele hätte dir schnell die Besinnung wiedergegeben«, sagte Ronald bitter.

Und Gonny berichtete weiter. Abermals nahm Ronald ihre beiden Hände und küßte sie inbrünstig.

»Das alles taten Sie für mich?« stieß er mit versagender Stimme hervor.

»Ich bin Ihnen doch so viel Dank schuldig.«

Ein schmerzliches Empfinden preßte ihm die Brust zusammen. Noch war diesen beiden guten, edlen Menschen seine Herzensruhe wichtiger gewesen als ihr eigenes Glück. Dafür konnte er ihnen nicht besser danken, als wenn er ihnen zeigte, daß sie wirklich eine schwere Last von ihm genommen hatten.

Wie hatte sich Gonny für ihn aufgeopfert! Und er sah sie strahlend an und küßte ihr immer wieder die Hände.

Hans hatte das sichere Empfinden, überflüssig zu sein. Ihm schien, als müsse sein Freund Ronald Gonny etwas zu sagen haben, wobei er keine Zeugen gebrauchen konnte, denn in seinen und auch in Gonnys Augen verriet sich in dieser Stunde zur Genüge, was die beiden füreinander fühlten. Zwar hätte er auch brennend gern sein eignes Anliegen vorgebracht, aber auf einen Tag kam es ihm nun auch nicht an. Es sollte auch nicht so aussehen, als wolle er sich einen Dank einfordern. Und so erhob er sich, schob wichtige Geschäfte vor und verließ schnell das Zimmer.

Gonny ordnete das Geschirr auf dem Frühstückstisch, und Ronald sah ihr dabei zu. Seine Augen hingen an ihrer schlanken Gestalt, an dem feinen Kopf mit dem starken goldenen Flechtenkranz. Wie schön sie war in ihrer schlichten, vornehmen Art, in ihrer holden Natürlichkeit! Er fühlte, daß er etwas sagen müsse. Und sich aufrichtend sprach er mit verhaltener Stimme:

»Wenn ich nur wüßte, wie ich Ihnen danken könne für alles, was Sie für mich getan haben. Könnte ich Ihnen nicht irgendeinen Herzenswunsch erfüllen?«

Er rang sich die Frage ab, als unterschreibe er sein eigenes Todesurteil, denn er erwartete, daß Gonny sicher die Gelegenheit ergreifen und ihm sagen würde, daß sie und Hans sich verheiraten möchten.

Gonny sah zu ihm hinüber, und in ihren Augen blitzte es auf. Nicht für sich wollte sie bitten, aber sie dachte an Hans und die Schwester.

»Sie sind mir keinen Dank schuldig, Herr Rittner, ich bin ja so froh, daß ich meine Dankesschuld gegen Sie ein wenig verringern konnte. Aber dennoch, weil Sie mich fragen, ob ich einen Herzenswunsch habe, möchte ich Sie um etwas bitten. Nicht für mich, aber für Hans von Hellwart. Er hat es bisher nicht gewagt, Ihnen ein Anliegen vorzutragen. So will ich es wagen. Würden Sie Hans nicht gestatten, sich zu verheiraten und mit seiner Frau in das Verwalterhaus hinüberzuziehen?«

Er sprang auf. In furchtbarer Erregung zuckte sein Gesicht. Wie abwehrend streckte er die Hand aus. Und die Zähne fest aufeinanderbeißend, stand er da, unfähig, ein Wort zu reden.

Sie sah ihn erschrocken an.

»Herr Rittner, was ist Ihnen?«

Er lachte hart und heiser auf.

»Was mir ist? Herrgott, fühlen Sie denn nicht, wie grausam Sie sind? Ich weiß ja, was Sie mir sagen wollen, habe es kommen sehen all die Zeit und habe mich davor gefürchtet, wie ich mich noch nie vor etwas gefürchtet habe. Und nun geht es doch über meine Kraft, Ihnen mit lächelndem Gesicht die Einwilligung zu geben, sich mit Hans von Hellwart zu verheiraten. Ich bin auch nur ein Mensch – und ich liebe Sie, Gonny, liebe Sie, wie einer, der lange im Schatten lebte, die Sonne liebt, die ihm endlich im Dunkel seines Lebens aufgegangen ist. Ich sehne mich nach Ihnen, wie ein Dürstender sich nach einem erfrischenden Quell sehnt. Ja, ja, ich liebe Sie – aber erschrecken Sie nicht vor meiner Heftigkeit, Sie sind so bleich geworden, Ihr gutes Herz ist betrübt, doch ich mußte es einmal aussprechen – ich liebe Sie. Und nun will ich mich aus Ihrer Nähe verbannen. Ich kann es nicht mit ansehen, wie Sie einen anderen glücklich machen werden. Dieser andere ist mein Freund – aber ich neide ihm jeden Blick, jedes Lächeln von Ihnen. Alles, was ich besitze, würde ich ihm neidlos gönnen – nur Ihre Liebe nicht. Ich bin eifersüchtig, brennend eifersüchtig und fühle, wie mich Neid und Eifersucht schlecht machen. Deshalb muß ich fort – ich bitte Sie, verzeihen Sie mir diesen Ausbruch – ich wollte ganz still aus Ihrem Leben gehen. Nun habe ich mich doch hinreißen lassen. Es ist unrecht von mir, ich habe Sie erschreckt. Seien Sie ruhig, ich gehe fort von Hattingen, morgen gleich – oder heute noch. Und Sie können mit Hans in Hattingen leben, nicht im Verwalterhaus, sondern hier im Herrenhaus. Ich lege meinen Besitz ruhig in des Freundes bewährte Hände, und es wird mir ein süßer Trost sein, daß ich wenigstens Ihr Schicksal sorglos gestalten kann. Zürnen Sie mir nicht, Gonny, daß dies alles aus mir herausbrach, ich konnte es nicht länger in mir verschließen – ich wäre daran erstickt. Leben Sie wohl, Gonny, ich komme Ihnen nicht wieder vor die Augen – nur sagen Sie mir zum Abschied, daß Sie mir nicht zürnen.«

Gonny war bis in die Lippen bleich vor innerer Erregung

geworden. Sie hatte einige Male angesetzt, um ihn zu unterbrechen, aber seine Worte überstürzten sich, und sie mußte sein Geständnis über sich dahinbrausen lassen, das in tiefster Erregung über seine Lippen kam. Nun endlich, als er erschöpft schwieg, konnte sie sprechen, und ihre Worte klangen nicht weniger erregt als die seinen.

»Ich zürne Ihnen nicht … o mein Gott … ich … ich … Sie müssen zuerst das eine wissen, Sie irren sich … oh, wie sehr. Nicht für mich wollte ich bitten, das sagte ich Ihnen doch. Nie hätte ich das getan, nur für Hans – *und für meine Schwester*. Sie ist es, die Hans liebt, und mit der er – ach so gern – im Verwalterhaus wohnen möchte. Er wagte es bisher nicht, es Ihnen zu sagen, weil Sie so einsam und traurig waren. Aber da ich glaubte, daß alle Last von Ihrem Herzen genommen sei, wagte ich es, für die beiden zu bitten, für Hans, meinen lieben Freund und Bruder, und für Ilselein, meine geliebte Schwester.«

Er starrte sie an wie im Traum, hörte ihre Worte und konnte sie zunächst nicht fassen. Und dann machte sich sein Empfinden endlich in einem einzigen Wort Luft: »Gonny!«

Sie erbebte bei dem Klang dieses Wortes, in dem alles lag, was jetzt in seiner Seele aufgewacht war. Seine Augen senkten sich in die ihren, und langsam stieg unter seinem Blick das Blut wieder in ihr Gesicht.

Da warf er seine Erstarrung ab, und mit festem Griff faßte er ihre beiden Hände.

»Gonny, ist das wahr?«

Sie nickte aufatmend.

»Ja, Hans und Ilse sind seit Jahren verlobt, konnten sich aber nicht heiraten, weil unsere beiderseitigen Eltern so arm geworden waren.«

Er strich sich über die heiße Stirn.

»Aber ich sah doch eines Tages, daß Hans Sie küßte …

und … ich weiß nicht, was ich erlauschte, aber er sprach von seiner Frau Verwalterin … und küßte Sie dabei.«

Ein reizendes Lächeln huschte um ihren Mund.

»Ja, wenn ihn die Sehnsucht nach Ilse gar zu sehr quälte, dann mußte ich mir das gefallen lassen. Wir stehen ja wie Bruder und Schwester zusammen.«

Er atmete tief auf und sah sie mit flehenden Augen an.

»Gonny, Gonny, dann brauche ich ja noch nicht zu verzweifeln, dann habe ich doch noch Hoffnung, daß ich Ihre Liebe erringen kann?«

Ein zitternder Atemzug hob ihre Brust.

»Ach, Ronald Rittner, hätte ich den Mut gefunden zu meinem abenteuerlichen Plan, wenn mich nicht die Liebe getrieben hätte und der heiße Wunsch, Ihnen zu helfen?«

Mit einem unterdrückten Jubelruf zog er sie in seine Arme. Und mit heißer Zärtlichkeit in der Stimme sagte er:

»Gonny, nun darfst du mich einen blinden Toren schelten. Wohl habe ich gefühlt und gewußt, daß du mir gern helfen wolltest, aber ich war zu fest in den Wahn verstrickt, daß du Hans liebtest.«

Sie schüttelte den Kopf und sagte mit tiefer Innigkeit:

»Nein, o nein – ich liebe nur dich.«

Da fanden sich ihre Lippen im ersten heißen Kuß der Liebe. Die Welt versank für die beiden Glücklichen. Lange Zeit standen sie in inniger Umarmung. Endlich löste sich Gonny aus Ronalds Armen.

»Ist nun alles licht und klar in deiner Seele, mein Ronald, sind nun alle Schatten aus deinem Leben verschwunden?«

Er zog sie wieder fest an sich..

»Du bist meine Sonne, Gonny, alle Schatten sind vor dir geschwunden. Du liebst mich, du gabst mir den Glauben an meine Schuldlosigkeit – ach, Gonny – ich werde mich an so viel Glück erst gewöhnen müssen.«

»Das wird nicht schwer werden, Ronald, an das Glück gewöhnt man sich bedeutend leichter als an das Unglück«, klang es in diesem Moment von der Tür her.

Hans stand auf der Schwelle. Er hatte, als er draußen auf der Terrasse vorübergegangen war, das glückliche Paar in inniger Umarmung gesehen und war dabei sehr intensiv an sein Ilselein erinnert worden. Er hielt die Zeit für gekommen, Ronald endlich seine eigenen Wünsche zu unterbreiten.

Ronald und Gonny wandten sich schnell um.

»Du kommst sehr zur Unzeit«, schalt Ronald im Übermut seines Glückes.

Hans warf seine Mütze auf den Tisch.

»Im Gegenteil, ich denke, daß ich außerordentlich gelegen komme. Mit Vergnügen sehe ich, daß ihr beiden das Problem des Lebens gelöst habt, und ich will es nun auch gleich auf meine Weise zu lösen versuchen. Verzeih, lieber Ronald, wenn ich dir zur Unzeit mit einer Bitte lästig falle, aber euer Anblick hatte alle Sehnsüchte in mir geweckt – laß mich dir eine Bitte aussprechen.«

Ronald faßte seine Hand.

»Nicht nötig, Hans, das hat Gonny schon alles ins reine gebracht. Ich war in einem riesengroßen Irrtum befangen und glaubte, du wolltest Gonny als Frau Verwalterin heimführen – und, mein lieber Hans, darunter habe ich sehr gelitten, und ich war rasend eifersüchtig auf dich. Gottlob klärte mich Gonny auf, und alles ist gut und schön. Weiter will ich dir nichts von meiner Torheit beichten. Laß dir nur sagen, daß ich mit Freuden einwillige, daß du dir dein Ilselein nach Hattingen holst.«

Hans war in seiner Freude sehr drollig. Er wußte nicht, wen er zuerst umarmen sollte, Ronald oder Gonny. Schließlich umfaßte er sie beide zugleich und jauchzte dabei so markerschütternd auf wie damals, als seine Wirtin so entsetzt herbeigelaufen kam. Heute kam niemand, nur der Gärtner, der draußen im Garten zu tun hatte, hob den Kopf und sah verwundert zum Haus hinüber. Gonny aber hielt sich lachend die Ohren zu.

»Hans, das kostet ja ein Trommelfell.«

»Meinetwegen, ich bezahle es«, sagte Hans vergnügt, »und jetzt entschuldigt mich, jetzt muß ich gleich einmal ein Telegramm an mein Ilselein aufsetzen.«

Aber Ronald hielt ihn fest.

»Halt, mein lieber Hans, das machen wir ganz anders. Ich fahre sogleich nach München, um bei Herrn und Frau von Tannern um Gonnys Hand anzuhalten. Und da bringe ich Gonnys Eltern und dein Ilselein gleich mit, damit wir heute abend vergnügt Verlobung feiern können. Gonnys Eltern und Schwester bleiben bis zur Hochzeit meine Gäste, denn Gonny braucht als meine Braut eine Ehrengarde. Laßt uns das einmal beraten, ich habe noch eine Stunde Zeit, ehe mich der nächste Zug zum Bahnhof ruft.«

Die drei glücklichen Menschen saßen beisammen und schmiedeten Zukunftspläne. Es wurde die Übersiedlung von Hans und Ronald ins Verwalterhaus beschlossen, bis Gonny und Ronald Hochzeit halten würden. Gleich nach dieser Hochzeit sollte dann das Verwalterhaus für das andere junge Paar eingerichtet werden, so daß Hans und Ilse spätestens vierzehn Tage danach heiraten konnten. Herr und Frau von Tannern sollten mit Ilse und Gonny im Hattinger Herrenhaus wohnen. Und Herrn von Tannern wollte Ronald eine Beschäftigung auf Hattingen bieten; er sollte seine landwirtschaftlichen Kenntnisse in Hattingen verwerten, damit er auch wieder in der geliebten Landluft und in der Nähe seiner Kinder leben konnte.

»Drüben in der Meierei steht die erste Etage so gut wie leer, Gonny, es werden dort jetzt nur Vorräte aufbewahrt, die ebensogut anderweitig untergebracht werden können. Diese Etage lassen wir als Wohnung für deine Eltern einrichten. Ist dir das recht so?« fragte Ronald.

Gonny hatte feuchte Augen und drückte seine Hand verstohlen an die Lippen.

»Ach, Ronald, wie soll ich dir nur danken? Du machst mich so glücklich, und meine Eltern und meine Schwester auch.«

»Das ist alles nur Egoismus, Gonny. Sieh mal, ich werde doch zuweilen mit dir auf längere Zeit nach Holland gehen müssen, um dort nach meinen Geschäften zu sehen. Und wenn dann Hans in seiner jungen Eheseligkeit Dummheiten im Betrieb macht, dann ist gleich dein Vater da, um sie zu korrigieren«, sagte er und sah den Freund schalkhaft an.

Hans lachte herzlich.

»Ich werde mich hüten, dir zu versichern, daß ich trotz aller Eheseligkeit keine Dummheiten machen werde. Denn Gonny und Ilselein hängen so sehr an ihren Eltern, daß sie doch nur restlos glücklich sein werden, wenn auch diese wieder die Freuden des Landlebens genießen können. Und außerdem, mein lieber Ronald, wirst du es nicht zu bereuen haben, meinen Schwiegervater und mich hier angestellt zu haben. Wir werden beide unsern Mann stehen. Hattingen soll ein Mustergut werden, und es ist groß genug, um uns allen genug Arbeit zu geben.«

Gonny hatte die Freudentränen nicht unterdrücken können. Ronald zog sie an sich.

»Tränen will ich nicht in deinen Augen sehen, meine Gonny.«

Sie lachte unter Tränen.

»Ach Ronald, im Unglück war ich tapfer und habe nie eine Träne verloren. Aber so viel Glück auf einmal – das überwältigt mich. Daran muß ich mich erst gewöhnen.«

»Du sollst es lernen, glücklich zu sein, meine Gonny. Was in meiner Macht steht, dich glücklich zu machen, das soll geschehen.«

Hans sprang auf.

»Ach Kinder, ich gehe lieber. Ohne mein Ilselein kann ich euch nicht zuhören. Ronald, versäum den Zug nicht, denn wenn ich Ilselein heute abend nicht hier habe, stehe ich für nichts ein.«

Ronald lachte.

»Sei unbesorgt, ich fahre zur Zeit. Kannst ja schon einmal den Wagen vorfahren lassen. Und sonst bin ich ganz deiner Meinung – du bist momentan sehr überflüssig.«

»Danke, ich verschwinde und schicke den Wagen. Grüße mir mein Ilselein! Ich hole euch heute abend von der Station ab. Auf Wiedersehen, Schwager!«

Damit stürmte Hans hinaus.

Gonny und Ronald sahen sich in die Augen und sanken sich in die Arme. Es blieben noch einige Minuten des Alleinseins, und die nutzten sie, wie es liebende Menschen zu tun pflegen.

Als Ronald fortgefahren war, gab es für Gonny alle Hände voll zu tun. Sie mußte die Gastzimmer für die Eltern und für Ilse herrichten und ihre Sachen aus dem Verwalterhaus herüberschaffen lassen, damit drüben für die beiden Herren alles in Ordnung gebracht werden konnte. Aber was war das für ein fröhliches, glückseliges Schaffen! Hans lief ihr auch immer wieder in den Weg, brachte Blumen für Ilses Zimmer, die er selbst gepflückt hatte, und nahm Gonny immer wieder jauchzend beim Kopf und küßte sie.

»Ich halte es sonst vor Sehnsucht nicht aus, Gonny, mußt schon stillhalten«, sagte er, wenn sie ihn lachend abwehrte.

Am Abend kam Ronald pünktlich mit seinen Schwiegereltern und Ilse zurück. Und an diesem Abend wurde es sehr spät, bis die glücklichen Menschen zur Ruhe kamen.

Schon vier Wochen später wurde Gonny Ronalds Gattin. Ihre Hochzeitsreise führte sie nach Holland.

Inzwischen wurde alles zu Hans' und Ilses Hochzeit gerichtet, und Gonny und Ronald kamen zu diesem Fest von Holland wieder zurück. In Hattingen gab es nur noch glückliche Menschen. Weit lag alles hinter Ronald, was ihn einst quälte und peinigte. Maja Ravi hatte Deutschland wieder verlassen und nie erfahren, daß sie von einer Frau, die Ronald Rittner liebte, überlistet wurde. Sie hat noch viele europäische Länder mit ihrer Tanzkunst und ihrer Schönheit beglückt, aber nach Deutschland mochte sie nicht mehr zurückkehren. Vielleicht hatte sie doch einen zu großen Schreck bekommen, als man ihr mit einer Verhaftung drohte. In Ronalds Erinnerung lebte sie nur noch wie ein wesenloser Schatten.

Seine Liebe gehörte seiner angebeteten jungen Frau, die ihm ein echtes, volles Glück bereitete und für alle der Sonnenschein von Hattingen blieb.

Nur an seine kleine indische Frau dachte Ronald zuweilen, wie man an eine liebe Traumgestalt denkt. Und von ihr sprach er dann auch mit Gonny, die der armen kleinen Djuna gern ein stilles Plätzchen in Ronalds Erinnerung gönnte. Wußte sie doch, daß sein Herz reich an Liebe für sie war.

Zwei Romane in einem Band

Das Interesse an Hedwig Courths-Mahlers bewegenden Geschichten ist auch heute noch ungebrochen, wie zahlreiche Filmprojekte beweisen.

In diesen beiden Romanen schildert sie das Schicksal von Rose Rietberg, die vor dem Martyrium einer Zwangsheirat nach Argentinien flieht und dabei in die Hände von Menschenhändlern gerät, sowie die Ge-schichte Tommy Rainers, der in Afrika knapp einem Aufstand entkommt. Unter seinem Schutz fährt die junge Ursula mit in seine Heimat. Eine rührende Liebes-geschichte beginnt …

ISBN 3–404–14593–3

BASTEI
LÜBBE

Vier junge Leute planen, die großen historischen Entdeckerfahrten auf einer kleinen Segelyacht ohne technische Hilfsmittel nachzuvollziehen – eine moderne Odyssee auf den Spuren James Cooks, Magellans und Vasco da Gamas. Die Crew: zwei Männer und zwei Frauen, allesamt Fachleute auf ihrem Gebiet.

Doch was als Abenteuer anfängt, wird für die vier schon bald zur schwersten Prüfung ihres Lebens, denn es beginnt ein Drama, das sie in extreme Grenzsituationen und die Dunkelheit der menschlichen Seele führt ...

ISBN 3-404-14718-9

BASTEI LÜBBE

Im Alter von siebenundzwanzig Jahren wird Lieutenant Ari St. John von Pretoria in den kleinen Ort Silver Bay versetzt, in dem er als Dreijähriger unter mysteriösenen Umständen adoptiert wurde. Ari soll hier das Verschwinden eines jungen Mädchens aufklären, von dem seit einer Safaritour jede Spur fehlt, doch er stößt bei seinen Ermittlungen auf eine Mauer des Schweigens. Ganz Silver Bay scheint sich vor dem Einfluß des Fischereimagnaten Angelo Palma zu fürchten – und vor dem "zweiten Gesicht" seiner düsteren Haushälterin. Erst als Ari Angelos Enkelsohn Rob kennenlernt, der ihm selbst wie aus dem Gesicht geschnitten ist, begreift er, dass er nicht nur dem Schicksal des verschwundenen Mädchens auf der Spur ist, sondern auch seiner eigenen Vergangenheit ...

ISBN 3-404-14514-3

BASTEI
LÜBBE